미국 조직범죄 세계의 100년 역사

마피아

안 혁 편저

지성문화사

독자께 드리는 말씀

미국의 유력 시사 주간지인 <타임>지는 20 세기에 큰 영향력을 가졌던 인물들을 선정해서 발표하는 작업을 1998 년 말부터 시작하여 계속 해오고 있습니다. 저물어가는 20 세기를 한번 정리해본다는 의미일 것입니다. 최종적으로 모두 20 인을 선정할 예정인데 그 중 사업가의 카테고리에 속하는 인물을 4 명 뽑아 발표한 것이 지난 1998 년 11 월이었고, 정치가에 속하는 인물을 2 명 선정하여 발표한 것이 1999 년 2 월입니다.

20 세기의 인류에게 큰 영향력을 미친 4 명의 사업가로 뽑힌 사람들은 자동차 왕 헨리 포드, 마이크로소프트의 빌 게이츠, 일본 소니 회사의 창업주인 모리타 아키오, 그리고 찰스 루치아노라는 사람이었습니다. 2 명의 정치가로는 간디와 히틀러가 선정되었습니다. 제국주의에 대한 비폭력 저항운동으로 제 3 세계 민족주의 운동에 하나의 이정표를 제시한 간디의 경우는 당연하다고 치고, 히틀러의 경우에는 그 선악을 따지기 이전에 벌써 세계적 규모의 참화를 불러일으킨 2 차 세계대전에 도화선을 당겼다는 점에서 충분히 20 세기에 큰 영향을 끼친 인물 중의 한 명으로 선정될 수 있다고 하겠습니다.

그러면 사업가 쪽은 어떨까요? 헨리 포드, 빌 게이츠, 모리타 아키오 이들 3인의 공통점은 모두 오늘날 우리의 일상생활에서 결코 빼놓을 수 없는 제품을 만들어낸 사람들이라는 점입니다. 헨리 포드는 물론 자동차를 발명한 사람은 아니지만 그것을 대량으로 생산해낸 첫번째 사람으로서 자동차의 대중화에 더 없는 기여를 한 사람입니다. 자동차에 대해서는 더 이상 별다른 부연 설명이 필요가 없겠고, 다음으로 빌 게이츠라 하면 MS-DOS와 그에 연이은 윈도우즈로 전세계의 PC 사용자들과 관계를 맺고 있는 인물입니다. 오늘날 마이크로소프트의 윈도우즈를 사용하지않고 단 하루라도 그냥 보낼 수 있는 사람이 과연 얼마나 되겠습니까? 또한 소니의 모리타 아키오는 초소형 오디오라 일컬을 수 있는 워크맨을 상품화함으로써 전세계인의 음악생활을 하루 아침에 완전히 바꾸어 놓은 사람이라 할 수 있습니다. 그렇다면 그들과 함께 선정된 찰스 루치아노라는 사람의 업적은 무엇일까요? 아니 그보다도 먼저 독자께서는 찰스 루치아노라는 이름을 한번 들어보신 적이라도 있나요?

찰스 루치아노는 미국 마피아의 태두라고 할 수 있는 사람입니다. 1897년에 태어나 1962년에 죽었으며, 살아생전 오늘날 우리가 영화 등을 통해서 익히 알고 있다고 생각하는 미국 마피아의 기반을 세운 사람입니다. 그러면 그와 같은 사람이 어째서 타임지가 선정한 20세기에 큰 영향을 미친 20인 중의 한 명으로 선정될 수가 있었을까요?

틀림없이 그 이유는 그가 행한 일, 그가 이룩한 과업이 아돌프 히틀러, 헨리 포드, 빌 게이츠 등 다른 인물들과 비교하여 그 영향력에 있어서 결코 뒤떨어지지 않기 때문일 것입니다. 그렇다면 찰스 루치아노가 오늘날의 우리들에게까지 미치고 있는 영향이란 과연 무엇일까요?

우리는 <대부> 등의 영화와 소설을 통해서 미국의 마피아에 대한 이야기를 들은 적은 있지만 그 실상에 대하여는 사실 전혀 모르고 있다고 해도 과언이 아닙니다. 1998 년 말, 타임지의 발표가 있은 후 국내의 몇 신문에서 찰스 루치아노가 누구인가에 대해 조그만 박스 기사를 내기도 하였고, 한 시사 주간지에서는 3 페이지에 걸쳐서 특집으로 미국 마피아를 다룬 적도 있었습니다만 그러나 그것들은 모두 수박 겉핥기에 불과할 뿐이었습니다.

한때는 마피아라고 하는 흉악한 범죄 단체가 미국에 존재한 적도 있었다. 그렇지만 그들은 경찰과 FBI 등 유력한 미국 사법 기관의 단속에 의하여 세력을 잃어 현재에는 거의 그 흔적을 찾아볼 수가 없다. 오늘날 마피아라고 하면 영화나 비디오에서만 겨우 그 자취를 찾아볼 수 있을 뿐, 그것들은 이미 과거의 유물이 된지 오래이다 – 이 정도가 보통의 사람들이 마피아에 대하여 알고 있는 지식이 아닌가 생각됩니다. 좀 더 관심이 있는 사람이라면 마피아의 기원이 이탈리아의 시실리 섬이라는 정도까지 알고 있을 수도 있을 것 같습니다.

그렇다면 이렇게, 우리가 짐작하고 있는 바와 같이 미국의 마피아가 오늘날 그 세력이 매우 쇠퇴하였다면, 과연 찰스 루치아노라는 인물이 아돌프 히틀러, 마하트마 간디, 헨리 포드, 빌 게이츠, 모리타 아키오와 함께 미국의 타임지가 선정한 20 세기의 영향력 있는 인물 20 인 중의 한 명으로 선발될 수 있었을까요? 미국의 유력 시사 주간지인 타임이, 지금은 그 세력이 쇠잔한 일개 범죄 집단의 우두머리 정도라 할 수 있는 사람을 가지고 과연 히틀러, 간디,. 포드 등의 인물들과 동일선상에 놓는 실수를 저질렀을까요? 저는 그렇게 생각하지 않습니다. 타임지의 판단에는 그에 합당한 이유가 반드시 있을 것입니다.

찰스 루치아노가 다른 사람들과 함께 나란히 선발된 단 하나의 이유는 바로 찰스 루치아노가 만들었다고 할 수 있는 미국 마피아라는 기업이 1999 년, 오늘날 우리의 생활과도 밀접한 관련이 있기 때문일 것입니다. 그들의 사업은 지금까지도 계속되어 오늘날의 우리와, 오늘날의 세계인의 하루하루의 생활과 깊은 관련을 맺고 있기 때문인 것입니다. 그렇지 않고는 타임 지의 선택을 설명할 다른 방법이 없습니다.

이제 여기에 미국 마피아의 진실을 기술한 책을 소개합니다. 이것은 픽션이 아니라 수많은 자료를 조사하여 엮어낸 하나의 다큐멘타리라고 말할 수 있습니다. 마피아의 초기부터 오늘날에 이르기까지 그들 역사의 전부라고 말할 수 있습니다.

이 책을 선택한 독자들께서는 부디 수많은 등장 인물들의 바다에 빠져 주의가 흐트러지는 우를 범하지 마시고, 이 책의 처음부터 끝까지를 통하여 일관되게 흐르는 저들의 범죄 사업의 실상을 꿰뚫어 보시기 바랍니다. 그리고 그것은 이 책을 통하여 충분히 객관적으로도 입증될 것입니다.

그러면 감히 일독을 부탁 드리는 바입니다.

1999년 6월 28일

안 혁 씀

머리말

마리오 푸조의 소설 <대부>는 영화로도 제작되어 더 유명해졌는데, 우리들과는 원작인 소설보다는 영화를 통해서 더 친숙해지지 않았나 하는 생각이 든다. 그의 소설은 마피아 조직들간의 전쟁과 음모를 처음으로 밝힘으로써 1969 년에 첫 출간되었을 때 미국 사회에 엄청난 반향을 불러일으켰다고 하며, 헐리우드에서 그 소설을 시나리오로 만들어 영화로 제작하려고 했을 때에는 마피아들의 심한 반발에 부딪쳐 영화화가 무산될 뻔하기도 하였다고 한다.

소설 <대부>의 근간을 이루는 내용은 실제로 1950 년대 중반에 벌어졌던 뉴욕의 5 대 마피아 가문의 대전쟁이다. 푸조는 5 대 마피아 가문 중 가장 강력한 세력을 가지고 있던 가문을 그의 소설에서 콜레오네 패밀리로 그리고 있으며 콜레오네 가문의 부자, 즉 아버지인 비토 콜레오네와 아들인 마이클 콜레오네를 주인공으로 하여 그들이 그 전쟁에서 승리하기까지의 과정을 비토 콜레오네의 인생역정과 함께 서술하고 있었다.

마리오 푸조는 시실리 이민의 2 세대로 뉴욕의 우범지역인 헬스 키친 구역에서 살면서 당시 미국에서 실제로 일어났던 일들을 토대로 하여 한 편의 소설로 다듬었던 것인데, 그래도 그는 사실을 있었던 그대로 똑같이 옮겨서 인용할 수는 없었고 사건들의 발생연대도 사실 그대로 채용할 수는 없었다. 그 이유는 그 전쟁의 조연급들이 그때까지도 계속해서 활동하고 있었기 때문이었다.

그는 소설 속에서 뉴욕의 5 대 가문의 대전쟁이 1946 년에 시작해서 1949 년에 끝났다고 말했다. <대부>의 첫 판이 출간된 때는 1969 년으로 실제로 뉴욕 5 대 가문의 대전쟁이 끝난 1957 년으로부터 10 년 이상이 지난 다음이었지만, 그래도 그렇게 가까운 과거에 그만한 갱 전쟁이 있었다는 것을 밝힌다는 것은 미국인들의 정서상 용납되기 어려웠을 것이며 그러한 배려도 그가 연표를 진실에 입각하여 쓰지 않은 이유 중의 하나일 것이다.

소설에서는 전쟁의 주역이 콜레오네 패밀리와, 바르지니 패밀리의 후원을 받는 탓탈리아 패밀리의 두 가문으로 묘사되고 있지만 오늘날까지도 그 활동이 계속되고 있는 뉴욕의 5 대 마피아 가문의 실명은 갬비노 패밀리, 제노베제 패밀리, 루케제 패밀리, 콜롬보 패밀리, 보나노 패밀리의 다섯 가문으로 그 중 제노베제 패밀리와 갬비노 패밀리가 당시 그 전쟁의 실제 두 주역이었다.

보다 정확하게 말하자면, 오늘날에는 제노베제 패밀리로 알려지고 있으나 당시에는 루치아노 패밀리로 불리고 있던 조직의 비토 제노베제[1]와 갬비노 패밀리의 당시 보스, 알버트 아나스타샤[2]의 두 사람이 1957 년 대전쟁의 실제 주인공이었으며, 그 전쟁의 씨앗이 잉태된 시기는 살인 혐의를 피해 이탈리아

[1] Vito Genovese(1897 - 1969)
[2] Albert Anastasia(1903 - 1957)

의 시실리에 수년간 피신해 있었던 비토 제노베제가 뉴욕으로 되돌아온 1947 년 무렵으로 거슬러 올라간다.

알버트 아나스타샤는 미국 마피아의 역사를 통틀어 가장 포악하기로 악명이 높았던 킬러였다. 아나스타샤의 가문이 관장하는 이권 사업은 여러 가지가 있었으나 그 중에서도 주력 사업은 뉴욕의 브루클린 항구와 그곳의 노동자들을 관리하며 이익을 만들어 내는 것이었으며 저 유명한 엘리아 카잔 감독의 영화 <워터프론트>가 바로 이를 소재로 하여 만든 작품이다. 영화는 주인공인 말론 브랜드가 항만 노동자들의 조합을 지배하고 있는 갱 두목에게 대단한 창피를 주는 것으로 만들어져 있지만 사실 실제로 그런 일이 일어나는 경우는 있을 수가 없었다.

알버트 아나스타샤와 비토 제노베제는 함께 찰스 루치아노[3]의 직속 히트 맨 – 즉, 킬러 – 으로 본격적인 활동을 시작하였으나 1930 년대 중반부터 두 사람의 길은 갈라지기 시작한다. 비토 제노베제는 루치아노 패밀리의 언더보스였으며 자타가 공인하는 루치아노의 오른팔로서 1936 년에 찰스 루치아노가 수감되자 자신이 루치아노 가문의 액팅보스가 되려 하였다(보스의 바로 아래 서열을 언더보스, 보스가 사정상 잠시 자리를 비울 때의 임시 보스를 액팅보스라 한다). 그러나 2 년 뒤인 1938 년, 제노베제 자신도 살인 혐의를 피해 국외로 도피할 수밖에 없었으며, 이후 루치아노 패밀리의 액팅보스는 프랭크 코스텔로[4]가 된다.

프랭크 코스텔로와 알버트 아나스타샤는 같은 남부 이탈리아의 칼라브리아 출신으로, 제노베제 출국 이후 두 가문은 감옥에 있는 루치아노를 보스 중의 보스로 받들며 코스텔로의 두뇌와 아나스타샤의 주먹이 절묘한 조화를 이루어 평화를 누

---

[3] Charles Luciano(1897 - 1962)
[4] Frank Costello(1891 - 1973)

리면서 사업에 집중하여 그들의 제2의 전성기를 만들어 내었다고 볼 수 있다.

1947 년에 시실리로부터 돌아온 비토 제노베제는 그러나 가문의 2 인자로 만족할 수가 없었다. 그의 최종 목표는 살바토레 마란자노[5]와 찰스 루치아노가 누렸던 영광, 보스 중의 보스, 바로 그것이었으며 그 자리를 얻기 위하여 그는 수년간에 걸친 준비와, 폭력과 음모를 통하여 마침내 지하세계의 수상으로 알려진 프랭크 코스텔로를 은퇴시키고 브루클린 부두의 왕, 알버트 아나스타샤를 제거할 수 있게 된다.

1957 년의 대전쟁은 그 하나만으로도 충분히 소설 한 권의 소재가 될 수 있을 정도이다. 제노베제의 치밀한 계획에 의하여 한발 한발, 하루 하루 자기를 향하여 죄어드는 올가미를 느껴 초조해진 아나스타샤가 허드슨 강이 내려다 보이는 포트리의 요새화된 그의 집에 틀어박혀 있는 모습과, 아나스타샤의 언더보스인 프랭크 스칼리제[6]가 이탈리아 시장에서 과일을 사다가 총격을 받아 숨진 장면 등은 마리오 푸조가 이미 <대부>에서 패러디하여 묘사한 바 있다.

당시 제노베제와 아나스타샤 사이의 반목은 전 미국 암흑가의 관심사가 되어 있었는데, 오늘날에도 사정은 크게 다르지 않지만 당시야말로 뉴욕의 지하세계를 통치하는 자가 곧 전 미국의 암흑가의 제왕으로 대접 받았기 때문이다. 뉴욕은 미국 산업의 중심지로 미국 기업의 70 퍼센트가 뉴욕에 자리잡고 있었고 뉴욕항에서 미국 전체 수입물량의 2/3 를 다루고 있었던 것이다.

따라서 우리는 1957 년의 전쟁을 대전쟁이라 부른다. 그것은 그만한 규모의 전쟁으로는 1931 년의 카스텔라마레세 전쟁 다

---

[5] Salvatore Maranzano(1868 - 1931)
[6] Frank Scalise(? - 1957)

음으로 처음의 것이었으며, 그 이후로도 여러 갈등이 있었지만 1957 년 전쟁에 버금갈 만큼 큰 규모의 전쟁은 다시는 일어나지 않았기 때문이다. 1957 년 전쟁의 승자인 비토 제노베제는 찰스 루치아노도 강제 출국 되고 없는 지금, 전 미국 암흑가의 보스 중의 보스로서 존경 받고 있었고, 1957 년 11 월 14 일에는 그의 소집명령에 의하여 전 미국의 보스들이 뉴욕 주의 작은 마을 아팔라친에서 회합을 가지게 된다. 그의 천하는 끝없이 지속될 것 같았다.

그러나 누가 알았겠는가? 비토 제노베제가 천하를 통일하여 한숨 돌리고 있을 때에 막후에서 음모는 계속되고 있었으며 결국 그의 세상은 2 년밖에 지속되지 못할 줄을. 최후의 승자는 제노베제가 아니었던 것이다.

1957 년 대전쟁의 최후 승자는 누구였을까? 1931 년의 카스텔라마레세 전쟁이란 어떤 것이었을까? 찰스 루치아노는 누구이며 살바토레 마란자노는 누구일까? 뉴욕 거리의 건달들의 우상이었던 알버트 아나스타샤는 결국 어떻게 최후를 맞이하였을까? 제노베제 패밀리, 갬비노 패밀리 등 뉴욕의 5 대 마피아 가문의 역사는 어떠하였으며 그들의 현재는 어떠할까? 이러한 질문들에 대한 대답을 이제부터 이 책에서 찾아보려 한다.

미국 마피아의 역사는 대략 100 년이 넘는 것으로 짐작된다. 독립이후 미국 역사의 약 반 정도 되는 셈이다. 그들의 이야기는 수많은 영화의 소재가 되어와, 오늘날에는 마피아란 마치 영화 속에서만 존재하는 것으로 여겨지기도 한다. 그러나 그들은 바로 지금 이 시간에도 활동하고 있으며, 저자는 그들을 빼놓고서 미국이란 나라를 이해해서는 안 되는 것이 아닐까 하고 생각하고 있다.

그들은 19 세기말, 신대륙을 향한 대이민의 시대에 미국으로 건너왔고, 1920 년대의 금주법 시기에 밀주사업으로 엄청난 돈을 벌었으며, 대공황의 시대를 거쳐 2 차 세계대전 기간 동안 또다시 큰 돈을 벌어, 결국 그를 바탕으로 1960 년대에는 완전히 지상으로 올라오게 된다. 그들에 대해서 이야기하자면 또한 미국 역사의 방향을 백팔십도로 바꿔놓은 1959 년에서 1963 년까지의 장대한 드라마를 빼놓아서는 안 된다.

미국 마피아의 대명사가 되어 있는 인물은 시카고의 알 카포네[7]이다. 그는 알 파치노 주연의 <스카페이스>, 케빈 코스트너 주연의 <언터처블> 등의 영화를 통해서 우리에게도 잘 알려져 있고, 현재 시카고에는 알 카포네 박물관이 세워져 있을 정도이다. 그가 당국에 의하여 구속되어 힘을 잃게 된 후에는 마피아 조직도 괴멸된 것으로 알고 있는 사람이 많을 것이다. 따라서 오늘날 마피아의 이야기를 꺼내면 웬 소설을 쓰고 있느냐 하는 눈초리와 시선을 받기가 쉬울 것 같다.

그러나 지금부터 그리 오래 전도 아닌 1985 년 12 월 16 일, 크리스마스 쇼핑 인파로 몹시 거리가 붐비고 있던 저녁 5 시 30 분 경, 뉴욕의 대로상에서는 갬비노 패밀리의 보스인 폴 카스텔라노[8]가 7 발의 권총사격을 받고 암살된 사건이 일어났다. 그리고 얼마 후인 1986 년 4 월 13 일에는 새로 임명된 갬비노 패밀리의 언더보스인 프랭크 데치코[9]가 뉴욕 거리에서 자동차 폭발 사고로 피살되는 일이 발생하였다.

그보다 수년전인 1979 년 7 월 12 일에는 보나노 패밀리의 보스인 카르미네 갈란테[10]가 뉴욕 브루클린의 죠 앤드 메리 레스토랑의 야외좌석에서 점심식사를 들고 있던 중 갑자기 나타난 3 명의 히트 맨한테 총격을 받아 피살 당한 사건이 있었다. 갈란테는 평소에 그가 좋아하던 시가를 그대로 입에 문 채 죽었

---

[7] Alphonse Capone(1899 - 1947)
[8] Paul Castellano(1915 - 1985)
[9] Frank DeCicco(? - 1986)
[10] Carmine Galante(? - 1979)

다고 한다. 위의 두 사건의 발생 배경은 판이하게 다르지만 전형적인 마피아 히트라는 점에서는 완전히 일치한다.

이러한 사건에서 알 수 있듯이 마피아의 활동은 현재까지도 면면히 이어져 내려오고 있다. 오늘날 그들의 사업은 많은 부분이 합법적인 가면으로 위장되어 있어, 우리가 영화나 소설 등으로 지니게 된 편견의 눈으로 그들을 찾는다면 그들은 보이지 않는다. 그러한 선입관을 버린 다음이라 할지라도 그들의 실체에 대한 진실을 알기는 매우 어려울 것이다. 그러나, 그들의 지난 역사를 살펴봄으로써 보다 진실에 가깝게 접근할 수는 있다고 생각한다.

이 책은 소설이라기보다는 논픽션 쪽에 가까우며 책 안에 등장하는 인명과 지명, 그리고 사건들은 95 퍼센트 이상이 사실에 근거한 것임을 밝혀둔다. 그러므로 독자들은 미국에 대하여 자기가 알고 있는 지식과 대조해 가며 글을 읽으면 더욱 흥미진진함을 느낄 수 있을 것이다. 그러나 미국의 역사니 사회니 하는 무거운 주제들을 완전히 한 켠에 접어두고, 오로지 재미를 위해서만 이 책을 보는 것도 아주 훌륭한 하나의 방법이라 할 수 있다.

우선, 가장 먼저 뉴욕 5 대 마피아 가문의 내력을 살펴보는 것부터 시작하여 다음에 클리블랜드를 거쳐 시카고로 갔다가, 다시 뉴욕으로 와서 1957 년 전후의 사정을 알아보고, 그 다음에 1959 년에서 1963 년에 이르는 미국 역사의 최대의 전환점을 리뷰한 뒤, 마지막으로 최근의 사건들로 가려 한다. 관심이 있는 사람들이라면 이 책을 읽는데 인내심은 필요가 없을 것임을 보증하는 바이다.

차　　례

제 1 부

뉴욕의 초기 이야기

제 1 장

1990 년 12 월 12 일, FBI 뉴욕 지부의 조직범죄 단속반은 50 세의 이탈리아계 뉴욕 시민 죤 고티[1]와 그 외 2 인에 대하여 구속영장을 발부 받아, 같은 날, 그들 일당이 활동본부로 삼고 있는 리틀 이탈리아의 클럽 래버나이트[2]에서 고티와 그의 부하 새미 그라바노[3], 프랭크 로카시오[4] 등 3 명을 체포하였다. 죤 고티에 대한 혐의는 그가 5 건의 살인에 관련되었다는 것과 그밖에 뇌물수수, 불법도박, 불법 고리대금업, 갈취, 탈세, 사법정의 실현의 방해 등이었다.

이날 클럽 래버나이트에는 그들 3 인 이외에도 무려 24 명이나 되는 갬비노 패밀리의 거친 조직원들이 함께 어울려 있었다. 도청 등의 감시를 통하여 이를 미리 알고 있었던 FBI 는 클럽 밖에다가 경찰 부대를 대기시켜놓고 15 명의 특수요원들을 중

---

[1] John Gotti(1940 - 현재) 닉네임은 Dapper Don, Teflon Don 등.
[2] Ravenite Club
[3] Salvatore Gravano(1945 - 현재) 닉네임은 Sammy the Bull.
[4] Frank Locascio

무장시켜 클럽을 습격하였는데 다행히 갱들로부터 약간의 험한 말만 들었을 뿐, 자신들의 법 집행에 별다른 폭력적인 반항을 겪지는 않았다.

죤 고티는 1985 년에 피살된 폴 카스텔라노[5]의 뒤를 이어 뉴욕의 유력한 마피아 갱단의 하나인 갬비노 패밀리의 보스가 된 사람이다. 고티가 체포되기 5 년 전인 1985 년 12 월 16 일, 당시 70 세이던 갬비노 패밀리의 보스, 폴 카스텔라노가 그의 운전사인 토마스 빌로티[6]와 함께 스테이크 요리로 유명한 뉴욕의 스팍스 레스토랑[7] 앞에서 총에 맞아 피살된 사건이 발생하였고, 그 후에 카스텔라노가 차지하고 있던 그 자리를 죤 고티가 이어받은 것이다.

1985 년의 암살은 크리스마스 쇼핑 인파로 몹시도 붐비던 뉴욕의 복잡한 저녁 길거리에서 눈깜짝할 사이에 일어났다. 차편으로 레스토랑 앞에 도착한 카스텔라노가 차에서 내리자마자 피격되어 숨을 거두고 암살자들이 사라지기까지 한 1, 2 분쯤이나 걸렸을까? 폴 카스텔라노는 사업 동료들과 저녁 식사 약속이 되어 있던 스팍스 레스토랑을 찾아왔다가 미리 그 정보를 알고 그곳에서 잠복하고 있던 히트 맨들에게 당한 것이었다. 이때 카스텔라노는 7 발, 운전사인 토마스 빌로티는 4 발을 맞았는데, 카스텔라노의 총상 중 하나는 매우 가까운 거리에서 뒤통수에다 권총을 대고 쏜 것으로 죽음을 확인하는 마지막 총격인 것으로 보였다. 그것은 의심할 여지없는, 100 퍼센트 계획된 히트였다.

뒤이어 피를 부르는 갱들간의 복수전이 예상되었고, 뉴욕경찰국을 비롯한 여러 관련 사법당국에는 곧 비상령이 떨어졌다. 그들은 이어서 벌어질 피비린내 나는 갱 전쟁에 대비한 준비를

[5] Paul Castellano(1915 - 1985) 닉네임은 Big Paul, Pope 등.
[6] Thomas Bilotti(1938 - 1985)
[7] Sparks Restaurant

하였으나 이상하게도 거리는 평온하였다고 한다. 며칠 후 뉴욕 경찰의 정보망에 포착된 소문은 정말로 경악할 만한 것으로, 45 세의 갬비노 카포레짐, 죤 고티가 패밀리의 새 보스로 추대되었다는 소식이었다.

마피아 가문의 위계질서는 보스[8] 아래에 언더보스[9]가 한 명 있고 그 아래에 카포레짐[10]들이 있으며, 카포레짐이 솔다티[11]라 부르는 일반 행동대원을 거느리는 구조로 되어 있다. 그리고 이와는 별도로 콘실리에리[12]라고 하는 고문이 있어 조직원들의 고충을 보스에게 전달하고, 보스의 독재적 전횡을 견제하는 역할을 맡고 있다. 이러한 가문, 즉 범죄 조직이 각 도시마다 대략 1 개씩 활동하고 있으며 뉴욕의 경우에는 갬비노 패밀리를 비롯하여 5 개의 이와 같은 마피아 가문이 존재하고 있는 것이다.

카포레짐을 초기에는 카포데치나[13]라고도 불렀는데, 카포데치나는 원래 라틴어로 10 명의 병사를 거느린 대장이란 뜻이다. 솔다티는 영어의 솔져와 같은 뜻으로 사병을 말한다. 이러한 조직 구성은 일찍이 1931 년에 뉴욕의 암흑가를 통일하여 보스 중의 보스로 등극하였던 살바토레 마란자노[14]가 최초에 만든 것을 그 후에도 그대로 계속 사용하고 있던 것이다.

갬비노 패밀리에는 23 명의 카포레짐이 있었고, 보스의 지휘를 받아 이들 모두를 통솔하는 언더보스는 아니엘로 델라크로체[15]라는 사람이었다. 그는 과거 브루클린 부두를 주름잡았으며

---

[8] Boss, 또는 Capo 라고도 한다. 그러나 최근에는 이보다는 Boss 는 그냥 Boss 라 부르고 Caporegime 을 Capo 라고 부르는 경향이 있다.
[9] Underboss, 또는 Sotto Capo 라고도 한다.
[10] Caporegime, 최근에는 Captain 이라고도 한다.
[11] Soldati
[12] Consigliere
[13] Capodecina
[14] Salvatore Maranzano(1868 - 1931) 닉네임은 Little Caesar.
[15] Aniello Dellacroce(1914 - 1985) 닉네임은 Neil 또는 The Lamb.

지금까지도 그 행적이 전설로 전해져 내려오는 뉴욕 암흑가의 보스의 한 사람, 알버트 아나스타샤[16]의 심복이었던 사람이다. 또한 델라크로체는 그간 죤 고티를 키우고 그의 뒤를 봐준 고티의 후견인이기도 하였으며, 1970 년 이래로 가문의 언더보스를 맡고 있었다.

1985 년 12 월 2 일, 아니엘로 델라크로체는 지병인 폐암으로 사망하였는데 그가 죽자 빅 폴이 – 보스인 폴 카스텔라노의 별명이다 – 누구를 후임 언더보스로 임명할 것인지가 모든 조직원들의 관심사가 되었다. 가장 유력한 후보는 전임 보스였던 카를로 갬비노[17]의 맏아들인 토마스 갬비노[18]와 카스텔라노의 운전사인 토마스 빌로티 두 사람이었다.

원래 이들의 세계에서 운전사라 함은 매우 중요한 직책이다. 그 이유는 첫째, 운전사는 보스가 움직이는 스케줄을 미리 파악하고 있어, 운전사가 배반한다면 너무나 쉽게 보스가 저격 당할 수 있으므로 가장 신임하는 부하에게 운전을 맡기고 있기 때문이고 둘째, 운전사는 자동차 안에서 이루어지는 모든 대화를 들을 수 있어 많은 정보를 접할 수 있으므로 가장 입이 무거운 부하여야 하기 때문이다. 또한 운전사는 보스의 경호원이기도 하고, 골치 아픈 문제가 발생했을 때는 상담역할을 할 때도 있기 때문이다. 그래서 같은 한 사람이 운전사와 언더보스를 겸임하는 경우도 많았다.

당시 갬비노 패밀리의 사업 규모는 돈으로 따져서 1 년에 대략 5 억 달러 정도였다. 생각해 보라. 1 년 매출이 5 억 달러! 1985 년의 우리나라 1 년 총 예산이 12 조원으로, 당시의 환율을 따라 800 원을 1 달러로 환산하면 약 150 억 달러가 된다. 그런

---

[16] Albert Anastasia(1903 - 1957) 원래 이름은 Umberto Anastasio. 닉네임은 Mad Hatter, The Executioner, Lord High Executioner 등.

[17] Carlo Gambino(1902 - 1976)

[18] Thomas Gambino(1929 - 현재)

데 뉴욕의 5 대 마피아 가문 중 한 군데의 1 년 매출이 5 억 달러라! 특히 이들의 사업은 그 성격상 세금을 거의 내지 않으며, 원가도 별로 먹히지 않는다는 것을 생각해 볼 때 이것은 정말로 엄청난 액수이다(당시 뉴욕 5 대 가문의 순위는 갬비노 패밀리가 가장 큰 규모였고, 그 다음이 제노베제 패밀리, 루케제 패밀리 그리고 콜롬보와 보나노 패밀리의 순서였으며 모든 가문의 수입이 공히 이 정도였다는 것은 아니다).

이만한 사업을 거의 총괄하게 될 가문의 언더보스가 공석이 되었고, 그 후임자가 논의되고 있는 시점에서 갑자기 보스가 피살된 상황이 벌어졌는데, 바로 그 보스의 자리에 언더보스의 후보자도 아니었으며 여러 카포레짐 중 서열도 그리 높지 않았던 죤 고티가 올라섰던 것이다. 뉴욕경찰국과 FBI 의 조직범죄 대책반은 문자 그대로 혼란의 도가니가 되지 않을 수 없었다.

죤 고티는 이탈리아 이민의 제 2 세대이다. 그의 아버지 죤 죠셉 고티[19]는 신대륙, 아메리카의 열풍이 전유럽을 휩쓸고 지나간지 얼마 뒤인 1920 년에 남부 이탈리아의 나폴리 인근 지방에서 미국으로 건너왔다. 신대륙을 향한 대이민의 열풍이 불었던 시기는 우리에게 남북전쟁으로 잘 알려진 미국의 내전이 끝난 뒤부터 1 차 세계대전이 발발하기 전까지, 즉 대략 1870 년경부터 1914 년까지의 기간을 일컫는 것으로 이때 유럽에서 미국으로 건너간 이민 인구는 대략 2,600 만 명을 상회한다고 한다.

특히 남부 이탈리아에서는 1882 년과 1906 년의 두 차례에 걸쳐 베수비오 화산이 다시 분화를 시작하여 화산재가 비옥한 캄파니아 평야를 뒤덮었고, 그로 인한 흉년과 기아에서 벗어나기 위해 수많은 사람들이 다른 지역으로 이주하기 시작하였다. 이것은 유럽 역사상 몇 번째 안으로 손꼽히는 민족의 대이동이었으며, 그들은 북부 이탈리아와 스위스로, 북아프리카로, 그리고

[19] John Joseph Gotti

신대륙인 남미와 북미 대륙으로 이주하였다.

죤 죠셉 고티 부부는 미국으로 건너온 후, 뉴욕의 사우스 브롱크스에 자리를 잡고 하루 일당 1 달러 25 센트 짜리 건설 노동자 일을 하며 8 명의 아이를 낳아 키웠다. 1952 년에는 브루클린의 브라운스빌로 이사를 갔고, 그 뒤로 5 명의 아이를 더 낳았다. 죤 고티는 이들 부부의 다섯번째 아이로 1940 년 10 월 27 일 태어났다. 이들 부부가 이사를 갈 무렵의 브루클린은 알버트 아나스타샤가 지배하고 있었으며, 갱들의 갈취가 경찰의 묵인과 시민들의 외면 속에 백주대로에서 공공연히 행해지던 무법 천지였다. 죤 고티는 이 같은 환경에서 청소년기를 보냈고 따라서 그가 숭배하는 우상은 당연히 브루클린 부두의 왕, 알버트 아나스타샤일 수밖에 없었다.

고티 가족이 이사를 가던 때는 브루클린 부두의 공식적인 지배권이 빈센트 망가노[20]로부터 알버트 아나스타샤로 막 넘어간 시기였다. 비토 제노베제[21]는 시실리로부터 돌아왔지만 아직 전열을 완전히 정비할 여유를 갖지 못해, 뉴욕 암흑가의 주도권은 루치아노 패밀리의 프랭크 코스텔로[22]와 망가노 패밀리의 알버트 아나스타샤가 나누어 갖고 있을 때였다.

프랭크 코스텔로가 1936 년부터 약 16 년간, 알버트 아나스타샤가 1951 년부터 1957 년까지 6 년간 각각 한 가문의 보스를 지냈지만 사람들이 코스텔로 패밀리, 아나스타샤 패밀리라는 용어를 잘 쓰지 않고 있는 것은 매우 이상하게 생각되는 일 중의 하나이다. 여하간 코스텔로 패밀리, 아나스타샤 패밀리는 오늘날까지도 그 명맥과 전통이 이어져 내려오고 있으며, 그들 둘을 포함하여 오늘날 뉴욕을 지배하고 있는 5 대 마피아 가문은 당시에도 그대로 활동하고 있었는데 그들이 그렇게 존재하게 된

---

[20] Vincent Mangano(1888 - 1951?) 닉네임은 Vince.

[21] Vito Genovese(1897 - 1969) 닉네임은 Don Vitone.

[22] Frank Costello(1891 - 1973) 원래 이름은 Francisco Castiglia. 닉네임은 The Prime Minister.

연유를 한번 자세히 알아보려면, 우리는 대략 1930 년경으로 시간을 거슬러 올라가야 한다.

1930 년에서 1931 년 사이는 살바토레 마란자노와 귀제뻬 마세리아[23]라는 두 시실리 인이 뉴욕 지하세계의 패권을 두고 전쟁을 벌이던 때이다. 이 전쟁을 일컬어 '카스텔라마레세 전쟁[24]'이라 하는데 이 명칭은 살바토레 마란자노가 시실리 섬의 작은 마을, 카스텔라마레[25] 출신이었던 데에서 비롯된다.

1920 년 1 월부터 공식적으로 발효된 미국의 금주법은 1933 년까지 13 년간 지속되었으며, 이 법으로 인해 번창하게 된 밀주 사업은 수많은 갱 조직을 모두 먹여 살리고도 남았다. 그러나 1930 년대에 들어서자 금주법이 곧 폐지될 것이 누구의 눈에도 명확하게 보이기 시작하였고, 따라서 밥그릇의 정리가 필요하게 된 것이 이 전쟁이 일어나게 된 경제적인 측면의 원인이었던 것으로 생각된다. 그러나 당시의 눈으로 보기에는, 어쨌든 카스텔라마레세 전쟁이 일어나게 된 까닭은 앞에서 말한 두 사람이 일으킨 뉴욕 암흑가 주도권 다툼이었다.

갱들의 주 사업, 즉 갱 조직들에게 돈벌이가 되는 사업은 절도와 강도를 비롯하여 매춘, 도박, 고리대금업, 거리에서의 보호비 갈취, 그리고 여러 가지 청부업과 밀주사업 등이 있었는데 이중에서 가장 이윤이 많이 남는 것은 역시 밀주사업이었다.

알코올의 수요는 예나 지금이나 마찬가지라고 볼 수 있을 것이다. 그러나 1920 년부터 시작된 금주법 아래에서 미국인들의 알코올 수효는 더욱 폭발적으로 늘어나고 있었다. 금지된 것을 더욱더 찾으려하는 사람들의 심성은 어느 시대, 어느 나라에서나 공통된 점일 것이다. 그러나 당시 미국에서 일어났던 알코올

---

[23] Guiseppe Masseria(1879 - 1931) 닉네임은 Chinese, 후기의 닉네임은 Joe the Boss.
[24] Castellammarese War(1930 - 1931)
[25] Castellammare del Golfo, Sicily

수요의 증가에는 그 이상의 사정이 있었으니 그 이유는 바로 다음과 같다.

1 차 세계대전을 치루면서 미국은 강대국으로 변모하였고 국내산업의 규모도 매우 커지게 되었다. 노조파업, 인종폭동 등 소요사태도 있었지만 이 나라는 최대의 호경기를 누리고 있었고 이 호경기는 1929 년에 대공황이 일어나기 전까지 지속된다. 이때의 미국은 지구상에 최초로 형성된 소비사회로, 부자들뿐 아니라 중산층까지도 냉장고, 세탁기, 진공청소기 등의 가전제품을 어렵지 않게 가질 수가 있었다. 보통 여성들의 미니스커트 유행이 경기의 좋은 지표가 된다고 말하는데, 미국에서는 1924 년부터 1927 년까지 단 3 년 동안에 여성의 내의 목록에서 코르셋이 완전히 사라졌다고 한다. 이 한가지 사실만으로도 이때의 호경기가 어떠했는가를 충분히 설명할 수 있다고 주장한다면 그것은 너무나 비약이 심한 것일까?

이때의 미국인들은 청교도적인 절제를 19 세기의 잔재로 여겨 그로부터 벗어나기를 갈망하고 있었다. 도덕 관념은 해이해졌고, 마치 모든 사람들이 다 부자가 되려고 마음먹은 듯 거리를 헤집고 다녔다. 이와 같은 분위기로 뉴욕을 비롯한 미국의 대도시들은 타오르는 활화산과도 같은 활력을 가지고 있었다. 이러한 도시에서 알코올의 섭취를 금한다는 것은 사실상 넌센스라고 볼 수 있었던 것이다.

아무도 금주법을 지키는 사람이 없었다. 심지어 이 나라의 대통령까지도 사적인 파티에서는 만취가 되도록 술을 마셔댔다.[26] 이때 미국 도회지에서 술을 마시며 양심의 가책을 느끼는 사람은 아주 극소수에 불과하였다. 그러나 술을 마시는 일과 술을 파는 일은 엄연한 불법 행위임에 틀림이 없었으므로 수천군데

[26] 미국의 제 29 대 대통령인 Warren G. Harding(재임기간 1921-1923)은 백악관 안에 개인 바를 가지고 있었으며, 자주 대통령 관저를 빠져나가 친구들과 어울려서 포커 게임을 하며 술을 마셨다고 한다.

에 달하는 비밀 술집들은 영업활동을 지속하기 위해서 경찰 등 사법관리에게 뇌물을 바치지않을 도리가 없었다.

그렇다면 대체 어떻게 해서 이와 같은 일이 벌어질 수가 있었던가? 대체 어떤 경로로 이 금주법이 제정되었을까?

술의 제조와 판매를 법적으로 금지해야 한다는, 실로 바보 같은 이러한 주장은 이미 1800 년대 중반부터 미국 내에서 존재해 왔다. 당시 미국사회의 번영을 이룩한 원동력은 자유 방임적, 개인주의적 경제 체제였고, 이러한 체제를 지지한 사람들은 기업가와 보수적인 정치가들, 그리고 주로 프로테스탄트 교도인 백인 중산계급들이었는데, 원래 이들은 음주란 매춘, 범죄 등을 일으켜 사회를 타락시키는 아주 나쁜 것이라는 생각을 가지고 있었다.

또한 이들은 미국의 대도시들이 외국으로부터 들어온 이민인구로 들끓고 있는데 대해서도 점차 불안을 느끼고 있었다. 이방인들의 낯선 풍습과 종교로 미국이 잠식당하고 있다고 생각하게 되었던 것이다. 주로 농촌지역을 중심으로 한 이들 백인 중산계급층에서는 금욕과 절제를 강조하며 전통적인 미국정신의 가치를 숭상하는 윤리가 뿌리 깊었고, 따라서 이들에 의한 금주운동은 이민 배척운동과도 자연스럽게 관련을 맺게 되었다. 이들은 도시의 외국인들과 술이 미국을 도덕적으로 타락시키고 있다고 믿고 있었던 것이다.

변화하는 미국 사회 안에서 옛날의 미국을 지키려는 이들의 노력은 드디어 1917 년에 이르러 성과를 거두게 된다. 거기에는 1 차 세계대전의 발발로 인한 국가 전체의 전시 분위기에 힘입은 바가 매우 컸다. 1917 년 말에 금주법이 미국 상원에 상정되었을 때에 그것은 불과 13 시간의 논쟁 끝에 일방적인 투표로 통과되었던 것이다. 수개월 후 다시 하원에서 단 하루의 심의 끝에 법안이 통과한 뒤, 금주법이 미국 헌법의 일부가 된 것은 1919 년 1 월 16 일의 일이었다.

미 의회는 금주법의 실시를 집행하기 위한 예산도 함께 통과시켰으나 그 액수는 겨우 500 만 달러에 불과하였다. 국내의 밀주는 차치하고라도 연장 총 18,700 마일에 달하는 미국의 해안선과 국경을 통한 술의 밀수입까지 모두 적발해내는데 연간 500 만 달러의 예산은 아무리 생각해 보아도 너무나 적은 액수였다. 아무래도 의원들은 미국 국민들의 도덕심에 너무나 높은 점수를 주고 있었던 모양이다.

국민들이 내핍 생활을 당연한 것으로 받아들인 1 차 세계대전의 전시 분위기가 연장된 것만 아니었다면 아마도 금주법이 이렇게 쉽게 통과되지는 않았을 지도 모른다. 어쨌든 금주법은 당시 미국 전체의 압도적인 지지를 얻고 있었다. 헌법 수정 제 18 조인 금주법이 그 효력을 발휘하면 미국 내에서 알코올이 완전히 사라질 것이라는 예측에 의혹의 눈길을 보내는 사람은 거의 없었다고 한다.

결국 1920 년 1 월 26 일부터는 Noble Experiment[27]로도 불리는 헌법 수정 제 18 조, 금주법이 효력을 가동하여 술의 제조와 유통, 판매뿐 아니라 술의 수입과 수출까지, 술에 관한 모든 것이 미국 내에서 금지되기에 이르렀다. 그리고 그렇게 되자 밀주사업은 떠오르는 황금의 사업이 되었다. 수천군데의 펍과 살롱 등 술집이 폐쇄된 대신에 그보다 더 많은 수의 비밀 술집이 생겨났다. 이전에 절도, 매춘, 도박, 보호비 갈취 등을 주업으로 삼고 있던 갱들은 즉시 새로운 사업의 폭발적인 잠재력을 알아챘고, 곧 너도나도 그 사업에 뛰어들었다. 또한 갱이 아니면서도 술을 마시는 것에 별로 죄의식을 느끼지 않는 보통 사람들이 밀주업에 손을 대어 큰 돈을 벌기도 하였는데 점차 이들의 사업도 갱들의 그것을 닮아가게 된다. 그래서 당시 뉴욕을 중심으로 한 미국의 지하세계에는 수많은 그룹들이 활동하게 되었다.

---

[27] 미국의 제 31 대 대통령인 Herbert Hoover(재임기간 1929-1933)의 말이다.

술을 만들어내고 최종 소비처까지 배달하는 모든 유통 과정은 필연적으로 네트워크의 형성을 필요로 했고, 이때부터 갱들의 사업은 조직화되기 시작하였다. 전에도 그들에게 소규모의 조직이 존재하였던 것은 사실이지만, 그야말로 이 1920년을 기점으로 미국의 갱들은 완전히 다른 차원의 세계, 즉 본격적인 범죄조직의 세계로 들어선 것이다. 이 밀주사업은 믿을 수 없을 정도로 엄청난 이윤이 존재하여, 그 돈을 가지고 매수할 수 없는 경찰관이나 판사는 거의 없었다.

사업은 조직화되고, 조직은 점점 거대해졌다. 이러한 추세를 타지 못하고 탈락한 그룹은 은행털이, 하이재킹 등 절도로 연명하다가 당국에 체포되어 일간지의 제 1 면을 장식하곤 하였다. 기관총 켈리, 딜린저, 보니와 클라이드[28] 등이 바로 그러한 경우로, 진짜 갱들은 뇌물로 만들어진 보호벽 뒤에서 안전하게 사업을 계속하며 돈을 세고 있었다.

귀제뻬 마세리아와 살바토레 마란자노 두 사람을 제외하고 당시 뉴욕의 지하세계에서 두각을 나타내고 있던 사람들로는 찰스 루치아노와 루이스 부챌터가 가장 먼저 손꼽혔다. 그 다음으로 프랭크 예일, 프랭크 코스텔로, 죠 아도니스, 죠셉 프로파치, 빈센트 망가노, 오우니 매든, 프랭크 에릭슨, 잭 다이아몬드, 덧치 슐츠[29] 등이 있었다. 이중 아일랜드계인 잭 다이아몬드[30] 등 몇 명을 제외하고는 대부분이 이탈리아-시실리계와 유태계였지만 애초부터 암흑가에서 이들 이탈리아 갱과 유태계 갱들이 다수였던 것은 아니다.

최초에 영국인들이 신대륙으로 건너온 이후, 그 다음으로 이주해온 이민은 아일랜드계가 많았다. 그들은 남유럽과 동유럽

---

[28] Machine Gun Kelly, John Dillinger, Bonnie Parker & Clyde Barrow

[29] Charles Luciano, Louis Buchalter, Frank Yale, Frank Costello, Joe Adonis, Joseph Profaci, Vincent Mangano, Owney Madden, Frank Erickson, Jack Diamond, Dutch Schultz

인들이 이주해오기 전에 자리를 잡았고 따라서 이민자 거주구역의 주도권도 이들 아일랜드계 갱들이 가지고 있었다. 그러나 그들이 세력을 키워 활동지역을 거주구역 밖으로 확장시키자 힘의 공백이 생기게 되었고, 그 자리를 점차 유태계, 그리고 이탈리아계 갱이 차지하게 되었으며 나중에는 오히려 이들의 세력이 앞서게 된 것이다. 그래서 이때는 주로 유태계와 이탈리아-시실리계 갱들이 도시 암흑가의 주도권을 가지고 있었다.

마세리아와 마란자노 이전 세대에서는 뉴욕의 이탈리아 갱의 주도권은 이냐치오 샤이에타[31]와 살바토레 다퀼라[32]에게 있었다. 그러나 이냐치오 사이에타는 위조지폐를 만들다가 검거되어 30년형의 유죄 판결을 받았고, 살바토레 다퀼라는 마세리아에게 제거당하여 그 이후 뉴욕의 암흑가에서는 귀제뻬 마세리아가 떠오르는 스타가 되었다.

마세리아는 1903년에 살인 혐의를 피해 시실리로부터 미국으로 건너왔고, 뉴욕의 강자였던 살바토레 다퀼라를 제거한 후 타고난 교활함과 난폭성으로 곧 뉴욕의 보스로 군림하게 된다. 거친 매너와 함께 자기의 앞길에 걸리적거리는 사람을 없애는 일에 조금도 망설임이 없는 잔혹함이 바로 마세리아의 평판이었다. 그는 그리 크지 않은 키에 뚱뚱한 몸집으로 얼굴에도 살집이 많아 눈이 작아 보였기 때문에 사람들로부터 `중국인` 이라는 별명으로 불렸다. 그는 당시 많은 뉴욕의 갱들로부터 상납금을 거두고 있었다.

마세리아가 신대륙에 건너온 이후에 자신의 능력을 입증하여 보스의 반열에 올라선 것에 비하여 살바토레 마란자노는 시실리에서부터 이미 명성을 얻고 있었던 사람으로, 그는 시실리의

---

[30] Jack Diamond(1897 - 1931) 닉네임은 Legs.
[31] Ignazio Saietta
[32] Salvatore D`Aquila(? - 1928) 닉네임은 Toto.

보스 중의 보스인 돈 비토 까시오 페로[33]의 밀명을 받고 1927 년에 미국으로 건너온 시실리 마피아의 직계였다. 마란자노의 임무는 미국의 형제들을 돈 비토 까시오 페로의 깃발아래 조직하는 것이었으며, 그는 뉴욕에 살고 있는 백 여명의 카스텔라마레 출신 시실리인들을 규합하여 마세리아에게 상납금을 내지 않고 독자적으로 사업을 해나갔다.

마란자노는 여타 마피아 조직원들과는 다른 점이 많았던 사람으로 알려지고 있다. 정규 대학교육을 받았으며, 대화로써 남을 설득하는 뛰어난 능력을 가지고 있었고 사람들이 그와 마주하면 저절로 그의 열정과 권위를 느낄 수 있어 그를 따르지 않을 수 없었다고 한다. 또 그는 5 개 국어를 구사할 줄 알았으며, 특히 자신이 좋아하던 줄리어스 시저의 문헌을 읽을 때에는 라틴어로 된 원본으로 읽었다고 한다.

소설 <대부>에 실명으로 등장하기도 하는 마란자노는 미국식 갱이라기 보다는 지중해 풍의 매너를 가진 클래식한 분위기의 갱이었다고 여겨진다. 젊은 시절에는 한때 카톨릭의 신부가 되려는 공부를 하기도 했다고 하는데, 그러나 이로 미루어 짐작되는 그의 성격과는 상반되게 같은 카스텔라마레 출신이며 그의 제일가는 심복 부하였던 죠셉 보나노[34]는 그를 `타고난 투사' 라고 평가하고 있다.

마란자노의 독립적 사업운영에 대하여 관망하고 있던 마세리아는 드디어 마란자노에게 상납금을 요구해 왔고 그 요구가 거절되자 즉시 마란자노의 카스텔라마레 동지가 한 명 살해되는 일이 일어났다. 마세리아의 상납금 요구를 마란자노가 거절했다는 소문이 거리로 퍼지자 뉴욕의 지하세계에는 긴장감이 감돌았다. 마란자노가 항복하지 않고 오히려 전력을 강화한다는 소식이 알려지며 전운은 더욱 깊어 갔다. 1929 년경의 일이다.

---

[33] Vito Cascio Ferro(1862 - 1945)

[34] Joseph Bonanno(1905 - 현재) 닉네임은 Joe Banana.

마세리아와 마란자노의 대립은, 초기에는 상대가 되지 않는 게임처럼 보였으나 점차 한판의 승부가 되기 시작하였다. 죠셉 보나노, 죠셉 프로파치[35] 등 카스텔라마레 사람들의 철통 같은 단결 때문이었다. 마란자노의 보호비 상납 거절에 대하여 마세리아의 즉각적인 대응이 있었지만 마란자노 그룹은 위축되지 않았으며, 오히려 마세리아 쪽의 밀주운반 트럭을 하이재킹하는 등 더욱 마세리아의 신경을 건드리고 있었고 다른 군소 조직들도 점차 양측 모두의 눈치를 보기 시작하였다.

마란자노와 마세리아의 갈등은 날이 갈수록 그 정도가 심해졌고, 술집이나 뒷골목에서 벌어지는 이들 사이의 총격전은 신문의 머리기사로 보도되기 시작했으며 이젠 경찰들도 아무리 뇌물을 많이 받아먹었다 할지라도 수수방관만 할 수는 없게 되었다. 사법당국의 체면이 걸려 있었기 때문이다. 검거선풍이 불면서 갱들은 운신의 폭이 좁아졌고 사업에 차질이 오게 되었다. 갱들은 이와 같은 상황을 빚어낸 마세리아와 마란자노 두 사람을 비난하기 시작하였으며 빨리 전쟁이 끝나기를 원하였으나, 두 사람은 전혀 양보할 기색을 보이지 않고 완고한 입장을 고수하였다. 한편 다른 조직들은 마세리아와 마란자노 두 그룹 중 어느 쪽에 붙을 것인지를 밝히도록 강요 받았다.

1930년 11월 5일, 마세리아의 방문예정지를 미리 알아낸 마란자노는 그것이 전쟁을 끝낼 천재일우의 기회임을 알고 수하의 정예 히트 맨 3명을 그 앞에 매복시켜 저격을 시도하였다. 예정된 시각에 마세리아는 부하 2명과 함께 나타났고 히트 맨들은 세 곳에서 동시에 발포하였는데, 부하 두 사람은 그 자리에서 즉사하였으나 정작 제1목표였던 마세리아는 기적적으로 다치지 않고 살아났다.

분노하여 이성을 잃은 마세리아는 그의 모든 부하들을 소집

[35] Joseph Profaci(? - 1962)

하여, 카스텔라마레 마을을 고향으로 두고 있는 남자라면 전부 다 죽여 없애버리라는 명령을 내려 상황은 게릴라전에서 전면전으로 확대되었다. 이젠 톰슨 자동소총을 든 갱들이 급정거한 검정색 승용차로부터 뛰어내려 총격전을 벌이는 장면은 더 이상 뉴욕 시민들에게 낯선 것이 아니었다. 바로 후일 카스텔라마레세 전쟁으로 알려지게 되는 생사의 결투가 시작되었던 것이다.

대화나 화해는 더 이상 있을 수가 없었고, 두 사람 중 어느 한 쪽이 사라져 주어야만 했다. 그러나 두 보스에 대한 경호는 더욱 엄중해졌고 일선전투는 교착상태에 빠져들었다. 사업이 거의 마비상태가 되어 버렸기 때문에 뉴욕의 갱들 중 이 전쟁이 끝나기를 바라지 않는 사람은 없었으며, 경찰들도 여러 가지 이유로 전쟁이 빨리 끝나기를 원하고 있었다. 이 전쟁을 끝내는 데 수훈을 세우는 사람은 갱과 경찰, 양쪽으로부터 훈장을 받게 될 터였다. 그리고 역사는 그 영광된 자리에 오를 사람을 찰스 루치아노[36]로 선택하였다.

찰스 루치아노는 1897 년 11 월 24 일, 마피아의 본고장인 시실리 내륙에 있는 작은 마을 레르카라 프리디[37]에서 안토니오와 로살리 루카니아[38] 부부의 셋째 아이, 둘째 아들로 태어났다. 레르카라 프리디는 인구 13,000 명 정도의 유황광산 마을로, 광산 노동에 지친 안토니오 루카니아 부부는 새 삶을 찾아 1906 년에 모든 식구를 거느리고 미국으로 건너와 뉴욕의 로우어 이스트 사이드의 이민자 거주지에 정착했다. 그러나 이들 부부의 미국 생활도 그리 만만한 것은 아니었다.

루치아노 가족이 자리를 잡은 곳은 리틀 이탈리아로부터 몇

---

[36] Charles Luciano(1897 - 1962) 원래 이름은 Salvatore Lucania, 닉네임은 Lucky.
[37] Lercara Friddi, Sicily
[38] Antonio & Rosalie Lucania

구역 떨어진 곳으로 유태계와 슬라브계가 많이 살고 있는 곳이었다. 루치아노는 이곳에서 같은 또래의 소년들과 어울려 다니면서 소매치기, 도둑질 등을 저지르면서 범죄자로서의 경력을 시작하였다. 체격이 큰 편은 아니었으나 머리가 좋았던 루치아노는 이탈리아인이 열세인 이곳에서 무사히 살아 남기 위해서는 힘에만 의존할 것이 아니라 외교적인 능력도 필요하다는 것을 배우지 않을 수 없었다.

몇 년 후 루치아노는 당시 브루클린에서 꽤 큰 세력을 자랑하던 파이브 포인트 갱단[39]으로부터 심부름 일을 제의 받게 되는데 이것은 갱단의 정식 멤버가 될 수도 있는 후보자가 되었다는 뜻이므로 굉장한 발전을 의미한다. 갱들은 항상 소년들 중에서 그들 조직원의 후보자감을 물색하고 있었고, 테스트를 거쳐 그들을 입단시켰던 것이다.

1916 년에 루치아노는 한번 경찰에 체포된다. 헤로인을 배달하는 심부름을 하던 중 경찰의 불심 검문에 걸려 체포되었던 것이다. 이때 루치아노는 다른 조직원의 이름을 대면 무죄 방면해 주겠다는 경찰 당국의 회유에 넘어가지 않고 끝까지 침묵을 지켜, 6 개월간의 감옥 생활을 마치고 풀려난다. 그리고 이 건으로 루치아노는 파이브 포인트 갱단의 정식 멤버가 될 수 있었다. 시실리 출신인 그는 경찰에 입을 열지 않고 침묵을 고수하는 오멜타의 서약[40]을 지키는 일이 몸에 습관화되어 있었던 것이다.

파이브 포인트 갱의 정회원이 되면서 루치아노는 쟈니 토리오, 프랭크 예일, 치로 테라노바, 알 카포네[41] 등의 동료들을 만난다. 알 카포네? 바로 그 유명한 시카고의 알 카포네[42] 말이다.

---

[39] Five Points Gang. 초대 보스가 Paulo Vaccarelli 로 이탈리아계 갱단이다.
[40] The Oath of Omerta
[41] Johnny Torrio, Frank Yale, Ciro Terranova, Alphonse Capone
[42] Alphonse Capone(1899 - 1947) 닉네임은 Scarface.

이때는 아직 카포네가 뉴욕에서 활동을 하고 있었다. 그 무렵 루치아노는 만일의 경우, 가족들이 놀라지 않도록 이름을 원래의 살바토레 루카니아에서 찰스 루치아노로 바꾸었다.

그는 라이벌 갱단인 몽크 이스트맨 갱[43]과의 수 차례 전투에서 용맹성을 나타내었고 몇 차례에 걸쳐 이스트맨 갱의 살해 혐의로 기소되었지만 번번이 증거 불충분으로 풀려났다. 1903 년 8 월에 있었던 파이브 포인트 갱단과 이스트맨 갱단 사이의 전쟁은 유명한 것이었는데 그 이후로도 두 그룹간에는 계속 잦은 충돌이 있었다. 루치아노는 여가 시간을 주로 도박으로 보냈으며 기소될 때에는 항상 직업을 도박사라고 진술한 것으로 알려지고 있다. 루치아노는 1920 년 경에는 독립하여 그 자신의 갱단을 만들어 사업을 시작한다.

원래 갱들의 사업 중 가장 기본적인 것은 거리에서의 보호비 갈취라고 할 수 있다. 이 `갈취[44]` 란 그 내용을 한 마디로 설명하기는 몹시 어렵다. 다만 사전에 의하면 갈취란 `위협이나 폭력 등의 불법적인 방법에 의한 부정직한 돈벌이` 라고 되어 있다. 기초적인 예를 들면, 거리의 작은 상점들을 건달들의 폭력으로부터 보호해주고 대신에 소정의 사례비를 받는 것이다. 이 돈을 내거나 안 내거나 하는 것은 그들의 자유이지만, 보호비를 내지 않은 상점이나 사업장은 보호비를 제대로 낸 곳보다 사고가 일어날 확률이 통계적으로 많아진다.

주차장 연합회를 예로 들어보자. 보통 주차 시키는 차 한 대당 매달 1 달러의 보호료를 갱들에게 내는 것이 기본인데, 이 연합회의 회원이 아닌 주차장에서는 어떤 한 달 동안에 약 1,000 건의 자동차 바퀴 펑크 사고가 일어나게 된다. 따라서 각 주차장들은 서로 앞을 다투어 주차장 연합회의 회원이 되려고 한다. 그리고 이와 비슷한 일이 세탁소 연합회에서도, 청소업자

---

[43] Monk Eastman Gang, 초대 보스였던 Edward Osterman(1873 - 1920)의 별명을 딴 유태계 갱단.
[44] Racketeering

단체에서도, 수산물 시장, 청과물 시장, 푸줏간, 식료품상에서도 생길 수 있는 것이다.

초기에 루치아노는 주로 윤락가의 사업을 보호하는 일을 하였다. 루치아노에게 보호료를 상납하지 않은 업소에서는 건달들에 의해서 집이 완전히 부서지고 마담과 창녀들이 뭇매를 맞아 멍 투성이가 되는 일이 자주 일어났으므로 사람들은 기꺼이 루치아노에게 보호비를 가져다 바쳤다. 루치아노의 사업은 별 문제 없이 풀려나갈 수 있었으며 얼마 후 루치아노는 맨해튼 지역 윤락가의 보스가 될 수 있었다. 그런 중에서도 루치아노에게 반항하는 업주들이 몇 있기는 하였으나 그들은 소리없이 실종되곤 하였고, 루치아노와 유사한 사업을 하고 있는 경쟁 그룹들은 차례로 루치아노에게 제거되었다.

1920 년대 중반에 이르자 루치아노는 5,000 군데 이상의 매춘업소를 거느리게 되었고 밀주사업에도 손을 대고 있어 1930 년이 되기 전에 백만장자의 대열에 낄 수 있게 되었다. 알 카포네가 한 푼의 세금도 내지 않고 있다가 결국 감옥행을 당한 것과는 달리 루치아노는 매년 225,000 달러의 수입을 신고하여 이에 해당하는 세금을 꼬박꼬박 납부하였다.

이 무렵 그는 관리들을 다루는 솜씨로 정평이 나 있던 프랭크 코스텔로, 죠 아도니스[45]와 교분을 가지게 되었고, 마이어 랜스키[46], 벤자민 시겔[47], 그리고 비토 제노베제 등을 수하로 거느리게 되어 뉴욕의 암흑가에서 무시할 수 없는 제 3 의 세력으로 떠오른다. 이들 그룹의 콤비플레이는 매우 환상적인 것으로, 루치아노의 리더쉽 아래에서 프랭크 코스텔로와 죠 아도니스는 경찰 등 사법관리들에게 뇌물을 뿌려 보호막을 만드는 일을 담당하였고, 벤자민 시겔과 비토 제노베제는 대화만을 가지고는

[45] Joe Adonis(1902 - 1972) 원래 이름은 Giuseppe Antonio Doto.
[46] Meyer Lansky(1902 - 1983) 원래 이름은 Maier Suchowlijanski.
[47] Benjamin Siegel(1906 - 1947) 닉네임은 Bugsy.

잘 해결되지 않는 일들을 맡았으며, 마이어 랜스키는 조직의 두뇌였다. 당시 프랭크 코스텔로가 뇌물로 사용하는 돈은 1 주일에 자그마치 10 만 달러씩이나 되었다고 한다. 요즈음 생각하더라도 엄청난 돈이 아닐 수 없다.

루치아노는 마세리아나 마란자노와는 달리 동료들이 시실리나 남부 이탈리아 출신이어야 한다고 고집하지 않았다. 이것만 보더라도 그의 열린 사고방식을 알 수 있다. 그는 사업에서 나오는 이윤을 가장 중시하였고, 그것을 위해서라면 마이어 랜스키나 벤자민 시겔이 유태인이라는 것도 문제가 되지 않았다. 루치아노와 랜스키, 시겔, 제노베제의 이 4 인 연합은 그 동안 여러 차례에 걸쳐 영화의 소재가 되어 왔다. 로버트 드니로 주연의 <Once Upon a Time in America>, 크리스천 슬레이터가 주연한 <Mobsters> 등이 그것이다.

마세리아와 마란자노의 갈등이 깊어지고 있을 무렵 찰스 루치아노는 뉴욕의 다른 그룹들과 마찬가지로, 마세리아에게 상납금을 바치고 있는 마세리아의 편이었다. 루치아노는 애초에 마세리아 패밀리의 보호막 안으로 들어가면서 가지고 있던 여러 이권 중 일부를 마세리아에게 넘겨주었지만, 그 중 수입 스카치 위스키에 대한 권리만은 넘겨주지 않고 있었다. 그것은 엄청난 수익을 보장하는 사업이었기 때문에 마세리아에게 넘겨줄 수 없었던 것이다. 당시 루치아노는 스코틀랜드로부터 오리지날 위스키를 직수입하는 루트를 확립해 놓고 있었던 것이다.

그러나 마세리아가 최초의 약속을 어기고 이 위스키 이권까지 요구하기 시작하자 루치아노는 마란자노와의 제휴를 생각하기 시작한다. 원래 루치아노 패밀리는 마세리아에게 부하를 제공하거나 하여 마란자노와의 전쟁에 적극적으로 개입하지는 않고 내심 양편을 저울질하고 있었는데, 이제 마세리아 측에서 먼저 배반의 빌미를 제공한 것이다. 마침 이때 전쟁을 끝내기 위한 마지막 카운터 블로우를 준비하고 있던 마란자노 쪽에서도 루치아노에게 회유의 손길을 뻗쳐 결국 루치아노는 마란자노와 직접 대면을 한다.

루치아노와 마란자노는 직접 만나 회담을 가졌다. 그러나 이 회담은 대등한 관계의 회담은 아니었던 것 같다. 마란자노는 루치아노에게 대환영의 뜻을 분명히 했으나 대신 한가지 조건을 제시하였는데, 그것은 마세리아를 루치아노 자신의 손으로 죽여야만 한다는 것이었다. 이것은 루치아노로서는 도저히 응할 수 없는 요구였다. 그 까닭은 이 당시만 해도 보스를 직접 죽인 자는 결코 다음에 보스가 될 수 없다는 전통적인 시실리의 관습을 많은 멤버들이 신봉하고 있었기 때문이다. 루치아노 그룹의 힘을 알고 있던 마란자노가 일부러 내건 요구사항이었다.

조건이 거절되자 마란자노는 부하를 시켜 루치아노를 고문하였고, 그대로 그를 없앨 수도 있었으나 그래도 아직은 이용가치가 남아 있다고 판단하여 죽이지 않고 산 채로 돌려보냈다. 루치아노의 얼굴에서 보이는 좌우의 불균형은 바로 이 고문으로 생긴 것이다. 루치아노가 마란자노의 손아귀로부터 무사히 살아 돌아온 것은 거의 믿기 어려운 행운이었으므로 마이어 랜스키는 그에게 `럭키` 라는 별명을 붙여주었다.[48]

마세리아를 직접 처치하는 것은 거부하였지만 루치아노는 마란자노와 연합하기로 합의를 보았고, 이를 지키기 위해서 우선 마세리아의 주변 세력을 약화시키기 위한 전략을 구사하기로 하여, 먼저 브롱크스에 근거지를 두고 활동하며 마세리아의 편

---

[48] 루치아노의 행운에 대한 또 하나의 예가 있다. 1929년 10월, 루치아노는 허드슨 강의 부두에서 헤로인을 부리는 일을 감독하고 있던 중 잭 다이아몬드 갱에 의해서 납치되어 피투성이가 되도록 얻어맞고 수 차례 얼굴과 목, 등판을 칼과 얼음 송곳에 찔린 후 입에 반창고가 붙여진 채로 강에 버려졌는데, 기적적으로 경찰에 발견되어 병원으로 이송돼 겨우 목숨을 건진다. 병원과 경찰서에서 루치아노는 어떻게 된 일인지 전혀 모르겠다는 진술로 일관하였다. 잭 다이아몬드는 이 사건이 있은 지 약 2년 후인 1931년 12월 18일에 뉴욕 주 알바니에 있는 자기 소유의 한 밀주집에서 2명의 갱이 쏜 총에 맞아 죽고 만다.

으로 돌아선 가에타노 레이나[49]를 제거하였다. 이때의 히트 맨은 비토 제노베제였던 것으로 알려져 있다.

다음에는 마세리아의 경호원이자 마세리아 패밀리의 언더보스인 피터 모렐로[50]를 제거하였는데 이것은 죠 아도니스의 오른팔이었던 알버트 아나스타샤가 집행한 작전이었다. 마세리아는 계속 루치아노의 배반을 눈치 채지 못하였다. 그는 심지어 피터 모렐로의 히트가 시카고 쪽에서 꾸민 짓이라는 루치아노가 흘린 소문을 믿고 부하를 시카고로 보내 용의자로 지목한 죠셉 아이엘로[51]를 해치우기도 하였다.

마침내 때가 왔다고 판단한 마란자노는 루치아노와 최종회담을 가졌고 그 얼마 후인 1931 년 4 월 15 일, 루치아노는 마세리아를 코니 아일랜드에 있는 이탈리아 레스토랑 `스카르파토[52]` 로 초청하였다. 오랜 심복 부하였던 루치아노의 제의에 마세리아는 별 의심 없이 동의를 했다. 두 사람은 풀 코스의 정식과 와인으로 약 두 시간에 걸친 정찬을 들었고 식사 후에는 루치아노의 제의로 카드 게임도 하였다. 한 시간 가량 카드 게임을 하여 시간이 꽤 늦어지자 홀 안은 그들 이외에 다른 손님이 하나도 없게 되었는데 이때 루치아노는 양해를 구한 후 화장실에 가기 위하여 자리를 떴다.

루치아노가 화장실에 간 후 4 명의 남자가 레스토랑 안으로 들어왔고, 그들은 불문곡직 권총을 빼들어 마세리아를 향해 쏘아, 20 발 이상의 총알을 맞은 마세리아는 그 자리에서 절명하였다. 이때의 히트 맨은 죠 아도니스, 벤자민 시겔, 비토 제노베제, 알버트 아나스타샤 등 네 사람이었으며, 알버트 아나스타샤가 마지막으로 마세리아의 머리에 권총을 갖다 대고 확인 사살을 하였다. 후에 경찰로부터 조사를 받을 때 루치아노는 `그때 나

---

[49] Gaetano Reina(? - 1930)
[50] Peter Morello(? - 1930) 닉네임은 The Clutch Hand.
[51] Joseph Aiello(1891 - 1930)

는 화장실에서 소변을 보고 있었다. 나의 소변은 항상 오래 나온다.` 라고 진술했다고 한다. 루치아노는 무혐의로 판정 받았다.

카스텔라마레세 전쟁은 이렇게 끝이 났고, 뉴욕의 지하에는 수년 만에 평화가 찾아왔다. 마란자노는 최초로 뉴욕의 암흑가를 통일한 보스가 되었으며, 따라서 전 미국의 보스로 추대되었다. 마란자노는 보스 중의 보스, 즉 이탈리아어로 카포 디 카피[53]의 영광을 차지하게 된 것이다. 그는 브롱크스의 그랜드 콘코스[54]에서 회합을 소집하여 그의 지위를 분명히 하는 대관식과 같은 의식을 열었다.

여기에는 이탈리아-시실리 갱들만이 참석하도록 허락되었는데 전국의 각 지역으로부터 약 400 명 가까운 형제들이 모여서 카포 디 카피, 살바토레 마란자노에게 충성을 맹세하였으며, 그 표시로 현금이 든 봉투를 준비하여 이날 하루 동안에만 약 100만 달러 이상의 돈이 거두어졌다고 한다. 마란자노는 높은 단상 한가운데 앉아 있었고, 전쟁 종결의 일등 공신인 루치아노는 그보다는 한 칸 아래이지만 다른 사람들보다는 약간 높은 위치에 앉았다.

마란자노는 이 자리에서 자기 자신을 공식적으로 카포 디 카피로 선언하였고, 그들의 조직을 `라 코사 노스트라[55]` 라고 처음 명명하였다. 굳이 우리 말로 번역하자면 `우리들의 것, 우리들의 임무` 라는 뜻이다. 그리고 조직의 서열을 만들어 공표하였는데 이때 그가 만든 위계질서가 바로 보스에서 언더보스, 카포데치나(카포레짐) 그리고 솔다티로 이어지는 서열이다. 마란자노는 이와 같은 조직표를 로마 시대의 군대 서열로부터 따온 것이었다. 시저를 존경하던 그였으므로 이해가 가는 일이다. 이

---

[52] Scarpato`s Restaurant
[53] Capo di Capi 또는 Capo di Tutti Capi. 즉, Boss of Bosses 또는 Boss of All Bosses.
[54] Grand Concourse

때는 아직 콘실리에리, 즉 고문의 위치는 생기기 전이다.

그리고 마란자노는 형제들에게 라 코사 노스트라의 다섯 가지 규칙을 발표하였다. 그 첫째가 바로 침묵의 법으로 시실리의 오랜 전통인 오멜타의 맹세를 다시 한번 강조한 것이다. 코사 노스트라의 멤버는 그들의 일에 대하여 외부 인사에게는 물론, 자기의 친구와 가족을 포함한 그 누구에게도 말을 해서는 안 된다는 규칙이다. 심지어는 코사 노스트라라는 단어를 입밖에 내는 것조차도 금지하였다.

이 법을 어기는 사람에게 내려지는 벌은 재판 없는 즉각 처형이었다. 코사 노스트라라는 말이 처음으로 당국의 공식적인 자리에서 오르내린 것은 이로부터 30년이나 더 지난 1963년이 되어서였다. 그때 조직의 비밀을 상원 조직범죄 조사위원회에 누설한 사람은 보나노 패밀리의 솔다티였던 사람이다. 그의 진술 내용은 후에 영화로 제작되어지기도 한다.

두 번째 규칙은 마란자노가 정한 조직의 위계질서가 엄정한 것이 되어야 한다는 복종의 법이다. 솔다티는 카포데치나에게, 카포데치나는 언더보스에게, 그리고 언더보스는 보스에게 절대 복종해야 하며 윗사람의 명령에 대해 반론을 제기하거나, 명령을 내리는 까닭을 물어서는 안 된다는 것이다. 그리고 아랫사람은 어떤 문제가 생겼을 때 직접 그것을 그의 보스에게 가져가서는 안 되고 일단 그의 직속상관에게 먼저 보고를 해야 한다고 하였다.

세 번째는 어떤 일이 있어도 같은 코사 노스트라의 회원을 죽여서는 안 된다는 규칙이다. 회원간에 갈등이 생기는 일이 있다 하더라도 그것을 보스에게 알려 위로부터의 처분을 기다려야지 절대 자기 멋대로 해결하려 들면 안 된다는 것이다. 이 법을 어기는 자 또한 재판 없는 즉각 처형의 벌을 받게 된다.

---

[55] La Cosa Nostra(LCN)

그리고 네 번째는 과거의 일을 잊으라는 명령으로, 마란자노는 계속된 연설에서 과거는 이제 완전히 끝났으며 더 이상 복수가 계속되어서는 안 된다고 하였다. 그의 말을 그대로 옮기면 누군가가 너의 친형제를 죽였다 할지라도 그 범인을 찾으려 하지 말 것이며, 복수를 용납하지 않겠다' 는 것이었다. 그리고 마지막 다섯 번째는 동료가 하는 일을 방해하지 말고 동료의 부인을 넘보지 말라는 것이다. 이렇게 다섯 가지의 계명은 이때로부터 꽤나 긴 세월이 흐른 오늘날까지도 대체로 잘 지켜지고 있는 편이다.

다시 마란자노는 뉴욕을 5 개 지역으로 나누어 할당하였는데, 같은 카스텔라마레 출신이며 전쟁기간 동안 자신의 오른팔이었던 죠셉 보나노에게 자신의 브루클린 영역을 배당하였고 스스로는 그의 카포가 되었다. 또 브루클린의 다른 가문의 보스로 역시 동향인 죠셉 프로파치를 임명하였으며 그 언더보스로 죠셉 말리오코[56]를 임명하였다.

그리고 브루클린 부두 지역을 포함한 또 다른 브루클린 가문의 보스로 빈센트 망가노와 언더보스로 알버트 아나스타샤를 임명하였고, 맨해튼과 뉴져지의 일부 지역을 토마스 갈리아노[57]에게 배당하며 그 언더보스로 토마스 루케제[58]를 지명하였다. 마지막으로 가장 큰 수훈을 세운 루치아노에게는 마세리아가 다스리던 지역 모두를 배당하며 그 언더보스로 비토 제노베제를 지명하였다.

또한 뉴욕 주의 서부에 있는 버팔로 시는 스테파노 마가디노[59]를, 오하이오 주의 클리블랜드 시는 프랭크 밀라노[60]를 각각 보스로 임명하였고, 시카고는 알 카포네의 기득권을 인정하였

---

[56] Joseph Magliocco(? - 1963) 닉네임은 The Fat Man.
[57] Thomas Gagliano(? - 1953)
[58] Thomas Lucchese(1900 - 1967) 닉네임은 Three Fingers Brown, 또는 Tommy Brown.
[59] Stefano Magaddino(? - 1974)
[60] Frank Milano(1891 - 1960 년대)

다. 버팔로의 스테파노 마가디노는 카스텔라마레 출신이며 마란자노의 언더보스인 죠셉 보나노에게 아저씨 뻘이 되는 가까운 친척으로 오래 전부터 마란자노, 보나노와 함께 사업을 같이 해온 사이였다.

시카고의 알 카포네는 전쟁 기간 내내 마세리아에게 호의를 보였지만 시카고에서 그의 권위가 워낙 막강했으므로 그를 그대로 인정해줄 수밖에 없었다. 그러나 이때의 시카고는 거의 뉴욕의 영향권 밖에 있었기 때문에 마란자노가 시카고에 대해 간섭할 수 있는 여지는 별로 없었다는 것이 더 진실에 가깝다.

마란자노가 인정한 뉴욕의 5 대 조직은 이름만 바뀌어 마리오 푸조의 소설 <대부>에 그대로 등장하기도 하는데, 이상이 바로 오늘날까지도 이어져 내려오는 뉴욕의 5 대 마피아 가문의 모체이다. 마란자노와 죠셉 보나노의 가문은 오늘날에도 보나노 패밀리의 이름으로 통하고 있으나, 죠셉 프로파치의 가문과 빈센트 망가노의 가문은 오늘날 각각 콜롬보 패밀리와 갬비노 패밀리라는 이름으로 알려져 있으며, 토마스 갈리아노와 언더보스 토마스 루케제의 가문은 루케제 패밀리로, 찰스 루치아노와 언더보스 비토 제노베제의 가문은 제노베제 패밀리로 각각 그 언더보스의 이름을 따서 현재 통용되고 있다.

가문들의 관할구역과 관리사업은 세월이 지나면서 약간씩 변하였고, 주도권을 쥔 가문도 이쪽에서 저쪽으로, 그리고 또 다른 쪽으로 계속 변천하여 갔지만, 이 5 대 패밀리는 오늘날까지도 존재하고 있으며 지금 이 시간에도 변함없이 활동하고 있다. 각 가문들의 이름이 달라지게 된 연유를 비롯한 그 후의 이야기는 뒤에서 또 살펴보기로 한다.

앞에서 기술한 바와 같이, 이처럼 뉴욕의 지하세계를 가장 먼저 통일하고 그 왕좌를 차지한 사람은 찰스 루치아노가 아닌 살바토레 마란자노였다. 그러나 오늘날 마란자노의 이름은 역사 속에 묻혀버린 반면, 찰스 루치아노의 이름은 아직도 유명하여 1998 년 말에는 미국의 유력지인 <타임>에 의하여 다시 각광을 받는 등 그 위력을 떨치고 있는 이유는 과연 무엇일까?

찰스 루치아노는 우리나라의 각 신문에도 보도되었던 바와 같이 1998 년 말, 타임지에 의하여 20 세기에 가장 영향력을 가졌던 20 인의 인물 중 한 사람으로 선발되어 자동차 왕 헨리 포드, 마이크로 소프트의 빌 게이츠, 일본의 소니 회사 설립자 모리타 아키오, 그밖에 히틀러, 간디 등 역사적 유명 인사와 함께 어깨를 나란히 하고 있다.

그것은 살바토레 마란자노가 한 일이 이탈리아-시실리계 갱단을 통일시킨 데 국한되어 있었던 반면 루치아노가 한 일은 차원을 달리하여, 전 미국의 조직범죄단을 결속시킨 데에 있었던 때문이다. 유태계 갱들에 대한 마란자노의 태도가 어떠하였는지 확실히 알려진 바는 없으나, 그간 그에게서 풍겼던 보수적인 태도로 보아 이탈리아-시실리 갱을 제외한 다른 갱들에 대하여 그리 호의적이지는 못했다는 것이 올바른 추측일 것이다. 따라서 마란자노가 뉴욕의 이탈리아계 갱단 조직을 통일했다고 하더라도 아직도 그곳에는 많은 불안 요인이 상존하고 있었던 것이 사실이었다. 찰스 루치아노의 위업은 단순히 마란자노의 그것을 이어받은 것이 아니라, 이탈리아계, 유태계를 총망라하여 미국의 지하세계를 통일함으로써 이러한 불안 요인을 없애고 모든 사람들이 그들의 사업에만 집중할 수 있도록 만든 것으로 마란자노와는 비교할 수 없는 실로 대단한 업적이라고 하지 않을 수 없다. 그리고 루치아노에 의하여 세워진 그 범죄 왕국은 오늘날까지도 그들의 사업을 영위하고 있는 것이다.

다음 장에서는 전 미국 범죄 신디케이트[61]를 발족시킨 찰스 루치아노의 위업에 대하여 알아보기로 한다.

---

[61] National Crime Syndicate(NCS)

제 2 장

뉴욕 지하세계의 평화는 실로 수년 만이었다. 살바토레 마란자노가 비교적 늦은 시기인 1927 년에 미국으로 건너왔음에도 불구하고 귀제뻬 '더 보스' 마세리아를 제거하면서 단기간 이내에 뉴욕 암흑가의 패권을 차지하여 보스 중의 보스로 올라선 것은 그 자신의 능력을 십분 입증한 것이다. 시실리 마피아의 능력을 잘 알 수 있는 좋은 예가 아닐까 싶다. 비록 카스텔라마레 사람들의 전적인 협조가 있었다고 할지라도 그것을 이끌어낸 데에 바로 보스의 능력이 있다고 말할 수 있는 것이다.

그렇지만 현재의 상태를 계속 유지하고 자신이 보스 중의 보스로 남아 있기 위해서는 야심을 가진 젊은 갱 몇 명은 없어져 주어야 한다는 사실을 마란자노는 누구보다도 잘 알고 있었다. 특히 문제는 찰스 루치아노였다. 마란자노는 그의 승리 중 크나큰 부분을 루치아노에게 빚지고 있었으며, 그 사실은 그들 세계의 누구도 모르는 사람이 없었다. 그리고 루치아노의 큰 야망과 그에 걸맞는 대담성, 그리고 교활함은 역시 지하세계에서 알만한 사람은 다 아는 사실이었다.

마란자노는 마세리아가 죽은 뒤에 곧 앞으로 제거해야 할 자들의 리스트를 작성하고 있었고, 리스트에 오른 이름은 대개 루치아노 그룹의 멤버들이었다. 그 중 제일 첫번째 줄에 적혀진 것이 찰스 루치아노와 그의 오른팔인 비토 제노베제였다. 루치아노가 자기의 할 일을 다한 지금, 그의 이용가치는 없어진 반면 그로 인하여 생길 수 있는 트러블의 가능성은 매우 높아진 것이 현재의 상황이었다. 이것은 그 자신이 내건, 형제를 죽여서는 절대로 안 된다는 그들의 세 번째 규칙을 어기는 일이었으나 아무래도 야심찬 루치아노와 공존할 수 없다는 판단을 마란자노는 내린 것이다.

그러나 루치아노도 바보가 아니었고 자신이 처한 위험스러운 환경을 아주 잘 인식하고 있었다. 즉, 간단하게 말하면 이때의 상황은 하늘 아래에서 두 영웅 중 한 사람은 없어져야만 하는 상태였던 것이다. 그리고 마란자노의 아래에서 계속 상납금을 바쳐가며 평생 지내는 것 역시 그의 스타일과는 맞지 않았다. 또한 그보다도 더욱 문제가 되는 것은 마란자노의 사업 감각이었다.

금주법은 곧 폐지되려 하고 있었고, 한시 바삐 밀주사업에 버금가는 다른 사업 아이템을 개발해내지 못하면 수입에 큰 차질이 생길 우려가 있다는 것이 루치아노의 판단이었던데 반해, 마란자노는 이탈리아인이 아니면 조직원이 될 수 없다는 등 고리타분한 주장을 하고 있었던 것이다. 루치아노의 생각에는 가장 우선되어야 할 것은 사업을 통한 이윤, 즉 돈이었으며 혈연이나 지연은 아무 상관이 없었다. 그가 보기에 카포 디 카피, 마란자노는 사업을 제대로 경영할 능력이 없는 답답한 경영주라고 할 수 있었다.

무엇보다도 중요한 것은 현실이었다. 마란자노는 시실리 인의 우수함을 과신하여 이탈리아-시실리 갱 이외에는 전혀 눈에 보이지 않는다는 듯이 행동하고 있었으나 현실은 그렇지가 않아, 뉴욕만 하더라도 사우스 브롱크스의 덧치 슐츠[1]나 맨해튼의 루이스 부챌터[2]와 같은 무시할 수 없는 유태계 갱의 세력이 존재하고 있었고, 뿐만 아니라 다른 각 도시에도 시실리안 마피아와 거의 대등한 세력을 자랑하는 유태계의 갱단이 활약을 하고 있었던 것이다.

이들을 대략 살펴보면 뉴저지 주의 느워크 시에는 론지 즈윌먼[3]이 있었고, 클리블랜드에는 모리스 달릿츠[4]가 있어 메이필드 로드 갱[5]으로도 불리는 클리블랜드의 이탈리안 마피아와 아주 우호적인 관계를 유지하고 있었으며, 보스톤에는 찰스 솔로몬[6]이, 미니애나폴리스에는 이사도어 블루멘펠트[7]가, 그리고 디트로이트에는 퍼플 갱[8]으로 불리는 갱단이 있어 이탈리아 갱과 유태계 갱이 연합하여 활발한 활동을 하고 있는 실정이었다.

루치아노는 조직이 이탈리아계로만 유지되어야 한다는 생각을 가지고 있지는 않았다. 루치아노의 측근 중에는 벤자민 시겔이나 마이어 랜스키와 같은 유태인들이 있었고, 루치아노의 이탈리아인 동료인 프랭크 코스텔로는 유태인 여자와 결혼까지 하였을 정도였다. 루치아노가 유태인들에게 호의를 보이고 있었던 이유 중의 하나는 그의 어렸을 적 기억도 작용하였을 것으로 보이는데, 루치아노는 어렸을 때 모자를 만드는 회사에서 잠시 일했던 적이 있었다. 그때 그곳의 사장이었던 유태인 맥스 굿맨[9]은 루치아노를 마치 친아들처럼, 매우 친절하게 잘 대해 주었다고 한다.

---

[1] Dutch Schultz (? - 1935) 원래 이름은 Arthur Flegenheimer, 다른 닉네임은 Dutchman.
[2] Louis Buchalter(1897 - 1944) 닉네임은 Lepke 또는 Judge Louis.
[3] Longy Zwillman, 원래 이름은 Abner Zwillman.
[4] Morris B. Dalitz(1899 - 1989)
[5] Mayfield Road Gang
[6] Charles Solomon, 닉네임은 King.
[7] Isadore Blumenfeld, 닉네임은 Kid Cann.
[8] Detroit Purple Gang

그러나 역시 루치아노가 유태계 갱들을 포용한 것은 대부분 루치아노의 현실 인식 능력이 작용을 한 때문이었을 것이다. 현실적으로 강력한 파워를 가진 보스 중에는 루이스 부첼터나 덧치 슐츠와 같은 유태계의 갱들이 있었다. 조직이 이들을 자꾸 배제시키다 보면 언젠가는 그들과 사업상 충돌이 발생할 것이고, 그것이 이탈리아 갱 대 비이탈리아 갱의 전쟁으로 발전할 가능성이 충분히 있다고 본 것이다. 루치아노는 전쟁을 두려워하는 것이 아니라 그것이 사업에 미칠 악영향을 싫어했던 것이다.

그리고 또 한가지 고려해야 할 것은 유태인들의 돈을 만드는 능력이었다. 유태인들의 치부능력은 예로부터 익히 알려진 것으로, 결코 무시할 수 있는 종류의 것이 아니었다. 돈을 벌지 못한다면 조직이 다 무슨 소용이겠는가? 현재 그의 측근으로 있으며 소년시절부터 쭉 그의 동업자였던 마이어 랜스키를 생각해 볼 때 유태계 갱과 연합해야 할 이유는 더욱 확실해졌다. 랜스키는 루치아노의 재정고문 겸 작전참모로 그 위치를 확립하고 있었고, 조직 내에서 자신의 존재 가치를 입증한지 이미 오래였던 것이다.

루치아노는 마란자노가 주관한 대회가 있은 후 얼마되지 않아 그를 제거하기 위한 모임을 소집하였는데, 여기에는 비토 제노베제, 마이어 랜스키, 벤자민 시겔 등 그와 가장 가까운 부하들뿐 아니라 프랭크 코스텔로, 죠 아도니스와 알버트 아나스타샤, 토마스 루케제, 그리고 마세리아의 부하였다가 현재는 망가노 패밀리의 소속으로 된 카를로 갬비노 등이 초대되었다.

마란자노를 제거하자는데 이미 모든 젊은 멤버들의 암묵적인

---

[9] Max Goodman

합의가 있었기 때문에 이와 같은 모임이 가능했던 것이다. 루치아노는 분쟁 없이 사업에만 집중할 수 있는 세상을 원했기 때문에, 마란자노 제거 후 다시 혼란이 오는 것을 방지하기 위하여 사전에 모든 주요 멤버들의 확실한 동의를 얻고자 이러한 모임을 만들었던 것이다. 이 회합은 클리블랜드에서 열렸다.

계획은 마란자노가 루치아노를 제거하기 위하여 외부로부터 전문가를 고용했다는 정보가 입수됨과 함께 급속히 진행되었다. 마란자노에게 고용된 자는 빈센트 콜[10]이었다. 빈센트 콜은 그의 동생 피터 콜[11]과 함께 사납기로 정평이 나있던 아일랜드 갱으로, 사우스 브롱크스와 맨해튼의 일부 지역까지 관리하고 있는 덧치 슐츠의 자리를 노리며 슐츠와 거의 대등하게 싸우고 있던 자였다. 마란자노는 정보의 유출을 막기 위하여, 또 루치아노에 대한 접근성을 용이하게 하기 위하여 이탈리아계가 아닌 히트 맨을 고용했던 것이다.

그러나 루치아노는 마란자노가 입안한 작전에 대한 모든 정보를 그대로 입수하고 있었다. 마란자노 쪽에 정보원을 심어두었던 것이다. 그가 바로 토마스 루케제였다. 루케제는 갈리아노 패밀리의 언더보스로, 마란자노로부터도 깊은 신임을 얻고 있었지만 이미 오래 전에 루치아노에게 충성을 바치기로 마음을 바꾼 사람이었다. 루치아노는 특히 토마스 루케제나 루케제의 어릴 적부터의 친구인 카를로 갬비노 같은 더 젊은 세대의 갱들로부터 많은 지지를 받고 있었다.

루치아노들은 구체적인 계획을 세웠고 이를 위하여 유태계의 히트 맨을 모집했다. 유태인 히트 맨을 선택한 데에는 이유가 있었다. 마란자노는 몇 겹의 경호를 받고 있어 접근이 몹시 어려웠으며, 누군가가 힘들게 다가가 그를 사살한다 하여도 암살자가 바로 그 자리에서 죽음을 당할 확률이 매우 높았기 때문

---

[10] Vincent Coll(1908 - 1932) 닉네임은 Mad Dog.

[11] Peter Coll

에 그들은 마란자노에게 당당히 접근할 수 있는 연방 국세청 공무원을 사칭하기로 결정하였고, 당시 국세청에서 근무하는 사람의 대부분이 유태계였기 때문에 이를 위해서는 유태인들이 필요했던 것이다.

아무리 충성하는 부하라 할지라도 자기가 죽을 것을 뻔히 알면서 히트에 참가할 자는 없다. 만일 보스가 그런 무모한 명령을 내린다면, 그는 어차피 죽을 바에야 이쪽을 배반하고 저쪽 편에 암살계획을 불어버릴 것이 틀림 없을 것이다. 가장 먼저 자기의 목숨부터 보존하려고 하는 것이 사람이기 때문이다. 죽은 뒤의 영광이 무슨 소용이 있겠는가? 현실적인 시실리인들은 무엇보다도 그런 점을 잘 알고 있었기 때문에 마피아의 계획된 히트는 암살자의 안전을 최대한 보장하는 계획 아래에서만 시행하는 것이 시실리로부터 대대로 내려온 전통이었다.

유태계인 마이어 랜스키가 클리블랜드, 보스톤, 필라델피아 등지에서 4명의 적임자를 골라왔다. 루치아노의 마란자노 제거 계획은 랜스키나 시겔, 루이스 부챌터와 클리블랜드의 모리스 달릿츠 등 유태계의 갱들로부터도 전적인 협조를 얻고 있었던 것이다. 마란자노가 득세하여 최종적인 패권을 쥐는 것은, 바로 이들 유태인 갱들에게는 재앙을 의미하는 것이었기 때문이다.

루치아노들은 뉴욕 교외에다 집 한 채를 빌어서 이들 히트맨들이 국세청 탈세단속반의 행세를 할 수 있도록 만들기 위한 특별 훈련을 시작하였다. 연방 공무원의 옷차림, 행동거지, 걸음걸이, 말투 등에 대한 철저한 교육이 이루어져 이들이 완전히 공무원처럼 생각하고, 공무원처럼 행동할 수 있게 되었을 무렵 드디어 상황이 벌어진다.

마세리아가 죽은지 약 5개월이 지난 1931년 9월 9일, 루치아노는 마란자노로부터 한 통의 전화를 받는데, 사업 이야기가 있으니 비토 제노베제와 함께 다음날 그의 사무실로 나오라는 호출이었다. 이것이 죽음의 호출인 것을 루치아노는 직감적으로 깨달았다. 이 부름에 응하여 마란자노의 사무실로 가면 곧장 죽음이 루치아노를 기다리고 있을 터였다.

그날 밤 루치아노와 일당은 마지막 예행연습을 실시하였고, 만전을 기하기 위하여 마란자노의 얼굴을 확인시켜주는 역할에 토마스 루케제를 임명했다. 당시 루케제는 마란자노로부터 신뢰가 두터웠기 때문에 그의 사무실에 언제든지 자유롭게 출입을 할 수 있었던 것이다. 동시에 루치아노는 동료들에게 명령하여 마란자노 사후에 멤버들이 동요하지 않도록 다시 한 번 지시를 내렸다.

다음날인 9 월 10 일, 마란자노는 뉴욕 센트럴 빌딩[12]에 있는 그의 사무실에서 5 명의 경호원을 대동하고 루치아노를 제거하기 위하여 초빙한 빈센트 콜을 기다리고 있었는데, 갑자기 4 명의 연방 공무원[13]이 토마스 루케제의 안내를 받으며 들어왔다. 그들은 국세청 탈세 단속반이라고 자신들의 신원을 밝혔고, 변호사로부터 국세청 직원의 직접 입회 심문의 가능성에 대하여 이미 브리핑을 받은 적이 있었던 마란자노는 별로 의심도 하지 않고 자기 소개를 하여 신분을 밝히고 말았다.

옆에 서 있던 루케제가 눈치 채이지 않게 고개를 끄덕여 마란자노가 확실함을 확인해주자 2 명의 공무원은 경호원들을 제압하였고 나머지 2 명의 공무원들이 마란자노를 옆 방으로 데려갔다. 경찰, 보안관, 공무원 등 정부 관리들에게는 폭력으로 저항하지 않는 것이 원래 이들 사이의 원칙이었으므로 마란자노의 경호원들은 가만히 있을 도리밖에 다른 수가 없었다.

마란자노를 옆 방으로 데려간 그들은 소리가 나지 않도록 칼을 쓰고자 하였으나 그가 필사적으로 저항하는 바람에 결국은

---

[12] Central Building, New York

[13] 이 4 명의 히트 맨 중 한 명의 이름은 오늘날까지 전해져 내려온다. Samuel Levine, 닉네임은 Red 이다.

총을 사용할 수밖에 없었다. 경호원들은 밖에서 제압당해 있던 상태였기 때문에 전혀 보스에게 도움을 줄 수가 없는 상황이었다. 일이 끝나고 사무실을 나올 때 히트 맨들은 건물로 들어오던 빈센트 콜의 일행과 마주쳤지만 곧 경찰이 들이닥칠 것이라고 일러주자 그들은 그대로 오던 길로 되돌아 나갔다.

그렇게 해서 마란자노의 좋았던 시절은 불과 몇 달로 끝났다. 존경하던 줄리어스 시저를 본받아 지하세계의 황제로 군림하려 했던 마란자노는 결국 루치아노와 랜스키가 마련한, 영화의 한 장면을 연상케 하는 플롯에 속아넘어가 운명을 달리하고 만 것이다. 이와 같은 치밀한 작전을 마련하는 것이 바로 시실리인들의 똑똑함이었다. 떼를 지어 다니며 기관총을 쏘아대는 것은 바보들이나 할 짓이었다.

이제는 루치아노를 비롯하여 한 세대 젊은 갱들의 시대가 되었고, 마세리아와 마란자노를 차례로 제거한 루치아노는 그들의 명실상부한 보스 중의 보스였다. 그리하여 다시 한번 형제들의 모임이 소집되는데 이번의 회합은 시카고에서 열렸다. 알 카포네는 당시 자신이 피고로 되어 있는 중요한 재판이 진행 중인 몸이었지만, 어쨌든 시카고 패밀리가 모든 형제들을 초대한 형식으로 해서 회합은 열렸다.

시카고 중심가의 남쪽에 자리한 블랙스톤 앤드 콘그레스 호텔[14]에서 열린 이번의 모임은 마란자노가 주최했을 때와는 달리 높은 단상이 따로 준비되거나 하는 일이 없이 넓은 회담장에 둥글게 마련된 탁자에 참석자들이 다같이 둘러앉은 모양으로 진행되었다. 여기에서는 루치아노의 의견대로 마란자노가 제정한 구도를 그대로 두되 몇 가지 사항만 수정을 하기로 하였는

[14] Blackstone & Congress Hotel

데, 그 첫째가 카포 디 카피 제도를 폐지하면서 대신 위원회를 만든 것이고, 둘째는 각 패밀리에 고문 제도를 도입한 것이 그것이다. 루치아노가 카포 디 카포라는 엄청난 지위의 유혹을 뿌리치고 그 제도를 폐지한 것은 대단한 결단이라고 아니할 수 없다.

카포 디 카피의 제도가 없어진 대신에 뉴욕의 5 대 패밀리와 시카고의 카포네 패밀리, 클리블랜드의 밀라노 패밀리, 이렇게 7 대 패밀리의 보스들로 이루어진 위원회가 탄생되었고 자연스럽게 위원회의 의장으로는 루치아노가 추대되었다. 마란자노가 관리하던 조직은 죠셉 보나노를 보스로 승격시키고 언더보스로 카르미네 갈란테[15]를 임명하였다. 이 일곱 패밀리에게는 각각 최대한의 자치권이 주어졌고 서로간의 토의에 의하여 중요 결정을 내리게 함으로써 과거에 카포 디 카피 한 사람의 전횡으로 말미암아 일어날 수 있었던 부작용을 최대한 막고자 하였다.

또한 보스에서 언더보스, 카포레짐, 그리고 솔다티로 이어지는 일방적인 명령 체계에서 생길 수 있는 마찰을 없애려고 새롭게 도입한 것이 고문, 즉 콘실리에리 제도였다. 보스가 임명하도록 되어 있는 이 콘실리에리에게는 보스에게 무엇이든 거리낌없이 충고를 할 수 있는 자격을 주었고, 보스는 반드시 콘실리에리의 의견을 존중하도록 하여 조직의 경직성을 어느 정도 완화시키도록 만들었다. 이와 같은 개혁은 모든 젊은 멤버들로부터 적극적인 지지를 받을 수 있었다.

전해지는 일부 사료에 의하면 마란자노가 죽은 후 하루 이틀 사이에 오륙십 명에 달하는 마란자노의 추종자들이 미국 전역에서 처형되었다고 하는데, 그러나 이는 사실과 다르고 실상은 그와 같은 살육은 없었다고 보는 견해가 더 우세한 형편이다. 저자도 역시 그 같은 학살은 없었을 것으로 생각하고 있다. 그

---

[15] Carmine Galante(? - 1979) 닉네임은 Lilo 또는 Mr. Cigar.

런 처형이 없었을 것이라고 보는 이유는 첫째, 대량 살상은 당국의 이목을 끌게 되고, 당국으로부터 주목 받는 것은 루치아노가 바라는 바와는 거리가 있기 때문이며, 둘째 이유는 훗날 루치아노 자신이 구술한 책[16]에서 그러한 처형은 없었다고 본인이 완강히 부정하고 있기 때문이다. 그리고 마지막 세 번째로 무엇보다도 마란자노의 오른 팔이었던 죠셉 보나노가 한 가문의 보스로 승진되었다는 것이 모든 것을 웅변적으로 말해주고 있었던 것이다. 죠셉 보나노는 1965 년까지 자기 가문의 보스로 있었고 그 후 아리조나 주로 자리를 옮겨 1999 년, 오늘날까지도 생존해 있다.

이리하여 찰스 럭키 루치아노는 마란자노의 뒤를 이어 미국의 이탈리안 마피아의 제왕이 되었다. 보스 중의 보스라는 직위는 공식적으로 사라졌지만 현재 찰스 루치아노가 위원회의 의장이며, 따라서 그가 카포 디 카피라는 데에는 아무도 의의를 달 수가 없었다. 그리하여 루치아노의 영도 아래 조직은 면모를 일신하게 된다. 전통을 존중하고 구대륙과의 연결을 유지하면서, 같은 혈통을 지닌 사람들끼리 비밀결사와 같은 단체를 만들어 함께 사업을 하고자 하는 것이 마란자노의 구상이었다면, 찰스 루치아노를 중심으로 한 신세대들의 그것은 수익을 가장 중시하는 기업적인 측면이 강하였다.

또한 루치아노의 비젼은 이탈리안 마피아를 통합시킨 데에서 끝나지 않았다. 앞에서 말한 바와 같이 루치아노는 조직이 이탈리아계로만 유지되어야 한다는 생각을 가지고 있지는 않았으며, 그와 뜻을 같이하는 이탈리아 갱인 프랭크 코스텔로, 쟈니 토리

---

[16] <The Last Testament of Lucky Luciano> - Martin A. Gosch

오[17] 등과 함께 이탈리아계를 설득하여 마이어 랜스키, 벤자민 시겔, 모리스 달릿츠 등의 유태계 갱들을 포함한 더욱 큰 규모의 모임을 마련하게 된다. 이때부터 이들의 조직을 마피아와 구별하여 따로 신디케이트[18]라고 부르기도 한다.

그런데 사실은 이렇게 루치아노와 같은 뜻을 가진 젊은 갱들이 출신 국적을 초월하여 한 곳에 모여 회합을 가진 적이 이미 한차례 있었다. 카스텔라마레세 전쟁 이전인 1929 년 5 월의 일로, 장소는 뉴저지 주 아틀랜틱 시티의 프레지던트 호텔이었다. 살바토레 마란자노가 이탈리아 갱들의 대회를 소집하기 훨씬 이전에 벌써 전미 범죄 조직의 전 단계라고 할 수 있는 회합이 소집되었던 것이다. 그때의 모임에 주도적인 역할을 한 사람은 뉴욕의 프랭크 코스텔로와 쟈니 토리오였고, 여기에 쟈니 토리오의 후계자이자 당시 이미 시카고의 지하세계를 통일하여 시카고에서는 더 이상의 라이벌이 없었던 알 카포네가 강력하게 동조하여 결국 모임이 이루어지게 된 것이다. 그리고 아틀랜틱 시티의 정치적 보스인 에노크 죤슨[19]이 이 회합을 적극 후원하였다고 한다.

이때 이 모임에 참석한 인원의 면면을 살펴보면 먼저 뉴욕에서는 찰스 루치아노, 프랭크 코스텔로, 죠 아도니스의 이탈리아 갱과 래리 페이[20], 마이어 랜스키, 벤자민 시겔, 루이스 부첼터 등의 유태계 갱, 그리고 오우니 매든[21], 프랭크 에릭슨[22]의 앵글로 색슨계 갱이 참석하였고, 시카고에서는 알 카포네가 부하인 제이크 구직[23]을 대동하고 참석하였으며, 뉴저지 주 느워크 시에서는 론지 즈윌먼이, 클리블랜드로부터는 이탈리아계인 메이

[17] Johnny Torrio(1882 - 1957) 닉네임은 Little Johnny, Terrible Johnny 또는 The Brain.
[18] National Crime Syndicate(NCS)
[19] Enoch Johnson, 닉네임은 Nucky.
[20] Larry Fay(1988 - 1932)
[21] Owen Madden, 닉네임은 The Killer. 흔히 Owney Madden 으로 불리워짐.
[22] Frank Erickson
[23] Jake Guzik(? - 1956) 닉네임은 Greasy Thumb.

필드 로드 갱에 소속한 척 폴리찌[24]와 유태계인 모리스 달릿츠, 루 로스코프[25]가, 디트로이트로부터는 퍼플 갱의 죠 번스타인[26]이, 미주리 주 캔자스 시티에서는 이탈리아계의 죤 라지아[27]와 유태인인 솔로몬 와이스만[28]이 각각 출석하였다.

뉴욕의 프랭크 에릭슨은 유명한 도박사이자 갱인 아놀드 로드스타인[29]이 피살된 후 그의 사업을 물려받게 된 사람이고, 역시 뉴욕 출신의 래리 페이는 택시 회사를 비롯하여 수많은 나이트클럽과 레스토랑을 소유하였던 사업가 겸 갱으로 스코트 핏제랄드의 소설 <위대한 개츠비>의 모델이 되었던 사람이다.

이 회합에서 그들은 몇 가지 안건에 대하여 토의를 나누었는데 이때의 회합은 기실 그곳에서 어떤 일들이 논의되었나 하는 것도 물론 중요하지만, 그보다는 이와 같은 모임이 이루어졌다는 그 사실 자체로 정말 엄청난 의미를 가지고 있었다고 보아도 과언이 아니다. 문자 그대로 전국 범죄 신디케이트의 모태였으니 말이다.

모임의 서두에서는 시카고의 알 카포네가 기조 연설을 하였다. 그 연설의 내용은 이제는 더 이상의 싸움을 그치고 서로 협력하여 사업을 해나가자는 것이었다. 유태계 갱, 아일랜드 갱들과의 오랜 헤게모니 쟁탈전을 끝내고, 얼마 전 시카고의 암흑가를 통일한 알 카포네였기에 그러한 말을 꺼낼 수 있었을 것이다. 그러나 뉴욕에서는 아직 전쟁이 끝나려면 시간이 더 필요한 시점이었다.

그리고 두 가지의 안건이 더 제의되었는데, 둘 모두가 경마도

---

[24] Chuck Polizzi, 원래 이름은 Leo Berkowitz.
[25] Lou Rothkopf, 닉네임은 Uncle Louie.
[26] Joe Bernstein
[27] John Lazia(? - 1934)
[28] Solomon Weissman, 닉네임은 Clutcher-Head-Off.
[29] Arnold Rothstein(? - 1928)

박에 대한 것이었다. 이때는 적어도 밀주사업에 관한한 더 이상의 논의가 필요 없을 정도로 조직간의 사업 구역이 확실하게 나뉘어진 뒤였던 것이다. 우선 첫번째의 안건은 마권 영업소를 운영하는 그들의 경마도박의 하부 조직에 보다 조직적인 자금 지원이 있어야 한다는 것이었고, 두 번째의 것은 경마 레이스의 정확한 결과를 보다 빠른 시간 내에 확보하기 위하여 유선통신을 적극적으로 활용해야 한다는 것이었다. 이 유선통신 서비스에 대해서는 당시 그것을 제공하고 있던 시카고의 사업가 모세 아넨버그[30]가 직접 카포네와 함께 출석하여 다른 보스들에게 그에 대한 자세한 브리핑을 하였다.

찰스 루치아노가 마란자노를 제거하자 뉴욕의 지하세계 사람들은 엄청난 태풍이 불고 지나간 뒤와 같은 안도감을 느낄 수 있었다. 특히 루치아노가 마란자노와 같은 시실리의 카스텔라마레 출신이며 전쟁기간 내내 마란자노의 오른팔과도 같았던 죠셉 보나노를 함께 숙청하지 않고 오히려 그를 패밀리의 보스로 승진시키며, 보나노가 요청한 카르미네 갈란테의 언더보스 임명을 그대로 인준하자 그 안도감은 더욱 확실한 것이 되었다.
만일 루치아노가 카르미네 갈란테를 인준하지 않고 자기 사람을 보나노 패밀리의 언더보스로 추천하였다면, 그것은 죠셉 보나노를 도저히 믿을 수 없으며, 지금은 피바람을 멈추기 위해서 일단 보류하지만 언젠가는 보나노를 제거하고야 말겠다는 자신의 속마음을 환히 드러낸 것과 다름이 없었을 것이다. 더욱이 카르미네 갈란테는 마란자노, 보나노와 같은 카스텔라마레 출신이었던 것이다. 그리하여 사람들은 어느 정도 긴장을 풀고, 이제는 정말로 다른 데에 신경을 쓰지 않은 채 자기 사업에만 집중할 수가 있었다.

---

[30] Moses Annenberg(1878 - 1942)

전국 신디케이트는 금주법이 해제된 다음 해인 1934 년에 다시 두 번째로 그 모임을 가지게 된다. 이번의 모임은 뉴욕의 월돌프 아스토리아 호텔[31]에서 열렸고 여기에는 앵글로 색슨계와 아일랜드계의 갱도 참가하였지만, 역시 마찬가지로 압도적 다수는 이탈리아계와 유태계였다. 이번의 회동은 주최 장소에서 짐작할 수 있듯이 찰스 루치아노의 주도로 이루어지게 되었다.

루치아노를 비롯하여 뉴욕에서 참석한 프랭크 코스텔로, 쟈니 토리오, 비토 제노베제와 나머지 4 대 패밀리의 보스인 죠셉 보나노, 죠셉 프로파치, 빈센트 망가노, 토마스 갈리아노, 그리고 버팔로의 스테파노 마가디노, 클리블랜드의 프랭크 밀라노, 시카고의 폴 리카[32], 캔자스 시티의 죤 라지아, 디트로이트의 가에타노 지아놀라[33] 등이 이탈리아 출신이었고 루치아노의 측근인 마이어 랜스키, 벤자민 시겔을 비롯하여 뉴욕의 다른 그룹을 이끌고 있던 덧치 슐츠와 루이스 부챌터, 그리고 뉴져지의 롱지 즈윌먼, 클리블랜드의 모리스 달릿츠, 미니애나폴리스의 이사도어 블루멘펠트, 보스톤의 하이만 아브람즈[34] 등이 유태계로 이들이 신디케이트의 초기 멤버가 되었다. 그것은 참으로 전국적인 규모의 회합이었고, 그들 조직이 바로 오늘날과 같은 모양새를 갖추게 된 역사적인 회합이었다.

이 신디케이트, 또는 전국 범죄 위원회 – 수사기관 측에서 붙인 이름이다 – 는 미국의 연방 정부와 같은 역할을 하는 것으로 조직의 큰 정책을 결정하고, 연방 정부가 주 정부를 콘트롤하듯이 각 그룹간에 발생하는 갈등을 조정하도록 하였다. 이들은 또한 분쟁을 방지하기 위하여 뉴욕을 제외하고는 각 지역에서 위원

---

[31] Waldorf Astoria Hotel

[32] Paul Ricca(1897 - 1972) 원래 이름은 Felice DeLucia. 닉네임은 The Waiter.

[33] Gaetano Gianolla

[34] Hyman Abrams

회가 인정한 하나의 조직만을 집중적으로 지원하기로 하였는데, 그렇다고 하여 이 정책이 유태계와 이탈리아계 중에서 택일을 했다는 뜻은 아니다.

예를 들면, 오하이오 주의 클리블랜드가 있다. 이곳은 역사가 오랜 도시로 암흑가의 조직 또한 매우 발달하여 여러 조직간에 전쟁이 잦았는데, 프랭크 밀라노의 메이필드 로드 갱과 연합한 모리스 달릿츠가 신디케이트의 회원으로 가입한 후에는 이들 그룹이 클리블랜드에서 사업의 주도권을 잡게 되었고 나머지 조직은 자연히 도태되어갔던 것이다. 시간이 지나면서 모리스 달릿츠는 라스베가스로도 진출하게 되며 그 후에는 시카고 패밀리 쪽과 가까워지게 된다.

이때의 회합에서는 또 금주법 이후의 사업계획이 논의되었고, 대부분 카지노를 비롯한 도박사업이 유망하다는 의견이 많았다. 그리하여 플로리다 주의 마이애미가 개방 구역으로 지정되어 도박을 비롯한 여러 사업을 벌이도록 권장되었는데, 이것은 어느 패밀리든 자유로이 그곳에서 사업을 할 수도 있고 투자를 할 수도 있다는 뜻이었다. 후일에는 서부의 라스베가스가 역시 개방 도시로 지정된다.

또한 동시에 쿠바에 대한 투자 논의가 있었다. 이때 쿠바에는 이미 많은 미국의 대기업들이 진출해 있던 상태로 쿠바의 전재산 중 약 70 퍼센트가 미국인들의 것이었다. 온난한 아열대 기후와 훌륭한 경치로 당시 쿠바는 돈 많은 미국인과 남미 인들이 가장 가고 싶어하는 휴양지였는데 그들은 쿠바에서 관광객들을 상대로 카지노 사업을 벌일 구상을 하기 시작한 것이었다.

그리고 마지막으로 이들은 신디케이트의 발언권을 강화하기 위한 수단의 하나로 소규모 처형 집단의 존재를 승인했다. 이와 같은 그룹이 존재해야 할 필요성을 역설한 사람은 뉴욕의 유태계 갱 루이스 부챌터로, 그가 주장한 근거는 신디케이트의 멤버에 항거하거나 그 결정에 따르지 않는 이들이 생겨났을 때 그들을 처벌하기 위한 수단이 필요하다는 것이었다. 그리고 이 집단이 어느 한 조직에 속하게 되면 그 조직의 힘이 너무 강력해져 세력의 균형이 깨지게 되므로 그것은 독립된 조직이어야 한다는 것이 그의 논리였다.

그러나 사실은 이와 같은 집단을 루이스 부첼터는 진작부터 운영을 하고 있었으며, 부첼터는 그의 명령을 듣는 히트 맨들을 보다 조직화하여 신디케이트의 지휘하에 두고자 한 것이었다. 주로 뉴욕 동부의 브루클린 출신인 이들은 너무나도 거칠고 예측이 불가능한 자들로서 조직의 보스들조차도 그들과는 별로 만나고 싶어하지 않을 정도로 흉폭한 자들이 대부분이었다.

이것이 후일 그 유명한 `살인주식회사[35]` 로 일반인들에게 알려지게 되는 조직이다. 살인주식회사라는 이름은 물론 이들이 스스로 붙인 것이 아니라 언론 쪽에서 마음대로 붙인 것이지만 그것이 과히 틀린 이름이라고 볼 수는 없었다. 이 조직은 그 타이틀 그대로 전문 킬러들의 집단이었던 것이다. 이 살인주식회사 – 앞으로는 그냥 `회사' 라고 부르기로 한다 – 는 미국인들에게 알려진 것 중에서 가장 흉악한 자들의 집단이라고 알려져 있는데, 이 회사와 뉴욕의 특별 검사 토마스 듀이[36]와의 한판 승부는 뒤에서 살펴보기로 한다.

그리하여 찰스 루치아노는 이탈리아계, 유태계를 떠나 민족을 초월하여 미국의 지하 범죄세계를 통일한 인물로 역사에 남게 되었다. 루치아노는 이제 신디케이트 전체의 두뇌가 된 마이어 랜스키와 더불어 이 지하 사업을 더욱 확장하고, 더욱 견고하게 만들게 되며, 이렇게 시작된 신디케이트 제국의 사업은 오늘날

---

[35] Murder Inc.

[36] Thomas E. Dewey(1902-1971) 1943년부터 1955년까지 뉴욕 주지사를 역임. 1944년과 1948년의 공화당 대통령 후보.

까지도 계속되어 면면히 이어져 내려오고 있다.

루치아노에서 비롯된 이들의 사업이 오늘날까지 이어져 내려오고 있지 않다면, 그리고 이들의 사업이 작금의 우리 현실과 연결되어 있지 않다면, 아무리 루치아노가 미국의 범죄세계를 통일하였다 할지라도 그가 히틀러나 간디 등 역사에 뚜렷한 족적을 남긴 인물들이나 헨리 포드, 빌 게이츠 등 오늘날 우리의 일상생활과 매우 밀접한 관련을 가진 하드웨어나 소프트웨어를 만들어낸 사람들과 어깨를 나란히 하여 <20 세기에 가장 큰 영향력을 가졌던 인물 20 인> 중의 한 명으로 뽑히지는 못하였을 것이다. 이들의 사업이 오늘날 얼마나 엄청난 규모가 되었는지는 죽기전 언젠가 루치아노가 `우리의 사업은 US 스틸[37]보다도 덩치가 크다.` 라고 기자들에게 말한 데에서도 잘 드러난다.

오늘날에는 마피아와 미국 신디케이트 조직 전체의 사업이 다른 나라의 조직들과 유기적으로 연결되어 있으며, 모두 합하여 대략 한해에 2,000 억 달러 이상의 매출을 올리는 것으로 사법당국에 의하여 집계되고 있다.

이러한 재력을 바탕으로 한 신디케이트의 감추어진 진짜 영향력은 그 정도가 범 지구적인 스케일로서, 보통 사람들로서는 감히 그 침투력을 짐작하기 어려울 정도라는 것이 관련자들의 판단이다.

[37] US Steel, 미국의 대표적인 거대 다국적 기업.

제 3 장

이 무렵 찰스 루치아노와 가까운 동료가 되어 있던 루이스 부챌터의 주력 사업은 노동조합을 관리하는 사업이었다. 다른 조직들이 밀주와 그 관련 사업을 주업으로 하여 수입을 올리고 있을 때 부챌터는 노동조합의 경영을 통한 수익사업이라는 다른 분야에 발을 들여놓고 있었던 셈이다. 그러나 사실은 이 사업도 부챌터가 최초로 개척하였던 것은 아니다. 루이스 부챌터 이전에 뉴욕에서 노동조합 관리 사업을 주로 하고 있었던 사람은 역시 같은 유태인인 제이콥 올겐[1]이었다. 1920 년대 중반까지 제이콥 올겐은 독보적인 노조경영 사업가였고 뉴욕에서 유명한 나이트클럽과 레스토랑도 몇 군데 함께 소유하고 있었다.

노동조합을 통한 갱들이 하는 사업의 기본은 노동자들의 파업을 막아주면서, 대신에 그 반대급부로 사용자들로부터 돈을 받아내는 것이라고 할 수 있다. 당시까지 미국의 노동자들의 노동환경은 매우 열악하여 노동 운동의 역사 또한 매우 오래되었

[1] Jacob Orgen(? - 1927) 닉네임은 Little Augie.

고, 따라서 노동 운동에 제 3 의 불순 세력들이 개입하게 된 것도 이미 오래 전부터의 일이었다.

남북전쟁 이후 미국은 빠른 속도로 공업화되기 시작하였는데, 때를 맞추어 밀려 들어오기 시작한 유럽으로부터의 대량 이민은 각 기업에 값싼 노동력을 공급해줄 수가 있었다. 저 유명한 타이타닉 호가 신천지에 대한 꿈을 안은 유럽 이민들을 싣고 영국의 사우스햄프턴 항구를 떠나 미국으로 향한 것도 바로 이 대이민의 시기인 1912 년이었던 것이다. 그러나 정작 미국의 노동자들은 저임금과 장시간의 노동으로 심한 시달림을 받고 있었으며, 그러한 환경을 개선시켜보고자 노동자들은 조직화된 단체 행동을 하기 시작하여 근대적 의미의 노동조합이 이미 1866 년경부터 결성되기 시작하였다.

1918 년에 제 1 차 세계대전이 종결되고 독일이 패퇴한 뒤로는 미국민들의 공동의 적은 러시아와 공산주의자들로 되어 있었고, 그 영향으로 이후의 노동 운동은 공산주의자의 사주에 의한 것으로 왜곡되기도 한다. 1919 년에 시애틀에서 일어난 파업을 필두로 시작하여 점차 규모가 커져 결국에 가서는 수백만 명의 노동자들이 가담하게 된 1919 년 대파업이 바로 공산주의자들의 선동에 의하여 일어난 것으로 알려지게 된 노동 운동의 대표적인 예이다.

1926 년 6 월, 뉴욕의 여성의류 노조[2]의 간부들 중에서 공산주의자와 사회주의자들을 몰아내려는 시도로부터 비롯된 사용자와 노동자간의 분쟁은 시간이 지남에 따라 변질되어 각각 사용자와 노동자로부터 고용된 갱단간의 싸움으로 확산된다. 이때 사용자측에서 고용한 것이 잭 다이아몬드 갱이었고, 노동자측에서 고용한 것이 제이콥 올겐 갱이었다. 이들의 갈등은 시간을

---

[2] International Ladies Garment Workers Union(ILGWU)

끌다가, 당시 막대한 영향력을 가지고 있던 사업가이자 도박사 겸 갱인 아놀드 로드스타인이 중재하여 끝나게 되고, 고용되었던 갱인 잭 다이아몬드와 제이콥 올겐은 이 사건 이후 오히려 서로 가까워지게 된다.

루이스 부챌터는 1927 년 10 월 15 일, 자신의 부하들과 함께 이 제이콥 올겐과 잭 다이아몬드의 연합을 공격하여 다이아몬드를 부상 입히고, 올겐을 제거하는 데 성공함으로써 뉴욕의 노조사업을 인수하게 된 것이다. 제이콥 올겐의 장례식은 생전의 그의 실력을 반영하듯 매우 거창하게 거행되었고, 신문들도 헤드라인으로 그것을 언급할 정도였다고 한다.

올겐의 사업을 넘겨받은 부챌터는 그 후 올겐과는 비교를 할 수 없을 정도로 노조경영의 달인이 되는데, 향후 그가 영향을 미치게 되는 노조는 여성의류 노조, 재단사 노조[3] 등 의류 관련 노조를 비롯하여 제빵업계 노조[4], 모피업계 노조[5], 연극 및 영화 관련자 노조(IATSE[6])와 그에 소속된 영화기사 노조[7] 등 그 수를 다 헤아리기 어려울 정도가 된다.

노동조합을 관리하며 그로부터 이익을 만들어내는 것은 이미 오래 전부터의 갱들의 사업 중 하나로, 금주법 이후의 시대에 이 노조관리 사업은 도박사업과 함께 이들의 주력사업으로 각광을 받게 된다. 일례로 볼 때, 1932 년에 만들어진 시카고 범죄 대책 위원회[8]의 보고서에 의하면, 당시 시카고 지역의 노동조합의 약 2/3 정도가 직, 간접적으로 갱들의 지배하에 있었다고 조사되고 있을 정도였다. 따라서 갱단간의 관할 구역이 정리되기 전에는 노동조합을 둘러싸고 일어난 갱단간의 다툼도 많았다.

---

[3] New York Cutters` Local No. 4
[4] Flour Truckmen`s Association, United Pie, Cake and Pastry Bakers
[5] Fur and Leather Workers` Union
[6] International Alliance of Theatrical Stage Employees(IATSE)
[7] Motion Picture Operators Union
[8] Chicago Crime Commission, 1919 년에 조직됨.

1931 년에 뉴욕에서 있었던, 노동조합의 관할권을 둘러싸고 벌어진 갱단간의 갈등을 한번 살펴보기로 한다.

1931 년 초, 연합 의류노조[9] 의 회장이던 시드니 힐먼[10]은 산하 단체인 재단사 노조의 횡포를 더 이상 견딜 수가 없었다. 재단사 노조는 루이스 부챌터에게 지배당하고 있는 노동조합 중 하나였는데, 부챌터는 재단사들이 파업을 일으킬 경우 의류를 만드는 공정이 처음 단계부터 중단될 수밖에 없는 점을 이용하여, 재단사 노조를 통해서 의류 산업의 다른 노조까지 모두 영향력을 미치고 있던 중이었다.

연합 의류노조는 연일 재단사 노조의 부패한 간부들의 퇴진을 종용하는 데모를 벌이고 있었으며, 한번 데모와 행진이 시작되면 그것은 절대 평화롭게 끝나는 법이 없었다. 계속되는 투쟁 가운데에서도 딱히 얻어지는 것이 없자 연합 의류노조의 간부 중 한 사람인 브루노 벨레아[11]는 어려운 결심을 하게 된다. 그것은 다름아니라 분쟁을 자기들에게 유리한 방향으로 이끌기 위하여 당시 암흑가의 실력자 중 한 사람이던 찰스 루치아노에게 도움을 요청하겠다는 것이었다.

연합 의류노조로부터 청탁을 받은 루치아노는 재단사 노조가 자신과 안면이 있던 루이스 부챌터의 것임을 알게 되자 자신은 그 문제에 개입하지 않겠다고 답하였고, 루치아노로부터 실망스러운 대답을 얻은 브루노 벨레아는 이번에는 다시 다른 그룹에게 도움을 요청하게 되는데, 이번에 그가 선택한 사람은 다름이 아니라 얼마 전 마세리아를 제거하고 뉴욕의 보스 중의 보스로 올라선 살바토레 마란자노였다.

의류노조 문제로부터 루이스 부챌터를 축출해달라는 부탁을 받은 마란자노는 만면에 희색을 감출 수가 없었다. 이것은 다른

---

[9] Amalgamated Clothing Workers of America
[10] Sidney Hillman
[11] Bruno Belea

그룹으로부터 비난 받지않고 노동조합 사업에 진출할 수 있는 절호의 기회였던 것이다. 부챌터의 세력이 만만치 않은 것은 잘 알고 있었으나 일단 자신이 나선다면 부챌터로서도 몇 발자국 후퇴하지 않을 수 없을 것이라고 생각했다. 귀제뻬 마세리아를 거세한 후 뉴욕 암흑가에서 욱일 승천하던 기세의 마란자노였으니 말이다.

그리하여 마란자노가 이번 분쟁에 개입하게 되었다는 소식을 들은 루이스 부챌터는 내심 초조하게 되었다. 벌써 사용자 중의 한 명으로 루이스 부챌터에게 매우 호의적이었던 귀도 페라리[12]가 데모 도중에 입은 상처의 출혈로 사망하는 등, 당장 부챌터의 피해는 코앞에 다가와 있었다. 그러나 부챌터는 현명하게도 이 난국을 전면전으로 가져가지 않고 술책을 부려 타개하려고 하였는데, 그가 생각해낸 해결책은 마란자노와 갈등 관계에 있던 찰스 루치아노를 이용하는 것이었다.

부챌터는 루치아노에게 '이번에 내가 당하면 다음 번 희생물은 루치아노 당신 차례이다. 마란자노는 당신이 나와 친분관계에 있다는 것을 잘 알고 있다. 그런데도 그가 나를 이렇게 핍박하는 것은 다름아닌 바로 당신을 모욕하는 것이라고 할 수 있다. 이번에 내가 당하면 다음 차례는 다른 그 누구도 아닌 바로 당신일 것이다' 라고 설득하였다. 그리고 얼마 후인 1931 년 9 월 10 일, 알려진 대로 마란자노는 뉴욕 센트럴 빌딩의 그의 사무실에서 토마스 루케제가 인솔한 4 명의 유태인 히트 맨에게 피살 당하게 된다.

부챌터가 이야기한 이 노조 문제가 루치아노로 하여금 마란자노를 제거하게 만든 유일한 원인이었던 것은 물론 아니다. 루치아노로서는 마란자노를 없애야 할 이유를 이미 충분히 가지고 있었다. 그러나 이번의 일도 어떤 방향으로든 루치아노에게

[12] Guido Ferrari(? - 1931)

작용을 한 것이 틀림 없을 것이다. 마란자노가 죽고 나서 바로 얼마 후, 연합 의류노조의 문제는 부챌터에게 유리한 방향으로 해결이 된다. 의류노조의 간부, 브루노 벨레아는 부챌터에게 100 퍼센트의 협조를 약속하고, 땅에 엎드려 용서를 빔으로써 겨우 목숨만은 건질 수가 있었다.

그런데 대체 노동조합을 통한 사업이란 얼마만큼의 매력이 있는 것이기에 이렇게 갱들이 그것을 둘러싸고 극성을 피운 것일까? 노동조합을 통해서 돈을 벌 수 있는 길은 또 무엇이 있는 것일까? 갬비노 패밀리의 보스 폴 카스텔라노는 일찍이 피살되기 전 `우리의 일은 바로 노조를 경영하는 것[13]` 이라고 말했다고 한다. 갱들의 노조경영 사업이란 도대체 무엇일까? 루이스 부챌터가 관리하던 의류노조를 통하여 그 방법을 자세히 알아보기로 한다.

1960 년대 중반에 이르기까지 미국 국내에서 팔리는 총 의류의 약 70 퍼센트가 가먼트 디스트릭트[14]라고 불리는 뉴욕의 맨해튼 중심지역에서 디자인되고 만들어졌다. 이곳에서 만들어진 옷들이 전국으로 운송된 것이다. 이 지역의 조업환경은 아주 열악하여 일찍이 1900 년부터 벌써 노조가 결성될 정도였는데, 갱들은 이 노조를 장악하고 있었기 때문에 파업 등, 노동자들의 단체행동을 막아주는 대신 의류 회사들로부터 일정한 사례비를 받을 수 있었다.

갱들이 노동자들을 통제하는 힘은 물론 폭력이었다. 그러나 공식적인 자리에서 갱들이 직접 노조원을 다루는 일은 없었고 모든 것이 노조 고위층의 명령이라는 형식을 통해서 내려왔다. 항의하는 사람들은 어느날 어두운 골목길에서 폭행을 당하거나, 그래도 조용히 있지 않으면 어느 일요일 집에서 쉬고 있을 때

---

[13] `Our job is to run the unions.` FBI 의 도청 테이프에 녹음되어있던 말이다.
[14] Garment District, New York

에 부엌 창문으로 총알이 날아들어오곤 했기 때문에 노동자들은 억울함을 참고 집행부의 지침에 따를 수밖에 없었다.

가먼트 디스트릭트에서의 의류 운송도 큰 이익을 남길 수 있는 대상이었다. 옷감이 맨해튼으로 들어와 한 공장에서 재단된 다음 다시 운반되어 바느질공장으로 가고, 완성품이 되어 다시 각지의 옷 가게나 쇼핑센터로 배달되는 전과정에서 트럭이 이용되는데, 이 운반트럭이 갱들의 수중에 있었던 것이다. 비싼 운임을 요구하는 갱들의 트럭에 일을 맡기지 않으면 상품의 운반이 중단되거나, 운송되는 과정에서 상품이 없어지는 일이 발생하므로 울며 겨자 먹기로 그들에게 일감을 주지않을 수가 없었다. 갱들의 영향력이 미치지 않는 다른 트럭을 사용해보고자 시도하는 사업자에게 좋지않은 일들이 생긴다는 것 역시 불을 보듯 명백한 사실이었다.

즉, 루이스 부챌터는 가먼트 디스트릭트의 의류노조뿐 아니라 그곳의 트럭운전수 노조까지 장악함으로써 사실상 당시의 미국의 전 의류산업을 장악하고 있은 셈이었다. 그가 이 사업을 통해서 벌어들이는 수입은 1 년에 100 만 달러 또는 그 이상이었던 것으로 집계되고 있다. 이렇게 노동조합을 장악하여 그곳으로부터 이익을 뽑아내는 것은 미국 전역에 걸친 마피아의 주요 사업이었다. 또 다른 예를 보면, 뉴욕 브루클린 부두의 항만노조[15]는 그 노조의 보스가 바로 그 유명한 알버트 아나스타샤의 친동생인 안토니 아나스타지오[16]였고, 안토니 아나스타지오는 또한 전미 항만노조[17]의 부회장직을 맡고 있었으니 이 노조에 대한 마피아의 영향력을 충분히 짐작하고도 남음이 있겠다.

위에서 예로 든 사례뿐 아니라 건설노동자 노조, 청소부 노조,

---

[15] ILA 의 지부로 Local 1814 번 노조

[16] Anthony Anastasio(1906 - 1963)

[17] International Longshoremen`s Association(ILA) ILA 는 조직범죄와 관련된 혐의로 1953 년에 전미 노동 단체인 AFL-CIO 로부터 축출된다.

연극 및 영화 관련자 노조, 호텔 및 레스토랑 종업원 노조, 바텐더와 주류 도매상 노조, 요리사 노조, 택시운전수 노조 등 수많은 노동조합이 있었는데 이들 중 갱들의 입김이 닿지않는 곳은 거의 한군데도 없다고 생각하면 될 것이다. 브루클린 부두의 항만노조는 그 부패가 워낙 유명하여 영화의 소재로까지 되기도 하였는데 안토니 아나스타지오 이전에는 역시 마피아의 일원인 에밀 까마르도[18]가, 그리고 1963 년에 안토니 아나스타지오가 사망한 이후에는 그의 사위이며 갬비노 패밀리의 카포레짐인 안토니 스코토[19]가 대를 이어 전미 항만노조의 부회장직과 브루클린 항만노조의 보스 자리를 맡았다.

항만노조로부터는 또 어떤 방법으로 이익을 만들 수 있을까? 위에서도 언급하였지만 당시 뉴욕은 미국 산업의 중심지였다. 뉴욕 항구의 물동량은 미국으로 들어오는 전체 화물의 60 내지 70 퍼센트를 맡고 있었고, 그 화물을 부리는 일을 하는 항만 노동자들의 단체가 바로 항만노조였다. 이는 곧 노동자들이 파업이나 태업을 해버리면 화물이 부려질 수가 없다는 뜻이다. 따라서 갱들은 이 항만노조를 장악함으로써 화물선의 선주나 상품의 수입회사로부터 돈을 뜯어낼 수 있었다.

비싸거나 귀한 화물인 경우에는 그것이 도둑맞아 없어지는 하이재킹도 일어난다. 항만관리청에는 모든 화물의 내용을 미리 신고하도록 되어 있고 또 이것은 서류로 남겨지므로 값비싼 화물이 때로 홀연히 사라질 수 있다는 것은 충분히 이해가 가는 일이다. 또한 부두에 정박한 배의 안전을 보장해주는 대신에 받는 사례비도 있었다. 보호비를 내지않은 선박에서는 간혹 폭발사고 등의 안전사고가 일어나는 수가 있었으므로 이것 또한 내지않을 도리가 없었다.

그밖에 항구를 통하여 이루어지는 또 하나의 중요한 사업은

---

[18] Emil Camardo
[19] Anthony Scotto

밀수와 밀입국이었다. 금주법 시기 동안은 밀주가 아닌 유럽 각국에서 수입되는 오리지날 와인, 위스키, 코냑 등은 부르는 것이 값일 정도였다. 이러한 술들의 밀수입이 쉽게 이루어질 수 있었던 것은 모두가 항만의 하역작업을 총괄하는 항만노조의 부패 때문이었다.

물론 술만이 밀수되는 것은 아니었다. 다른 대표적인 상품으로 헤로인 등 마약이 있다. 마약이 미국으로 반입되는 루트는 터키나 중동지역의 마약 원료가 모르핀으로 만들어져서 프랑스의 마르세이유로 간 다음 다시 헤로인으로 정제되어 대서양을 건너는 정기화물선 편을 통하여 뉴욕으로 운반되는 방식이었다. 이것이 바로 소위 프렌치 커넥션이다. 진 해크먼이 형사로 열연한 <프렌치 커넥션>이라는 영화도 있었다. 마약에 대해서는 다음 기회에 다시 이야기하기로 한다.

그리고 사람도 밀수입되고 있었다. 시실리 인으로 미국에서 새 삶을 찾아보고자 하는 사람들은 매우 많았다. 1920년대에 들어와 이탈리아의 집권자가 된 무솔리니는 무자비하게 마피아를 탄압하였고 그것을 피해 사람들은 주로 신대륙인 미국으로 건너오기를 원하였다. 미국에서는 형제들이 무제한으로 돈을 벌고 있다는 소식을 자주 전해 듣고 있었기 때문이다. 갱들은 일정액의 수수료를 받고 그들을 밀입국 시켰으며, 그렇게 해서 이 나라에 들어온 시실리 인들의 대부분이 다시 갱들의 조직원이 되었다.

요컨대 마피아들에게는 모든 것이 수입을 올릴 수 있는 대상이었다. 그들의 오리엔테이션은 오직 돈이었으며, 영화나 소설에서 우리가 흔히 접할 수 있는 이유없이 총 쏘기와 사람 죽이기를 밥 먹듯이 하는 갱 조직은 한마디로 상상의 산물이거나 아니면 뿌리 없는 건달들이다. 마피아의 히트에는 단 두 가지의 이유가 있을 뿐이다. 그 하나는 그들의 사업에 방해가 될 때, 그리고 또 하나는 그들 자신의 목숨이 위험할 때이다.

노조를 통한 갱들의 사업, 또는 노조와 갱단간의 결탁에 대한 또 하나의 예가 트럭운전수 노조인 팀스터[20]이다. 위에서 맨해튼의 트럭운전수 노조를 루이스 부첼터가 장악하고 있다고 하였는데, 이러한 지역 단위의 트럭운전수 노조가 모이고 모여, 전 미국 규모의 조합으로 커진 것이 바로 팀스터이다. 전미 팀스터의 제 3 대 회장으로 제임스 호파[21]가 재직하고 있을 때가 팀스터 노조와 조직범죄와의 연합이 가장 긴밀했을 때였던 것으로 알려지고 있다. 결국 제임스 호파는 그와 관련하여 1963년에 유죄판결을 받고 연방 형무소에 수감되게 되는데, 호파와 마피아의 스토리는 너무나 유명하여 그 사연이 영화화된 것이 바로 잭 니콜슨과 대니 드비토가 주연한 <호파>이다. 팀스터의 제 6 대 회장인 재키 프레서[22]와 마피아의 관련도 후에 영화화되었다.

그렇다면 이렇게까지 노동조합이 부패할 동안 경찰과 정치가들은 과연 무엇을 하고 있었던가? 비단 노동조합 문제뿐이 아니다. 금주법 시기 동안 수천, 수만 군데의 비밀 술집이 번창하고 있었는데, 이를 단속하고 법질서를 지켜야 할 경찰은 어디로 갔으며, 시민의 안녕을 지켜줄 최종 책임을 지고 있는 정치가들은 어느 곳으로 눈을 팔고 있었던가? 그 유명한 미국의 FBI 는 해야 할 일은 않고 그냥 팔짱만 끼고 서있었던 것인가? 여기에 대한 답을 말하자면 그래도 당시의 모든 경찰과 정치가들이 다 갱으로부터 매수되었던 것은 아니라는 것이다. 그러나 경찰 등 사법관리들의 상당수가 조직 범죄단의 자금력에 의하여 매수되어 있었으며, 정치가들의 경우도 거의 마찬가지였다.

원래 미국의 정치에는 예로부터 강력한 실력을 가진 보스가

[20] International Brotherhood of the Teamsters Union
[21] James R. Hoffa(1913 - 1975?)
[22] Jackie Presser(1927 - 1988)

지배하는 정치세력이 있었다. 일종의 막후 실력자들의 집단이라고 할 수 있으며, 특히 지방의 정치무대에서는 이러한 세력의 입김이 매우 셌다고 한다. 이들 중 특별히 뉴욕 민주당의 것을 태머니 홀[23]이라 하는데 이것은 단지 뉴욕뿐 아니라 전국으로 그 세력을 뻗치고 있었다. 이들 막후 세력들은 미국의 정가, 관가에 큰 영향력을 가지고 있었으며, 뉴욕 주지사였던 프랭클린 루즈벨트[24]가 1932 년의 대통령 선거에서 이 태머니 홀에 대하여 반기를 들고도 대통령으로 당선되기 전까지는 대통령 후보 지명 등 대통령 선거에서도 막대한 영향을 미치고 있었다.

이들은 또한 때로 갱들간의 분쟁을 조정해주는 역할을 하기도 하였다. 1903 년 8 월에 일어났던 파이브 포인트 갱단과 몽크 이스트맨 갱단 사이의 전쟁은 이 태머니로부터의 조정을 받고 나서야 겨우 중단될 수 있었다고 한다. 갱들은 밀주사업 등으로 거두어들인 엄청난 돈을 가지고 이들 정치가들에게 자금을 대주어 이들로부터 보호막을 제공 받고 있었다. 갱들 중 특히 이러한 쪽, 이렇게 정치가와 사법관리들을 매수하는 쪽으로 뛰어난 능력을 발휘하고 있었던 사람이 루치아노 패밀리의 프랭크 코스텔로와 죠 아도니스라고 할 수 있었다.

FBI 는 1930 년대 초까지는 주로 기관총 켈리나 딜린저와 같은 무장강도나 유명인사의 아이를 납치하여 몸값을 요구하는 유괴범들의 검거에 힘을 기울이고 있었고, 1930 년대 중반이 되어서야 덧치 슐츠, 루이스 부첼터와 같은 이름난 갱을 수사하려는 의지를 보인다. 그러나 그러다가 부첼터의 체포 이후로는 조직범죄에 대한 FBI 의 수사 의지가 완전히 사라져 버리게 되는데 여기에 대하여는 다음 장에서 다시 자세히 언급하기로 하겠다.

그러나 이 무렵 갱들에 대하여 지대한 관심을 가지고 있던

---

[23] Tammany Hall

[24] Franklin D. Roosevelt(1882 - 1945) 제 32 대 미국 대통령(1933 - 1945) 민주당.

한 명의 사법관리가 있었으니, 미시간 주 출신의 변호사로 나중에 미국의 대통령 후보로까지 지명되는 토마스 듀이가 바로 그 사람이다. 토마스 듀이는 미시간 대학과 콜롬비아 로 스쿨을 졸업한 후, 뉴욕으로 건너와서 당시 유명한 변호사이던 죠지 메달리[25]의 로펌에 취직하여 앞날이 기대되는 젊은 변호사의 한 명으로 일을 하고 있었다. 그러던 중, 1931 년에 대통령 허버트 후버[26]에 의하여 죠지 메달리가 뉴욕을 포함한 미국의 남부지방을 담당하는 연방 검사로 임명되자, 듀이는 메달리에 의하여 29 세의 젊은 나이에 연방 검사의 검사보로 지명 받게 되고, 이후 그에게는 정치적인 야심도 싹트게 된다.

보수적이었던 아버지의 영향으로 이른 나이에 공화당원으로 가입한 토마스 듀이는 민주당의 태머니 홀의 부패에 대하여 깊은 관심을 갖고 있었다고 전해지는데, 그러나 사실은 이와 같은 정치 세력의 부패는 비단 민주당에만 국한되어 있었던 것은 결코 아니었다.

연방 검사보로서 듀이는 1931 년에 있었던 시카고의 범죄 황제, 알 카포네의 탈세 혐의에 대한 재판 케이스에 개입하기도 하여 조직범죄단의 수사에 대한 경험을 쌓은 다음, 다시 뉴욕으로 눈을 돌려 뉴욕의 갱들에 대한 수사 자료를 모으기 시작하였다. 듀이는 자신의 수사 실적이 자기 앞날에 크나큰 영향을 미치게 될 것이라는 사실을 잘 알고 있었다. 그리하여 1933 년, 이제는 자리에서 물러난 죠지 메달리 대신에 연방 검사의 자리를 차지하게 된 토마스 듀이에 의하여 뉴욕의 갱들이 기소되기 시작하였다.

---

[25] George Z. Medalie
[26] Herbert C. Hoover(1874 - 1964) 제 31 대 미국 대통령(1929 - 1933) 공화당.

제 4 장

1933 년, 토마스 듀이에 의하여 탈세 혐의로 기소된 사람은 사우스 브롱크스의 덧치 슐츠였다. 덧치 슐츠는 그 본명을 아더 플레겐하이머라고 하는 유태계 갱으로 루이스 부첼터, 찰스 루치아노와 함께 당시 일반인들에게 가장 잘 알려진 갱 중의 한 명이었다. 사실 슐츠는 그의 부모 중 한쪽이 오스트리아 인이었기 때문에 순수 유태계 갱이라고 볼 수는 없었다. 덧치 슐츠는 뉴욕의 사우스 브롱크스를 중심으로 맨해튼의 어퍼 웨스트 사이드와 할렘까지를 자기 구역으로 삼고 있으며, 밀주사업은 물론 엠버시 클럽[1] 등 고급 사교장의 경영까지도 하고 있는 유력한 뉴욕 갱의 한 사람으로, 핸섬한 외모와 좋은 매너를 가지고 있었지만 필요한 경우에는 그의 부하들까지도 놀라게 할 만큼 잔인한 성격도 또한 함께 가지고 있었다고 한다.

이때 토마스 듀이는 슐츠와는 다른 케이스로, 역시 유명한 유태계 갱 중 한 명이었던 웩시 고든[2]에게 10 년형의 유죄 판결을

---

[1] Embassy Club

[2] Waxey Gordon, 원래 이름은 Irving Wexler.

받도록 이끌어내었기 때문에 언론에는 귀신 잡는 검사로 알려지고 있었다. 그렇지만 전 세대 갱인 웩시 고든의 경우와는 많이 다르게 슐츠는 1 년 이상이나 자유스럽게 뉴욕의 거리를 돌아다니며 사업과 활동을 계속하고 있었는데 이는 뉴욕의 일선 사법 공무원들의 거의 모두가 신디케이트의 돈에 의하여 매수되어 있었기 때문일 것이다.

그러나 1934 년이 되자 상황은 달라져 덧치 슐츠의 기소 건을 둘러싼 환경은 변화하기 시작하였다. 헨리 모겐소[3] 재무장관이 직접 나서서 사건을 챙기기 시작했으며, 재무장관은 FBI 국장인 에드거 후버[4]에게 도움을 요청했다. 재무장관은 슐츠 건에 대하여 뉴욕 시장과 직접 전화 통화를 나누기도 하였다. 법무장관이 아니라 재무장관? 범법자를 잡아들이는 일에 법무장관이 아닌 재무장관이 앞에 나선 것은 혹시 세금 수입 때문이었을지도 모르겠다. 시카고의 알 카포네의 경우, 수십 건 이상의 살인을 직접 저지르고 또 부하들에게 명령하였지만, 정작 그를 감옥에 집어넣은 것은 바로 이번의 덧치 슐츠 케이스와 같은 탈세 혐의였던 것이다. 오늘날에도 국세청의 세무조사는 신디케이트에게 가장 큰 골칫거리가 되고 있으며, 마피아들이 그들의 사업을 하나 하나 합법화 시키고 있는 제일 큰 이유도 바로 그 점에 있다. 그리하여 마침내 슐츠는 FBI 에 의하여 공중의 적[5] 제 1 호로 지명되었다.

FBI 가 한번 공중의 적으로 지명하면 범 국가적인 행정력을 동원하여 범인을 체포하거나 사살할 때까지 수사를 계속하는 것이 보통이었으므로 덧치 슐츠라 할지라도 저으기 두려웠을 것이다. 그 동안 FBI 에 의하여 공중의 적으로 지목된 갱은 주로 은행강도 등, 무장 강도였으나 이번에 처음으로 조직범죄단

---

[3] Henry Morgenthau, Jr.(1891 - 1967) 1934 년부터 1945 년까지 재무장관을 역임.
[4] John Edgar Hoover(1895 - 1972) 1924 부터 1972 까지 FBI 국장을 역임한 최장수 FBI 국장.
[5] Public Enemy

의 보스가 공중의 적으로 지명된 것이었다. 몇 년 전, 시카고의 알 카포네가 공중의 적 제 1 호로 리스트에 오른 적이 있었으나 그때의 리스트는 FBI 에 의한 것이 아니라 시카고 범죄 대책 위원회에 의하여 만들어진 것이었다.

과거에 FBI 로부터 공중의 적 제 1 호로 지명되었던 죤 딜린저[6] 등이 어떤 최후를 마쳤는지 익히 알고 있었던 슐츠는 술수를 써, 뉴욕 시가 아닌 인근의 작은 도시 알바니에서 당국에 자수를 한다. 당시 뉴욕은 새 시장으로 피오렐로 라구아르디아[7]가 당선되어 시민들의 전폭적인 지지를 받으며 나날이 시정을 개혁해가는 중에 있었으므로 만일 그가 뉴욕 시에서 체포되어 재판을 받는다면 유죄 판결이 내려질 것이 거의 확실했기 때문이다.

슐츠는 자기에 대하여 잘 알지 못하는 현지 주민들에게 환심을 사기 위하여 부하들과 함께 백방으로 뛰어다녔다. 배심원들에게도 손을 써두어, 결국 1935 년 4 월에 시라큐스에서 열린 1 차 재판에서는 배심원단의 의견이 반반으로 갈라지는 심리 무효로 판결에 이르지 못한다. 그리고 이어 멀론 시에서 열린 2 차 재판에서는 배심원단에 의하여 슐츠에게 무죄 판결이 내려진다. 슐츠는 다시 한번 뉴욕의 거리를 자유롭게 활보하게 되었으며, 알 카포네조차도 이기지 못한 당국과의 대결을 승리로 이끈 슐츠의 기고만장함은 실로 대단한 것이었다.

그러나 토마스 듀이는 포기하지 않았다. 듀이는 웩시 고든 사건의 승소 후 대통령 루즈벨트에 의하여 원래의 자리에서 물러난 뒤 1935 년에는 뉴욕 카운티의 특별 검사로 임명되어 있었고, 그는 후에 뉴욕 주의 주지사가 되려는 정치적 야망을 가지고

---

[6] John Dillinger(1902 - 1934)

[7] Fiorello H. LaGuardia(1882 - 1947) 아직까지도 뉴요커들로부터 사랑 받는 전설적인 뉴욕 시장으로 현재 그의 이름을 딴 공항이 뉴욕에 있다. 1933 년에 당선된 후 3 기에 걸쳐 뉴욕 시장을 역임.

있었기 때문에 대중에게 어필할 수 있는 실적이 절실히 필요했던 것이다.

듀이는 이번에는 슐츠의 빈센트 콜 살인 혐의에 초점을 맞추었다. 빈센트 콜은 지난 1932 년 2 월 7 일, 자기 집 앞의 약국에 있는 공중전화 박스에서 전화를 걸고 있던 중 기관단총에 의하여 피살되었는데 이 사건을 그가 해결한다면 사람들에게 잊기 힘든 뚜렷한 인상을 심어줄 수 있을 터였다. 그래서 듀이가 얼마나 슐츠를 몰아붙였던지 참다 못한 슐츠는 듀이를 없애버릴 결심을 하고 만다.

당시 토마스 듀이가 관심을 가지고 있던 갱 중에는 덧치 슐츠뿐만 아니라 노동조합 갈취가 전문인 루이스 부첼터와, 지하세계의 황제로 일컬어지고 있는 찰스 루치아노도 포함되어 있었다. 그러므로 듀이를 없애는 일은 신디케이트의 멤버 모두로부터 찬성을 받을 것이라고 생각한 슐츠는 루치아노, 랜스키, 코스텔로 등의 보스들에게 토마스 듀이의 히트를 설득하려고 하였다.

덧치 슐츠가 특별 검사인 토마스 듀이의 목숨을 노린다는 소식을 전해들은 신디케이트의 멤버들은 즉시 긴급 위원회를 소집한다. 말단의 순찰경관 한 명이 갱단에 의하여 피살되어도 일이 적잖이 시끄러워질 텐데 뉴욕 카운티의 특별 검사를 살해한다는 것은 사실 말이 안 되는 일이었던 것이다. 공직에 있는 사람들의 단결력이란 사실 대단한 것이 아닌가? 이들은 심각한 토의 끝에 현직 검사인 듀이가 갱으로부터 피살되는 일이 벌어지면 지금까지와는 확연히 달리 경찰, FBI, 재무성, 국세청 등 전 미국의 행정력이 그들을 적으로 삼아 승부를 걸어올 것이 틀림 없으므로 상황을 그렇게 만들기보다는 슐츠 한 사람이 없어지는 편이 훨씬 낫겠다는 결론을 내리게 된다. 그리하여 `회사' 가 슐츠의 히트를 맡게 되었다.

1935 년 10 월 23 일, 회사 소속의 엠마누엘 와이스[8]와 찰스 워크맨[9], 그리고 또 한 명은 뉴저지의 느워크 시에 있는 레스토랑, 팰리스 찹 하우스[10]에서 부하인 에이브 랜도우, 버나드 로젠크란츠[11]와 함께 식사를 하며 조직의 재정 담당인 오토 베르만[12]으로부터 사업보고를 받고 있던 슐츠에게 총격을 가하여 임무를 완수했다. 더 정확하게 말하자면 덧치 슐츠는 화장실에서 총에 맞은 후 자기가 앉았던 좌석까지 겨우 몸을 끌고 온 다음, 마지막으로 몇 마디 말을 남기고 숨을 거두었다고 한다.

일전에 있었던 오토 베르만의 진술에 의하면 당시 덧치 슐츠가 관리하던 도박사업의 규모는 수백만 달러에 달하였고, 저소득층을 주로 상대하는 숫자 도박 하나만 가지고도 매주 50 만 달러 정도의 수익을 올리고 있었다고 한다. 물론 슐츠가 죽은 후 신디케이트의 다른 회원들이 슐츠의 사업을 나누어 가진 것은 두말할 나위가 없다.

당시 회사의 일 처리는 아주 잘 짜여진 팀워크에 의하여 매우 조직적으로 진행되고 있었다. 한 히트 팀은 히트 맨, 핑거 맨, 휠 맨과 마지막 뒷처리를 담당한 이베포레이터 등[13] 대략 네 그룹으로 구성되어 있는데 각각의 임무를 잠깐 살펴보면, 히트 맨은 실제의 살인을 담당하는 사람으로 총류뿐 아니라 칼, 얼음 송곳, 망치 등을 자유자재로 다루는 그 방면의 전문가이고, 핑거 맨은 목표물의 평소 습관 등 정보를 모아서 작전이 매끄럽게 실행될 수 있도록 전체적인 플롯을 짜는 사람으로 한 팀의 두뇌라 할 수 있는 사람이다. 휠 맨은 운전사를 뜻하고, 이

---

[8] Emmanuel Weiss, 닉네임은 Mendy.
[9] Charles Workman, 닉네임은 the Bug.
[10] Palace Chop House
[11] Abraham Landau, Bernard Rosenkrantz
[12] Otto Biederman(1881 - 1935) 닉네임은 Abbadabba Berman.
[13] Hit men. Finger men, Wheel men, Evaporators

베포레이터는 작전에 사용되었던 흉기나 차량 등을 감쪽같이 사라지게 만드는 뒷처리 담당자를 말한다.

회사의 행동 대원은 주로 뉴욕 동부의 윌리엄스버그, 브라운스빌 등 브루클린 지역 출신자들이었다. 이들은 너무나도 거칠고 예측이 불가능한 자들로서 노련한 보스급들조차도 이들과는 별로 만나고 싶은 생각이 들지 않을 정도로 흉포한 자들이 대부분이었다. 지금까지 알려진 행동 대원들로는 루이스 카포네, 프랭크 아반단도, 프랭크 카르보, 빈센트 망가노의 동생인 필립 망가노, 비토 규리노, 해리 스트라우스, 해리 마요네, 마틴 골드스타인, 알버트 타넨바움, 에이브 레빈, 어빙 닛츠버그, 알렉산더 알퍼트, 찰스 워크맨, 엠마누엘 와이스, 에이브 릴리스 등[14]이 있는데 이들은 이름만 대면 울던 아이도 울음을 뚝 그칠 정도로 당시 악명을 날리던 쟁쟁한 킬러들이었다. 이들은 각자의 실력에 따라 주급 100 달러 내지 250 달러를 받기로 하고 회사에 고용되어 있었으며, 당시는 바로 그 유명한 대공황의 시기로 일용 근로자의 일당이 하루에 1 달러 정도였고 그만한 일거리마저 갖지 못한 실업자가 부지기수였다는 것을 고려해볼 때 이들의 급료가 어느 만큼의 수준이었는지는 쉽게 짐작해볼 수 있다.

회사의 총책임자는 위원회의 의장인 찰스 루치아노가 맡고 있었으며, 실무 책임자는 애초에 그것의 존재를 주창했던 루이스 부첼터가, 그리고 현재 망가노 패밀리의 언더보스인 알버트 아나스타샤가 회사의 언더보스를 겸임하고 있었다. 회사의 본부는 브루클린의 동쪽, 리보니아 거리와 새러토가 거리가 교차하는 곳에 위치한 미드나잇 로즈[15]라는 캔디 스토어였고, 이곳에는 회사원들이 돌아가며 24 시간 상주하고 있었다.

누군가를 없애고자 하는 보스는 루치아노에게 상담을 청하였

---

[14] Louis Capone, Frank Abbandando, Frank Carbo, Philip Mangano, Vito Gurino, Harry Strauss, Harry Maione, Martin Goldstein, Albert Tannenbaum, Abe Levine, Irving Nitzberg, Alexander Alpert, Charles Workman, Emmanuel Weiss, Abe Reles etc.

[15] Midnight Rose`s Candy Store

고, 루치아노는 다시 그 안건을 가지고 프랭크 코스텔로, 마이어 랜스키와 의견을 교환한 다음 특별한 반대가 없으면 루이스 부챌터에게 명령을 내렸으며, 부챌터는 알버트 아나스타샤와 상의하여 이번 일을 처리하는 데 최적임자가 누구인가를 결정한 후 미드나잇 로즈에 전화를 걸어 명령을 내리는 것이다. 살인주식회사가 해체될 때까지 회사에 의하여 처형된 사람의 수는 정확히 알 수는 없지만 500 명에서 800 명 정도 또는 그 이상이라고 한다.

·

덧치 슐츠를 이용하여 자기의 정치적 야망을 이루려 했던 토마스 듀이는 그것이 무산되자 이번에는 루치아노를 제물로 삼기로 하였다. 루치아노에 대하여 그가 타겟으로 삼은 혐의는 강제 매춘이었다. 1936 년 2 월 1 일, 듀이는 160 명의 경찰관을 동원하여 뉴욕에서 이름난 매춘 업소들을 기습하였고 그 업계에서 유명한 마담들인 플로렌스 브라운, 낸시 프레서[16] 등을 체포함으로써 루치아노에 대한 공격의 첫걸음을 내디뎠다.

경찰의 기습작전과 함께 듀이의 언론 공작이 개시되자 루치아노는 뜨거워진 여론으로부터 잠시 몸을 숨기는 편을 택하여 랜스키의 동료, 오우니 매든의 근거지인 아칸소 주의 핫스프링즈로 피신하였다. 그러나 그 동안에도 신문을 통한 듀이의 선전은 계속되어 루치아노를 뉴욕 시의 공중의 적 제 1 호로 선언하였고 시카고의 알 카포네의 뒤를 이은 갱이라고 홍보하였다. 알 카포네는 이미 지난 1931 년에 기소되어 유죄 판결을 받은 후 지금은 아틀랜타 연방 교도소에 수감되어 있던 중으로, 카포네 따위와 비교되는 것이 루치아노로서는 우습기 짝이 없는 일이었으나 일반 대중에게는 그러한 선전이 꽤 먹혀 들어가는 편이었다.

---

[16] Florence Brown, Nancy Presser

듀이의 수사팀은 게이 오를로바[17] 등 루치아노의 월돌프 아스토리아 호텔 숙소를 다녀간 여자들을 한 명 한 명 인터뷰하며 증거를 모으기에 여념이 없었다. 뉴욕에 있을 당시 루치아노는 월돌프 아스토리아 호텔의 최고급 객실을 전세 내어 살면서 6 번가의 코튼 클럽, 빌라노바, 7 번가의 데이브스 블루룸[18]과 같은 유명 사교장에 나타나 돈을 물쓰듯하는 생활을 했다. 이처럼 남들의 눈에 띠는 화려한 모습이 당국의 눈에 거슬리게 된 점도 루치아노가 오늘날 궁지에 몰리게 된 원인으로 작용한 것이었다.[19]

루치아노가 숨어 있던 장소는 몇 주동안 비밀이 지켜졌지만 마침내 듀이의 수사팀에 정보가 흘러 들어갔고 1936 년 4 월 1 일, 토마스 듀이는 부하들을 동원하여 루치아노가 숨어 있던 핫스프링즈의 머제스틱 호텔[20]을 기습하여 그를 체포하였다. 루치아노로서는 20 년 전인 지난 1916 년 이래 두 번째로 경찰에 체포된 것이다. 드디어 듀이는 루치아노를 아칸소 주로부터 끌어내어 뉴욕의 재판정에 세우는데 성공하였다. 치열한 법정 싸움 끝에 마침내 강제 매춘을 비롯한 62 개 죄목에 대하여 12 명의 배심원 중 11 대 1 의 유죄 판결을 얻어내어 루치아노에게 30 년에서 50 년까지의 징역을 선고 받게 하는데 성공하고 만다. 1936 년 6 월 6 일의 일이다.

찰스 루치아노는 지하세계의 황제로 군림한지 불과 수 년 만에 자유를 잃는 몸이 되어 버렸지만 그에게 달리 선택의 여지는 없었다. 외국으로 몰래 출국해 버릴 수도 있었지만 자신의 모든 것, 모든 사업이 바로 이 미국에 뿌리를 내리고 있었던 것이다. 그래서 그는 자유로운 몸으로 외국에서 지내는 것보다 감

---

[17] Gay Orlova, 당시의 유명 가수.
[18] Cotton Club, Vilanova, Dave`s Blue Room
[19] Waldorf Astoria Hotel 의 별채인 Waldorf Tower 의 넘버 39-C 스위트룸이 루치아노가 묵었던 곳이다. 당시 그는 Charles Ross 라는 가명을 썼다고 한다.
[20] Majestic Hotel

옥 안에서나마 계속 조직에 영향력을 행사하는 쪽을 선택한 것이었다. 그리고 이를 위하여 프랭크 코스텔로와 마이어 랜스키를 통하여 만반의 대비를 해둔 후에 내린 결정이었다. 루치아노가 유죄 판결을 받게 된 과정에 대해서는 달리 해석하는 견해도 있으나 이것은 뒤에서 언급하기로 하겠다.

이제 토마스 듀이의 이름은 널리 퍼졌고 그는 1937 년에 뉴욕 지방 검사의 지위로 승격되었다. 그의 목표인 뉴욕 주지사에 한층 더 가까워진 것이다. 이때 듀이의 야심은 활짝 날개를 달아 장래의 미국 대통령까지 생각하게 된다. 당시 대통령이던 프랭클린 루즈벨트도 뉴욕 주지사를 지낸 후에 대통령 후보로 지명되어 결국 제 32 대 미국 대통령으로 당선되었으니까 뉴욕 주지사만 될 수 있다면 듀이가 대통령이 되는 것도 결코 허황한 꿈만은 아니었다(후일 토마스 듀이는 1944 년과 1948 년의 2 회에 걸쳐서 공화당의 대통령 후보로 지명된다).

토마스 듀이는 루치아노를 투옥시켜 언론의 스포트라이트를 받은 여세를 몰아 1938 년, 공화당 후보로 뉴욕 주지사 선거에 나섰으나 그만 민주당의 허버트 레만[21]에게 패배하여 낙선하고 만다. 듀이의 공적도 뛰어난 것이었으나, 민주당에는 아직도 태머니 홀의 막강한 영향력이 남아 있었기 때문이다. 또한 루치아노가 지하세계의 황제라고는 하나 시카고의 알 카포네가 저질렀던 `발렌타인 데이의 대학살` 과 같이 신문이 좋아할 만한 초대형 사건을 일으킨 적은 전혀 없었으므로 그의 체포가 생각했던 것만큼 대중들에게 어필하지 못했기 때문일 수도 있었다.

한동안 낙담해 있던 듀이는 분연히 떨치고 일어나 다시 갱 토벌에 나섰고 이번에는 루이스 부챌터를 쫓기 시작하였다. 이때쯤 이미 루이스 부챌터는 살인주식회사의 보스로 항간에 파다하게 소문이 나 있었기 때문에 듀이에게는 아주 좋은 먹이감

---

[21] Herbert H. Lehman(1878 - 1963) 1933 년부터 1943 년까지 뉴욕 주지사를 역임.

이었을 것이다.

당시는 루치아노가 감옥에 들어가 있을 때였고, 그 언더보스였던 비토 제노베제도 자신에게 걸린 살인 혐의 때문에 시실리로 피신해 있을 때인지라 루치아노 패밀리의 액팅보스는 프랭크 코스텔로가 맡고 있었는데, 이를 기화로 회사는 거의 루이스 부챌터가 통솔하고 있었고 그는 회사를 마치 완전히 자기 개인의 것처럼 사용하는 일이 빈번해지고 있었다.

루치아노의 고문인 마이어 랜스키는 회사의 힘과 더불어 부챌터의 세력이 커지는 것을 유심히 지켜보고 있었다. 자신과 같은 유태계인 부챌터의 힘이 너무 커지게 되면 이탈리아계 갱들의 견제가 심해질 것이고, 그의 강력한 후원자인 루치아노도 없는 지금 그러한 상황은 필연적으로 자신에게도 불리하게 작용할 것이기 때문이었다.

듀이가 부챌터에게 건 혐의는 살인이었는데, 이때 마침 FBI 국장 에드거 후버도 살인주식회사의 보스로 알려진 루이스 부챌터를 원하고 있었으므로 토마스 듀이와 에드거 후버는 일종의 경쟁 상태가 되었다. 후버가 부챌터의 체포에 5 천 달러의 현상금을 걸자 듀이는 2 만 5 천 달러의 현상금을 걸었다. 그러나 부챌터는 법을 조소하듯이 계속 체포를 피해 다녔고 토마스 듀이 검사의 추적은 점점 도를 더해갔다.

듀이로부터의 압력이 심해지자 부챌터는 듀이에게 자신에 대한 내부 정보를 제공할 것으로 의심되는 사람들을 회사를 이용하여 제거하기 시작하였다. 특히 1938 년 8 월부터 1939 년 11 월까지의 1 년 남짓한 기간에 이와 관련하여 11 건이나 되는 처형이 있었다. 부챌터의 처형은 자신의 부하나 동업자를 가리지 않았다. 듀이와 접촉을 한번이라도 한 사람은 곧 부챌터의 블랙리스트에 올랐다. 부챌터의 보신 조치는 그 정도가 너무나 지나쳐 점차 위원회의 다른 멤버들의 우려를 자아내게 된다.

듀이와 후버의 경쟁이 심해져 당국의 수사가 점차 가까이 다가오자 마침내 신디케이트는 위원회를 다시 소집했고, 깊은 논의 끝에 마이어 랜스키의 의견대로 부챌터에게 자수를 권하기로 결론을 내린다. 일찍이 덧치 슐츠도 당국에 자수하여 재판을 승리로 이끈 적이 있었고, 재판에서 이기지 못한다 하더라도 황제 루치아노조차 현재 유죄 판결을 받고 복역 중에 있을 정도이니, 당국에 자수하여 몇 년 쉬다가 나오는 것은 생각해보면 그리 나쁘지 않은 흥정이라고 볼 수도 있었다.

일을 매끄럽게 매듭짓기 위해서 부챌터에게 자수를 권하는 말을 하러 간 사람은 다름 아닌 마이어 랜스키였다. 이와 같은 임무를 맡는다는 것은 이들의 세계에서는 종종 목숨을 걸어야 하는 일이 된다. 랜스키는 부챌터에게 앞뒤 사정을 설명한 후 토마스 듀이가 아닌 FBI 의 후버에게 자수를 하도록 권하였다. 그 이유는 뉴욕 시에 자수하게 되면 공명심에 불타는 듀이가 사건을 맡아 살인 혐의로 그를 기소할 것이므로 심각한 판결이 나올 수가 있는 데에 반하여, FBI 에 자수하면 마약 밀매 등의 연방법 위반에 대한 심판만을 받게 되므로 훨씬 가벼운 판결을 기대할 수 있었기 때문이다.

이번 일이 잘 되면 당국은 당국대로 국민에 대하여 체면이 서게 되고, 위원회는 당국의 유력자들에게 큰 서비스를 한번 베푼 것이 되어 훗날에 보답을 받을 수도 있을 것이었다. 랜스키는 부챌터에게 약 15 년 정도의 복역이 예상되며, 모범수로 복역하고 있으면 만기 전에 가석방되도록 위원회의 선에서 최대한의 노력을 기울이겠다고 약속하였고 논리 정연한 랜스키의 설명을 들은 부챌터는 이 거래를 받아들이기로 하였다.

사실 위원회 소속의 모든 회원들의 합의를 본 권고사항이라는 것은 대단한 위력을 가지고 있는 것이다. 그것은 회원 전체의 사업에 유리한 방향이 되도록 내린 결정이므로 여기에 반기를 든다는 것은 나머지 회원 모두에게 반항한다는 것을 뜻하며,

상황이 그렇게 된 뒤에도 반기를 든 그 회원이 계속 무사할 수 있을 가능성은 별로 없었기 때문이다. 이는 회사의 책임자인 부챌터라 하더라도 마찬가지였다.

당국과의 협의를 위해서 랜스키는 FBI 국장 후버와 친한 사이인 월터 윈첼[22]을 골랐다. 윈첼은 신문의 컬럼니스토로 활동하는 당시의 상당한 유력인사였는데, 조직범죄에 관심이 많아 그 쪽 분야를 취재하던 중 랜스키의 사업 동료인 오우니 매든과 알게 되었고, 그로 인해 랜스키와도 친해진 사람이었다. 그 후 월터 윈첼은 랜스키와 매우 가까운 사이가 되었다. 또한 그는 에드거 후버와도 함께 스토크 클럽[23]이라는 고급 레스토랑의 회원으로 있으며 식사도 자주 같이 하는 아주 친한 사이였다.

1939 년 8 월 24 일, 루이스 부챌터는 윈첼과 만나 함께 택시를 타고 약속장소로 갔다. 약속장소에는 FBI 의 차가 기다리고 있었고, 그 뒷좌석에는 FBI 의 국장인 위대한 죤 에드거 후버가 앉아서 기다리고 있었다. 윈첼은 과장된 몸짓으로 후버에게 부챌터를 소개했고, 이날 자정이 되기 전에 후버는 기자들에게 살인주식회사의 책임자인 루이스 레프케 부챌터를 체포하였다는 충격적인 발표를 할 수 있었다. 언론 플레이를 좋아하던 후버로서는 아마도 생애 최고의 순간이었을 것이다.

부챌터의 자수는 FBI 의 후버는 물론, 국민에 대한 사법당국 전체의 체면을 크게 세워주었다. 따라서 조직은 앞으로 얼마간은 당국의 수사 강도가 약해질 것을 기대할 수 있었다. 일반 대중들은 부챌터가 잡힘으로써 살인주식회사가 괴멸된 줄 알고 있었고, 그들에게 있어 살인주식회사와 마피아는 동격이었으므로 마피아 조직 또한 붕괴된 것으로 믿게 되었다. 아니, 이때는 `마피아` 라는 단어는 아직 생소할 때이므로 뉴욕의 지하 조직 범죄단이 모두 붕괴된 것으로 믿었을 것이다.

---

[22] Walter Winchell(1897 - 1972)

[23] Stork Club, 주인은 Sherman Billingsly 였으나 실질적인 소유주는 Frank Costello 였다고 한다.

루이스 부첼터는 마약 단속법 위반으로 연방 배심에서 유죄 판결을 받아 14 년의 형을 언도 받고 리븐워스 형무소[24]에 수감되었다. 그런데 바로 다음해인 1940 년에 갑자기 그에게 살인 혐의가 추가되어 뉴욕 시로 그의 신병이 인도되는 일이 발생한다. 이것은 부첼터로서는 전혀 예상치 못했던 일로 한마디로 날벼락과 같은 일이 일어난 것이다. 사연은 토마스 듀이가 연방 정부에 대해 루이스 부첼터를 인도할 것을 요구하였고 연방 정부가 별 반대 없이 그에 순순히 응하였던 것인데, 그리하여 부첼터는 다른 두 명의 피고인인 루이스 카포네, 엠마누엘 와이스와 함께 뉴욕의 법정에서 1 급 살인죄에 대한 재판을 다시 받기에 이른다.

부첼터는 분노로 폭발할 지경이었고 재판에 영향을 미치기 위한 노력을 감옥 안에서나마 기울여, 그 결과 검찰측 증인으로서 부첼터에게 살인 혐의가 추가되는 데에 결정적인 역할을 한 배반자 에이브 릴리스[25]가 코니 아일랜드의 한 호텔의 6 층에서 떨어져 죽었고, 처음 부첼터의 자수에 관여하였던 부첼터의 부하 모리스 월린스키[26]는 맨해튼의 한 레스토랑에서 총에 맞아 죽게 되나 이 모든 것이 다 허사가 되어 결국 부첼터는 사형 선고를 받게 된다.

그에게 예정된 사형집행 날짜는 계속 연기되다가 마침내 1944 년 3 월 4 일에 집행되었다. 형이 집행되는 최후의 순간까지도 부첼터는 자기에게 닥쳐온 운명을 믿지 않고, 함께 전기의자에 앉게 된 두 부하, 루이스 카포네와 엠마누엘 와이스에게 `모든 일이 잘 될 것[27]` 이니 아무 걱정하지 말라고 말했던 것으로 알려지고 있다.

---

[24] Leavenworth Prison
[25] Abe Reles(? - 1943) 닉네임은 Kid Twist.
[26] Morris Wolinsky, 닉네임은 Moey Dimples.
[27] `Everything is fixing.`

루이스 부챌터는 루치아노와 같은 1897 년에 태어나 루치아노를 도와 뉴욕을 평정했고 위원회의 멤버, 그리고 회사의 책임자로 일하면서 지하세계의 보스 가운데 가장 강력한 보스 중의 하나로 군림했다. 노조 경영을 통한 그의 사업은 그에게 매년 500 만 달러 이상의 수입을 가져다 주었고, 그가 이끄는 회사는 조직의 동료들조차도 공포의 대상이었다. 이제 그는 저 유명한 싱싱 형무소[28]에서 생을 마감하였는데 그는 조직의 보스급으로는 당국에 의하여 사형 집행을 당한 전무후무하게 유일한 사람이 된다.

본인은 끝까지 깨닫지 못하였지만 루이스 부챌터에게 사형이 집행된 이면에는 사실은 음모가 자리하고 있었다. 랜스키와 코스텔로의 음모였다. 랜스키와 코스텔로는 사법당국이 내뿜는 열기가 빨리 사그러들기를 원했던 것이다. 그리고 랜스키는 개인적으로 부챌터의 힘이 지속되는 것을 원하지도 않았다. 그래서 랜스키와 코스텔로는 감옥에 있는 루치아노의 허락을 얻어 부챌터를 상대로 플롯을 짰던 것이다.

랜스키는 부챌터에게 FBI 로 가서 자수를 하도록 설득하는 한편, 따로 부챌터가 신임하는 부하 모리스 월린스키를 불러놓고 부챌터의 자수와 관련한 당국과의 거래가 잘 이루어질 것이라고 부챌터에게 확신시키도록 지시를 내렸다. 또한 프랭크 코스텔로는 토마스 듀이와 접촉을 시도하여 그에게 부챌터를 넘겨줄 테니 마음대로 그를 요리하라고 전하면서, 마지막으로 자신들은 오는 1942 년의 뉴욕 주지사 선거에서도 토마스 듀이, 당신의 당선을 위하여 전력을 다하여 힘을 기울이려고 하는데, 이 모든 서비스는 찰스 루치아노의 지시에 의한 것이니 향후 찬스가 오면 루치아노를 조기 석방시키도록 힘을 써달라고 전하였다고 한다. 1938 년의 주지사 선거에서 한번 실패한 경험이 있던

---

28 Sing Sing Prison

듀이로서는 귀가 솔깃하지 않을 수 없는 제안이었을 것이다.

위원회의 다른 멤버들이 모두 그들의 음모에 가담한 것은 아니나 적어도 일이 끝난 다음에는 그들도 사건의 진상에 대하여 충분히 짐작했을 것이다. 그리고 그것이 성공하여 이제는 토마스 듀이의 체면도 살게 되었고, 부첼터의 사업을 나누어 가지게 되어 멤버들은 더 많은 돈을 벌게 되었으므로 상황은 훨씬 더 호전된 것이었다. 부첼터가 관리하던 많은 사업 중 맨해튼의 의류노조는 이후 갈리아노 패밀리의 토마스 루케제가 맡아보게 되었고, 다른 노조사업들은 각 조직들이 나누어서 가져갔다. 부첼터 이후에 노조경영 사업의 분야에서 두각을 나타낸 이로는 쟈니 디오[29]라는 사람이 있다.

그러나 그래도 모든 일이 그렇게 매끄럽게 돌아간 것에 대하여는 약간의 의문을 품지 않을 수가 없다. 원래 관료들이란 자기의 공적을 남에게 넘기기를 죽기보다 싫어하는 법인데, 루이스 부첼터의 신병 인도에 대하여 FBI의 후버는 왜 그리 쉽사리 동의하였을까? 살인에 대한 죄상을 밝혀내지 못한 문책까지도 예상되는 상황이었는데 말이다.

믿기 어려운 일이지만 이때 FBI 국장 죤 에드거 후버는 뇌물 등을 통하여 수많은 당국의 관리들과 교분을 가지고 있었던 루치아노 패밀리의 프랭크 코스텔로와 상당한 친분 관계에 있었다는 것이 최근 밝혀지고 있다. 그뿐 아니라 후버는 갱들에게 어떤 약점을 잡혀 협박을 당하고 있는 상태였는데 자존심이 강했던 그는 협박 당하는 비굴한 모습을 보이기 싫어했고, 따라서 그들과 대등한 관계를 유지하기 위하여 오히려 그들과 친분을 유지하려 하였던 것으로 생각된다.

에드거 후버의 약점이란 다름아닌 동성연애였다. 그는 평생을

---

[29] Johnny Dio(1915 - 1979) 원래 이름은 John Dioguardi. 1956 년에 언론인 Victor Riesel 의 얼굴

독신으로 살았으나 섹스의 취향으로는 호모섹슈얼, 즉 동성연애자로 당시에는 이러한 성향이 대외에 알려지는 것은 매우 치명적이었다. 오늘날에도 행정부의 고위관료나 유명 정치가가 동성연애자라는 것이 밝혀지면 한바탕 스캔달의 홍역을 치루기 마련인데 하물며 1930 년경이라면 어떠했겠는가? 한번 상상해 보기 바란다.

후버는 젊었던 시절에 루이지애나 주의 뉴올리언즈에서 동성연애혐의로 체포된 일이 있었다. 그때 그는 FBI 의 전신인 수사국에 근무하고 있을 때였는데, 수사국의 선배이며 1920 년 초까지 수사국의 감사관으로 재직하다 그만두고 나와 뉴올리언즈에서 자리를 잡은 지미 코크랜[30]의 도움으로 곤경에서 벗어나게 된다. 지미 코크랜은 당시 뉴올리언즈 암흑가의 멤버인 코라도 쟈코나[31]와 연결되어 있었고 쟈코나를 통하여 경찰에 손을 썼던 것이다.

이때부터 에드거 후버의 동성연애 경향은 갱들에게 알려지게 되었고 몇 년 후에는 더욱 확실한 증거가 마이어 랜스키의 손에 들어가게 된다. 랜스키는 에드거 후버와 그의 심복인 클라이드 톨슨[32]이 어느 동성연애자 파티에서 함께 성행위를 하고 있는 사진을 손에 넣게 된 것이다. 클라이드 톨슨은 1928 년에 수사국에 지원하여 근무하게 된 다음 후버의 눈에 들어 초고속으로 승진한 사람으로 기관총처럼 말을 빨리 해대는 후버와는 달리 워낙 조용하고 말이 없으며 후버의 뒤만 따라다녀 그림자라는 별명을 얻은 인물이었다. 후버와 톨슨이 함께 식사를 하는 모습이 자주 사람들의 눈에 띄고는 했는데 두 사람이 연인 사이라는 소문은 이미 워싱턴에서는 꽤 퍼져 있는 상황이었다.

이와 같은 중요한 증거를 손에 넣기 위하여 갱들은 카메라

에 산을 뿌려 실명케 만든 테러로 유명한 사람이다.

[30] Jimmy Corcoran(? - 1956)

[31] Corrado Giacona(? - 1944?)

촬영을 하거나 도청 장치를 설치하는 것도 서슴지 않았다. 프랭크 코스텔로는 후버의 단골인 레스토랑 스토크 클럽의 각 테이블에 마이크로폰을 장치하고 화장실에는 양면 거울을 설치하여 필요한 정보를 수집하였다고 한다. 랜스키가 어떤 루트를 통하여 후버의 성행위 사진을 입수하였는가는 뒤에서 설명하기로 한다.

에드거 후버는 1924 년부터 1972 년까지 장장 48 년간 FBI 의 국장으로 재임하였으며 1972 년 현역 국장으로 있으면서 77 세의 임종을 맞았다. 그가 FBI 국장으로 있는 동안 그를 거쳐간 미국 대통령은 무려 8 명이나 된다. 제 30 대 대통령인 캘빈 쿨리지[33]로부터 제 37 대 대통령인 리차드 닉슨[34]에 이르기까지이다. 한 사람이 무려 48 년간이나 미국의 최고 권력기관 중 하나인 FBI 의 총책임자로 있었다는 것은 민주주의 국가를 표방하는 미국에서 그리 흔히 일어나는 일은 아닌 것 같다.

후버는 언론매체에 많은 신경을 쓰는 타입이었다. 그는 언론과 신문에서 크게 다루는 은행강도, 유명인사에 대한 납치 등의 범죄에 대해서는 총력을 기울여 사건을 해결하려고 노력하였고, 공산당과 공산주의에 관한 이슈라면 특히나 두 팔을 걷어붙이고 나서는 편이었으나 보호비 갈취, 부패 노조 등 마피아에 의해 저질러지는, 상대적으로 조용한 범죄에 대해서는 거의 신경을 쓰지 않았다. 이는 이와 같은 범죄가 저질러지고 있다는 것을 그가 몰랐던 것이 아니라 슬며시 눈을 감고 모른 척, 고개를 다른 쪽으로 돌린 것이라고 볼 수 있다.

1931 년, 알 카포네를 감옥에 집어넣는 데에 큰 역할을 했던 시카고의 언터쳐블, 엘리엇 네스[35]도 사람들이 보통 짐작하는

---

[32] Clyde Tolson(1900 - 1975)
[33] J. Calvin Coolidge(1872 - 1933) 제 30 대 미국 대통령(1923 - 1929) 공화당.
[34] Richard M. Nixon(1913 - 1994) 제 37 대 미국 대통령(1969 - 1974) 공화당.
[35] Eliot Ness

바와 같은 FBI 소속이 아니라 미 재무성 소속이었으며, 1939 년의 루이스 부챌터 체포 건에서도 앞에서 말한 것처럼 에드거 후버가 직접 해낸 일은 하나도 없었다. 뿐만 아니라 뒤에서 다시 언급하겠지만 1946 년에 시카고를 온통 떠들썩하게 만들었던 제임스 레간 사건[36]의 경우에는 후버는 오히려 부하 요원들의 수사를 적극적으로 방해하기까지 하였다.

후버가 일관되게 가지고 있었던 입장은 마피아 따위의 조직화된 범죄는 미국 내에 존재하지 않는다는 것이었다. 이렇게 그가 자기의 약점으로 인하여 책무를 게을리 하고 있는 동안 갱들은 그 세력을 엄청나게 넓혀가고 있었다. 그가 마피아의 존재를 공식적으로 인정한 것은 한참 뒤인 1963 년에 이르러서였고 그것도 케네디 행정부의 범죄 척결 의지 때문에 마지못해서 인정한 것이었다.

조직범죄 수사에 있어서 FBI 가 그들의 최대 공적으로 손꼽고 있는 스트로맨 작전, 도니 브라스코 작전[37] 등이 모두 후버가 죽은 뒤인 1970 년대 후반에서 1980 년대에 걸친 기간에 집중되어 있다는 것은 무엇을 뜻하는 것일까?

에드거 후버가 FBI 의 최고 책임자로서 진작부터 자기의 할 일을 제대로 했더라면 오늘날 미국에서의 마피아의 모습은 아마도 상당히 다른 것이 되어 있을 가능성이 매우 높다.

---

[36] James M. Ragan`s Continental Press Case
[37] Operation Strawman, Operation Donnie Brasco

제 5 장

루치아노가 수감될 무렵은 미국의 경제상태가 몹시 좋지않던 대공황의 시기였다. 1929 년, 미국의 제 31 대 대통령인 허버트 후버는 취임 연설에서 '오늘날 미국인들은 역사 속에 나타난 그 어떤 나라보다도 더 빈곤에 대한 최후의 승리에 가까이 와 있다' 고 말하며 미국의 경제에 대하여 강한 자신감을 내보였는데 그로부터 불과 수개월후인 1929 년 10 월 24 일, 주식 시장의 대폭락과 함께 미국의 대공황이 시작된 것이다.

1930 년 여름이 되어서는 미국의 영향으로 유럽의 모든 국가들까지 역사상 가장 극심한 불경기 속으로 빠져 들게 된다. 물가가 치솟고 금리도 천정 부지로 치솟았으며 반대로 저축률은 제로 상태로 떨어졌다. 미국에서만도 수백만 명의 실업자가 발생하여 그날그날 가족의 생계를 걱정하게 되었다.

금주법 시대에 이루 말할 수 없는 엄청난 부를 축적한 갱들은 이러한 대공황 시대에 가장 많은 현금을 가진 조직이 되었다. 부도 직전에 있던 수많은 은행의 은행장들이 그들을 만나려고 줄지어 서서 기다렸고 이제 그들은 아무런 걱정 없이 좋은 조건으로 합법적인 투자처를 찾게 되어 그들의 블랙 머니는 매끄럽게 세탁된 후 화이트 머니가 되었다. 실제로 1929 년부터 1933 년 사이에 미국 은행의 약 1/3 에 달하는 9,000 개 정도의 은행이 도산하였다. 이때에 수많은 금융기관에 그들의 돈이 흘러 들어가 그 후 그들의 영향력이 작용하게 되었을 것이다.

대공황의 와중에서 실시된 1932 년의 제 32 대 대통령 선거에서는 민주당 후보인 뉴욕 주지사, 프랭클린 루즈벨트가 압도적인 표 차이로 당선되었다. 그는 취임 후 곧 뉴딜 정책이라는 것을 내놓았는데, 정부의 권한 강화와 간섭 정책을 근간으로 하는 뉴딜정책은 상당한 효과를 보여 1936 년에는 경기가 회복되는 듯 하기도 했으나 다시 1937 년 중반부터 또 불경기가 시작되어 1938 년에는 최악의 상태를 맞는다.

1938 년, 드디어 미국의 실업자가 전체 노동인구의 1/5 인 1 천만 명을 넘어서기에 이르렀다. 이것은 그 동안 개혁 정책이 일거에 실시되어 어느 정도 효과를 보기도 하였지만 하나하나 따져볼 때 사실 그것들은 과거의 정책들과 다른 점이 전혀 없었기 때문이다. 이어서 터진 2 차 세계대전이 아니었다면 미국이라는 나라는 대공황의 여파로 다시 재기하기 어려울 만큼 쇠락했을지도 모른다.

제 2 차 세계대전은 1939 년 9 월, 독일이 폴란드를 선전포고 없이 침공함으로써 발발했고, 1940 년 6 월에는 프랑스가 독일의 손에 떨어져 전운은 전세계를 뒤덮었다. 대전 초기 미국은 중립을 표방하였으나 사실은 노골적으로 연합군측을 지원하여 엄청난 양의 전쟁 군수물자를 대서양을 통하여 영국으로 수송하고 있었고, 소련이 연합국으로 가담하게 되자 곧 소련으로도 물자를 운반하게 된다.

1941 년 1 월에는 정식으로 미국도 전쟁에 참여하여 미국의 기업들은 본격적으로 전쟁 특수를 누리게 되었는데 그리하여 2

차 대전 기간 중 미국이 쏟아넣은 전비는 자그마치 총 2,450 억 달러에 달한다. 이는 전쟁 직전 미국 정부 예산의 장장 50 배에 달하는 액수이다. 2 차 세계대전을 치르는 동안 경기 침체, 대량 실업, 디플레이션과 같은 미국의 모든 경제 문제들은 깨끗하게 해결되었고, 지표상으로는 1939 년에서 1945 년에 이르는 동안 미국의 연방 정부 예산이 90 억 달러에서 1,000 억 달러로, GNP 로 표시되는 국민총생산은 910 억 달러에서 1,660 억 달러로 각각 크게 증가하였다.

대전 기간 내내 U-보트를 주력으로 하는 독일의 잠수함대는 ' 대서양의 늑대 떼' 라는 별명을 얻으며 연합국측의 수송선단을 무차별 격침하여 그 악명이 높았으며, 특히 전쟁 초기에는 U-보트로 인해 대서양의 제해권이 거의 독일의 추축국측으로 넘어간 상태였다. 대전 초 10 개월동안에 대서양에 가라앉은 연합국 선박만도 무려 500 척에 달했던 것이다. 때문에 미 해군은 미국의 연안을 방어하는 데만도 급급할 정도였다.

독일의 잠수함은 일정 기간 작전을 수행한 뒤 음식과 물, 그리고 연료와 무기를 재보급 받으러 다시 독일의 기지로 돌아가야 했는데, 미 해군이 가장 두려워했던 것은 독일이 미국 연안에 비밀 보급기지를 구축하여 장기간동안 대서양에 머물며 본격적으로 바다를 통한 선박 왕래를 압박하는 것이었다. 이러한 염려를 기우에 불과한 것으로 간주하고 넘어가기에는 당시의 전황이 너무나도 심각하였다.

그리고 또 한가지 미 해군 당국이 걱정한 것은 미국의 항만에서 일어날 수 있는 사보타지였다. 유럽대륙을 향하여 전쟁 군수물자와 군대를 실은 수송선단이 출발하는 곳이 바로 뉴욕 항이었기 때문에 만일 이 항구에서 배가 출발하는 시각에 대한 정보가 독일측으로 유출된다든지, 아니면 정박한 배에 대하여 직접적인 테러공작이 진행된다든지 한다면 큰 피해를 입을 수도 있는 상황이었다.

그러한 긴박한 분위기 아래에서 1942 년 2 월 9 일, 뉴욕의 허드슨 강쪽 부두에 정박하고 있던 프랑스의 대서양 항로 정기 여객선 노르망디 호에서 폭발로 인한 화재가 일어나 배 전체를 완전히 태워버리고 마는 사고가 발생한다. 노르망디 호는 수리를 거쳐 전투함으로 개조되도록 예정되어 있었고 이미 새 전함의 이름까지도 <라파이예트>로 결정되어 있던 배였다. 이 화재는 뉴욕 시의 역사를 통틀어 몇 번째 안으로 손꼽히는 일대 장관을 연출한 후 결국 배를 뉴욕 항구의 바다 속으로 가라앉히고 말았다.

그로부터 몇 달 뒤인 1942 년 6 월에는 롱아일랜드의 아마겐셋에서 독일 잠수함으로부터 내린 독일의 특수 요원들이 체포된 일이 있었다. 이들의 임무는 거의 성공할 뻔하였으나 팀장인 죠지 다슈[1]가 지방 FBI 사무실을 찾아가 자수를 하는 바람에 나머지 요원들 모두가 체포되었다. 이들이 잠수함을 통하여 상륙한 독일 스파이들이라는 사실이 언론에 보도되자 미국방성에는 초비상이 걸리게 된다.

당시 뉴욕을 비롯한 모든 미국 항만의 안전을 책임지고 있었던 것은 미국 해군 정보국, 즉 ONI[2]였다. 해군 정보국은 그들에게 할당된 인력만을 가지고는 광대한 미국 연안을 지키기는 커녕 뉴욕 항 하나만을 감시하기에도 역량이 태부족이라는 사실을 깨달아, 그들의 보안 임무를 보다 원활히 수행하기 위한 모종의 조치를 취하기로 결정하고 있었다. 그 조치란 다름아니라 미국의 항구를 온통 장악하고 있던 갱들과의 협력 작전이었다. 자료에 의하면 그러한 결정이 내려진 것이 1942 년 3 월 초의 일이니, 그들의 결정에 가장 큰 영향을 미친 사건이 아마도

---

[1] George Dasch
[2] Office of Naval Intelligence(ONI)

1942년 2월의 여객선 노르망디 호 폭발 사건이었을 것이다.

고심 끝에 그들이 제일 처음으로 접촉하기로 결정한 인물은 죠셉 란차[3]라는 갱이었다. 죠셉 란차는 미국에서 두 번째로 큰 규모를 자랑하는 뉴욕의 풀튼 수산물 시장[4]을 사실상 완전히 지배하고 있던 사람으로 그는 수산물 시장의 노동조합[5]을 통하여 뉴욕의 수산업 종사자들을 한 손아귀에 틀어쥐고 있던 자였다. 그가 선택된 이유는 그에게 부탁하면 어부들을 통한 연안 감시가 가능하리라 생각되었기 때문이며, 또한 그는 당시 갈취 혐의 등으로 기소되어 있던 상태였기 때문에 그라면 보다 쉽게 당국에 협조하리라 계산했기 때문이었다.

당국의 제안에 대하여 죠셉 란차는, 자기는 물론 국가를 위해 도움이 되고자 하는 생각을 충분히 가지고 있으나 단, 어느 한 사람의 허락이 있어야 한다고 대답하였다. 어떤 이유이든 간에 당국자를 돕는다는 사실이 알려지면 동료들로부터 배반자로 낙인 찍힐 우려가 있다. 그렇게 되면 자기의 건강에 몹시 좋지않은 일이 생기게 된다. 그러나 자신이 말하는 어떤 한 사람이 괜찮다고 한마디 말만 해준다면 기꺼이 도울 수가 있고, 뿐만 아니라 자기는 기껏해야 몇 명 안 되는 어부들에게만 말이 통할 뿐이지만 그 사람을 통한다면 항구에서 일하는 모든 노동자들한테 협조를 얻을 수 있다는 것이었다. 란차가 말하는 그 사람은 바로 감옥에 있던 그들의 보스 중의 보스, 찰스 루치아노였다.

결국 ONI는 루치아노에게 부탁을 하기로 결정을 내린다. 오퍼레이션 언더월드[6]로 알려지게 되는 미 정보당국과 마피아의 합동 작전이 시작된 것이다. 이때에 이루어진 둘 사이의 협력

---

[3] Joseph Lanza
[4] Fulton Fish Market
[5] Sea-Food Workers Union, Fulton Market Watchmen`s Protective Association
[6] 코드 네임 Operation Underworld

관계는 이번 한번으로 끝나지 않고 계속되어 1943 년의 시실리 섬 상륙작전으로 이어지고, 다시 더 후일로 이어져 1963 년의 오퍼레이션 베이 오브 피그스[7] 까지 연결되게 된다. 두 그룹간의 협력으로 과연 어느 편이 더 이익을 보았는지는 알 수 없으나 확실한 것은 둘의 이해관계가 일치했다는 것이다.

루치아노 재판에서 토마스 듀이의 스탭이었던 머레이 구르펭[8]은 당시 뉴욕에 있는 해군 정보국의 본부(NIH[9])에서 일하고 있었는데 과거의 인연 때문에 루치아노 쪽과의 협상을 전적으로 담당하게 되었다. 1942 년 4 월 중순의 어느날, 구르펭은 루치아노의 변호사인 모세 폴랙코프[10]를 통하여 마이어 랜스키를 소개 받았고 랜스키로부터 협력 작전에 대하여 긍정적인 대답을 얻게 된다. 이때의 만남이 그의 일생에 있어서 가장 불편했던 자리였다고 나중에 구르펭은 회고하였다.

루치아노의 재판이 끝난 뒤에도 NIH 에 배속되기 전까지 뉴욕 지방 검사실에 있으면서 주로 갱들의 보호료 갈취쪽을 담당하여 수사하던 구르펭이었기 때문에 그로서는 루치아노의 절친한 친구이자 지하세계의 보스 중의 하나로 알려져 있는 랜스키를 협상의 자리에서 만난다는 것이 얼마나 불편하였겠는가 하는 것은 어렵지 않게 짐작할 수가 있겠다.

마이어 랜스키와 찰스 루치아노의 교분은 1918 년으로 거슬러 올라간다. 1918 년 10 월 24 일, 루치아노는 자기의 보호하에 있던 한 창녀가 손님에게 무료로 봉사를 한 것을 알고 두 사람을 불러 교훈을 가르치려고 하고 있었다. 그 손님은 루치아노도 평소 안면을 가지고 있던 사람으로 이름은 벤자민 시겔이었다. 그런데 마침 그때 근처를 지나가던 랜스키가 여자의 비명 소리를

[7] 코드 네임 Operation Bay of Pigs, 1961 년의 것과 1963 년의 것이 있다.
[8] Murray I. Gurfein
[9] Naval Intelligence Headquarter(NIH)

듣고 달려와서는 루치아노보다 훨씬 어려보이는 시겔의 편을 들어 둘의 다툼을 중재하였는데 이것이 그들의 첫 만남이었다. 이 사건 이후 이들 셋은 친해졌고 후에는 사업의 파트너로 발전하게 된다.

마이어 랜스키는 유태인으로 1902 년에 폴랜드에서 태어났고 1911 년에 가족을 따라 미국으로 이주하여 뉴욕의 로우어 이스트 사이드에 정착하였다. 처음에 랜스키는 아버지를 도와 몽키렌치 따위의 기계공구를 만드는 일을 하였으나 곧 도박사업으로 쉽게 많은 돈을 벌 수 있다는 것을 깨달아 벤자민 시겔과 함께 작은 도박판을 벌이게 된다. 그 뒤 사업을 확장하게 된 이들은 벅 앤드 마이어 갱[11]으로 알려지게 되고 루이스 부챌터와 연합을 하게 되었으며 더 힘이 커지자 필라델피아 쪽으로 진출하게 된다. 몇 년 후에는 루치아노로부터 동업의 제의를 받았고 이후 알려진 바대로 루치아노와 같은 길을 걷게 된다.

1933 년에 이미 랜스키는 죠 아도니스, 프랭크 코스텔로와 함께 뉴욕 주 새러토거, 루이지애나 주 뉴올리언즈 등지에서 규모가 큰 도박장을 개설하고 있었고, 플로리다 주 마이애미에서는 호텔 사업을 벌이고 있었으며, 카지노 사업을 논의하기 위해서 조직의 대표로 쿠바에 다녀오기도 하였다. 또 동생인 제이크 랜스키[12]와 함께 루이지애나 민트 회사[13]를 설립하여 자동판매기 사업에도 손을 뻗치고 있는 상태였다.

그는 사업에 관한 천재적인 재능을 가지고 있었기 때문에 신디케이트의 은행장 역할을 담당하게 되고, 또 그 자신의 패밀리를 가지고 있지 않았기 때문에 신디케이트의 조정자가 될 수 있어서 루치아노 이후의 시대에 가장 큰 영향력을 가진 신디케

---

[10] Moses Polakoff
[11] Bug & Meyer Gang
[12] Jake Lansky
[13] Louisiana Mint Company

이트의 보스 중의 한 사람이 된다.

구르펭의 보고를 받은 ONI 는 손을 써서 루치아노를 댄모라의 클린턴 형무소[14]에서 뉴욕에 가까운 그레이트 메도우 형무소[15]로 이감시켰다. 뒷날, 사람들은 루치아노가 당국에 대한 협조의 대가로서 삼엄한 경비의 클린턴 형무소로부터 경비가 그리 심하지 않고 면회가 자유로운 그레이트 메도우 형무소로 이감되었다고 말들을 하였지만 이는 잘못된 견해이다. 당시 뉴욕 주에서 최고의 경비시설로 알려진 형무소는 모두 4 곳으로 클린턴, 싱싱, 오번 그리고 그레이트 메도우[16]까지 였던 것이다.

루치아노는 그레이트 메도우 형무소의 소장실 옆 특별실에서 변호사 폴랙코프와 마이어 랜스키의 방문을 받았고, 랜스키로부터 ONI 의 요청에 대한 자세한 설명을 듣고 함께 상의한 뒤 ONI 의 계획에 협조하기로 동의를 하였다. 랜스키는 다시 ONI 의 대리인인 구르펭을 만나 오퍼레이션 언더월드가 처음의 계획대로 시행될 수 있음을 알렸고, 이로부터 약 2 년간에 걸쳐 루치아노는 한 달에 두세 차례 정도씩 조직의 방문객을 만나게 된다.

루치아노가 조직원들을 만날 때에는 항상 변호사 폴랙코프의 입회하에 만남이 이루어졌는데 그가 방문자들과 이야기할 때에는 그들 사이의 은어나 심한 시실리 사투리가 섞인 이탈리아어로 말을 하였으므로 형무소 소장이나 변호사는 이들이 대체 무슨 이야기를 하고 있는지 도저히 알 길이 없었다.

어쨌든 오퍼레이션 언더월드는 차질 없이 잘 진행되어갔다. 브루클린 부두는 빈센트 망가노와 알버트 아나스타샤 그리고

---

[14] Clinton Prison, Dannemora
[15] Great Meadow Prison
[16] Clinton, Sing Sing, Auburn, Great Meadow

에밀 까마르도를 통하여, 맨해튼의 서쪽 부두는 쟈니 던[17]을 통하여, 그리고 뉴져지의 항구들은 론지 즈윌먼과 윌리 모레티, 마이크 라스카리[18]를 통하여 루치아노의 명령이 내려갔고 대전 기간 내내 수백 마일에 걸친 코네티컷 주, 뉴져지 주의 연안과 그 항구에서는 단 한건의 사보타지도 일어나지 않았다.

1943 년 2 월에 루치아노는 가석방 탄원서를 제출하였는데, 변호사가 작성한 그 서류에는 루치아노가 군 최고위층과 협력하여 전쟁 수행에 매우 큰 공로를 세웠으므로 가석방을 요청할 자격이 충분히 있다고 기술되어 있었다. 이에 대하여 뉴욕 주 대법원 판사 필립 맥쿡[19]은 그가 앞으로도 그 협력을 지속하고, 또 모범수로서의 수형생활을 계속한다면 가석방을 신중하게 고려해보겠다고 답신을 작성하였다. 필립 맥쿡은 루치아노가 유죄 판결을 받을 때 그에게 30 년에서 50 년 간의 징역을 살도록 선고한 바로 그 판사였다. 또한 그는 지난 1938 년 4 월에 루치아노가 처음으로 가석방 탄원을 냈을 때에는 죄상이 너무도 명확하므로 가석방을 검토할 여지가 전혀 없다며 탄원을 묵살한 바도 있었다. 국익이 걸린 문제라면 법질서보다도 앞서는 논리가 있다는 것이 확실히 드러난 케이스라고 말할 수 있겠다.

그러나 일이 이렇게 진행된 데에는 한가지 짚고 넘어가야 할 점이 있는데, 그것은 1942 년 2 월에 있었던 노르망디 호의 화재가 우연히 일어난 것이 아니라는 사실이다. 뒤에 알려진 바에 의하면 그 사고는 랜스키의 지령에 의하여 알버트 아나스타샤의 부하들이 고의로 일으킨 것이었다. 이 화재는 뉴욕의 밤하늘과 허드슨 강을 환하게 물들이는 대단한 장관을 연출하여 일반인들과 해군 당국에게 부두에서의 사고가 어떤 것, 그리고 어떨 것이라는 것을 가르쳐 주었고, 그 결과 해군 정보국으로 하여금

---

[17] Johnny Dunn, 닉네임은 Cockeye.
[18] Longy Zwillman, Willie Moretti, Mike Lascari
[19] Phillip McCook

먼저 갱들 쪽에 접근하도록 만든 결정적인 계기가 된다.

정보 당국과 마피아의 협력은 연안 감시와 항구에서의 활동으로 그친 것이 아니었다. 휴가 나온 군인 등 많은 사람들이 드나드는 호텔을 감시하기 위해서는 호텔 종업원 노조의 도움이 필수적으로 필요하였는데 이 또한 호텔 종업원 노조를 장악하고 있는 마피아의 협조로 임무를 부드럽게 수행할 수 있었고, 또 스파이와 반전주의자들이 발간하는 지하간행물을 색출하는 데에는 출판업자 노조의 협조가 필요하였는데 이것 역시 마피아의 도움 없이는 해내기 힘든 일이었다.

1942 년 말, 영국의 몽고메리 장군이 분투하던 북아프리카 전선에 미군이 합세하여 북아프리카를 추축국으로부터 해방시킨 후 연합군은 유럽 본토 상륙을 위하여 먼저 시실리 섬을 수복하기로 결정하였고, 이 작전의 성공에 필요한 정보를 모으는 임무가 다시 OSS[20]로부터 ONI 에게 내려졌다. 이에 대하여 당시 NIH 의 책임자였던 찰스 해픈던[21]은 심사숙고 끝에 또 한번 마피아를 이용하기로 결심을 하였다. 그리하여 오퍼레이션 언더월드는 그 기한이 연장되었을 뿐 아니라 작전의 범위까지 더욱 넓어지게 된다.

찰스 해픈던은 마피아 조직의 핵심을 이루는 이들이 대부분 이탈리아-시실리 계이지만 이탈리아의 집권자인 무솔리니에 대한 그들의 적개심이 보통을 넘는다는 것을 잘 알고 있었기 때문에 다시 한번 마피아를 이용하기로 작정하였던 것이다. 그러면 마피아들이 어째서 무솔리니와 파시스트들을 미워하게 되었는지, 그리고 ONI 가 시실리에 대한 정보를 얻기 위하여 왜 마피아를 통해야만 했는지에 대한 또 다른 이유를 알아보기로 하고, 한걸음 더 나아가서 어떤 이유로 지중해의 보석이라고도 하

[20] Office of Strategic Services(OSS) 육, 해, 공 각 군의 정보국을 통합 지휘하던 곳으로 바로 현 CIA 의 전신이다.

[21] Charles R. Haffenden

는 아름다운 섬 시실리에서 그 악명 높은 마피아가 탄생하게 되었는지의 연유도 찾아보기로 한다.

시실리는 현재 이탈리아의 영토로 되어 있으나 과거에도 항상 그랬던 것은 아니다. 시실리 섬은 지정학적으로 볼 때 장화처럼 생긴 이탈리아 반도의 구두코 끝쪽에 자리하고 있으며 그 위치는 정확하게 지중해의 중앙으로 지중해 해상교통로의 최고 요충지이다.

섬이 자리한 위치의 전략적인 중요성과 그곳의 풍부한 농산물 때문에 시실리는 계속 외적으로부터 끊임없이 침략을 받아, 역사를 통해서 항상 시실리는 외국 민족의 지배하에 있었다. 멀리부터 따지자면 예수가 태어나기 700 년 전부터 시실리 섬은 그리스와 페니키아의 세력 각축장이었고, 그 후 포에니 전쟁의 무대가 되었다가, 다음 로마에 정복되어 수백년간 로마의 식량 창고 역할을 했으며, 다시 비잔틴 제국의 소유물이 되었다가, 9 세기 경에는 아랍인들이 쳐들어와 11 세기가 끝나기까지 200 년이 넘는 기간동안 시실리 섬은 이슬람 교도들의 지배하에 있었다.

노르만 민족이 아랍인을 몰아내고 시실리 왕국을 건설한 것이 서기 1130 년이다. 이때 시실리 왕국의 왕은 이탈리아 남부의 나폴리 왕국의 왕까지 겸하는 세력을 누렸다. 그 후 권력 계층의 복잡한 혈연 관계로 인하여 시실리는 독일인, 프랑스인의 지배를 받다가 그 다음에는 스페인의 아라곤 왕의 지배하로 들어가게 되며 이때부터는 시실리 왕국은 아라곤 왕이, 나폴리 왕국은 프랑스의 앙주 가문이 각각 나누어 다스리게 된다. 스페인의 세력은 15 세기가 되면서부터 다시 나폴리에까지 미쳤으며 16 세기부터는 또다시 시실리 왕이 나폴리 왕을 겸하게 되었다.

1713 년부터는 이탈리아의 사보이 가문이 시실리 왕국을, 오

스트리아가 나폴리 왕국을 지배하다가, 1738 년에 양 지역 모두 다시 스페인의 지배하에 들어가 1816 년에는 시실리 왕국과 나폴리 왕국이 통합된 양 시실리 왕국이 건설되게 된다. 그 후 프랑스 혁명과 나폴레옹 지배의 영향으로 유럽 전역에 혁명 운동의 기운이 고조되어 마침내 가리발디에 의하여 1861 년에 통일 이탈리아를 이루게 되기까지 2,000 년이 넘는 장구한 세월 동안 시실리 주민들은 계속 타 민족의 지배하에 있었다. 그리고 통일 이탈리아 왕국의 일부가 된 뒤에도 시실리는 공업화된 북부 이탈리아의 국내 식민지 취급을 받았다.

수많은 지배민족을 겪으면서 시실리 인들의 동질성은 같은 피지배계급이라는 사실과 같은 한 섬의 주민이라는 연고성으로부터 나오게 되었다. 그리고 시실리 인들은 현실주의자들로 변하게 된다. 그토록 오랜 세월 동안 이민족의 지배를 겪으며 그들은 민족의 자주성이나 시실리의 독립 따위를 주장하는 일은 아무런 가치도, 아무런 소용도 없으며 오직 자기와 자기 가족의 안전을 도모하는 일만이 가장 중요하다는 것을 깨달은 것이다.

많은 지배자를 겪으면서 시실리 인들은 현명해졌고 그 현명함을 감추는 방법을 터득하게 되었다. 당연한 말이겠지만 시실리를 지배한 세력들은 동시대에서 가장 번영했던 민족들이었을 것이고, 지배자가 계속 바뀌면서 시실리 인은 지중해와 유럽의 모든 선진 문명을 겪어볼 수 있었을 것이다. 따라서 시실리 인들은 똑똑했다. 그들은 타민족에 대한 그들의 우월성을 증명해 보일 필요조차도 없었다.

노르만족, 게르만족, 아랍 민족, 스페인 왕조 등 시실리를 다스리던 이들은 수십 년간 또는 백 여년간 시실리를 지배하다가는 또 다시 타민족으로 교체되곤 하였으므로 시실리 인은 이들에게 기대어 권력을 얻고자 하지 않았다. 시실리 인들은 그들의 정부를 완전히 불신하고 있었으며, 그들 자신의 문제를 해결하기 위해서도 지배층에게 호소하는 것이 아니라 그들과 같은 시실리 인 중 더 현명하고, 더 능력 있는 사람에게 부탁하게 되었다. 이러한 사람들은 대개 한 마을에 한두 사람 정도 있었으며 이런 현자가 한 마을의 실질적인 대표자 역할을 하였다. 물론 마을에는 정부로부터 임명된 읍장 또는 시장이 분명히 존재하였지만 시실리 인은 그들의 권위를 전혀 인정하지 않았다.

시실리에서는 사람들간의 갈등이나 그로 인하여 일어나는 범죄를 해결하는 데 있어서 정부나 또는 그에 속한 기관인 경찰 등은 아무런 역할도 할 수가 없었다. 자신의 문제를 경찰 등 나라의 관리들에게 가지고 가서 호소하는 사람은 바보 천치의 취급을 받든지, 아니면 겁쟁이로 취급 받아 공동생활에서 완전히 매장되기 일쑤였다. 시실리 인들간의 문제는 그들 스스로가 알아서 해결하였고, 스스로의 힘으로 해결하기 어려운 문제는 마을의 현자에게 가지고 가서 원만한 해결을 부탁하는 것이다.

시실리 인들은 이들 현자들을 ` Men of Respect ` 또는 ` Honored Society ` 라 불렀는데, 이들은 주민들의 갈등을 중재하여 그것을 합리적으로 해결해주는 역할을 주로 맡아서 했고, 그 과정에서 약간의 수수료를 받아 챙기기도 하였다. 즉, 마을의 원로로서 권위를 가진 해결사의 역할을 했던 것이다. 시간이 지나면서 이 해결 사업에는 약간의 폭력도 추가되게 된다. 그리고 이러한 비즈니스가 후일에는 보호비를 걷는 사업으로 변모하게 된 것이다. 이렇게 시실리 인들은 세금의 성격을 띤 돈을 그들의 정부에게 바치지 않고 현자들에게 내는 일에 익숙해져 있었다. 이 현자들을 외부에서는 바로 마피아라 칭하였다.

세기가 바뀔 무렵 이들 현자들 중에서도 신대륙으로 건너가는 사람이 생겨 이들은 보호비를 걷는다는 개념의 사업을 처음으로 미국 사회에 소개하게 되는데, 처음으로 미국에서 보호비 사업을 펼친 사람은 전설적인 시실리 마피아의 보스인 돈 비토 카시오 페로라고 전해진다. 시실리의 유력한 가문에서 태어난

카시오 페로는 28 살이 되던 1900 년에 자유와 기회의 나라인 미국으로 건너가 뉴욕에 정착하였다. 그는 시실리에서 했던 것처럼 뉴욕의 이민 사회를 대상으로 보호비를 걷는 비즈니스를 곧 시작하였는데 그의 철학에 따르면 보호비라는 것은 돈을 내는 사람에게 너무 큰 부담이 되어서는 안 되고 사업을 계속하면서 낼 수 있을 만한 정도로 그 액수가 적당하여야 한다고 하였다.

그 뒤에 사업상 사람을 죽이게 된 카시오 페로는 뉴욕 경찰의 추적이 심해지자 시실리로 돌아왔고 사람들로부터 신대륙에서 성공하여 돌아온 영웅의 대접을 받게 된다. 카시오 페로를 검거하고자 시실리까지 따라온 뉴욕 경찰의 죠셉 페트로시노[22]가 그의 정보원을 기다리다 허망하게 팔레르모[23]의 한 피자집에서 피살되고 만 일은 그 후로 두고두고 시실리의 젊은이들이 미국 경찰을 비웃는 이야기 거리가 된다.

정부의 관리들을 비웃고 그들과 내통하는 사람을 혐오하는 성격은 시실리 인들 모두에게서 공통적으로 나타나는 점이다. 시실리 주민들과 지배계급 사이에 쌓인 벽이 점차 두터워져 이제는 그 어떤 정보도 당국자에게 누설하는 것은 그들의 현자들을 무시하는 처사가 되게 되었기 때문이다. 모든 것은 그들의 친구들, 즉 현자들이 알아서 해결해준다. 행정 당국에 가서 이야기하는 사람은 그들의 현자들의 권위를 무시하는 것이며, 권위를 무시한 것에 대하여 언젠가는 대가를 치루게 될 것이다.

그래서 시실리 인은 침묵하는 법을 배웠다. 바로 오멜타의 법이다. 시실리에서 가장 천대 받고 조소의 대상이 되는 사람은 권력자에게 말하는 사람, 정보를 당국에 누설하는 사람이다. 시실리 인이라면 자기 아버지의 피살을 직접 목격하였다 하더라도 살인자를 당국에 고소하지 않고, 아버지가 칼에 찔렸다는 사

---

[22] Joseph Petrosino(? - 1909)
[23] Palermo, Sicily

실조차 신고하지 않는다. 그만한 배짱이 있다면 스스로 복수에 나설 것이며, 그렇지 않다면 그들의 현자를 찾아가는 것이다. 만일 그가 온전히 자기의 힘만으로 아버지의 복수를 해낸다면 그도 또한 존경 받는 사람들의 반열에 들게 될 것이다.

시실리 인은 너무나 침묵에 익숙해져 오늘날에도 팔레르모나 시라큐사와 같은 대도시가 아니라 시실리의 내륙이라면 관광객이나 외지인은 길을 묻거나 하는 그들의 질문에 오직 침묵의 답변만을 들을 수 있을 따름이다. NIH 의 찰스 헤픈던은 권위를 가진 사람의 허락이 없이 시실리 인으로부터 시실리에 대한 정보를 얻는다는 것은 거의 불가능에 가깝다는 사실을 알고 있었기 때문에 또다시 마피아와 접촉을 하기로 결정을 하였던 것이다.

19 세기말엽 가리발디와 그의 붉은 셔츠단의 시대가 지나자 시실리에서는 권력의 공백 상태가 오게 되었고, 그 후 1 차 세계대전을 겪으면서 이탈리아의 사정은 매우 궁핍하게 되어 시실리는 중앙 정부의 중심 관심사로부터 차츰 멀어지게 된다. 그리하여 마피아는 지속적으로 영향력을 확장하여 1920 년경에 이르러서는 마침내 마피아가 거의 전 시실리 섬의 사회, 정치, 경제 등 모든 분야를 완전히 장악하게 되었다.

이렇게 시실리에서 실질적인 정부의 역할을 하던 마피아는 1920 년대에 들어와 무솔리니가 집권하게 되자 그 동안 일찍이 겪어보지 못한 심한 핍박을 경험하게 된다. 무솔리니의 파시스트 당은 시실리와 남부 이탈리아에서 그들의 권력을 굳히는데 마피아의 세력이 큰 방해가 됨을 알고 그들 조직을 아예 뿌리채 뽑아내기로 작정한 것이다. 그리하여 파시스트의 군대가 대규모로 시실리에 건너왔고 개혁 조치를 하나 하나 실시하기 시작하였다.

원래 시실리는 화산섬으로, 용암으로 인해 생성된 바위와 돌이 많아서 돌로 쌓아 만든 돌담이 많았다. 그런데 이것들이 총을 겨눌 때의 엄호물로 사용된다 하여 이 돌담들을 전부 어른의 허리높이로 낮추도록 하라는 명령도 파시스트로부터 내려졌다. 그리고 각 도시와 마을에서 현자로 알려져 있는 사람들은 이유없이 모두 체포하여 감옥에 가두기 시작하였다. 물론 마피아들도 가만히 당하고만 있지는 않았고 무기를 들어 맞서 싸우기도 하였으나 워낙 파시스트들의 진압이 폭압적인 것이어서 많은 사람들이 시실리를 탈출하여 이웃 섬, 이웃 나라 또는 신대륙인 미국으로 건너가게 되었다. 이때 파시스트와 대결하여 싸운 것은 마피아들 뿐만이 아니라 전 시실리 인 모두였으며, 이 전쟁에서는 시실리 인 한 집안 또는 한 마을의 사람 거의 전부가 몰살당한 경우도 많아 무솔리니와 파시스트를 향한 마피아의 적개심은 이후 도저히 돌이킬 수 없는 것이 되고 말았다.

ONI 로부터 또 한번의 부탁을 받았을 때 찰스 루치아노는 부하들을 시켜 시실리 섬의 상황과 지리적 특성을 해군측에 알려주도록 하였고, 부하를 통하여 시실리의 동료들과 연락을 취하여 아직도 시실리에서 강력한 영향력을 가지고 있는 팔레르모의 마피아 보스, 칼로제로 비지니[24]를 연합군측과 연결시켜준다. 이때 NIH 가 미리 수집한 시실리 섬에 대한 정보는 그 중 대략 40 퍼센트 정도가 유용한 정보였던 것으로 나중에 판명된다. 실로 엄청난 적중률이 아닐 수 없다.

1943 년 7 월 10 일, 드디어 시실리에 상륙한 아이젠하워 장군[25]의 미군과 영국군의 연합군은 칼로제로 비지니의 부하를 만나 그들의 안내로 험한 에트나산의 준령을 어렵지 않게 넘어 진격할 수 있었을 뿐 아니라 적군 동태의 정보까지 얻을 수 있었다.

---

[24] Calogero Vizzini(? - 1954)

[25] General Eisenhower(1890 - 1969) 1952 년에 제 34 대 미국 대통령으로 당선된다.

만일 마피아의 도움이 없었더라면 시실리 상륙작전은 성공했다고 하더라도 많은 연합군 장병들의 희생을 필요로 했을 것이다.

마피아의 협조로 쉽게 시실리를 점령하게 된 연합군은 시실리의 군정기간 내내 계속 마피아와 함께 일을 하게 된다. 연합군 사령부는 `적의 적은 우리 편` 이라는 논리에 의거하여 이탈리아 파시스트 정부에 의하여 감옥에 투옥된 정치범들을 거의 모두 풀어주었는데, 사실은 이들의 대부분이 마피아들이었다. 점령군은 주변의 조언을 얻어 감옥에서 나온 사람들 중 유력인사들을 각 도시나 마을의 시장, 읍장으로 임명하였고 그리하여 파시스트 때문에 괴멸되다시피 하였던 마피아들은 순식간에 다시 시실리 섬의 지배자가 되었다. 그들은 전쟁 후에 필연적으로 생겨나는 암시장의 이권을 장악하는 등 곧 활발한 활동을 시작하였고 그 뒤 영향력을 지속적으로 확대하여 이들의 세력은 오늘날의 이탈리아 정국으로까지 연결된다.

1945 년, 2 차 세계대전이 연합국측의 승리로 끝나자 찰스 루치아노는 다시 가석방 심의 위원회에 탄원을 넣었는데, 해군 당국이 루치아노의 협조 사실에 대하여 확실한 언급을 해주지 않는 등 약간의 우여곡절은 있었으나 결국 그의 가석방 탄원은 위원회의 허락을 얻었고, 뉴욕 주지사의 최종 승인을 거쳐 마침내 암흑가의 황제 루치아노는 석방되어 자유의 몸이 된다. 가석방 위원회의 석방 결정의 근거는 그가 2 차 세계대전 중 당국의 전쟁 수행 노력과 관련하여 지대한 공로를 세웠다는 것이었다. 그러나 가석방에는 단, 루치아노가 국외로 추방되어 이탈리아로 가야 한다는 조건이 붙어 있었는데 이것은 자유의 대가로 받아들일 만한 조건이었다.

이때 루치아노의 가석방에 대하여 최종 승인을 허락한 사람은 바로 지난 1936 년에 루치아노를 체포하여 감옥에 집어넣었던 토마스 듀이 그 사람으로, 그는 1942 년의 주지사 선거에서 승리하여 이때는 뉴욕 주의 주지사가 되어 있었다. 자신이 전력을 다하여 체포한 뒤 수감시켰던 루치아노의 가석방을 그렇게 쉽사리 듀이가 동의한 데에 대하여는 여러 가지 설이 있으나 그 중의 하나로 그가 1942 년 선거 때 마피아, 특히 프랭크 코스텔로로부터 9 만 달러의 정치자금을 지원 받았다는 설이 제기된 바 있는데 꽤 설득력을 가진 주장이라고 할 수 있겠다.

루치아노는 1946 년 2 월 10 일, 맨해튼을 떠나 이탈리아의 나폴리로 향하는 여객선 로라 킨 호를 탄다. 그가 떠나던 날 부두에는 항만노조에 소속된 수많은 노동자들이 나와 사람의 바리케이트를 쳐서 기자나 일반인들이 접근하지 못하도록 만들었고, 프랭크 코스텔로, 마이어 랜스키, 알버트 아나스타샤, 론지 즈윌먼, 마이크 라스카리 등 수많은 동료들이 직접 나와 루치아노를 전송하였다. 작별의 자리에서 코스텔로와 랜스키는 그들의 사업으로부터 나오는 이윤을 계속 확실하게 분배할 것을 루치아노에게 약속한다. 이날 뉴욕 시장 윌리엄 오드와이어[26]는 남의 눈에 띄지 않도록 자그마한 소방선을 타고 나와서 여객선으로 건너가, 루치아노에게 작별 인사를 하였다고 한다.

허드슨 강의 여객선 노르망디 호 폭발사고로부터의 모든 일이 대부분 마이어 랜스키의 머리에서 나온 것이었기 때문에 루치아노는 1946 년에 미국을 떠나면서 랜스키를 절대적으로 따르라는 말을 동료들에게 남겼다. 자신이 건설한 제국의 더 큰 번영을 미처 직접 다 보지 못하고 미국을 떠나야 했던 것은 루치아노로서는 더 없는 유감이었을 것이다.

그러나 이후로도 그는 시실리와 이탈리아에 머물면서 미국으로의 마약 운송에 계속 관여하였고, 1946 년 말에는 쿠바로 날아가 신디케이트의 모임을 직접 주재하기도 하였으며, 1948 년과 1957 년에는 미국의 동료들을 소집하여 시실리에서 회합을 가

---

[26] William O`Dwyer

지기도 하여 1962년 1월 26일, 65세의 나이로 이탈리아, 나폴리의 카포디치노 공항에서 급성 심근경색으로 사망할 때까지 지속적으로 신디케이트에 절대적인 영향력을 발휘하였다.

제 2 부

클리블랜드의 초기 이야기

제 6 장

살바토레 마란자노와 찰스 루치아노에 의하여 인정되었던 초기 미국의 7 대 패밀리 중 하나인 클리블랜드 패밀리는 뉴욕과 시카고를 제외하고 언급할 가치가 있는 몇 패밀리 중의 하나이다. 1931 년에 마란자노는 프랭크 밀라노가 이끄는 그룹을 오하이오 주 클리블랜드의 대표로 인준하며, 뉴욕의 5 대 패밀리 그리고 시카고 패밀리와 함께 라 코사 노스트라의 7 대 패밀리의 하나로 인정하였는데, 밀라노 패밀리가 클리블랜드에서 주도권을 가지게 되기까지는 다른 도시들에서와 마찬가지로 많은 피를 흘린 투쟁이 있었다.

원래 클리블랜드에서 최초의 마피아 패밀리라고 할 수 있는 것을 세운 이는 죠 로나르도[1]이다. 죠 로나르도는 시실리 섬의 남쪽에, 바다와 면하여 있는 인구 50,000 명 정도의 도시인 리카타[2]로부터 그의 형제들과 함께 1901 년에 미국으로 건너왔다. 처음에 그의 가족은 뉴욕의 리틀 이탈리아에 정착을 하였으나

---

[1] Joe Lonardo(? - 1927) 닉네임은 Big Joe.
[2] Licata, Sicily

곧 1905 년에 클리블랜드로 옮겨가, 뉴욕의 로우어 이스트 사이드와 비견될 수 있는 빈민가인 클리블랜드의 우드랜드에 자리를 잡았다.

1919 년, 금주법의 시행이 임박하였을 때, 이미 1910 년대 초의 혼란스러운 신문 전쟁에 발을 들여놓은 적이 있었던 로나르도 패밀리는 밀주사업에 뛰어들 준비가 충분히 되어 있었다고 한다. `신문 전쟁[3]` 이라 함은 1910 년대 초반에 매우 심했던 각 신문사들간의 유혈 경쟁을 말하는 것이다. 당시는 텔레비전도, 라디오도 없던 시대라 일반 대중들에게 사건 및 정보를 알리는 수단으로는 신문이 유일하였으므로 이와 같은 사실을 깨닫고 있었던 정치인들은 영향력 있는 신문을 확보하기에 혈안이 되어있었다. 또 각 신문사들은 타 신문에 비하여 배급 지역을 조금이라도 더 넓게 가지기 위한 노력을 경주하던 중이었으며, 이를 위해서는 폭력을 행사하는 것도 서슴지 않았다. 그리하여 1910 년대 초반에 가장 심했던 이 신문사들의 경쟁을 훗날 사람들은 `신문 전쟁` 이라고 부르게 된다.

신문사들 간의 폭력 경쟁은 우리나라에서도 발생했던 적이 있으며 사람이 죽는 경우도 있었던 것으로 생각이 난다. 1913 년을 전후해서 가장 심했다고 하는 미국의 신문 전쟁은 총기 소지가 완전히 자유스러운 미국의 일이었으니 만큼 그 정도를 익히 짐작할 수가 있는데, 실제로 그 전쟁의 양상은 앞으로 금주법 시대에 일어날 갱들간의 전쟁을 예고라도 하듯, 폭력의 정도가 매우 심했다.

금주법의 발효와 함께 로나르도 패밀리는 밀주사업에 뛰어들었다. 물론 이때에 클리블랜드에서 로나르도 패밀리처럼 밀주사업에 뛰어든 그룹은 그 수를 셀 수 없을 만큼 많았다. 그러나 사정을 두지않고 경쟁자를 제거하는 등 로나르도 패밀리는 그

---

[3] Newspaper Circulation Wars(1910 - 1913)

중 가장 뛰어난 실력을 발휘했고, 곧 얼마지나지 않아 클리블랜드에서는 로나르도 패밀리가 주도권을 잡는다. 로나르도 패밀리를 이끄는 사람은 로나르도 형제의 맏형인 죠 로나르도였다.

그런데 죠 로나르도는 당시 그의 경쟁 그룹 중의 하나였던 포렐로 패밀리와는 그래도 우호적인 관계를 유지하고 있었는데, 이는 로나르도 패밀리가 포렐로 패밀리와는 시실리에서부터 친했던 사이로, 피를 나눈 친척은 아니었지만 그래도 서로 매우 가까운 관계였기 때문이었다. 죠 포렐로[4]가 리더인 포렐로 패밀리는 로나르도의 고향과 같은 시실리의 리카타에서 건너온 가족이었다. 포렐로 패밀리는 시실리의 리카타에서는 유황광산을 소유하고 있었고, 바로 그곳에서 로나르도 형제들이 일을 했었다고 한다. 그런데 신천지인 미국으로 건너온 뒤에는 두 가족의 입장이 완전히 반대로 바뀌었다고 할 수 있었던 것이다. 죠 로나르도가 다른 경쟁 그룹을 가차없이 처단함으로써 포렐로 패밀리도 그로 인한 반사 이익을 얻고 있었던 것은 포렐로에 대한 로나르도 패밀리의 은혜갚음이라고 해석해도 좋을 것 같다.

이때 죠 로나르도에게 가장 큰 수입을 가져다 주고 있던 것은 옥수수 설탕의 공급 사업이었다. 본래 정식대로 술을 빚는 과정에는 설탕이 필요가 없지만, 그 과정에 설탕을 인위적으로 추가함으로써 술이 익는 시간을 대폭 줄일 수가 있다. 그래서 밀주업자들이 사용하던 것이 사탕수수로 만든 설탕이었으나 점차 사업자들간에 경쟁이 치열해지면서 사탕수수 설탕 대신에 원가가 훨씬 싼 옥수수 설탕을 사용하게 된다. 우드랜드의 죠 로나르도는 이 옥수수 설탕을 독점 공급함으로써 부를 축적할 수 있었다. 이를테면 그는 설탕 재벌이라고 말할 수가 있었다. 이 옥수수 설탕은 합법적인 농산품이었으므로 그는 불법인 밀

---

[4] Joe Porrello(? - 1930)

주사업에 직접 손을 대지 않고도 큰 돈을 벌 수가 있었던 것이다.

1920 년대 초반, 죠 로나르도의 수입은 1 주일에 5 천 달러나 되었다. 재산이 늘어감에 따라 클리블랜드 이탈리아 이민 사회에서의 로나르도의 영향력도 함께 증대하여 이웃간에 발생하는 갈등이나 분쟁을 중재하는 역할은 오로지 로나르도 패밀리가 맡게 되었다. 그리고 정치가들에 대한 영향력도 당연히 생겨났다. 죠 로나르도는 뉴욕의 보스, 살바토레 다퀼라가 마세리아에게 피살되기 전까지는 살바토레 다퀼라와도 연합을 하고 있었다고 한다.

1927 년 4 월, 이제 백만장자가 된 죠 로나르도는 고향인 시실리로 휴가 여행을 떠났다. 그런데 아마도 포렐로 패밀리는 로나르도 패밀리의 이러한 성공에 심한 시기를 느끼고 있었던 것 같다. 그도 그럴 만한 것이 고향인 시실리에서는 포렐로들이 고용주였으며 로나르도 집안은 포렐로로부터 보수를 받고 일하는 노동자들에 불과하였던 것이다. 죠 로나르도가 여행에서 돌아온 얼마 뒤인 1927 년 10 월, 포렐로 형제들은 죠 로나르도와 그의 동생인 죤 로나르도[5]를 그들의 집으로 초대하였다. 함께 카드놀이를 하자는 그들의 초대에 로나르도 형제는 별 의심을 가지지 않고 초대에 응하였다.

이 당시 포렐로 패밀리는 이발소를 경영하면서 그것을 그들의 밀주사업의 커버로 사용하고 있었다. 이 이발소에는 내실이 있었고, 내실에 딸린 뒷문을 열면 포렐로 가족이 살고 있는 살림집의 앞마당으로 통하게 되어 있는 구조였다. 1927 년 10 월 13 일 저녁, 죠 로나르도와 그의 동생은 다른 경호원을 대동하지 않고 포렐로 패밀리의 이발소에 도착했다. 로나르도 형제는 죠 포렐로의 안내로 카드놀이를 하도록 준비가 된 내실에 들어

---

[5] John Lonardo(? - 1927)

갔는데, 그들이 겉옷을 벗어 옷걸이에 건 다음 의자에 앉자마자 마당과 통해있는 문이 열리면서 총을 뽑아 든 두 명의 남자가 들어와 그들을 향하여 발포하여, 죠 로나르도는 현장에서 즉사하고 동생인 죤 로나르도는 치명상을 입었다.

히트 맨들은 미리 준비된 차를 타고 달아났고, 포렐로 형제들은 이발소 밖으로 뛰어나가 경찰을 빨리 부르라고 행인들에게 소리를 쳐댔다. 죤 로나르도는 총을 빼어 들고 범인을 뒤따라 나갔으나 워낙 출혈이 심하여 길거리에서 쓰러졌고 그 길로 숨을 거두었다. 며칠 후 포렐로 형제의 한 명인 안젤로 포렐로[6]가 용의자로 경찰에 연행되었으나 혐의가 없는 것으로 판정되어 풀려나게 된다.

쉐이커 하이츠에 있는 그의 집에서 거행된 죠 로나르도의 장례식은 그간 있었던 클리블랜드 시의 장례식 가운데 가장 성대한 것 중의 하나였다. 조문객만도 800 여명이 참석하였고, 두 줄로 늘어선 차량의 행렬은 거리로 뻗어나가 두 블록을 지날 정도였으며, 꽃으로 뒤덮인 장례행렬이 지나갈 때에는 15 대의 경찰 오토바이가 수행을 했다고 한다

이리하여 로나르도 패밀리는 보스를 잃고 그 힘이 약화된다. 그리고 이후로는 포렐로 패밀리가 클리블랜드 암흑가의 주도권을 쥐게 되나, 죠 로나르도가 사라진 뒤의 공백은 상당히 큰 것이었다. 포렐로 패밀리가 그 공백을 다 채우기에는 아직 실력이 많이 모자랐으므로 또 다른 그룹들이 클리블랜드의 지하세계에서 부상하게 되는데, 이것이 바로 프랭크 밀라노의 메이필드 로드 갱, 그리고 모리스 달릿츠 등의 유태계 갱이었다.

프랭크 밀라노는 당시 클리블랜드의 리틀 이탈리아를 거점으로 활동하고 있었다. 메이필드 로드 갱이라는 이름은 리틀 이탈리아를 가로지르는 큰 길의 이름이 메이필드 로드였던 데에서

---

[6] Angelo Porrello

비롯된 것이다. 남부 이탈리아의 칼라브리아 태생으로 그의 나이 16 세 때인 1907 년에 미국으로 건너온 프랭크 밀라노는 1913 년경 클리블랜드에 정착하게 되었고, 동생인 토니 밀라노[7]와 그를 따르는 알 폴리찌, 척 폴리찌, 찰리 콜레티, 프랭크 브랑카토 등[8]과 함께 클리블랜드의 리틀 이탈리아를 주무대로 밀주사업을 비롯하여 여러 가지 사업을 하고 있던 중이었다.

죠 포렐로는 프랭크 밀라노의 세력이 더 커지기 전에 자신의 위치를 확고히 만들고자 궁리하던 중 좋은 방법을 발견하였는데, 그것은 바로 시실리 인들의 모임인 유니오네 시실리아나[9]의 회합을 클리블랜드에서 유치하는 것이었다. 유니오네 시실리아나는 미국으로 이민 온 시실리인들의 모임으로 일찍이 1895 년에 처음 결성된 단체였다. 그것은 애초에는 일종의 친목단체로 시작을 하였으나 점차 그 뒤로는 회원들의 성격이 변하여 1920 년 경에는 완전히 갱들의 모임으로 변하게 된 단체였다. 그러나 유니오네 시실리아나는 정확하게 말하자면 마피아와는 다른 단체이다. 다만 그 단체의 회원 중 일부가 마피아의 멤버일 수는 있었다. 각 도시의 시실리 갱 대표들이 죠 포렐로의 초청을 받아 클리블랜드로 와서 모임을 가지고, 그곳에서 그가 유니오네 시실리아나의 클리블랜드 대표로 공식 인정된다면 그의 위치는 상당히 확고한 것이 될 수 있었다.

그리하여 죠 포렐로는 1928 년의 유니오네 시실리아나의 정기 회합을 클리블랜드에 유치하는 데 성공하여 마침내 1928 년 12 월 5 일, 클리블랜드 스태틀러 호텔[10]에서 그 회합이 열리게 되었다. 각 도시로부터 참석자들이 모여들었는데 그 면면을 살펴보면, 뉴욕으로부터는 죠셉 프로파치와 프로파치의 동서가 되는 죠셉 말리오코가, 그리고 빈센트 망가노가 왔고, 시카고로부

---

[7] Anthony Milano(1888 - 1978) 닉네임은 Mister Tony, 후기의 닉네임은 the Old Man.

[8] Al Polizzi, Chuck Polizzi, Charlie Colletti, Frank Brancato

[9] Unione Siciliana

터는 알 카포네를 대신하여 시카고 유니오네 시실리아나의 회장인 죠셉 권타[11]가 참석하였다. 알 카포네는 이탈리아 본토의 나폴리 출신이었으므로 이 모임에는 참석할 수가 없었던 것이다. 그리고 디트로이트로부터 죤 미라벨라[12]가, 플로리다 주 탐파로부터 이냐치오 이탈리아노와 죠 발리치아[13]가 참석하는 등 총 참석 인원은 27 명이었다.

그러나 불행하게도 이 모임은 수상한 낌새를 알아챈 경찰에 의하여 호텔이 포위되고, 참석자 전원이 연행된 다음, 조사 받고 구속되는 바람에 오히려 죠 포렐로에게 좋지 않은 방향으로 작용하게 된다. 죠 포렐로는 구속된 인사들을 보석금으로 풀려나게 하는 한편, 정치가들을 통하여 경찰에 손을 써 사건이 커지지 않도록 압력을 넣는 등 백방으로 노력하였으나 이미 그의 위신은 땅에 떨어진 뒤였다.

이 모임은 오늘날까지 알려진 것 중으로는 최초로 미국의 갱들이 전국적 규모로 모인 회합이었다. 그런데 이것이 경찰의 기습으로 무산된 것이다. 앞에서도 여러 차례 언급했던 것처럼 당시의 경찰 등 사법당국은 대부분 이들 갱한테 매수되어 있었는데, 그렇다면 죠 포렐로는 이만한 모임을 주최하면서 경찰 쪽으로는 전혀 손을 쓰지 않고 그냥 앉아 있으면서, 모임의 성공을 다만 행운에만 맡기고 있었던 것일까? 그의 앞날에 큰 도움이 될 대단히 중요한 모임이었는데도 말이다.

다름이 아니라 이번의 경찰 기습은 그저 우연에 의한 것이 아니었다. 갱들이 묵기로 되어 있던 스태틀러 호텔을 경찰이 덮치게 된 배경에는 클리블랜드 암흑가의 또 다른 세력, 프랭크 밀라노와 모리스 달릿츠의 공작이 있었다고 한다. 그들의 의도는 두말할 것도 없이 포렐로 패밀리의 영향력을 감소시키자는

---

[10] Statler Hotel
[11] Joseph Guinta(? - 1929) 닉네임은 Hop Toad.
[12] John Mirabella

것이었으며 그것은 그들의 계획대로 진행되어, 죠 포렐로의 체면은 여지없이 추락하게 된 것이다.

여기서 잠깐 모리스 달릿츠에 대하여 언급하고 지나갈까 한다. 모리스 달릿츠는 당시 그의 유태 동료인 루 로스코프, 샘 턱커[14], 모리 클라인만[15]과 함께 캐나다로부터 클리블랜드로, 조직적으로 위스키를 밀수입하는 사업을 하고 있던 중이었다. 원래 13 년간의 금주법 시대는 대략 세 시기로 다시 나누어 볼 수가 있는데, 가장 처음의 시기는 금주법이 시행되기 전에 이미 만들어 놓은 술을 주로 소비하고 있던 시기이고, 두 번째는 확보된 술의 재고가 이제 바닥이 나자 밀주를 빚어서 만들어 팔던 시기이며, 마지막의 시기는 외국으로부터 오리지날 위스키 등을 수입해서 배급하던 시기이다. 모리스 달릿츠는 미국의 5 대 호수 중의 하나이며, 클리블랜드에 인접한 이리 호수를 통하여 캐나다로부터 진품 위스키를 수입해서 국내에 배급함으로써 큰 돈을 벌고 있었던 것이다.

모리스 달릿츠는 미시간 주의 앤 아버에서 세탁업을 하던 부모로부터 태어났다. 달릿츠는 성장하여 독립할 때가 되자 동생과 함께 미시간 주의 대도시인 디트로이트로 건너가 그들 자신의 세탁소를 열었는데, 이때 유명한 디트로이트 퍼플 갱과 교분을 가지게 된다. 달릿츠는 그들과 함께 훌륭한 이윤이 보장되는 밀주사업을 시작하게 되었고, 점차 타고난 적성이 발휘되어 퍼플 갱내에서 콘실리에리와 같은 역할까지 하게 되었는데, 퍼플 갱과 다른 갱단과의 분쟁이 격화되어 피를 보는 일이 잦게 되자 디트로이트를 떠나, 오하이오 주의 애크론으로 건너오게 된다.

---

[13] Ignazio Italiano, Joe Vaglicia
[14] Sam Tucker, 닉네임은 Sambo.
[15] Morrie Kleinman

얼마 후 다시 클리블랜드로 이사를 온 달릿츠는 겉으로는 세탁소의 체인점을 경영하면서, 뒤로는 디트로이트에서의 경험을 살려 캐나다산 위스키를 수입하는 사업을 시작하였다. 그리고 이때부터 달릿츠는 루 로스코프, 샘 턱커 등과 동업을 하게 되었으며, 1928 년부터는 메이필드 로드 갱의 프랭크 밀라노와도 연합을 하게 되었던 것이다.

달릿츠가 프랭크 밀라노와 합작하게 된 사연은, 메이필드 로드 갱의 멤버인 척 폴리찌가 사실은 알 폴리찌의 친동생이 아니라 입양된 동생으로서 원래 유태인의 핏줄이었기 때문에, 모리스 달릿츠의 유태인 갱단과 이탈리아 갱단인 메이필드 로드 갱단을 연결하는 다리의 역할을 할 수 있었고, 그래서 두 그룹이 쉽게 연합을 할 수 있었던 것이라고 한다.

달릿츠 그룹의 위스키 수입은 쾌속선을 이용한 것이었고, 그들은 이러한 쾌속선을 여러 척 가지고 운항을 하였으므로 이리 호수의 연안경비대는 이들을 `유태 해군[16]` 이라는 별명으로 불렀다. 한번은 밀수선과 경비대의 쫓고 쫓기는 추격전 끝에 결국 밀수선이 잡히게 되었는데 다음날, 이 배로부터 압수된 1,500 박스의 캐나다산 위스키가 경찰의 압수품 창고에서 홀연히 사라진 다음 며칠 후 시중에서 유통되는 일도 있었다. 달릿츠의 강력한 영향력을 잘 알 수 있는 좋은 에피소드이다. 이 사건과 관련하여 4 명의 연안경비대원이 현직에서 해임되기도 했다.

모리스 달릿츠는 뉴욕의 찰스 루치아노, 마이어 랜스키와도 연결이 되고 있었고, 랜스키의 전폭적인 지지를 받고 있었다. 그래서 1929 년에는 조직범죄단의 대회를 클리블랜드에서, 달릿츠와 밀라노의 주최로 유치하려고 노력을 하였으나 바로 그전해에 있었던 경찰의 스태틀러 호텔의 기습 건 때문에 결국 그들의 유치 노력은 무산되고 1929 년의 대회는 뉴져지 주 아틀랜

[16] Big Jewish Navy

틱 시티에서 열리게 된다.

달릿츠는 현명하게도 금주법이 언제까지나 지속되지는 않을 것을 예견하여 1920 년대 후반부터는 도박사업 쪽으로 관심을 두기 시작하였다. 1928 년 초, 클리블랜드에서 슬롯머신 도박을 독점하고 있던 네이트 와이젠버그[17]는 자신의 집에서 폭발사고가 난 사건을 계기로 그의 사업 파트너로 모리스 달릿츠를 기꺼이 받아들이게 되고, 이후로 달릿츠는 카지노 사업에까지도 진출하게 되어 카지노 사업에 관한한 갱들 가운데에서 선구자 중의 한 사람이 된다.

한편, 로나르도 패밀리는 그들의 리더인 죠와 죤 로나르도가 피살 당한 뒤 복수의 칼을 갈고 있었는데, 특히 가장 복수의 일념으로 절치부심하던 이는 죠 로나르도의 아들인 안젤로 로나르도[18]였다.

1929 년 4 월, 로나르도 패밀리의 설탕 비즈니스를 총감독하다가 죠 로나르도가 죽기 얼마 전에 포렐로 패밀리 쪽으로 돌아섰으며, 죠 로나르도의 죽음에 큰 책임이 있던 살바토레 토다로[19]가 안젤로 로나르도의 총격을 받고 죽는다. 안젤로 로나르도가 감행한 복수극은 한낮에 많은 사람들 앞에서 행해진 매우 대담한 것이었다. 그러나 후에 재판에 회부된 안젤로 로나르도는 1 심에서는 무기징역의 선고를 받았지만 2 심에서 무죄로 판결되어 그 사이 겨우 18 개월의 징역을 살았을 뿐이다. 안젤로 로나르도는 10 대의 어린 나이임에도 불구하고 아버지의 복수를 직접 해냈다는 사실 때문에, 이후 클리블랜드의 리틀 이탈리아에서 매우 큰 존경을 받는다.

살바토레 토다로가 죽은 지 2 주후에는 애크론에서 프랭크 벨

---

[17] Nate Weisenberg(? - 1945)

[18] Angelo Lonardo(1911? - 현재) 닉네임은 Big Ange.

[19] Salvatore Todaro(? - 1929) 원래 이름은 Augusta Archangelo. 닉네임은 Black Sam.

리니[20]라고 하는 옛 로나르도의 동업자가 피살되는데, 벨리니의 죽음은 포렐로 쪽에서 한 복수였던 것으로 보인다. 다시 1929 년 10 월 19 일에는 죠 로나르도의 또 다른 동생인 프랭크 로나르도[21]가 카드놀이 도중 낯선 사람으로부터 총격을 받고 숨지는 일이 발생한다. 역시 포렐로 패밀리의 반격이었다.

그러나 포렐로 패밀리의 사업은 이미 살바토레 토다로의 죽음을 기점으로 서서히 하향곡선을 그리기 시작하고 있었다. 1930 년 초, 이제 포렐로 패밀리와 한번 세력을 겨뤄볼 만하다고 판단한 프랭크 밀라노는 죠 포렐로를 그가 경영하는 클럽으로 초대하였다. 함께 카드 게임을 하면서 밀라노는 앞으로 포렐로의 사업이 자기로부터 보호를 받아야 할 것이라고 제의를 하였으나 거절 당한다. 이로부터 몇 달이 지난 1930 년 7 월 6 일, 죠 포렐로는 다시 프랭크 밀라노로부터 그들 두 그룹을 대등하게 합치는 데 대한 논의를 하자는 초대를 받고 그의 클럽으로 향했으나 이번에는 그것이 그의 마지막 길이었다.

죠 포렐로의 경호원인 샘 틸로코[22]는 밀라노가 지배하는 구역 내에서 회동을 가지는 것처럼 위험한 일은 지난번의 한번으로 족하니 이번에는 그 쪽으로 가지않는 것이 좋겠다고 보스에게 조언을 하였다. 걱정을 할 만도 했던 것이 바로 얼마 전, 애크론에서 프랭크 벨리니와 세력을 겨루고 있던 포렐로의 동업자, 마이클 코르첼리[23]가 피살되는 일도 있었던 것이다. 그러나 죠 포렐로는 설마 프랭크 밀라노가 자신이 경영하는 레스토랑에서, 후일 증인으로 설 수도 있는 다른 손님들이 많이 있는 앞에서 위험한 음모를 꾸미지는 못할 것이라고 판단하여 약속한 날이 되자 샘 틸로코와 함께 리틀 이탈리아에 있는 밀라노 소유의

---

[20] Frank Bellini(? - 1929)
[21] Frank Lonardo
[22] Sam Tilocco(? - 1930)
[23] Michael Corcelli(? - 1930)

레스토랑, 베네치아[24]로 향했다.

죠 포렐로와 샘 틸로코는 낮 1 시쯤 클럽에 도착하여 밀라노의 일행과 만나, 먼저 약 30 분 정도 카드 게임을 하다가 대화를 나누기 시작하였다. 그러나 애초의 전언과는 다르게 밀라노는 포렐로의 사업 모두를 원하고 있었다. 서로 대등한 관계에서의 연합을 원했던 포렐로는 밀라노의 뻔뻔함에 분노가 솟구쳤으나 그것을 눌러 참으며 담배를 피우려고 주머니에 손을 넣었는데, 팽팽하게 긴장된 분위기 속에서 포렐로의 행동을 주시하고 있던 밀라노의 부하들은 포렐로가 권총을 꺼내려는 것으로 오인하고 먼저 이쪽에서 총을 뽑아 발포하였다. 포렐로의 죽음에 관한 전후 사정은 그렇게 된 것이었다.

1930 년 7 월 9 일에 거행된 죠 포렐로의 장례식은 3 년 전에 있었던 죠 로나르도의 장례식보다도 더 거창한 것이었다. 죠 포렐로에게 바쳐지는 화환자동차가 33 대, 포렐로와 같이 있다가 함께 피살된 부하 샘 틸로코에게 바쳐지는 화환자동차가 따로 18 대였을 정도였다. 장지로 향하는 조문객의 자동차 행렬이 자그마치 300 대에 달하였다고 한다. 이후로 포렐로 패밀리의 영향력은 쇠퇴하게 되고 이제 프랭크 밀라노와 모리스 달릿츠의 연합이 클리블랜드의 지하세계를 지배하게 된다.

프랭크 밀라노는 알려진 대로 1931 년의 마란자노 주최 회합에 클리블랜드의 대표로 참석하였다. 그리고 루치아노 일당이 마란자노를 제거하기 위한 소장파 모임을 안심하고 가질 수 있도록 안전한 장소를 제공하기도 하였고, 거사의 성공 후에는 다시 시카고에서 있었던 루치아노 주최의 전국 회합에 클리블랜드 마피아의 대표로 참석한다. 그런데, 밀라노의 이러한 처신에는 그의 유태인 동료인 달릿츠의 조언이 매우 크게 작용하였다.

---

[24] Venetian Club

프랭크 밀라노는 1934 년에 당국으로부터 탈세 혐의로 기소되는데, 재판이 막바지에 이르러 자신의 유죄 판결이 거의 확실시되자 당국의 감시를 피해 몰래 출국하여 멕시코의 베라크루즈로 가서 그곳에 정착하였다. 이후 클리블랜드 마피아의 보스로는 알 폴리찌가 올라서게 된다.

알 폴리찌는 1944 년까지 클리블랜드를 통치하였으며 30 년대와 40 년대를 거치는 동안 모리스 달릿츠와 더불어 엄청난 부를 쌓아올리게 된다. 그들은 멕시코의 프랭크 밀라노와도 계속 긴밀한 관계를 가져 사업을 함께 하기도 하였다. 그리고 클리블랜드의 초기 보스였던 죠 로나르도의 아들인 안젤로 로나르도는 프랭크 밀라노와 알 폴리찌가 매우 신임하는 부하 중의 한 명이 된다.

1944 년이 되자 알 폴리찌는 자신이 그간 충분히 조직에 헌신했음을 선언하고 뉴욕의 프랭크 코스텔로와 마이어 랜스키에게 허락을 구한 후 그들의 일선 사업에서 은퇴를 하였다. 알 폴리찌는 언더보스인 죤 스칼리지[25]에게 보스의 자리를 물려준 다음, 자신은 약 40 만 달러만을 가지고 따뜻한 남쪽의 플로리다로 건너가서는 그곳에서 건축사업과 부동산사업을 하며 합법적인 사업가로서 남은 인생을 살았다. 플로리다 주의 유명한 휴양 도시 코랄 게이블이 허리케인으로 쑥밭이 되었을 때, 그곳의 재개발을 대부분 담당했던 회사가 바로 알 폴리찌가 경영하는 회사였다고 한다.

마지막으로 클리블랜드의 유태인 대부, 모리스 달릿츠에 대하여 약간의 언급을 더 하고 이 장을 끝낼까 한다. 위에서 기술한 대로 모리스 달릿츠는 금주법이 해제된 뒤에는 도박사업의 전성시대가 올 것을 먼저 내다 본 사람이었다. 슬롯머신 사업의

[25] John Scalisi(? - 1976)

네이트 와이젠버그 집에 폭탄을 장치한 것은 프랭크 밀라노의 부하인 알 폴리찌와 찰리 콜레티였으나 그것을 뒤에서 사주한 사람은 바로 모리스 달릿츠였던 것이다.

비록 프랭크 밀라노가 클리블랜드 마피아의 보스였으나 사업의 비전에 대해서는 달릿츠가 한 수 위였고, 밀라노는 마피아의 고유 사업 이외에 달릿츠가 꾸미는 작전의 실무적인 문제를 해결하는 일을 주로 맡았다. 즉, 실무를 맡은 이탈리안 마피아와 큰 구도를 짜는 유태인 갱의 신디케이트였던 셈이다. 그러나 이러한 관계를 상하관계로만 파악해서는 안될 것이다. 왜냐하면 달릿츠 또한 이탈리안 마피아들의 청탁을 거절할 수는 없었기 때문이다. 달릿츠-밀라노 연합은 곧 북동부 오하이오 주의 도박사업을 독점하였고, 1930 년대 후반에는 오하이오 강 이남으로 진출한다. 원래 오하이오 강 이남의, 켄터키 주와 오하이오 주의 경계선 지역은 초기 금주법 시대 때부터 유명한 법의 사각지대로 모든 시비는 다 오로지 권총을 통해서만 해결하던 곳이었다. 그곳의 무질서함이 어찌나 유명하였던지 사람들은 그 지역을 일명 리틀 멕시코라고 불렀다고 한다.

모리스 달릿츠의 사업감각, 특히 도박사업에 대한 경영 능력은 뉴욕의 루치아노와 랜스키도 인정하는 것이었다. 그래서 달릿츠는 1942 년부터 1945 년까지의 군복무를 마친 다음 1949 년에는 랜스키의 초빙에 응하여 라스베가스로 가, 당시 공사 중이던 호텔 데저트 인과 리비에라 호텔을 차례로 인수하여 경영한다. 그의 능력을 인정하는 그룹은 그 외에도 또 있어, 그 후 달릿츠는 시카고 마피아와 제휴하여 라스베가스의 스타더스트 호텔의 경영에도 참여한다. 1955 년의 일이다.

모리스 달릿츠는 이후 라스베가스에 정착하였고 리비에라 호텔, 스타더스트 호텔, 선댄스 호텔 등 수많은 호텔의 지분을 소유하여 라스베가스의 호텔 왕으로 불리며, 1976 년에는 라스베가스 시로부터 <올해의 시민>으로 뽑혀 상을 받기까지 이른다.

제3부

시카고의 초기 이야기

제 7 장

뉴욕 패밀리와 함께 미국을 양분하여 지배하고 있는 것은 시카고 패밀리이다. 뉴욕에서는 5 대 가문이 활동하며, 혹은 서로 다투고 혹은 서로 연합하면서 지난 60 여년간 지내온 것에 비하여 시카고에서는 1929 년에 카포네 패밀리의 우위가 확립된 후로 오늘날에 이르기까지 오직 그 한 가문이 미국의 세 번째 대도시 시카고를 지배해왔다.

뉴욕의 가문들이 뉴저지 주를 비롯하여 인근의 보스톤, 필라델피아, 뉴욕 주의 버팔로, 오하이오 주의 클리블랜드까지 그들의 영향력을 미치고 있는 것처럼, 시카고 패밀리도 주변의 치체로, 밀워키, 디트로이트와 미주리 주의 세인트 루이스, 캔자스 시티까지 그들의 세력을 뻗치고 있다. 이들 다른 도시들에도 자생적인 조직이 있었고 자신들의 보스가 있었지만, 중요한 의사결정 등의 문제는 뉴욕이나 시카고의 의견을 존중하여야 하는 것이다. 예를 들면 캔자스 시티의 보스인 니콜라스 치벨라[1]는

[1] Nicholas Civella(1912 - 1983)

시카고 보스 샘 쟌카너[2]에게 전화를 걸어 그를 자기 집으로 오라고 부를 수 없지만 그 반대의 경우는 성립된다는 식이다.

알 카포네로 인한 시카고의 이미지와, 소설 <대부>에서 마리오 푸조가 야만적인 조직이라고 혹평한 것 등의 영향으로 시카고 패밀리의 지명도는 뉴욕의 그것에 비하여 상당히 평가절하된 느낌이 많이 든다. 그러나 시카고 패밀리의 힘은 뉴욕의 패밀리들에 비하여 결코 못하지 않으며, 가문 하나 하나를 놓고 비교해 본다면 오히려 전 미국에서 단연 첫번째로 손꼽힌다고 볼 수 있다.

시카고 패밀리가 그만한 위상을 가지게 된 데에는 물론 많은 여러 가지 요소가 작용하였을 것이나, 그 중에서도 가장 중요한 한 가지를 꼽는다면 뛰어난 능력을 가진 어떤 한 사람의 영향을 짚고 넘어가지 않을 수 없다. 1944 년에 폴 리카의 후임으로 시카고의 액팅보스가 된 이래 1992 년에 86 세의 나이로 죽을 때까지 시카고의 보스 중의 보스였던 사람, 약 50 년간 시카고와 시카고 서쪽의 미국을 사실상 지배한 사람, 바로 토니 아카르도[3]이다.

우리에게는 그리 익숙한 이름이 아니지만 시카고에는 토니 아카르도가 있었다. 알 카포네의 경호원으로 경력을 시작하였고, 카포네가 수감되어 무대의 중앙으로부터 떠난 이후로 프랭크 니티[4], 폴 리카의 뒤를 이어서 시카고의 보스가 된 후 1957 년에 콘실리에리가 되어 조직의 일선에서 물러났지만, 그 후로도 시카고 패밀리가 큰 사건과 맞닥뜨릴 때마다 기꺼이 다시 지휘봉을 맡아 조직을 단합 시키고 위기를 극복한 사람이다.

토니 아카르도는 마피아와 미국의 사법당국 모두에게 전설로

---

[2] Sam Giancana(1908 - 1975)닉네임은 Momo 또는 Mooney.

[3] Anthony Accardo(1906 - 1992) 닉네임은 Joe Batters, Big Tuna 등. 흔히 Tony Accardo 로 불리워짐.

[4] Frank Nitti(? - 1943) 닉네임은 The Enforcer.

통하는 인물로, 그는 마피아 정회원으로서의 경력 66 년간, 그리고 범죄 세계에 발을 들여놓은 시점부터 따지면 70 년이 넘는 기간 동안 하루도, 그야말로 단 하루도 감옥에서 밤을 지내본 적이 없는 사람이다. 물론 그도 기소된 적은 여러 차례 있었으나 항상 불구속 기소, 또는 보석금 석방으로 방면되었고, 확실한 증거가 제시된 적이 한번도 없었기 때문에 재판에서는 항상 무죄의 판결을 받았다. 그러면서도 세간에서 그의 이름이 거론된 적은 거의 없기에 그를 아는 일반인은 그리 많지가 않다.

토니 아카르도를 연구하는 것은 시카고 마피아, 나아가서 미국 마피아를 연구하는 것과 동일하다고 말할 수 있고, 토니 아카르도가 간 길을 따라가는 것은 마피아를 비롯한 조직범죄의 세계에서 보스로 올라설 수 있는 길을 찾은 것과 같다고 할 수 있을 정도이다. 그러나 아카르도에 대하여 더 이상 이야기 하기 전에 우선은 알 카포네를 비롯한 시카고 마피아 역사의 초기부터 언급하는 것이 제대로 된 순서일 것 같다.

알퐁스 카포네, 알 카포네는 나폴리로부터 이주한 가난한 이탈리아 이민 부부의 넷째 아들로 1899 년에 뉴욕의 브루클린에서 태어났고, 10 살 무렵 때부터 거리에서의 경력을 시작하였다. 그 뒤 카포네는 당시 쟈니 토리오와 프랭크 예일 등이 이끌고 찰스 루치아노도 한때 그 멤버였던 뉴욕의 유력한 갱단, 파이브 포인트에 스카웃되어 보다 본격적인 길로 나서게 되며, 1919 년에는 시카고로 먼저 가 있던 쟈니 토리오의 부름을 받고 시카고로 건너가게 된다.

1900 년대 말, 시카고의 매춘업계에서 첫번째로 손꼽히게 된 쟈코모 콜로시모[5]는 이제 다른 갱들로부터 주목을 받게 되어

---

[5] Giacomo Colosimo(1871 - 1920) 닉네임은 Big Jim, 또는 다이아몬드로 치장을 하고 다녔기 때문에 Diamond Jim 으로도 불리워졌음. 남부 이탈리아의 칼라브리아 출생.

본격적인 보호비 상납의 강요를 받는다. 보호료의 납부는 시실리와 남부 이탈리아에서는 흔히 일어나는 일로서 힘 있는 사람이 어떤 회사나 사업장을 일어날 수 있는 불행으로부터 보호해주며 그 대신에 약간의 돈을 받는 풍습이다. 생각 끝에 콜로시모는 문제의 해결을 위하여 당시 뉴욕의 암흑가에서 지명도를 높이고 있던 그의 조카, 쟈니 토리오에게 시카고로 와서 자신을 도와줄 것을 부탁하는데 이것이 1909 년의 일이다.

이때 만일 콜로시모가 갱들에게 보호비를 지불하고 안전하게 사는 쪽을 택했더라면 시카고의 역사는 완전히 다르게 흘러갔을지도 모른다. 이윽고 쟈니 토리오가 시카고로 건너온 이후 콜로시모를 위협하던 세 명의 갱이 홀연히 사라지고 쟈코모 콜로시모의 사업에는 다른 사람의 보호가 전혀 필요 없다는 사실이 점차로 시카고의 모든 사람들에게 명백해지면서 콜로시모는 더 이상 비슷한 문제로 고민하지 않아도 되게 된다.

이 시기의 시카고에는 많은 갱단들이 활동을 하고 있었는데, 그 중에서도 특히 찰스 디온 오베니언[6]이 이끄는 아일랜드계의 세력이 매우 컸으나 콜로시모는 쟈니 토리오와의 협력관계로 인해 곧 시카고의 지하세계에서 주도권을 잡을 수 있게 되었다. 디온 오베니언의 아일랜드 갱과 콜로시모-토리오의 이탈리아 갱은 이후 계속 치열한 세력 다툼을 벌이게 되지만 1929 년을 기점으로 드디어 이탈리아 갱의 우위가 확립되며, 1932 년에 있었던 아일랜드 갱단의 작전이 실패로 돌아간 것을 마지막으로 시카고에서의 독립적인 아일랜드 갱단의 세력은 사실상 사라진다고 볼 수 있다.

1910 년에 콜로시모는 `콜로시모의 카페[7]` 라는 레스토랑을 시카고의 중심가에 열었는데 얼마 지나지 않아 이곳은 유명 인사들이 자주 모이는 시카고의 명소가 되었고, 당시 유명한 오페라

---

[6] Charles Dion O`Banion(1892 - 1924)
[7] Colosimo`s Café

가수였던 엔리코 카루소는 공연차 시카고에 오면 항상 이 레스토랑에 들러서 와인을 마시고는 할 정도였다고 한다.

두 살 때 가족을 따라 남부 이탈리아의 올사라로부터 미국으로 건너온 쟈니 토리오는 십대에 이미 뉴욕의 브루클린에서 가장 규모가 크고 파워풀한 갱단 파이브 포인트의 중요한 멤버가 되어 있었다. 그는 키가 작아 사람들로부터 `리틀 쟈니` 라고 불렸지만 잔혹함과 냉정함, 그리고 빠른 두뇌 회전으로 아무도 그를 함부로 대하지 못하였다. 그의 또 다른 별명은 `테러블 쟈니` 였다. 토리오는 1909 년, 27 세의 나이로 삼촌 콜로시모의 부름을 받고 시카고로 가서 삼촌의 트러블을 해결해준 다음부터는 시카고에 머물면서 계속 삼촌의 사업을 돕게 되었다.

1915 년에 이르러 콜로시모는 토리오에게 허름한 윤락가 한 곳을 맡겨 경영을 하도록 시켰는데 이때 토리오는 삼촌에게 그의 눈부신 사업 수완을 보인다. 그는 싸구려 같아 보이는 집을 완전히 개조하여 말끔히 단장하였고, 창녀들도 깔끔하게 화장을 시키고 새 옷을 입혀 귀여운 처녀들처럼 보이게 해서 손님을 끌었던 것이다. 이 집은 곧 매우 유명해져 콜로시모에게 새로운 수입을 가져다 주었고, 그는 토리오의 능력을 인정하여 자신의 모든 매춘 사업과, 점차 다른 사업까지를 전부 맡기게 되었으며 그 자신은 토리오가 가져오는 돈으로 상류사회의 생활을 즐겼다.

콜로시모-토리오의 콤비는 완벽한 것처럼 보였다. 그러나 1918 년부터 금주법이 부분적으로 적용되기 시작하면서 이들 둘 사이의 협력 관계는 점차 틈이 벌어지게 되며, 그 발단은 밀주사업에 대한 두 사람간의 견해 차이에 있었다. 갱 조직이 보다 큰 규모의 조직범죄단으로 도약하게 된 가장 큰 이유가 바로 1920 년부터 본격적으로 시행된 금주법이라는 점은 이미 앞 장에서 설명하였다. 술의 제조와 판매가 법적으로 금지되어야 한다는, 오늘날의 생각으로는 실로 터무니없게 들리는 이러한 주장은 이미 1800 년대 중반부터 미국 내에서 존재해왔다고 하는데, 곡절 끝에 드디어 일반인들이 술을 마시는 것을 금지하는 금주법이 1920 년 1 월 26 일부터 발효하게 된다.

그러나 술을 마시는 일을 금지한다는 것은 사실상 불가능하였고 비밀 주정, 주류 밀매 등 술과 관련된 모든 행위를 강제로 억압한다는 것 또한 거의 불가능하다고 볼 수 있었다. 이탈리아 사람들은 로마 시대 때부터 집에서 와인을 만들어 마셔왔고, 선천적으로 술을 좋아하는 아일랜드 인들 역시 옛날부터 가정에서 위스키를 만들어 마시는 관습을 가지고 있는 등 술을 마시는 것을 법으로 막는다는 것은 한마디로 멍청한 발상이었던 것이다.

금주법이 의회를 통과하였을 때 토리오는 콜로시모의 매춘 조직과 200 군데가 넘는 윤락가를 이용하여 밀주업에 뛰어들기를 원하였으나 콜로시모는 새로운 사업의 잠재력을 미처 알아채지 못하였고, 지금까지의 사업만 가지고도 엄청난 부를 누리고 있었으므로 사업 영역을 넓혀야 할 아무런 까닭을 발견할 수가 없어 기존의 사업에만 안주하고자 하였다. 그때 다른 조직들은 이미 밀주사업을 시작하고 있었으므로 초조해진 쟈니 토리오는 마침내 보스이자 동업자이고, 무엇보다도 자기의 삼촌인 콜로시모를 제거하기로 결심한다. 이탈리아 인은 누구보다도 친족을 매우 사랑하지만, 사업에 방해가 될 때에는 어쩔 수가 없는 것이며, 토리오는 이점에 있어서 그들 사업의 원칙을 고수했다고 말할 수 있다.

1920 년 5 월 11 일, 부탁한 물건이 도착했다는 토리오의 전화를 받고 자신의 카페로 나온 콜로시모는 로비에서 기다리고 있던 알 카포네와 그의 동료 프랭크 예일[8]로부터 머리에 총격을 받아 그의 영혼은 영원한 안식을 얻게 된다. 알 카포네는 이보

[8] Frank Yale(? - 1928) 원래 이름은 Frank Uale.

다 1 년 전인 1919 년에 쟈니 토리오의 부름을 받고 시카고로 와서 토리오가 오픈한 레스토랑 `포 듀스[9]` 의 경비원 겸 바텐더로 일하고 있었다. 카포네는 뉴욕에서 이미 그 능력을 인정받은 갱으로, 바텐더 따위나 하고 있을 사람은 아니었지만 토리오의 원대한 계획에 의해 미리 시카고로 건너왔고, 주변으로부터의 의혹의 눈길 – 혹시 히트 맨을 초빙한 것이 아닐까 하는 – 을 무마시키기 위해 조용한 생활을 하고 있었던 것이다.

쟈코모 콜로시모의 장례식에는 마이클 케나와 죤 쿠글린[10]을 비롯한 여러 시카고 시의회의원과 판사 등 수많은 유력 인사들이 참석했다. 쟈니 토리오는 밀주사업이 향후 거대한 부를 가져다 줄 황금의 사업, 미래의 사업임을 알고 그의 삼촌이기는 하나 시대에 뒤떨어진 감각을 가진 보스, 쟈코모 콜로시모를 어쩔 수 없이 제거하였고 콜로시모의 사업 조직을 인수하여 이제 시카고에서 가장 유력한 보스로 부상하게 되었다.

브레인이라는 별명을 가졌던 쟈니 토리오는 자기의 사업에 대하여 확실한 계획을 가지고 있었다. 아일랜드 갱, 유태계 갱, 폴랜드 갱, 또 다른 이탈리아 갱[11] 등 다른 조직들도 모두 새로운 사업에 깊은 관심을 가지고 있었던 바, 밀주사업은 한두 사람의 부리를 적시고[12] 말기에는 너무나 규모가 컸기 때문에 서로들 다툴 필요가 없다는 것을 일찍이 깨달은 것이다. 그래서 그는 각 갱단에게, 각자가 기존의 구역을 유지하며 사업을 하면서, 서로 싸우지 않고 오히려 긴밀히 협조를 하면 모든 사람이 함께 백만장자가 될 수 있다는 것을 설명했다. 다들 웬만한 위협이나 협박 따위에는 눈 하나 깜짝하지 않을 위인들이었으나

---

[9] Four Deuces, Colosimo`s Café 에서 바로 한 블록 떨어진 곳에 있었다.
[10] Michael Kenna, John Coughlin
[11] Genna brothers 가 대표적. 만형인 Angelo Genna 가 리더였는데 그가 오베니언의 부하들에 의해 피살된 후에는 Joseph Aiello 가 보스가 된다. 앞장에서 언급한 것처럼 Joseph Aiello 는 1930 년 10 월 23 일, 뉴욕의 마세리아 조직에 의해 처형된다.
[12] 부리를 적시다. 즉, Wet one`s beak 라고 하는 이 표현은 갱들의 은어로 수입을 나누어 가

토리오의 논리 정연한 말에 고개를 끄덕이지 않을 수 없었고 일부를 제외하고는 모두 토리오의 제의를 승낙하였다.

그리하여 그는 마치 상장 회사의 뛰어난 경영자와도 같이 지하세계의 사업을 진정으로 조직화하고 합리화시킨 첫번째의 인물로 꼽힌다. 그는 그의 뛰어난 사업 능력과 콜로시모를 제거할 때에 보여준 것과 같은 완벽한 기획력으로 곧 콜로시모가 휘하에 두었던 것 보다도 훨씬 더 큰 사업 제국을 거느리게 되며, 그 영역은 엄청난 이윤을 보장하는 밀주사업을 중심으로 그밖에 매춘, 도박, 경마도박, 하이재킹, 고리대금업, 보호비 수금 등 수익을 남기는 모든 분야에 걸쳐 있었다. 그의 사업에 반기를 드는 사람들이 없지 않았지만 그런 이들은 알 카포네와 면담을 하고 나면 생각을 바꾸고는 했다. 사업을 유지하고 확장해 나가기 위해서는 정치가와 협력하는 것이 중요하다는 것을 잘 알고 있었던 토리오는 주지사와 시장 선거, 지방 선거 등에서 협조적인 정치인이나 당파를 위하여 표를 모아주는 등 외곽 사업도 게을리 하지 않았다.

토리오-카포네 조직이 콜로시모를 제거하고 주도권을 쥔 후로도 시카고의 지하세계에 트러블이 없었던 것은 아니며 아일랜드 갱, 안젤로 제나[13]가 이끄는 이탈리아 갱 등 사이에서는 사소한 다툼이 계속 발생하고 있었다. 디온 오베니언의 아일랜드 갱은 다른 독립적 이탈리아 갱인 제나 형제들과 분쟁이 생기면 토리오에게 중재를 부탁하곤 했는데 그 중재 결과에 만족하지 못하는 일이 많았다.

1924 년 5 월, 디온 오베니언은 자기 소유의 한 비밀 양조장이 경찰로부터 기습 당할 것이라는 정보를 입수한 후 대담하게도 토리오에게 이 양조장을 50 만 달러에 사주면 자기는 이 세계에

진다는 뜻이다.

[13] Angelo Genna(? - 1925)

서 은퇴하겠다는 제의를 한다. 토리오는 그 제안을 받아들였고, 그리하여 일주일 후인 5 월 19 일에 경찰이 계획대로 그곳을 습격하였을 때에 양조장에 보관되고 있던 128,500 갤론의 맥주가 압류 당하고 마침 그 자리에 있던 쟈니 토리오를 비롯하여 그의 30 명의 부하들까지도 당국에 체포되고 마는 사건이 일어나게 된다. 이는 쉽게 흥분하지 않는 토리오로서도 도저히 그냥 받아들일 수 없는 모욕이었기 때문에 토리오는 오베니언에게 사형을 선고했다.

디온 오베니언은 꽃을 매우 사랑하여 그 자신 스스로 꽃집을 경영하고 있었다. 이것은 그의 또 다른 얼굴을 가려주는 훌륭한 커버로 작용하기도 했고, 그 자체로 괜찮은 사업이기도 했다. 그는 시카고 시내의 모든 갱과 그 친척, 친구들의 장례식에 화환을 독점적으로 공급했던 것이다. 1924 년 11 월, 시실리 출신이면서도 오베니언에게 우호적이었던 마이크 메를로[14]가 지병인 암으로 죽자 토리오는 마침내 오베니언을 제거할 기회를 잡게 된다.

오베니언은 자신을 마이크 메를로의 부하라고 소개한 사람으로부터 메를로의 장례식에 쓸 꽃을 골라달라는 요청을 받는다. 다음날 아침에 꽃을 가지러 사람이 갈 것이라는 전언과 함께. 그리고 11 월 10 일 아침이 되자 화환을 배달할 3 명의 심부름꾼[15]이 꽃집으로 찾아왔는데, 오베니언이 그 중의 한 명과 악수를 하는 동안 양쪽에 있던 두 사람이 권총을 꺼내 오베니언의 얼굴과 목, 그리고 가슴에 발사하여 오베니언은 최후를 맞는다.

---

[14] Mike Merlo(? - 1924) 시실리 인들의 단체인 Unione Siciliana 의 당시 회장, Merlo 가 죽은 후에는 Angelo Genna 가 그 자리를 이어받아 시실리 사람들의 가정 내 밀주정을 적극 추진하여 카포네 조직과 경쟁하게 된다. 이 가정 내 밀주 시장은 점차 성장하여 1 년에 1 천만 달러의 규모로 커지는데 1925 년 5 월 26 일, George Moran 등에 의하여 Angelo Genna 가 죽은 다음에는 카포네의 계열인 Antonio Lombardo 가 회장이 된다. Unione Siciliana 는 마피아의 커버인 때도 있었고 마피아 조직과 겹친 때도 있었으나 정확하게 말하자면 마피아와는 다른 단체이다.

[15] Frank Yale, John Scalise, Albert Anselmi

오베니언도 물론 총을 가지고 있었으나 그의 오른손은 악수를 하느라 바빴던 것이다. 이때 가운데에 서서 오베니언과 악수를 하고 있었던 사람은 일전에 쟈코모 콜로시모를 히트할 때 토리오가 뉴욕으로부터 초빙했던 바로 그 프랭크 예일이었다.

프랭크 예일은 뉴욕 브루클린의 파이브 포인트 갱의 일원으로 쟈니 토리오와 파트너였으며 토리오가 시카고로 초대되어 간 뒤에 전통 있는 이 갱단을 맡게 된 사람이다. 미국 마피아 또는 미국 조직범죄의 초기 역사를 이야기할 때 빠뜨릴 수 없는 사람 중의 한 사람이 이 프랭크 예일인데, 상대적으로 일찍 생을 마감하였기 때문에 그에 대한 것은 좀 가볍게 취급되는 경향이 있다.

예일은 20 살 무렵에 이미 12 건의 살인 경력을 가지고 있었으며, 시카고에서 일이 있을 때마다 초청되는 등 토리오-카포네 조직과 긴밀한 관계를 유지하였으나, 토리오가 은퇴하고 카포네가 시카고 조직을 이끌게 된 다음인 1928 년경부터 카포네와 예일 사이의 신뢰는 금이 가기 시작한다.

예일은 카포네의 롱아일랜드 밀주사업을 돕고 있었는데 롱아일랜드로부터 운반되는 카포네의 밀주 운반 트럭이 하이재킹되는 일이 몇 차례 발생하자 카포네는 예일을 의심하기 시작한 것이다. 카포네는 예일을 감시하기 위하여 부하인 짐 다마토[16]를 뉴욕으로 파견하였고, 결국 그의 배신이 밝혀지자 카포네는 예일에게 사형을 선고하여 1928 년 7 월 1 일, 프랭크 예일은 뉴욕 브루클린에서 톰슨 머신건으로 피살된다. 이때 사용된 총은 추적 결과 시카고의 무기상인 피터 프랜치우스[17]가 판매한 것으로 밝혀졌으며, 이것이 뉴욕에서 톰슨 머신건이 사용된 첫 번째 사건으로 시카고에서보다 한참 늦은 기록이다.

---

[16] Jim DeAmato(? - 1928) 1928 년에 Frank Yale 에 의하여 피살되었다.
[17] Peter von Frantzius(? - 1968)

이렇게 오베니언은 그가 경영하던 화원에서 그가 사랑하던 꽃에 둘러싸여 죽었다. 그는 시카고 유지의 한 사람이었기 때문에 그의 장례식에는 15,000 명의 조문객이 참석했고 장례 행렬은 1 마일 가까운 길이가 되었다고 한다. 그는 꽃을 진정으로 사랑했고 밀주정한 술을 운반할 때에도 트럭에 꽃과 함께 실어 나르곤 하였기에 토리오는 그의 마지막 순간을 그가 좋아하던 꽃과 함께 있도록 허락하여 나름대로 존경의 표시를 보낸 것이었다. 오베니언이 죽자 그의 조직은 죠지 모랜[18]과 히미에 와이스[19], 빈센트 드루치[20] 등이 이끌게 되었고 그들은 곧 보스의 죽음에 대한 복수를 시도하였다. 첫번째의 시도에는 토리오의 운전사와 애견이 죽는 것에 그치고 말지만, 다음 번인 1925 년 1 월 24 일에는 그들도 이탈리아 갱의 보스를 잡는데 성공하여 쟈니 토리오는 가슴과 팔 그리고 복부 등 몸에 다섯 군데의 총격을 당하였고 생명이 경각에 달릴 정도의 심한 부상을 당한다.

이때 정확히 어떤 생각이 토리오의 머릿속에 떠올라 토리오로 하여금 은퇴를 결심하게 만들었는지는 아마 아무도 알 수 없을 것이다. 잭슨 파크 병원으로 옮겨져 30 여명의 경호원에 둘러싸인 채 수주일간 치료를 받고, 기적적으로 생명을 건진 토리오는 병상의 머리맡에 그의 후계자인 알 카포네를 불러서 앉혀놓고 자신의 은퇴결심을 밝혔다.

카포네는 일찍이 쟈니 토리오를 가리켜 `쟈니는 나를 이끌어 준 사람이며 나의 아버지와 다름이 없다` 라고 말하였는데 이제 두 사람의 길은 달라지게 된 것이다. 그리하여 이로부터 약 10 개월 후, 쟈니 토리오는 시카고에서 그가 관장하던 사업 일체를 카포네에게 넘겨주고 현역에서 은퇴한다. 그는 그간의 사업 수익 중 3 천만 달러를 챙겨서 떠난 것으로 알려지고 있다. 시카

---

[18] George Moran(? - 1957) 닉네임은 Bugs.
[19] Hymie Weiss(? - 1926)
[20] Vincent Drucci(1895 - 1927) 닉네임은 The Schemer.

고를 떠난 후 토리오는 고국인 이탈리아로 돌아가, 지중해 연안에서 참으로 오랜만의 휴가를 보낸 뒤에 다시 미국으로 돌아왔다. 다시 미국에 왔을 때에 이번에 토리오가 선택한 도시는 시카고가 아닌, 그가 처음 미국에 건너와 정착했던 뉴욕이었다.

오늘날 쟈니 토리오는 미국 마피아 역사의 초기 인물들 가운데에서 가장 중요한 인물로 손꼽히고 있는데, 그는 그들의 사업을 조직화하여 한단계 높은 차원으로 격상시켰으며, 정치가와 사법관리들을 매수하는 일의 중요성을 그 누구보다도 일찍 깨달아 그것을 실천에 옮긴 것으로도 그 명성이 아주 높다. 토리오는 뉴욕으로 돌아온 이후 찰스 루치아노를 보좌하며 루치아노의 주도로 미국에 전국 범죄 신디케이트를 결성하는데 큰 도움을 준다.

토리오로부터 시카고 조직을 인수 받은 알 카포네는 당시 약관 26 세의 나이였다. 그뿐 아니라 폴 리카가 28 세, 토니 아카르도는 19 세에 불과할 정도로 시카고 마피아는 젊은 조직이었다. 그러나 26 세의 카포네는 그 후 토리오가 탄탄히 기반을 다져놓은 사업 제국을 더욱 확장하고 더욱 굳건하게 세우게 된다. 이때의 젊은 혈기로부터 나온 시카고 조직의 대담성과 결단력은 이후로 시카고 조직의 특성처럼 굳어지게 되며, 상대적으로 노회한 술수에 능한 뉴욕 조직들이 시카고에 대하여 야만스럽다고 비난하는 근거가 되기도 한다.

시카고 조직의 특성을 단적으로 보여주는 사건이 알 카포네의 ` 1929 년 발렌타인 데이의 대학살[21] ` 이며 이 전통은 1963 년에 있었던 담대하기 그지없는 저 피그스만 작전 – 두 번째의 것 – 으로 이어지고, 반면 뉴욕 패밀리의 성격을 여실히 드러내주는 사건은 바로 뒤에서 자세히 기술하게 될 1957 년의 5 대 가문 대전쟁이다. 이것은 다시 1997 년에 플로리다 주 마이애미에

---

[21] St. Valentine Day`s Massacre

서 발생하였던 한 유명 인사의 살인 사건으로 연결된다.

그러나 카포네 제국의 강력한 힘은 조직에 소속된 킬러들한테서만 나오는 것이 아니라 카포네 조직이 매수한 경찰, 판사, 시의회의원, 시장, 주지사와 노조 지도자들의 지원으로부터도 함께 나오고 있었다. 그들의 정치력을 보여주는 대표적인 경우가 바로 헐리우드 갈취 사건으로 수감된 폴 리카와 그 일행들을 형법상의 최소 요건인 3 년간만 복역시킨 뒤 1947 년에 가석방시킨 일이다. 이에 대하여는 다음 장에서 다시 자세히 기술하기로 한다.

카포네가 보스가 된 후에도 다른 갱들의 도전은 계속되었다. 1926 년 9 월 20 일에는 아일랜드 갱들이 시카고 인근 도시 치체로의 호돈 호텔[22]에 자리하고 있던 카포네의 지휘본부를 직접 습격하는 사건이 발생한다. 이때는 히트 맨들이 7 대의 자동차에 나누어 타고와 호텔의 레스토랑에서 식사를 하고 있던 카포네를 향하여 자동소총으로 수천발의 사격을 했음에도 불구하고 카포네를 비롯한 그 아무에게도 상처 하나 입히지 못하였다. 이 날 카포네를 몸으로 감싸 안고 굴러, 바닥에 눕혀 그의 목숨을 보호한 경호원이 바로 토니 아카르도이다. 이후 토니 아카르도는 카포네의 절대적인 신임을 얻게 된다.

오베니언의 뒤를 이은 죠지 모랜은 다른 이탈리아 갱인 죠셉 아이엘로 그룹과 연합하였고 그들은 카포네를 독살하기 위하여 이번에는 카포네의 개인 요리사를 매수, 그의 음식에 독을 타려하였다. 그러나 마지막 순간에 마음이 돌아선 요리사가 카포네에게 눈물을 흘리며 음모를 고백하여 독살 계획은 실패로 돌아가게 된다. 얼마 후 죠셉 아이엘로와 죠지 모랜 등이 자신의 목에 5 만 달러의 현상금을 걸었다는 사실을 전해들은 카포네는

[22] Hawthorne Hotel

드디어 인내가 극에 달해 그들의 사형 선고를 부하들에게 내리게 된다. 당시 갱단간의 유혈 사태는 훗날 시카고의 '맥주 전쟁[23]'으로 알려지게 된다. 이 모든 혼란은 마침내 1929년 2월 14일의 '발렌타인 데이의 대학살'로써 알 카포네의 승리로 끝을 맺게 되며, 드디어 시카고에서 아일랜드계에 대한 이탈리아계의 주도권이 확립된다. 일부에 의하면 아일랜드 갱을 이끌고 있던 죠지 모랜은 발렌타인 데이의 학살이 있은 후 카포네에게 진저리를 치고 고개를 가로로 내흔들며 시카고를 떠났다고 하고, 마지막 남은 그의 부하들이 아일랜드 갱의 옛 영화를 재현해보려고 노력하다가 결국 패퇴하게 된다.

발렌타인 데이의 히트는 그전 해 10월부터 면밀하게 계획되었다. 목적은 쟈니 토리오의 피격에 대한 복수와 아일랜드 갱 조직을 괴멸시키기 위함이었고 목표는 죽은 오베니언의 뒤를 이은 죠지 모랜, 테드 뉴베리 등[24]이었다. 카포네의 일급 부하 잭 맥건[25]이 작전의 플롯을 짰다. 타겟에 대한 철저한 탐색을 시행하여 그들의 본거지, 하루 일과 등에 대한 정보를 입수했고 한편으로는 사업상 관계가 있는 다른 도시의 동료에게 연락하여 믿을 만한 히트 맨을 리크루트했다. 카포네의 부하들도 모두 만만찮은 능력을 가지고 있었지만 이미 얼굴이 상대편에게 많이 알려져 있었기 때문이다.

지원조 선정, 작전에 쓸 차량과 탈출 시에 사용할 차량 확보, 번호를 통한 추적이 불가능한 무기 조달 등 모든 준비가 끝난 후 카포네는 디트로이트의 조직을 통하여 모랜에게 최근에 하이재킹한 대량의 술이 있으니 사지 않겠느냐는 제안을 하도록 한다. 모랜은 제의를 수락하였고 2월 14일, 발렌타인 데이에 클라크 거리 2122번지에 있는 그들의 창고에서 만나 거래를 하

---

[23] Chicago Beer War(1926 - 1929)
[24] George Moran, Ted Newberry etc.
[25] Jack McGurn(? - 1936) 원래 이름은 Vincenzo DeMora. 닉네임은 Machine Gun.

기로 한다.

죠지 모랜의 부하 7 명[26]은 14 일 아침, 약속한 대로 그들의 맥주 창고 앞에서 디트로이트 사람들을 기다리고 있었는데 갑자기 차를 타고 나타난 일단의 정복 경찰과 사복 형사로부터 검문을 받게 된다. 경찰이나 검찰 등 사법 기관과는 충돌을 피하는 것이 갱들의 원칙이었으므로 이들도 별 반항 없이 검문에 응하였다. 경찰은 이들을 창고 앞에 일렬로 세운 다음 벽을 향하여 돌아 서도록 했으며, 통상적인 무기 검색을 하는 것으로 알고 이들이 모두 뒤로 돌아선 순간 경찰로 위장한 히트 맨들은 자동소총과 기관총으로 1,000 여 발의 사격을 하여 이 아일랜드 갱들을 다시는 일어나지 못하게 하였다.

이들은 일이 끝난 후에는 정복 경찰이 갱들을 연행하는 모습을 연출하며 현장에서 빠져 나왔다. 이때의 경찰과 건맨은 모두 7 명으로 세인트 루이스에서 온 프레드 버크와 브루클린에서 온 클라우드 매독스, 구스 윙클러, 죠지 지글러, 레이 뉴젠트, 그리고 카포네의 직속 부하인 잭 맥건과 토니 아카르도[27] 등이었다. 이때 알 카포네는 마이애미에 있는 그의 별장에서 변호사와 함께 앉아 이곳 저곳으로 바쁘게 전화를 걸며 자신의 알리바이를 만들고 있었다.

당시 그들의 연기가 얼마나 자연스러웠던지 다음날 시카고의 유력 신문들은 실제로 경찰이 갱들을 사살한 것이라고 발표할 정도였으며, 사용된 총기의 확인을 위해서 경찰 무기 창고가 수색을 당하여 전문가에 의한 총기 화약 반응 검사가 시행될 정도였다. 이리하여 발렌타인 데이의 처형은 마피아의 작전 중에서 가장 일반에게 잘 알려진 히트가 되었는데, 기실은 그것은 그 목적한 바를 이루지 못하였기 때문에 사실 실패한 작전이나

---

[26] Adam Meyer, John May, James Clark, Al Weinshank, Frank Gusenburg, Pete Gusenburg 와 Reinhardt Schwimmer

[27] Fred Burke, Claude Maddox, Gus Winkler, George Ziegler, Ray Nugent, Jack McGurn, Tony Accardo

다름이 없었다. 왜냐하면 계획의 1 차 목표였던 죠지 모랜을 놓쳤던 것이다.

2 월 14 일 아침, 모랜은 그의 부하 윌리 마크스, 테드 뉴베리[28]와 함께 막 그들의 창고에 도착하려던 찰나였는데 경찰차가 도착하는 것을 보고 걸음을 늦추었다. 의례적인 순찰인 줄 알고 잠시 몸을 숨겨 기다리고 있던 모랜과 일행은 총소리를 들었고, 다시 잠시 후 경찰이 떠나는 것을 본 후 몸을 피하기 위해 현장에서 빠져나갔다. 아슬아슬한 간발의 차이로 이들은 목숨을 건질 수가 있었던 것이다.

그러나 비록 죠지 모랜을 잡지는 못하였을지라도 이 사건은 지하세계에 있어서의 카포네의 위치를 확고부동하게 만드는데 뚜렷한 역할을 한 것이 사실이다. 이제 알 카포네는 충직한 경호원인 루이스 캄파냐, 토니 아카르도, 필립 단드레아, 다고 로렌스 망가노, 프랭크 리오[29]를 비롯하여 프랭크 니티, 폴 리카, 잭 맥건, 머레이 험프리[30] 등 그의 명령이라면 즉시 따를 각오가 되어 있는 1,000 명 가까운 부하를 거느리고 있었고 그의 영향력은 시카고 밖으로도 미쳐, 1929 년에는 그의 제창으로 각 지역 보스들의 모임이 처음으로 아틀랜틱 시티에서 열리게 될 정도였다. 이 자리에서 그는 모임의 기조 연설을 맡았으며, 유선통신이 경마도박에 미치는 영향에 대해 역설하며 당시 시카고에서 유선통신 서비스를 제공하고 있던 사업가 모세 아넨버그를 다른 지역의 보스들에게 소개하기도 한다.

바야흐로 그의 조직은 시카고와 치체로 등 인근 도시에서 6,000 군데의 밀주집과 2,000 군데의 마권 판매소를 소유하고 있었으며, 그밖에도 매춘, 보호비와 거리세 갈취, 고리대금업 등과 노조 개입으로부터 얻는 부당 수익까지 합하여 한 주일에 자그

---

[28] Willy Marks, Ted Newberry

[29] Louis Campagna, Tony Accardo, Philip D`Andrea, Dago Lawrence Mangano, Frank Rio

[30] Murray Humphreys(? - 1965) 닉네임은 The Camel.

마치 6 백만 달러라는 엄청난 소득을 올리고 있었다. 1 주일에 6 백만 달러의 수입이란 도저히 믿기에 힘든 액수이나 이 숫자는 당시 시카고 데일리 뉴스 지의 평가에 의한 것이다. 또 다른 자료에 의하면 카포네 조직은 1927 년 한해에만도 1 억 5 백만 달러의 수입을 올렸다고 한다. 카포네는 또 뉴욕의 대부, 귀제뻬 마세리아의 후원까지 받고 있어 시카고에서 10 년 남짓 밖에는 살지 않았으나 시카고에서 가장 유명한 사람이 되어 버렸다.

그러나 카포네는 떠들썩한 언론의 조명을 받기를 즐겨 했고, 또 대중들은 계속되는 갱 전쟁에 대하여 염증을 느끼고 있던 중 발렌타인 데이의 학살로 다시 너무나 큰 충격을 받아 비난의 여론이 들끓어 마침내 그의 시대에도 황혼이 오게 된다. 끊이지않는 갱들 간의 유혈 전쟁은 사법기관의 직무 유기에 대한 시민들의 비난을 불러일으켰고, 이에 힘입어 시카고에는 소수의 정의로운 시민들에 의하여 시카고 범죄 위원회[31]라는 단체가 구성되어 있었다. 이들은 시카고의 사법당국이 범죄 조직으로부터 매수되어 전혀 근본적인 대책을 세우려 들지 않는데 분노하여 위원회의 의장과 회원인 몇몇 기업가들이 워싱턴으로 가, 직접 대통령 허버트 후버에게 호소를 하기에 이른다. 그리하여 알 카포네는 시카고 범죄 위원회에 의하여 공중의 적 제 1 호로 지목되었고, 대통령의 특별 명령에 따른 특수 수사팀이 결성되어 이 팀의 활동은 결국 1931 년에 카포네를 탈세 등의 혐의로 기소하게 된다.

이때의 특수 수사팀은 ` The Untouchables ` 로 잘 알려져 있고, 영화로도 여러 번 제작되었다. 가장 최근의 영화에서 케빈 코스트너가 분했던 이 수사팀의 책임자는 재무성 소속의 엘리엇 네스이다. 이 수사팀의 활약을 가지고 조직범죄 척결에 대한 당시 수사당국의 의지와 노력이 대단했던 것으로 일반에게 홍보되고

[31] 이때의 의장은 Frank Loesch..

있으나, 사실 이때 시카고의 사법당국은 완전히 카포네 조직에 의하여 매수되어 있었다. 즉, 갱으로부터의 언터쳐블이 아니라 내부의 적으로부터의 언터쳐블이라는 뜻이었던 것이다. 알 카포네가 체포될 당시는 갱 조직이 일로 번창하고 있었다. 뉴욕의 찰스 루치아노를 중심으로 제2의 도약을 위한 준비를 하고 있었던 때이다.

알 카포네를 기소하기까지는 국세청 탈세 단속반의 노력이 컸다. 그들은 방대한 서류 조사와 실사 끝에 카포네가 1924 년 한 해 동안에 12 만 달러의 수입이 있었는데 한 푼의 세금도 내지 않았고, 1925 년에서 1929 년에 걸쳐서는 총 1 백만 달러가 넘는 수입에 대하여 역시 한 푼의 세금도 내지 않았다는 사실을 증명해낼 수 있었다. 물론 이 액수는 카포네의 실제 수입에는 훨씬 못 미치는 것이나 그들이 서류상으로 증명할 수 있었던 것은 이 액수 뿐이었던 것이다.

카포네의 사건을 맡은 판사는 제임스 윌커슨[32]이라는 사람으로, 몹시 청렴하여 카포네의 돈에 매수되지 않았고 배심원들도 매우 엄중한 경호를 받고 있었다. 그래도 카포네는 용케 배심원의 명단을 입수하여 부하인 필립 단드레아[33]를 시켜 엄청난 액수의 돈을 써서 전 배심원을 매수하려 하였으나 이 사실은 막바지에 새어나가고 말았고 단드레아가 체포되면서 배심원도 공판 직전에 전원이 교체되어 버리고 만다. 그리하여 카포네의 탈세 혐의에 대하여 유죄가 선고되자 윌커슨 판사는 최대의 형량을 내려 5 만 달러의 벌금과 함께 11 년의 복역을 선고하였고, 카포네는 아틀랜타 연방 형무소에 수감된다.

카포네는 이렇게 무대에서 사라졌지만 그의 스토리는 오늘날까지도 남아 전설로 전해지고 있으며, 남은 시카고 사람들은 그 다음의 이야기를 엮어가게 된다.

---

[32] James H. Wilkerson
[33] Philip D'Andrea

제 8 장

알 카포네가 구속되어 수감된 것으로 인하여 시카고 마피아가 크나큰 타격을 입고 괴멸되다시피 하였을까? 한때 미국의 시카고에는 알 카포네라고 하는 흉악한 갱이 있었다. 그가 한참 잘 나가던 때에는 시카고의 밤거리를 온통 지배하다시피 하였지만, 엘리엇 네스와 그가 이끄는 특별수사팀이 활약하여 카포네를 감옥에 집어넣은 다음에는 시카고에도 드디어 평화가 돌아왔다 – 고 하는 동화와 같은 이야기가 많은 사람들의 뇌리에 박혀있는 시카고 마피아에 대한 스토리가 아닐까 싶다.

물론 어떤 조직이든지 그 조직의 보스, 또는 대표가 되는 사람의 역할은 막중한 것이다. 그 사람의 역량이 어떠한가에 따라 그가 이끄는 조직의 위상은 크게 달라진다. 시카고 마피아의 경우에도, 그간의 보스였던 알 카포네의 능력으로 아일랜드 갱이 그 위력을 잃고, 이탈리아계 갱이 시카고 지하세계에서 완전한 우위를 장악하게 되었다는 점은 누차 언급하였다. 그러나 카포네가 사라진 뒤에도 시카고 조직은 결코 위축되지 않았으며 카포네에 못지않은 보스들이 그것을 이끔으로써 그들의 사업은 계속되었다.

카포네 이후 시카고 조직의 보스를 바로 누가 이어받았는지에 대해서는 사실 약간의 이견이 있다. 외부인들에게는 프랭크 니티가 후임 보스인 것으로 알려지고 있었지만 그는 외부에 내보이기 위한 커버에 불과할 뿐, 실질적인 보스는 폴 리카였다고 하는 설이 그것으로 상당히 설득력을 가진 주장이다. 그것이 설득력을 가졌다고 말할 수 있는 이유는 첫째, 폴 리카는 전국 위원회의 멤버로서 위원회에 출석한 적이 몇 차례 있었지만 프랭크 니티는 한번도 위원회에 참석한 사실이 없다는 것이 그것이고, 둘째는 연구가들이 두 사람의 과거 경력을 비교해본 데에서 비롯된 것이며, 마지막은 프랭크 니티가 자살로 생을 마감할 만큼 유약한 사람이었다는 것이 그것이다. 니티 이외에 자살로 일생을 마친 마피아의 보스는 미국과 이탈리아를 통틀어 단 한 명도 없다.

알 카포네는 기자들을 불러다 놓고 회견을 가지며 자신의 의견을 발표할 만큼 언론의 떠들썩함을 좋아했고, 대공황이 시작되자 길거리에 구호소를 차려놓고 실직자들에게 점심식사를 무료로 제공하였을 정도로 사람들의 눈길을 끄는 일을 벌이는 것을 좋아했는데, 아마도 그의 그러한 나서기를 좋아하는 성격이 부하들에게는 반대로 작용을 하였는지 카포네 이후의 보스들은 앞에 나서지 않는 저자세를 유지하며 조직을 이끌었고, 이를 위해서 외부에 보이기 위한 가짜의 보스를 따로 두었는지도 모를 일이다.

어쨌든 프랭크 니티 자신은 자기가 정말로 카포네의 뒤를 이어 시카고의 보스가 된 것으로 알고 있었던 같다. 카포네가 투옥된 후 각 언론들은 카포네의 지하 제국을 이어받아 다스릴 다음 황제가 누가 될 것인가에 대해 기사를 쓰기 시작했고, 어느 신문인가 프랭크 니티가 유력하다는 글을 싣자 다른 언론들도 앞을 다투어 니티에 대한 기사를 올렸으며 어느덧 니티 자신도 그것을 믿게 된 것이다.

프랭크 니티는 ` Enforcer ` 라는 닉네임을 얻고 있었는데 우리 말로 하자면 `집행자` 정도로 번역되는 말이다. 그러나 이 별명은 차라리 폴 리카에게 더욱 어울리는 말이 아니었겠나 싶다. 니티는 토리오-카포네 조직의 정회원이 되기 전에는 시카고에서 이발소를 경영하고 있었다. 이발소를 가지고 있으며 손님의 이발을 직접 하기도 하는 보통 사람의 겉 모습을 가지고 있었으나 뒤로는 좀도둑들이 가져오는 장물을 처리해주고 있었는데, 그의 장물 처리 솜씨가 소문이 나자 조직에 스카웃되어 함께 사업을 하게 된 것이다. 그 후 니티는 캐나다산 진품 위스키를 수입하는 길을 개척하여 조직에 큰 수익을 가져다 주는 등 능력을 인정 받았고, 1920 년대 중반 경에는 조직 내에서 고위 보스로 승진된다.

폴 리카는 카포네가 태어나기 2 년 전인 1897 년에 이탈리아의 나폴리에서 태어났다. 18 세가 되던 1915 년에 처음으로 그의 뼈를 만들게 되는데 상대는 여동생의 전 남자 친구였다. `뼈를 만든다[1]` 라는 표현은 어떤 사람의 첫번째 살인이라는 뜻으로 마피아의 세계에서는 이때부터를 정말 그 사람의 경력으로 친다고 한다. 리카의 여동생인 아멜리아[2]와 사귀고 있던 이웃 청년 에밀리오 페릴로[3]가 자기 부모의 반대로 동생과 헤어지게 되자 리카는 이를 자기 집안에 대한 모욕으로 받아들여 페릴로에게 교훈을 가르쳤던 것이다.

2 년 후 형무소에서 나온 리카는 재판에 유일한 증인으로 나와 자신을 감옥에 가도록 결정적인 증언을 했던 빈센초 카파소[4]를 찾아 죽인 후 도피 생활을 하다가 1920 년에 자유의 나라,

---

[1] Making one`s bones
[2] Amelia DeLucia
[3] Emilio Perillo
[4] Vincenzo Capasso

미국으로 도망쳐 온다. 시카고로 온 리카는 이름을 바꾼 후 술집의 웨이터로 생업을 시작하나 곧 그의 경력이 알려지면서 조직 생활을 하게 된다. 리카는 같은 나폴리 출신의 카포네와 아주 가깝게 되어 1927년에 있었던 그의 결혼식 때에는 카포네가 그의 들러리를 설 정도였다. 그의 닉네임인 웨이터는 이러한 그의 초기 이민 생활에서 비롯된 것이다. 여하간 프랭크 니티가 자살한 1943년 3월 19일보다 훨씬 오래 전부터 시카고 조직에서는 폴 리카로부터 내려지는 명령이 더 무게가 있었던 것이 확실한 것으로 보인다.

발렌타인 데이의 학살은 일반 대중의 분노를 불러일으켜 결국 알 카포네로 하여금 권좌에서 물러나도록 하는 결과를 만들었지만, 그때문에 이탈리아 마피아의 우위가 확립된 것도 사실이다. 아일랜드 갱을 이끌던 죠지 모랜은 `오직 카포네란 자만이 그와 같은 학살을 저지를 수 있다' 고 말하며 고개를 좌우로 절래절래 흔들고 시카고를 떠났다고 한다. 그러나 그의 뒤를 이은 테드 뉴베리[5]는 죠지 모랜과는 다른 생각을 갖고 있었고 나름대로 계획을 짜고 있었다.

1923년에는 비교적 정직한 사람이었던 판사 윌리엄 데버[6]가 시카고 시장으로 당선되기도 하였으나, 그때까지의 시카고 정치인은 대부분 토리오-카포네 조직에게 매수되어 있었다. 오늘날까지도 부패한 정치인의 대명사로 알려지고 있는 유명한 시카고 시의회의원 존 쿠글린[7], 1차 세계대전 때 시카고 시장이었던 윌리엄 톰슨[8] 등이 그들이다. 뉴욕의 찰스 루치아노에게 프랭크 코스텔로가 있었듯이 알 카포네에게는 머레이 험프리가

[5] Ted Newberry(? - 1933)
[6] William E. Dever
[7] John Coughlin
[8] William H. Thompson

있어, 주로 그가 정치인과 사법관리들에 대한 회유공작과 노조 개입을 전문으로 담당하고 있었던 것이다. 그러나 1932 년에 임기를 시작한 시카고 시장, 앤톤 써맥[9]은 테드 뉴베리에게 매수되었다.

1932 년 12 월 19 일, 프랭크 니티는 시장으로부터 특별 체포명령을 받은 두 명의 경찰관과 맞닥뜨리게 되는데 이것이 뉴베리의 함정인 것으로 짐작한 니티는 체포에 항거하여 총격전을 벌였고 니티와 경찰관 한 명이 심한 부상을 입는 일이 발생한다. 사실 니티의 걱정은 충분히 근거가 있는 것이었다. 니티는 사경을 헤매다가 겨우 회복되나, 퇴원하여 병원문을 나서자마자 정복 경찰관에게 총격을 가한 죄로 다시 체포되어 재판에 회부되었다.

몇 차례의 치열한 공판 끝에 경찰관의 총상은 본인의 오발에 의한 것이라는 니티 측의 주장이 채택되어 결국 프랭크 니티는 무죄로 석방되었고 따라서 테드 뉴베리의 시도는 수포로 돌아가게 되었다. 그러나 뉴베리의 불행은 아직 그것으로 끝난 것이 아니었다. 예의 총격전이 있은 지 3 주만에 시카고의 레이크쇼어 드라이브에서 총격을 받아 그만 이 세상을 하직하게 된 것이다. 뉴베리가 죽음으로써 시카고에서의 아일랜드 갱의 세력도 이제는 완전히 그 마지막을 고하였다.

프랭크 니티와 그의 동료들은 상의 끝에 현직 시장인 앤톤 써맥에게도 응분의 벌을 내리기로 결정을 하였는데, 이때의 결정은 사실은 참으로 중요한 의미를 갖는다. 왜냐하면 첫째, 앤톤 써맥에 대한 히트는 정치가와 관료 등 주요 인사에 대한 마피아의 테러 중 우리들에게 알려진 것으로는 첫번째의 것이기 때문이고, 둘째, 따라서 향후에 있어서의 그들의 작전에는 금기사항이 또 하나 적어졌기 때문이다. 그들이 시카고의 시장을 암

---

[9] Anton J. Cermak(1873 - 1933)

살할 수 있다면, 미국에서 그들이 하지 못할 일은 이제 몇 남지 않은 것이다.

세 번째의 중요성은 앤톤 써맥을 히트하는 작전 플롯이 장차 1963년과 1968년에 일어나게 되는 중요한 정치 테러의 모습과 매우 흡사하기 때문이다. 즉, 마피아와 별 관련이 없어보이는 한 명의 가짜 히트 맨이 커버로 나서서 암살 후 당국에 체포되며, 뒤에 숨어서 정말로 방아쇠를 당겼던 전문 히트 맨은 슬그머니 사라진 다음, 어떤 경로를 통하든 커버 히트 맨은 살해되어 진실은 영원히 감추어진다는 것이다.

대개 마피아는 경찰이나 사법관리들의 직무 수행을 대체로 잘 이해하는 편이다. 이 세상을 살아가는 사람들은 저마다 자기의 밥벌이를 해야 하므로 경찰이 그들의 본부를 감시하고, 확실한 증거가 나타날 때에는 그들을 체포하기도 하는 것은 경찰들로서 당연히 해야 할 일인 것이다. 마찬가지로 시카고의 시장이라면 시장으로서 해야 할 일을 해야 한다. 만일 앤톤 써맥이 아일랜드 조직의 테드 뉴베리에게 우호적인 사람이 아니라 정말로 정열적인 개혁 정치가였다면 프랭크 니티 총격 사건의 결말이 어떻게 되었을지는 알 수 없다.

1933년에 당선되어 3기에 걸쳐 직무를 수행한 전설적인 뉴욕 시장 피오렐로 라구아르디아는 임기 중 상당히 강력한 개혁 드라이브의 정책을 실시했지만 뉴욕 패밀리는 도박사업의 무대를 뉴욕 시 밖으로 확장하는 것으로 돌파구를 마련하였을 뿐, 시장을 암살할 계획 같은 것은 세워본 적이 없다. 하기는 일설에 의하면 찰스 루치아노와 프랭크 코스텔로가 같은 이탈리아 핏줄의 후손인 피오렐로 라구아르디아 시장과 적절한 흥정을 하였다는 주장도 있기는 하다.

앤톤 써맥은 프랭크 니티가 석방되고, 또 테드 뉴베리가 피살되자 마피아로부터의 보복을 두려워하여 개인 경호원을 두 명에서 다섯 명으로 늘이고 방탄조끼를 구해 입고 다녔으며, 자신의 개인 전용 엘리베이터가 설치되어 있는 아파트로 이사를 가지내고 있었다. 그러던 중 시장 써맥은 1932 년의 대통령 선거에서 승리하여 미국의 제32 대 대통령으로 당선된 프랭클린 루즈벨트를 축하하는 민주당의 축하 대회에 초대되어 마이애미로 가게 된다. 1933 년 2 월의 일이다.

시카고에서 테드 뉴베리가 죽은 지 약 한 달이 지난 뒤인 1933 년 2 월 15 일, 앤톤 써맥은 대통령 루즈벨트가 직접 민주당의 거물들에게 인사를 하고 있는 마이애미 베이-프론트 공원의 대회장에 참석하고 있었다. 그런데 이때에 참석자 중의 한 사람이 갑자기 권총을 빼들어 앤톤 써맥이 있는 쪽을 향해 권총을 쏘아 앤톤 써맥을 포함하여 도합 여섯 명에게 총상을 입히는 일이 발생하고 만다.

저격범은 현장에서 체포되었다. 이름이 귀제뻬 잔가라[10]라고 하는 범인의 주장은 루즈벨트 대통령을 저격하려고 하였다는 것이었다. 범인의 진술에 따르면 암살동기는 자신이 만성적인 위통으로 고생을 하고 있었고 그 때문에 자본가들을 혐오하게 되어 결국 대통령을 죽이려는 마음을 품게 되었다는, 언뜻 듣기에도 황당무계한 내용이었다. 이때의 총상으로 앤톤 써맥은 결국 3 주 후에 병원에서 사망하게 된다.

귀제뻬 잔가라는 재판에 회부되었고 사형 언도를 받아, 앤톤 써맥이 사망한지 겨우 2 주만에 사형이 집행되었다. 대통령의 암살 미수범에 대한 것치고는 상당히 빠른 형 집행이라고 말하지 않을 수가 없다.

공식적인 발표대로 귀제뻬 잔가라가 대통령을 쏘려고 하였으나 실수하여 앤톤 써맥을 맞혔고, 때문에 써맥 시장이 결국 죽게 되었다면 이 모든 것이 그리 큰 문제가 될 것은 없을 것이다. 그리고 그런 사건도 얼마든지 발생할 수가 있다. 또한 사실,

---

[10] Giuseppe Zangara(? - 1933)

앤톤 써맥의 죽음을 시카고 마피아와 연결시킬 만한 확실한 증거는 아무데도 없었다. 하지만 어쩐지 사건의 처음부터 끝까지 가운데 어딘가에서 미심쩍은 구석이 있는 것 역시 감출 수가 없었다.

우선 첫째로 이상한 점은 저격 당시 루즈벨트 대통령과 써맥 시장의 위치 사이에는 상당한 거리가 있었는데 부상당한 사람들은 모두 앤톤 써맥과 가까이 있었던 사람들이라는 것이다. 잔가라가 발포하기 시작하여 권총의 탄창을 다 비울 때까지 아무도 그를 쓰러뜨리거나 그의 팔을 치거나 하여 그를 제지한 일이 없었는데도 말이다. 이는 대통령을 암살하려고 했다는 그의 진술과 전혀 일치하지 않는다.

둘째는 암살범이 오래된 속앓이로 고생을 하였고 그로 인하여 증오심을 품게 되었다고 말하였지만, 사형 집행 후 행해진 부검에서 잔가라는 아무런 질병이 없이 아주 건강한 상태였음이 판명되었다는 사실이다. 그리고 또한 잔가라가 도박꾼이었으며 플로리다 마피아의 마약밀매 조직과 관련이 있는 사람이었다는 것, 최근 돈 문제로 조직과 갈등을 빚고 있었다는 것 등도 외부에 발표된 저격의 진상을 의심케 하는 문제들이다.

이러한 여러 문제 중에서 발표된 내용을 가장 의심케 하는 것은, 이 분야의 연구가 중 한 명인 케네스 올솝[11]이 1959 년에 공표한 것으로 암살범 잔가라의 권총은 32 구경이었지만 앤톤 써맥 시장에게 치명상을 입힌 총상은 45 구경에 의한 것이었다는 사실이다. 이러한 사실들로 미루어 볼 때 다시 한번 재구성해 본 앤톤 써맥 피격사건의 진상은 이렇다. 즉, 혼잡한 군중들 속에 45 구경 권총을 가진 다른 한 명의 히트 맨이 있었다는 것이다. 귀제뻬 잔가라의 발포로 대회장이 갑자기 아수라장이 된 틈을 타서 그는 써맥 시장을 저격하여 목적을 달성하고는 다시

---

[11] Kenneth Allsop

조용히 군중 속으로 사라졌다는 것이다.

앤톤 써맥의 후임으로 시카고의 시장이 된 에드 켈리[12]가 프랭크 니티-폴 리카의 조직에 매우 우호적이었다는 사실도 위의 음모에 시카고 마피아가 관련되었다고 강력하게 암시하는 정황 증거의 하나이다. 이러한 경우에 사용할 수 있는 말이 바로 ` compelling evidence` 일 것이다. 즉, 확증이라고 할 수는 없으나 주변의 상황으로 보아 그것을 너무나 강력하게 시사하는 증거들이라는 뜻이다. 일전에 북한의 핵을 둘러싸고 우리나라의 언론과 관청에서 각자 서로 해석을 달리했던 단어이다.

암살범 잔가라는 한군데에 정착하지 못하고 미국의 도시 이곳 저곳을 돌아다니던 떠돌이로 사건 직전 2 년간은 플로리다에서 살았던 것으로 밝혀졌는데, 그가 플로리다에서 주로 관여한 일은 개경주 도박과 경마도박이었다. 당시 모든 종류의 도박은 조직범죄단의 관할하에 있었기 때문에 귀제삐 잔가라도 플로리다 마피아와 관련을 가지고 있었을 것이다. 실제로 당시 잔가라는 플로리다의 마약밀매 조직과 관계를 가지고 있었으며, 돈 문제로 말미암아 트러블이 발생하는 바람에 마피아에 고용되지 않을 수 없었다고 한다.

잔가라가 사형에 처해질 자신의 운명을 미리부터 알고 있었다고는 생각되지 않는다. 상대가 제아무리 악명 높은 마피아라고 할지라도 자신이 죽을 것을 뻔히 알면서 그들이 시키는 대로 고분고분 응할 사람은 아마도 이 세상에 없을 것이다. 잔가라는 마피아에게 선택을 강요 받았던 것으로 보인다. 당시 그는 마피아에게 빚진 돈을 도저히 갚을 수 없는 상황이었다. 원래 그들과의 거래에서 빚을 갚지 못한다는 것은 곧 죽음을 뜻하므로 그러한 상황에서 그대로 죽음을 받아들이든지, 아니면 대회장에 가서 소란을 피워라 하는 선택을 말이다.

---

[12] Edward Kelly(1876 - 1950) 1933 년부터 1947 년까지 시카고의 시장을 역임.

대통령이 참석하는 파티장이라 할지라도 그가 저지를 죄가 사람을 죽이는 것은 아니므로 사형까지 당하지는 않을 것이며, 따라서 그냥 앉아서 고문을 당하고 죽음을 당하는 것보다 거래를 받아들이는 편이 훨씬 낫다고 잔가라는 판단했을 것이다. 좋은 변호사가 나서서 그의 정신건강이 이상했다는 쪽으로 재판의 방향을 몰아가면, 운이 따를 경우 감옥행을 당하지 않고 병원 생활을 하는 쪽으로 판결 받을 수도 있을 것이었다.

이리하여 1933 년, 시카고의 도시 설립 100 주년을 기념하는 만국 박람회가 열렸을 때 시카고의 시장 자리에는 에드 켈리가 앉아 있게 되었고, 박람회와 연관된 많은 이권들이 시카고 마피아의 소유가 된다. 일례를 들면, 많은 인기를 모았던 박람회장의 한 놀이기구는 시카고 마피아의 해결사인 머레이 험프리의 것이었다고 한다.

당시 박람회의 조직위원회측은 관광객을 유치하기 위하여 알카포네가 사라진 후의 달라진 시카고의 이미지를 강조하였다고 하는데, 이러한 시도가 의도대로 성공을 거두었는지 박람회는 성황을 이루며 끝났고, 결과 1 백만 명 이상의 방문객이 다녀갔다고 발표된다. 이 발표는 아마도 사실이겠지만 시카고의 지하세계는 달라진 것이 아무것도 없었다. 1933 년 한해만도 시카고에서는 마피아 스타일의 살인 사건이 35 건이 일어났고, 한 조사에 의하면 1934 년 현재 시카고 시내에는 7,500 군데의 불법도박장이 성업 중이었다고 한다.

시장 에드 켈리는 쿡 카운티의 민주당 당수인 팻 내쉬[13]와 함께 짝을 이뤄 마이클 케나-존 쿠글린 콤비 이후 환상적인 시카고의 부패 정치인 콤비가 되는데 이들이 시카고 마피아에게 불법도박 등에 대한 보호를 보장해주고 받는 대가는 대략 1 년에

---

[13] Pat Nash

2 천만 달러 정도가 되었다고 한다. 에드 켈리는 그 뒤 1947 년까지 14 년간 시카고의 시장을 역임하게 된다.

에드 켈리-팻 내쉬 콤비와 함께 전성기를 구가하던 시카고 마피아는 1940 년과 1943 년에 각각 한차례씩 회오리를 맞게 된다. 두 사건 모두 노동조합과 관련된 갈취가 외부로 드러난 사건이다. 노조경영으로 이익을 얻고 있었던 것은 뉴욕 패밀리뿐 아니라 공격적인 시카고 패밀리 역시 마찬가지였던 것이다. 우선 1940 년의 것은 시카고의 바텐더 및 주류 도매상 노조[14]와 관계된 것이었는데 이 사건의 재판 결과는 검찰측을 바보로 만들어 전 시카고 시민들의 입에 한동안 회자된다.

당시 지역번호 278 번인 시카고 바텐더 및 주류 도매상 노조 – 이하 바텐더 노조라 칭함 – 의 회장은 죠지 맥클레인[15]이라는 사람이었다. 그는 1935 년에 이르러 프랭크 니티로부터 시카고 조직의 일원을 바텐더 노조의 간부로 앉히도록 압력을 받는다. 처음에 맥클레인은 그들의 제의를 거절하였으나, 한번 그들을 직접 만나게 된 후 그들의 협박이 그냥 장난이 아니라는 것을 깨닫고 제안을 수락하고 만다.

처음 프랭크 니티가 맥클레인에게 부탁한 것은 일주일에 75 달러의 급여를 받는 직원 한 명을 바텐더 노조에서 채용해달라는 것으로, 어떻게 생각하면 그리 큰 부담이라고 할 수는 없었다. 그리하여 니티가 맥클레인에게 데려온 사람은 과거 알 카포네의 경호원 중 한 명이었던 루이스 로마노[16]였다. 그런데 로마노가 바텐더 노조의 간부로 채용된 지 얼마 지나지 않아서 죠지 맥클레인은 마피아로부터 또 다른 압력을 받게 된다. 이번에는 그 정도가 꽤 심한 압력으로, 시카고 지역의 모든 바텐더들

---

[14] Chicago Bartenders and Beverage Dispensers Union
[15] George B. McLane
[16] Louis Romano

이 마피아가 지명하는 브랜드의 주류를 구입하도록 하라는 것이었다.

프랭크 니티는 브랜드의 이름을 명확하게 언급하였으며, 그가 언급한 술은 모두 그들 마피아가 소유한 양조회사의 생산품이었다. 1933 년에 금주법 시대가 끝나면서 밀주가 합법화되자 그간 밀주를 독점하다시피 했던 마피아는 합법적인 양조사업으로 진출해 있었던 것이다. 이때 니티가 지명한 회사는 골드 실 리쿼, 캐피탈 리쿼, 그리고 맨해튼 브루어리 회사[17]로 이중 골드 실 리쿼와 캐피탈 리쿼는 시카고 패밀리의 카포레짐인 죠 푸스코[18]가 맡고 있는 회사였고, 맨해튼 브루어리는 알렉스 그린버그[19]라는 자가 간판 사장으로 있었으나 역시 시카고 조직이 소유한 회사였다.

1938 년, 세금 문제로 감옥에 가 있던 머레이 험프리가 4 년형을 마치고 출옥하자 시카고 마피아의 노조관계 일은 곧 그가 다시 맡게 되었다. 험프리는 죠지 맥클레인을 불러 이번에는 맥클레인이 바텐더 노조의 회장직에서 물러나면서 그 자리에 그들의 사람인 루이스 로마노를 앉히라는 협박을 하였다. 권총을 들이대는 그들의 협박에 맥클레인은 제안을 받아들일 수밖에 없었고, 얼마 후 로마노가 회장직을 인수하자 그 다음에 험프리는 한술 더 떠 맥클레인으로 하여금 아예 시카고를 떠나도록 위협을 하였다.

로컬 278 번, 바텐더 노조의 회장이 된 로마노는 정치력을 발휘하여 비슷한 부류의 다른 노조들까지도 그의 영향력 아래로 끌어들였다. 1940 년 경, 이제 루이스 로마노를 통해서 전 시카고의 바텐더, 웨이터, 요리사, 호텔 종업원들을 조종할 수 있게 된 프랭크 니티와 머레이 험프리는 또다시 죠지 맥클레인을 소

---

[17] Gold Seal Liquors, Inc., Capitol Wine & Liquor Company, Manhattan Brewery
[18] Joe Fusco
[19] Alex L. Greenberg

환한다. 이번에 그들이 요구한 것은 그 해에 치러지기로 되어 있는 전미 바텐더 및 호텔 종업원 노조[20]의 회장선거에 맥클레인이 후보로 나서라는 것이었다. 물론 당선된 다음에는 시카고 마피아를 위한 예스맨으로 일하라는 뜻이었다. 루이스 로마노 본인을 직접 그 선거에 내보내기에는 너무나 언론의 관심을 받는 선거였던 것이다.

평생 노조의 일을 하면서 보낸 죠지 맥클레인에게 전미 노조의 보스가 된다는 것이 한편으로는 매력적인 이야기이긴 하였지만, 그는 더 이상 마피아의 꼭두각시가 되는 것을 거부하기로 마음을 먹었다. 매우 어려운 결심을 한 것이다. 그러나 그래도 회장 선거에 입후보하는 자체를 거절할 배짱은 없었기 때문에 대신 맥클레인은 친분이 있는 여러 동료들에게 선거 시 자신에 대하여 반대표를 던져주기를 비밀리에 부탁하고 다녔다. 결국 1940 년의 전미 바텐더 및 호텔 종업원 노조 선거에서 맥클레인은 그가 원하던 대로 낙선하였고, 선거가 끝난 후에 자신의 비협조에 대하여 갱들로부터 책임을 추궁 당하자 맥클레인은 당국에 찾아가 자수를 한다.

그리하여 표면화된 이번의 바텐더 노조 갈취 사건으로 기소된 피고는 프랭크 니티, 폴 리카, 머레이 험프리, 루이스 캄파냐[21] 등이었다. 이번 사건의 첫번째 공판은 1940 년 11 월 29 일에 있게 될 예정이었고 재판에서 죠지 맥클레인이 사실대로 증언할 경우, 그들에게 유죄 판결이 내려질 것은 불을 보듯 명확하였다. 바로 그러한 시점에서 머레이 험프리의 특기가 발휘된다.

험프리는 맥클레인에게, 재판에서 그간의 일들을 있었던 대로 증언을 한다면 그의 부인인 크리스틴 맥클레인[22]을 납치해서 살

---

[20] International Bartenders, Waiters and Hotel Employees Union

[21] Louis Campagna(1900 - 1955) 닉네임은 Little New York. 뉴욕의 파이브 포인트 갱의 일원이었으며 카포네의 부름을 받고 1927 년에 시카고로 왔다. 그는 장전된 총을 가지고 카포네의 침실 밖을 지킬 정도로 카포네의 신임을 받았다고 한다.

[22] Christine McLane

려둔 채로 첫날은 손, 그 다음날은 발, 또 그 다음날은 팔, 이런 식으로 한 조각씩 부쳐줄 테니 집에서 퍼즐처럼 조립해보라고 말했던 것이다. 죠지 맥클레인은 재판 당일의 심문에서 모든 일이 기억나지 않는다고 대답하여 검찰측 사람들을 몹시 당황하게 만들었고 험프리와 니티, 리카를 만족시켰다. 여기까지가 바텐더 노조 갈취 사건의 전말이다. 그들은 이번에는 사건 자체가 성립되지 않는다는 케이스가 되어 무사히 풀려나지만 그 다음의 헐리우드 갈취 사건에서는 경우가 약간 다르게 된다.

1935년 2월 4일, 시카고의 레이크쇼어 드라이브에서 지역번호 110번, 영화기사 노조[23]의 회장인 토마스 멀로이[24]가 피살되는 사건이 발생하였다. 토마스 멀로이는 성깔 있는 아일랜드 인으로, 죠지 맥클레인이 받았던 것과 비슷한 협박을 시카고 마피아로부터 받고 있었는데 그들의 요구에 굴복하지 않고 버티고 있던 중이었다. 바텐더 노조의 죠지 맥클레인이 마피아의 요구에 승복한 것에는 토마스 멀로이의 갑작스런 죽음 때문에 마음이 움직인 점도 있었을 것이다.

피살되기 전까지 토마스 멀로이는 자신의 직무를 이용하여 나름대로 부수입을 올리고 있었다. 십여 개의 영화관을 소유한 영화배급회사인 밸러밴 앤드 캣츠[25]를 협박하여 영화관 하나 당 1주일에 150달러씩을 뜯어내고 있었던 것이다. 당시는 대공황의 시대로 경기가 몹시 좋지 않았던 시절이었으나 영화관 사업은 꽤 잘 되어가고 있었다. 실업자들이 25센트를 내고 표를 구입하면 하루종일 방해 받지않고 영화관에서 지낼 수가 있었기 때문이다. 멀로이는 영화관을 폭파하겠다는 위협을 하여 돈을 뜯어내는 요구를 관철시킬 수 있었다고 하는데, 이 수익사업은

---

[23] Motion Picture Operators Union
[24] Thomas Maloy(? - 1935)
[25] Balaban & Katz

멀로이가 죽은 뒤 죠지 브라운[26]의 관리로 넘어간다.

원래 죠지 브라운은 연극 및 영화 관련자 노조(IATSE[27])의 시카고 지부장으로서 시카고 마피아에서 파견한 윌리엄 비오프[28]와 함께 협조하여 사이 좋게 사업을 해나가고 있던 사람이었다. 그런데 1934 년에 이르러 그는 프랭크 니티로부터 하나의 제안을 받게 된다. 즉, 전미 연극 및 영화 관련자 노조의 회장 선거에 출마하라는 것이었다. 이 해에 오하이오 주 콜롬버스에서 열리게 되어 있던 이 노조의 회장 선거를 위해서 프랭크 니티는 뉴욕의 노조 전문가인 루이스 부챌터에게 죠지 브라운에 대한 지지를 부탁해 놓고 있던 참이었다.

결국 죠지 브라운은 IATSE 의 회장으로 선출되었고, 죠지 브라운을 통하여 시카고 마피아는 헐리우드의 모든 메이저 영화 제작사, 영화배급 회사들에게 영향력을 미칠 수 있게 된다. 이후 이 노조를 통한 파업의 위협, 영화관에 대한 폭파 위협 등 여러 가지 협박을 통하여 마피아들이 갈취해가는 액수는 실로 엄청난 것이며, 이중 일부가 외부에 드러난 것이 바로 1943 년의 헐리우드 갈취 사건이다. 영화업계에 대한 이들의 영향력은 그 후로도 쭉 지속되었는데, 이에 대하여 알기 쉬운 예를 들어보면 바로 다음과 같다.

1940 년대 말, IATSE 는 여전히 마피아의 지배하에 있었고 이때의 회장은 로이 브루어[29]라는 사람이었다. 그런데 이때 IATSE 와 또 다른 전국적 규모의 영화 관련 노조인 AFL[30] 소속의 스튜디오 노조 연맹[31] 사이에 트러블이 일어났던 적이 있다. 관할 영역을 둘러싸고 갈등이 발생했던 것이다. 이때 캐스팅 보드를

---

[26] George E. Browne
[27] International Alliance of Theatrical Stage Employees(IATSE)
[28] William Bioff(1900 - 1955)
[29] Roy Brewer
[30] American Federation of Labor(AFL)
[31] Conference of Studio Unions

가지고 있었던 조직이 당시 회장으로 로널드 레이건[32]이 재임하고 있던 또 다른 노조, 영화배우 조합[33]이었다. 레이건은 AFL과 스튜디오 노조 연맹측의 협조 요청을 딱 잘라 거절함으로써 IATSE 쪽의 손을 들어준다. 훗날 레이건이 미국의 제 40 대 대통령으로 된 후 1984 년에 레이건은 전 IATSE 회장인 로이 브루어에게 연방 정부의 노동관계 일을 맡기게 된다.

다시 1934 년으로 돌아와서, 이제 전미 조직의 회장이 된 죠지 브라운은 유명인사가 되었으며 얼마 후에는 루즈벨트 대통령의 권유로 노조 본부를 워싱턴으로 옮기게까지 된다. 백악관 가까운 곳에 와서 대통령을 위한 비공식 각료의 역할을 해달라는 부탁이었다고 한다. 죠지 브라운은 든든한 백그라운드를 얻은 셈이 되었고 윌리엄 비오프와 함께 거칠 것 없이 더욱 갈취 사업을 확장해나갈 수 있었다.

1943 년에 이들의 갈취가 수면 위로 떠올랐을 때 드러난 갈취 액수는 총 200 만 달러에 이르렀는데, 아마도 실제로는 그보다 더 많은 액수였을 가능성이 높다. 200 만 달러의 내역은 워너 브라더스로부터 10 만 달러, 밸러밴 앤드 캣츠로부터 6 만 달러를 비롯하여 파라마운트, RKO[34], MGM, 20 세기 폭스 사 등에서 갈취한 것으로 오늘날까지도 그 명성을 이어오고 있는 유명 영화 제작사와 영화배급 회사들 모두가 그 희생자들이었다. 당시 시카고 뿐 아니라 전 미국을 떠들썩하게 만들었던 이 헐리우드 갈취 사건은 애초 뜻하지 않은 곳에서 그 윤곽이 드러나기 시작하였다.

전에는 시카고에서 신문기자를 했고, 현재는 독립 컬럼니스트로 활동하고 있는 웨스트브룩 페글러[35]라고 하는 사람이 있었다.

---

[32] Ronald W. Reagan(1911 - 현재) 제 40 대 미국 대통령(1981 - 1989) 공화당.
[33] Screen Actors Guild
[34] Radio-Keith-Orpheum Pictures
[35] Westbrook Pegler(1894 - 1969)

하루는 페글러가 헐리우드에서 열린 큰 파티에 참석했다가 윌리엄 비오프를 목격한다. 페글러는 시카고의 사창가에서 포주 노릇을 했던 경력을 가지고 있는 비오프를 이미 알고 있었기 때문에 어떻게 해서 그와 같은 자가 이 같은 상류 사회의 파티에 영화관계 인사들과 함께 참석하게 되었나 궁금하게 생각하게 되었고 그 까닭을 캐어 나가다 보니 헐리우드 영화사와 IATSE, 그리고 마피아의 관계가 드러나게 된 것이다.

드디어 죠지 브라운과 윌리엄 비오프는 뉴욕 대배심의 증언대에 서게 되었고, 그들 둘의 증언으로 함께 재판정의 피고석에 앉게 된 사람들은 프랭크 니티, 폴 리카, 루이스 캄파냐, 쟈니 로젤리, 필립 단드레아, 랠프 피어스, 닉 치첼라, 찰리 지오 등[36] 이었다. 1935 년에 토마스 멀로이를 처리하였던 토니 아카르도와 구스 알렉스[37] 등은 죠지 브라운 등과 직접 맞닥뜨린 일이 없었고, 시카고 조직의 노조 갈취 전문인 머레이 험프리는 갈취가 진행될 때 다른 일로 감옥에 있던 중이었으므로 모두 이번 사건에서는 열외가 되었다.

윌리엄 비오프와 죠지 브라운의 증언을 막기 위해서 폴 리카와 루이스 캄파냐, 쟈니 로젤리[38] 등은 1943 년 3 월 18 일, 프랭크 니티의 집에서 회합을 가졌다. 일이 커지는 것을 조기에 막지 못한 데 대하여 니티는 심한 책임 추궁을 당하였고, 이어서 다음날인 3 월 19 일에 집 근처의 철길에서 니티는 권총으로 자살을 하였다. 프랭크 니티는 젊었을 때 감옥 생활을 한번 경험한 적이 있었는데, 나이가 든 지금 또다시 감옥에 가는 것을 너무나 두려워한 나머지 자살을 감행했다고 전해진다. 따라서 이제는 공식적으로 폴 리카가 시카고를 맡게 되었으나 리카의 나날들은 그다지 오래 남은 것 같지는 않았다.

---

[36] Johnny Roselli, Philip D`Andrea, Ralph Pierce, Nick Circella, Charley Gioe.
[37] Gus Alex(1916 - 현재?) 닉네임은 Gussie.
[38] Johnny Roselli(?-1976)

헐리우드 갈취 사건은 결국 비오프와 브라운의 증언으로 랠프 피어스와 닉 치첼라를 제외한 피고 전원에게 10년의 징역형이 선고되는 것으로 종결된다. 비오프와 브라운은 자기들의 형량을 줄이기 위해서 당국과 흥정을 한 것이 분명하였다. 그리하여 감옥에 가게 된 폴 리카의 자리를 이어받아 새로이 조직의 보스가 되는 사람의 첫번째 임무는 리카들을 가능한 한 빨리 감옥으로부터 끄집어내는 것과 배반자에 대한 처리가 되었다.

니티와 리카가 거의 동시에 사라지게 된 지금 서열상 시카고 패밀리의 보스가 될 수 있는 사람은 루이스 캄파냐, 필립 단드레아, 토니 아카르도, 다고 로렌스 망가노[39] 등이었는데 캄파냐와 단드레아는 보스와 함께 헐리우드 갈취 사건으로 수감되었고, 다고 로렌스 망가노는 1944년 8월 3일에 피살되어 결국 토니 아카르도가 시카고 아우트피트[40]의 보스로 올라서게 된다. 후일 알려진 바로는 다고 로렌스 망가노는 토니 아카르도가 폴 리카의 허락을 얻어 히트한 것이라고 한다.

토니 아카르도는 1906년 4월 28일, 시실리에서 이주해온 제화공 프란체스코 아카르도[41]의 둘째 아들로 시카고에서 태어났다. 그는 16살 때인 1922년에 벌써 알 카포네의 건맨이 되었고, 일관된 충성심과 두려움을 모르는 대담함으로 곧 카포네가 가장 신임하는 부하 중 한 명이 된다. 1926년에 치체로의 호돈 호텔이 기습 당하였을 때 몸으로 카포네를 감싸 안아 그를 지킨 것도 토니 아카르도였으며, 1928년에 뉴욕으로 파견되어 배반자 프랭크 예일을 히트한 것도 역시 그였다. 그는 시카고에서 가장 뛰어난 히트 맨 중의 하나였으며 후임 보스로 그를 선택한 폴 리카의 결정은 틀림이 없었던 것으로 뒷날 증명이 된다.

---

[39] Dago Lawrence Mangano(? - 1944)

[40] Outfit, 시카고 조직은 사실은 마피아나 LCN 보다는 주로 이렇게 불린다.

[41] Francesco Accardo

아카르도는 카포네를 불쾌하게 만드는 자에게 야구 방망이를 즐겨 사용하여 1920 년대 중반에 이미 `Joe Batters( 타자 )` 라는 별명을 갖게 되었는데, 아카르도가 타자라는 별명을 가지게 된 데에 대하여는 다음과 같이 전해지는 일화가 있다.

발렌타인 데이의 히트가 계획되던 무렵, 당시 또 다른 시실리인들의 단체인 유니오네 시실리아나의 회장이던 죠셉 권타는 단체의 수입을 대부분 카포네에게 바치는데 반발하여 카포네를 없애고 그 수익을 자기가 차지하면 어떨까 하는 생각을 하였다. 그래서 그는 죠셉 아이엘로와 연합한 뒤 카포네의 부하인 죤 스칼리제[42] 와 알버트 안셀미[43] 에게 접근을 하였다. 바로 아일랜드 갱의 대부, 찰스 디온 오베니언을 처치할 때 프랭크 예일과 함께 작전했던 킬러들이다. 카포네의 대우에 속으로 불만을 가지고 있던 그들은 권타에 동조하였고 스칼리제는 권타로부터 직속 언더보스로 임명된다.

그러나 이 일은 얼마 지나지 않아 카포네의 믿음직스러운 경호원 프랭크 리오[44] 에게 알려져 카포네의 귀에 들어간다. 카포네가 그들의 배반을 믿지 않자 리오는 그들을 테스트해 볼 것을 제안하였고, 그리하여 1929 년 5 월 초, 카포네는 안셀미와 스칼리제 그리고 리오를 저녁식사에 초대한 후 계획대로 프랭크 리오와 말다툼을 벌였다. 리오는 화가 난 양 자리를 박차고 나가 버렸고, 이 장면을 지켜본 배반자들은 다음날 리오를 만나 카포네는 공정한 보스가 아니라고 설득한 후 죠셉 아이엘로, 죠셉 권타와의 연합을 설명했다.

이제 확증을 가진 카포네는 1929 년 5 월 7 일, 권타, 스칼리제, 안셀미 모두를 그의 본부인 치체로의 호돈 호텔로 소집하였다. 그들이 도착하자 그 곳에는 이미 잭 맥건, 프랭크 니티, 프랭크

---

[42] John Scalise(? - 1929)
[43] Albert Anselmi(1878 - 1929)
[44] Frank Rio(? - 1934)

리오, 루이스 캄파냐, 토니 아카르도 등 카포네의 심복 부하들이 진을 치고 기다리고 있었다. 충성심에 대하여 카포네가 한바탕 연설을 한 후 드디어 아카르도의 차례가 되자 그는 자기의 특기인 야구방망이를 휘둘러 세 배반자를 젤리처럼 뼈가 만져지지 않을 정도로 만들었고, 다시 카포네가 각각 그들의 머리에다 직접 최후의 확인 사살을 하였다고 한다.

토니 아카르도는 떠들썩한 것을 좋아하다가 자신의 신세를 망치고 조직의 사업을 어렵게 만든 선임자들, 이를테면 알 카포네나 뉴욕의 찰스 루치아노와 같은 자들의 전철을 밟지 않도록 극심한 주의를 기울였고, 그 결과 그가 시카고 조직의 보스가 된 다음 한참이 지난 후까지도 대체 어느 누가 아우트피트를 이끌고 있는지 사법당국은 알 수가 없었다고 한다. `타자' 라는 별명을 가진 한 멤버가 시카고 조직에서 중요한 위치를 차지하고 있다는 짐작만 하고 있었을 뿐이다. 결국 아카르도의 정체가 대략이나마 밝혀지기 시작한 것은 1950 년으로, 상원의원 에스테스 케파우버[45]의 제창으로 소집되었던 미 상원 조직범죄 조사위원회에서 증인들이 토니 아카르도를 시카고 마피아의 보스로 지목했을 때였다.

토니 아카르도는 쟈니 토리오와 알 카포네, 그리고 폴 리카가 이끌어온 시카고 아우트피트의 보스 자리를 이어받아 조직의 세력을 계속 크게 키웠고, 1957 년에 일선에서 은퇴하기도 하였으나 1970 년에는 다시 아우트피트의 보스로 복귀하였으며, 1992 년에 86 세의 나이로 죽을 때까지 시카고와 나아가서 전 미국의 지하세계에 거대한 영향력을 발휘하였다.

---

[45] Estes Kefauver(1903 - 1963)

제 9 장

이 책을 보는 분들 중 대부분이 영화 <스팅>을 기억하실 것이다. 꽤 오래 전에 제작되었지만 명절 때마다 TV 에서 재방영되었기 때문에 젊은 층에서도 시청한 분이 많을 텐데, 특히 피아노 소품으로 유명한 주제음악이 기억에 남았던 영화이다. 이 영화에서는 폴 뉴먼과 로버트 레드포드가 갱 조직의 두목에게 사기를 치기 위하여 가짜 마권 영업소를 차려놓고, 마치 리얼타임으로 경주 상황이 중계되는 것처럼 실내 방송을 통하여 가짜로 경마의 실황을 중계하는 모습이 나온다. 바람잡이 역할의 조무래기 도박꾼들이 주변에 함께 등장하여 사실감을 더해주고 있었다.

이처럼 경마도박에서는 유선통신 서비스가 필수적이었다. 도박꾼들에게는 조금이라도 더 빨리 확실한 경주 상황을 중계해주는 유선통신을 잡는 것이 매우 중요했다. 당시 시카고에는 수천군데의 마권 영업소가 있었고 이들 모두는 합법적으로 허가되어 있는 이 같은 유선통신 서비스를 필요로 했다. 도박꾼들이라 할지라도 전혀 공부하는 일 없이 순전히 직감으로만 돈을 거는 것이 아니라, 데이터를 모은 다음 그것을 분석해서 베팅하는 것이므로 정확한 경마 중계가 매우 중요했던 것이다. 전체 경마도박 사업에 있어서 유선통신 서비스가 차지하는 비중은 경마 그 자체만큼이나 무거웠다.

원래 시카고의 유선통신 서비스는 몬트 테니스[1]라는 사람이 처음으로 시작하였다. 그는 신시내티에서 최초로 유선통신 사업을 시작한 존 페인[2]으로부터 시카고 지역 사용권을 따내어 경마도박에 이용, 시카고에서 경마도박의 왕으로 군림하였다. 그러나 카포네의 시대에 몬트 테니스는 알 카포네의 갈취를 견디다 못해 회사를 모세 아넨버그에게 넘겼고, 모세 아넨버그는 카포네의 조직과 좋은 관계를 유지하여 1929 년 아틀랜틱 시티에서 열렸던 조직범죄단 보스들의 모임에 카포네와 함께 참석할 정도였다.

그러던 중 1939 년, 모세 아넨버그는 세금 문제로 당국과 트러블이 생기자 회사를 정리하였고, 제임스 레간[3]이라는 사람이 시카고에서의 유선통신 사업을 넘겨 받게 되었다. 제임스 레간은 녹녹치 않은 사람으로 사업을 맡은 이후 시카고 아우트피트와 잘 협조하지 않아 서로간에는 껄끄러운 관계가 형성되고 있었다. 토니 아카르도는 1946 년에 이르러 이와 관련하여 매우 중요한 결정을 내린다. 이번 일은 아카르도가 시카고의 보스가 된 후 벌인 첫번째의 큰 사업이라고 할 수가 있었다. 토니 아카르도는 제임스 레간이 경영하던 유선통신 서비스 회사를 접수하기로 결심을 한 것이다.

당시 전국적으로 유선통신 서비스를 공급하던 회사는 클리블랜드에 본부를 두고 있던 컨티넨탈 프레스 회사[4]였고 시카고에

---

[1] Mont Tennes
[2] John Payne
[3] James M. Ragan(? - 1946)
[4] Continental Press Inc.

는 그 자회사인 미드웨스트 뉴스 서비스 회사[5]가 있었다. 제임스 레간은 미드웨스트 뉴스 서비스 회사의 사장이면서 컨티넨탈 프레스 회사의 지분도 가지고 있었는데, 레간과 함게 공동으로 컨티넨탈 프레스를 소유하고 있던 사람은 아트 맥브라이드[6]라고 하는 클리블랜드의 백만장자였다. 처음에 아카르도가 레간에게 회사를 팔던지 또는 회사 이익의 40 퍼센트를 시카고 조직에 내놓으라는 제안을 하였을 때 레간은 딱 잘라 거절하였다. 제임스 레간도 시카고 시장인 에드 켈리에게 정기적인 상납을 하고 있었기 때문에 믿는 바가 있었던 것이다.

제의가 받아들여지지 않자 아카르도는 스스로 트랜스 아메리칸 뉴스 서비스[7]라 이름 붙인 유선통신 서비스 회사를 만들어서 미드웨스트 뉴스 서비스사의 경마정보를 무단으로 빼내어 각 마권 영업소에 공급하는 한편, 마권 업자들에게 압력을 넣어 제임스 레간이 제공하는 유선통신을 이용하지 못하도록 하였다. 모든 도박꾼과 마권 업자들은 아카르도의 명령을 따라 트랜스 아메리칸 뉴스 서비스를 사용하게 되었다. 경마정보의 도용을 참을 수 없었던 레간은 자신의 뒤를 봐주던 정치가들에게로 달려갔지만, 그들은 상대가 시카고 아우트피트라는 것을 알자 별다른 손을 쓰지 못하였다. 그 어느 누가 알 카포네가 이끌던 시카고 마피아, 토니 아카르도의 시카고 아우트피트에 대항해서 싸우려 하겠는가?

아카르도의 지침을 무시하고 계속 레간의 회사를 이용하고 있던 프랭크 코벨리[8]라는 마권 업자가 머리에 총을 맞고 피살되는 사건이 발생하자 이제 제임스 레간이 시카고 아우트피트에 굴복하는 것은 시간문제로 여겨지고 있었다. 그러나 분노한 레간은 다른 액션을 취하기로 결심을 한다. FBI 에게로 달려가

---

[5] Mid-West News Service
[6] Art McBride
[7] Trans-American Publishing & News Service
[8] Frank Covelli(? - 1946)

서 도움을 청하고 만 것이다. 당시 FBI 국장인 죤 에드거 후버는 앞장에서 언급한 대로 조직범죄에 대한 수사에 매우 소극적인 태도를 보이고 있었는데, 그가 내세우는 이유는 마피아와 같은 조직범죄단은 미국 내에 존재하지 않는다는 것이었으며, 만에 하나 그러한 것이 있다 하더라도 주 경계를 넘지않는 다음에는 수사의 관할은 각 주의 사법당국이 각자 맡아서 해야 한다는 것이었다. 그러나 이번 사건에 대해서는 유선통신이 주의 경계를 넘는다는 것이 명백했으므로 FBI 가 수사에 나서지 않을 도리가 없었다.

레간은 유선통신 서비스 사업에 대한 것 뿐 아니라 그가 시카고 아우트피트에 대하여 알고 있는 모든 것을 FBI 에 진술하였다. 당국은 꽤나 많은 양의 정보를 모았고 그것에 의하면 아카르도를 비롯하여 머레이 험프리, 제이크 구직 등의 아우트피트 멤버는 물론 거물급의 시카고 정치인까지도 관련된 것이 드러나, 시간이 지날수록 점차 대형 사건의 윤곽이 잡혀가기 시작하고 있었다.

바로 이 무렵의 일이다. 1946 년 6 월 24 일, 시카고의 남쪽 거리에서 경호하는 경찰차를 뒤로 둔 채 제임스 레간이 차를 운전하고 가고 있을 때 바로 옆에 화물칸이 천으로 포장된 트럭이 따라붙더니 트럭으로부터 자동소총과 권총이 발사되어 레간이 중상을 입는 일이 발생한다. 이때의 히트 맨은 레니 패트릭, 데이브 야라스, 윌리 블록 등 세 사람[9]이었다고 전해지나 이들이 잡히거나 기소되는 일은 전혀 일어나지 않았다.

레간은 인근의 마이클 리스 병원으로 후송되었는데, 레간이 경찰과 FBI 로부터 보호를 받고 있던 중이었으니 만큼 이때의 히트는 전 시카고 시민을 분노하게 만들었다. 레간의 상태는 신문과 라디오를 통해서 매일 중계되었고, 그는 병원에서도 계속

---

[9] Lenny Patrick, Dave Yaras, Willie Block

수사요원들에게 정보를 건네주고 있었다. 토니 아카르도는 히트의 실패에 격분하였고 최종적 해결을 제이크 구직에게 명령하였다.

1946년 8월 14일, 총격을 받은 날로부터 약 6주 후, 제임스 레간은 병원에서 사망한다. 그의 사인은 총상의 합병증 같은 것이 아니라 약물에 의한 독살이었던 것으로 부검에 의하여 밝혀진다. 레간이 사망하자 당국은 공소를 유지하기가 어려워졌는데 그래도 당시까지 모은 정보를 가지고 용의자들을 기소할 수도 있었겠지만, 상부로부터 명령이 내려와 결국 레간의 케이스는 취소되고 만다. FBI 국장 에드거 후버의 명령이었다. 이후 시카고의 유선통신 서비스는 시카고 아우트피트의 독점 사업이 되었고 컨티넨탈 프레스 회사까지도 그 영향력 범위 내에 들게 된다. 제임스 레간 사건은 조직범죄에 대한 당시 FBI의 소극적인 태도를 극명하게 보여주는 아주 훌륭한 일례이다.

여기에서 잠시 제임스 레간 이전에 시카고의 유선통신 업계를 독점했던 모세 아넨버그에 대해 이야기하고 지나갈까 한다. 아넨버그에 대하여 언급하는 것은 이 책에서 빠뜨릴 수 없는 매우 중요한 일의 하나이다. 왜냐하면 그는 마피아의 정회원은 아니었지만 일종의 협조회원이라 할 수 있었고, 신디케이트의 멤버로 볼 수 있기 때문이다. 그는 시카고 아우트피트와의 긴밀한 관계 아래에서 활동함으로써 엄청난 돈을 벌었고, 다시 그 재력을 가지고 지상세계의 상류사회로 진출하여 후일 미국의 관가, 정가에서 결코 무시할 수 없는 영향력을 가지게 되기 때문이다. 그리고 이와 같은 성장 코스를 밟은 사람들이 한두 사람이 아니며 모세 아넨버그가 그 중 대표적인 하나의 실례이기 때문이다.

모세 아넨버그는 시카고의 남쪽 거리에서 1878년에 태어났다.

젊은 시절, 그는 당시의 유력 신문인 시카고 트리뷴 지[10]에서 일하던 중 신문왕 윌리엄 랜돌프 허스트[11]와 연결되어 그에게 고용되었고, 경쟁 신문사의 배달원을 겁주거나 경쟁 신문의 배급소를 불태우거나 하는 일을 맡아서 아주 잘 해내어 곧 고용주의 눈에 쏙 들게 되었으며, 1904 년에는 허스트 사의 배달 감독으로 승진하게 된다.

당시는 텔레비전도, 라디오도 없던 시대라 일반 대중들에게 정보를 알리는 수단으로는 신문이 유일했다. 라디오가 대중적으로 보급된 것은 1920 년대에 들어선 뒤였던 것이다. 앞장에서 한번 언급했던 것과 같이 정치인들은 이와 같은 사실을 깨닫고 영향력 있는 신문을 확보하기에 혈안이 되어 있었으며, 각 신문사들은 또 타 신문에 비하여 조금이라도 넓은 배급 지역을 확보하기 위하여 전력을 기울였고 이를 위해서는 폭력도 마다하지 않았다. 그래서 1910 년대 초반에 가장 심했던 이 신문사들의 경쟁을 훗날 사람들은 `신문 전쟁` 이라고 부른다. 이 신문사들 간의 폭력 경쟁은 1913 년을 전후해서 가장 심했다고 한다.

1922 년에 모세 아넨버그는 알 카포네의 스승인 쟈니 토리오로부터 돈을 빌어 데일리 레이싱 폼[12]이라는 경마 관련 신문을 인수하였고, 이 신문 사업이 워낙 잘 되어 나갔기 때문에 4 년쯤 후에 아넨버그는 허스트로부터 독립할 수 있게 된다. 다시 그는 1930 년대까지 뉴욕 모닝 텔레그래프, 스크린 가이드, 라디오 가이드[13] 등의 언론사를 차례로 인수하였고 큰 영향력을 가지고 있는 필라델피아 인콰이어러 지[14]까지도 인수하여 자신의 신문 제국을 건설하기에 이른다.

그러나 아넨버그에게 정말로 큰 돈을 안겨준 것은 뉴욕의 프

---

[10] Chicago Tribune
[11] William Randolph Hearst(1863 - 1951)
[12] Daily Racing Form
[13] New York Morning Telegraph, Screen Guide, Radio Guide
[14] Philadelphia Inquirer

랭크 에릭슨과 함께 설립한 네이션와이드 뉴스 서비스 회사[15]였다. 프랭크 에릭슨은 찰스 루치아노, 프랭크 코스텔로, 마이어 랜스키들을 대표한 대리인이었고, 네이션와이드 뉴스 서비스 회사는 마피아의 허락을 얻어 전국적인 규모로 경마 정보를 공급하게 된다. 1929 년의 아틀랜틱 시티 회합에서 아넨버그는 유선통신 서비스의 전미 독점권을 얻어냈던 것이다. 물론 그 대가로 갱들에게도 수익의 일부가 돌아가게 되나 아넨버그의 수입 또한 엄청난 것이 될 터였다. 네이션와이드 뉴스 서비스 사는 후에 컨티넨탈 프레스 회사로 대체된다.

아넨버그는 그의 아들인 월터 아넨버그[16]와 함께 1939 년에 당국으로부터 탈세 혐의로 기소되는데, 국세청은 그가 1936 년 한해에만도 1 백 50 만 달러 이상의 세금을 탈루했으며 총액 1 천만 달러 이상을 연방 정부에 빚지고 있다고 주장하였다. 모세 아넨버그는 자신의 유죄를 인정하고 9 백 50 만 달러의 세금을 추징 당하기로 하는 대신, 아들 월터의 혐의는 무죄로 처리하도록 당국과 흥정하였고 이것은 받아들여진다. 모세 아넨버그는 3 년의 징역형을 치른 뒤 석방된다.

모세 아넨버그가 유죄 판결을 받은 후 그의 영향력은 쇠퇴하기 시작했지만 그의 부는 여전하였다. 아넨버그 집안의 재산은 당시 미국에서 네 번째 또는 다섯 번째 정도로 손꼽히는 것이었다고 한다. 모세 아넨버그의 아들인 월터 아넨버그는 미국 공화당의 유력 지지자 중의 하나가 되었으며, 그의 친구 중 한 명인 리차드 닉슨이 대통령이 된 다음 닉슨으로부터 매우 중요한 직책의 하나인 주영 대사로 임명을 받는다.

금주법 시대에, 그리 죄책감을 가질 필요가 없었던 밀주사업에 투신함으로써 큰 돈을 만질 수 있었던 사람들이 많았는데, 이들은 당시 갱들과 거래를 하지않을 수 없었고 금주법이 끝난

---

[15] Nationwide News Service
[16] Walter H. Annenberg(1908 - 현재) 1969 년부터 1974 년까지 주영 대사를 역임.

뒤에도 사업상 그들과 긴밀한 관계를 지속한 경우가 많았다. 이러한 이들은 대개 모세 아넨버그의 경우와 같이 그들과 깊은 관계에 있었기 때문에 신디케이트의 일원으로 볼 수가 있을 것 같다. 이들 중 큰 재력을 모은 사람들이 이후의 미국 사회에서 중요한 역할을 맡기도 한다.

토니 아카르도는 헐리우드 갈취 사건으로 수감된 폴 리카와 그 일행을 석방시킬 작전을 머레이 험프리에게 일임하였다. 험프리는 알려진 바와 같이 시카고 조직 내 최고의 정치 해결사였으며, 동시에 노조 전문가였다. 험프리는 그들의 가석방 건이 성사되고 안 되고 하는 것은 당시의 법무장관인 토마스 클라크[17]의 재량에 달려 있다고 판단하여 안면 있던 변호사들을 통하여 그와 연결할 방법을 찾았고, 노력한 결과 1944 년의 대통령 선거 캠페인에서 해리 트루먼[18] 현 대통령의 재정 고문을 담당했으며 클라크 법무장관과 매우 친한 사이였던 폴 딜런[19]과 연줄을 댄다.

그리고 그의 계획은 마침내 결실을 맺어 폴 리카와 나머지 조직원들은 가석방의 최소 요건인 3 년간의 수형생활을 마치자마자, 다시 말하면 복역 3 년 4 개월 만인 1947 년 8 월 13 일에 가석방되어 자유의 몸이 된다. 이번 일은 시카고 조직 내에서 머레이 험프리가 해결해낸 여러 일들 중 가장 빛나는 것이었다. 야구 게임으로 말하자면 역전 만루 홈런을 쳐낸 것과 마찬가지라고 볼 수 있었다.

어떤 근거로 그런 가석방 결정이 내려졌는지 궁금해 하는 사람들이 많았으나 그들의 석방 경위에 대한 가석방 심의 위원회의 기록은 그 후 일반에게, 또는 여타 공식 조사 위원회에 공개

---

[17] Thomas C. Clark(1899 - 1977) 1949 년부터 1967 년까지 연방 대법관을 역임.
[18] Harry S. Truman(1884 - 1972) 제33 대 미국 대통령(1945 - 1953) 민주당.
[19] Paul Dillon

된 적이 한번도 없다. 다만 한가지 확실한 것은 이로부터 약 2년 후인 1949 년 10 월에 미국 사법관리의 최고의 명예라 할 수 있는 연방대법관의 자리가 비게 되었을 때, 해리 트루먼 대통령에 의하여 토마스 클라크 법무장관이 바로 그 자리에 임명되었다는 사실이다. 토마스 클라크 법무장관의 연방대법관 임명은 트루먼 대통령 재임 당시 가장 논란거리가 되었던 스캔달이 된다. 참고로 덧붙이면 이때로부터 약 20 년 가까운 세월이 흐른 뒤인 죤슨 대통령 행정부에서 보비 베이커[20] 스캔들 등에 연루되어 적지않은 말썽을 일으켰던 법무장관 램제이 클라크[21]는 바로 이 토마스 클라크 대법관의 아들이다.

리카들을 감옥에 들어가도록 증언을 했던 두 사람 중 죠지 브라운은 외국으로 도망쳐 버렸으나 윌리엄 비오프는 약 10 년 후인 1955 년에 드디어 배반에 대한 대가를 받게 된다. 비오프는 출옥 후 이름을 바꾼 뒤 아리조나 주의 피닉스에서 공화당 상원의원 배리 골드워터[22]를 위한 모금 캠페인을 돕는 등 얼마간 일을 하다가 라스베가스로 가, 대담하게도 뉴욕 패밀리에서 운영하고 있던 리비에라 호텔의 카지노에서 카지노 매니저인 구스 그린바움[23]의 일을 도와주고 있었다. 비오프는 1955 년 11 월 4 일 아침에 아리조나 주 피닉스에 있는 그의 집에서 출근하려 하던 중 자동차 폭발 사고로 숨지고 만다. 리비에라 호텔의 카지노 매니저, 구스 그린바움도 그 얼마 후 아내와 함께 살해된다.

폴 리카는 풀려나기는 하였지만 범죄자로 알려진 인물들과 접촉해서는 안 된다는 것이 가석방의 조건이었으므로 시카고

---

[20] Robert G. Baker
[21] Ramsey W. Clark(1927 - 현재) 1967 년부터 1969 년까지 법무장관을 역임.
[22] Barry M. Goldwater(1909 - 1998) 1964 년의 공화당 대통령 후보.
[23] Gus Greenbaum(? - 1958)

아우트피트는 계속 토니 아카르도가 이끌어야 했다. 그리고 이보다 앞선 1947 년 1 월에, 이제는 시카고의 전설이 된 알 카포네가 플로리다에 있는 그의 별장에서 뇌출혈로 죽었다. 카포네는 뇌신경 매독으로 인한 건강상의 이유로 1939 년 1 월 6 일부터 알카트라즈 연방 형무소[24]에서 나와 루이스버그에 있는 메디칼 센터에서 치료 받고 있던 중, 병세가 차도를 보이지 않아 1939 년 11 월 19 일에 출옥하였다. 그의 출옥이 있기 약 열흘 전쯤에 카포네를 감옥에 보내는 데에 결정적인 제보를 국세청에 했던 아일랜드 갱의 일원, 에드워드 오헤어[25]가 시카고에서 총에 맞아 죽는다. 후배들이 카포네에게 바치는 출감 선물인 셈이었다.

출옥 후 카포네는 플로리다에 있는 별장에서 생활했는데 프랭크 니티, 폴 리카, 토니 아카르도 등 시카고의 거물들이 정기적으로 찾아와 마치 아직도 그가 시카고 조직의 정말 보스인양 사업 보고를 하고 돌아가곤 했다고 한다. 카포네는 때로 정신이 혼미해지고 폐렴 등의 합병증으로 고생하기도 하였으나 출감 후 10 년 가까운 세월을 더 살 수 있었고, 마침내 1947 년 1 월 25 일 합병증인 심한 뇌출혈로 사망하였다.

유선통신을 통한 경마 정보 제공은 앞에서도 언급했듯 매우 중요한 사업이었는데, 이와 관련하여 아카르도는 마이애미에 있는 한 회사를 주목하게 된다. 1950 년의 일이다. 이때 뉴욕 패밀리는 라스베가스에서 카지노사업을 확장할 때였으나, 그 쪽에 대하여 아카르도는 아직까지 관망만 하고 있을 뿐 본격적인 투자는 하지 않고 있었다. 아카르도의 눈길을 끈 회사는 S & G 갬블링 신디케이트[26]라는 회사 – 이하 S & G 라 칭함 – 로 플로리다

---

[24] Alcatraz Federal Penitentiary, 닉네임은 The Rock.
[25] Edward J. O'Hare(? - 1939)
[26] S & G Gambling Syndicate

남부 지역의 마권 업자들에게 합법적인 유선통신 서비스를 제공하여 1948 년 한 해만도 대략 2 천6 백만 달러의 수입을 올린 알짜배기 회사였다. 아카르도는 이 회사를 인수하기로 결심을 한다.

마이애미가 자유 지역이었기 때문에 이 같은 시도가 가능했던 것이다. 그리고 아무리 마이애미가 자유 도시라 하더라도 S & G 가 다른 마피아 패밀리의 소유하에 있었다면 시카고 조직의 이런 기도는 큰 전쟁을 유발시켰을 것이나, S & G 는 갱 조직과는 직접 관계가 없는 다섯 명의 플로리다 지역의 사업가들에 의해서 운영되고 있었다. 이처럼 이권이 걸린 사업을 끊임없이 찾아서 계속 인수했다는 것은 토니 아카르도의 사업가로서의 능력을 여실히 증명해주고 있는 것이다.

아카르도는 손을 써서 경찰로 하여금 S & G 의 서비스를 받는 마권 영업소를 습격하게 하는 한편, 플로리다의 모든 마권 업자에 대한 컨티넨탈 프레스 사의 서비스를 중단시킴으로써 S & G 에 압력을 가했다. 견디기 힘들었던 S & G 는 일시 영업을 중단할 수밖에 없었고, 약 2 주 후 다시 정상적인 영업을 시작했을 때 회사는 해리 러셀[27]이라는 자를 새로운 파트너로 삼고 있었다. 해리 러셀은 시카고에서 내세운 프론트 맨이었다. S & G 는 결국 시카고 아우트피트를 동업자로 받아들인 것이다. 이후로 S & G 가 경찰로부터 귀찮은 일을 당하는 일은 없었다고 한다.

1944 년에 시카고 아우트피트의 보스가 되어 지난 10 년간의 철권통치로 조직의 위상을 더욱 튼튼하게 만들어놓은 토니 아카르도는 1954 년, 숙고 끝에 매우 중대한 결정을 내린 뒤 아우트피트의 회의에서 그것을 공표하기로 한다. 이때의 발표를 위해서 아카르도는 시카고 조직의 모든 카포레짐과 유력한 솔다

[27] Harry Russell

티들을 소집하였는데 이때에 모인 멤버들을 소개하면 대략 다음과 같다.

더 이상의 설명이 필요 없는 노조전문가 머레이 험프리와 제이크 구직, 아카르도의 언더보스인 샘 쟌카너, 아카르도의 개인비서 겸 운전사인 도미닉 블라지[28]를 비롯하여 시카고의 서쪽 거리를 맡고 있던 피요레 부치에리[29], 시카고의 중심가인 루프 지역을 담당한 구스 알렉스와 프랭크 페라로[30], 남쪽 거리의 보스인 랠프 피어스[31], 남쪽 교외지역을 담당한 프랭크 라포르테[32], 북쪽 거리의 중심가쪽을 담당한 세자르 디바르코[33], 시카고의 북쪽에 있는 유태인 거리와 로저스 공원을 맡고있는 레니 패트릭[34], 로저스 공원을 제외한 나머지 북쪽 교외지역을 맡고 있는 로스 프리오[35](이상이 각 지역을 담당한 카포레짐이다).

그리고 직능별로는 도박업 전문인 찰리 지오[36], 슬롯 머신 전문가인 에디 보겔[37], 고리대금업이 전문인 샘 바탈리아[38], 히트가 전문인 펠릭스 알데리지오[39]와 찰스 니콜레티[40], 그밖에도 알카포네와 인척관계인 피셰티 형제들[41], 재키 체로네, 죠셉 아유파, 터크 토렐로, 도날드 안젤리니, 도미닉 코르티나, 로키 디그라지아 등[42]이 그들로 거의 대부분의 아우트피트의 멤버들이 보

---

[28] Dominic Blasi(1911 - 현재?) 닉네임은 Butch.
[29] Fiore Buccieri(1904 - 1973) 닉네임은 Fifi.
[30] Frank Ferraro
[31] Ralph Pierce
[32] Frank LaPorte
[33] Caesar DiVarco, 원래 이름은 Joseph Vincent DiVarco.
[34] Leonard Patrick(1913 - 현재?)
[35] Ross Prio
[36] Charley Gioe(? - 1954) 닉네임은 Cherry Nose.
[37] Eddy Vogel
[38] Samuel Battaglia(1908 - 1973) 닉네임은 Teets.
[39] Felix Alderisio(1912 - 1971) 닉네임은 Milwaukee Phil.
[40] Charles Nicoletti(1917 - 1977) 닉네임은 Chuck.
[41] Charley, Rocco & Joe Fischetti
[42] Jackie Cerone, Joseph Aiuppa, Turk Torello, Donald Angelini, Dominic Cortina, Rocky De Grazia

스의 부름을 받고 소집되었다.[43]

아카르도의 공표는 다음과 같았다. 즉, 지금 이 시간부터 합법적이지 않은 일로 수입을 얻고 있는 시카고와 그 인근 지역의 모든 사람들은 시카고 아우트피트에 그들 수입의 50 퍼센트를 바쳐야 한다는 것이었다. 그리고 이 규칙에는 예외가 없다고 하였다. 도박꾼, 마권 업자, 장물아비들은 물론 무장강도와 절도범, 심지어는 소매치기와 사기꾼들까지, 여하간 약간이라도 비합법적인 사업으로 이익을 얻는 모든 자들이 그 대상이었다.

원래부터도 그렇게 해왔던 것이 시카고에서의 원칙이었으나 알 카포네가 감옥에 가고, 헐리우드 갈취 사건 등으로 조직의 상층부가 혼란스러워진 동안 기강이 많이 해이해졌다고 느낀 아카르도가 드디어 칼을 빼든 것이었다.

아카르도의 고위 카포레짐 중 헐리우드 갈취 사건으로 폴 리카와 함께 감옥에도 갔다 온 찰리 지오는 자신만은 아카르도의 명령에 있어서 예외라고 생각을 하고 수입의 반을 아카르도에게 상납하지 않고 있었는데, 1954 년 8 월 18 일, 몸에 다섯 발의 총알이 박힌 채 자신의 차 앞 좌석에서 시체로 발견되자 더 이상 아무도 아카르도의 진지함을 의심하는 사람은 없었다. 이번의 결단으로 시카고 아우트피트는 금주법 시대 이후 감소해가던 조직의 수입을 다시 당시의 수준으로 이끌어 올릴 수 있었다고 한다.

아카르도는 이제 시카고에서 10,000 군데가 넘는 마권 영업소와 도박장을 관리하고 있었고, 뉴욕의 마이어 랜스키, 프랭크 코스텔로와 플로리다 주의 탐파 패밀리, 루이지애나 주의 뉴올리언즈 패밀리 등이 주축이 된 쿠바 오퍼레이션에도 이미 지분을 투자하고 있었으며, 1955 년부터는 클리블랜드의 모리스 달릿츠와 손잡고 호텔과 카지노를 인수하여 라스베가스 오퍼레이

---

[43] 이때 시카고 아우트피트에는 Ken Eto 라는 일본명으로 통하는 한국인 멤버도 한 명 있었

션에도 참가하게 된다.

1957 년, 이제 네 아이의 아버지가 되어 있던 토니 아카르도는 제일 맏이인 안토니 로스 아카르도[44]를 과거에 토마스 멀로이가 회장으로 있었던 로컬 110 번, 영화기사 노동조합의 간부로 앉혀주어 그 자신의 밥벌이를 보장해주는 등 아버지로서의 할 일도 웬만큼 하였고, 또한 아우트피트의 보스로서도 그간 놀라울 만큼 경영을 잘해와 조직의 세력을 크게 확장시켰기 때문에 이제는 좀 쉬면서 그의 취미인 바다낚시나 하면서 여가를 즐기고자 하였다. 그의 별명 중 하나인 빅 튜나는 그의 바다낚시 취미로부터 비롯되었을 만큼 그는 배를 타고 먼 바다로 나가서 하는 낚시를 매우 좋아했다.

이에 대하여 아카르도는 폴 리카와 회담을 한다. 그러나 리카는 이렇게 뛰어난 능력을 가진 보스가 조직의 일에서 손을 뗀다는 것은 조직 전체로 볼 때 너무나 크나큰 손실이라 생각하여 아카르도가 계속 보스의 자리에 있도록 그를 설득하였다. 그래도 그의 결심이 흔들리지 않자 할 수 없이 절충안으로써 아카르도가 보스의 지위에서 물러나기는 하되, 필요할 때에는 언제든지 그의 조언을 얻을 수 있도록 그를 조직의 콘실리에리 자리에 앉도록 안배했다. 그 다음에 두 사람은 오랜 토의 끝에 시카고 아우트피트의 새 보스로는 1946 년 이래 조직의 언더보스였던 샘 잔카너를 선택했다.

1908 년 생으로 아카르도보다 겨우 두 살이 적은 샘 잔카너는 몇 년 전 시카고 시내 28 번가에서 조직의 허락 없이 숫자 도박을 벌여 큰 수입을 올리고 있던 짐 마틴[45]과 그의 비호세력인 시의회의원 죠지 켈스[46]를 손보아 조직에 큰 수입을 더해 주었

다고 한다.

[44] Anthony Ross Accardo(1936 - 현재)

[45] Jim Martin

[46] George Kells

던 경력도 있는 사람이었고, 그때 그가 보였던 수완은 거의 완벽한 것이었다. 쟌카너는 뉴욕의 강력한 보스인 프랭크 코스텔로와도 아주 가까운 친분을 가지고 있었으며, 많은 후보자들 중에서 샘 쟌카너야말로 토니 아카르도 다음의 시카고 아우트피트의 보스로 가장 적당한 인선으로 생각되었다.

쟌카너는 보스의 인준을 위하여 1957 년 11 월 14 일, 토니 아카르도와 함께 뉴욕 주의 아팔라친에서 열린 전국 위원회의 회의에 참석하게 된다.

제 4 부
1957 년 대전쟁을 전후한 이야기

제 10 장

일본의 항복으로 태평양 전쟁이 끝나, 1945 년 8 월에 제 2 차 세계대전은 완전히 막을 내렸다. 그리고 그로부터 약 1 년 후인 1946 년 12 월 22 일에 미국 마피아와 전국 신디케이트의 정기 위원회가 쿠바의 수도인 하바나에서 개최된다.

전국 위원회가 쿠바에서 열렸다는 사실은 당시 쿠바에서 신디케이트가 벌이고 있던 사업의 규모를 그대로 반증해주는 것이다. 쿠바에서 마피아가 대규모로 벌였던 카지노 도박, 호텔과 나이트클럽 경영, 매춘 등 수많은 사업에 대해서는 일반에게 그리 잘 알려지지 않은 측면이 있으나 몇몇 영화를 통해서 부패한 쿠바 상류계층의 마지막 나날들과 피델 카스트로[1]의 혁명전야가 묘사된 적이 있는데 로버트 레드포드 주연의 <하바나>와 영화 <대부>의 속편 등이 바로 그것이다.

1959 년 1 월 1 일, 쿠바 민중의 압도적인 지지를 바탕으로 혁명을 성공시킨 카스트로는, 처음에는 그리 극단적인 공산주의

[1] Fidel Castro(1927 - 현재)

자가 아니었다고 한다. 그러나 당시 미국의 대기업과 손잡고, 모든 사업의 이권을 누리며 향락의 나날들을 보냈던 쿠바의 구 지배층과 기득권층을 혁명 후 단죄하는 과정에서 카스트로는 미국의 미움을 사지않을 수가 없었으며 또한 이에 대한 대응조치로 미국이 쿠바의 대표적 수출품인 설탕에 대해 수입금지 조치를 취하자 어쩔 수 없는 방편으로, 살기 위해서 소련이나 중공 등 사회주의 국가 블록 편으로 기울게 되었다고 한다.

미국 마피아는 1930년경부터, 또는 1920년대 말부터 쿠바에 관심을 두기 시작하였던 것으로 보인다. 처음으로 쿠바에 눈을 돌린 것은 뉴욕 루치아노 패밀리의 사람들이었고, 점차 쿠바 비즈니스의 잠재력이 드러나기 시작하면서부터 다른 패밀리들도 자본을 투자하거나 직접 그 사업에 참여하게 되었던 것이다. 1933년이 되어 금주법이 폐지되고, 특히 뉴욕에서 피오렐로 라구아르디아 시장이 집권하여 개혁 시정을 일으키면서 쿠바 오퍼레이션은 매우 빠른 속도로 진행된다.

천혜의 관광자원과 광대한 사탕수수밭 이외에는 별다른 중요 천연자원이 없던 쿠바는 당시 미국의 부유층이 휴가기간에 가장 가고싶은 곳으로 손꼽는 휴양지였고, 또한 거의 모든 소비재를 미국에서 수입하고 있던 상태여서 많은 미국의 기업들이 앞을 다투어 쿠바에 진출해 있었다. 지난 세기의 말인 1898년, 하바나 항에 전함 메인호를 입항시켜 데몬스트레이션을 한 이래 미국은 항상 쿠바에 대해서 관심을 가지고 있었으며, 이미 1921년에 미국의 대 쿠바 투자 규모는 12억 달러에 이르렀다. 미국 자본을 본격적으로 끌어들인 제라르도 마차도[2] 대통령의 집권 말기인 1933년에는 쿠바 전 재산의 약 70퍼센트를 미국의 기업들이 점유하고 있었다고 한다.

1925년부터 1933년까지 집권한 제라르도 마차도, 그리고

---

[2] Gerardo Machado(1871 - 1939)

1933 년부터 1958 년까지의 권력자였던 훌렌시오 바티스타[3]는 미국의 기업들에 특혜를 주면서 사리사욕을 채운 부패 독재자들이었다. 이러한 과정에서 쿠바는 어떤 일이든 돈만 있다면 모든 문제가 해결될 수 있는 훌륭한 미국식 자본주의 사회로 거의 탈바꿈하게 된다.

갱들은 미국 기업의 쿠바 진출과 발맞추어 투자를 증가시키고 있었고, 뇌물과 회유를 통해 독재자 바티스타를 그들의 사람으로 만들면서 쿠바를 그들의 천국으로 만들어가고 있었다. 1933 년, 프랭크 코스텔로와 마이어 랜스키는 이 쿠바 오퍼레이션을 위해서 바티스타와 접촉하였고, 그에게 선금으로 300 만 달러를 건네준 다음 다시 매년 300 만 달러의 이익을 보장하였다. 1938 년에는 바티스타가 마이어 랜스키를 쿠바로 초청하여 관료들이 경영하고 있는 탓에 제대로 이익을 내고 있지 못하는 두 군데의 카지노를 인수하도록 랜스키에게 제의하기도 한다.

쿠바 오퍼레이션에는 도박사업, 매춘사업 이외에 합법적인 호텔과 나이트클럽 경영 등도 있었으며, 그뿐 아니라 마약의 거래까지도 포함되어 있었다. 프랑스의 마르세이유를 출발하여 뉴욕 항으로 헤로인을 들여오는 프렌치 커넥션이 점차로 노출되기 시작하자 이번에는 쿠바를 경유하여 마이애미나 뉴올리언즈로 마약을 상륙시키는 루트가 새로 만들어진 것이다. 이들 마피아의 투자는 날로 증가하여 1950 년경에 이르러서는 쿠바 비즈니스 중 도박사업 하나만도 수입이 연간 1 억 달러의 규모에 달할 정도였다고 한다. 한마디로 쿠바는 마피아들에게 황금알을 계속 낳아주는 거위와 다름이 없었다. 이 모든 황홀한 비즈니스는 카스트로가 1959 년에 혁명을 일으켜 모든 일을 혼란의 도가니에 빠뜨리기 전까지 계속된다.

---

[3] Fulgencio Batista(1901 - 1973)

다시 1946년으로 돌아와서, 이번의 쿠바 모임에는 미 전역에서 대표들이 참석하였는데, 뉴욕에서는 루치아노 패밀리에서 프랭크 코스텔로와 죠 아도니스, 그리고 마이어 랜스키가, 또한 각각 한 가문의 보스이며 서로 매우 친한 사이였던 죠셉 프로파치와 죠셉 보나노가 각자의 언더보스인 죠셉 말리오코와 카르미네 갈란테를 데리고 참석하였다.

또 다른 뉴욕의 가문인 망가노 패밀리에서는 보스인 빈센트 망가노가 건강상의 이유로 여행을 하기가 어려워 그의 언더보스인 알버트 아나스타샤를 보냈으며, 갈리아노 패밀리도 사정상 보스인 토마스 갈리아노가 참석치 못하고 언더보스인 토마스 루케제를 참석시켰다. 뉴욕 주의 버팔로에서는 스테파노 마가디노가 친히 출석하였다.

시카고 아우트피트를 대표해서는 토니 아카르도가 경호원인 피셰티 형제들과 함께 직접 출석하였고, 클리블랜드에서는 죤 스칼리지가 참석하였다. 그리고 카를로스 마르셀로[4]가 보스인 실베스트로 카롤라[5]를 대신하여 루이지애나 주의 뉴올리언즈 패밀리의 대표로, 또 산토스 트라피칸티 쥬니어[6]가 그의 아버지를 대신하여 플로리다 주 탐파 패밀리의 대표로 참석하였다.

1938년 이래 시실리 섬에 피신해 있던 루치아노 패밀리의 언더보스, 비토 제노베제도 그의 살인 혐의가 무죄로 증명되어 뉴욕으로 돌아가는 길에 회합에 참석하였고, 뉴욕 패밀리의 대표 자격으로 캘리포니아에 파견되어 있던 벤자민 시겔도 당시 한참 유명세를 타고 있던 가수 프랭크 시내트라[7]를 대동하고 참석하였으며 그밖에도 윌리 모레티, 마이크 미란다, 필립 카스텔 등[8] 많은 위원회의 멤버들이 이 쿠바의 모임에 참석하였다.

---

[4] Carlos Marcello(? - 1993)
[5] Silvestro Carolla(1896-1972) 닉네임은 Silver Dollar.
[6] Santos Trafficante Jr.(? - 1987)
[7] Frank Sinatra(1915 - 1998)
[8] Willie Moretti, Mike Miranda, Philip Kastel etc.

프랭크 시내트라는 뉴져지 주의 호보켄 출신으로 1930 년대 말부터 노래를 부르기 시작하였는데, 이내 뉴져지 도박업계의 대부였던 윌리 모레티[9]의 눈에 띄어 후원을 받게 되었고 지금은 전 미국 연예계의 빅 스타로 떠오르고 있던 중이었다. 시내트라와 마피아의 깊은 관계는 그간 너무도 많이 알려져, 오늘날에는 그것을 비밀이라고 말할 수도 없을 정도이다. 프랭크 시내트라가 한때 인기가 떨어질 무렵, 영화 <지상에서 영원으로>에 출연하여 영화가 성공함으로써 다시 그의 인기가 상승 곡선을 그리게 된 에피소드는 마리오 푸조에 의하여 소설 <대부>에서 그대로 차용되기도 한다.

비토 제노베제는 사업과 관련된 한 살인 사건에 제 1 용의자로 지목되어 그 동안 외국에 피신해있을 수밖에 없었으나, 그의 유죄를 증명할 수 있는 유일한 증인이었던 피터 라템파[10]가 1945 년에 죽자 다시 미국에 돌아올 수 있게 되었다. 피터 라템파는 브루클린 형무소 내에서 간수들에 의해 최고의 경호조치를 받으며 보호되고 있던 중 갑자기 사망하였다. 부검으로 밝혀진 그의 사인은 독살이었다. 어떤 루트를 통하였든 제노베제가 손을 쓴 것이 분명했다. 비토 제노베제는 그간 시실리에 머물면서 시실리, 프랑스, 미국을 연결하는 마약사업에도 관여하고 있었고, 2 차 세계대전이 끝난 후에는 점령군인 미군의 물자를 빼내어 암시장에 넘기는 지하거래에도 관여를 하고 있었다고 한다.

일찍이 1943 년, 미국 의류산업의 숨은 제왕이었던 루이스 부챌터가 사형 선고를 받았을 때에도 그에게 불리한 증언을 하였던 중요 증인 에이브 릴리스가 피살된 적이 있었는데, 이때의 상황도 증인 릴리스가 뉴욕 경찰청 소속의 6 명의 경찰관이 상시 엄중 경호를 하고 있던 상태였다고 한다. 당시 에이브 릴리

---

[9] Willie Moretti(? - 1951)

[10] Peter LaTempa(? - 1945)

스는 코니 아일랜드의 호텔 하프문[11]의 6층 창문으로부터 떨어져 내려 운명을 달리했다. 사법 당국에 대한 마피아의 침투는 이 정도로 깊숙했기 때문에 감히 마피아에 대하여 불리한 증언을 하려고 마음먹는 사람들은 지극히 소수에 불과한 실정이었다.

마이어 랜스키, 비토 제노베제와 함께 초기 루치아노의 4인방 중의 한 명이었던 벤자민 시겔은 약 4년 전인 1943년에 뉴욕 패밀리를 대표해서 캘리포니아로 진출하였다. 시겔이 서부로 파견된 것은 당시 그가 뉴욕에서 살인 혐의로 쫓기고 있기도 했지만, 헐리우드 갈취 사건이 표면화되어 서부에 대한 시카고 패밀리의 위상이 약해진 틈을 타 뉴욕 패밀리가 서부에서 사업을 도모해보려는 의도가 더 강했기 때문이다.

벤자민 시겔은 미키 코헨[12]을 경호원으로 대동하여 캘리포니아로 건너갔고, 그 쪽 조직의 원래 보스인 잭 드라나[13]와 힘을 합하여 사업을 재조직하기 시작했다. 시겔은 워너 브라더스의 잭 워너, MGM의 루이스 메이어[14]와 같은 헐리우드의 대 스튜디오 소유자들과 안면을 키웠고, 곧 그들로부터 보호비를 걷을 수 있게 된다.

시겔은 네바다 주 모하브 사막의 작은 도시 라스베가스에 서부 최대의 카지노를 포함한 최고급 호텔을 건설하려는 야심찬 계획을 세웠고 이는 위원회의 허락을 얻어 곧 실행에 들어갔다. 그리고 시겔의 진두 지휘로 완공된 플라밍고 호텔-카지노가 바로 그 해 크리스마스에 맞추어 오픈할 예정이었다.

당시 네바다 주는 미국에서 유일하게 모든 종류의 도박이 합법화되어 있던 곳이었다. 이때 네바다 주에서 도박으로 제일 유

---

[11] Half Moon Hotel
[12] Mickey Cohen(1913 - 1976)
[13] Jack Dragna(1891 - 1957)
[14] Jack Warner(1892 - 1978), Louis B. Mayer(1885 - 1957)

명했던 장소는, 사실은 라스베가스가 아니라 르노였다. 라스베가스를 선택하여 그곳에 호텔 플라밍고를 건립함으로써 벤자민 시겔은 오늘날 라스베가스가 도박 도시로 국제적인 관광지가 되는데 가장 최초의, 그리고 최대의 공헌을 한 사람이 된다. 그의 스토리는 영화 <벅시>에서 워렌 비티에 의하여 재현되었다. 영화에서 아네트 베닝이 맡았던 시겔의 연인 역할은 실제로도 벤자민 시겔의 애인이었던 배우, 버지니아 힐[15]이다.

많은 유력 보스들이 모인 회합이었으나 이번 쿠바 모임의 진짜 히로인은 단연 이탈리아로부터 먼 길을 마다 않고 건너온 그들의 황제 찰스 루치아노였다. 루치아노가 회합장소에 등장하였을 때, 위원회의 모든 멤버들은 이 회합에 참석하기 위하여 망망대해 대서양을 건너온 그들의 보스 중의 보스에게 최대의 경의를 표하기 위해 일제히 자리에서 일어나 우뢰와 같은 박수를 침으로써 그를 환영했다고 한다.

루치아노는 지난 1946 년 10 월에 이미 이탈리아를 떠나 비행기 편으로 브라질로 날아온 다음 베네주엘라와 멕시코를 거쳐 쿠바에 도착하였으며, 지난 몇 주 동안 안락한 아열대의 쿠바 생활을 즐기고 있던 중이었다. 그런데 원래 그의 가석방에는 이탈리아를 떠나서는 안 된다는 조건이 붙어 있었으므로 이번의 여행은 그것을 어긴 셈이었다. 루치아노의 옆을 지키며 그의 편의를 보아주는 쿠바의 유력자는 쿠바의 국회의원인 에두아르도 리바[16]였으나 물론 그의 뒤에는 마이어 랜스키를 통하여 엄청난 수입을 올리고 있는 훌렌시오 바티스타가 버티고 있었다.

1946 년, 신디케이트의 회합이 열릴 때 쿠바 대통령은 라몬 그라우[17]였다. 그라우는 전임 대통령인 바티스타와 마찬가지로 이들 마피아 조직에 매우 우호적인 사람이었다. 그가 갱들에게

[15] Virginia Hill
[16] Edouardo S. Rivas
[17] Ramon Grau San Martin

호의를 보이는 이유는 단 하나, 그들이 그에게 돈을 만들어주기 때문이었다. 그 이전까지 쿠바의 독재자였던 바티스타는 1944년의 대통령 선거에는 후보자로 직접 출마하지 않은 채 뒤에서 라몬 그라우를 후원했고, 지금은 잠시 마이애미로 거처를 옮겨 기거를 하고 있었다.

바티스타는 지난 1933년, 군사 쿠테타를 일으켜 집권한 후 계속 쿠바의 실권자로 군림하여 왔고 1940년의 선거에는 자신이 직접 후보로 나서 대통령으로 당선되기도 하였다. 그러나 그에 대한 쿠바 민중의 불만 여론이 높아지자 이를 의식한 루즈벨트 미대통령이 특사를 보내 바티스타로 하여금 1944년의 대통령 선거에는 후보로 나서지 않도록 종용을 하였다. 쿠바의 정국 안정에 미국의 대통령이 특사를 보내어 관심을 표명할 만큼 쿠바는 미국의 이익과 직접 관련이 있었던 것이다. 이때 루즈벨트 대통령의 특명을 받아 쿠바로 파견되어 바티스타를 만난 사람은 다름 아닌 뉴욕의 마이어 랜스키였다. 믿기 힘든 사실이나 이것은 진실이며 루즈벨트 대통령과 랜스키의 친분은 루즈벨트가 뉴욕 주지사로 재직할 때부터 시작되었던 것으로 보인다.

이번 정기 회합의 주된 안건은 쿠바 비즈니스에 대한 보고와 네바다 주에서 처음으로 시도되고 있는 호텔-카지노 사업, 플라밍고에 대한 문제 이외에는 별 것이 없었다. 이때의 신디케이트의 회합은 그것이 열린 장소가 환락의 도시 하바나였다는 점의 영향도 있었겠지만 그 밖의 여러 가지 측면에서도 아마 축제와도 같은 분위기였을 것이다. 당시는 2차 세계대전도 끝나 국내, 외의 혼란도 진정된 후이고, 대통령직을 수행하다가 급서한 루즈벨트의 뒤를 이어 1945년에 제33대 미국 대통령이 된 해리 트루먼, 전 부통령도 이들에 대하여 그리 적대적인 사람이 아니었으며, 돈을 찍어내다시피 하는 쿠바 비즈니스 역시 아무런 문제가 없이 아주 잘 돌아가며 계속 그들에게 큰 돈을 벌어주고 있었기 때문이다.

회합의 초두에 그들은 멀리 이탈리아에서 찾아온 그들의 황제, 찰스 루치아노에게 환영의 인사를 하며 그에 대한 표시로 돈이 들어있는 봉투를 각자 루치아노에게 건넸다고 한다. 그리고 그에 이어 마이어 랜스키가 쿠바 비즈니스의 현황에 대하여 브리핑을 한 다음, 마약의 거래에 대하여 약간의 견해 차이를 보이고 있는 패밀리들 사이의 의견을 조정하는 시간이 되었다.

뉴욕의 죠셉 보나노는 보수적이었던 살바토레 마란자노의 후계자답게 마약에 대해서는 그것을 취급해서는 안 된다는 완고한 입장을 고수하고 있었고, 시카고의 토니 아카르도도 마찬가지 생각을 가지고 있었다. 그러나 쿠바 비즈니스에 관련된 대부분의 사람들이 이미 쿠바를 통한 마약의 거래에 깊게 관여하고 있었기 때문에 그에 대해서는 양보를 할 수가 없는 입장이었다. 이때에 마약 거래를 계속해야 한다는 쪽의 손을 강력하게 들어준 사람이 시실리에서 돌아온 비토 제노베제였다. 그리고 최종적으로 찰스 루치아노가 역시 같은 편을 지지하여 마약에 대하여는 일단 토의가 끝나게 되었다.

뉴욕 브루클린의 알버트 아나스타샤는 그간 직접 쿠바 오퍼레이션에 참여하지는 않고 있었으나 이번의 모임을 계기로 그도 쿠바 비즈니스에 참여하고 싶다는 의사를 어느 정도 표명해 왔다. 브루클린 부두를 통해 마약 밀수사업을 해왔던 아나스타샤는 지난 몇 년간의 전쟁 – 제2차 세계대전 – 으로 인하여 뉴욕항을 통한 마약 수입, 이른바 프렌치 커넥션이 어려움에 처하자 자신도 다른 루트를 확보해 놓아야 하겠다는 위기의식이 작용하였던 것이다. 그러나 아나스타샤의 거친 성미와 급한 성격은 정평이 나 있었고, 거기에 더하여 그가 왕년에 살인주식회사의 언더보스였던 관계로 여러 실력 있는 히트 맨들이 아직도 그와 많이 연결되어 있어, 그가 그들을 이끌고 함께 쿠바로 건너오는 것을 기존 멤버들은 아무도 달가워하지 않았다.

의제의 마지막으로 벤자민 시겔의 플라밍고 호텔 건의 차례가 되었다. 어릴 적부터 찰스 루치아노와 마이어 랜스키의 가장 친한 친구였던 벤자민 시겔은 지난 1943 년에 뉴욕 패밀리, 특히 루치아노 패밀리의 이익을 대표해서 미국의 서부로 파견되었다. 당시 시겔이 서부로 파견된 이유 중 가장 주된 것은 네바다 주에 카지노를 건립하려는 것이었다. 왜 하필 네바다 주였을까? 그 이유는 당시 미국 전역에서 도박을 합법화하고 있던 곳이 바로 네바다 주 오직 한 곳이었기 때문이다.

네바다 주는 이미 1931 년에 포커, 블랙잭은 물론 카지노, 룰렛 등을 포함하여 모든 종류의 도박을 합법화하는 법안을 통과시켰다. 그리고 역시 같은 해에 6 주 이상의 결혼생활을 한 부부에게는 자유스럽게 이혼을 허가하는 법안도 통과시켰다. 당시 미국의 사회 각계각층과 유력 신문들은 이에 대하여 연일 비난의 화살을 네바다 주에 퍼부었다고 한다.

시카고 트리뷴 지는 네바다 주의 주 자격을 취소하라는 사설을 썼고, 로스앤젤리스 타임즈 지는 네바다 주를 악으로 가득찬 바빌론이라고 묘사한 기사를 썼다고 한다. 도박과 이혼 뿐만 아니라 네바다 주에서는 매춘까지도 합법이었으니 이와 같은 격심한 비난을 받았던 것도 당연한 일이지만, 별다른 관광 자원이 없던 네바다 주로서는 주의 수입을 올리려는 필사적인 정책의 일환이었다. 벤자민 시겔은 자신과 같은 유태인인 미키 코헨을 경호원으로 대동하여 우선 캘리포니아로 건너갔다. 이때의 미키 코헨은 최근의 영화 <LA 컨피덴샬>에서 헐리우드의 거물갱으로 묘사되고 있는데, 이는 사실이기는 하나 이때로부터 약 10년 이상이 지난 한참 미래의 이야기가 된다.

벤자민 시겔은 당시 네바다 주에서 도박으로 가장 유명하던 도시인 르노를 제쳐두고 보잘것없는 작은 마을에 불과하던 라스베가스를 선택하여 카지노를 건립하기로 결심하였으며, 그의 계획은 위원회의 승락을 얻어 빠른 속도로 진행된다. 그런데 거기에는 한가지 문제가 있었다. 처음에 시겔이 위원회에 제출했던 플라밍고 호텔 건설비의 견적은 100 만 달러 정도였는데 그것이 완공 시에는 600 만 달러로 오른 것이다. 투자되는 돈의 액수가 기하학적으로 늘어나는 데에 대하여 자본을 투입한 위원회의 멤버들은 불만을 감추지 못하고 있었다. 여기에 더하여 시겔의 애인인 버지니아 힐이 호텔의 건설비, 즉 그들의 공금을 횡령하고 있다는 사실이 밝혀져 문제는 더욱 커지고 있었다.

앞에서 말하기를 이번의 쿠바 회합에 벤자민 시겔이 프랭크 시내트라와 함께 출석하였다고 했지만 사실은 여기에 대해서는 다른 의견도 있다. 즉, 플라밍고 호텔의 문제가 쿠바의 모임에서 논란거리가 되었던 것은 분명하나, 과연 벤자민 시겔 본인이 정말로 이 회합에 참석을 했느냐 하는 것이다. 플라밍고 호텔의 오픈 예정 일자는 1946 년 12 월 25 일로 크리스마스 이브에 오프닝 파티가 있을 예정이었는데 그 준비에 몹시도 바빴을 시겔이 쿠바까지 날아왔을 리가 없다는 것이다.

이에 대하여 여기서 두 가지의 가설을 소개할 수 있는데, 첫 번째의 것은 멤버들이 다들 모인 자리에서 벤자민 시겔과 찰스 루치아노, 마이어 랜스키가 엄청나게 늘어난 플라밍고 호텔의 건설비를 둘러싸고 언성을 높여가며 다투었으며 루치아노가 이를 자신에 대한 모욕으로 받아들였다는 것이고, 다른 한 가지 설은 벤자민 시겔이 애초부터 쿠바 모임에 참석하지 못했으며 그의 문제를 놓고 위원회의 멤버들끼리 토의를 하여 모종의 합의점을 도출해내었다는 것이다. 두 번째의 가정이 저자로서는 더 맞을 것으로 생각이 되나 어쨌든 정확한 진실은 알기 힘들 것 같다(프랭크 시내트라가 참석한 것은 사실로 전해진다).

마이어 랜스키는 위원회에 참석한 멤버들에게 버지니아 힐의 공금 횡령 사실을 알리고, 자기로서는 형제와도 같은 시겔을 단죄하는 것은 견디기 힘든 일이나 공금의 유용이 힐과 시겔 두 사람의 공모에 의한 것이라면 그것은 용서할 수는 없는 일이라고 말했다고 한다. 랜스키의 추적에 의하면 버지니아 힐은 스위스의 은행에 30 만 달러를 예치한 계좌를 가지고 있으며, 이처럼 큰 돈은 시겔의 호텔 공사비로부터 나오지 않은 다음에는 달리 그녀에게 생길 곳이 없다는 것이었다.

랜스키의 제안은 다음과 같았고 여기에 루치아노가 찬성한 다음, 다른 의견이 없자 이 제안은 위원회의 결론으로 받아들여졌다. 즉, 플라밍고 호텔의 성공 여부를 일단 두고 보자는 것이었다. 시겔이 장담한 대로 플라밍고 호텔의 오프닝이 온갖 종류의 관광객들로 화려하게 장식되고, 그 카지노에 손 큰 고객들이 몰려 향후 호텔의 경영이 순조로울 것으로 예상이 되면 30 만 달러를 회수하는 것만으로 시겔의 죄를 용서해주되, 만일 그렇지가 못하고 플라밍고 호텔의 앞날이 순탄치 못하게 보일 경우에는 도저히 그를 용서할 수가 없다는 것이었다.

그러나 플라밍고 호텔의 오프닝 파티는 죠지 래프트, 지미 듀란테 등[18] 많은 헐리우드의 연예계 스타들이 찬조 출연을 했음에도 불구하고 완전 실패로 돌아갔고, 카지노 또한 텅 빈 채 파리를 날리고 있었다. 결국 이로부터 몇 달 뒤인 1947년 6월 20일, 벤자민 시겔은 애인인 버지니아 힐의 비벌리 힐즈 집 거실에서 신문을 보며 쉬고 있던 중 창문으로부터 저격 당하여 5발의 총탄을 맞고 운명을 달리하게 된다. 그는 라이플 소총으로 먼 거리에서 피격된 드문 케이스였다.

시겔이 죽은 후 플라밍고 호텔은 뉴욕에서 파견한 구스 그린바움, 모리 로젠 그리고 모오 세드웨이 등 3 인[19] 이 감독하며 경영하여 사업을 정상궤도에 올려놓게 된다. 구스 그린바움과 모리 로젠은 쿠바에서 루치아노 패밀리의 카지노 사업을 맡아

---

[18] George Raft, Jimmy Durante etc.

[19] Gus Greenbaum, Morrie Rosen, Moe Sedway

그 방면으로 이미 많은 경험을 쌓은 랜스키의 사람들이었다. 구스 그린바움은 후일 부하 직원을 잘못 골라 쓰는 실수를 범하여 뉴욕 패밀리의 허락하에 시카고 아우트피트로부터 처벌을 받게 되는 바로 그 사람이다. 시겔의 플라밍고 호텔은 최근 힐튼 호텔 그룹이 인수하여 증축한 뒤 1995 년에 재오픈하여 오늘날에는 플라밍고 힐튼 호텔로 불리고 있다.

루치아노 패밀리는 찰스 루치아노의 리더쉽 아래에 마이어 랜스키가 재정 문제의 상담역을 맡고, 프랭크 코스텔로와 죠 아도니스가 정치적인 보호막을 담당하며, 비토 제노베제와 벤자민 시겔이 힘쓰는 일을 처리하는 시스템이었다. 그러던 중 루치아노가 감옥에 들어가게 되자 그들의 권력 구조에 변화가 오게 되었다. 비토 제노베제는 루치아노의 언더보스였던 것을 기회로 공석이 된 패밀리의 보스 자리에 자신이 앉고자 하였으나 1936 년 말, 제노베제 자신도 살인 혐의로 기소되어 얼마간 피신해 있어야 했기 때문에 소원을 이룰 수 없었으며 그 후 패밀리의 액팅보스는 자연스럽게 프랭크 코스텔로가 맡게 되었다.

프랭크 코스텔로는 찰스 루치아노, 마이어 랜스키와 함께 초기 미국 신디케이트의 3 대 거두 중 한 사람이다. 그는 수입을 만들거나, 적대적인 패밀리의 멤버를 처치하는 것도 중요하지만 그보다는 가문의 생명력을 오래도록 유지시키기 위해서는 정치적인 영향력, 정치적인 보호막을 확보하는 것이 그 무엇보다도 중요함을 깨닫고, 일찍부터 그 방면으로 투자와 노력을 계속하여 조직의 누구보다도 많은 수의 정치가와 상, 하원의원, 그리고 연방판사 등 고위 관리들을 자신의 호주머니 속에 넣어가지고 있었다. FBI 국장인 에드거 후버를 손아귀에 넣게 된 것도 프랭크 코스텔로였기에 가능했던 일이었을 것이다. 그는 미국 마피아의 역사상 가장 뛰어난 정치적 해결사로 일컬어지며 이런 점으로 인해 그의 별명은 '지하세계의 수상' 으로 통하였다. 그는 어떤 문제나 갈등이 발생을 하게 되면 항상 폭력보다는 이성적인 대화로써 문제를 해결하려고 노력했던 사람이었다고 하는데 그의 별명에 어울리는 성격이 아닌가 한다.

프랭크 코스텔로는 1891년, 남부 이탈리아의 칼라브리아에서 태어나 5살 때인 1896년에 가족과 함께 미국으로 이주하였다. 뉴욕의 이스트 할렘에서 자랐으며 십대부터 도둑질 등으로 활동을 시작하였고, 1914년에는 오우니 매든 갱단[20]의 일원이 되었다. 그는 이 무렵부터 총을 가지고 다니기 시작하였는데, 1915년 3월에 불심 검문을 당하여 불법 무기 소지로 10개월 간의 복역을 하게 된 것이 그의 첫 감옥살이였다. 코스텔로는 이때 자기의 앞날을 개척하는데 다시는 총을 쓰지는 않겠다고 맹세를 하였다고 한다.

이때의 경험이 그로 하여금 총보다는 대화를 선호하도록 만든 것 같다. 감옥에서 나온 후로 그는 자신을 위한 정치적인 보호막을 만들려는 노력을 시작하여, 경찰과 정치가들에게 정기적으로 돈을 상납하며 도박사업을 보호 받고 아울러 그들과의 연줄들을 만들었다. 1917년에 1차 세계대전으로 인한 징집 영장이 나왔을 때도 코스텔로는 정치가 친구들의 도움으로 군대에 가지 않을 수 있었다. 위원회가 결성될 무렵 그가 자신과 조직을 위하여 정치가와 정부 관리 등에게 뿌리는 돈은 1주일에 10만 달러나 되었다고 한다.

1920년대 말, 그는 죠 아도니스와 함께 루치아노의 초기 지원자 중의 한 사람이 되었고 1929년에는 알 카포네의 제창으로 열린 아틀랜틱 시티의 모임에 루치아노가 참석하도록 그를 격려하기도 하였다. 루치아노가 없는 어려운 시기에 조직의 모든 사업을 잘 이끌어 갈 사람으로는 폭력에 의한 해결을 매우 중시하는 비토 제노베제보다는 프랭크 코스텔로가 어느 모로 보

---

[20] Owney Madden`s Manhattan Gang

나 올바른 선택이었을 것 같다.

찰스 루치아노는 쿠바에 머물면서, 뉴욕에 있는 자신의 패밀리와 나아가서 전국 위원회의 운영에 지속적으로 영향력을 행사하려고 하였으나 그가 쿠바에 체류하고 있다는 사실이 쿠바의 신문에 보도되고, 이어 미국의 유력지에 보도되어 당국에 알려지면서 결국 다시 쿠바로부터 추방되어 이탈리아로 돌아가야만 하게 된다.

처음에 루치아노의 쿠바 체류가 알려졌을 때, 미국 정부가 제일 먼저 한 일은 주 쿠바 미국 대사인 헨리 노웹[21]을 본국으로 소환한 것이었다. 알다시피 대사의 소환은 한 나라에 대한 매우 강력한 항의의 표시이다. 지하세계의 황제, 찰스 루치아노의 일은 지상세계에서도 그만한 정도의 비중을 가지고 있었던 것이다. 그렇게 미국은 쿠바 정부에 압력을 넣기 시작하였으나, 쿠바에서는 루치아노도 관광차 쿠바를 방문한 한 명의 사업가일 뿐이므로 그를 추방할 아무런 이유가 없고, 그로 인하여 미국으로부터 간섭을 받을 이유가 전혀 없다고 답을 하였다.

미국은 계속 엄포를 놓고, 쿠바측은 죄송하기는 하나 관광객을 추방할 수는 없다고 대답하는 이 정도의 선에서 서로간에 적당한 합의를 볼 수도 있었을 것이다. 여기에다 갱들이 약간의 로비를 두 나라의 당국자들에게 더 함으로써 루치아노의 강제 추방까지는 막을 수 있었을지도 모른다. 그러나 당시 미 연방 마약국[22]의 국장이던 해리 앤슬린저[23]가 대통령 해리 트루먼에게 강력한 주장을 함으로써 미국의 입장은 더욱 완고해져 결국 루치아노의 추방은 이루어지고 말게 된다.

해리 앤슬린저의 보고에 따르면 루치아노가 추방당한 1946 년

---

[21] Henry Norweb
[22] Federal Bureau of Narcotics(FBN), 오늘날의 Drug Enforcement Administration(DEA)
[23] Harry J. Anslinger

을 전후하여 갑자기 미국으로 반입되는 마약의 수량이 매우 늘어났으며, 루치아노를 이대로 그냥 쿠바에 방치해두는 것은 미국과 미국 국민에게 있어서 지대한 위협이 된다는 것이었다.

대통령은 연방 마약국장의 이러한 보고를 듣고 아무런 액션을 취하지 않을 수는 없었다. 미국은 쿠바 정부에 더욱 강력한 압력을 넣었고, 결국 1947년 2월 23일에 루치아노는 하바나의 한 레스토랑에서 점심식사를 하고 있던 중, 갑자기 쿠바의 비밀경찰에 체포되어 쿠바의 엘리스 섬이라 할 수 있는 티스코리아 이민자 캠프[24]로 보내지고 다시 며칠 후에는 터키 화물선 바키르 호에 태워져 이탈리아를 향한 강제 출국을 당하게 된다. 그런데 사실은 당시 루치아노가 쿠바에 계속 머무는 것을 싫어한 사람은 미국의 사법관리들 뿐만이 아니었을지도 모른다.

일설에 의하면 루치아노의 쿠바 체류가 처음 외부에 알려지게 된 것부터가 뉴욕의 보나노 패밀리의 죠셉 보나노의 술책 때문이었고 한다. 찰스 루치아노가 수감된 후 뉴욕 지하세계의 주도권은 루치아노 패밀리의 프랭크 코스텔로, 그리고 그와 같은 고향 출신인 망가노 패밀리의 언더보스, 알버트 아나스타샤의 연합에게 있었다고 앞에서 기술한 바 있으나, 다른 한 설에 의하면 같은 시기에 전국 위원회의 의장 역할은 죠셉 보나노가 맡고 있었다고도 하며 죠셉 보나노와 죠셉 프로파치의 연합이 이 시기 동안 뉴욕의 주도권을 쥐고 있었다고도 말한다.

이쪽을 주장하는 사람들에 의하면 애초 1936년에 루치아노가 랜스키의 동료인 오우니 매든의 지배구역인 아칸소 주의 핫스프링즈로 피신하였을 때, 찰스 로제티[25]라는 가명으로 루치아노가 숨어 지내던 핫스프링즈의 머제스틱 호텔을 토마스 듀이 측에 누설한 것도 죠셉 보나노였다고 한다. 토마스 듀이는 아칸

---

[24] Tiscoria Immigration Camp
[25] Charles Rosetti

소 주의 주 경찰에 알리지 않고 자신의 부하들을 동원하여 1936 년 4 월 1 일에 루치아노를 체포하게 된다. 주 당국은 대개 갱들에게 매수되어 있다고 판단하여 자신의 사람들을 직접 파견한 것이다. 그리고 다시 10 년의 세월이 지난 뒤, 한번 더 찰스 루치아노를 거세하기 위하여 죠셉 보나노는 루치아노의 쿠바 체류 사실을 미국의 각 언론에 흘린 것이다. 이 모든 것이 사실이라면 카스텔라마레세 전쟁이 끝나고 살바토레 마란자노를 처치한 후, 마란자노의 오른팔이었던 죠셉 보나노를 그대로 살려둔 것은 루치아노의 생애 최대의 실수였을 것이다.

어쨌든 보나노에 대한 진실이 어떻든지 간에 1947 년경, 찰스 루치아노가 계속 쿠바에 머무는 것을 좋아했던 사람은 별로 없었던 것 같다. 이것은 프랭크 코스텔로와 마이어 랜스키를 모두 포함해서 그렇다는 뜻이다. 이들의 세계에서 신의라는 것은 수입이 계속되고 실력이 뒷받침될 때에만 지속될 수 있는 것이지, 아무리 한때 지하세계를 통일했던 황제 루치아노라 할지라도 직속의 히트 맨 부대 하나 없이 홀홀 단신으로 지내고 있을 때에는 그와 친하게 지내려고 하는 갱은 없었다는 것이 당시의 진짜 상황이었을 것이다.

미국에 가장 가까운 쿠바에 머물면서 조직의 사업을 직접 챙기고 싶었던 것이 루치아노의 바람이었으나 루치아노는 다시 추방되어 이탈리아로 갈 수밖에 없었고 이후로는 국내의 사업에서 루치아노의 영향력은 점차로 감소되어 갔다.

한편, 쿠바 회합이 끝나고 1947 년 새해가 되어 비토 제노베제가 뉴욕으로 돌아오자, 뉴욕의 세력균형은 다시 한번 바뀌기 시작한다. 겉으로 보기에는 큰 사건이 없는 평온한 나날들이었으나 그 속에서 갈등은 이미 싹트기 시작하고 있었다. 바야흐로 1957 년 뉴욕 5 대 가문 대전쟁[26]의 씨앗이 잉태된 것이다.

---

[26] The Five Families War of 1957

제 11 장

찰스 루치아노가 강제로 미국에서 출국 되던 1946년을 전후하여 세력이 커지기 시작한 것이 브루클린의 빈센트 망가노 패밀리였다. 빈센트 망가노의 언더보스인 알버트 아나스타샤는 한때 루이스 부챌터의 오른팔로 활동하며 살인주식회사를 함께 이끌었기 때문에 과거에 회사에 고용되어 일했던 히트 맨들은 모두 그의 명령이라면 듣지 않을 수 없는 처지였다. 따라서 아나스타샤에게 밉보인다는 것은 별로 좋은 생각이 아니라는 것이 당시 그 쪽과 관련된 사람들이 한결같이 가지고 있던 속마음이었다.

그러나 폭력은 필요 조건일 뿐, 그것만으로 조직의 위엄이 서는 것은 아니다. 조직의 세력을 진실로 말해주는 것은 돈이라고 말할 수 있는데 이에 대해서라면 망가노 패밀리에게는 브루클린 부두의 항만노조가 있었다. 알버트 아나스타샤의 동생인 안토니 아나스타지오는 전미 항만 노동자 조합의 부회장을 맡고 있으면서 노조를 실질적으로 좌지우지하는 파워를 가지고 있었던 것이다. 항만노조로부터 어떻게 돈이 만들어져 나오는지는 앞에서 이미 설명한 바 있다. 그리고 망가노 패밀리가 강력하게 떠오른 데에는 또 한 사람, 패밀리의 카포레짐인 카를로 갬비노의 활약이 있었다.

후일 패밀리의 보스가 되는 카를로 갬비노는 돈을 버는 데에 천재적인 재능을 가지고 있었다고 전해지는 사람으로, 제 2 차 세계대전 기간 중 배급표의 위력을 일찌감치 깨달아 그에 대한 사업에 제일 먼저 착수한 것도 그였다고 한다.

거의 전 세계를 휩쓸고, 유럽의 인구를 절반으로 줄게 만든 서글픈 큰 전쟁이었지만 그것도 마피아들에게는 돈을 벌 수 있는 좋은 기회로 작용하였다. 2 차 세계대전이 시작되자 미국은 물가관리국[1]이라는 행정부서를 새로 만들어 식료품과 개솔린 등 여러 생필품을 배급 제도를 통하여 소비자들이 사용할 수 있도록 했고, 생필품과 교환할 수 있는 배급표를 만들어 국민들에게 배포하도록 했다. 갬비노는 이 배급표의 위력을 눈치 채고 그것을 매점하여 거기에다 약간의 이익을 붙여서 다시 팔아 넘기는 사업을 한 것이다. 얼마간의 시일이 지난 뒤에는 아예 물가관리국의 담당자들을 매수해서 처음부터 거의 전량의 배급표를 그들에게 넘기도록 하여 배급표에 관한한 망가노 패밀리가 독점적인 사업을 할 수 있었다고 한다.

아울러 전쟁과 함께 필연적으로 생겨난 사업으로 암시장의 거래가 있었다. 이것도 전적으로 갱들이 취급하여 상당한 수익을 남길 수 있었다고 하고, 또한 징집대상이 되는 청년들을 전쟁터에 나가지 않도록 손을 써주면서 그에 대한 수수료를 챙기는 사업도 할 수가 있었다. 평소에 뇌물로 다져놓은 연줄로 인하여 이러한 사업들이 가능하게 되었을 것이다. 마피아는 2 차 대전 기간동안 한 가지 종류의 배급표에서만 100 만 달러 이상의 수입을 올렸다고 하며, 암시장과 그 밖의 다른 전쟁 사업을

[1] Office of Price Administration(OPA)

다 합친다면 얼마만큼의 규모가 될지는 상상하기 힘들 정도였다.

금주법이 끝날 무렵에 갬비노는 다른 조직들이 처분하려고 내놓은 양조시설을 싼 값에 매입하여 오히려 밀주 설비를 증설하였다고 한다. 이는 밀주의 수요가 계속될 것이라고 내다 보고 투자를 한 때문이었다. 1933년이 되어 금주법의 시대가 끝나고 술의 제조가 합법화되었지만 갬비노가 예측한대로 세금을 낼 필요가 없는 밀주에 대한 수요는 그 후로도 계속되었고, 망가노 패밀리는 1930년 중반 경 뉴욕 시를 중심으로 100마일 근방에서 밀주에 대한 독점적인 권리를 행사할 수 있었다고 한다. 엄청난 수입을 올린 것은 물론이다. 카를로 갬비노의 뛰어난 사업 감각을 한번에 알 수 있는 일례라고 생각된다.

미국 마피아 조직의 역사상 가장 거친 킬러로 알려졌던 알버트 아나스타샤는 시카고의 쟈코모 콜로시모와 지하세계의 수상, 프랭크 코스텔로의 고향인 이탈리아 남부의 칼라브리아에서 1903년에 태어났다. 1917년에 가족과 함께 미국으로 이주하여 16살에 동생 안토니 아나스타지오와 함께 부두 노동자로 취직하여 집안일을 돕게 되었는데, 이때 이미 그는 갱단 생활을 하고 있었다고 한다. 얼마 후 그는 죠 아도니스의 휘하에 들어가게 되었고 17살이 되기 전에 벌써 5건의 살인을 경력에 올리는 등, 밀주사업의 영역 다툼 전쟁에서 뛰어난 실력을 발휘하고 있었다.

수년간 뉴욕 밤거리의 보스였던 귀제뻬 마세리아를 처치할 때 마지막 확인 사살을 하기도 했던 그는 살인주식회사의 영업 시작과 함께 뉴욕의 지하세계에서 가장 영향력 있는 사람 중의 한 명이 되었고 1940년대를 거쳐 1950년대에 이르기까지 갱들뿐 아니라 일반 시민들로부터도 가장 두려움의 대상으로 손꼽히는 보스가 된다.

그는 보스의 반열에 들게 된 다음에도 직접, 친히 나서서 사람 죽이기를 좋아했다고 한다. 특히 그가 좋아했던 살인의 방법은 칼이나 총 등의 무기를 쓰지 않고 맨손으로 목을 졸라 죽이는 것이었다고 전해진다. 튼튼한 줄 등을 사용하여 목을 졸라 사람을 죽이는 방법은 시실리에서는 대대로 내려오는 복수의 살인 방법이라고 한다. 또한 아나스타샤는 그의 불 같은 급한 성미로 매우 유명하였으며 이에 대하여는 다음과 같은 일화가 있다.

1953 년 4 월 어느날, 알버트 아나스타샤가 집에서 텔레비전을 보고 있을 때였다. 뉴스 시간에 앵커맨은 은행 강도를 신고하여 체포되게 함으로써 하루 아침에 영웅으로 추켜세워진 아놀드 슈스터[2]란 사람에 대하여 보도를 하고 있었다. 슈스터가 경찰의 축하를 받으며 기자들과 인터뷰하는 모습을 보고 있던 아나스타샤는 갑자기 흥분하여 일어서서 `내가 제일 싫어하는 놈이 바로 저런 밀고자들` 이라고 소리를 지르며 옆에 있던 그의 부하 프레데릭 테누토[3]에게 그를 없애라는 명령을 내렸다고 한다. 보스의 명령이었으니 따르지 않을 도리는 없었을 것이다. 그러나 아놀드 슈스터의 죽음이 사회적으로 물의를 일으키자 아나스타샤는 그 사건과 자신을 연결할 수 있는 유일한 고리인 테누토를 없애버리고 만다. 그의 이러한 즉흥적이고도 난폭한 성격이 결과적으로 그의 명을 재촉하는 큰 요인이 되었을 것이다.

알버트 아나스타샤에게는 9 명의 형제가 있었는데 그 중에는 카톨릭의 신부가 된 형제도 있었다. 그리고 그의 바로 아래 동생인 항만노조의 부회장 안토니 아나스타지오는 영화 <워터프론트>의 갱 두목, 쟈니 프렌들리의 실제 모델이며 루치아노를 석방시키는데 결정적인 역할을 했던 허드슨 강 노르망디 호 폭발 사건의 실무를 맡았던 배후 인물이다. 독자들이 느끼다시피

---

[2] Arnold Schuster

[3] Frederick Tenuto(? - 1953) 닉네임은 Chappy.

두 사람은 서로 다른 성을 쓰고 있었으나 그들은 확실히 친형제간이며 아나스타샤가 자신의 성을 바꾼 것이다.

알버트 아나스타샤는 그의 보스인 빈센트 망가노보다는 루치아노 패밀리의 죠 아도니스, 프랭크 코스텔로와 더 가깝게 지내고 있었다. 그리고 루이스 부챌터의 처형 이후 회사에 대한 자신의 영향력이 커지자 더욱 보스인 빈센트 망가노에 대한 존경심이 약해져 갔다. 그런데 빈센트 망가노도 그의 건방진 언더보스에 대하여 상당히 많은 불만을 가지고 있어 둘 사이에 의견의 차이가 있을 때에는 때로 몸싸움까지도 벌이곤 해서 부하들을 민망하게 만들고는 하였다고 한다.

8년 간의 도피 생활을 끝내고 1947년이 되어 비토 제노베제가 돌아오자 제노베제의 탐욕을 견제하기 위하여 알버트 아나스타샤는 더욱 코스텔로와 가까워지게 되었으며, 따라서 그의 보스인 망가노는 더욱더 아나스타샤와 사이가 벌어지게 된다. 두 사람 사이의 갈등이 계속 깊어지자 드디어 빈센트 망가노가 아나스타샤를 제거하려 한다는 소문이 뉴욕의 거리에 나돌기 시작하였는데, 이것은 코스텔로로서는 용납할 수 없는 일이었다. 제노베제에 대항하기 위해서는 알버트 아나스타샤의 난폭성이 꼭 필요했기 때문이었다.

1951년 4월 19일, 빈센트 망가노의 동생이며 살인주식회사에서도 일했던 필립 망가노[4]의 시체가 쉽스헤드 만 근처의 습지에서 발견된다. 시신에는 세 군데의 총상이 있었는데 하나는 뒤통수, 나머지 둘은 양쪽 뺨이었다. 경찰은 필립 망가노의 살해 사건을 수사하기 위하여 참고인으로 그의 형인 빈센트 망가노를 찾았지만, 이상하게도 그 어디에서도 그를 찾을 수가 없었다. 그도 함께 사라져 버린 것이다. 며칠 뒤에 필립 망가노의 장례식이 성대하게 거행되었으나 여기에도 형은 나타나지 않았

[4] Philip Mangano(? - 1951)

다. 망가노 패밀리의 보스가 갑자기 사라져버린 데에 대하여 패밀리의 부하들 중 아무도 그 이유를 설명할 수 있는 사람이 없었다.

얼마 후 뉴욕의 보스들은 망가노 형제의 일에 대한 알버트 아나스타샤의 설명을 듣기 위하여 한 자리에 모였다. 이 자리에서 아나스타샤는 필립 망가노를 누가 죽였는지는 전혀 모르는 일이며 빈센트 망가노의 실종에 대해서도 역시 자기는 전혀 아는 바가 없다고 말하였고, 이 변명에 대하여 프랭크 코스텔로가 강력하게 두둔하고 나서서 이번 사건은 조용히 수습된다. 그리고 이 날의 모임은 망가노가 이끌던 가문을 앞으로는 알버트 아나스타샤가 보스가 되어 맡도록 하며, 그 언더보스로 카를로 갬비노를 임명하는 것으로써 대략 마무리되었다.

모두들 진실이 어떤 것인지 잘 알고 있었으나 그것을 입밖에 낼 필요는 없었고, 현실을 그대로 인정하는 것이 대세임을 깨닫고 있었던 것이다. 이제 알버트 아나스타샤는 뉴욕에서 가장 강력한 보스가 되었다고 보아도 지나치지 않았다.

빈센트 망가노의 실종은 이들 사이의 암호로 커뮤니온[5]이라 하는 일 처리였다. 마피아가 일을 처리하는 데, 즉 사람을 죽이는 데에는 크게 두 종류의 방법이 있다. 하나는 컨포메이션[6]이라 하고 또 다른 하나는 커뮤니온이라 한다. 컨포메이션은 시체를 현장에 그대로 남기는 방식인데, 다른 사람들에게 본보기를 보일 때에 주로 선호되는 처리법으로써 경우에 따라서는 우발적인 사고로 위장하기도 한다. 특히 상대가 사회적으로 유명한 인사여서 그냥 갑자기 사라지는 것으로는 여러 가지 억측이 난무할 가능성이 높을 때에 이 방법이 선택된다. 많은 사람들이 이 방식으로 히트되었다. 컨포메이션은 카톨릭교에서 견진성사를 뜻하는 용어이기도 하다.

---

[5] Communion
[6] Confirmation

그러나 사실은 커뮤니온으로 처리되는 작전이 훨씬 더 많다고 한다. 그냥 어느날 갑자기 사람이 사라지는 것이다. 커뮤니온 역시 카톨릭교에서 쓰는 용어이며 성체성사를 뜻하는 말이다. 커뮤니온, 즉 성체성사가 예수의 몸을 상징하는 빵을 먹음으로써 예수와 하나가 되는 의식이라고 할 때, 히트된 사람이 그의 고향인 대자연으로 돌아가 다시 그것과 하나가 된 것이라고 해석하면 될 것 같다. 그 옛날 살인주식회사의 희생자들 대부분이 이렇게 처리되었다고 한다. 이들이 커뮤니온을 선호하는 이유는 시체가 없으면 범죄도 없었던 것이 되고, 범죄가 없다면 경찰의 수사도 시작될 수가 없는 것이 사법관리들이 신봉하는 원칙이기 때문이다.

커뮤니온의 구체적인 방법이 지금까지 여러 가지 밝혀져 있는데, 그 하나로는 쇠창살로 작은 감옥을 만들어 시체를 여기에 넣은 다음 배를 타고 먼 바다로 나가 감옥 채 바다 밑바닥으로 가라앉히는 방법이 있다. 뉴욕과 로스앤젤리스, 플로리다 등지의 바다와 가까운 곳에서 쓰는 방법이다. 사막에 둘러싸인 라스베가스에서는 바다까지 나가기가 힘들고, 또 라스베가스 시내에서는 관광사업을 위하여 살인, 강도 등의 강력범죄를 금하는 것이 그들 마피아의 규율이었으므로, 주변의 사막에 깊은 구덩이를 파서 여기에 시신을 던져 넣고 다시 그것을 덮는 방법이 애용된다. 모래 바람이 한번 쓸고 지나가면 처음에 어디에 구덩이를 만들었는지 그것을 만든 사람들도 전혀 알 수가 없게 된다고 한다. 시체를 덜 마른 콘크리트에 파묻는 수도 있고, 뉴저지 조직의 안젤로 데카를로[7]처럼 잘게 썰어 가루로 만드는 방법을 좋아하는 사람도 있다.

뉴욕의 죠셉 보나노는 젊었던 시절, 더블 코핀이라는 방법을 즐겨 애용하였다고 하는데 이것은 관 하나에 두 구의 시신을

---

[7] Angelo DeCarlo(1902 - 1973) 닉네임은 Gyp.

넣는 방법이다. 합법적으로 매장의 허가를 받은 어떤 시신이 들어갈 관의 아래에 다른 사람의 시체를 먼저 넣어 숨기는 방법이다. 그가 얼마나 많은 수의 사람을 이 더블 코핀으로 처리하였는지는 아무도 모른다. 비교적 최근인 1983 년에 자신의 동료에 의해서 처형된 갬비노 패밀리의 카포레짐, 로이 드메오[8]는 시신을 조각 내어 개별 포장한 뒤 쓰레기 소각장에서 최종 처리하는 방법을 가장 좋아하였다고 한다.

1952 년경, 프랭크 코스텔로가 맡고 있던 루치아노 패밀리의 액팅보스 자리를 드디어 비토 제노베제가 인수하게 된다. 제노베제가 돌아온 1947 년부터 이 가문 내의 파워 게임, 나아가서 뉴욕 전체의 주도권을 둘러싼 보스들간의 다툼은 수면하에서 매우 치열하였을 것이다. 여기에서 잠깐 다른 가문들의 사정을 살펴보기로 한다.

1944 년에 루이스 부첼터가 싱싱 형무소의 전기의자에서 처형되면서 그 동안 그가 관리하던 맨해튼의 의류노조는 갈리아노 패밀리의 언더보스인 토마스 루케제가 맡게 되었다고 앞에서 말했다. 이것은 아마도 살바토레 마란자노의 히트시 루케제가 결정적인 도움을 준 것에 대한 루치아노의 보답이 아니었을까 생각한다. 이때는 루치아노가 아직 감옥 안에 있으면서 조직에 큰 영향을 미치고 있을 때이므로 이 같은 추론은 자연스럽다. 보스인 토마스 갈리아노는 살해되거나 하지 않고 1953 년에 자연사할 때까지 그의 가문을 잘 돌보았다고 한다.

토마스 갈리아노에 대해서는 경력이나 에피소드 등이 그리 잘 알려진 것이 없는데, 사회적으로 유명한 인물이 아니라 마피아의 보스들이라면 우리들 일반인에게 잘 알려지지 않을수록 아마도 더 유능한 보스였을 것이다. 화려한 것을 매우 좋아하여

---

[8] Roy DeMeo(? - 1983)

남들의 이목을 끌었던 알 카포네와 찰스 루치아노의 말로를 보면 쉽사리 그것을 짐작할 수가 있다. 만일 어떤 보스가 있어 그의 이름이 일반인들에게 전혀 알려지지 않은 상태로 자신의 수명이 다할 때까지 한 가문의 보스 자리를 유지하다가 사망했다면, 아마도 그는 그보다 더 훌륭한 보스가 있을 수 없는, 조직의 역사상 가장 뛰어난 보스로 존경을 받아 마땅할 것이다.

이와 같은 관점에서 본다면 뛰어난 마피아의 보스로 첫번째 손꼽힐 사람은 역시 앞에서도 말했던 시카고의 토니 아카르도라고 할 수 있을 것 같다. 마피아 조직 내에서 그가 차지하는 비중에 비하여 상대적으로 일반인들에게 알려진 바가 매우 적기 때문이다. 그리고 이와는 반대의 경우로 우리가 그 이름을 잘 알고 있을수록, 즉 예를 들어 알 카포네나 최근에 유명해진 뉴욕 갬비노 패밀리의 존 고티와 같은 경우는 마피아들의 입장에서 볼 때에는 훌륭하지 못한 보스들임에 틀림이 없다고 보면 된다.

토마스 갈리아노의 후임으로 가문의 보스가 된 토마스 루케제도 훌륭한 보스 가운데 한 명이었다. 그는 1967 년에 지병인 뇌암으로 사망할 때까지 별 큰 사건 없이 보스의 자리를 잘 유지할 수가 있었는데, 루케제는 카를로 갬비노와는 어릴 적부터의 친구였고 또한 자신의 딸인 프란체스 루케제[9]를 갬비노의 맏아들인 토마스 갬비노와 결혼시켰기 때문에 여러 사업에 있어서 갬비노 패밀리라는 든든한 동맹군의 덕을 매우 많이 보았을 것이다.

보나노 패밀리의 죠셉 보나노와 평생에 걸쳐 우호적인 관계를 유지한 죠셉 프로파치도 한 가문의 보스로서 매우 뛰어났던 사람인 것으로 보인다. 또 그는 아주 특이한 스타일의 보스였던 것으로도 전해진다. 무슨 말인가 하면 그는 나중에 훌륭한 보스

---

[9] Frances Lucchese

로 칭송 받게 되는 토니 아카르도나 카를로 갬비노와는 달리 매우 고급스럽고 사치스러운 생활을 즐겼고, 언론에 자기의 이름이 오르내리는 것도 꽤 즐기는 편이었지만 그것의 한계를 엄격하게 구분할 줄 알았기 때문이다. 죠셉 프로파치는 조직의 사업을 합법화 시켜 지상으로 올려보내는 일을 마피아의 멤버들 중 그 누구보다도 일찍 시작하였다고 한다. 그는 한때 미국 최대의 이탈리아 올리브 오일 수입업자였고 그밖에도 청소 용역회사와 의류 회사 등, 모두 20 개에 달하는 회사를 함께 경영하고 있었기 때문에 국세청의 세무조사에 대하여 다른 멤버들이 걱정하는 것처럼 그렇게 크게 신경을 쓰거나 두려워할 필요가 없었다고 전해진다.

죠셉 프로파치는 일찍이 뉴져지에 대지가 300 에이커가 넘는 엄청난 규모의 저택을 마련하였는데, 제 2 차 세계대전 중에 그의 부하들을 이 장원에 숨긴 다음 그들을 그의 장원에 있는 농장에서 일하는 노무자들이라고 신고를 해서 군의 징집으로부터 피할 수 있도록 해주었다고 한다. 그도 마피아 조직의 보스 중 뛰어난 사람의 한 명이었음에 틀림이 없는 것 같다. 그는 1962 년에 자연사하기까지 30 년 이상 보스의 자리를 유지하였으며 그 동안에 말년의 `갤로-프로파치 전쟁[10]` 을 제외하고는 큰 트러블을 만난 적이 거의 없었다. 그가 이끌던 패밀리는 오늘날 죠셉 프로파치 다음 다음의 보스의 이름을 따라 콜롬보 패밀리로 불려지고 있다.

1939 년에 루이스 부챌터가 체포된 이래 이들 마피아의 사업은 쭉 황금기를 구가하고 있었다고 보여진다. 밀주사업, 노조를 통한 갈취, 규모가 작은 숫자 도박부터 대규모의 카지노에 이르는 도박사업, 고리대금업, 밀수, 밀입국, 마약, 하이재킹, 기타

---

10 Gallo-Profaci War(1960 - 1961)

여러 가지 청부 해결업 등과 함께 전쟁 특수로 인한 호경기도 누렸고, 그밖에도 죠셉 프로파치의 경우와 마찬가지로 그들 스스로 경영하거나, 투자를 통하여 실질적으로 경영을 장악하고 있는 사업들이 셀 수도 없을 만큼 많았다.

보험 회사, 건설 회사, 기타 건설 관계 회사, 청소 회사 등도 마피아 조직이 소유한 것들이 있었고, 유력한 레스토랑과 나이트클럽도 경영하고 있었으며 피자집, 주유소, 가구점, 정육점, 제빵 제과점과 정육 포장과 배급업, 정육 지방 정제업, 올리브 오일 수입업, 치즈 수입업 등도 손대고 있어 그들이 거느린 기업군은 방대한 규모를 자랑할 만했다. 그도 그럴 것이 이때까지 그들의 사업에는 이렇다 할 브레이크가 걸린 적이 없었기 때문이다. 시 경찰과 주 경찰 등 지방자치 당국의 사법관리들은 거의 모두가 이들에게 매수되어 있었고, 연방 차원에서의 수사 책임을 지고 있는 FBI 도 모른 체 뒷짐을 지고 있었기 때문이다. 그간의 고위 관리와 정치가들의 실태가 어떠하였는지 여기에서 잠시 살펴보기로 한다.

1930 년 2 월, 시카고의 토니 아카르도는 잭 맥건과 함께 한 아일랜드 갱의 살해 혐의로 체포된 일이 있었는데, 두 사람은 날이 어두워지기 전에 보석금을 지불하고 감옥에서 빠져 나올 수가 있었다. 이때 이들의 변호를 맡았던 변호사 롤랜드 리보나티[11]는 이후로도 시카고 아우트피트의 멤버들에 대한 변호를 계속 맡다가 주 입법관을 거쳐, 나중에는 일리노이 주의 상원의원으로 선출된다.

롤랜드 리보나티에게는 알 카포네와 함께 찍은 사진도 있었다. 그는 이에 대하여 시카고 컵스 야구팀의 야구 시합을 구경 갔다가 우연히 알 카포네를 만나 같이 사진을 찍은 것이라고 둘러대었다고 한다. 리보나티는 상원의원이 된 뒤에 상원 상임

---

[11] Roland V. Libonati

소위원회의 일로 당시 테레 오뜨 형무소[12]에 수감되어 있던 폴 리카를 면회간 적이 있었는데, 그곳에서 그는 옆에 있던 사람들을 민망하게 만들 정도로 폴 리카와 정열적인 포옹을 나누었다고도 한다.

또 다른 예를 들어보면, 뉴욕 주의 대법관이었던 토마스 아우렐리오[13]라는 사람이 있다. 그가 대법관의 자리에 앉게 되기까지는 프랭크 코스텔로에게 매우 큰 신세를 졌을 것이라는 게 많은 사람들의 짐작이었다. 그런데 아니나 다를까 당국의 도청 테이프를 통하여 그가 프랭크 코스텔로에게 충성을 다짐하는 내용[14]의 전화 통화를 한 것이 공개되어 큰 망신을 산 일이 있었다. 그러나 토마스 아우렐리오는 대법관의 자리에서 파직되거나 하는 일 없이 그 지위를 계속 유지하였다고 한다.

첫번째로 든 예는 상원의원, 두 번째는 주 대법관이다. 이러한 예를 볼 때 지상세계를 향한 마피아의 엄청난 침투력을 가히 짐작할 수가 있다. 이들의 이러한 능력은 물론 폭력과 돈, 그리고 약점을 이용한 협박 등으로 얻어진 것이 틀림 없으나 그것이 하루아침에 얻어진 것은 아닐 것이다. 정치가와 사법관리를 향한 마피아의 매수 공작은 그 뿌리가 매우 깊었는데, 이들 둘 사이의 본격적인 상호 협조관계의 시작은 역시 법을 어기는 행위에 대한 감각이 무딜 수밖에 없었던 금주법 시대로 거슬러 올라가는 것이 아닐까 한다.

1947 년에 미국의 법무장관인 토마스 클라크가 시카고 아우트피트의 멤버들을 조기 가석방시켜주고, 2 년 후 그 반대급부로 종신 임기의 연방 대법관으로 임명된 일에 대해서는 그 사안의 중요성을 여기에서 다시 한번 언급한다 해도 결코 지나치지 않을 것이다. 연방 정부의 부패도 그 정도가 가히 최고 상층부에

---

[12] Terre Haute Prison
[13] Thomas Aurelio
[14] `I want to assure you of my loyalty for all you have done. It`s undying.`

까지 달하고 있었던 것이다. 그러나 그래도 이때까지는 상황이 나아질 희망이 아직은 충분히 있었다고 보여진다. 이 말의 뜻은 1968 년 이후로는 그나마의 희망조차도 완전히 없어졌다는 의미이다.

뉴욕이나 시카고와 같은 대도시의 사법관리, 정치가들의 부패보다 작은 중소 도시들에서는 그 부패의 정도가 훨씬 더 심하였다. 한번은 프랭크 코스텔로가 뉴올리언즈를 방문하였을 때 뉴올리언즈 경찰로부터 요인 경호에 해당하는 경호를 받으며 환영을 받은 일도 있다고 한다. 1955 년의 일이므로 카를로스 마르셀로가 이 지역을 장악하고 있을 때의 일이다. 믿을 수 없는 일이지만 카를로스 마르셀로가 당시 그 지방의 정치와 경제를 온통 한 손에 틀어쥐고 있었다는 것은 주지의 사실이므로 이 에피소드는 있을 수도 있는 일이라 하겠다.

이렇게 1940 년대를 거치면서 계속 마피아와 신디케이트의 사업은 패밀리 간에 큰 트러블 없이 평화스럽게 잘 진행되고 있었는데, 1947 년이 되면서 이 사업 구조에 막대한 영향을 미칠 수 있는 사건이 발생하게 된다. 바로 비토 제노베제가 시실리로부터 돌아온 사건을 말한다.

비토 제노베제는 카스텔라마레세 전쟁 무렵부터 루치아노 패밀리의 일등 공신으로, 일찍이 살바토레 마란자노가 루치아노와 함께 제일 먼저 제거하려고 점 찍었을 만큼 그 실력을 인정받은 사람이었다. 그는 대화보다는 주로 힘을 가지고 문제를 풀어나가는 스타일로 권력에 대한 탐욕 또한 대단하였다고 한다. 뉴욕으로 돌아오자마자 제노베제는 프랭크 코스텔로와 알버트 아나스타샤가 이끌고 있는 여러 사업에 대해 자신의 영향력을 확대하려고 애썼다.

미국으로 돌아온 후 비토 제노베제는 프랭크 코스텔로와 함께 루치아노 패밀리를 이끌게 되었으나 제노베제는 이에 만족하지 않았다. 그는 자신이 루치아노 패밀리의 유일한 보스가 되고자 하였고, 나아가서 궁극적으로는 자신이 전 미국의 보스 중의 보스, 카포 디 카피가 되고자 하였다. 그리고 그 목표는 루치아노도 없는 지금 충분히 달성 가능해 보였다. 프랭크 코스텔로는 제거하기에 그리 만만치는 않았으나 그 혼자서 전쟁을 벌일 인물이 못 되었으므로, 우선 문제가 되는 것은 프랭크 코스텔로와 마이어 랜스키의 주먹 역할이 되어주고 있는 알버트 아나스타샤였다.

절치부심하던 제노베제에게 1950 년대에 들어와 그의 야심을 이루는 데 도움이 될 만한 몇 가지 사건이 벌어진다. 하나는 알버트 아나스타샤가 자신도 쿠바 오퍼레이션에 참여하고 싶다는 의사를 더욱 강하게 표명하고 나서기 시작한 것이고, 또 하나는 프랭크 코스텔로가 잠시나마 감옥에 가게 된 사건이며, 그리고 마지막으로 아나스타샤의 오랜 후견인인 죠 아도니스가 이민국으로부터 강제 출국 명령을 받아 미국을 떠나게 된 사건이 그것이다.

당시 쿠바의 호텔과 카지노, 마약 비즈니스에 직접 관련된 조직은 뉴욕 루치아노 패밀리의 마이어 랜스키와 프랭크 코스텔로, 그리고 지리적으로 가까운 곳에 있는 플로리다의 트라피칸티 패밀리와 뉴올리언즈의 카를로스 마르셀로 패밀리 정도로, 전국위원회 차원에서 거국적으로 연합하여 쿠바 오퍼레이션을 벌였던 것은 아니다. 그러한 정도의 콘소시움이 발생할 수 있는 단계는 아직은 아니었던 것이다.

그리고 그밖에 시카고 아우트피트와 뉴욕의 보나노 패밀리가 자본만 투자하고 그로 인한 수익 배당금을 나누어 받고 있었는데, 이에 대하여 아나스타샤가 본격적으로 의의를 제기하고 나오기 시작하였다. 아나스타샤는 자신도 직접 자기 사람을 쿠바에 보내 그곳의 비즈니스에 참가하겠다는 뜻을 밝히고 나선 것이다. 아나스타샤의 살인주식회사에 대한 영향력은 모르는 사람이 없었으므로 쿠바 비즈니스의 원래 멤버들은 그가 히트 맨들을 이끌고 쿠바로 건너오는 것을 반기지 않았다. 이러한 미묘한 분위기의 변화를 비토 제노베제도 충분히 알아채고 있었을 것이다.

다음 두 번째의 사건은 프랭크 코스텔로의 투옥 건이다. 1950년에 미상원의원 에스테스 케파우버의 제창으로 조직범죄에 대한 조사위원회가 미국 역사상 처음으로 열린 적이 있다. 케파우버 의원은 당시 범죄로 만연한 미국사회의 실상을 통탄하여 그러한 범죄 조사위원회의 결성을 주장하였던 것인데, 처음에는 그의 요청이 어떤 기관으로부터도 지원을 받지 못하였다고 한다. FBI 국장인 에드거 후버도 반대 의사를 표명했고, 당시의 대통령인 해리 트루먼도 그러한 조사는 불필요하다는 의견이었다. 앞에서도 언급하였지만 1960년 초까지 에드거 후버의 공식 입장은 마피아와 같은 조직적인 범죄 단체는 아예 존재하지도 않는다는 것이었다.

해리 트루먼은 미주리 주의 캔자스 시티가 그의 정치적 근거지로써 그 지방의 유력한 부호인 토마스 펜더개스트[15]를 후원자로 하여 성장, 상원의원이 되고 대통령이 될 수 있었던 사람이다. 그런데 토마스 펜더개스트는 1920년대부터 캔자스 시티를 비롯한 미주리 주 전역에 걸쳐 강력한 정치적 영향력을 가지고 있던 일종의 막후 보스로, 사업상 갱들과 매우 긴밀한 관계에 있었던 사람이었기 때문에 트루먼이 그러한 조사에 대하여 쾌히 승낙해줄 마음이 없었던 것도 무리가 아니었다.

토마스 펜더개스트 계열의 사람이었던 죤 라지아와 유태인 솔로몬 와이스만은 1929년 5월에 뉴저지 주 아틀랜틱 시티에서 열렸던 초창기 전국 신디케이트의 모임에 캔자스 시티의 대표로 참석하기도 하였다. 재즈의 선율이 멋지게 흐르며 1930년

---

[15] Thomas J. Pendergast(1872 - 1945)

대 대공황시기의 캔사스 시티를 그렸던 영화 <캔사스 시티>에서 토마스 펜더개스트, 죤 라지아와 정치가들의 결탁이 잠깐 묘사되기도 한다. 캔자스 시티에서 재즈 음악이 발전된 데에는 토마스 펜더개스트 소유의 밀주집들의 라이브 무대가 매우 큰 공헌을 했다고 전해진다.

그런데 그렇게 조사위원회의 결성이 차일피일 늦어지고 있던 중, 1950 년 4 월에 잔인하게 살해된 2 구의 갱 시신이 캔자스 시티에서 발견되어 보도되면서 범죄 척결에 대한 여론이 매우 광범위하게 형성되었다. 마침내 대통령도 가만히 있을 수가 없게 되어 결국 케파우버 의원이 주장한 대로 조직범죄 조사위원회는 열리게 되었으며, 이로부터 15 개월간 즉, 1950 년 5 월부터 1951 년 9 월까지 미국의 14 개 도시를 번갈아 가며 근 600 명에 이르는 증인이 호출되어 증언하게 되는 장대한 규모의 조사가 진행된다. 이 조사위원회는 보통 상원 케파우버 위원회라 불린다.

미국의 상원이 직접 나서서 증언을 청취하는 상원 조사위원회라는 것은 대단한 권위를 가지고 있는 것이어서 위원회의 증인으로 한번 호출되면 그 호출에 응하지 않을 방법은 없었다. 그리고 증언에서 거짓말을 한 것이 나중에라도 밝혀지게 되면 그에 대한 대가를 반드시 치러야만 하게 되어 있었기 때문에, 증인으로 불려져 나온 사람들은 대개는 자신에게 불리하게 작용할 가능성이 있는 답변은 거부할 수도 있다고 명시된 미국 헌법 수정 제 5 조를 인용하여 답변을 거부하곤 하였다.

케파우버 위원회에 불려나가 증언을 한 증인들 가운데는 여러 종류의 직업인들이 총망라되어 있었는데, 그 속에는 갱들의 범죄를 증언할 수 있는 사법관리들뿐 아니라 갱들 자신들도 포함되어 있었다. 그런데 갱단의 일원으로 알고 증인을 호출하여 위원회의 증언대에 세워보면 그 사람은 실제로는 버젓한 합법적인 직업을 가지고 있는 경우가 매우 많았다.

예를 들면 클리블랜드의 모리스 달릿츠는 동업자와 함께 라스베가스의 호텔을 경영하고 있으면서 또한 디트로이트와 클리블랜드에서 체인점 세탁업을 비롯한 수많은 합법적 사업체를 가지고 있었고, 뉴저지로부터 온 증인 론지 즈윌먼은 자동차 딜러이면서 또 한편으로는 담배 자동판매기 사업을 함께 하고 있었다.

캘리포니아에서 온 죠 번스타인은 한때 유명한 디트로이트 퍼플 갱의 일원이었다가 은퇴한 뒤였는데, 현재는 캘리포니아에서 부동산업을 하고 있으면서 함께 자신의 농장에서 말을 기르고 있다고 하였다. 뉴욕의 마이어 랜스키는 쥬크 박스를 레스토랑과 바에 납품하는 사업을 하고 있다고 자신을 소개하였다.

1951년 1월에는 시카고의 토니 아카르도가 소환되었다. 아카르도는 대부분의 질문을 헌법 수정 제5조를 사용하여 답변을 거부하였으며, 알 카포네와 폴 리카라는 사람을 알고 있느냐는 질문에 대하여는 그런 사람은 알고 있지 않다고 대답을 하였다. 심지어 아카르도는 시카고에 친구가 있느냐는 질문에 대하여도 답변을 거부하였다. 결국 아카르도는 증언과 관련하여 주 대배심에도 호출되게 되고 의회모욕죄로 기소될 뻔하기도 한다.

뉴욕의 프랭크 코스텔로의 증언은 케파우버 위원회의 클라이맥스였다. 텔레비전의 보급과 시기가 맞아떨어지는 바람에 1951년 2월부터는 케파우버 위원회의 심문과정이 텔레비전 중계를 통하여 전국으로 방영되고 있었다. 프랭크 코스텔로라는 이름은 많은 언론의 집중적인 스포트라이트를 받아 그의 심문은 프라임 시간대에 하이라이트로 방영될 뻔하였으나 코스텔로의 변호사가 강력히 항의하여 그의 얼굴은 방영되지 않고 목소리와 함께 그의 손만이 TV에 비추어졌다.

프랭크 코스텔로 역시 대부분의 질문에 대하여 헌법 수정 제5조를 인용, 대답하기를 거부하였다. 때문에 코스텔로는 의원들의 심문에 대하여 불성실한 증언 태도를 보였다 하여 의회의 권위를 무시했다는 의회모욕죄로 18 개월 동안의 감옥살이를 하게 된다. 그가 수감된 것이 1952 년 여름의 일이다. 텔레비전의 위력은 정말 대단한 것이 아닐 수가 없었다. 똑같이 답변을 거부한 토니 아카르도는 의회모욕죄가 적용되지 않고, 답변의 거부가 텔레비전을 통하여 전국으로 방영된 프랭크 코스텔로의 경우에는 그 죄가 적용이 되었으니 말이다. 그 결과 비록 얼굴은 방영되지 않았지만 그 신분이 노출되었고, 또한 감옥살이까지 하게 되어 이 과정에서 코스텔로의 권위는 많이 저하되었다. 알버트 아나스타샤의 유력한 동맹자가 힘을 잃게 된 것이었다.

마지막으로 비토 제노베제에게 유리하게 작용한 사건이 죠 아도니스의 출국이다. 죠 아도니스는 초기부터 알버트 아나스타샤의 후원자였고 프랭크 코스텔로와 함께 조직을 위한 정치적 보호막을 만드는 데에 큰 공헌을 한 중요 멤버이다. 그의 이름인 아도니스는 그리스 신화에 등장하는, 아프로디테 여신으로부터 사랑을 받았다고 하는 미남청년의 이름으로서, 이것은 원래의 그의 이름이 아니다. 자신의 외모를 너무나 마음에 들어한 그가 스스로 붙인 것이라고 한다. 또한 그는 옷을 아주 잘 차려 입고 다니는 것으로 매우 유명하여 영화배우 험프리 보가트와 같은 이는 죠 아도니스를 모델로 삼아 신사 터프 가이의 역할을 연기하였다고도 한다.

죠 아도니스는 1902 년, 남부 이탈리아의 몬테마라노 출생으로 한때 파이브 포인트 갱단의 프랭크 예일을 위하여 일하기도 하였으며, 경력을 쌓으면서 금주법 시대와 위원회가 탄생하게 되던 조직의 초기 시절에 매우 유력한 보스로 부상하게 된 사람이었다. 그는 원래 1915 년에 불법적인 절차를 통하여 미국에 입국하였는데, 결국 그것이 빌미가 되어 이민국으로부터 강제 출국 명령을 받은 것이다. 1956 년의 일이었다.

알버트 아나스타샤에게 불리하게 작용한 이러한 일련의 사건들이 터지고, 드디어 자신감을 가진 제노베제는 마침내 1957 년,

프랭크 코스텔로를 먼저 보내기로 결심을 하였다.

1957 년 5 월 2 일, 프랭크 코스텔로는 뉴욕 맨해튼의 자기 아파트 빌딩 앞에서 한 젊은 갱으로부터 저격을 받아 목숨까지는 잃지 않았으나 머리에 총상을 입는 사고를 당한다. 그의 총상은 한쪽 귀 뒤에서부터 머리의 반대쪽까지 머리가죽과 두개골 사이를 총알이 관통하여 지나간 것이었다. 총을 쏜 자는 생명을 노리고 쏜 것이 분명하였으나 당한 자의 운이 억세게 좋아 결과적으로 생명과는 상관이 없는, 가벼운 상처로 끝나게 된 그러한 총상이었다. 범행에 사용된 총이 22 구경의 것이 아니었다면 머리가 수박 깨지듯이 터졌을 그러한 총격이었다.

범행은 단독 범행이었으며 총을 쏜 자는 젊은 갱으로 이름은 빈센트 지간테[16]였다. 그는 현장에서 체포되었는데, 후에 대질 심문에서 프랭크 코스텔로는 용의자의 얼굴에 대하여 전혀 기억이 나지 않는다는 대답으로 일관하였다. 아파트의 수위 등 다른 증인도 있기는 하였으나 그들도 현장의 상황에 대하여는 전혀 기억이 나지 않는다고 대답하여, 결국 용의자 빈센트 지간테는 무죄로 방면된다. 어차피 죽은 사람도 없었으니 이렇게 해결되어도 별 무리는 없는 상황이었다.

그러나 프랭크 코스텔로의 저격은 당시의 지축을 온통 뒤흔들 만한 대사건이었다. 지하세계의 수상으로 알려져 있으며 마피아 조직의 제일가는 정치 해결사인 코스텔로, 주 대법관의 지위를 좌지우지하고 FBI 의 국장과 함께 뉴욕의 센트럴 파크를 산책하는 프랭크 코스텔로가 30 세에 불과한 후배 갱으로부터 총을 맞아 피를 줄줄 흘리며 병원에 실려가다니! 이것은 비록 성공하지는 못했지만 전 미국의 지하세계에 제노베제가 보내는 하나의 메시지였다. 이제 코스텔로의 시대는 지났다는 것이다.

케파우버 위원회의 출석과 감옥행, 그리고 이번의 저격으로

---

[16] Vincent Gigante(1926 - 현재) 닉네임은 The Chin.

프랭크 코스텔로의 위신은 이제 땅에 떨어지고 말았다. 코스텔로는 제노베제의 의도와 자신의 처지를 십분 이해하고 이후로는 사업으로부터 거의 은퇴하여 롱아일랜드에 있는 그의 저택에서 칩거 생활을 하면서, 조직과 최소한의 접촉만 하며 지냈다고 한다. 히트 맨 빈센트 지간테는 비록 임무를 성공시키지는 못하였으나 보스로부터 높이 평가 받았고 후일, 그러니까 1986년부터는 그 자신이 제노베제 패밀리의 보스가 된다.

당시 알버트 아나스타샤는 뉴욕 지하세계의 갈등 구조에 대하여 자신의 가문과 루케제 패밀리의 연합이 제노베제 패밀리와 다투고 있고, 제노베제 패밀리에 속해 있기는 하지만 아직 코스텔로의 영향을 받고 있는 멤버들이 자신을 돕고 있으며 보나노 패밀리와 프로파치 패밀리는 중립적인 자세를 견지하고 있다고 파악하고 있었던 같다. 그러나 실상은 이와는 많은 차이가 있어 아나스타샤는 거의 고립 무원의 형편에서 싸우고 있었는데 상황이 그렇게 된 것은 역시 다혈질인 그의 성격에서 비롯된 바가 크다고 하겠다.

아나스타샤가 루케제 패밀리를 한편으로 인식한 것은 그 보스인 토마스 루케제가 자신의 언더보스인 카를로 갬비노와 시실리 시절부터 친구였기 때문이다. 그러나 토마스 루케제는 아나스타샤를 도울 마음이 별로 없었다. 마피아의 전쟁에서 가장 어려운 점은 그 누구도 속 마음을 전혀 내보이지 않기 때문에 누가 자신의 편이고 누가 자신의 적인지를 알기가 매우 힘들다는 점이다. 즉, 자신의 적이 대체 누구인지를 모르는 상태에서 싸워야 한다는 것이다. 당시 전쟁 구도의 실상은 아나스타샤 패밀리 혼자서 제노베제, 보나노, 프로파치 패밀리의 연합과 싸우고 있는 중이었고 아나스타샤의 생각과는 달리 루케제 패밀리는 중립을 지키고 있었다. 토마스 루케제는 비록 갬비노와 친한 사이를 유지하고 있었지만 아나스타샤를 도울 생각은 전혀 없었던 것이다.

1957년 6월 17일에 아나스타샤의 믿음직한 카포레짐으로 한때 패밀리의 액팅보스까지도 맡아본 일이 있던 프랭크 스칼리제[17]가 피살되고, 이어 9월 19일에 스칼리제의 동생까지 실종되자 알버트 아나스타샤는 자신을 향해 한걸음 한걸음 다가오는 음모를 더욱 확실히 알 수 있었으나 뚜렷한 대책을 세우지는 못한 채 매우 초조해 하고 있었다. 프랭크 스칼리제는 브롱크스에 있는 이탈리아 시장에서 과일을 사던 중 피격되어 사망하였는데, 그는 아나스타샤의 패밀리에서 상당한 비중을 가지고 있던 인물로 그의 피살 장면은 바로 영화 <대부>의 전반부에서 말론 브랜도의 피격 장면으로 재현되기도 한다. 나중에 알려진 바에 의하면 이 작전의 히트 맨은 제노베제의 부하, 제임스 스퀼란테[18]였다.

아나스타샤는 브루클린의 자기 집을 떠나 죠지 워싱턴 다리 근처에 있는 포트 리의 요새화된 맨션에 근거지를 차려놓고, 엄중한 경호를 대동하지 않고는 한걸음도 밖에 나가지 않았다. 아나스타샤 패밀리와 제노베제 패밀리, 양 가문의 전면전이 일어날 것이라는 소문이 뉴욕의 모든 거리에 나돌았다. 비토 제노베제와 알버트 아나스타샤의 반목은 이제 전 미국 보스들의 관심사가 되어 있었다. 전면전이 발생하면 그 불똥으로부터 자유로울 수 있는 사람은 아무도 없었기 때문이다. 그래서 마침내 플로리다 주 탐파의 보스인 산토스 트라피칸티 쥬니어가 둘 사이의 중재역으로 나서게 된다.

패밀리간의 분쟁을 중재하기 위하여 다른 가문에서 개입하고 나서는 것은 원래 흔히 있는 일이다. 특히 지금처럼 대도시, 뉴욕에서 벌어진 전쟁이 금방 끝나지 않고 시간을 오래 끌게 되면 필연적으로 당국의 심도 있는 수사가 시작될 것이고 이것은 다른 모든 가문들에게 피해를 주는 차원으로 확대될 수 있기

---

[17] Frank Scalise(? - 1957) 닉네임은 Don Cheech.

[18] James Squillante

때문에 전쟁을 빨리 끝내는 것은 모두에게 매우 중요한 문제였다.

이번에 뉴욕 패밀리의 전쟁을 중재하겠다고 나선 사람은 당시 가장 큰 규모의 사업이라 할 수 있던 쿠바 오퍼레이션의 중심 인물 중 하나인 산토스 트라피칸티 쥬니어였다. 트라피칸티 측에서 먼저 중재를 적극 요청한 형식이었다. 산토스 트라피칸티는 우선 알버트 아나스타샤와 만나기로 하였고, 두 사람은 1957 년 10 월 24 일에 뉴욕의 파크 쉐라톤 호텔[19]에서 만나 최근의 사건들에 대하여 논의한 다음, 아나스타샤의 쿠바 진출에 대해서도 이야기를 나누었다. 쿠바에 관한한 제노베제 패밀리와 이해를 같이하고 있는 트라피칸티이므로 그가 제노베제를 다시 만나 이야기를 잘 해준다면 더 이상 서로가 크게 피를 흘리지 않고도 전쟁을 종결 지을 수 있을 것 같았다. 회합은 아주 우호적인 분위기 속에서 끝났으며, 트라피칸티는 회담 후 곧 호텔을 체크 아웃하고 비행장으로 향했다.

트라피칸티와 헤어진 후 알버트 아나스타샤는 매우 기분이 좋았다. 오랜 기간의 전쟁에 드디어 전환점이 마련될 전망이 보이고 있었다. 그리고 다음날인 10 월 25 일, 아나스타샤는 오랜만에 긴 전쟁으로 인해 거칠어진 그의 얼굴과 머리를 다듬으러 단골인 파크 쉐라톤 호텔의 이발소로 갔다. 10 시경의 아침이었다. 남자들에게 있어 이발이란 긴장을 풀고 쉴 수도 있는 기회로, 아나스타샤도 전쟁 종결의 찬스를 맞아 약간 긴장이 풀어진 상태에서 기분전환을 위해 이발소를 찾았을 것이다.

항상 그가 앉는 네 번째의 의자에서 이발을 끝낸 후 의자를 뒤로 젖혀 아나스타샤를 눕힌 다음 그의 얼굴에 뜨거운 타월을 덮어놓고, 그의 전담 이발사는 면도를 하기 위해 준비를 하고 있던 중이었다. 38 구경 권총을 빼어 든 두 사람이 조용히 문을

---

[19] Park Sheraton Hotel

열고 들어와 눈짓으로 이발사인 죠 보키노[20]와 다른 종업원들을 비키게 했다. 언제나 그림자같이 아나스타샤를 따라다니던 경호원들은 이날 따라 보이지 않았다. 이발소에 들어온 두 사람은 프로파치 패밀리에 소속되어 있는 갤로 형제[21]였다.

첫번째 총탄이 그의 가슴을 뚫기 직전에 아나스타샤는 눈을 번쩍 떴다고 전해진다. 위기 상황을 몸으로 느꼈던 것일까? 총이 수 차례 발사되는 동안 야수처럼 포효하며 마치 총알을 막아낼 수 있는 방패인 양 두 팔을 휘저었다고 한다. 그가 바닥에 엎어진 다음에 죠 갤로[22]가, 옛날에 아나스타샤가 마세리아에게 했던 것처럼 아나스타샤의 뒤통수에 권총을 딱 붙이고 방아쇠를 당겼다. 마지막 순서인 확인 사살이었다.

바로 여기까지가 1957년의 뉴욕 5대 가문의 대전쟁이다.

형의 죽음을 듣고 안토니 아나스타지오는 파크 쉐라톤 호텔로 달려가 시체를 확인한 후 프랭크 코스텔로를 찾아가서 그를 부둥켜 안고 엉엉 울었다고 한다. 이때 코스텔로는 일선에서 은퇴하여 집에서 쉬고 있을 때였다. 안토니는 슬퍼하는 한편으로는 형의 죽음에 코스텔로가 연루되어 있지는 않은가를 코스텔로의 표정을 통하여 염탐하기도 하였을 것이다. 독자들이 짐작하는 바와 같이 아나스타샤의 히트는 비토 제노베제와 산토스 트라피칸티 쥬니어의 합작품이었으며, 쿠바의 이권이 산토스 트라피칸티로 하여금 비토 제노베제와 연합하게 만든 것이었다.

산토스 트라피칸티 쥬니어는 히트의 계획을 주도 면밀하게 조직하는 능력을 인정받고 있던 보스였다. 산토스 트라피칸티는 뉴욕의 죠셉 프로파치를 설득하여 그의 수하인 갤로 형제가 일을 맡도록 하였던 것이다. 쿠바의 이권이란 측면에서 볼 때,

---

[20] Joseph Bocchino
[21] Larry and Joe Gallo
[22] Joe Gallo. 닉네임은 Crazy Joe.

그리고 또 다른 이유에서 볼 때 아나스타샤의 히트에 대해서는 프랭크 코스텔로도 묵인한 흔적이 있다고 보인다.

그러나 아무리 이들이 노력을 했다 하더라도 살인주식회사의 알버트 아나스타샤, 브루클린 부두의 왕 아나스타샤의 최후는 그 명성에 비하여 너무나 싱겁고, 어이가 없는 느낌마저도 든다. 이발소에서 이발을 하던 중 피살되다니 이해가 가는 일인가? 아나스타샤의 경호원들은 대체 무엇을 하고 있었단 말인가? 그가 이렇게 최후를 맞을 것 같았다면 대체 무엇이 대전쟁이며, 제노베제가 고민할 것이 뭐가 있었단 말인가? 여기에 대한 합당한 설명은 오직 한가지 밖에는 없다. 알버트 아나스타샤는 그의 언더보스인 카를로 갬비노로부터도 배신을 당했던 것이다!

비토 제노베제는 3 년 전인 1954 년 무렵부터 은밀하게 카를로 갬비노에게 접근을 하였던 것으로 보인다. 사실 카를로 갬비노는 아나스타샤와 거의 같은 나이로 아나스타샤가 죽기 전에는 한 가문의 보스가 될 수 있는 가능성이 전혀 없었기 때문에, 제노베제로부터 연합의 제의가 들어왔을 때 갬비노는 이미 협조를 마음먹었던 것이다. 알버트 아나스타샤의 언더보스인 갬비노의 내통은 제노베제의 작전에 결정적인 도움이 되었다. 갬비노의 사전 공작에 의하여 아나스타샤는 제대로 된 경호를 받지 못했던 것이다. 이러한 협조에 대한 보답으로 제노베제는 아나스타샤의 후임 보스 자리에 카를로 갬비노를 강력하게 추천하게 된다.

비토 제노베제는 아나스타샤의 동생인 안토니 아나스타지오에 대하여는 처형을 면제해주어 그는 계속 항만노조를 장악할 수 있었다. 그러나 안토니의 영향력이 그 후로 점차 감소된 것은 말할 것도 없다.

비토 제노베제는 자신의 지위를 확실히 하고자, 그리고 형식적인 문제이기는 하나 저간의 사정에 대하여 해명을 하고자 전국위원회의 회합을 소집했다. 일자는 1957년 11월 14일이었고, 장소는 뉴욕 주 서쪽에 있는 작은 마을 아팔라친에 자리하고 있는, 버팔로의 스테파노 마가디노 휘하의 카포레짐, 죠셉 바바라[23]의 저택이었다. 이 회합에는 그 동안의 모임 중 가장 많은 100명 가까운 인원이 참석하였다고 하는데, 이 당시 그들의 자신감과 그들 사업의 호경기를 짐작할 수 있는 규모라 하겠다.

그러나 이 아팔라친의 위원회는 아수라장이 되어 끝나게 되고, 이로 인하여 마피아, 또는 라 코사 노스트라, 또는 전국 신디케이트라고도 부르는 집단의 존재가 외부에 노출되고 말아 향후 그들의 움직임에 많은 방해물을 만들게 되는 결정적인 원인으로 작용을 하게 된다. 따라서 회합의 소집을 주창했던 비토 제노베제는 그 면목을 심히 잃게 된 것이다. 어떤 연구자들은 이 아팔라친 모임의 전후를 가지고 예수 탄생을 기준으로 한 BC와 AD의 구분에 비유하기도 할 만큼 이 사건은 미국 신디케이트의 역사에 있어서 크나큰 사건이었다. 아팔라친 회합에 대하여는 다음 장에서 자세히 기술하도록 한다.

---

[23] Joseph Barbara(1905 - 1959)

제 12 장

1957 년은 마피아의 역사에 있어서 하나의 분수령이 되는 해로 볼 수가 있다. 뉴욕에서는 이 해, 살인주식회사의 알버트 아나스타샤가 한창인 54 세를 일기로 세상을 달리하였고, 뉴욕 패밀리의 수장이 프랭크 코스텔로에서 비토 제노베제로 바뀌었으며, 시카고에서는 토니 아카르도가 콘실리에리가 되어 일선에서 물러나면서 샘 쟌카너가 아우트피트의 새 보스로 등극하였다. 그리고 이 1957 년에 최초로 그들의 모임이 외부에 노출되어 그들이 실제 존재함이 공식적으로 세상에 드러나게 된다.

이 아팔라친의 회합이 외부에 드러난 것은 한 경찰관의 영웅적인 직무수행과 관련이 있다. 즉, 성실한 지방 경찰의 한 사람인 에드거 크로스웰[1]이 다른 주의 번호판을 단 수많은 고급차들이 한적한 시골 마을에 꾸역꾸역 모여드는 것을 수상히 여겨, 그들이 모여 드는 곳을 동료들과 함께 탐색하였고, 결국 그곳에 모인 100 명 중 모두 58 명을 억류하여 최종적으로 이중 27 명에

---

[1] Edgar Croswell, 계급은 Sergeant.

게 사법정의 실현의 방해 등의 죄로 유죄 판결을 받도록 만들었다는 것이다.

그러나 워낙 사건의 비중이 중차대하다 보니 위와 같은 설명으로는 만족스러워 하지 못하는 사람들이 많아, 다른 방향의 관점을 제시하는 연구자도 있다. 이 죠셉 바바라의 저택에서는 1년 전인 1956년에도 마피아의 소모임이 열린 적이 있었다는 점, 버팔로의 스테파노 마가디노는 1922년부터 그 지방을 장악하여 다스려온 백전노장의 보스라는 점 등을 감안할 때 경찰의 아팔라친 기습은 단순한 우연이 아니라는 설이다. 사실 스테파노 마가디노라면 일찍이 뉴욕을 통일했던 살바토레 마란자노와 그의 뒤를 이은 찰스 루치아노가 이미 이 지역의 보스로 인정했고, 초기 전국 위원회가 출범할 때부터 정규 위원으로 거기에 참석했던 엘리트 중의 엘리트 멤버가 아닌가? 그가 이만한 회합을 주최했을 때에는 경찰 등에 대한 완벽한 안배를 해놓은 다음이었을 것이다.

이들 마피아들이 우연을 그리 믿지않는 편이라는 것은 사실이다. 아팔라친 사건을 모종의 음모로 해석하는 사람들이 그렇게 주장하는 또 하나의 근거는 그 회합에 마이어 랜스키와 프랭크 코스텔로가 출석하지 않았다는 점이 있다. 그들이 참석하지 않은 상태에서 경찰이 기습하게 된 것은 결코 우연의 일치가 아니라는 것이다. 그것을 우연의 일치로 본다면 그러한 관점은 너무나 순진한 발상이라는 지적이다. 그러나 아팔라친 회합에 참석한 나머지 멤버들의 면면을 살펴볼 때 음모설이 그리 많은 찬성표를 받을 것 같지는 않으며, 저자도 또한 우연설 쪽의 손을 들어주고 싶은 생각이다.

1957년 11월의 아팔라친 모임에 참석한 사람들은 우선 보스급만 꼽아볼 때, 뉴욕에서는 비토 제노베제를 비롯하여 죠셉 프로파치, 토마스 루케제, 그리고 카를로 갬비노가 있었고 시카고 아우트피트에서는 토니 아카르도와 샘 잔카너가, 그리고 그밖에 클리블랜드의 죤 스칼리지, 뉴져지의 니콜라스 델모레[2]와 제랄도 카테나[3], 펜실바니아의 죤 라로카[4]와 러셀 부팔리노[5], 캔자스 시티의 니콜라스 치벨라, 달라스의 죠셉 치벨로[6], 콜로라도의 제임스 콜레티[7], 캘리포니아의 프랭크 디시모네[8], 탐파의 산토스 트라피칸티 쥬니어 등이 있었다. 이들은 모두 운전사를 동반하고 있었고 또한 많은 보스들이 언더보스나 신뢰하는 카포레짐을 동반하여 총 인원은 적게 잡아도 80 여명, 많게는 100 명에 가까웠다고 한다. 예를 들면 갬비노 패밀리를 살펴볼 때 액팅보스인 카를로 갬비노가 운전사인 그의 처남, 폴 카스텔라노를 비롯하여 그 외에도 죠 리코보노, 카르미네 롬바르도지, 살바토레 키리[9] 등 3 명의 부하를 동반하고 회합에 참석한 것이다.

이와 같은 멤버들을 모두 곤경에 처하게 만들고도 과연 목숨을 부지하기를 바랄 수 있을까? 그 음모의 비밀이 유지될 수 있을까? 그것은 어렵다고 생각한다. 아팔라친 기습이 일부의 주장대로 마이어 랜스키와 프랭크 코스텔로 등의 음모였다면 랜스키가 81 세까지, 코스텔로가 82 세까지 오래 살다가 길거리가 아닌 침대 위에서 편히 죽을 수는 없었을 것이다. 하지만 그렇다 하더라도 순수 우연설을 믿기에는 매우 망설여지는 것도 역시 사실이다.

그리하여 이 아팔라친의 경찰 기습에 대하여 음모설도 우연설도 아닌 다른 한 가지의 설명을 제시하는 견해가 있어 여기에 함께 소개한다. 이 설에 의하면 이때의 경찰 기습은 당시 아

---

[2] Nicholas Delmore
[3] Gerardo Catena
[4] John LaRocca(? - 1986)
[5] Russell Bufalino(1903 - 1979)
[6] Joseph Civello
[7] James Colletti
[8] Frank DeSimone(? - 1967)
[9] Joe Riccobono, Carmine Lombardozzi, Salvatore Chiri

팔라친 저택의 주인인 죠셉 바바라와 지방 경찰 사이에 있었던 갈등 때문이었다는 것이다. 죠셉 바바라의 뇌물에 만족을 못하고 있던 경찰이 트집거리를 찾고있던 중 이때의 모임이 그들의 시야에 들어왔다는 설명이다. 이것은 뉴욕의 죠셉 보나노가 그의 자서전[10]에서 설명한 것으로 보나노와 버팔로 패밀리의 친분관계로 볼 때 매우 신빙성을 가지는 설명이라 하겠다. 더구나 이 설명에 설득력을 더해주는 주변 정황으로는 이로부터 2 년 후인 1959 년에 회합 장소의 주인인 죠셉 바바라가 죽는다는 사실이다. 일을 매끄럽게 처리하지 못한 데에 대한 처벌이 아닐까 한다.

1957 년 아팔라친의 위원회에서 토의될 안건은 대략 네 가지가 있었다. 첫째는 프랭크 코스텔로의 피격과 프랭크 스칼리제, 알버트 아나스타샤의 피살 등 지난 6 개월간 있었던 일련의 사건들에 대한 누군가의 해명이다. 이러한 사태를 일으켜 조직의 사업을 위험스럽게 만들었던 그 누군가로부터 그에 합당한 설명을 들어보자는 것이다. 물론 그 사건들의 뒤에 제노베제가 있었다는 것은 모두가 다 아는 일이었지만 그간의 경위에 대하여 형식적으로라도 한번 짚고 넘어가지 않을 수는 없다는 이유였다.

두 번째 안건은 1956 년에 의회를 통과하여 1957 년 7 월 1 일부터 효력을 가진 연방 마약법에 대하여 어떻게 대처할 것인가 하는 논의, 그리고 세 번째 안건은 뉴욕과 펜실바니아의 비노조원 노동 문제에 대한 것이었고, 마지막으로 네 번째의 안건은 공식적으로 인정된 것은 아니나 모든 멤버들이 다 예상하고 있는 것으로서 비토 제노베제가 위원회의 의장 자리에 선출되는 문제였다.

---

[10] <A Man of Honor> - Joseph T. Bonanno

회합 장소로 그의 저택이 선택된 죠셉 바바라는 버팔로의 보스인 스테파노 마가디노가 가장 신임하는 카포레짐으로 그는 버팔로 시의 상공회의소로부터 <올해의 사업가>로 뽑힌 적도 있을 정도로 완벽한 커버를 가지고 있었다. 커버로 사용되는 죠셉 바바라 소유의 사업체는 캐나다 드라이 보틀링 사[11]로 뉴욕주의 엔디콧에 소재하고 있는 회사였다. 그의 저택에서는 지난해인 1956 년에도 보다 작은 규모의 모임이 성공적으로 개최되었던 바가 있었다.

낮 12 시가 조금 지난 시각, 죠셉 바바라 저택의 널찍한 마당에서는 바베큐 런치가 한참 준비 중이었고, 회합의 참석자들은 모두 밖에 서서 음료를 마시며 담소를 나누고 있었다. 식사가 끝난 후 본격적인 회담으로 이어져 진행이 될 예정이었다. 비토 제노베제에게는 다른 지역의 보스들이 계속 찾아와 그의 손등에 키스하며 그에 대한 존경심을 표시하고 있었고, 같은 뉴욕의 카를로 갬비노도 이제는 한 가문의 보스에 해당하는 대접을 받게 된 것 같았다. 그런데 그렇게 파티가 진행되던 중 게스트 중의 한 사람이 차량의 번호를 수첩에 적고 있는 경찰관들을 발견하여 소리를 쳤고 당장 파티장은 아수라장으로 변했다.

어떤 이는 자기의 차로 달려가고 어떤 이는 무작정 주변의 숲으로 달려갔다. 물론 이들이 당시 경찰에 체포될 정도의 죄를 짓고 있었던 것은 아니다. 그냥 큰 저택의 마당에서 식사를 하고 있었을 뿐이니 말이다. 자신의 존재가 경찰의 눈에 드러나는 것을 이들 마피아들이 얼마나 싫어하는지 잘 알 수 있는 좋은 예라 하겠다.

그러나 주인에 대한 작별인사도 없이 차에 타고 무작정 길을 떠난 멤버들은 모두 도로의 중간 기점에 임시 검문소를 만들어 놓고 기다리고 있던 경찰에 의하여 강제로 세워져 검문을 당해

[11] Canada Dry Bottling Company

야 했다. 그리하여 결국 비토 제노베제를 비롯하여 카를로 갬비노, 폴 카스텔라노, 죠셉 프로파치, 산토스 트라피칸티 쥬니어, 제랄도 카테나, 프랭크 디시모네, 죠셉 치벨로 등 모두 58명이 억류 당하는 마피아 사상 초유의 대사건이 발생하게 되는 것이다.

경찰의 심문에 대하여 어떤 사람은 부동산을 구경하러 왔다고 답하였고, 바바라 저택의 주변에서 체포된 또 다른 한 사람은 자신은 기차역을 찾고 있었던 중이라고 답을 하였다. 가장 가까운 기차역은 70마일이나 떨어진 곳에 위치하고 있었는데도 말이다. 또 어떤 사람은 마이애미에 다니러 갔다가 뉴욕으로 되돌아 가는 중에 잠깐 들르게 된 것이라고 얼토당토않은 답을 하였다고 한다. 비토 제노베제는 저택의 주인인 죠셉 바바라가 몸이 아파 병문안을 왔던 것이라고 대답하였고, 죠셉 바바라의 부인은 경찰에 출두하여, 모든 손님들이 다 자신이 끓이는 따뜻한 차를 마시러 온 것이었다고 답하였다. 결국 심문 받은 58명 중 27명이 당국의 조사에 성실한 답변을 하지 않은 죄 등으로 유죄 판결을 받게 된다. 카를로 갬비노의 운전사였던 폴 카스텔라노와 같은 이는 이 때문에 1년간 감옥살이를 하기도 하였다.

억류된 사람들은 거의 모두가 합법적인 사업을 하고 있는 것으로 밝혀졌는데, 58명중 19명은 의류사업과 관련이 있었고, 7명은 트럭 운송사업과, 9명은 자동판매기 사업과 관련을 가지고 있었으며, 17명은 레스토랑이나 클럽을 소유하고 있었다. 또한 그 중 11명은 올리브 오일과 치즈 수출입업을 하고 있었고 그 밖에도 자동차 판매업, 연예-흥행사업, 장의사업 등을 하고 있던 사람들도 있었다고 한다. 그리고 억류되었던 58명 중 자그마치 22명이 노동조합과 관련된 인물로 밝혀졌다고 하니 당시까지 계속된 이들의 노조경영 사업을 가히 짐작할 수가 있겠다(동시에 두 가지 이상의 사업을 한 사람이 있으므로 이 숫자는 중복될 수도 있다).

도로가 아닌 죠셉 바바라 저택의 주변 숲을 통하여 도망쳐 체포를 모면한 사람으로는 시카고에서 온 사람들과 보나노 패밀리의 언더보스인 카르미네 갈란테가 있었다. 보스인 죠셉 보나노는 사정이 있어 모임에 참석하지 못하였는데 일설에 의하면 당시 유럽을 여행하는 중이었다고도 한다.

회합을 처음 소집했던 비토 제노베제는 그가 그렇게도 원했던 위원회의 의장 자리를 얻지 못한 채 그냥 뉴욕으로 돌아와야만 했고, 장소를 제공한 스테파노 마가디노와 함께 회합의 참석자들로부터는 비난을, 불참석자들로부터는 조소를 받아야 했다. 카를로 갬비노도 위원회의 레벨에서 그의 가문의 보스로 인준을 받고자 하였으나 그 뜻을 이루지 못한 채 빈손으로 돌아와야만 했다.

다음날 미국의 유력 신문들의 제 1 면은 아팔라친 사건의 보도로 일색이었다. `역사상 최대규모의 범죄자 대회` 라는 타이틀이었다. 전국 각지의 지역 범죄조직의 보스들이 한 장소로 모여 그들만의 회의를 했다는 사실은 당시 잘 나가던 경제사정으로 거칠 것이 없었던 미국인들에게 너무나도 큰 충격으로 작용했다. 마침내 국민들의 비난은 그간 조직범죄의 수사에 대해 매우 소극적이던 FBI 를 향하게 되나 FBI 의 에드거 후버는 그래도 요지부동이었다고 한다.

당시 미 행정부는 아이젠하워 대통령[12]과 닉슨 부통령의 콤비였는데 만일 이들이 이 사건에 대해서 강력하게 수사를 명령했더라면 아무리 후버라 할지라도 가만히 있을 수는 없었을 것이다. 그러나 그런 지시는 없었고 그간 마피아의 존재를 강력히 부정해온 후버는 여태까지와 마찬가지 자세로 꿈쩍도 하지 않았다. 심지어는 사건 후 FBI 의 간부 한 사람이 마피아에 대하여 그간 모았던 정보를 바탕으로 축약된 보고서를 만들어 정부

---

[12] Dwight D. Eisenhower(1890 - 1969) 제 34 대 미국 대통령(1953 - 1961) 공화당.

각 부처에 돌리려 하였을 때 후버는 벌컥 화를 내며 그것을 회수하도록 명령을 내렸다고 한다. 한 나라의 경찰기구의 최고책임자로서 도저히 이해할 수 없는 반응을 보인 것이나 FBI 내에서의 후버의 위상은 절대적이었고, 그보다 윗 선에 있는 사람의 백업이 없이 후버에게 반기를 들 수 있는 FBI 맨은 한 사람도 없었던 것이다.

쿠바 오퍼레이션, 라스베가스 오퍼레이션 등으로 이때는 마피아의 일선 사업이 최정점에 서있을 때이다. 2차 세계대전에 잇따른 한국전쟁, 그리고 점차 고조되는 동서간의 냉전으로 국내의 군수산업과 그 관련 산업은 계속 특수를 누리고 있었으며, 그 여파로 인한 호경기는 국내 산업 전반에 걸쳐 영향을 미쳐 미국인들의 경제사정은 그 어느 때보다도 좋았다. 예를 들면 1945년에서 1960년에 이르기까지 미국인의 구매력은 22퍼센트나 증가하였다고 하는데, 이러한 미국 경제사정에 대한 낙관적 전망 때문인지 미국인들의 신생아 출생률도 비약적으로 증가하기 시작하였고, 그리하여 바로 이 1945년에서 1960년 사이의 기간을 가리켜 베이비 붐 시대라고 하며 이때에 태어난 사람들을 가지고 베이비 붐 세대라고 한다.

당시 미국의 인구는 전세계 인구의 약 5퍼센트에 불과하였으나 그 경제력은 엄청나, 전세계에서 생산되는 공산품의 약 1/4이 넘는 제품과 서비스 상품을 미국 내에서 생산하고 소비하였다고 한다. 이와 같은 거대한 경제력을 미국이 가질 수 있었던 가장 큰 이유를 단 하나만 들어보라고 한다면 그것은 바로 2차 세계대전, 한국전쟁 등, 연이은 전쟁으로 인한 대규모의 국방비 지출에 있었다고 보아도 과언이 아니었다. 하여간 이유야 어쨌든 미국인들은 유례없는 호황을 누리고 있었고 이에 따라 지하경제를 주무르는 마피아들도 역사상 최대의 호황을 누리고 있었을 것이다.

지상의 권력자들을 향한 마피아의 매수 공작은 1920년대 이래 잠시도 쉰 적이 없었고, 최근의 경제력을 바탕으로 한 그들의 매수 공작은 더욱 그 도를 더했을 것이다. 미국의 최고 권력자들이 FBI 에게 불호령을 내려 마피아와 그 연관 조직범죄에 대한 수사를 명령하지 않은 것은 우리 같은 일반인의 눈으로 보기에는 잘 이해가 가지 않는 상황이나 과연 이것이 그들의 매수 공작과 확실히 관련이 있는지는 섣불리 판단하기 힘든다.

아이젠하워 대통령은 군인 출신으로서, 2 차 세계대전 기간 동안 1943 년의 시실리 상륙작전 시 미군의 총사령관직에 있었다. 시실리 점령 후 연합군이 점령지를 통치하는 데 그곳 마피아들의 힘을 빌린 적이 있었는데, 그때에 총사령관 아이젠하워는 시실리안 마피아의 보스급들과 접촉을 가지게 되었을 것이다. 하지만 그렇다 하더라도 그때의 접촉으로 오늘날에 이르기까지 마피아로부터 아이젠하워가 영향을 받고 있었을 것이라는 추리는 저항 없이 그대로 받아들이기에는 조금 무리가 있다. 비약이 너무나 심하기 때문이다.

그러나 아이젠하워 대통령도 전임의 트루먼 대통령과 같이 마피아나 신디케이트로부터 완전히 자유로운 사람은 아니었던 듯싶다. 그는 1952 년의 대통령 선거에서 민주당 후보인 애들래이 스티븐슨[13]에게 이겨 그 다음해에 제 34 대 미국 대통령으로 취임하였는데, 취임하자마자 가장 먼저 아이젠하워가 한 일이 선거 시 그를 도와준 텍사스의 석유 부호들에게 보답하기 위하여 1953 년 한 해에 60 건의 정부 비축용 원유 계약을 맺은 일이었다. 이것은 그 전 5 년간의 계약 건수 총합계가 16 건 밖에 되지 않았던 것에 비하면 엄청나게 증가된 숫자였다.

뉴욕의 비토 제노베제가 텍사스의 석유 부호의 한 사람인 클린트 머치슨[14]의 회사 지분 중 20 퍼센트를 가지고 있는 등, 텍사스의 석유 부호들이 마피아들과 관계가 없지 않았다는 점을

[13] Adlai E. Stevenson(1900 - 1965)
[14] Clint Murchison

생각하면 아이젠하워도 마피아들의 로비에 충분히 노출이 되어 있는 상태였을 것이다.

그리고 부통령인 닉슨도 지하 인물들과의 연결설이 그간 끊임없이 나돌고 있는 상태였다. 처음에 그가 캘리포니아에서 하원의원으로 출마하던 1946년에 그는 이 지역의 갱, 미키 코헨으로부터 5천 달러의 헌금을 받았고, 1950년의 상원의원 선거에서도 7만 5천 달러를 코헨으로부터 받았다. 이때의 미키 코헨은 과거 1943년에 벤자민 시겔을 따라 그의 경호원으로 서부에 건너왔던 바로 그 미키 코헨을 말한다. 그리고 죤 F 케네디[15]와 맞붙었던 1960년의 대통령 선거 시에는 뉴올리언즈의 보스, 카를로스 마르셀로로부터 50만 달러의 헌금을 받게 된다. 닉슨은 그 유명한 죤 F 케네디와의 첫번째 TV 토론이 있기 직전에 이 헌금을 받았다고 한다.

이외에도 닉슨과 마피아의 관련을 암시하는 에피소드는 수를 셀 수 없을 만큼 너무나도 많다. 몇 가지만 더 예를 들어보면, 워터게이트 사건으로 1974년에 불명예스럽게 백악관에서 도중하차한 닉슨은 캘리포니아의 산클레멘테 자택에서 약 1년간 칩거생활을 한 후 1975년 10월에 처음으로 대중들 앞에 모습을 다시 나타내게 되는데, 그때 그는 골프를 치러 나온 것으로 장소는 캘리포니아, 칼스배드의 라코스타 컨트리 클럽[16]이었다.

이날 닉슨과 함께 팀을 이루어 골프를 친 사람은 제임스 호파의 뒤를 이어 팀스터 노조의 제4대 전미 보스가 된 프랭크 핏시몬즈[17], 팀스터의 연금 기금을 관리하고 있는 알렌 도프만[18], 그리고 뉴져지의 팀스터 보스이며 뉴져지 마피아의 카포레짐을 겸하고 있는 안토니 프로벤자노[19]였다. 팀스터는 마피아와의 결

---

15 John F. Kennedy(1917 - 1963) 제35대 미국 대통령(1961 - 1963) 민주당.
16 La Costa Country Club, Carlsbad, California
17 Frank Fitzsimmons
18 Allen Dorfman(1923 - 1983)
19 Anthony Provenzano, 닉네임은 Tough Tony.

탁으로 그 이름이 높아 1957 년에는 전미 노동 단체인 AFL-CIO[20] 로부터도 추방된 악명 높은 노동조합이다. 그리고 또 한가지 추가할 사항은 이 라코스타 컨트리 클럽의 소유주가 클리블랜드의 갱단 출신이며 현재는 라스베가스의 호텔왕인 모리스 달릿츠라는 점이다.

닉슨은 대통령으로 재직하던 기간 중에 여러 명의 굵직한 신디케이트의 보스들을 그의 권한으로 사면하여 주었는데, 그에 의하여 사면된 인물들로는 우선 먼저 닉슨의 정치 초년병 시절에 그를 적극 밀어 도와주었던 미키 코헨이 있다. 미키 코헨은 탈세 혐의로 기소되어 유죄 판결을 받고 감옥살이를 하고 있던 중, 닉슨에 의하여 1972 년에 대통령 특별 명령으로 가석방되게 된다. 예전의 신세를 갚는 의리를 발휘했다고 해석하면 좋을 것 같다.

다음으로는 팀스터 노조의 제 3 대 전미 보스인 제임스 호파이다. 사실 팀스터 노조와 마피아의 결탁은 제임스 호파의 대에 처음 시작된 것이 아니라 그전 보스였던 데이브 벡[21] 때부터도 있어왔다. 그러나 호파는 팀스터의 연금 기금을 시카고 아우트피트에 대출해주어 그들이 라스베가스에 호텔과 카지노를 건축하는 데 사용할 수 있도록 편의를 봐주는 등, 마피아와 특별히 더 가까운 사이를 유지해온 사람이었다. 호파는 존 F 케네디 대통령의 친동생인 법무장관 로버트 케네디의 끈질긴 추적으로 1963 년, 결국 감옥행을 당하게 되는데, 닉슨은 로버트 케네디가 그렇게 힘들게 잡아넣은 호파를 1971 년에 대통령의 권한으로 특별 사면해 자유의 몸이 되게 허락했다.

닉슨에 의해 사면된 그 다음의 인물은 뉴저지의 안젤로 데카

---

[20] American Federation of Labor and Congress of Industrial Organizations(AFL-CIO)가 미국 노동총연맹 및 산업별 회의. 미국 노동운동의 양대 조직인 AFL 과 CIO 가 1955 년에 통합하여 이루어진 단체

[21] Dave Beck

를로이다. 안젤로 데카를로는 뉴저지 마피아의 언더보스를 지낸 사람으로, 히트한 희생자를 고기 가는 기계에 집어넣는다든지, 아니면 시체를 잘게 썰어서 통조림을 한다든지 하는 색다른 방법의 처리를 좋아한 사람이었으며, 1970년에 12년형을 선고받아 복역 중에 있었다. 그런데 수감생활 약 1년 반 만에 대통령 리차드 닉슨은 건강상의 이유를 들어 그에게 특별 사면령을 내린 것이다. 그에 대한 사면은 보통의 절차를 뛰어넘어 당시 새로 막 임명된 법무장관 리차드 클라인딘스트[22]가 직접 허가하였고 백악관의 재가를 얻어 즉각 시행되었다고 한다. 과거 토마스 클라크 법무장관의 폴 리카 특별 사면에 비견될 수 있는 괴이한 일이라 하겠다.

안젤로 데카를로의 사면과는 대조적으로 데카를로를 감옥에 집어넣는 데에 결정적인 증언을 했던 검찰측 증인 제랄드 젤마노윗[23]은 아주 다른 대접을 받는다. 즉, 애초의 약속과는 달리 증인 보호 프로그램에 설정된 그의 신분을 뒷받침할 만한 그의 새로운 과거 경력이 만들어지지 않아 마침내 그의 진짜 신분이 노출된 것이다. 그 뒤 데카를로로부터 테러 공포에 시달리던 젤마노윗은 결국 1973년에 있었던 상원 상임위원회의 증언을 마지막으로 영영 실종되고 만다.

`증인 보호 프로그램` 은 영화에서도 많이 언급되어 우리와 꽤 친숙한 편인데, 여기에 한번 들어가기만 하면 완벽한 신분보장이 되는 것으로 알고 있으나 반드시 그런 것만도 아닌 모양이다. 그에 대해 이 지면을 빌어 잠시 추가를 해보면, 1971년에서 1977년 사이에 미 법무성의 증인 보호 프로그램하에 있던 마피아 관계 사건의 증인 중 최소한 4명이 살해되었고, 또한 다른 최소한 6명이 약물 중독이나 자살, 이해하기 어려운 교통

---

[22] Richard G. Kleindienst, 1972년부터 1973년까지 닉슨 행정부에서 John Mitchell의 뒤를 이어 법무장관을 역임.

[23] Gerald Zelmanowitz

사고 등의 이유로 사망하였다고 한다. 이것은 1977 년의 뉴스위크 지의 보도에 의한 보고이다.

이렇게 닉슨과 마피아와의 연결은 단순한 가설의 수준이 아니었으며 오늘날에 이르러서는 연구자들에 의하여 거의 기정사실인 것으로 취급되고 있다. 미국은 우리나라에 있어 매우 특별한 나라이다. 이 미국의 대통령이 마피아와 깊은 관련이 있다는 것은 믿기에 몹시 힘이 든다. 그러나 위에서 예로 들고 지적한 것처럼 그들 사이에 연관을 암시하는 수많은 증거들이 존재하는 것이 또한 사실이다. 그렇다면 이러한 관련은 과연 닉슨 대통령 한 대에서만 있었던 일일까? 미국의 정치와 사회에 대해서 연구하고 있는 우리나라 학자들의 많은 분발이 요구되는 문제인 것 같다.

미국 전역에서 갱단의 두목들이 모여들어 마치 대기업의 이사회와도 같이 토론 모임을 가졌다는 보도는 대체로 경악에 가까운 반응을 유발했고, 결국 FBI 의 에드거 후버는 주변의 압력에 못이겨 `탑 후들럼 프로그램[24] 이라는 마피아에 대한 대책을 내놓을 수밖에 없었다. 하지만 막상 그 활동을 들여다 보면 그러한 대책 프로그램을 만든 의도를 의심하게 할 만큼 매우 형식에만 치우쳐 있었다. 탑 후들럼 프로그램에 의하여 후버로부터 FBI 각 지국으로 내려진 명령은 미국의 각 도시에서 조직범죄에 관련된 용의자 10 명씩의 명단을 작성하여 올리라는 것이었다.

뉴욕이나 시카고와 같은 대도시에서는 수십 명의 명단을 만들 수 있는 데 비하여 아주 작은 도시에서는 용의자 두세 명의 명단도 만들기가 쉽지 않을 텐데 의무적으로 똑같이 10 명씩의 명단을 제출하라는 것은 사실 상식을 벗어난 어불성설이었다.

---

[24] Top Hoodlum Program(THP)

그리고 이 프로그램마저도 약 2 년이 경과하자 흐지부지되어, FBI 의 조직범죄에 대한 수사는 뚜렷한 이유없이 중단된다.

에드거 후버는 매카시즘으로 오늘날까지도 유명한 죠셉 매카시 [25] 상원의원과 매우 친한 사이를 유지하였고, 매카시가 죽은 다음에도 후버의 제일 첫번째 관심사는 공산주의자를 때려잡는 일이었다. 후버는 일찍이 1940 년부터 이름난 과학자, 알버트 아인슈타인이 공산주의자라는 것을 증명하기 위하여 그에 대한 정보를 수집하였고, 1952 년에는 위대한 배우 찰리 채플린을 공산주의자로 낙인 찍어 국외추방을 법무장관에게 건의한 바도 있었다. 그리고 1959 년 현재, 미국 뉴욕의 FBI 지부에는 대공분야의 요원이 400 명이나 있었던 데 비하여 조직범죄 분야에는 단 4 명의 요원만 배치되어 있는 실정이었다. 한번 생각해 보라, 1959 년에 뉴욕 시의 조직범죄 담당 FBI 요원이 4 명이라니!

뉴욕으로 돌아온 후 비토 제노베제는 자신의 지위를 확고히 하기 위하여 뉴욕의 보스들을 소집하였다. 이 자리에서 카를로 갬비노는 제노베제의 강력한 후원을 받아, 빈센트 망가노와 알버트 아나스타샤가 이끌던 가문의 후임 보스로 공식적으로 올라서게 된다. 갬비노가 보스로 등극한 후 가장 먼저 한 일은 아나스타샤의 죽음에 대해 복수를 맹세하고 있던 가문의 카포레짐, 죤 로빌로또 [26] 와 솔다티, 아만드 라바 [27] 를 처형한 것이다. 죤 로빌로또에게는 4 발의 총알이, 아만드 라바에게는 18 발의 총알이 각각 선물로 안겨졌고 그 후로는 뉴욕에 다시 예전의 평화로움이 돌아왔다.

그러나 비토 제노베제가 보스 중의 보스의 위치를 누렸던 것은 아주 잠깐 동안으로, 1958 년에 제노베제는 다른 24 명의 피

---

[25] Joseph R. McCarthy(1909 - 1957)

[26] John Robilotto(? - 1958) 닉네임은 Johnny Roberts.

[27] Armand Rava(? - 1958) 닉네임은 Tommy.

고들과 함께 새로 제정된 연방 마약법 위반으로 기소되어 체포되고 만다. 그리고 이어서 열린 재판에서 제노베제에게 가장 불리한 증언을 한 사람은 푸에르토리코 출신의 증인인 넬슨 칸텔롭스[28]라는 자였는데, 그는 수회에 걸쳐 제노베제가 직접 마약을 사고 파는 것을 보았다고 증언하였고, 그의 증언이 결정적으로 작용하여 제노베제를 포함한 피고 모두에게 유죄가 확정된다. 비토 제노베제는 1959 년에 15 년형을 선고 받고 수감되어 아틀랜타의 연방 형무소에서 복역 중 10 년 뒤인 1969 년에 감옥 안에서 죽고 만다.

놀라운 사실은 재판에서 결정적인 검찰측 증인이었던 푸에르토리코 사람, 넬슨 칸텔롭스는 카를로 갬비노로부터 10 만 달러를 받고 위증을 하기로 합의를 한 일이 있다는 점이다. 그리고 이 10 만 달러 중 5 만 달러는 마이어 랜스키의 호주머니로부터 나온 것이었다고 한다. 하긴 한 가문의 보스인 제노베제가 직접 마약을 사고 팔 리도 없을 뿐더러, 만일 그러한 일이 있었다 하더라도 조무래기 푸에르토리칸 갱에 불과한 그가 그러한 장면을 어떻게 목격할 수 있었겠는가? 1957 년 대전쟁에서 초기에는 프랭크 코스텔로의 편이었고, 코스텔로가 피격되면서부터는 대결 구도에서 손을 떼고 있었던 마이어 랜스키가 드디어 최종적으로 손을 쓴 것이었다. 즉, 1957 년 대전쟁의 최종 승자는 마이어 랜스키와 카를로 갬비노였다고 볼 수 있다.

그런데 이러한 랜스키의 음모를 단순히 코스텔로를 위한 복수였다고 해석하기에는 석연치 않은 점이 있다고 생각된다. 왜냐하면 랜스키의 사전에는 자신이 아닌, 남을 위한 복수란 원래 없기 때문이다. 그렇다면 왜 위험부담을 안으면서까지 랜스키는 제노베제를 제거하려고 하였을까? 과연 그 까닭은 무엇일까? 제노베제로 인해 자신의 목숨까지도 위험해질 수 있다는

[28] Nelson Cantellops

판단 때문이었을까? 그럴 수도 있겠다. 그러나 저자의 생각으로는 신디케이트의 사업도 이제는 시대가 완전히 바뀌었다는 랜스키의 인식에 따른 결과였던 것으로 보인다. 즉, 이제는 알버트 아나스타샤나 비토 제노베제와 같은 폭력 신봉주의자들은 더 이상 필요가 없고 말썽만 될 뿐이라는 것이다. 이제는 그들의 사업도 완전히 지상으로 올라온 것이 많고, 따라서 옛날과 같은 방식의 사업을 고집하거나, 보스 중의 보스라는 지위에 연연하는 자들은 그만 사라져주어야 하겠다는 판단에 따른 것으로 생각된다.

비토 제노베제는 찰스 루치아노의 생년과 같은 해인 1897 년에 태어났고, 찰스 루치아노를 도와 그가 미국 암흑가의 보스 중의 보스가 되는 데에 큰 도움을 준 사람이다. 1931 년에 더 보스, 귀제뻬 마세리아를 힛트할 때 다른 3 명과 함께 직접 작전에 참가하기도 했던 그는 마란자노가 두려워했을 만큼 대단한 배짱을 가지고 있는 사람이었다. 시실리 인들의 영어 표현을 빌면 그와 같은 사람들을 ` Men of belly` 라고 한다.

제노베제는 1938 년에 살인 혐의를 피해 시실리로 피신한 다음, 무솔리니의 파시스트들과 좋은 관계를 유지하기 위해 25 만 달러를 그들에게 상납하기도 하였고, 무솔리니를 위하여 미국의 반 파시스트 계열의 신문이었던 <해머>지 [29] 의 편집자 카를로스 트레스카 [30] 의 암살을 지령하기도 하였다. 그리고 이탈리아가 연합군에 의하여 수복된 다음에는 연합군을 위한 통역관을 자청하여 맡아, 이를 바탕으로 새로이 발생한 지하 암시장의 이권을 모두 장악하여 엄청난 이득을 올렸다고 한다. 참으로 놀라운 현실적응력이 아닐 수 없다.

제노베제가 시실리로 몸을 감추게 된 원인인 살인 혐의에서

---

[29] The Hammer
[30] Carlos Tresca(? - 1943)

그에게 대단히 불리한 증언을 하고 있던 증인 피터 라템파는 뉴욕의 브루클린 교도소에서 최고의 보안 조치하에 수감되어 있었는데, 1945 년 1 월 15 일에 담석증으로 인한 심한 통증이 그에게 찾아온다. 그리고 교도소 의무실로부터 진통제를 받아먹은 라템파는 오히려 증세가 매우 악화되어 그날 저녁으로 유명을 달리한다. 그 결과 제노베제가 다시 미국으로 돌아올 수 있는 길을 열어주게 된다. 부검 시 라템파의 시체에서는 8 마리 정도의 말을 죽일 수 있는 분량의 독극물이 검출되었다고 한다.

비토 제노베제의 시실리에서의 행적과 미국으로 돌아온 후 1957 년까지의 경과를 보면 제노베제도 보통은 훨씬 넘는 사람이었던 것 같다. 그러나 보잘 것 없는 후진국 출신의 한 갱의 위증으로 그도 자기 생의 마지막이 되는 수감생활을 하게 되었으니 역시 마피아의 사업에서 가장 중요한 것은 폭력도 아니고, 돈을 버는 것도 아닌, 정치적인 영향력을 확보하는 것으로 생각이 된다. 그리고 이와 같은 진리를 마이어 랜스키와 프랭크 코스텔로, 그리고 카를로 갬비노와 같은 보스들은 일찍부터 깨닫고 있었던 것이다.

비토 제노베제의 숙청은 결국 마이어 랜스키와 프랭크 코스텔로의 뜻이었다. 제노베제나 아나스타샤와 같은 폭력 제일주의자들이 전국 신디케이트에서 강력한 권한을 가지는 것은 시대의 조류를 감안할 때 바람직한 일이 아니었기 때문이다. 이들의 계획은 그들의 강력한 힘이 지하세계에 국한되지 않고 지상세계에서도 그대로 통할 수 있도록 만드는 것이었고, 그러한 계획에는 제노베제나 아나스타샤와 같은 사람들은 그리 잘 어울리지 않기 때문이었다.

그리고 그렇게 하여 확립된 그들의 힘이 드디어 1963 년의 한 사건, 미국 역사에 있어서 한 획을 긋는 크나큰 한 사건에서 실제로 입증된다.

제5부
1963년 사건

제 13 장

이 장과 다음 장에서는 1959 년부터 1963 년 사이에 미국에서 일어났던 한 큰 사건에 대하여 주로 기술하려 한다. 이 사건을 여기에서 취급하는 이유는 물론 그것이 마피아들과 직접 관련이 있기 때문이며, 그것으로 미국에서의 마피아, 또는 신디케이트의 위력을 진실로 체감할 수 있기 때문이다. 그 사건이 미국과 미국인에게 끼친 영향은 1957 년의 뉴욕 대전쟁이나 같은 해의 아팔라친 마피아 미팅 등이 미국인에게 미친 영향에 비할 바가 아니며, 그 사건 이후로는 미국의 모든 것이 그전과 같지 않았다.

그 사건의 여파는 미국 국내만으로 국한된 것도 아니었다. 왜냐하면 미국은 동서 냉전이 한창이었던 당시에도, 그리고 소비에트 연방이 몰락한 후 세계적 규모의 경제 전쟁시대로 돌입한 오늘날에도, 똑같이 세계에서 가장 강력한 군대를 보유하고 있어 세계의 나머지 나라들에게 막강한 영향력을 발휘하고 있는 초강대국이기 때문이다. 그러므로 미국에 있어 큰 사건이라면 세계적으로도 매우 큰 사건이 되기 때문이다.

1959 년부터 1963 년 사이의 사건이란 단일 사건을 이야기하는 것이 아니라 1959 년 1 월 1 일의 쿠바 혁명의 성공에서부터 1963 년 11 월 22 일의 죤 F 케네디 대통령의 암살에 이르기까지의 일련의 사건들을 말하는 것으로, 그 클라이맥스는 달라스에서 일어났던 케네디 대통령의 암살이다. 죤 F 케네디 대통령의 암살은 바로 마피아에 의한 것이었다.

아무리 마피아들이라고 해도 미국, USA 의 대통령을 살해할 수 있을까? 이러한 질문에 접했을 때, 깊게 생각해보지도 않고 그런 일은 불가능하다고 단정 지어 말하는 대답이 거의 모든 사람들의 반응이 아닐까 생각한다. 그러나 그러한 단정은 성급하다.

금주법이 입법된 1919 년 이래 약 40 년간, 아니 아마도 1919 년보다 더 오래 전부터 오늘날까지 미국의 조직범죄는 그야말로 거칠 것 없이 성장해왔다. 처음에는 길거리에서 보호비를 뜯는 수준이었던 그들의 범죄는 금주법 시대를 거치면서 엄청난 자금력과 그것에 바탕을 둔 정치력을 확보하여, 1933 년에는 시카고의 시장을 암살하고 갈아치울 정도로 대담해졌고, 1947 년에는 미국의 법무장관을 움직일 수 있었으며, 1952 년에는 일찍부터 그들이 키웠다고 말해도 지나치지 않을 사람을 미국의 부통령으로 앉힐 수가 있었다.

그렇지만 상대가 다른 지위에 있는 사람도 아닌 미국의 대통령일진대, 과연 그를 저격하여 암살하고도 무사하기를 바랄 수 있을까? 법망으로부터 도망칠 수 있을까? 이제부터 서술되는 내용에 그것이 가능했던 당시의 스토리와 배경이 상세히 밝혀질 것이며, 일단 여기에서 우선 말할 수 있는 것은 그것이 가능했다고 하는 결론이다.

물론 사건의 자세한 진상이 모두 대중에게 공개되었다면 미국민 전체로부터 뿜어져 나오는 분노는 대단하였을 것이고, 그

것으로부터 숨을 수 있는 범법자는 아무도 없을 것이다. 그러나 문제는 일반 대중이 사건에 대한 진실한 정보로부터 차단되어 있었으며, 대통령의 죽음이 공산주의자의 단독범행으로 알도록 언론이 조작되었다는 것이다. 그렇다면 그러한 정보 조작까지 마피아의 힘이 닿고 있는 것일까? 이어지는 내용에 그에 대한 합당한 설명이 담겨져 있다.

모든 살인에는 그것을 유발하는 동기가 있다고 한다. 그렇다면 신디케이트, 또는 마피아가 케네디 대통령을 죽여야 할 이유나 동기는 무엇일까? 가장 중요한 것으로 세 가지만 들어보면 다음과 같다. 첫번째는 케네디 대통령이 그들을 배반했기 때문이다. 루즈벨트, 트루먼, 아이젠하워 등 최근의 대통령들이 모두 어느 만큼씩 조직범죄와 관련을 가지고 있었다는 것은 이미 앞에서도 언급하였는데, 케네디 대통령도 역시 예외는 아니었다. 케네디 대통령의 아버지인 죠셉 케네디[1]는 밀주사업으로 엄청난 돈을 모은 사람이었던 것이다. 그러나 케네디는 마피아들이 원하는 대로 움직여주지 않았고 오히려 적대적인 행동을 취하였다. 이것이 그들의 첫번째 이유이다.

두 번째 이유는 미국의 경제 식민지인 쿠바 때문이다. 쿠바에서 벌어지고 있던 신디케이트의 사업은 앞장에서 언급한 바 있다. 그 모든 것이 1959 년 1 월 1 일자를 기하여 제로 상태인 원점으로 돌아가게 되었는데, 케네디 대통령은 쿠바를 수복하기 위하여 아무 일도 하지 않았으며, 오히려 쿠바 미사일 위기를 겪으면서 카스트로의 쿠바를 공식적으로 인정하게까지 이르렀기 때문이다. 이들에 대하여 다시 하나씩 자세히 알아보기로 하고 세 번째의 살해 동기는 뒤에서 언급하기로 한다.

죤 F 케네디 대통령은 미국의 정치사에 있어서 아주 특이한

---

[1] Joseph P. Kennedy(1888 - 1969) 1934 년부터 1935 년까지 미국 증권거래소의 초대 소장을 역

인물이다. 우선 그는 미국의 역대 대통령 중 가장 나이가 젊은 대통령이었다. 대통령으로 당선이 확정되었을 때 그의 나이가 겨우 43 세였으니 얼마나 젊은 대통령이었는지 짐작이 갈 것이다. 세계의 초강대국인 미국의 대통령이 약관 43 세. 따라서 대통령을 보좌하는 워싱턴의 관료들이 케네디의 지도력에 약간은 회의적인 시각을 품고 있었다 하더라도 별로 이상한 일은 아니었을 것이다.

민주당의 대통령 후보 지명전에서 케네디는 그의 어린 나이와 짧은 경험 때문에 당 지도부로부터 대통령 후보의 지명을 쉽게 받을 수가 없게 되자, 그것을 위해서 예비 선거라고 하는 길고도 험한 과정을 거쳐야만 했다. 예비 선거는 각 주에서 자신을 지지하는 대의원의 수가 충분히 존재한다는 사실을 증명해나가는 힘든 과정으로 케네디가 이 예비 선거를 승리로 이끌 것을 예상한 민주당의 선배 정치인은 거의 없었다. 즉, 그는 미국 정가의 관행을 깨고 그 자신의 실력으로 싸워서 민주당 대통령 후보의 지명을 획득한 것이었다.

또 한가지 케네디의 특이한 점은 그의 종교가 카톨릭이었다는 것이다. 미국의 역대 대통령 중 종교가 카톨릭이었던 사람은 단 한 명도 없었으며, 대통령 후보 중 종교가 카톨릭이었던 사람은 1928 년의 알프레드 스미스[2] 한 사람이 있었을 뿐이다. 그리고 바로 그 때문에 알프레드 스미스는 선거전에서 공화당의 허버트 후버에게 큰 차이로 패배하였다. 이러한 젊은 나이와 종교적 문제 때문에 1960 년, 현직 부통령이었던 리차드 닉슨과 죤 F 케네디가 맞붙었던 대통령 선거에서 케네디 쪽의 승리를 예견한 미국인은 거의 없었다고 보아도 과언이 아니었다.

아일랜드 이민의 후손인 케네디의 집안은 당시 미국에서 몇 번째 안으로 손꼽히는 부호의 집안이었는데, 그 부는 대개가 케

임. 1938 년부터 1940 년까지 주영 대사를 역임.

[2] Alfred E. Smith(1873 - 1944)

네디의 아버지인 죠셉 케네디가 당대에 쌓아올린 것이었다. 죠셉 케네디는 밀주사업 뿐만 아니라 주식 거래, 영화사업 등으로도 그 많은 돈을 벌었다고 하지만 그러한 사업의 종자돈이 된 것은 역시 밀주사업으로 벌어들인 돈이었던 것이다. 금주법 시대에 죠셉 케네디가 밀주사업에 뛰어든 게 하나도 이상하지 않았던 것이 케네디 집안은 일찍부터 술과 깊은 관계를 맺어온 집안이었다.

죤 F 케네디의 증조부인 패트릭 케네디[3]는 가난한 아일랜드 이민 1 세대로서 술통을 만드는 일로 미국에서의 첫 직업을 시작했으며, 그의 아들 패트릭 죠셉 케네디[4]는 술집을 경영하였고, 양조업에 손을 대어 그 업계에서 영향력 있는 사람으로 성장하게 된다. 그는 술집에서 만들어진 인맥을 바탕으로 1886 년에 메사추세츠 주의 하원의원으로, 1892 년에는 주의 상원의원으로 선출되었다.

그의 아들이자 죤 F 케네디의 아버지인 죠셉 케네디는 1888 년에 태어났는데 아버지의 도움으로 35 세의 나이에 아버지가 대주주로 있는 콜롬비아 은행의 은행장으로 선임되는 등 사회인으로서 순탄한 출발을 한다. 그는 금주법 시대에 양조업, 주류 판매업 등의 밀주사업으로 막대한 부를 쌓았으며, 월스트리트에 진출하여 주식투자로 다시 큰 돈을 벌고, 1926 년에는 영화사인 FBO 의 주식을 매입하여 헐리우드로 진출하기도 한다. 후에 그의 정부가 된 유명한 영화배우 글로리아 스완슨[5]을 만난 것이 바로 이때였다. 죠셉 케네디는 1934 년에는 당시 처음으로 설립된 미국 증권거래소의 초대 소장으로 임명되는 영광을 안았고, 1938 년에는 주영 대사라는 아주 중요한 직위에 임명되기도 한다.

---

[3] Patrick Kennedy(1823 - 1858)
[4] Patrick J. Kennedy(1858 - 1929)
[5] Gloria Swanson(1899 - 1983)

죠셉 케네디가 1920 년대에 밀주사업을 벌이고 있을 때 그가 마피아 등의 조직범죄단과 연결되었으리라는 것은 쉽게 짐작할 수가 있다. 왜냐하면 당시 밀주업에 종사한 사람들 치고 그들과 관련이 없던 사람은 한 명도 없었기 때문이다. 다시 말하면 죠셉 케네디도 시카고의 모세 아넨버그의 경우와 마찬가지로 마피아의 협조 회원이라 할 수 있었고, 신디케이트의 한 멤버로 볼 수 있었던 것이다. 케네디 가문은 아넨버그 집안의 성장과정과 똑같이 마피아와 긴밀한 관계아래 활동함으로써 엄청난 돈을 벌었고, 다시 그 재력을 바탕으로 상류사회로 진출하였던 것이다.

죠셉 케네디와 마피아의 연결은 그의 헐리우드 사업에도 큰 도움을 주었으며, 금주법 시대가 끝난 뒤에도 그 관계는 지속되고 있었다. 그리고 2 차 세계대전이 끝난 후 그의 둘째 아들인 죤 F 케네디가 하원의원에 당선되어 정계로 진출하자, 죠셉 케네디는 아들의 정치적 성공을 위해서 마피아의 연줄을 십분 이용하기로 결심을 한다.

1960 년, 대통령 선거전이 열기를 띠어 갈 무렵 죠셉 케네디는 아들 죤 F 케네디의 대통령 당선을 돕기 위하여 뉴욕의 펠릭스 영[6]이라는 레스토랑에서 마피아의 보스들과 회합을 가졌다. 이때 초대된 사람들은 시카고의 샘 쟌카너, 시카고 조직의 서부 대리인인 로스앤젤리스의 쟈니 로젤리, 버팔로의 스테파노 마가디노, 뉴올리언즈의 카를로스 마르셀로, 달라스의 죠셉 치벨로 등으로 이 책을 처음부터 잘 읽은 분들에게는 꽤 낯익은 이름들이라고 할 수 있겠다. 죠셉 케네디는 이들에게 자신의 아들이 대통령으로 당선되도록 적극 밀어달라고 부탁했다고 한다.

죠셉 케네디의 부탁에 대하여 카를로스 마르셀로를 비롯한

---

[6] Felix Young Restaurant

대부분의 보스들은 케네디보다는 닉슨을 더 선호하고 있었으나 위험 분산의 차원에서 케네디를 돕겠다고 약속하였다. 그들 중 특히 쟈니 로젤리는 1930 년대 이래 죠셉 케네디의 골프 친구였기 때문에 쾌히 협조를 약속하였는데, 이는 그의 사업상 라이벌인 미키 코헨이 닉슨 편이었기 때문이기도 하였다.

죤 F 케네디의 대통령 만들기에 대하여 가장 협조적이었던 사람은 시카고의 샘 쟌카너였다. 샘 쟌카너가 이 문제에 적극적으로 나섰던 이유는 그와 죠셉 케네디가 밀주사업으로 1920 년대 말부터의 동업자였기 때문이다. 쟌카너는 예비 선거 때부터 죤 F 케네디의 선거 운동에 적극적으로 개입해 케네디를 도왔으며, 케네디는 그 반대급부로 자신이 대통령이 되면 1956 년에 강제 추방되었던 죠 아도니스를 다시 미국에 입국할 수 있도록 힘을 써주겠다고 하는 등 쟌카너가 기대할 만한 여러 약속들을 해주었다고 한다. 요컨대 마피아와 케네디 가문의 연결은 죠셉 케네디의 대에서 끝난 것이 아니었던 것이다.

결국 샘 쟌카너의 도움은 케네디의 대통령 당선에 그야말로 결정적인 도움이 된다. 1960 년의 대통령 선거는 미국의 대통령 선거 사상 최고의 투표율과 가장 치열한 접전을 기록하였는데, 여기에서 케네디-죤슨 콤비의 민주당 진영은 0.1 퍼센트 우세의 역사상 가장 근소한 득표 차이로 닉슨-롯지의 공화당을 눌러 이겼다. 더욱 정확하게 기술하면 케네디에 대한 지지율이 49.7%, 닉슨에 대한 지지율이 49.6% 였다. 그리하여 닉슨은 이 선거에서 사기를 당했다고 생각하게 되었고, 케네디에게 깊은 분노를 품게 되었던 것이다. 특히 그의 의혹은 9,000 표 차이로 케네디에게 패배한 일리노이 주의 개표 결과에 집중되었다. 일리노이 주만 닉슨에게 돌아왔더라면 결과는 확실히 역전되어 리차드 닉슨이 제 35 대의 미국 대통령으로 당선되었을 것이다. 시카고가 그곳의 가장 큰 도시인 일리노이 주는 샘 쟌카너의 영향력이 지배하는 곳이었다.

이미 언급했듯이 그의 아버지처럼 죤 F 케네디 자신도 마피아와 직접 관계를 가지고 있었다. 아버지를 닮아 여자를 매우 좋아했던 케네디는 1957 년, 상원의원 시절에 쿠바를 방문했을 때 하룻밤의 서비스를 위한 여자를 구하는 문제에 대하여 당시 쿠바의 밤을 지배하고 있던 마이어 랜스키를 만나 부탁한 적이 있었다고 한다. 죤 F 케네디의 여성편력은 유명하여, 배우 앤지 디킨슨, 마릴린 몬로와의 염문은 그 중 대표적인 것이었으며, 케네디의 많은 애인 중의 한 명이었던 영화배우, 쥬디스 캠벨[7]은 동시에 시카고 아우트피트의 보스인 샘 쟌카너의 애인이기도 했다고 한다. 참으로 믿기 어려운 일이나 이 모든 사실은 이미 여러 연구가들에 의해서 확실한 것으로 증명된 바가 있다.

1960 년에 죤 F 케네디가 대통령으로 당선되었을 때 신디케이트는 그에게 큰 기대를 걸고 있었다. 케네디가 그들의 쿠바를 수복해줄 것으로 믿었기 때문이었다. 그러나 케네디는 쿠바 문제에 대하여 매우 소극적으로 행동하고 있었고, 오히려 케네디에 의하여 법무장관으로 임명된 대통령의 친동생인 로버트 케네디[8]는 미국에서 조직범죄를 말끔히 소탕해 버리겠다며 팔을 걷어붙이고 나서고 있었다.

일찍이 로버트 케네디는 1950 년의 상원 케파우버 위원회에 이어서 역시 조직범죄와 부패 노조를 조사하도록 소집되었던 1957 년의 상원 맥클랜 위원회[9]에 그의 형과 함께 참가하여 형을 도우며 조직범죄와 팀스터 노조의 어두운 결탁관계를 파헤치는 데 집념을 보인 적이 있었다. 당시 상원의원이었던 죤 F 케네디는 정치적인 목적을 가지고 맥클랜 위원회에 참석한 것이었지만, 로버트 케네디는 그 자신만의 열정을 가지고 있었다.

---

[7] Judith Campbell
[8] Robert F. Kennedy(1925 - 1968) 1961 년부터 1964 년까지 법무장관을 역임
[9] Senate McClellan Committee

이제 그의 친형에 의하여 법무장관으로 임명된 로버트 케네디는 미국의 지하세계를 완전히 파헤치기로 작정을 한 듯 부하들을 독려하며 열심히 뛰어다니고 있었던 것이다.

로버트 케네디는 장관으로 취임하자마자 곧 조직범죄에 대한 수사를 강화하려고 들었고 에드거 후버의 FBI 를 자신이 직접 장악하려고 했다. 후버는 자신보다 연배가 30 년이나 아래인 36 세의 새파란 법무장관으로부터 명령을 듣게 된 것에 대하여 당황하지 않을 수 없었다. 물론 FBI 국장은 체계상 법무장관보다 아래이며 그로부터 명령을 받게 되어 있었으나 그 동안, 지난 20 여년간 감히 후버에게 지금처럼 대했던 법무장관은 아무도 없었던 것이다. 자주 넥타이를 풀어헤친 모습으로 다녔으며 장관실에서 맥주를 마시기도 했던, 자유분방한 분위기의 이 젊은 법무장관에 대하여 66 세의 보수적인 FBI 국장 에드거 후버가 가지게 된 반감은 매우 깊었다고 한다.

로버트 케네디 법무장관이 그의 임기동안 가장 힘을 기울여 추적한 대상은 세 명으로 압축되는데, 그것은 팀스터 노조의 제 3 대 전미 회장인 제임스 호파와 뉴올리언즈의 마피아 보스인 카를로스 마르셀로, 그리고 시카고 아우트피트의 샘 쟌카너였다. 로버트 케네디가 자기 아버지와 마피아들의 오랜 친분 관계에 대하여 잘 몰랐다고 볼 수는 없으며, 법무장관의 이러한 움직임은 로버트 케네디 자신의 조직범죄에 대한 강렬한 적대감과 함께 케네디 가문의 깨끗하지 못한 과거의 족적을 지워버리려는 아버지, 죠셉 케네디의 의도가 동시에 작용한 것으로 보인다.

팀스터는 트럭 운전수들의 권익을 대변하는 노동조합으로 회원의 수가 250 만 명을 넘는 방대한 조직이었으나 조직의 운영은 대부분 불투명하였고, 때문에 조직범죄와 연계되어 있다는 소문이 끊이지 않고 있던 중이었다. 로버트 케네디가 중요한 역할을 했던 맥클랜 위원회는 팀스터와 마피아의 관계를 파헤쳤고 당시 어느 정도 성과를 드러냈다. 이제 법무장관이 된 로버트 케네디는 그 보스인 제임스 호파에 대하여 전력을 기울여 수사를 하기 시작한 것이다.

제임스 호파는 먼저 팀스터 연금 기금에 대한 횡령 혐의로 기소되었으나 배심원들의 의견이 팽팽히 갈라져 결국 무죄로 방면되고 말았는데, 이를 납득하지 못한 로버트 케네디는 다시 집요하게 호파의 사건을 추적하여 무죄 판결의 이면에는 배심원단에 대한 매수 공작이 있었다는 것을 밝혀내었고, 이번에는 배심원 매수 혐의로 호파를 다시 법정으로 이끌어내었다. 그리하여 1963년, 제임스 호파는 배심원 매수로 유죄가 인정되어 끝내 형무소로 가게 된다. 이후 호파는 다시 200만 달러의 팀스터 연금 기금을 횡령한 추가 혐의에 대하여도 유죄 판결을 받게 되며, 이러한 일련의 재판으로 인하여 호파는 로버트 케네디에 대하여 살의에 가까운 적의를 가지게 되었다. 제임스 호파는 8년 후인 1971년에 대통령 리차드 닉슨에 의하여 특별 사면되어 자유의 몸이 된다.

로버트 케네디가 법무장관이 된 후 제일 처음으로 손을 대기 시작한 사람은 뉴올리언즈의 카를로스 마르셀로였다. 로버트 케네디는 그를 감옥에 집어넣을 충분한 증거가 확보되지 않자, 장관의 권한으로 카를로스 마르셀로에게 미국을 떠나라는 강제 퇴거 명령을 내린다. 그러나 마르셀로가 코웃음을 치며 이 명령에 따르지 않고, 루이지애나 주 정부도 이에 대하여 협조해주지 않자 드디어 연방 정부의 힘으로 마르셀로를 강제로 국외 출국시켜버리고 만다.

1961년 4월 4일, 카를로스 마르셀로가 뉴올리언즈의 거리를 걷고 있을 때였다. 갑자기 나타난 몇 명의 FBI 요원들이 마르셀로를 수갑 채워 강제로 차에 태운 다음, 공항으로 옮겨서 미리 대기시켜놓고 있던 비행기에 태워 그를 과테말라로 보내버렸다. 설명 한마디 없는 강제 추방이었다. 마피아에 대한 로버트 케네디의 결심을 대략 엿볼 수 있는 에피소드라 하겠다. 카를로스 마르셀로는 당시 뉴올리언즈와 루이지애나 주에서는 그곳의 모든 것을 장악한 신과도 같은 경외의 대상이었다. 그런 그에게 이러한 태도로 나올 정도라면 로버트 케네디가 다른 마피아 멤버들에게는 어떤 마음가짐으로 대할 것인지 대략 짐작이 갈 정도였다. 그래서 국내의 다른 마피아 보스들은 거의 패닉 상태에 빠지게 된다.

뉴욕과 시카고의 마피아에 가려 뉴올리언즈의 패밀리에 대하여는 우리에게 알려진 것이 거의 없다고 말해도 과언이 아니나, 뉴올리언즈 마피아는 일찍이 19 세기 말부터 활동을 시작하였던 매우 역사 깊은 조직이다. 그곳에서는 이미 1890 년에 경찰 한 명을 살해한 혐의로 19 명의 마피아 멤버들이 수감된 일도 있을 정도였다. 이때에 경찰 간부인 데이비드 헤네시[10]가 피살된 이유는 남미 제국들과의 무역에 관련된 마피아 조직의 이권다툼을 깊게 수사하였기 때문이라 한다.

카를로스 마르셀로는 실베스트로 카롤라로부터 이 뉴올리언즈 패밀리를 인수하여 1950 년대와 60, 70 년대에 미국에서 가장 큰 영향력을 가진 마피아의 보스 중 한 명으로 성장하게 된 사람이었다. 1950 년대 말, 이미 마르셀로의 연간 수입은 대략 8 억 내지 9 억 달러를 넘는 것으로 집계되고 있었으며, 이 수입에는 마약거래를 포함한 쿠바 오퍼레이션과 카지노 사업 등 불법적인 사업으로부터 나오는 것이 약 2/3, 그리고 시외버스 사업, 자동판매기 사업, 새우잡이 어업 등 여러 합법적인 것으로부터 나오는 수입이 나머지 1/3 정도를 차지하고 있었다.[11] 그의 세력이 이렇게 커지게 된 데에는 뉴욕의 프랭크 코스텔로의 도움이 매우 컸다고 한다.

---

[10] David Hennessy

[11] 1964 년의 한 보고에 의하면 Carlos Marcello 의 연간 수입은 11 억 1 천4 백만 달러였다고 한다.

당시 카를로스 마르셀로는 루이지애나 주의 정치와 경제의 모든 것을 장악하고 있었다. 예를 들면, 지방 선거가 있다고 할 때, 거기에 출마할 후보를 결정하는 것도 그였고, 후보의 선거 운동에 대한 자금을 지원하는 것도 그였고, 당선된 다음에 무슨 일을 할 것인지 지정해주는 것도 바로 그였다고 한다. 이것은 서부 개척시대가 아닌 바로 1950 년대의 미국의 이야기를 말하고 있는 것이다.

그리하여 케네디에 대한 카를로스 마르셀로의 분노는 말로 이루 다 표현할 수 없을 정도였다. 그는 추방된 지 2 개월 후에 소형 비행기를 이용하여 비밀리에 다시 미국으로 돌아왔고, 법무성의 무법적인 행동에 대하여 법정 투쟁을 벌여 일단은 자유롭게 국내에 거주할 수 있게 되었다. 마르셀로는 쿠바 오퍼레이션에 깊게 관여한 사람 중의 하나였는데 카스트로의 혁명으로 그가 입은 손해는 가히 천문학적인 액수라고 볼 수 있었다. 따라서 로버트 케네디에 의한 그의 강제 추방과 케네디 대통령의 쿠바 수복에 대한 미진한 처리로 그가 케네디 형제에 대하여 품은 증오는 실로 대단한 것이 된다.

로버트 케네디가 초점을 두고 있었던 또 한 사람은 시카고의 보스, 샘 쟌카너였는데 이것은 쟌카너로서는 그야말로 황당한 일이었다. 샘 쟌카너는 케네디 형제의 아버지인 죠셉 케네디와 1920 년대부터의 친구이자 동업자였으며, 1956 년 중순에 죠셉 케네디가 뉴욕의 프랭크 코스텔로로부터 히트 대상으로 점 찍혔을 때에는 케네디의 애원으로 코스텔로에게 부탁하여 그의 목숨을 살려준 일도 있기 때문이다. 이때 죠셉 케네디는 자신의 목숨을 살려준 대가로 그의 아들이 대통령이 되기만 하면 샘 쟌카너에게 그에 합당한 충분한 보상을 해주겠다고 약속을 했다.

그리고 이러한 일들을 모두 논외로 친다고 하더라도, 그가 아니었더라면 어떻게 일리노이 주에서 승리하여 죤 F 케네디가 대통령으로 당선될 수 있었겠는가? 겨우 9,000 표 차이로 케네디가 승리한 일리노이 주의 개표 결과에 대하여 반대편 후보인 닉슨이 의의를 제기하여 투표지의 재검표를 요구하였을 때, 샘 쟌카너는 시카고 시장 리차드 댈리[12]에게 압력을 넣어 그 요구를 꺾어버리기도 하였던 것이다.

처음 죤 F 케네디가 대통령으로 당선되었을 때 샘 쟌카너의 기뻐함이란 표현하기가 어려웠을 정도였다고 한다. 자기야말로 케네디 대통령 만들기의 일등 공신이라고 생각했기 때문이었을 것이다. 그러나 대통령이 1957 년의 맥클랜 위원회 때부터 마피아에 대해 적대감을 보여왔던 그의 동생 로버트 케네디를 법무장관으로 임명하자 무언가가 잘못 돌아가고 있다는 생각을 하게 되었고, 로버트 케네디가 샘 쟌카너를 공중의 적 제 1 호로 지목하며 그에게 24 시간 내내 FBI 의 감시를 붙여놓기까지 하자 그의 기대는 격렬한 분노로 바뀌게 된다.

시간이 지날수록 마피아에 대한 로버트 케네디 법무장관의 압박은 점점 더 가중되었다. 1960 년 한해를 통틀어 조직범죄단 멤버가 유죄 판결을 받은 것이 겨우 35 명이었던 것에 비해 1961 년에는 121 명의 조직범죄단 멤버가 기소되어 그 중 73 명이 유죄로 판결되었고, 1962 년에는 350 명이 기소되어 138 명이 유죄 판결을 받았으며, 1963 년에는 케네디 대통령이 암살되기 전까지 615 명이 기소되어 그 중 288 명이 유죄 판결을 받았다. 이것은 그전의 통계와 비교해볼 때 엄청나게 증가된 숫자로, 이제까지 거리낄 것 없이 사업을 해오던 그들 마피아 조직에게 사상 처음으로 심각한 방해자가 나타났다는 의미를 전해주고 있었다.

신디케이트의 보스들은 프랭크 코스텔로와 마이어 랜스키를 통하여 후버에게 압력을 넣어보기도 하였지만 로버트 케네디의

[12] Richard J. Daley(1902 - 1976) 1956 년부터 1976 년까지 시카고 시장을 역임.

반응은 전혀 없었다. 시카고의 샘 쟌카너는 케네디 대통령의 여자 친구 한 명을 살해하는 방법으로 케네디 형제에게 강력한 메시지를 보내보기도 하지만 역시 그들로부터 시원한 답을 이끌어내지는 못한다. 오히려 그들이 입수한 정보는 로버트 케네디 법무장관이 갱들이 장악하고 있는 도박 도시 라스베가스의 탈세와 스킴[13]에 대하여 전면적인 공격을 퍼부으려고 1963 년 초부터 수사 전략을 짜고 있다는 내용이었다. 점차 신디케이트의 멤버들은 더 이상 이대로 당하고 있을 수 만은 없다는 생각을 심각하게 가지게 된다.

1960 년, 존 F 케네디가 대통령으로 당선되었을 때 쿠바의 수복 건으로 신디케이트가 그에게 건 기대가 매우 컸다는 이야기는 앞에서도 하였다. 1959 년 1 월 1 일, 카스트로가 이끄는 일단의 게릴라들은 마침내 부패한 바티스타 정권을 넘어뜨리고 쿠바에 혁명정부를 수립하였다. 쿠바의 민중 운동가인 피델 카스트로는 그 동안 그가 계속 이끌어온 무장혁명 운동의 연장선상에서, 드디어 부패한 독재자인 바티스타와 그의 정권을 전복시키는 데 성공한 것이다.

바티스타와 그의 정권이 무너졌다는 것은 그를 뒤에서 지원하던 미국의 대기업과 조직범죄단이 쿠바에서 가졌던 유력한 기득권 동조세력을 잃었다는 것을 뜻한다. 따라서 미국의 관련 이익 집단들은 쿠바 사태의 진전을 예의 유심히 살펴보게 된다. 사실은 쿠바에서 정권이 바뀐 것은 이번이 처음 있는 일은 아니었으며, 새로 집권한 세력은 항상 미국측에 다시 추파의 눈길을 던져왔으므로 단순히 정권이 바뀌었다는 사실 하나만을 가지고 크게 부산을 떨 일은 아니었던 것이다. 그러나, 카스트로는 미국 대기업의 재산을 국유화해 버리는 등 미국의 기대와는

[13] Skimming, 카지노의 수입 중 일부를 세금을 내기 전에 빼돌리는 행위.

전혀 다른 방향으로 움직이고 있었다.

1925 년부터 1933 년까지는 미국을 등에 업은 제라르도 마차도가, 훌렌시오 바티스타에 의한 1933 년의 혁명이후에는 바티스타와 그 일당들이 집권하면서 쿠바는 미국식 자본주의 사회로 완전히 변신하였고, 또한 필요한 모든 물품을 미국에서 수입하게 되어 미국의 완전한 경제적 식민지가 되어 있었다. 1944 년, 루즈벨트 대통령의 충고에 따라 바티스타가 권좌에서 내려오고 라몬 그라우에 이어 1948 년에 소카라스[14]가 대통령이 된 후에도 이러한 쿠바에 대한 미국의 영향력은 변함이 없었다.

1950 년에 미본토에서는 상원 케파우버 위원회가 소집되어 텔레비전 방영을 통해 전국민으로부터 센세이셔널한 반응을 일으키며 조직범죄의 실태에 대한 조사가 진행되었고, 이로 인하여 사업에 약간의 차질이 빚어지자 신디케이트는 더욱 쿠바 오퍼레이션에 집중하였으며, 1952 년 3 월에 쿠데타를 통하여 바티스타가 다시 쿠바의 집권자가 되면서 그들은 더욱 대규모의 자본을 쿠바에 들여왔다.

1952 년에 있을 쿠바의 대통령 선거에서는 야당이 승리할 것이 매우 유력하였는데, 마이어 랜스키는 1930 년대 초부터의 동업으로 자기와 뜻이 잘 통하는 바티스타가 다시 대통령으로 되기를 원하였고, 무기의 지원 등 랜스키의 도움을 바탕으로 바티스타는 대통령 선거 이전에 쿠데타를 일으켜 또 한번 쿠바의 정권을 장악한 것이다. 이 쿠데타에는 마피아뿐만 아니라 바티스타와 깊은 관계에 있었던 미국의 대기업들도 지원을 하였다. 쿠바에 이해관계를 가지고 있던 것은 마피아들만이 아니었기 때문이다. 사실을 살펴보면 당시 쿠바의 경제는 미국 기업들이 완전히 장악하다시피 한 상태였다.

설탕은 쿠바에서 가장 중요한 생산품이었다. 설탕의 수출이

---

[14] Carlos Prio Soccarras(? - 1977)

쿠바의 총 수출액의 80 퍼센트를 차지할 정도였고 그 수출의 대부분이 미국으로 향한 것이었으며, 대규모의 사탕수수 농장은 거의 미국인 지주의 소유였기 때문에 국부의 대부분이 해외로 유출되고 있는 상태였다. 또한 쿠바에서 원유는 생산되지 않았으나 원유를 정제할 정유공장 시설은 갖추고 있었는데, 그것들은 모두 미국의 석유 회사들이 소유한 것이었다. 그리고 기타 제조산업의 미숙으로 대부분의 생필품들 또한 미국으로부터 수입할 수밖에 없어 쿠바 국민들의 생활 수준은 높을 수가 없었다.

1958 년 현재 쿠바 인구 600 만 명 중 50 만 명이 실업자였고 500 만 명이 자기 집이 없었으며, 문맹률은 43 퍼센트에 이르렀다고 한다. 수도인 하바나에는 300 군데가 넘는 사창가가 모여 있어 관광객을 상대로 영업을 하고 있었는데, 많은 쿠바의 젊은 여성들이 쉽게 돈을 벌기 위해서, 또는 달리 할 일이 없어서 이곳에서 창녀로 일했다. 이러한 상황에서 쿠바 민중의 희망으로 등장한 사람이 바로 1999 년 오늘까지 쿠바의 대통령으로 집권하고 있는 피델 카스트로이다.

피델 카스트로는 1952 년의 대통령 선거가 공정하게 치뤄지지 않자 무력 항쟁의 길을 택하여, 쿠바 섬 중심부의 시에라 마에스트라 산악지대를 거점으로 게릴라 활동을 하였다. 그는 한때 바티스타의 군대에게 체포되는 어려움을 겪기도 하였으나 쿠바 민중의 지지를 바탕으로 마침내 1959 년 1 월 1 일, 독재자 바티스타를 내쫓고 혁명을 성공시키게 된다.

카스트로는 정권을 장악한 후 5 월에는 농지 개혁법을 제정하여 대지주의 토지와 미국계 기업들의 농장을 몰수하였고, 곧 석유법과 다음 해인 1960 년에 대기업 국유화 법을 만들어 미국계의 설탕 회사, 석유 회사를 접수하는 등 입이 다물어지지 않을 정도의 엄청난 개혁을 단행하기 시작한다. 또한 그는 미국 신디케이트가 장악한 카지노와 윤락가를 폐쇄함으로써 그들을 좇아하지 않는다는 의사를 분명히 표현하였다.

1954 년부터 하바나에 상주하던 랜스키는 카스트로가 혁명을 성공시키기 얼마 전에 상황이 심상치 않음을 느끼고 본토로 나와 있었으나, 산토스 트라피칸티 쥬니어는 쿠바에 체류하다가 1959 년의 새해를 맞았다. 카스트로는 트라피칸티를 체포하여 무인도나 다름없는 섬[15]에 보내 가두어 버렸다. 30 년 가까이 공을 들인 신디케이트의 쿠바 비즈니스가 하루 아침에 무너져 내리는 순간이었다.

쿠바에 집중 투자한 미국의 조직범죄단들은 거의 미칠 지경이었을 것이다. 특히 오퍼레이션의 주역이었던 마이어 랜스키, 프랭크 코스텔로, 카를로스 마르셀로, 산토스 트라피칸티 쥬니어 등의 분노는 이루 말할 수 없을 정도였다. 이때 쿠바 비즈니스는 도박, 마약에다 매춘 등 모든 사업을 망라하여 총 100 억 달러에 육박하는 규모였다. 호텔-카지노 사업만 보더라도 하바나의 리비에라 호텔이 랜스키가 1,700 만 달러를 투자하여 건설한 것이었고, 역시 랜스키의 소유이며 영화배우인 죠지 래프트가 명목상의 주인으로 있는 카프리 호텔이 500 만 달러를, 클리블랜드의 모리스 달릿츠가 소유한 내쇼널 호텔이 700 만 달러를, 트라피칸티 패밀리의 소유인 산 수치 호텔이 100 만 달러를, 그 밖에 트로피카나 호텔이 600 만 달러, 빌트모아 호텔이 400 만 달러, 그리고 도빌 호텔이 250 만 달러를 각각 마피아들이 투자하여 세워진 것이었다.[16]

각 호텔의 지분은 뉴욕과 시카고 등지의 패밀리들이 나누어 소유하고 있는 경우가 많았고 이탈리아의 찰스 루치아노도 산 수치 호텔과 리비에라 호텔의 지분을 가지고 있었는데, 이 모든 것이 하루아침에 물거품이 된 것이다. 더욱이 새로 개척해 놓은

---

[15] the Isle of Pines

[16] Riviera Hotel, Capri Hotel, Nacional Hotel, San Souci Hotel, Tropicana Hotel, Seville Biltmore Hotel, Deauville Hotel

마약 운송 루트의 가치는 돈으로 따질 수 없는 엄청난 것으로 이 루트의 소실과 새 반입 루트를 개척하는 데에 드는 비용, 그리고 그 사이 제때에 마약이 공급되지 못함으로써 입는 손해 등은 계산이 이루어지지 않을 정도의 천문학적 금액이었다. 그리하여 랜스키는 조직의 모임에서 카스트로의 목에 100 만 달러의 현상금을 걸게 된다.

쿠바의 혁명으로 손해를 본 것은 쿠바에 투자한 미국의 다른 기업들도 마찬가지였다. 석유 회사, 설탕 회사, 담배 회사, 전화 회사, 광산 회사, 금융 회사 등 쿠바에 자본을 투자했던 모든 기업들이 카스트로의 기업 국유화 법으로 인해 엄청난 손해를 보았던 것이다. 미국 기업의 국유화에 대한 항의의 표시로 미국 정부가 쿠바로부터의 설탕 수입을 금지하는 조치를 취하여 나라의 유일한 수입원이 끊어지게 되자 카스트로는 소련, 중국 등 공산국가들과의 교역을 모색하게 되었고, 그러자 이번에는 미국방성과 CIA 도 쿠바에 대하여 본격적으로 심각한 우려를 나타내기 시작하였다.

위에서 말한 바와 같이 신디케이트는 어떤 방법으로든 쿠바의 카스트로를 없애려고 하고 있었는데, 혁명 쿠바가 미국에 대하여 적대적인 행동을 취하며 사회주의 국가 블록으로 기울자 미국의 CIA 도 쿠바를 원상복귀시키려는 노력을 하기 시작하였다. 따라서 마피아와 CIA, 이 두 그룹의 이해관계는 완전히 일치하게 되었으며, 2 차 세계대전 중 오퍼레이션 언더월드로 이미 합동작전을 한 경험이 있었던 두 조직은 다시 합심하여 쿠바를 수복하려는 노력을 경주하게 된다.

쿠바의 수복을 위한 계획은 아이젠하워-닉슨 행정부의 집권 말기인 1959 년 후반부터 CIA 를 중심으로 진행되고 있었다. 이것이 실체화된 것이 바로 1961 년 4 월의 오퍼레이션 베이 오브 피그스, 즉 저 유명한 피그스만 상륙작전이었다. 이 작전이 처음 입안 되었을 때 당시 대통령 아이젠하워는 얼마 남지 않은 임기를 감안하여 이 작전을 다음 대통령에게 넘기려 하였고, 계획 그 자체로부터 몸을 빼려고 하였다. 따라서 이 쿠바 수복 작전은 현직 부통령이며 다음 번 대통령으로 가장 유력하였던 리차드 닉슨이 일시적으로 총책임을 지게 되었고, 1960 년의 대통령 선거에서 닉슨이 당선된 뒤에는 새 대통령 닉슨의 전권 아래에 작전을 실시하기로 되어 있었던 것이다.

그러나, 닉슨의 무난한 당선이 기대되었던 1960 년의 대통령 선거는 놀랍게도 미국의 대통령 선거 역사상 가장 치열한 경합을 보였고, 막상 그 결과가 발표되어 제 35 대 미국 대통령으로 당선된 인물은 부통령인 리차드 닉슨이 아니라 43 세의 젊은 상원의원, 죤 F 케네디였던 것이다.

케네디는 전임 행정부에서 물려받은 이 쿠바 수복 작전에 대하여 매우 소극적이었고, CIA 와 군부의 압력 때문에 작전을 승인하기는 하였으나 그에 대한 지원 규모를 대폭 삭감하여, 결국 그 작전은 실패로 돌아가게 된다. 이 작전의 세부사항까지 기술하는 것은, 이 장에서는 피하도록 하겠으나, 여하간 확실한 것은 이 피그스만 상륙작전의 실패 후 케네디 대통령과 CIA, 마피아는 매우 껄끄러운 사이가 되었다는 사실이다.

쿠바를 원상 복귀시켜 신디케이트가 과거의 영화를 되찾을 수 있었던 기회는 이제 피그스만 작전의 실패로 완전히 물을 건너갔다고 보아도 좋았다. 케네디는 그에게 주어진 찬스를 보기 좋게 발로 걷어차 버린 것이다. 이렇게 케네디 형제가 마피아의 은혜를 배반한 것, 그리고 쿠바 문제에 소극적으로 대처한 것이 마피아가 죤 F 케네디를 살해하게 된 첫번째와 두 번째의 이유라고 볼 수 있다.

그러나 이렇게 동기가 충분하다고 하더라도 한 나라의 대통령의 암살을 실제로 실행한다는 것은 또 다른 문제이다. 자기 나라의 대통령을 한번쯤 미워해 보지 않은 사람이 누가 있겠는가? 누군가를 미워하고 증오하는 자신의 생각을 모든 사람들이 다 곧 실행으로 옮기는 것은 아니다. 당시 케네디 대통령에 대한 미국민의 반응은 양극단을 달리고 있었는데, 약 반수 정도의 미국민이 케네디를 열렬히 지지하고 있었던 반면, 그를 증오하고 있던 인구도 전체의 약 1/4 정도는 되고 있었다. 바로 흑인 공민권 문제 등 그의 진보적인 정책들 때문이었다. 동기만을 가지고 말한다면 케네디를 죽이고자 하는 사람들은 미국의 남부에서는 트럭으로 실어다 갖다 버릴 수 있을 만큼 많았다. KKK단, 미니트맨, 죤 버치 소사이어티 등[17]이 그들이다. 그렇다면 그러한 많은 그룹들 중 바로 마피아 조직이 대통령의 암살을 실행했다는 확실한 증거는 무엇일까?

죤 F 케네디 대통령의 암살에 마피아, 또는 신디케이트가 관련되었다는 정황증거는 사실 셀 수도 없을 만큼 많지만 그 중 가장 중요한 것으로 세가지만 꼽아보자면 다음과 같다. 우선 첫째는 케네디 대통령의 단독 암살범으로 알려진 리 하비 오스왈드[18]를 대통령의 죽음 후 이틀 만에 살해하여 영원히 그의 입을 막아버린 살인범 잭 루비[19]가 시카고 아우트피트에 속한 조직범죄단의 멤버라는 사실이다. 잭 루비는 1911년에 시카고에서 태어났으며 유태계로, 원래 이름을 제이콥 루빈슈타인이라 하는 시카고 아우트피트에 소속한 갱이다. 그는 시카고에서 활동하던 중 1947년에 토니 아카르도의 명으로 달라스로 파견되었고, 이후 달라스와 남부 미국에서 시카고 조직의 이익을 대변하는 역할을 하여온 사람이다.

두 번째의 증거는 1962년에서 1963년에 이르도록 샘 잔카너, 카를로스 마르셀로, 산토스 트라피칸티 쥬니어 등의 마피아 보스들과 제임스 호파 등이 하나같이 그들의 부하와 주변 사람들

[17] Ku Klux Klan, Minutemen, John Birch Society etc.
[18] Lee Harvey Oswald(1939 - 1963)
[19] Jack Ruby(1911 - 1967) 원래 이름은 Jacob Rubenstein.

에게 케네디 대통령은 처벌을 받도록 예정되어 있다고 말해왔으며, 또한 케네디 대통령의 암살 상황이 마피아들이 즐겨 사용하는 히트 작전의 플롯과 매우 유사하다는 점이다. 즉 1933 년에 있었던 앤톤 써맥 시카고 시장의 히트 때와 마찬가지로 겉으로 드러난 가짜 히트 맨이 한 명 있어 그가 모든 죄를 뒤집어 쓴 채 조용히 사라지게 되며, 사건의 자세한 진상은 언론 등의 조작에 의하여 영원히 덮어진다는 플롯이다.

그리고 마지막으로 세 번째 증거는 대통령 암살 후 그 사건에 관련된 수십 명의 증인들이 살해되거나 자살, 또는 사고사의 형식으로 연달아 죽게 되는데 그 죽음의 방식이 매우 의심스러우며, 마피아 식의 살인으로 보이는 케이스가 아주 많다는 점이다. 물론 저자가 제시한 이 세가지 증거는 다 확실한 물증이라고 말할 수는 없다. 케네디 대통령의 암살에 있어서 그 사건과 마피아를 확실하게 연결짓는 확증은 현재로서는 전혀 없는 상태이며, 앞으로 시간이 지날수록 그나마 남아있는 자잘한 증거들마저 점차 사라지게 될 것이다. 여기에 제시되고 있는 증거들은 모두 확실한 물증이라기 보다는 정황증거, 또는 잘 봐주어도 강력한 정황증거(compelling evidence)라고 밖에는 할 수 없을 것이나, 그렇다고 하여 그것을 일고의 가치도 없는 것으로 생각하고 무시해서는 결코 안 된다고 생각한다.

그러나 이와 같이 마피아가 케네디를 암살했다는 동기와 증거가 모두 존재하지만, 그래도 마피아 조직 단독으로 그 일을 해냈다고 결론짓기에는 제법 무리가 따른다. 제아무리 대통령에 대한 원한이 사무친다고 하더라도, 그리고 히트에 관한한 아무리 그들이 전문이었다고 할지라도, 삼엄한 경호하에 있을 대통령에 대한 히트를 마피아 단독으로 해낼 수 있었을 것인가? 그리고 그 뒷처리를 깔끔하게 해낼 수 있었을 것인가? 그것은 단연 불가능하다고 본다.

죤 F 케네디 대통령에게 좋지 않은 감정을 품고 있던 다른 그룹들에는 위에서도 말했듯이 CIA 가 있었고, 로버트 케네디 법무장관과 앙숙이 된 에드거 후버의 FBI 도 있었다. 물론 군인들이 장악하고 있는 국방성도 케네디를 좋게 보고 있지 않았다. 그리고 이와 관련하여 루이지애나 주 지방 검사 짐 개리슨[20] 같은 사람은 자신의 오랜 조사 결과 CIA 와 FBI 등의 국가 권력기관이 존 F 케네디 암살 사건의 배후라고 주장하기도 하였다. 짐 개리슨 검사의 주장은 올리버 스톤 감독에 의하여 영화 < JFK >로 제작되기도 하였다.

국가 권력기관 배후설은 확실히 근거가 있는 주장이다. 그러나 또한 개리슨 검사의 주장이 100 퍼센트 옳은 것은 아니다. 왜냐하면 그의 주장에는 가장 용의점이 뚜렷한 그룹인 마피아가 빠져있기 때문이다. 심지어 케네디 암살 사건에 대하여 그가 저술한 책[21]에는 마피아라는 단어조차도 단 몇 회밖에는 등장하지 않는다. 개리슨 검사가 주장하는 제 1 의 용의 그룹은 CIA 와 NSC[22], ONI 그리고 FBI 등의 국가 권력기관으로, 마피아의 관련설은 책 말미에 특별히 따로 취급하면서 그 설을 오히려 완강히 부정하고 있었다.

그의 책에서 개리슨 검사는 자신이 케네디 암살 사건에 즉시 개입하였으며, 1966 년경부터는 본격적으로 그 사건을 재수사하기 시작하였고, 그와 관련하여 자신이 당국으로부터 심한 핍박을 받았다고 주장하기도 하였는데, 이는 아마도 사실과 크게 다르지는 않을 것이다. 그러나 진실은 다음과 같다. 즉, 짐 개리슨 검사는 뉴올리언즈의 마피아 보스, 카를로스 마르셀로와 아주 가까운 사이로, 마르셀로의 도움에 의하여 1961 년의 선거에서 이겨 루이지애나 주 지방 검사의 지위에까지 오른 사람이라는

---

[20] Jim Garrison(? - 1992)

[21] < On the Trail of the Assassins > - Jim Garrison, 국내에는 < JFK – 케네디 대통령 암살의 진상 >(고려원 미디어)으로 소개되어있다.

[22] National Security Council(NSC) 국가 안전보장 위원회

사실이다.

미국 내에서 케네디 대통령의 암살 사건에 대한 논란이 잦아들지않고 계속되자 카를로스 마르셀로는 그것을 잠재우기 위한 작전을 지시했고, 그 일환으로 개리슨 검사가 사건에 대한 재수사를 시작하여 정부기관을 맹비난하게 된 것이었다. 그것이 바로 개리슨 검사가 음모설을 주장하면서 유독 범죄 집단인 마피아를 빼놓은 이유였다. 즉, 마피아와 정부기관의 밀월이 그때부터는 더 이상 지속되지 않았다는 것이다. 개리슨 검사는 정부기관으로부터는 위협을 받았을지 모르지만 마피아로부터는 특별한 보호를 받았을 것이다.

다음 장에서는 CIA 와 FBI 가 대통령의 살해 음모에 함께 가담하게 된 동기와 그를 증명하는 증거를 함께 알아보도록 하겠다.

제 14 장

여기에서는 먼저 한가지, 용어에 대하여 지적을 하고 넘어가야 할 것 같다. 다름아닌 마피아와 신디케이트라는 용어가 이 책에서 혼동되어 사용되고 있는 점에 대한 지적이다. 우선 먼저 마피아라 하면 좁게는 시실리안 마피아를 뜻하며, 약간 넓게 해석하면 이탈리아 본토인들도 포함이 되는 용어이다. 그러나 신디케이트라 하면 출신국의 계보와는 상관이 없으며, 마피아와 가까운 관계를 가지고 있으면서 마피아와 유사한 목적을 가진 사람들을 모두 일컫는 이름이다.

마피아라는 조직은 그 실체가 확실하고, 명확한 입단식도 존재하고 있으며 현재 그 입단식의 형식까지도 어느 정도 외부에 알려져 있는 상태이지만, 신디케이트는 확실한 실체가 없다고 보면 된다. 정확하게 말하자면 마피아와 신디케이트는 서로 다른 그룹이지만 마피아의 상층부는 신디케이트의 멤버에 포함되며, 신디케이트의 멤버에는 언뜻 보아 범죄인인 것 같지 않은 사람도 포함되어 있는 것이다. 마이어 랜스키 같은 이는 유태인이므로 결코 마피아의 정회원이 될 수 없는 사람이지만, 신디케이트의 멤버로서 마피아와 긴밀한 유대관계를 가진 대표적인 사람이라 하겠다. 케네디 대통령 암살 사건 같은 경우에는 범인 그룹은 마피아이기도 하고 신디케이트이기도 한 것이며, 그것이 지금 용어가 혼동되어 사용되고 있는 이유이다. 그러면 다시 본론으로 돌아가도록 한다.

신디케이트야 원래 다른 것을 차치하고 오직 돈만을 밝히는 집단이므로 얼마든지 무법행위를 저지를 수 있다고 하여도, CIA 나 FBI 가 그런 불법행위에 함께 가담할 수 있었을까? 더구나 FBI 라면 마피아 등 범법자들을 체포해서 감옥에 집어넣어야 하는 막중한 사명을 띠고 있는 조직인데 말이다. 우리가 알고 있기에 미국의 CIA 와 FBI 의 요원이라 하면 정의감으로 똘똘 뭉친 최정예 사법 요원들이 아닌가?

이 질문에 대한 완벽한 대답을 하자면 당시 CIA 를 장악하고 있던 알렌 덜레스[1]의 성향과 냉전시대에서의 CIA 의 역할, 그리고 에드거 후버의 FBI 장악력과 후버의 성격 등에 대한 완전한 이해가 필요할 것이다. 그리고 거기에 더하여 당시의 워싱턴 사정과 미국의 사회 정세 전반에 걸친 지식도 아울러 필요하게 될 것 같다. 그러나 여기에서 그 모든 것을 다 다루는 것은 이 책의 집필 방향과 맞지도 않을 뿐더러 저자의 지식도 부족한 것이 탄로나게 될 것이므로 이 장에서는 그것을 이해할 수 있는 최소한의 설명만을 하려고 한다.

미국의 CIA 가 대통령 죤 F 케네디를 제거하고자 한 까닭은 무엇이었을까? 그것은 한마디로 말하면 케네디의 개혁 정책에 대한 CIA 관리들의 처절한 저항이었다고 말할 수가 있다. 다시 그것을 자세히 살펴보면 케네디 제거의 이유는 대략 다음의 세 가지로 요약된다. 우선 첫째 이유는 앞장에서도 언급했던 쿠바 문제 때문이었다. 케네디 대통령이 피그스만 작전을 실패로 돌

[1] Allen W. Dulles(1893 - 1969) 1953 년부터 1961 년까지 CIA 국장을 역임.

아가게 만들어, 그 작전의 실무에 가담했던 많은 하급요원들을 죽음의 구렁텅이로 몰아넣었고 그 후 결국 쿠바의 수복을 완전히 포기하였으며, CIA의 국장, 부국장 등 거물들을 해임하면서 CIA의 규모를 축소하고 그 위상을 깎아 내리려고 하였기 때문이다.

두 번째의 이유는 무엇이었을까? 이것은 독자 여러분들이 이해하기에 좀 갑작스러운 것인데, 무엇이냐 하면 바로 베트남 문제 때문이다. 케네디 대통령이 베트남 문제로부터 발을 빼려고 결심, 베트남으로부터 미군을 모조리 철수하기로 결정을 하였기 때문이다.

당시는 아직 미국이 베트남 전쟁에 깊이 개입되기 이전의 시기이다. 베트남에서는 프랑스를 상대로 한 베트남 인들의 독립전쟁이 한참이었는데, 미국은 수년째 프랑스군을 원조해오고 있던 상태였다. 미 군부와 CIA는 베트남의 독립은 즉, 베트남의 공산화를 의미한다고 이해하고 있었고, 베트남이 공산화되면 도미노 이론에 의하여 동남아시아의 다른 국가들, 심지어는 저 동쪽 끝의 일본까지도 공산화가 될 우려가 있다고 판단을 하고 있었다. 따라서 베트남 문제에 대한 케네디의 결정은 도저히 따를 수가 없었던 것이다.

그리고 마지막 세 번째 이유는, 쿠바 미사일 위기를 거치면서 케네디 대통령이 소련의 수상 흐루시초프와 가까워졌고, 따라서 결국은 케네디가 미국의 국가 안보까지도 위태롭게 만들 수 있다고 판단하였기 때문이었던 것으로 보인다. 두 번째와 세 번째의 이유에 대하여는 상당 부분 이 책의 한계를 매우 넘을 것으로 판단되므로 제목만을 언급하는 것으로 끝내고 깊은 설명은 생략하도록 하겠다. 관심이 있는 분들은 관련 자료를 찾아보시기 바란다.

1960년, 카스트로의 미국 기업 국유화에 대한 항의의 표시로 미국 정부가 쿠바로부터 설탕 수입 금지조치를 취하여 쿠바의 유일한 수입원이 끊어지게 되자 카스트로는 소련, 중국 등 공산 국가들과 교역을 모색하게 되었고 그 결과 미국방성과 CIA 도 쿠바에 대하여 심각한 우려를 나타내기 시작하였다는 것은 이미 앞장에서 설명하였다. 어떻게 보면 쿠바를 공산주의 국가들 쪽으로 내몬 것은 바로 미국의 설탕 수입 금지조치였던 것이다.

그래서 아이젠하워-닉슨 행정부의 집권 말기부터 쿠바의 수복을 위한 계획이 CIA 를 중심으로 진행되고 있었는데, 이것이 바로 1961 년 4 월에 시행되는 오퍼레이션 베이 오브 피그스, 피그스만 상륙작전이다. 이 작전이 입안 될 때 대통령 아이젠하워는 자신의 얼마 남지 않은 임기를 감안하여 이 작전의 책임을 후임 대통령에게 넘기려고 하였기 때문에 이 쿠바 수복 작전은 현직 부통령이며, 다음 대통령으로 가장 유력하였던 리차드 닉슨이 총책임을 지게 되었다.

아이젠하워-닉슨 행정부 시기의 CIA 국장은 알렌 덜레스였다. 알렌 덜레스는 1959 년에 현직에 있으면서 사망한 국무장관 죤 덜레스[2]의 친동생으로 형과 마찬가지로 힘을 신봉하는 냉전주의자였으며, 작전의 총책임자인 부통령 닉슨의 입장도 정규군을 투입해서라도 쿠바를 미국의 경제 식민지로 원위치 시킨다는 것이었으므로 쿠바 수복 작전은 미국 군대가 개입하는 것을 전제로 해서 입안되고 계획되었다. 망명 쿠바인들로 구성된 선발대의 훈련도 초기에는 게릴라식 전술의 전수가 전부였으나 점차 정규군이 지원하는 보병 상륙작전의 형태로 진행되었다. 망명 쿠바인 군단은 1,000 명 정도의 규모밖에는 되지 않았으나 미군, 특히 미공군의 엄호만 있다면 작전은 100 퍼센트 성공할 것으로 생각되었다.

훈련은 플로리다에 있는 비밀 기지에서 실시되고 있었는데,

[2] John F. Dulles(1888 - 1959) 1953 년부터 1959 년까지 국무장관을 역임.

1961 년의 피그스만 상륙작전으로 연결되는 이 CIA 의 쿠바 오퍼레이션에는 쿠바 현지의 사정을 잘 알고 있는 마피아 조직의 사람들도 참가를 하고 있었다. 쿠바에 얽힌 이해 관계는 미 정부와 여러 산업체, 그리고 조직범죄단의 그것이 완벽하게 일치하고 있었기 때문이고, CIA 와 마피아는 이보다 훨씬 전에도 서로 함께 힘을 합하여 비밀작전을 수행한 적이 있었기 때문이었다. 바로 2 차 세계대전 시에 있었던 CIA 의 전신, OSS 와 마피아의 합동작전인 오퍼레이션 언더월드를 말함이다.

한편, CIA 등 워싱턴의 보수세력은 1960 년의 대통령 선거에서 리차드 닉슨의 낙승을 믿고 있었으나 뜻밖에도 선거에서 승리한 것은 죤 F 케네디였다. 그로 인한 닉슨 자신의 실망도 이만저만한 것이 아니었다. 닉슨은 1946 년, 캘리포니아 주 하원의원으로 선출된 이래 시작된 14 년간의 워싱턴 생활을 정리하고, 다시 그의 정치적 근거지인 캘리포니아로 낙향해야만 했다. 다시 닉슨은 2 년 후인 1962 년의 캘리포니아 주지사 선거에서도 패배하고 말아 그의 인생에 있어서 최악의 시기를 맞이하게 된다. 닉슨의 정치 생명은 이제 거의 끝장이 난 것 같았다.

케네디가 대통령으로 당선되자 잠시 당황하였던 군부와 CIA 는 곧 냉정을 되찾고 대통령 당선자인 케네디에게 상황을 브리핑하기 시작하였다. 그리고 1961 년 1 월의 대통령 취임식이 끝나자 CIA 의 알렌 덜레스 국장, 찰스 카벨[3] CIA 부국장, 리차드 빗셀[4] 작전 차장 등은 더욱 적극적으로 대통령을 설득하여 군사 작전의 필요성을 납득시키고 있었다. 케네디는 집권한지 얼마되지 않은 시기에 그와 같은 민감한 사안에 대한 군사 행동을 승인한다는 것에 본능적인 거부감을 느끼고 있었고, 또한 국제적으로 일어날 비난 여론도 생각해야 했기 때문에 처음에는 작전에 반대하는 입장이었으나 알렌 덜레스는 이 작전의 성공

[3] Charles Cabell
[4] Richard Bissell

에 대해서 1954 년에 과테말라의 친공 정권을 전복시켰던 CIA의 비밀작전 이상의 성공률을 보증한다면서 계속 대통령을 설득하였다.

지난 1951 년, 중앙 아메리카의 과테말라에서 사회주의자인 하코보 아르벤스가 대통령에 당선된 후, 과테말라의 최대 토지 소유자였던 미국의 대기업 유나이티드 프루츠 사가 회사 소유 토지를 모두 몰수당하는 등 곤경에 처하게 되자 CIA 는 아르벤스 정권을 무너뜨릴 작전을 세웠던 적이 있었다. 마침내 1954 년, 유혈 쿠테타로 아르벤스 정권은 무너지고 친미정권이 들어서게 되는데 CIA 는 이때 작전의 입안에서부터 용병으로의 직접 참가까지 거의 모든 역할을 해냈었다.

여러 방면을 통해 들어오는 쿠바 수복의 압력에 견디다 못해 케네디는 마침내 작전 시행을 허가하고 만다. 단, 미 정규군의 투입은 불허한다는 조건하에서였는데, 여기에 대해서 덜레스는 그리 걱정을 하지 않았다고 한다. 일단 상황이 벌어지면 그 후에는 상황이 다음 상황을 만들어간다는 것을 잘 알고 있었기 때문이었을 것이다.

1961 년 4 월 17 일, 드디어 피그스만 작전이 감행된다. 먼저 이틀 전인 4 월 15 일, 쿠바 망명군 소속의 공군 폭격기 2 대가 니카라구아에서 출격하여 쿠바의 공군 기지를 폭격하고 미국 플로리다에 착륙했다. 이는 쿠바의 공군을 무력화시키기 위함이었다. 이어 4 월 17 일 한밤중, 약 1,400 명의 쿠바 망명군은 플로리다를 출발하여 쿠바 섬의 피그스만에 상륙작전을 개시했다. 그러나 쿠바측의 방어부대는 예상보다 훨씬 많았으며 괴멸된 것으로 생각되었던 쿠바 공군이 나타나 상륙군을 공격하기 시작하였고, 기대하였던 쿠바 민중의 봉기는 전혀 일어나지 않았다. 쿠바인들에게 있어서 카스트로의 인기는 미국이 생각하였던 것보다 훨씬 높았기 때문이다.

상륙부대는 지원을 요청하는 무전을 계속 보냈으며, 군부는 대통령의 재가를 어렵게 얻어 미합중국의 마크가 그려져 있지 않은 공군기 3 대를 보내 그들을 지원했지만 이들은 쿠바 공군과의 교전 끝에 2 대는 격추, 1 대는 파손되어 기지로 되돌아왔다. 밤중 내내 미 정규군의 투입을 허락해달라는 CIA 와 여러 장군들의 줄기찬 요구가 있었지만 케네디 대통령은 이들에게 강경히 대처하여 요구를 거절하고 만다. 이 거절은 쿠바 문제에 대한 미국의 태도를 예의 주시하는 전세계 다른 나라, 특히 남미 제국들의 날카로운 시선을 케네디가 무척 의식했기 때문이었을 것이다.

상륙 다음날인 18 일 아침 날이 밝아올 무렵, 피그스만의 상황은 거의 종결되어 공격군 중 살아남은 인원은 전원 쿠바군에 의하여 포로로 잡히게 된다. 케네디 대통령과 미국은 국제적인 웃음거리가 되었으며 이에 대한 화풀이로 케네디는 CIA 국장 알렌 덜레스와 부국장 찰스 카벨을 작전 실패에 대한 책임을 물어 해임시키고, 새 국장에 그의 절친한 친구인 캘리포니아 출신 백만장자 상원의원 죤 맥콘[5]을 임명하였다. 뿐만 아니라 케네디는 CIA 조직을 갈갈이 찢어버려서 앞으로 다시는 이와 같은 비밀작전을 추진하지 못하도록 대폭 그 규모를 축소 시켜버리겠다고 결심을 하였다고 한다. 그래서 이후 CIA 와 피그스만 작전의 관련자들과 대통령의 사이에는 깊은 앙금이 남게 된다. 특히 피그스만 작전의 실무에 직접 관계했던 사람들이 케네디에 대해 품은 원한은 매우 대단한 것이었다.

케네디 대통령의 암살범으로 알려진 오스왈드는, 사실은 CIA 의 일급 정보 요원이었다. 오스왈드 그는 지난 1959 년 9 월, 알렌 덜레스의 지령으로 첩보정찰기인 U2 기에 대한 정보를 소련측에 넘기기 위하여 죽음의 위험을 무릅쓰고 직접 소련에 망명

[5] John A. McCone(1909 - 1991) 1961 년부터 1965 년까지 CIA 국장을 역임.

한 CIA 의 정예 중의 정예 요원이었다. 이 사실이 바로 케네디 대통령 암살에 CIA 가 직접 개입하였다는 결정적인 증거이다.

1953 년 3 월, 소비에트 연방의 독재자 스탈린이 죽고 그 추도 연설에서 소련의 새 총리 게오르기 말렌코프가 평화 공존의 필요성을 역설하자 유럽을 팽팽하게 감쌌던 동서간의 대결 분위기가 얼마간 누그러졌고, 그로부터 몇 년 후인 1959 년 5 월, 냉전 시대의 대표적 인물인 미국의 국무장관 죤 덜레스가 사망하자 미 대통령 아이젠하워와 소련의 수상 니키타 흐루시초프는 드디어 대화를 시작하였다.

1959 년 9 월에는 흐루시초프의 미국 방문이 실현되었고, 이어 다시 프랑스 파리에서 4 개국 수뇌 회담을 갖자는 제안까지 나왔다. 바야흐로 2 차 대전후 시작된 10 여년 간의 동서간의 냉전이 종식되려고 하고 있었던 것이다. CIA 의 알렌 덜레스를 비롯한 워싱턴의 보수세력은 이와 같은 변화를 도저히 참을 수가 없었고, 그래서 상황을 다시 되돌려놓기 위한 음모를 꾸미게 된다.

당시 미국은 앞선 기술력으로 소련 영토의 상공을 정찰 비행하고 있었는데, 그 비행에 사용되던 첩보정찰기가 바로 U2 기였다. 소련도 그러한 정찰 비행에 대한 사실을 알고는 있었지만 미국의 정찰기가 워낙 초고공을 비행하고 있었던 데다가 소련의 기술력이 미국의 기술에 아직은 못미치는 탓으로 대공 미사일을 발사한다 하더라도 그것을 격추시키기는 불가능하였기 때문에, 미국의 정찰 비행과 그로 인한 자국의 영공 침범에 대하여 소련은 그저 모른 척하는 자세로 일관하고 있었다. 알렌 덜레스는 바로 그 U2 정찰기의 비행 스케줄을 소련에 넘기려 한 것이다.

물론 U2 기의 용도가 다한다 하더라도 미국의 전략적 우위에는 전혀 변함이 없었기 때문에 덜레스는 그와 같은 계획을 세울 수가 있었다. 이때 이미 차세대 초음속 정찰기인 SR-71 기가 록히드 사에 의하여 개발이 완료되어 있었기 때문이다. 그리하여 알렌 덜레스는 일급 요원인 오스왈드를 통하여 U2 기의 비행 루트, 비행 속도, 비행 고도 등이 포함된 정찰 스케줄을 소련 측에 넘기려는 계획을 세웠으며 오스왈드는 이 위험한 명령을 아무 의의 없이 받들어 소련으로 망명, 그 정보를 소련 정보당국에 넘겼고, 소련의 방공군은 여기에 맞추어 대공 미사일의 성능을 조정하여 드디어 1960 년 5 월에 결국 미국의 U2 기를 격추시키기에 이른다.

이 사건은 덜레스가 바란 대로 양국의 화해 무드에 찬 물을 끼얹어 동서간의 관계를 악화시켰으며, 4 개국 정상 회담이 이로 인하여 무산되었을 뿐만 아니라 제네바에서 열리기로 되어 있던 무장 해제와 핵무기 제조 반대 회담도 그 영향으로 모두 백지화 되고 만다. 알렌 덜레스와 CIA 는 만족했고 많은 보수적 성향의 사람들이 동서관계가 다시 과거의 대치 상태로 돌아간 데에 대하여 깊은 안도감을 느꼈다.

리 하비 오스왈드는 소련에 눌러앉아 소련군 대령의 조카딸과 결혼하여 살게 되었는데, 다시 2 년 후 이번에는 소련의 정보당국에 의하여 미국으로 돌려보내지게 된다. 부부가 함께 였다. 오스왈드는 1962 년 6 월에 소련인 부인과 함께 미국에 돌아왔는데, 그는 미국의 주적국인 소련에 망명을 하였다가 다시 돌아온 사람이었음에도 불구하고 미 정보당국에 의하여 체포되거나 또는 조사를 받거나 한 일이 전혀 없었다. 이것이 바로 오스왈드가 CIA 의 요원이었다는 사실의 반증이다. 이후 그는 CIA 에 의하여 텍사스 주의 달라스에 자리를 잡고 살도록 배려되었다.

오스왈드 증거 만큼이나 확실하게 CIA 가 케네디 대통령의 암살에 직접 개입했다는 것을 시사하는 또 다른 매우 강력한 증거가 있다. 그것은 1963 년, 대통령의 저격이 일어났던 달라스

시의 당시 시장이 2 년 전에 케네디에 의하여 CIA 부국장 자리에서 해임당한 찰스 카벨의 친동생인 얼 카벨[6]이었다는 점이다. 물론 여기에는 카벨이 직위에서 해임당한 분풀이였을 것이다 하는 단순하고도 막연한 짐작이외에 보다 확실한 증거가 있다.

먼저 거사 장소로 텍사스 주의 달라스가 선택된 이유를 살펴보기로 한다. 음모자들이 달라스를 암살 장소로 선택한 이유 중 첫번째는 케네디의 흑인 공민권 정책에 대한 남부 주민들의 반감을 이용하고자 함이었다. 케네디는 흑인에게도 백인과 똑같은 권리를 인정해주는 법안을 만들려 하고 있었고 이는 미국의 남부 보수 사회로부터 격렬한 반대를 받고 있었다. 따라서 보수적인 정치 풍토를 가진 달라스라면 일의 뒷처리가 더 쉬울 것으로 생각되었고, 경우에 따라서는 극우 인사에게 혐의를 떠넘길 수도 있을 것이기 때문이었다. 당시 미국의 인권 상황은 흑인과 백인이 같은 대학교에 다니지 못할 만큼 심각한 수준이었다. 1960 년대 초의 미국 이야기이다.

그리고 두 번째 이유는 텍사스의 유지들인 석유업자들이 그들과 돈독한 관계를 가지고 있었기 때문이었고, 세 번째 이유는 달라스가 속해 있는 텍사스 주가 현직 부통령인 린든 죤슨[7]의 정치적 근거지였기 때문이었다.

그러나 달라스가 선택된 이유 중 가장 중요한 것은 무엇보다도 그 도시의 시장인 얼 카벨이 그들의 사람이었기 때문이다. 1963 년의 달라스 시장, 얼 카벨은 케네디에 의하여 CIA 부국장 자리에서 쫓겨나 당시 부호 하워드 휴즈[8]의 상담역으로 있던 찰스 카벨 장군의 친동생이었던 것이다. 그렇다면 당시의 달라스 시장이 그들의 사람이었던 것이 어째서 CIA 가 개입되었다는 강력한 증거가 되는 것일까?

---

[6] Earle Cabell(? - 1974)

[7] Lyndon B. Johnson(1908 - 1973) 제 36 대 미국 대통령(1963 - 1969) 민주당.

[8] Howard R. Hughes(1905 - 1976)

원래 달라스 시에서의 유명 인사의 시가행진 루트는 시 한가운데 있는 메인 스트리트를 따라 곧장 직진하여 행진하는 것이 보통이었다. 그런데 이번의 케네디 대통령의 퍼레이드 루트는 시장 얼 카벨의 직권에 의하여 곡선 루트로 바뀌어져 있었다!! 이와 같은 시가행진의 루트 변경은 그들의 작전에 있어서 엄청나게 중요한 포인트였다. 왜냐하면 목표가 직진하고 있을 때에는 제 1 차 사격이 빗나갔을 경우, 목표 차량이 가속하여 달려버리면 도저히 목표물을 따라 맞힐 수가 없기 때문이다. 변경된 루트에는 거의 U-턴에 가까운 좌회전을 해야 하는 장소가 있었으며 따라서 이때 퍼레이드 차량들은 매우 감속하지 않으면 안 되었고, 이 순간이 바로 사격을 위한 순간이었던 것이다.

CIA 와 마피아가 작전의 전반부, 즉 가짜 히트 맨인 오스왈드의 준비 등에서부터 암살 그 자체까지를 맡았던 데에 비하여 FBI 는 작전의 후반부인 사후 처리를 주로 담당하였던 것으로 생각된다. 다른 그룹들의 임무가 적극적인 성격의 것이었던 데에 비해 FBI 의 임무는 소극적인 것이었다고 볼 수도 있으나, 이 사후 처리 또한 작전의 최종적인 성공에는 매우 필수적인 요소였다. 매끄럽게 사건의 수사를 진행하여 자신들에게는 전혀 혐의가 가지 않도록 만들어야 했기 때문이다.

그렇다면 FBI 가 케네디 대통령의 제거에 가담한 이유는 무엇이었을까? 그의 죽음을 원했던 이유는 무엇이었을까? 여기에 대답하기에 앞서, 먼저 이 질문은 왜 죤 에드거 후버가 케네디를 제거하려 하였을까` – 로 바꾸어져야 할 것이다. 왜냐하면 후버는 당시 이미 39 년째 FBI 의 국장으로 재임하고 있어 FBI 내에서는 신과도 같은 대접을 받고 있었으며, 후버 이퀄 FBI 라는 등식이 그때에는 성립하고 있었기 때문이다. 그러면 에드거 후버가 케네디를 없애려 한 이유는 무엇이었을까? 우선 첫째로는 말 그대로 후버가 케네디 형제를 미워하였기 때문이라고 본다.

원래 케네디 이전의 전임 미국 대통령 중 FBI 국장인 에드거 후버를 싫어하지 않았던 사람은 한 명도 없었다. 특히 후버와 사이가 안 좋았던 사람은 해리 트루먼이었다. 트루먼 대통령과 후버는 CIA 의 창설을 둘러싸고 갈등을 보인 적이 있었는데 트루먼이 전임인 루즈벨트 대통령의 구상에 의하여 1944 년부터 시작된 CIA 의 창설 계획을 그대로 밀고 나가자 후버는 모든 수단을 동원하여 그것을 저지하려 하였다. 정보를 혼자 독점하고자 한 욕심, 권력욕때문이었다. 1948 년의 대통령 선거에서는 후버는 어떻게든 트루먼 대통령을 재선시키지 않으려고 대통령의 자리에 두 번째로 도전하는 공화당 후보, 뉴욕 주지사 토마스 듀이를 적극 지지하여 그의 당선을 위해서 열심히 애를 썼으나 소용이 없이 트루먼이 다시 당선된 일도 있었다.

모든 대통령들이 다 에드거 후버를 미워했음에도 그를 해임시키거나 그의 권력을 제한하려고 들었던 대통령은 또한 한 사람도 없었는데, 이는 에드거 후버가 가진 비밀정보들 때문이었다. 후버는 FBI 조직을 이용하여 고위 정치인들에 대한 정보 파일을 만들어서 가지고 있었으며, 이것이 바로 그의 힘의 원천이었다. 놀랍게도 여기에는 대통령의 것들도 포함되어 있었다.

이 파일의 내용은 추잡스러운 것들이 대부분으로 예를 들자면 그 속에는 루즈벨트 대통령의 영부인인 엘리노어 루즈벨트 여사[9]의 혼외 정사 건, 트루먼 대통령과 캔자스 시티의 보스인 토마스 펜더개스트와의 검은 관계, 린든 죤슨 부통령이 과거 1948 년의 텍사스 주 상원의원 선거에서 겨우 87 표 차이로 힘겹게 승리하였던 것이 실은 투표 조작을 통한 부정이었다는 사실 등에 대한 정보가 들어 있었다는 뜻이다. 후버는 이러한 비밀정보를 이용하여 워싱턴의 고위 관료들을 자신의 뜻대로 움직일 수가 있었고 심지어는 대통령까지도 협박할 수가 있었던

[9] A. Eleanor Roosevelt(1884 - 1962)

것이다.

케네디의 복잡한 여자 관계는 후버에게 막대한 양의 정보를 가져다 주었고, 물론 후버는 이것을 가지고 케네디 대통령을 협박하는 데에 마음껏 사용하였다. 케네디 대통령은 어쩔 수 없이 후버에게 끌려 다닐 수밖에 없었으나, 1964년이 되기만 하면 상황은 달라질 수도 있었다. 케네디는 1964년의 대통령 선거에서 자신이 재선되기만 하면 후버를 제거할 수 있는 훌륭한 찬스가 온다는 것을 잘 알고 있었던 것이다. 1964년 12월이 되면 공무원으로서 후버가 정년 퇴임의 연한이 되기 때문이었다. 아직까지 케네디는 자신의 의중을 드러내지 않고 있었으나 후버는 케네디의 재선이 곧 자신의 권력의 끝이라는 사실을 역시 잘 깨닫고 있던 중이었다.

그리고 또한 케네디의 자유스러운 여자 관계에 대하여 후버는 일종의 질투와 함께 혐오감을 느끼고 있었던 것으로도 생각된다. 동성연애자였던 후버는 원래 젊었던 시절에는 여자에게 관심을 가지고 있기는 하였지만 여자들로부터는 별로 인기가 없었다고 전해지는데, 그러한 후버에게 미인인 부인을 가지고 있으면서도 또한 전혀 죄책감을 가지지 않고 자유분방하게 많은 여자들과 관계를 즐기고 있던 케네디 대통령은 강력한 질투의 대상이었을 것이다. 그리고 또한 보수적인 사고를 가지고 있던 후버에게 케네디의 화려한 여성편력은 용서할 수 없는 도덕적 타락이기도 하였을 것이다.

원래 죤 F 케네디의 아버지인 죠셉 케네디와 에드거 후버의 관계는 그렇게 사이가 나쁜 것이 아니었다. 두 사람의 정치적 성향은 매우 비슷한 것이어서 죠셉 케네디는 후버를 좋아했고, 시간이 지나며 후버의 권력이 커지게 되자 점차 그에게 아부하는 모습까지도 보이기 시작했다고 한다. 그런데 이제 그의 아들들인 죤과 로버트 형제가 한 사람은 국가의 수반이 되고, 또 한 사람은 후버의 직속 상관이 된 후부터 후버와 케네디 가문의 사이는 멀어지기 시작하였다.

로버트 케네디는 대통령인 형에 의하여 법무장관으로 임명되었다. 친동생에게 법무장관이라는 큰 직위를 맡긴 데 대해 대통령이 비난을 받기도 하였으나, 로버트 케네디는 변호사였으며 일찍부터 상원 조사위원회 등에서 법률고문으로 일한 적도 있어서 법무장관의 직무를 수행하기에 그리 자격이 모자란 사람은 아니었다. 젊은 법무장관은 취임 직후부터 후버가 그토록 그 존재를 부인해온 조직범죄단에 대한 수사를 강화하려 하였고, 이어 FBI 국장의 대통령 독대를 금지하는 등 후버의 비위를 거스르는 일을 계속 진행해나가, 시간이 지날수록 에드거 후버가 로버트 케네디 법무장관에 대하여 가지게 되는 반감은 깊어만 갔다.

그리고 후버가 암살 음모에 가담하게 된 이유에는, 이러한 사실들과 함께 역시 랜스키로부터의 협박이 작용을 하였을 것으로 짐작이 된다. 앞에서도 언급했듯이 랜스키는 후버가 그의 심복부하인 클라이드 톨슨과 한 동성연애자 파티에서 함께 성행위를 하고 있는 사진을 가지고 있었는데 이것이 마이어 랜스키, 프랭크 코스텔로 등이 후버를 전혀 두려워하지 않고, 오히려 그에게 큰소리를 치고 있었던 결정적인 이유였다.

랜스키는 금주법 시대에 갱들과의 동업으로 떼돈을 벌었으며, 일반 사람들에게는 재벌이자 자선 사업가로 알려져 있는 루이스 로젠스틸[10]로부터 그 성행위 사진을 입수하였는데, 로젠스틸이 그 사진을 입수한 경위는 그 자신 역시 동성연애자로서 후버와 톨슨의 그 사진이 찍히게 된 그룹 섹스 파티에 함께 참석하여 사진을 찍었던 것으로 알려지고 있다.

후버는 이와 같은 약점 때문에 로젠스틸을 위한 입법 로비를 하게까지 되는데, 재고 위스키에 대한 면세 기간을 늘려주는 것

---

[10] Lewis S. Rosenstiel

이 그 내용인 1958 년의 포랜드 법안[11]이 바로 그것이다. 포랜드 법안은 일반인들의 생활과는 거의 관계가 없는 법령이었으므로 그에 대하여 알려진 바가 매우 적으나, 이 법안의 통과로 인하여 발생한 루이스 로젠스틸의 이익은 엄청나, 그의 주류 회사[12] 창고에 가득 쌓인 재고 위스키에 대한 면세 연한이 12 년으로 연장되며 생긴 직접적인 이득 이외에도, 이로 인한 그의 회사의 주가 상승으로 단 하루 만에 3 천 3 백만 달러에 해당하는 거액의 이익을 챙길 수가 있었다. 이 법안의 통과를 위한 로비로 당시 상원의 민주당 원내총무였던 린든 죤슨은 로젠스틸로부터 50 만 달러를 받았으며, 다른 많은 유력 정치인들에게도 로비 자금이 건네졌다고 한다.

그렇다면 FBI 가 대통령의 암살 사건에 깊게 관련되어 있다는 증거는 무엇일까? 여기에도 역시 확실한 물증은 없으며, 오직 정황증거들만을 제시할 수 있을 뿐인데, 우선 첫째는 에드거 후버가 케네디의 죽음으로 인하여 큰 이익을 보았다는 것이다. 즉, 후버는 1964 년 12 월로 만 70 세의 나이가 되어 FBI 국장직으로부터 물러나야 했으나, 케네디의 후임인 죤슨 대통령에 의하여 1964 년 5 월에 FBI 의 종신국장으로 임명된다. 즉, 에드거 후버는 나이가 들어서 죽는 그날까지 FBI 의 국장 자리를 유지한다는 뜻이다! 후버의 FBI 재직 40 년을 기념한 특별 대통령령 제 10682 호에 의한 것이었다. 미국의 주요 권력기관 중의 하나인 FBI 의 국장직 임기가 종신이었다는 것은 한번 다시 음미해볼 문제라고 생각한다.

대통령의 암살 후 그 사건의 자세한 경위를 밝혀내기 위하여 죤슨 대통령은 국가의 원로들로 구성된 한 위원회를 만들었다. 그 위원회의 이름은 위원회의 수장 이름을 따서 보통 워렌 위

---

[11] Forand Bill
[12] Schenley Liquor Inc.

원회[13]라고 불린다. 워렌 위원회는 전속의 수사기관을 갖지 않았기 때문에 FBI 와 CIA 가 제공하는 정보를 가지고 판단만을 하였는데, 특히 이 위원회에 대하여 거의 독점적으로 정보를 제공한 기관은 바로 FBI 로, 위원들에게 정보를 전달하는 과정에서 FBI 는 많은 올바른 정보를 감추거나 왜곡된 정보를 흘리는 방법으로 워렌 위원회의 판단을 그릇된 방향으로 몰고 갔으며, 또한 에드거 후버는 최소한 2 명의 워렌 위원회 위원을 개인적으로 협박하여 그들의 판단에 영향을 미치려고 하였다.

워렌 위원회의 멤버는 모두 7 명으로 연방 대법원장 얼 워렌[14], 민주당 소속의 죠지아 주 상원의원 리차드 럿셀[15], 공화당 소속의 켄터키 주 상원의원 죤 셔먼 쿠퍼[16], 민주당 소속의 루이지애나 주 하원의원 헤일 보그스[17], 공화당 소속의 미시간 주 하원의원 제랄드 포드[18], 전 CIA 국장인 알렌 덜레스, 변호사이자 전 OSS 의 간부였던 죤 맥클로이[19]의 7 인이 바로 그들인데, 후버가 협박을 한 것으로 알려진 위원은 제랄드 포드와 헤일 보그스의 두 사람이다. 특히 제랄드 포드 의원은 그전부터 후버에게 그의 일신상의 약점을 잡혀 FBI 를 위한 협조 활동을 적극적으로 해왔다고 한다.

워렌 위원회의 수장인 얼 워렌 대법원장은 1948 년의 대통령 선거 시 토마스 듀이의 런닝메이트였으며, 꼭 그러한 이유가 아니었더라도 에드거 후버나 리차드 닉슨과 같은 부류의 사람들과 원래 가까운 사이였던 사람이고, 제랄드 포드 위원은 하원의원 중 가장 CIA 와 친한 사이로 평판이 나있던 사람이었으며,

---

[13] Warren Commission
[14] Earl Warren(1891 - 1974) 1953 년부터 1969 년까지 연방 대법원장을 역임.
[15] Richard B. Russell(1897 - 1971)
[16] John Sherman Cooper(1901 - ?)
[17] T. Hale Boggs(1914 - 1972)
[18] Gerald R. Ford(1913 - 현재) 제 38 대 미국 대통령(1974 - 1977) 공화당.
[19] John J. McCloy(1895 - 1989) 1953 년부터 1960 년까지 체이스-맨해튼 은행의 전신 중 하나인 체이스 은행의 회장을 역임.

알렌 덜레스는 더 말할 것도 없고, 죤 맥클로이 위원은 석유 회사인 스탠다드 오일 사의 오랜 고문 변호사이자 록펠러 재단의 이사, 유나이티드 프루츠 사의 이사 등의 직함을 가지고 있어 대기업들의 입장을 대변하는 역할을 맡은 사람이었으니 이와 같은 위원들로 구성된 워렌 위원회가 후버의 FBI로부터 정보를 공급 받았을 때, 그들이 케네디 대통령의 암살 사건에 대하여 어떤 결론을 낼지는 불을 보듯 환한 것이었다.

특히 알렌 덜레스 전 CIA 국장의 경우에는, 일찍이 케네디 대통령이 피그스만 작전 실패에 대한 책임을 물어 그를 CIA 국장직에서 해임시킨 바 있었는데, 신임 죤슨 대통령은 케네디 죽음의 내막을 조사하는 조사위원회의 위원 중 한 명으로 다시 그를 불러들인 것이다. 케네디에 의해 CIA 국장 자리에서 밀려난 사람이 케네디의 죽음에 대하여 조사하게 되었을 때, 얼마나 공정하게 그 임무를 수행할 수 있었을지 의심이 가지않을 수가 없다. 알렌 덜레스는 후에 죤슨 대통령에 의하여 국가 안전보장위원회(NSC)의 위원으로 임명되기도 한다.

워렌 위원회의 위원 중 한 사람인 헤일 보그스 하원의원은 후버의 협박에도 불구하고 워렌 위원회 내에서 자신만의 목소리를 내려고 노력했던 것으로 전해진다. 그런데, 이러한 사실과 관련이 꼭 있다는 것은 아니나 보그스 의원은 닉슨 대통령 재임시이던 1972년 10월, 그가 탄 비행기가 캐나다 상공에서 행방불명 됨으로써 영원히 실종되어버리고 만다. 보그스 의원은 차기 하원 의장으로 선출되기에 가장 유력한 사람이었다. 하원의장은 대통령 유고시 계승 서열 2위인 큰 영향력을 가진 자리이다. 만일 그가 살아 있었더라면 미국 하원의 의장이 되어 정가에 막강한 영향력을 가지게 되었으리라는 것이 대부분 사람들의 추측이다.

대통령의 죽음에 대한 무성한 소문을 잠재우기 위하여 출발한 워렌 위원회는 10개월에 걸친 조사 끝에, 저격은 오스왈드의 단독범행이었으며 당시 대통령의 뒤쪽에 위치한 한 빌딩 6층에 자리하고 있던 리 하비 오스왈드가 3 발의 총탄을 발사하여 그 중 1 발이 대통령에게 맞아 그의 목숨을 빼앗을 정도의 치명상을 입힌 후, 대통령의 몸을 관통하여 다시 앞 좌석에 있던 코널리 주지사에게도 상처를 입혔던 것이라고 발표한다. 그리고 저격의 배후에 아무런 음모도 없었으며, 암살 동기는 소련에 망명을 한 적까지도 있는 공산주의자 오스왈드가 자유주의자인 케네디 대통령을 혐오하여 순전히 혼자 생각으로 그를 암살한 것이라 하였다.

FBI 는 처음부터 대통령의 암살을 오스왈드 단독범행으로 결론을 내려놓은 뒤 여기에 다른 모든 증거와 상황을 꿰어 맞추려 노력을 하였고, 이러한 시도 뒤에는 지난 40 년간 FBI 의 국장이었던 죤 에드거 후버가 자리하고 있었다. FBI 가 암살 사건에 관한 각종 기록과 증거를 조작하였다는 데에 대하여는 여러 많은 연구가들의 조사, 발표가 있어왔기에 본서에서 더 이상의 언급은 피하려고 한다.

그러면 이제부터는 1963 년 11 월 22 일에 일어났던 그 역사적 사건에 대하여 한번 재구성을 해보고자 한다.

작전의 실무는 거의 모두 마피아의 팀이 맡고 있었을 것이며, 그에 대한 백업은 CIA 와 FBI 가 담당하고 있었을 것이다. 작전의 명칭은 아마도 오퍼레이션 베이 오브 피그스라고 불렸을 것 같다. 대통령의 암살범으로 체포되도록 미리 수배해놓은 인물은 소련에 망명까지 한 적이 있는 좌익 성향의 리 하비 오스왈드였고, 다시 오스왈드의 처치는 공산당의 소행에 분노한 우익 인사의 짓으로 만들기로 최종 디자인 되었다.

그 우익 인사의 역할로는 시카고 아우트피트의 쿠바 오퍼레이션 책임자였던 잭 루비가 선발되었는데, 잭 루비로서는 그와 같은 제안, 아니 명령을 거절할 수 있는 길은 달리 없었을 것이다. 이 작전과 같은 초극비작전에서 그러한 명령을 거역한다는 것은 곧 죽음을 의미할 것이므로, 잭 루비가 할 수 있는 일은 최선을 다하여 작전을 성공적으로 수행한 뒤 보스들이 그에게 한 약속을 지켜주기를 기도하는 수 밖에는 다른 방법은 없었을 것이다. 그러나 결국에 가서는 그도 제거 되고야 만다.

1963년 11월 21일, 대통령이 죽기로 예정된 날보다 하루 전, 달라스에서는 모든 것이 바쁘게 돌아가고 있었다. 오스왈드는 전체 작전에 대해서는 아무것도 모른 채 다음 날 낮 12시 정각부터는 달라스 중심가의 TSBD 빌딩[20] 2층에서 꼼짝 말고 대기하고 있으라는 명령만을 받고 있었을 것이다. 오스왈드는 소련에서 돌아온 이후로 계속 달라스에서 직업을 가지고 생활을 하고 있었다.

현지 작전의 총감독을 맡은 것은 마이어 랜스키의 심복 부하인 유진 헤일 브레이딩[21]이었을 것으로, 또 구체적인 실무의 총책임을 맡은 것은 잭 루비였을 것으로 짐작된다. 브레이딩은 CIA로부터 백악관 비밀 경호원의 신분증명서를 건네 받아 작전에 참가한 마피아의 히트 팀이 사용할 수 있도록 했다. CIA 쪽 사람인 하워드 헌트, 버나드 파커, 프랭크 스터지스[22] 등이 마피아쪽의 유진 헤일 브레이딩, 잭 루비 등과 함께 내일의 일을 위한 정지 작업을 벌이고 있었던 것이다. 브레이딩은 작전이 벌어지고 있던 바로 그때 달라스 현지에 체류하고 있었으며, 이로부터 5년이 흐른 뒤인 1968년, 로버트 케네디의 암살 현장에도 같은 시각에, 같은 도시에 그가 체류하고 있었던 것으로 밝혀진다.

오후쯤에는 히트 팀이 도착하였을 것이다. 히트 팀은 각각 저격수와 조수로 구성된 3개 팀 정도가 있었을 것으로 추정된다.

---

[20] Texas School Book Depository Building
[21] Eugene Hale Brading
[22] E. Howard Hunt Jr., Bernard Parker, Frank A. Sturgis

히트 맨들의 이름에 대하여는 오늘날까지 밝혀진 사실이 없으나 유력한 용의자로는 시카고 쪽 사람인 찰스 니콜레티와 조수 제임스 파일[23]의 콤비가 있다. 3 개 팀 중 가장 뛰어난 실력을 가진 팀이 가장 중요한 포스트인 그래시 놀[24]에 자리잡게 된다. 그래시 놀은 대통령의 퍼레이드가 지나가기로 되어 있는 딜리 광장[25]이 잘 내려다 보이는, 위치가 약간 높은 둔덕이었다.

또 한 팀은 오스왈드가 있는 TSBD 빌딩의 6 층에 위치를 잡기로 되어 있었고, 세 번째의 팀은 그 건너편의 댈텍스 빌딩[26]에서 쏘기로 되어 있었다. 이번 작전에서 목표물을 놓친다는 것은 결코 있을 수 없는 일이었기 때문에 확실한 저격을 위해서 그들은 목표물을 가운데에 두고 각각 다른 세 방향으로부터 사격을 하기로 한 것이다. 히트 팀은 달라스의 카바나 모텔에 여장을 푼 후 딜리 광장과 그 주변을 사전 답사하였고 빠져나갈 루트를 점검하였다.

일이 끝난 후 히트 맨들을 멕시코로 데려갈 조종사 데이비드 페리[27]는 휴스턴에서 대기 중이었다. 비행기는 휴스턴 근처에 있는 작은 도시인 갈베스턴에서 출발할 예정이었는데, 데이비드 페리는 강제로 국외 추방되었던 뉴올리언즈의 카를로스 마르셀로가 미국으로 돌아올 때에 이용했던 소형 비행기를 조종한 바로 그 조종사였다.

11 월 21 일 저녁에 휴스턴으로부터 출발한 대통령 부부가 달라스의 인근 도시 포트 워스에 도착하여 숙소인 텍사스 호텔에 들어 잠을 청하고 있을 때, 대통령의 경호원들은 다음날의 퍼레이드에 대비하여 휴식을 취한 것이 아니라 근처의 나이트 클럽

---

23 Charles Nicoletti, James Files
24 Grassy Knoll
25 Dealey Plaza
26 Dal-Tex Building
27 David Ferrie(? - 1967)

[28]에 가서 밤새워 술을 마셨다. 나이트 클럽의 주인은 팻 커크우드[29]라고 하는 사람으로 잭 루비와 친한 친구였다. 10명의 대통령 경호원들은 클럽이 제공한 무료 서비스의 술을 새벽 3시 30분까지 마셨는데, 이중 4명은 다음날 대통령의 차 바로 뒤편의 경호차에 타게 되어 있는 사람들이었다. 이에 반하여 죤슨 부통령의 경호원들은 외출이 허락되지 않았다.

다음날인 11월 22일 아침, 대통령은 전 부통령인 죤 낸스 가너[30]를 만나는 등 포트 워스에서의 오전 공식 일정을 마친 후 10시 40분에 공항을 향하여 호텔을 출발한다. 달라스까지는 비행기편으로 13분 걸리는 짧은 거리였다. 이보다 약간 앞선 10시쯤 마피아의 히트 팀이 딜리 광장에 도착하여 각자 자리를 잡았다. 각 팀은 각각 사격수 한 명과 조수 한 명으로 구성되어 있었다. 달라스 시내 전역은 CIA와 마피아 조직으로부터 차출된 인원이 완전히 장악하고 있었고, 그들은 만일을 위하여 대통령 비밀 경호원의 신분증명서를 모두 지참하고 있었다.

11시 40분, 달라스의 러브필드 공항에 도착한 대통령 일행은 텍사스 주지사 죤 코널리 부부[31]의 영접을 받았으며 함께 지붕이 없는 오픈카 스타일의 리무진에 타, 점심 식사를 하기로 되어 있는 트레이드 마트 빌딩을 향하여 시내쪽으로 출발했다. 운전사는 경호원인 윌리엄 그리어[32]였고 가운데 좌석에 죤 코널리와 넬리 코널리 부부가, 그리고 맨 뒷좌석에 죤 케네디와 재클린 케네디 부부가 탔다.

달라스에서의 유명 인사의 시가 퍼레이드의 루트는 원래 메인 스트리트를 따라 곧장 직진하여 행진하는 것이 보통이었는

---

[28] The Cellar Club
[29] Pat Kirkwood
[30] John Nance Garner(1868 - 1967) 1933년부터 1941년까지 루즈벨트 행정부에서 부통령을 역임.
[31] John & Nellie Connally
[32] William Greer

데, 이번의 대통령의 퍼레이드는 메인 스트리트의 교차점에서 휴스턴 스트리트를 따라 북쪽으로 약간 올라갔다가 그 곳에서 90 도 이상 좌회전하여 엘름 스트리트로 가서 다시 메인 스트리트로 합류하는 루트였다. 이와 같은 루트 변경이야말로 이번의 작전에 있어 가장 중요한 포인트였다. 변경된 루트에 의하여 휴스턴 스트리트에서 엘름 스트리트로 가기 위하여 퍼레이드 차량들이 거의 U-턴에 가까운 좌회전을 해야 할 때 차량은 매우 감속하지 않으면 안 되었고, 이 순간이 바로 사격의 타이밍이었다.

12 시 25 분, 시민들은 계속 환호하고 있었고 대통령 일행은 메인 스트리트와 휴스턴 스트리트의 교차점에서 우회전한다. 12 시 29 분, 대통령의 리무진이 TSBD 빌딩을 우측에 두고 엘름 스트리트를 향하여 천천히 좌회전하기 시작할 때 갑자기 달라스 경찰의 대통령 경호를 위한 특별 무선 채널인 채널 1 번이 불통된다. 12 시 30 분, 리무진이 엘름 스트리트로 들어와 약 40 미터쯤 전진하였을 무렵 앞쪽의 그래시 놀의 히트 팀으로부터 제 1 탄이 발사되었다. 대통령의 목에 명중되어 대통령이 목을 움켜쥐는 것이 보였다. 제대로 된 응급 치료를 받으면 살 수 있는 정도로 치명상은 아니었다.

곧 이어 제 2 탄과 제 3 탄이 거의 동시에 발사되었는데, 제 2 탄은 뒤편의 댈텍스 빌딩으로부터 날아와 케네디의 오른쪽 등판을 맞혔고 제 3 탄은 TSBD 빌딩으로부터 발사되어 대통령의 앞좌석에 앉은 코널리 지사를 맞혀 그의 가슴을 뒤로부터 관통했다. 곧 제 4 탄이 또 댈텍스 빌딩으로부터 발사되었는데 이것은 완전히 빗나가 퍼레이드를 구경하고 있던 한 구경꾼 남자에게 상처를 입혔다.

다음 순간 운명의 제 5 탄이 발사된다. 이것은 앞쪽 그래시 놀의 찰스 니콜레티가 발사한 것으로 대통령의 앞이마에 맞아 관통하며 그의 우측 후두부를 산산조각 내어 공중에 날려보내게 된다. 대통령의 옆에 있던 영부인 재클린 케네디[33]가 비명을 지르며 대통령의 뇌 조각을 주으려고 허둥대는 모습이 보였다. 순간 니콜레티는 임무가 완벽하게 달성되었음을 느꼈다. 니콜레티는 라이플을 파일에게 넘겨주었고 파일은 총을 분해하여 케이스에 넣었다. 그들은 차로 돌아와 갈베스턴을 향하여 출발한다. 갈베스턴까지는 차로 6 시간이 걸리는 꽤 먼 거리였다. 각 팀은 그 곳에서 집결하기로 되어 있었고 거기에서는 데이비드 페리가 그들에게 지불할 보수를 가지고 그의 경비행기와 함께 기다리고 있을 것이었다.

그래서 놀의 나무 울타리쪽으로부터 총연 같은 것이 피어오르는 것을 목격한 일단의 군중들과 경찰은 그 쪽으로 뛰어가서 사실을 확인하려 했다. 경찰 두 사람[34]이 제일 먼저 도착했는데 그 장소에는 이미 아무도 없었으며 다만 땅바닥에 많은 발자국들과 담배꽁초들만이 남아 있었다고 한다. 더 이상의 조사를 위하여 나무 울타리 뒤편의 주차장쪽으로 두 경찰이 움직이자, 주차장에 있던 한 남자가 자신을 대통령 비밀 경호원이라고 소개하며 이쪽은 별일이 없으니 다른 곳으로 가서 조사를 하라고 말을 했다고 한다. 두 지방 경찰이 그쯤에서 물러나야 했던 것은 그 남자가 제시한 대통령 비밀 경호원의 신분증명서 때문이었다.

웅성거리는 구경 인파의 무리를 뒤로 하고 대통령은 곧 인근의 파크랜드 병원으로 옮겨져 응급 치료를 받았지만 이미 회생의 가능성은 없었다. 톰 샤이어즈 박사[35]가 이끄는 파크랜드 병원의 응급 수술팀은 약 20 분간에 걸쳐 응급 소생술을 시행해 보았지만 대통령이 입은 상처는 워낙 치명상이었던 것이다. 병원에 도착하던 순간의 대통령의 용태는 사실 이미 사망한 것이

---

[33] Jacqueline Kennedy(1929 - 1994)
[34] 이 두 경찰 중 한 명의 이름은 Joe M. Smith 로 확인된다.
[35] Tom Shires, MD

나 다름이 없는 상태였다고 보아도 과언이 아니었다. 대통령이 카톨릭의 신부로부터 종부 성사를 받은 것이 오후 1 시 1 분, 의학적으로 사망의 선고를 받은 것이 이보다 앞선 오후 12 시 55 분이었다.

그런데 한가지 트러블이 대통령의 사망 후에 일어나게 된다. 텍사스 주법에 의하면 아무리 대통령의 시신이라 할지라도 사망자가 숨을 거둔 바로 그 장소 – 지금의 경우에는 파크랜드 병원 – 에서 사인을 조사하는 부검을 하도록 되어 있었으나, 대통령의 경호원들은 바로 즉시 시신을 가져가기를 고집한 것이다. 총을 휘두르는 경호원들의 위협에 파크랜드 병원의 스탭들은 시신을 내줄 수밖에 없었고 대통령의 유해는 대통령 전용기 편으로 볼티모어에 있는 베데스다 해군 병원으로 옮겨져, 이곳에서 미리 CIA 가 수배해둔 군의관들의 부검을 받아 사실을 왜곡한 부검 소견서가 발부된다.

당시 파크랜드 병원에서 대통령을 진료했던 의사 중 한 사람이었던 찰스 크렌쇼 박사[36]는, 대통령의 유해가 병원에서 실려 나갈 때에는 흰색 천에 싸인 채 청동으로 된 관에 넣어져 있었는데 나중의 베데스다 병원의 서류에는, 대통령이 베데스다 병원에 도착했을 때는 시신이 회색 바디 백에 넣어진 채 청동제가 아닌 다른 재질의 관에 넣어져 있었다고 기록된 점을 1992 년에 출간한 그의 책[37]에서 지적한 바 있다. 그리고 이와 관련하여 최근 미국의 ABC 방송은 케네디 대통령의 시신이 처음 넣어졌던 최초의 청동제 관이 미 동부 델라웨어 해안 인근

---

[36] Charles A. Crenshaw, MD

[37] < JFK Conspiracy of Silence > - Charles A. Crenshaw, Jens Hansen, J. Gary Shaw.
Crenshaw 박사는 이 책에서, 대통령의 머리에 맞은 총격은 대통령의 앞이마로부터 진입하여 두개골을 관통한 뒤 우측 후두부로 빠져 나온 것이었다고 기술하였다. 그의 진술이 맞는 것이라면 대통령의 뒤쪽, TSBD 빌딩에 위치하고 있었던 오스왈드는 도저히 범인이 될 수가 없는 것이다. 그러나 후에 나온 워렌 위원회의 보고서는 대통령의 뒤편에서 발사된 도합 1 발의 총탄이 코널리 주지사에게 총상을 입히고, 대통령을 죽음으로 몰고 간 총격의 전부였다고 미 연방 정부의 이름으로 공식 발표하게 된다.

3,000m 깊이의 바다 속에 수장되어 있다고 밝힌 바 있다. 대통령을 운구하였던 관을 그런 방식으로 폐기 처리하는 것은 미 정부가 취하는 통상의 방법은 아닌 것 같다.

찰스 크렌쇼 박사의 주장은 대통령의 유해가 달라스를 떠나 워싱턴을 거쳐 볼티모어에 도착하기까지 약 6시간 동안 누군가에 의하여 그 시신이 손대어져, 라이플 총격에 의하여 날아가 없어져버린 대통령의 뒤쪽 두개골이 원형으로 수복되었다는 것이다. 그리하여 베데스다 해군 병원의 군의관들이 조금 덜한 양심의 부담을 가지고 거짓 부검 소견서를 발부할 수 있게 했다는 것이다.

베데스다 병원 측이 발표한 케네디 대통령의 공식 부검 사진에 의하면 시신의 목 아래 부분에 총상으로 보이는 상처가 한 군데 있을 뿐, 후두부를 포함한 그의 머리에는 아무런 상처가 없는 것으로 나타나 크렌쇼 박사의 주장과 정면으로 대치되는 소견을 보이고 있는데, 이러한 설명은 케네디 대통령의 피격 장면을 녹화했던 저 유명한 재프루더 필름[38]에 나타난 내용과도 완전히 상반되는 것이다. 재프루더 필름이란 그날의 구경꾼 중의 한 사람이었던 의류업자 에이브러험 재프루더[39]가 자신의 소형 녹화 카메라로 대통령의 퍼레이드를 찍은 필름으로, 케네디 대통령의 피격 순간이 그대로 포착되어 있는 기록 자료이다. 여기에는 피격 순간, 케네디의 머리가 총에 맞아 후두부가 부서지며 뒤로 홱 젖혀지는 장면이 생생하게 기록되어 담겨져 있다.

대통령이 저격된지 불과 1시간 20분 후인 22일 오후 1시

---

[38] Zapruder Film, 이 필름은 라이프 지에 넘겨졌는데, 암살 사건 뒤 약 5년간 라이프 지의 창고에 쳐박혀 있다가 그 후에야 공개되게 된다. 재프루더의 유족들은 최근 1,600만 달러라는 거액의 보상금을 받고 이 필름을 국가에 귀속시켰다고 한다. 필름의 일부 내용은 영화 <JFK>에서 인용되기도 하였지만 이 필름의 원본 내용을 우리가 다시 볼 수 있을런지 걱정이 되는 바이다.

[39] Abraham Zapruder

53 분, 달라스 시내의 한 극장에서 오스왈드는 대통령 암살 혐의자로 체포된다. 어떻게 그토록 짧은 시간 안에 대통령 살해 용의자가 누구인지, 또 그가 어느 곳에 나타났는지를 알 수 있었는지 그저 신기하기만 할 따름이다. 그처럼 귀신 같은 수사 기동력을 가지고 어째서 암살 그 자체를 막을 수는 없었을까 하는 궁금함을 감출 수가 없다.

자기가 체포될 것을 이미 알고 있었던 오스왈드는 당황하거나 저항하지 않고 경찰의 명령에 순순히 응하였다. 달라스 경찰은 오스왈드가 대통령 저격 혐의로 체포되었음에도 불구하고 다음 다음날인 24 일 오전 11 시 17 분, 그가 잭 루비에 의하여 피살될 때까지 아무런 진술 조서도 만들어놓지 않아 음모자들의 일처리를 쉽게 만들어 주었다. 서면으로 된 진술 조서를 만들어놓지 말라는 고위층의 특별 지시가 없었다면 결코 일어날 수 없는 일이 아닐까 생각된다.

오스왈드는 형무소로 이감되기 위해 호송차를 타러 가던 24 일 아침에 권총을 빼어 든 잭 루비와 맞닥뜨리기 전까지는 매우 침착한 상태를 유지하고 있었는데, 이는 아마도 미국의 적국인 소련까지도 무사히 다녀온 적이 있었던 오스왈드가 그의 상급기관에서 내린 지령을 100 퍼센트 믿고, 무조건 복종하였던 것으로 생각된다.

잭 루비는 24 일 오전, 주 형무소로 이감되기 위하여 오스왈드가 달라스 시청의 지하 주차장에 나타날 때 정확하게 시간을 맞추어 그곳에 나타나 권총을 겨누어 그를 향해 쏘았다. 그 자리에서 절명하지 않은 오스왈드는 이틀 전 대통령이 치료 받았던 파크랜드 병원으로 다시 이송되었으나, 한번 더 톰 샤이어즈 박사 팀의 눈물겨운 노력이 있었음에도 불구하고 결국 사망하고 만다. 그의 죽음이 선고된 시각은 오후 1 시 7 분이었다. 오스왈드가 아직 숨이 붙어있다는 것을 알고 있었던 잭 루비는 억류되어 있던 경찰서에서 내내 땀을 뻘뻘 흘리며 초조한 모습이었으나 그가 마침내 죽었다는 소식을 접하자 점차 평소의 냉정함을 되찾았다고 한다.

대통령의 유해가 옮겨지는 비행기 안에서 부통령 린든 죤슨은 제36대 미국 대통령의 취임 선서를 한다. 워싱턴으로 날아간 린든 죤슨은 곧 사태 수습에 모든 힘을 기울였다. 케네디 내각의 각료 중 국무장관 딘 러스크[40]를 비롯한 장관 여섯 명이 일본을 방문 중이었기 때문에 음모자들이 원하는 방향으로의 사태 수습은 그리 어렵지 않았다. 각료 여섯 명이 아시아를 방문토록 하여 워싱턴을 텅 비게 만든 것은 매우 훌륭한 아이디어였다. 국무장관 딘 러스크, 국방장관 로버트 맥나마라[41] 등은 케네디 맨으로 분류되는 사람들로서, 이들 중의 한 사람이라도 사건의 수사 방향에 대하여 의의를 제기하고 나선다면 사태는 골치 아픈 쪽으로 흘러갈 가능성도 있었던 것이다.

오스왈드가 체포된 바로 그 시각, 벌써 워싱턴에서는 대통령의 암살은 그 어떤 음모도 아닌 오스왈드의 단독범행이라는 공식 발표가 나오고 있었고, 상황은 CIA와 에드거 후버의 도움으로 신임 대통령 죤슨이 잘 장악해 나가고 있었다. 법무장관 로버트 케네디는 너무나 당황한 나머지 일종의 공황 상태에 빠져 사태의 해결을 지휘하기는커녕, 정신적 충격에서 헤어나지 못하고 있었다.

그리하여 대통령의 죽음은 애초의 의도대로 소련이 책임을 지게 된다. 저격은 오스왈드의 단독범행이며, 오스왈드가 소련으로부터 직접적인 사주를 받았을 가능성이 있기는 하나 더 깊은 수사 결과 정말로 소련 당국이 개입한 사실이 백일하에 드

[40] Davie Dean Rusk(1909-1994) 1951년부터 1960년까지 록펠러 재단의 이사장 역임. 1961년부터 1969년까지 국무장관 역임.
[41] Robert S. McNamara(1916-현재) 1960년부터 1961년까지 포드 회사의 회장 역임. 1961년부터 1967년까지 국방장관 역임.

러난다면 극우주의자들의 항의와 데몬스트레이션이 시작될 것이고, 사태가 확산되면 마침내는 제 3 차 세계대전이 유발될 가능성조차 있으므로 수사는 적당한 선에서 덮어두는 것이 좋겠다는 것이 CIA 와 FBI 등 수사를 맡은 기관들의 의견이었다. 대통령의 저격 음모설에 대한 해명을 하기 위해 조직된 워렌 위원회도 이와 같은 결론을 반복하는 데에 그치고 만다.

드디어 그들의 음모는 이렇게 성공하였다. 마피아는 처음에는 로버트 케네디 법무장관을 없앨까 하였으나 도중에 CIA 등 다른 그룹과 접촉하게 되면서 생각을 바꾸어 결국 대통령을 없앤 것이 아닌가 한다. 동생의 죽음에 대하여 대통령이 앙심을 품는 상태는 그리 바람직하지 못하였기 때문이기도 하다. 그러나 역시 대통령을 제거한다는 일이 어느 정도 망설여졌던 듯, 대통령의 히트를 실행하기에 앞서 그들은 강력한 경고를 케네디 형제에게 먼저 보낸 바 있었다. 바로 케네디 형제의 공동의 연인이었던 마릴린 몬로를 살해한 것으로 시카고의 샘 쟌카너의 지시에 의한 것이었다. 그렇지만 케네디는 그 경고를 심각하게 받아들이지 않았다.

죤 F 케네디의 제거는 그러나 그들이 애초에 생각한 것만큼 일이 간단하지가 않았다. 그것은 일종의 재앙이라고도 말할 수 있는 것으로, 그들은 케네디 이후 50 명이 넘는 증인 등 사건 관련자들을 처치해야만 했다. 그리고 이 50 명의 리스트에는 잭 루비, 쟈니 로젤리, 샘 쟌카너 등 그들의 사람들도 포함되어 있게 된다.

1963 년 11 월 22 일, 대통령을 없애던 날 그들은 오스왈드를 보다 확실하게 흉악범으로 몰기 위하여 달라스 경찰 한 명[42]을 사살하고 그 죄를 오스왈드에게 뒤집어 씌우려 하였다. 대통령 저격 직후인 11 월 22 일 오후 1 시 15 분이었다. 이 살인사건에

---

[42] J. D. Tippit, 계급은 Sergeant.

서 총알이 발사되는 장면을 똑바로 목격한 증인이 둘 있었는데, 그 중 한 사람인 도밍고 베나비데즈[43]는 경찰에서 오스왈드가 범인이 아니라고 강력하게 진술을 하였다. 이로부터 약 3 개월 뒤인 1964 년 2 월 어느날 도밍고 베나비데즈의 쌍동이 동생 에디 베나비데즈[44]는 뒤통수에 권총을 맞고 죽게 된다.

워렌 레이놀즈[45]는 티핏 경관 살해범을 목격한 여러 사람 중의 한 명으로 그는 FBI 에 출두하여 증언할 때 범인은 오스왈드가 아니라고 주장했다. 그는 증언한 다음 다음날 어떤 사람으로부터 권총 총격을 받아 머리를 다쳤는데, 생명은 겨우 건질 수가 있었다. 병원에서 의식을 회복한 후 다시 받은 진술에서 그는 티핏 경관의 살해범은 확실히 오스왈드였다고 말을 바꾼다.

워렌 레이놀즈를 쏜 용의자는 범행 시각에 대한 알리바이가 입증되어 무혐의로 방면된다. 그의 알리바이를 증언한 사람은 베티 맥도날드[46]로 잭 루비가 경영하는 달라스의 나이트 클럽[47]에서 스트리퍼로 일하는 아가씨였다. 증언이 있은 지 약 3 주후인 1964 년 2 월, 그녀는 경범죄로 달라스 경찰에 의해 구금되었는데, 약 2 시간 후 유치장 안에서 목을 맨 시체로 발견된다. 사건은 원인을 알 수 없는 자살로 분류되었다. 또한 해롤드 럿셀[48]은 역시 티핏 경관 살해범의 목격자 중의 한 사람이었는데 그는 1967 년 2 월, 달라스 시내의 한 바에서 술을 마시던 중 경찰관과 시비가 붙어 경관에 의하여 사살당했다.

리 바워즈 쥬니어[49]는 저격 당일 그래시 놀 뒤편에 있는 높은 철도 관제탑에서 퍼레이드를 구경하고 있던 사람으로, 10 시경 마피아의 히트 팀이 각각 세 대의 승용차에 나누어 타고와 그

---

[43] Domingo Benavides
[44] Eddy Benavides(? - 1964)
[45] Warren Reynolds
[46] Betty MacDonald(? - 1964)
[47] Silver Spur Club
[48] Harold Russell(? - 1967)
[49] Lee Bowers Jr.(? - 1966)

래시 놀 뒤에 있는 주차장에서 내린 뒤 흩어진 것을 모두 목격한 바 있었다. 그는 1966 년 8 월, 자동차를 운전하고 가던 중 육교를 들이받는 교통사고를 내 그 자리에서 사망하였다. 그의 시체는 화장되었는데, 알다시피 시신을 화장하는 것은 미국에서는 매우 드문 일이다.

윌리엄 웨일리[50]는 저격 당일 TSBD 빌딩을 나서서 자기 집으로 가는 오스왈드를 태웠던 택시 운전사였다. 그는 1965 년 12 월, 교통사고로 현장에서 즉사하였다. 제임스 워렐 쥬니어[51]는 저격 당일 TSBD 빌딩의 뒷문을 통하여 달아나는 듯이 나가는 두 사람을 목격한 바 있는데, 그도 1966 년 11 월, 교통사고로 현장에서 즉사하게 된다. 두 사고 모두 자동차와 자동차가 부딪힌 사고가 아니라 불가사의하게도 승용차 한 대가 단독으로 일으킨 사고였다.

빌 헌터[52]와 짐 코시[53]의 두 기자는 1963 년 11 월 24 일, 잭 루비가 오스왈드를 사살한 바로 그날, 오후 늦게 잭 루비의 아파트에 잠입하여 내부를 취재하는 데에 성공한다. 빌 헌터는 캘리포니아 주 롱비치 시의 신문사에서 일하고 있었고, 짐 코시는 달라스 타임즈 헤랄드 지의 기자였는데, 헌터는 다음해 4 월 롱비치의 한 경찰서에서 경찰의 실수로 인한 총기 오발 사고로 죽었고, 코시는 같은 1964 년의 9 월에 자기 집에서 목욕을 하고 있던 중 침입자에 의하여 목에 총을 맞고 죽었다.

데이비드 페리는 뉴올리언즈의 마피아 패밀리와 가까운 사람으로 과테말라로 추방되었던 카를로스 마르셀로를 다시 미국으로 실어오기도 하고 케네디 암살 후에는 히트 팀을 멕시코로 실어 나르기도 한, 아주 뛰어난 실력을 가진 비행기 조종사였다. 그는 뉴올리언즈의 지방 검사인 짐 개리슨이 그와 대통령 암살

---

50 William Whaliy(? - 1965)
51 James Worrell Jr.(? - 1966)
52 Bill Hunter(? - 1964)
53 Jim Koethe(? - 1964)

사건의 관련에 대하여 수사를 시작한 직후인 1967 년 2 월, 플로리다의 자기 아파트에서 뇌출혈로 사망하였다. 그는 죽기 전 2 통의 유서를 남겼는데 유서는 모두 타이프로 쳐져 있었다. 뇌출혈로 죽는 사람이 자신의 유서를 타이프로 쳤다는 것은 매우 이상한 일인 것 같다.

데이비드 페리가 갑자기 죽자 개리슨 검사는 다른 증인이며 데이비드 페리의 가까운 친구인 엘라디오 델 발[54]을 보호하기 위하여 부하 직원을 마이애미로 파견하였다. 델 발은 혁명 후 쿠바로부터 미국으로 망명해온 부호로, 쿠바에서 국회의원을 역임한 적도 있었기 때문에 쿠바 망명객들 사이에 큰 영향력을 발휘하고 있는 사람이었다. 그러나 그도 이미 시체로 변한 뒤였는데, 가슴에 총격을 당하고 머리에는 도끼로 가격을 당한 채였다. 사망 시각은 페리가 죽은지 12 시간 후였다.

이보다 한달 앞선 1967 년 1 월, 오스왈드 살해범인 잭 루비가 항소심을 기다리던 중 형무소에서 암으로 사망하였다. 그는 형무소의 의사에게 정기 건강 검진을 받을 때만 하더라도 아무 이상 없이 건강하였는데 1966 년 8 월과 9 월의 두 차례, 시카고로부터 왔다는 한 의사의 방문 검진을 받은 얼마 후인 1966 년 12 월부터 기침과 구토를 심하게 하기 시작하였다. 그는 확실한 진단과 치료를 위하여 달라스의 파크랜드 병원으로 이송되었는데 그 곳에서 폐암으로 진단을 받았다. 그리고 며칠 후인 1967 년 1 월 3 일에 그는 폐암의 합병증으로 사망하였다. 잭 루비의 경우는 아마도 폐암 환자의 진료 역사상 병세가 가장 빨리 진행한 케이스였을 것이다.

이것은 짐작컨대 소량의 베릴리움과 생 폐암 세포를 섞어서 직접 루비에게 주사를 한 것으로 생각되는데, CIA 서류에 의하면 베릴리움은 아주 독성이 강한 물질로 국소 투여 시 빠른 속

---

[54] Eladio Del Valle(? - 1967)

도로 자라는 섬유성 종양을 유발한다고 하였다. 잭 루비는 1965 년 9 월경부터 갑자기 자신은 희생양이며, 케네디의 암살에는 최고위층이 포함된 음모가 개입되어 있다고 소리치기 시작하였다. 재판에서 사형선고를 받자 루비의 마음이 다급해진 모양이었다.

1965 년 5 월, 조직의 사업에 대해 대법원에서 진술을 거부하여 법정 모독죄로 감옥에 갔던 샘 쟌카너는 1 년 후인 1966 년 5 월에 풀려났는데, 토니 아카르도는 그를 다시 시카고의 보스로 임명하기를 거부하였다. 쟌카너는 이를 받아들이고 멕시코로 건너가서 멕시코와 이란의 카지노와 대양 여객선 내에 설치된 카지노 운영을 자기의 주 사업으로 하고 있었는데, 1975 년에 카스트로 암살 계획을 재수사하기 위한 상원 특별 조사위원회[55]가 그를 불러내어 증인으로 출두시키려 하자, 그 바로 수일 전인 1975 년 6 월 19 일, 시카고의 자기 집에서 피살되고 만다. 아주 가까운 거리에서 얼굴과 목, 가슴에 6 발의 총격을 당하여 즉사한 것이다. 이때 샘 쟌카너는 매우 중요한 증인이었기 때문에 24 시간 내내 FBI 의 철통 같은 보호하에 있던 중이었다고 한다. FBI 의 삼엄한 감시하에서 어떻게 그가 피살될 수 있었는지 참으로 이상한 일이 아닐 수 없다.

이로부터 1 년 후인 1976 년 8 월에는 시카고 아우트피트의 캘리포니아 대리인인 쟈니 로젤리가 플로리다 주 마이애미에서 피살된다. 로젤리의 시체는 보다 잔혹한 모습이었는데, 손과 발이 그리고 목으로부터 귀와 코까지가 잘려져 드럼통 속에 쳐박혀 있는 상태였다. 이는 로젤리가 쟌카너가 출두할 뻔했던 바로 그 상원 조사위원회에서 이미 4 개월 전에 극비 증언을 하였기 때문이었다. 배반자에게는 약간은 다른 죽음이 주어지게 되어 있는 것 같다.

---

[55] Senate Select Committee on Intelligence, 일명 Church Committee.

1977 년 3 월에는 죠지 드모렌실트[56]가 자살한 형식으로 죽었다. 드모렌실트는 오스왈드가 소련에서 돌아와 달라스에 거주할 무렵, 그의 후견인 노릇을 한 CIA 의 자유 계약 요원으로 달라스에서 오스왈드와 가장 가깝게 지내던 사람이었다. 그는 1963 년의 작전에서 오스왈드의 직속 상관이었을 것으로 짐작된다. 드모렌실트는 케네디 대통령 암살에 대한 하원 청문회의 증언을 며칠 앞두고 사냥용 엽총을 입에 문 채 방아쇠를 당겨 생을 마감하였다. 장소는 플로리다 주의 팜비치였다.

같은 해 8 월에는 케네디 대통령 생존 시 대통령 전용기의 수석 승무원이었고 대통령 사망 직후 시신을 베데스다 해군 병원으로 옮겼던 멤버 중의 한 사람이었던 죠셉 아이리스[57]가 사망하였다. 총기 오발 사고였다. 그리고 역시 같은 해 11 월에는 FBI 의 제 3 인자로 국장 보좌관이었던 윌리엄 설리반[58]이 유사한 총기 오발 사고로 사망하였다. 윌리엄 설리반은 30 년 동안 에드거 후버를 보필하다가 종국에 가서 후버와 갈라선 사람이었는데, 위의 사람들과 마찬가지로 케네디 대통령 암살에 대한 하원 청문회의 증언을 앞두고 사냥을 갔다가 총기 사고로 숨진 것이다.

여기에 밝힌 케이스들 이외에도 케네디 암살 사건과 관련하여 의문의 죽음을 당한 사람들의 리스트는 아직도 많이 남아 있다. 이와 같은 증인들의 잇따른 죽음 앞에서 대통령의 죽음에 대한 진상 조사를 하겠다고 감히 앞에 나서는 사람들은 거의 없었으며, 이는 미국의 각 언론사들의 경우에도 마찬가지였다. 반면 유럽쪽의 신문들은 사건직후부터 음모설, 마피아 저격설 등에 대하여 비교적 논리적이며 타당한 기사들을 내보냈다고 하는데, 미국 내에서는 최근에 이르러서야 제대로 된 몇 권의

---

[56] George DeMohrenschildt(1911 - 1977)
[57] Joseph C. Ayres(? - 1977)
[58] William Sullivan(? - 1977)

보고서들이 발표되고 있는 실정이다.

케네디의 후임인 죤슨 대통령은 베트남 문제에 대하여 전임의 케네디와는 다른 입장을 취해, 베트남에 대한 미국의 군사 개입을 확대시켰다. 1963 년 말 현재 베트남에는 그린베레를 포함한 16,300 명의 미군이 군사 고문단의 형식으로 남아 있었는데, 케네디는 1963 년 12 월부터 단계적 철수를 개시하여 1965 년 말까지는 이들 군사 고문단과 특수부대를 포함한 모든 미군을 베트남으로부터 철수시키려 하였다. 그러나 죤슨과 그 다음 대통령인 닉슨에 의하여 정책은 바뀌었고, 미군은 계속 증파되어 5 년 후인 1968 년에는 536,000 명의 미군이 베트남에 주둔하게 된다.

현재 잘 알려져 있다시피 베트남 전쟁의 확전의 방아쇠가 된 1964 년 8 월의 통킹만 사건은 CIA 의 장난에 의한 것이었다. 베트남 전쟁은 CIA 의 전쟁이었던 것이다. 케네디 대통령의 죽음에 CIA 가 관련되었다는 또 하나의 증거가 바로 케네디가 죽은 후 베트남 전쟁이 에스컬레이트 되었다는 사실이다. 여기에 대하여도 더 이상의 자세한 설명은 피하도록 한다.

앞장에서 마피아가 케네디 대통령을 죽이고자 하는 세 번째의 이유를 밝히지 않았는데, 이 세 번째의 이유도 바로 베트남 문제와 관련된 것이다. 마피아는 이미 마약의 중계기지인 쿠바를 잃었고, 날이 갈수록 다시 그것을 찾을 가능성이 작아지고 있었기 때문에 동남아시아의 중요 마약 생산지와 매우 가까운 베트남에다 만든 그들의 거점까지 잃을 수는 도저히 없었던 것이고, 따라서 케네디를 제거할 수밖에 없었던 것이다. 케네디 대통령은 재선된 다음에는 베트남으로부터 미군을 완전히 철수하려고 하였기 때문이다.

물론 1964 년의 대통령 선거에서 공화당측 후보로 유력했던 배리 골드워터가 당선된다면 별 문제가 없을 것이었다. 골드워터는 베트남에서 핵무기까지도 사용해야 한다고 주장한 보수

우익의 매파 정치인이었으니 말이다. 그러나 케네디의·당시 인기는 하늘을 찌르고 있던 중이었다. 1960 년의 선거에서 49.7%의 지지로 당선되었던 케네디에 대하여 미국인들은 1963 년 6월에 있었던 한 앙케이트에서는 59%의 사람들이 대답하기를, 지난 1960 년의 선거에서 자기는 케네디에게 표를 찍었다고 답을 하였다고 한다. 이렇게 보다시피 1964 년 대선에서 케네디가 다시 승리할 것은 당시 어떤 바보라 할지라도 쉽게 예측할 수 있었던 명백한 사실이었던 것이다.

그리고 믿기 힘든 말이지만 베트남과 동남아시아의 마약사업에 있어서도 마피아와 CIA 의 합동작전이 있었다고 한다. 이 주장에 대하여도 상당히 설득력을 가진 연구서들이 나와 있지만 여기에서 그 내용을 다 언급하지는 않는다. 다만 한 가지만 밝혀보면, 한때 타임 지를 위하여 베트남 전쟁을 취재하다가 공산 베트남에 억류되기도 한 미국 언론인 로버트 샘 앤슨[59]에 의하면 CIA 가 동남아시아 마약 산업의 뒷돈을 대고 있으며, 전용 비행기를 이용하여 직접 마약을 운반하기도 하였다고 했다. 관심이 있는 사람들은 알프레드 맥코이[60]의 <The Politics of Heroin in Southeast Asia>[61]나 로드니 스틱[62]의 <Defrauding America> 등의 책을 읽어보기 바란다. 이 주장이 맞다면 이것은 CIA 가 케네디를 제거하고자 한 또 하나의 이유로 등록될 수 있을 것이다.

적자로 허덕이던 많은 미국의 방위산업체들이 베트남 전쟁 덕분에 재기하게 된다. 비행기와 헬리콥터 제작 기업, 육상 수송차량 제작 기업, 탄약과 폭탄 제조 기업, 기타 담배 회사, 의

---

[59] Robert Sam Anson
[60] Alfred McCoy
[61] <The Politics of Heroin in Southeast Asia>가 출간된 직후 미 연방 정부는 이 책을 출판한 출판사를 통째로 사버려 동 책의 재고분을 전량 폐기 처분하였고, 이미 서점에 배포된 책도 거의 회수해버렸다. 따라서 이 책을 시중에서 구해 보기는 사실은 매우 어려울 것이다.
[62] Rodney Stich

류 회사, 식음료 회사 등을 포함한 수많은 군납 업체는 확대된 베트남 전쟁으로 인하여 엄청난 돈을 벌었다. 항공 수송업계도 큰 이익을 얻는다. 군수 물자와 전사한 미군의 시체를 수송하도록 선택된 플라잉 타이거 사는 이 수송 사업으로 재벌 기업이 된 전형적인 예였다. 죤슨 대통령은 이 플라잉 타이거 사의 주식을 상당 부분 소유하고 있었다고 한다.

이때에 군납 계약을 따낸 업체들 중에는 마피아가 직접 소유한 회사들도 있었다. 그 한 예가 펜실바니아에 위치한 메디코 산업 회사[63]이다. 메디코 산업은 베트남 전쟁에 사용될 탄두 60 만개를 생산하여 납품하는 390 만 달러 짜리 계약을 국방성과 맺었는데, 이 회사의 사장인 필립 메디코[64]와 회사의 간부인 윌리엄 메디코[65]는 각각 펜실바니아 마피아인 러셀 부팔리노 패밀리의 카포레짐과 솔다티였던 것으로 FBI 의 도청에 의하여 나중에 밝혀진다. 메디코 산업의 또 다른 간부 한 명은 그 유명한 1957 년의 아팔라친 미팅에 참석하였다고도 한다.

이러한 군수산업체의 호황은 미국 경제 전체의 호황으로 연결되고, 이 호황은 꽤 오래 지속되어 석유 위기가 오기 전인 1970 년대 초까지 이어지게 된다.

신디케이트와 CIA, 그리고 FBI 가 합작한 이 케네디 대통령 암살 작전에 있어서 공식적인 것은 아니었다 할지라도 과연 작전의 총책임자는 존재하지 않았던 것일까? 이 세 그룹을 통합하여 지휘하고 각 그룹간의 의견 차이나 갈등을 조정하는 역할을 했던 인물, 그런 인물은 없었던 것일까? 소심한 후버를 다독거리고, 부통령인 죤슨을 설득하여 마음의 준비를 시켜 사후 처리를 매끄럽게 만들었을 만한 인물, 내각의 장관 6 명을 아시아

---

[63] Medico Industries
[64] Phillip Medico
[65] William Medico

로 보내도록 뒤에서 조종한 인물, 알렌 덜레스의 요구를 마피아 측에 전달하고 마피아들의 신분보장 조건을 FBI 와 CIA 측에 알려 그것을 관철시킨 인물, 그러한 인물이 존재했을 법하다.

그리고 그러한 인물이 만일 존재했다면 그 사람에게도 이 작전에 참가할 만한 동기나 이유가 있었을 것이며, 그 동기나 이유는 매우 강력한 것이었음에 틀림이 없을 것이다. 또한 그러한 사람이 존재했다면 그는 대단한 정치적인 영향력을 가진 미국 정계의 거물이었음에 틀림이 없을 것이다.

만약, 정말로 그런 사람이 있었다면 그만한 일을 해낼 수 있을 만큼 여러 다방면의 조건을 모두 갖춘 인물은 오직 한 사람밖에는 없다고 생각한다. 누구인가 하면, 이전 부통령이며 CIA 비밀작전의 책임자를 역임했고, 일찍부터 마피아들과 가까운 관계를 맺어왔으며, FBI 의 에드거 후버와도 오래 전부터 친한 사이를 유지해왔던 리차드 닉슨이 바로 그 사람이다.

이 가정이 맞는다면 과연 닉슨이 케네디 대통령을 제거하고자 한 이유는 무엇이었을까? 그것은 무엇보다도 닉슨이 죤 F 케네디로 인해 그의 인생에서 가장 참담한 패배를 맛보았다는 사실이다. 1960 년의 대통령 선거를 말하는 것이다. 더구나 닉슨의 생각에 의하면 그 선거에서 이긴 것은 케네디가 아닌 바로 닉슨 자신이었던 것이다. 왜냐하면 케네디는 선거부정을 통하여 당선되었으므로. 앞에서 기술한 것과 같이 그 해의 선거는 역사상 가장 치열한 각축전을 벌였고 0.1 퍼센트의 근소한 차이로 닉슨이 낙선했다. 겨우 9,000 표 차이였던 일리노이 주만 그에게 돌아왔더라면 닉슨 대통령이 탄생하는 것이었다.

사실은 닉슨이 케네디 대통령 암살 사건과 직접 관련되었다는 증거도 있다. 죤 F 케네디가 암살당하던 당일, 리차드 닉슨은 현지 달라스에 체류하고 있었는데도 자신은 그 전전날인 11월 20 일에 달라스를 떠났다고 거짓말을 했다는 것이 그것이다. 오늘날 나이든 미국인 중 케네디 대통령이 암살당하던 바로 그 시각과 하와이의 진주만이 일본에 의하여 기습공격을 당하던 날에 자신이 어디서 무슨 일을 하고 있었는지 기억하지 못하는 사람은 한 명도 없다고 한다. 그런데 닉슨은 이틀이나 차이가 나는 그릇된 기억을 가지고 있었던 것이다.

리차드 닉슨은 달라스에서 개최되었던 전미 청량음료업자 대회에 펩시콜라 회사의 고문 변호사 자격으로 참석하였는데, 그가 달라스에 도착한 것이 11 월 20 일, 다시 달라스를 떠난 것이 11 월 22 일이었다. 그런데 닉슨은 워렌 위원회의 증언 시 자신이 달라스를 떠난 날짜가 1963 년 11 월 20 일이라고 밝힌 바 있었다. 워렌 위원회 증거문헌 제 1973 호에 의한 것이다. 암살 사건과 자신이 조금이라도 연결되는 것을 막고자 한 어설픈 거짓말이라고 하지 않을 수가 없다.

리차드 닉슨이 암살 사건과 관련되었다는 그 다음 증거이자 가장 유력한 증거는 그가 케네디 대통령 사후 가장 이익을 본 사람 중의 하나라는 점이다. 다들 알고 있다시피 닉슨은 케네디가 죽은 뒤 5 년 후인 1968 년 11 월에 선거에서 승리하여 미국의 제 37 대 대통령이 된다. 민주당의 대통령 후보로, 대선에서 닉슨을 누르고 이길 것이 유력시 되었던 로버트 케네디가 1968 년 6 월 5 일에 저격 당하여 죽은 다음 몇 개월 뒤의 일이다.

닉슨이 재출마한 1972 년의 선거에서도 가장 대통령 당선이 유력하였던 남부의 영웅, 죠지 월러스[66]가 저격 당하여 하반신 불수가 되어버리는 불미스러운 일이 발생한다. 1972 년 5 월의 일이었다. 그리하여 닉슨은 민주당 후보인 죠지 맥거번[67]과 대결한 끝에 압도적인 표차로 승리하여 다시 대통령에 당선된다.

워터게이트 사건과 관련하여 1974 년 8 월에 미국 역사상 최초로 대통령 임기 중 사임한 닉슨은 재임 중 공공 재단의 기금

---

[66] George C. Wallace(1919 - 현재) 1963 년부터 1979 년까지, 다시 1983 년부터 1987 년까지 알라바마 주지사를 역임.

[67] George S. McGovern(1922 - 현재)

을 1,700만 달러나 유용했던 것으로 나중에 밝혀지나, 후임 대통령인 제랄드 포드는 닉슨에 대하여 그가 재임 중 저지른, 또는 저질렀을지도 모르는 모든 범죄를 용서한다는 특별 사면령을 내려 그에게 면죄부를 주었다.

닉슨은 수많은 비밀을 그대로 간직한 채 1994년에 세상을 달리한다.

제6부
뉴욕의 그 다음 이야기

제 15 장

우리나라에도 소개되었던 영화 <Prizzi`s Honor>에서 나오는 나이든 마피아 보스 역할의 실제 모델이기도 한 카를로 갬비노는 1959 년에 비토 제노베제가 수감됨으로써 이제 뉴욕에서 가장 큰 힘을 가진 보스가 되었다. 카를로 갬비노야말로 영화 <대부>의 돈 비토 콜레오네 캐릭터의 원 모델이었던 사람으로 그의 일생은 시카고의 토니 아카르드도에 못지않은 훌륭한 마피아 보스의 일생 그 자체였다고 주저 없이 말할 수가 있다.

영화 <대부>는 콜레오네 패밀리의 보스인 돈 비토 콜레오네, 말론 브랜도가 한 이탈리아 인으로부터 자신의 딸이 욕을 당한 데에 대한 복수를 부탁받는 장면으로부터 시작된다. 그리고 영화에서는 생략되었으나 원전인 소설에서는 또 다른 사람들로부터의 자잘구레한 부탁들도 돈 비토 콜레오네가 기꺼이 들어주는 것으로 묘사되고 있다. 그렇지만 이러한 동네 해결사의 모습은 사실 실제 마피아 보스의 모습과는 매우 거리가 있는 것이다. 현실에서는 장의사나 빵집 주인과 같은 보통 사람들이 마피아의 보스를 만나서 개인적인 부탁을 하기란 하늘의 별 따기와 같이 불가능한 일이었을 것이다. 그러나 카를로 갬비노는 실제로 이와 같은 일을 했다고 한다.

카를로 갬비노는 미리 날짜와 시간을 정하지 않고 어느날 갑자기 리틀 이탈리아의 멀베리 스트리트와 같은 이탈리아 이민자 거주구역에 찾아가서 아무 카페에나 자리를 잡은 뒤, 경호원들로 주변에 철저한 경비를 세우고 그곳 주변 사람들로부터 그들의 불편함을 들어주었다고 한다. 돈 갬비노가 왔다는 소식은 입에서 입으로 전해졌고, 그리하여 어디 한군데 하소연할 곳 없는 힘 없는 노인이나 여자들이 그들의 개인적인 문제를 가지고 찾아오면 갬비노는 고개를 끄덕이며 그 하소연을 다 들어주고 나중에 부하를 시켜 그것을 해결해주곤 하였다고 한다.

카를로 갬비노에 대해서는 또 다음과 같은 전설과도 같은 이야기가 전해진다. 뉴욕의 브루클린에서 로가또[1]라고 하는 신부가 주임으로 있는 한 카톨릭 성당이 밤사이 도둑을 맞아 성당의 귀중한 물건들이 몽땅 없어진 일이 일어났던 때였다. 로가또 신부는 당시 뉴욕 시장 죤 린제이[2]가 주도하는 인권 위원회의 멤버이기도 한 유명 인사였기 때문에 그 도난 사건은 곧 갬비노의 귀에도 들어가게 된다.

성당에서 없어진 것은 보석이 박힌 주교관, 성상, 그리고 금과 은으로 된 십자가상과 향로, 성체성사 때에 쓰는 성배와 그릇 등으로 로가또 신부는 즉시 경찰에 신고를 하였고, 평소 안면이 있었던 카를로 갬비노에게도 전화를 넣어 도움을 주기를 간청하였다고 한다. 그리고 갬비노에게 전화를 한 바로 그 다음 날, 로가또 신부는 갬비노 휘하의 한 카포레짐으로부터 도둑맞은 물건 전부를 그대로 돌려 받게 된다. 우리 부하들이 한 일은 아니었으나 어쨌든 심려를 끼쳐드려 죄송하게 되었다는 전언과 함께, 그리고 그 도둑은 이미 충분히 벌을 받았으므로 경찰에

---

[1] Father Lo Gatto

[2] John V. Lindsay(1921 - 현재) 1966 년부터 1974 년까지 뉴욕 시장을 역임.

또 다시 알릴 필요는 없다는 말과 함께 말이다. 정말로 시드니 셀던의 소설에나 나올 법한 이야기가 아닐 수 없다.

카를로 갬비노는 살바토레 마란자노의 경우와 같이 시실리의 보스 돈 비토 까시오 페로로부터 직접 명령을 받고 미국으로 건너온 시실리 마피아의 직계였다. 그가 미국에 밀입국한 것은 1921 년이었던 것으로 전해진다. 그는 갈리아노 패밀리의 토마스 루케제와는 시실리 시절부터의 어릴 적 친구였고, 또 그의 외가인 카스텔라노 패밀리는 갬비노가 미국에 오기 전부터 이미 브루클린에 자리를 잡고 있었기 때문에 그는 처음부터 조직 내에서 비교적 순조로운 출발을 할 수가 있었다.

갬비노는 그의 사촌들과, 토마스 루케제와 함께 처음에는 마세리아 패밀리에 속하여 일을 하였으나 그 후 카스텔라마레세 전쟁을 거치면서 알려진 대로 찰스 루치아노와 손을 잡게 되고 프랭크 코스텔로, 마이어 랜스키와 함께 루치아노 다음 세대에서 가장 큰 비중을 가진 보스 중의 한 명이 된다. 그가 돈을 버는 데에 천부적인 재능을 가지고 있었다는 것은 이미 앞에서 자세하게 언급을 한 적이 있다.

1966 년 초, 당시 66 세의 나이이던 뉴욕 루케제 패밀리의 보스인 토마스 루케제는 치료가 불가능한 뇌암을 앓고 있는 것으로 판명된다. 그리하여 보스들은 그 후임을 논의하기 위하여 모임을 가지게 되었는데, 장소는 뉴욕의 퀸스 지역에 있는 라스텔라 레스토랑[3]이었다. 1966 년 9 월 22 일의 일이다. 여기에는 의장의 역할을 하고 있는 카를로 갬비노가 카포레짐인 아니엘로 델라크로체와 후에 가문의 고문이 되는 죠 갤로[4]를 이끌고 참석하였으며, 제노베제 패밀리에서는 보스인 토마스 에볼리[5]와

---

[3] La Stella Restaurant

[4] Joe N. Gallo, Gallo-Profaci War 의 주인공이었던 Joe Gallo 와는 다른 사람일 것으로 생각된다.

[5] Thomas Eboli(? - 1972) 닉네임은 Tommy Ryan. 1959 년부터 1972 년까지 제노베제 패밀리의

마이크 미란다[6], 그리고 그들의 운전사인 프랭크 갈리아노[7], 도미닉 알론지[8]와 솔다티인 안토니 치릴로[9]가, 그밖에 콜롬보 패밀리의 보스인 죠셉 콜롬보[10]가 참석하였고, 뉴올리언즈에서 카를로스 마르셀로와 그의 친동생 죠셉 마르셀로 쥬니어[11], 그리고 안토니 카롤라[12]가, 마지막으로 플로리다 탐파의 산토스 트라피칸티 쥬니어, 이렇게 모두 13 명이 참석하였다. 신디케이트의 정기 총회가 아니라 시카고 아우트피트를 제외한 마피아의 동남부 지역 모임이라고 할 수 있었던 것이다.

모임에서는 루케제 건 이외에도 뉴올리언즈 패밀리의 트러블이 토의되었다. 회의에 참석한 사람 중 안토니 카롤라는 1922 년부터 1947 년까지 뉴올리언즈를 다스렸던 실베스트로 카롤라의 아들이었는데 최근 조직의 사업 중 더 많은 몫을 주장하고 나섰던 것이다. 그리고 그의 입장을 지지하기 위해서 나온 사람이 제노베제 패밀리의 프랭크 갈리아노였다. 그러나 토의 끝에 뉴욕의 보스들은 카를로스 마르셀로의 손을 들어주어 안토니 카롤라는 현재의 사업만으로 만족할 수밖에 없었다고 한다.

1967 년 토마스 루케제가 사망하자 이미 결정된 대로 카르미네 트라문티[13]가 루케제 패밀리의 보스가 된다. 트라문티가 루케제 패밀리를 맡게 된 데에는 갬비노의 영향력이 크게 작용하

보스를 역임. 1972 년에 Thomas Eboli 가 갬비노의 플롯에 의하여 피살된 후에는 갬비노와 가까운 Francesco Tieri 가 제노베제 패밀리의 보스가 된다.

[6] Mike Miranda

[7] Frank Gagliano

[8] Dominick Alongi

[9] Anthony Cirillo

[10] Joseph Colombo(1914 - 1978)

[11] Joseph Marcello Jr.

[12] Anthony Carolla

[13] Carmine Tramunti(1917 - 현재?) 1967 년부터 시작하여 살인 혐의로 수감될 때까지 7 년 동안 Carmine Tramunti 가 루케제 가문을 이끌었고 다음으로 보스가 된 것은 Anthony Corallo 였다. 그는 12 년간 가문을 지도하였고 1986 년에 자연사하였다. 이 기간 동안 루케제 패밀리는 앞으로의 성장을 위한 발판을 튼튼하게 닦았다고 보여진다. Anthony Corallo 다음으로는 Vic Orena 를 거쳐 Vittorio Amuso 가 보스가 되었고 현재는 Joe DeFede 가 액팅보스의 역할을 하며 Vittorio Amuso 가 출감되기를 기다리고 있다.

였다. 갬비노야말로 현재 보스 중의 보스였던 것이다. 갬비노는 보스가 바뀌는 때를 틈타서 루케제 가문의 사업 중 엄청나게 큰 것 2 개를 자신의 것으로 가져왔다. 그 하나는 뉴욕의 죤 F 케네디 공항의 관할권이다. 대륙간의 화물 수송이 주로 비행기를 통하여 이루어지게 되자 공항은 옛날의 부두만큼 이익을 낼 수 있는 곳이 된지 오래였다. 갬비노 패밀리는 예전에 알버트 아나스타샤가 브루클린 부두를 장악했던 것처럼 죤 F 케네디 공항을 관리하며 값비싼 화물을 빼돌리는 등 고전적인 사업을 계속하게 된다.

공항의 화물 하이재킹은 영화 <좋은 친구들>에 잘 소개된 적이 있다. 공항에서 출발하는 각종 화물 트럭을 하이재킹하는 것은 트럭 운전수들의 노동조합인 팀스터를 마피아가 장악하고 있음으로써 가능한 것이었는데 트럭 운전수들은 그들의 화물에 대한 정보를 갱들에게 흘려주고 대신에 보수를 받았으며, 정보를 흘려 자신의 트럭을 강탈당한 운전수가 그에 대한 벌칙으로 일자리를 잃어버릴 위기에 처하게 되면 마피아들이 노조를 통하여 사용자에게 압력을 넣어 그를 구제해주는 시스템이었다. 죤 F 케네디 공항 구역을 담당하며, 갬비노 패밀리로부터 지배받는 팀스터의 노조 지부는 지역번호 295 번 노조라고 한다. 비교적 최근에 우리나라의 주력 수출품인 반도체가 미국의 한 공항에서 대량으로 도난 당한 사건이 일어났던 것이 생각이 난다.

영화 <좋은 친구들>은 시실리인의 피가 반 섞여있는 갱, 헨리 힐[14]의 자전적 스토리를 영화화한 것으로 헨리 힐과 매우 친한 사이였던 하이재킹 전문 갱 프레드 버크[15]가 함께 등장한다. 프레드 버크 역의 배우로 로버트 드니로가 출연했다. 헨리 힐은 루케제 패밀리의 카포레짐인 폴 바리오[16]의 아래에서 여러 잡일

[14] Henry Hill(1943 - 현재)
[15] Fred Burke
[16] Paul Vario

을 했던 자로 마피아의 정회원은 아니었다.

그리고 또 하나 루케제 패밀리로부터 갬비노가 가져온 사업은 예의 맨해튼의 의류노조 사업이다. 갬비노는 그의 아들 토마스 갬비노에게 이 의류노조 사업을 맡기게 된다. 이제 갬비노는 뉴욕의 5 대 가문 중 자신의 것은 물론 루케제 패밀리까지 장악하였고, 거기에 더하여 이미 콜롬보 패밀리에 대하여도 막강한 영향력을 미치고 있었다.

그러면 지금부터는 갬비노가 콜롬보 패밀리에 대하여 세력을 미치게 된 연유에 대하여, 그리고 콜롬보 패밀리가 어찌하여 콜롬보 패밀리로 불리게 되었는지에 대한 사연을 차근히 살펴보기로 한다.

앞에서 한번 기술한 것처럼 죠셉 프로파치의 프로파치 패밀리는 그가 죽은 후 그 다음 다음 보스의 이름을 따 콜롬보 패밀리로 불리게 된다. 죠셉 프로파치는 1962 년에 암으로 죽었고, 그 자리는 언더보스였던 죠셉 말리오코에게 돌아갔으나 죠셉 말리오코도 심장병 등으로 건강이 매우 좋지 않아 다음 해인 1963 년에 죽게 되며, 말리오코가 죽은 뒤 프로파치 패밀리의 보스로는 죠셉 콜롬보가 위원회에 의하여 임명된다. 그런데 콜롬보가 보스로 임명되기까지는 뉴욕의 5 대 가문의 일이 서로 복잡하게 뒤얽힌 사연이 있었다.

보나노 패밀리는 원래 살바토레 마란자노가 보스로 있던 조직을 마란자노 사후 죠셉 보나노가 물려받은 것이다. 찰스 루치아노의 승인이 있었던 것은 물론이다. 죠셉 보나노는 1924 년에 쿠바의 하바나를 경유하여 미국에 불법 입국한 사람으로, 미국에 온 이후 처음에는 시카고 패밀리에서 활동하다가 1920 년대 말, 뉴욕에서 카스텔라마레세 전쟁이 벌어지자 살바토레 마란자노의 편에 서기 위하여 뉴욕으로 왔다. 보나노는 마란자노와 같은 시실리의 카스텔라마레 출신이었기 때문이다.

그리고 마란자노가 제거된 뒤 보나노는 루치아노의 허락으로 마란자노가 이끌던 사업을 그대로 맡게 되어 뉴욕의 강력한 보스의 하나로 떠올랐다. 그의 고리대금업과 도박사업의 영역은 미국 내는 물론 국경 밖으로도 미쳐, 캐나다의 몬트리올로부터 태평양의 하이티 섬에까지 걸쳐 있었다고 한다. 찰스 루치아노가 투옥되고 루이스 부첼터가 토마스 듀이로부터 심한 추적을 받고 있을 무렵, 죠셉 보나노는 시실리로 날아가 잠시 몸을 숨기기도 한다. 1938 년의 일이다. 그는 몇 년 후 돌아왔고 1945 년에는 합법적인 미국의 시민이 된다. 찰스 루치아노가 이탈리아로 추방된 이후에 보나노는 같은 시실리의 카스텔라마레 출신인 죠셉 프로파치와 연합하여 프랭크 코스텔로-알버트 아나스타샤의 세력과 거의 대등하게 뉴욕의 지하세계를 다스렸다. 이어 뉴욕 5 대 가문의 대전쟁이 있었고, 1959 년에 비토 제노베제가 수감되자 뉴욕의 세력 균형은 극심하게 변한다.

마침내 1962 년이 되어 카스텔라마레세 전쟁 이래 오랜 동지였던 죠셉 프로파치가 죽자 보나노는 갬비노-루케제 연합에 대하여 상대적인 열세를 느끼게 되었고, 그러한 상황을 역전시키기 위하여 보나노는 갬비노와 루케제에 대한 히트를 계획하게 된다. 갬비노-루케제 연합이란 앞에서도 말했듯이, 카를로 갬비노와 토마스 루케제가 각각 그들의 아들과 딸을 결혼시킨 사돈지간이었기 때문이다.

죠셉 보나노는 프로파치의 후임인 죠셉 말리오코와 함께 작전을 상의하였고 말리오코는 가문의 믿음직한 카포레짐인 죠셉 콜롬보에게 그들의 히트를 일임했다. 목표는 카를로 갬비노와 토마스 루케제를 비롯하여 버팔로의 스테파노 마가디노, 캘리포니아의 프랭크 디시모네 등이었다. 스테파노 마가디노와는 그간 사이가 나쁘지 않았으나 당시 보나노는 캐나다의 토론토로 사업을 확장하기를 원하고 있었고, 그곳은 스테파노 마가디노의 사업 영역이었기 때문에 그를 히트의 대상에 포함시킨 것이었으며, 프랭크 디시모네를 선택한 것은 그가 사업상 갬비노 패밀리와 긴밀하게 연결되어 있었기 때문이었다.

죠셉 콜롬보는 보스로부터 이 일을 위임받는 순간, 이 작전은 거의 실행 불가능하며 이 명령을 이행한다는 것은 곧바로 자살 행위임을 깨달아 배반을 결심하게 된다. 콜롬보는 제노베제 패밀리의 보스인 토마스 에볼리에게 중재를 부탁하였고, 에볼리의 집에서 갬비노 등과 회동하게 된다. 1964 년 9 월 18 일의 일이었다. 이 자리에는 갬비노와 루케제 뿐 아니라 시카고의 샘 쟌카너도 참석하고 있었다고 한다.

콜롬보는 그들에게 일의 전말을 털어놓았으며, 그들은 다른 루트를 통하여 콜롬보의 진술이 사실임을 확인하게 된다. 그들은 음모를 미리 알려준 것에 대한 대가로 죠셉 콜롬보는 그 목숨을 살려주기로 하고, 다음으로 죠셉 보나노에 대한 처리를 상의하였는데, 시카고의 보스 샘 쟌카너는 보나노의 무조건 처형을 주장하였다. 그러나 오래 전부터 죠셉 보나노와 함께 사업을 해왔던 토마스 루케제는 그를 살려주기를 원하였고, 루케제의 의견이 카를로 갬비노에게 받아들여져 결국 보나노는 목숨만은 살려주는 것으로 최종 결론이 내려진다.

1964 년 10 월 21 일, 죠셉 보나노는 뉴욕의 파크 거리와 37 번가가 만나는 곳에 자리하고있는 그의 아파트에 들어가려는 찰나 그의 직속 부하인 마이크 자파라노[17]에 의하여 납치되고, 그로부터 약 1 년간 버팔로의 스테파노 마가디노의 저택에 감금되어 생활하게 된다. 죠셉 보나노는 그의 사업 일체를 다른 가문에 넘기고 자신은 일선에서 은퇴할 것을 굳게 약속한 뒤에야 겨우 풀려날 수 있었는데, 이 당시 그의 사업은 갈취와 고리대금업, 마약사업, 도박사업 등을 모두 합하여 1 년에 약 20 억 달러의 규모였다고 한다.

---

[17] Mike Zaffarano(? - 1980)

죠셉 콜롬보는 이 히트의 일을 미리 갬비노 등에게 흘려준 대가로 죠셉 말리오코가 갑자기 죽은 뒤 한동안 공석이던 프로파치 패밀리의 보스로 임명된 것이다. 위원회에서 콜롬보가 보스로 임명되는 데 가장 큰 힘을 발휘한 사람이 카를로 갬비노였으므로 콜롬보는 갬비노에게 큰 빚을 지게 된 셈이었다. 이것이 바로 갬비노가 콜롬보 패밀리에까지 막강한 영향력을 발휘하게 된 이유였다. 카를로 갬비노는 바야흐로 뉴욕의 지하세계에서 가장 큰 권위를 가진, 바로 보스 중의 보스라고 일컬을 수 있었다.

그 후에도 한참동안 프로파치 패밀리로 불리던 이 가문은 이후 죠셉 콜롬보가 이탈리아계 미국인 공민권 운동[18]을 적극 전개하면서 언론의 집중적인 조명을 받게 되어, 죠셉 콜롬보의 이름이 세간의 유명세를 타게 되면서부터 콜롬보 패밀리로 이름이 바뀌어 불리게 된다.

죠셉 콜롬보는 1960 년대 말, 이탈리아계 미국인 공민권 연맹이라는 것을 만들어 내었다. 미국에서는 모든 이탈리아인들이 마치 다 마피아인 것처럼 취급되고 있어 그들이 시민으로서의 당연한 권리 행사에 심한 지장을 받고 있으므로 이러한 현실을 바꾸어 보겠다는 것이 이 운동의 목적이었다. 그리고 콜롬보의 속셈은 그 조직의 이면에 그의 사업을 숨기겠다는 것이었다. 위원회의 다른 사람들은 콜롬보의 이와 같은 움직임을 별로 좋아하지 않았으나 콜롬보의 뒤에는 갬비노가 있었으므로 겉으로 드러난 불평은 할 수가 없었다.

뜻밖에도 이 연맹 운동은 많은 이탈리아계 사람들의 지지를 받았고, 필연적으로 콜롬보는 매스컴을 타게 되었다. 1970 년 6 월 29 일에 있었던 연맹의 첫번째 회합은 엄청난 성공을 거두어

[18] Italian-American Civil Rights League

5 만 명이 넘는 사람들이 회합 장소에 모였다. 당시 뉴욕 주지사였던 넬슨 록펠러[19]는 이 운동의 정치적 중요성을 불현듯 깨달았고, 재빨리 이 운동을 적극 지지하는 사람 중의 한 명이 되었다고 한다. 이 이탈리아계 미국인 공민권 연맹은 마치 과거의 유니오네 시실리아나 운동이 다시 출현한 것 같았다. 이때까지 프로파치 패밀리로 불리던 조직은 이러한 와중에서 언제부터인가 슬그머니 콜롬보 패밀리로 불리게 된다.

그러나 콜롬보는 너무 멀리 나갔다. 연맹의 활동이 확대되면서 FBI 의 간섭이 더 심해진 것이다. 더 이상 이탈리아계 미국인들의 모임이 지속되어 언론의 관심이 그 정도를 더해가다가는 마피아들의 사업에 이로울 것이 전혀 없었다. 콜롬보가 자신의 위치를 되돌아 보는 것을 게을리하는 동안 드디어 그의 후원자인 카를로 갬비노도 이제는 더 이상 참을 수가 없게 되어 버린다.

1971 년 6 월 28 일의 이탈리아계 미국인 연맹 창설 2 주년 기념식은 뉴욕의 콜롬버스 서클과 이웃의 센트럴 파크에서 열리게 되어 있었고, 여기에는 뉴욕 주지사 넬슨 록펠러를 비롯한 여러 유력 정치인과 프랭크 시내트라, 새미 데이비스 쥬니어와 같은 연예인들도 참석하도록 예정되어 있었다.

오전 11 시 30 분, 콜롬보는 수만 명의 참석자들로부터 열렬한 환호를 받으며 기념식장에 입장하였다. 곧 그를 취재하러 기자들이 몰려들었는데, 잠시 후 몇 발의 총성이 들리며 콜롬보는 다시 차에 실려 대회장을 빠져나갔고, 이탈리아계 미국인 공민권 연맹의 2 차 기념식은 원래 계획대로 진행되지 못하고 무산되어 버린다. 콜롬보는 몰려든 기자들 중에 섞여 있던 한 히트맨으로부터 세발의 총격을 머리에 맞고 중상을 입었던 것이다. 콜롬보는 루즈벨트 병원으로 옮겨져 5 시간에 걸친 대수술을 받

---

[19] Nelson A. Rockefeller(1908 - 1972) 1958 년부터 1973 년까지 뉴욕 주지사를 역임. 1974 년부

게 되나 결국 회복하지 못하고 식물인간이 된다.

흑인이었던 히트 맨, 제롬 죤슨[20]은 공식 요원의 표찰을 차고 카메라맨으로 위장해 있었으며, 다른 기자들과 함께 콜롬보에게 다가가 총을 쏘았다. 그런데 저격 직후 죤슨 그 자신도 누군가에 의해 총에 맞아 사살된다. 히트를 흑인에게 위탁한 것은 콜롬보의 신변 경호원들을 속이기 위한 수법이었고, 1 차 히트맨을 다시 처치하여 그의 입을 막아버린 더블 콘트랙트는 마피아의 전형적인 수법이라고 할 수 있었다.

콜롬보는 움직이지 못하게 된 이후로도 7 년간을 더 살았지만 이미 조직의 일에 간섭할 수는 없었다. 콜롬보 이후로는 죠셉 야코벨리[21]가 조직을 맡았고 이후로 죠셉 프로파치가 세력을 일으켜 놓은 콜롬보 패밀리는 뉴욕 지하세계에서 전면에 나서기 어렵게 된다. 콜롬보의 피격은 다름아닌 카를로 갬비노의 지시에 의한 것이었다. 갬비노는 더 이상 콜롬보의 광대 짓거리를 참을 수 없었던 것이다.

카를로 갬비노는 시카고의 토니 아카르도에 비견될 수 있는 매우 현명한 보스로, 마피아의 역사를 통틀어 몇 번째 안에 꼽힐 수 있는 대단한 보스였다. 그는 크지 않은 체구에 항상 입가에는 잔잔한 미소를 띠고 있는 인자한 아저씨와 같은 외모로, 알버트 아나스타샤나 비토 제노베제처럼 다른 사람들에게 공포심을 불러일으키는 타입과는 거리가 멀었다. 그의 이러한 외모와 조용한 성격 때문에 다른 보스들은 갬비노의 진면목에 대하여 계속적으로 잘못된 판단을 하였다.

갬비노는 어떤 문제가 발생했을 때에, 그것을 해결할 방법으

터 1977 년까지 포드 행정부에서 부통령을 역임.

[20] Jerome A. Johnson(? - 1971)

[21] Joseph Yacovelli, 콜롬보 패밀리는 Yacovelli 가 1971 년부터 1973 년까지, Joseph Brancato 가 그 후 5 개월 동안, Thomas LaBella 가 1978 년까지, Carmine Persico 가 1986 년까지 수감될 때까지 보스를 맡는다. Persico 의 언더보스였던 Gennaro Langella 는 Persico 와 함께 수감되었고 그 뒤 Carmine Persico 의 아들인 Alphonse Persico 가 액팅보스가 되어 형무소에 있는 아버지

로 폭력적인 것과 비폭력적인 것 중 하나를 선택할 수 있을 경우에는 항상 비폭력적인 해결 방법을 우선적으로 고려하였다고 한다. 그의 인내심은 보통을 훨씬 넘는, 아주 대단한 것이어서 한번은 그가 부하들 앞에서 보스인 알버트 아나스타샤로부터 뺨을 맞을 뻔한 적이 있었을 때에도 모욕 받은 티를 전혀 내지 않고 웃어넘겼다고 한다. 다른 보스들은 갬비노를 겁쟁이라고 생각하기도 하였지만 결국 끝까지 살아남은 것은 카를로 갬비노였고 비토 제노베제, 알버트 아나스타샤 등 그의 적들은 모두 쇠락의 길을 걸었다. 갬비노도 토니 아카르도와 마찬가지로 일생동안에 걸쳐 단 하루도 감옥에서 밤을 지내본 일이 없다.

카를로 갬비노는 1976년에 74세의 나이로 죽으면서 후임 보스로 죠셉 비욘도[22] 이후 6년간 가문의 언더보스였던 아니엘로 델라크로체를 승진시키지 않고 자신의 사촌인 폴 카스텔라노를 지명하여 뉴욕의 지하세계를 긴장시켰는데, 이는 카스텔라노와의 비밀 약속으로 자신의 아들인 토마스 갬비노를 다음의 보스로 밀어주도록 부탁한 대신이었다. 결과를 놓고 볼 때 이 선택이 갬비노가 일생을 통하여 저지른 유일한 실수였던 것으로 생각된다.

델라크로체는 분노하였으나 가문의 고문인 죠 갤로와 가문의 강력한 카포레짐인 제임스 파일라[23], 에토레 자피[24]가 카스텔라노에 대한 지지를 표명하였으므로 그에게는 더 이상의 기회가 없었다. 더구나 무엇보다도 갬비노 사망 당시 그는 형무소에 수감 중이었던 것이다. 또 델라크로체가 가장 신임하는 부하인 죤 고티는 아직 큰 힘이 없어 쿠테타를 일으킬 만한 실력이 부족했던 것이 그가 카스텔라노를 그대로 보스로 받아들였던 가장

와 함께 현재까지 가문을 이끌고 있다.

[22] Joseph Biondo, 닉네임은 Joe Banty.

[23] James Failla 닉네임은 James Brown.

[24] Ettore Zappi

큰 이유라고 볼 수 있었다. 카스텔라노는 그를 위로하기 위하여 수익성 높은 사업 하나를 떼어 건네주었고, 델라크로체는 이에 만족한 듯 조용하게 지내고 있었다.

갬비노의 후임 보스인 폴 카스텔라노는 스스로를 여느 사업가와 마찬가지의 사람이라고 생각하였던 것 같다. 물론 몇 억 달러의 매출을 올리는 마피아의 한 패밀리를 이끈다는 것은 대기업의 최고경영자와도 같은 능력을 필요로 하는 것임에는 틀림이 없다. 그러나 거기에는 그 이상의 기질이 반드시 필요했다. 보스의 사촌이며 가까운 심복으로서 평생에 걸쳐 그리 심각한 문제를 겪지 않고 지내온 카스텔라노는 감히 자신에게 반기를 드는 부하가 있으리라고는 상상하지 못하였던 것 같다. 특히 그가 유일한 라이벌로 생각한 자신의 언더보스, 아니엘로 델라크로체가 암으로 앓아 눕게 된 이후로는 더욱 그러했을 것이다.

폴 카스텔라노는 1976 년 10 월 15 일에 보스의 자리를 이어받은 후 9 년간 그 자리를 지키다, 이미 서문과 제 1 장에서 서술한 대로 1985 년 12 월 16 일에 부하 죤 고티의 플롯에 의해 피살된다. 죤 고티의 플롯이라고 해야 사실 별 것은 아니다. 그것은 보스의 스케줄을 미리 파악하여 부하들을 매복시켜 두었다가 예정된 시각에 보스가 나타나자 그를 저격하였을 뿐, 그밖에 다른 것은 없었다. 기라성 같은 선임자들의 치밀했던 플롯들에 비하면 고티의 그것은 아이들의 장난과도 같은 것이라 할 수 있었다. 더구나 후에 죤 고티가 폴 카스텔라노에 대한 살인교사 혐의로 기소되어 유죄로 판결 받게 되는 결과를 생각하면 죤 고티는 천치, 바보라고도 말할 수가 있다.

바로 이것이 후임 보스로 폴 카스텔라노를 지명한 갬비노의 유언이 크나큰 실수였다고 지적한 이유이다. 폴 카스텔라노는 죤 고티의 무모함을 예측할 수 있는 능력이 전혀 없었던 것이다. 그리하여 1990 년, 죤 고티가 수감된 이후 갬비노 패밀리는 쇠락의 길을 걷게 된다. 그러나 적어도 그때까지는 카를로 갬비노가 키워놓은 그 가문의 힘은 대단하였으며, 그에 대해서 지면을 빌어 여기에서 한번 알아볼 필요가 있다고 생각한다.

폴 카스텔라노에서 죤 고티에 이르기까지 약 10 년간은 그래도 갬비노 패밀리의 최전성기라고 말할 수 있는 시기이다. 죤 고티가 카스텔라노로부터 가문의 지휘권을 물려받았을 무렵 갬비노 패밀리의 사업은 총 5 억 달러 정도의 규모인 것으로 미국의 사법기관은 밝히고 있으나 사실은 그보다 훨씬 더 큰 규모였을 것이다. 그들의 사업은 합법적인 것만 하더라도 맨해튼 가먼트 디스트릭트의 트럭운송업을 비롯하여 건설업, 정육업, 정육 포장 배급업, 뉴욕 시의 폐기물 처리업 등 수많은 분야에 걸쳐 있었었다.

또한 그들의 사업은 고도로 전문화되어 있었는데, 죤 고티가 보스로 올라선 1985 년경의 갬비노 패밀리의 사업 규모를 보다 자세하게 직능별로 살펴보면 다음과 같다. 먼저 토마스 갬비노의 의류노조 사업과 트럭 운송업이다. 토마스 갬비노는 카를로 갬비노의 맏아들이라고 이미 밝힌 바 있다. 다음은 안토니 스코토의 브루클린과 뉴저지 부두 관리사업이 있었다. 안토니 스코토는 항만노조의 부회장이며 알버트 아나스타샤의 친동생인 안토니 아나스타지오가 죽었을 때에 31 세의 젊은 나이로 노조원 16,000 명의 항만노조의 부회장직을 새로이 맡았던 사람으로 브루클린 대학 정치학과를 졸업한 신세대 마피아였다.

그 다음은 로버트 디베르나르도[25]의 포르노 사업, 카르미네 롬바르도지[26]의 증권 관련 사업, 제임스 파일라의 폐기물 처리업이다. 로버트 디베르나르도는 포르노 잡지와 포르노 비디오를 제작, 배포하는 등 포르노 관련 사업을 하고 있었으며, 카르미

[25] Robert DiBernardo(? - 1986) 닉네임은 Di B.

네 롬바르도지는 주식시장 교란, 즉 우리나라식으로 말하면 `작전` 이 전문이었고, 이와 함께 도난 당한 증권의 처리도 맡고 있었다. 또한 제임스 파일라의 회사는 합법적인 뉴욕 시의 쓰레기 처리업을 독점하고 있었으며 독성 폐기물의 불법적인 처리 사업도 함께 하고 있었다.

파스칼레 콘테[27]는 키 푸드 슈퍼마켓의 합법적인 이사였으며 카르미네 파티코[28]는 죤 F 케네디 공항을 주 대상으로 한 화물 하이재킹이 전문이었다. 니노 가지와 로이 드메오[29]는 자동차 절도가 전문이었는데 페라리, 람보르기니 등의 최고급 승용차를 훔쳐다가 쿠웨이트 등 중동의 국가들에 조직적으로 팔아 넘기는 사업을 하고 있었다.

그밖에 갬비노 패밀리가 강세를 보이고 있던 사업은 건설 관련 사업이었다. 보스인 폴 카스텔라노 자신이 스카라믹스 콘크리트 회사라는 건설 회사를 가지고 있었고, 새미 그라바노는 JJS 건설 회사의 사장, 알퐁스 모스카[30]는 글렌우드 콘크리트 플로어링 회사의 사장으로 각각 재임하고 있었다. 죤 고티 아래에서 첫번째 언더보스를 지낸 프랭크 데치코는 레온 드매티스 회사라는 한 유력한 뉴욕의 건설 회사로부터 월급을 받는 사원으로 올라가 있었다.[31]

기술된 사람들은 모두 갬비노 패밀리의 카포레짐들이다. 위에서는 아주 간략하게 그들의 대표적인 사업만을 언급하였을 뿐, 이외에도 갬비노 가문이 맡고 있으면서 수익을 올리고 있는 합법, 불법적인 사업은 도박사업과 보스가 직접 챙기는 마약사업을 비롯하여 수를 셀 수 없을 만큼 많았다. 죤 고티는 카르미네

---

[26] Carmine Lombardozzi(? - 1992) 닉네임은 The Doctor.
[27] Pasquale Conte
[28] Carmine Fatico, 닉네임은 Charlie Wagons.
[29] Nino Gaggi, Roy DeMeo
[30] Alphonse Mosca
[31] Scara-Mix Concrete Company, JJS Construction Company, Glenwood Concrete Flooring Inc., Leon DeMatteis Construction Corporation

파티코의 레짐[32]에 소속되어 하이재킹을 주로 맡고 있던 중 카르미네 파티코가 기소되자 그의 레짐을 지휘하게 되었고 1980 년부터는 정식으로 카포레짐으로 승진된 사람이었다.

보스인 폴 카스텔라노는 1930 년대 이래로 육류 가공 사업과 관련을 가지고 있었는데, 그는 다이알 정육 회사와 랜바 정육 포장 회사를 움직일 수 있었고 브루클린에 자리한 두 곳의 대형 육류 소매점을 소유하고 있었으며, 그밖에도 쿼렉스 산업이라는 정육 배급 회사와 키 푸드 슈퍼마켓, 왈드바움 슈퍼마켓 등, 두 곳의 대형 슈퍼 체인을 소유하고 있어 그의 회사에서 가공된 육류를 지속적으로 안정되게 소비시킬 수 있었다.[33] 빅 폴은 또한 정육업 노조와 도살업 노조[34]에도 큰 영향력을 가지고 있었는데, 이 모든 정육 관련 사업의 마피아 소유로 인한 파급효과는 뉴욕의 시민들이 소비하는 육류 대금의 10 내지 15 퍼센트가 이들 갬비노 패밀리에게로 흘러 들어간다는 것이었다. 참으로 엄청난 그들의 사업이 아닐 수 없다.

토마스 갬비노의 가먼트 디스트릭트 사업도 여기에서 다시 한번 언급할 가치가 있다. 토마스 갬비노는 물류 회사인 콘솔리데이티드 캐리어[35]의 부사장 직함을 가지고 있었고 이 회사와 또 다른 토마스 갬비노 소유의 회사들은 가먼트 디스트릭트의 모든 의류 운송을 담당하고 있었다. 가먼트 센터 내의 모든 의류 회사들은 이들 갬비노의 운송 트럭에 일감을 맡기지 않으면 안 되도록 압력을 받고 있었는데, 여기에는 예외가 없어 캘빈 클라인, 랠프 로렌, 베르사체 등의 글로벌 브랜드라 할지라도 역시 마찬가지의 적용을 받고 있었다. 그리고 보다 운임이 싼 다른 운송 라인에 일감을 맡기는 의류 회사에 어떤 일이 발생

[32] Regime, 조직 또는 부대라고 말할 수 있을 것 같다.

[33] Dial Poultry & Meat Company, Ranbar Meat Packing Company, Quarex Industries, Key Food supermarket, Waldbaum`s supermarket

[34] Amalgamated Meat Cutters Union, Butcher Workmen of North America

[35] Consolidated Carrier Corporation

할 것인지는 일일이 자세한 말을 듣지 않아도 불을 보듯이 명약하였다. 어쨌든 소비자 가격 약 100 달러 짜리의 옷 한 벌마다 그 중에서 대략 10 달러 정도가 갬비노 패밀리에게로 흘러들어가고 있었다고 한다. 벌린 입을 다물 수가 없을 정도의 갈취라고 할 수 있겠다.

당국의 집계에 의하면 1988 년부터 1991 년까지 콘솔리데이티드 캐리어 회사가 벌어들인 돈은 2 천 2 백만 달러였다고 하며, 동 회사의 사장과 부사장을 맡고 있는 토마스 갬비노, 죠셉 갬비노[36] 형제는 각각 1 백 8 십만 달러의 연봉을 지급받고 있었다고 한다. 뿐만 아니라 갬비노 형제는 회사의 수익배당 명목으로 각각 2 백 8 십만 달러를 또 따로 받을 수가 있었다.

또한 로버트 디베르나르도의 포르노 사업도 갬비노 패밀리에게 엄청난 수입을 올려주고 있는 분야였다. 디베르나르도의 레짐은 타임즈 스퀘어 주변의 포르노 상점과 포르노 쇼 공연장을 장악하여 그곳으로부터 보호비를 갈취하는 것 이외에 포르노 잡지, 비디오 등을 배포하는 사업도 하고 있었다. 바로 미국 내에서 가장 큰 규모의 포르노 배급 회사인 스타 배급 회사[37]가 베르나르도의 소유였던 것이다.

스타 배급 회사가 소재한 맨해튼의 빌딩은 이탈리아계 사업가 죤 자카로[38]의 것이었는데, 죤 자카로는 1984 년에 미국 최초의 여성 부통령 후보로, 대통령 후보 월터 먼데일[39]과 함께 대선 레이스에 나섰던 제랄딘 페라로[40]의 남편이다. 당시 페라로는 디베르나르도로부터 건물 임대료의 형식으로 35 만 달러를 빌어 그녀의 선거 캠페인에 필요한 자금으로 썼다고 한다.

그러면 갬비노 패밀리의 사업에 대해서 서술하는 것은 이 정

---

[36] Joseph Gambino
[37] Star Distributors
[38] John Zaccaro
[39] Walter F. Mondale(1928 - 현재) 1977 년부터 1981 년까지 카터 행정부에서 부통령을 역임.
[40] Geraldine A. Ferraro(1935 - 현재)

도로 하기로 하고 마지막으로 폴 카스텔라노에서 죤 고티로 이어지게 되는 긴박했던 시기에 대하여 간략하게 언급한 뒤 이 장을 맺기로 하겠다.

원래 죤 고티는 하이재킹을 전문으로 하는 카르미네 파티코의 레짐에 소속되어 있다가, 돈을 번다고 하기보다는 돈을 빨아들인다고 할 수 있는 그의 뛰어난 능력을 인정받아 카르미네 파티코가 기소되자 그의 레짐을 지휘하게 되었고, 1977 년에 조직의 정회원이 된 뒤 초고속으로 승진하여 1980 년부터는 정식으로 카포레짐으로 승격하였다.

1982 년 4 월, 갬비노 패밀리의 또 다른 카포레짐인 안젤로 루지에로[41]는 제노베제 패밀리의 멤버인 프릿지 지오바넬리[42]로부터 연락을 받고 그를 만나, 루지에로 자신의 대화 내용이 담긴 FBI 의 도청 테이프를 전해 받게 된다. 지오바넬리가 전해준 테이프는 FBI 도청 테이프의 원본이었다고 한다. 대체 그가 어떤 루트를 통하여 FBI 의 원본 도청 테이프를 구하였는지는 알 수 없으나 만일 이 테이프의 내용이 보스인 폴 카스텔라노에게 전해지면 루지에로는 자신이 죽음을 면치 못할 것을 잘 알고 있었다. 테이프에는 그의 마약 거래 사실이 담겨져 있었기 때문이다.

갬비노 패밀리 내에서 마약사업은 보스인 카스텔라노의 독점사업으로 다른 멤버들은 마약에 손대는 것이 엄격히 금지되어 있었고, 이를 어기는 경우는 재판 없는 즉각 처형의 벌을 받고 있었다. 안젤로 루지에로는 그것을 두려워하여 잠시 조직의 사업으로부터 물러나 몸을 감추게 된다. 요컨대 그는 FBI 가 무서워 몸을 숨긴 것이 아니라 보스로부터의 처벌이 두려워 숨었던 것이다. 루지에로의 마약사업에는 조직의 떠오르는 별인 죤 고

---

[41] Angelo Ruggiero. 닉네임은 Quack Quack.

[42] Fritzi Giovanelli

티를 비롯하여 그밖에 다른 부하들도 참여하고 있었는데, 도청 테이프 건 때문에 모두들 그 사실이 보스에게 새어나갈까 봐 두려움에 몸을 떨고 있었다.

당시에는 마약사업을 담당하는 그룹이 따로 있었다. 바로 오리지날 시실리안 마피아의 브랜치였다. 미국의 보스들은 이익은 훌륭하나 대신 리스크가 매우 높은 마약사업에 직접 관여하는 것을 꺼려하여 마약사업의 실무를 시실리안 마피아에게 넘기고 있었고, 대신에 일정액의 수수료만을 그들로부터 받아 보스가 직접 챙기고 있었다. 그러나 마약의 수익성은 너무나도 매혹적인 것이어서 보스로부터의 금지 명령에도 불구하고 죤 고티, 안젤로 루지에로 등은 그것을 다루고 있었던 것이다.

마약사업에 대해서는 다음 장에서 다시 자세하게 다룰 생각인데 당시 마약사업을 금지하고 있었던 것은 갬비노 패밀리만이 아니었다. 보스들이 그것을 금지한 이유는 1957년부터 시행되고 있는 연방 마약법 때문이었다. 부하들이 마약을 다루다가 검거되면 새 마약법으로 인하여 중형을 선고받게 될 것이며, 그렇게 되면 아무리 충성하는 부하라 할지라도 이쪽을 배신하여 정부측의 증인으로 돌아설 가능성이 높아지기 때문이었다. 그리하여 보스들은 자신의 부하들이 마약에 관여하는 것은 철저하게 배제하면서, 아직까지 그 엄격한 규칙을 잘 유지하고 있는 시실리 본토의 마피아들에게 마약사업을 위임하고 그로부터 나오는 약간의 이익만을 받아 자신의 호주머니에 집어넣고 있었다.

보스 몰래 마약사업에 손대고 있던 갬비노 패밀리의 멤버들 중 리더 격이었던 죤 고티는 안젤로 루지에로의 대화 테이프가 카스텔라노의 손에 들어갈 것을 두려워하여 이쪽에서 먼저 보스를 제거하기로 마음을 먹게 된다. 쿠테타를 도모하기로 결심을 한 셈이었다.

쿠테타 모의의 주도자가 된 죤 고티는 동조자들을 모으기 시작하였다. 합법적인 건축업을 하고 있으나 가문에서 손꼽는 히트 맨인 새미 그라바노, 포르노 사업을 담당하여 엄청난 재력을 동원할 수 있는 로버트 디베르나르도, 그리고 그밖에 보스의 측근인 프랭크 데치코와 죠셉 아르모네[43] 등이 포섭되었다. 죠셉 아르모네는 가문의 고문인 죠 갤로와 매우 가까워 그를 움직일 수가 있었으므로 그들의 계획에 매우 도움이 될 사람이었다.

쿠테타는 위원회의 차원에서 엄중하게 금지하는 사항이었다. 때문에 고티들은 거사 후의 자신들의 입지를 튼튼하게 해놓기 위하여 다른 가문의 유력한 멤버들에게도 손을 뻗쳐 자신들의 입장을 설명하였는데, 루케제 패밀리에서는 카포레짐인 비토리오 아뮤조[44]와 안토니 카소[45]가 고티에게 호의를 표명하였다. 또한 죤 고티는 이제 막 보나노 패밀리의 보스가 된 죠셉 마시노[46]가 아직 패밀리의 언더보스였을 때에 그와 사업을 같이 한 적이 있었기 때문에 그에게 접근하였고, 마시노로부터 앞으로도 함께 동업을 하지 못할 이유가 없다는 대답을 얻어낼 수 있었다. 안젤로 루지에로는 콜롬보 패밀리의 언더보스인 제나로 란젤라[47]를 포섭하는 데 성공하였다.

음모가 새어나가면 바로 죽음일 터였으므로 힛트가 실행될 그날까지의 하루 하루가 이들에게는 마치 살얼음판 위를 걷는 것 같았다. 그러던 중 1985 년 12 월 2 일, 패밀리의 오랜 언더보스였던 아니엘로 델라크로체가 지병인 폐암으로 사망하였다. 델라크로체의 장례식은 매우 성대하게 거행되었는데 이때 폴 카스텔라노는 이 장례식에 참석하지 않는 중대한 실수를 범하고 만다. 당시 카스텔라노는 RICO 법[48] 위반으로 기소 중이었기

---

[43] Joseph Armone, 닉네임은 Piney.
[44] Vittorio Amuso(1934 - 현재)
[45] Anthony Casso, 닉네임은 Gas.
[46] Joseph Massino
[47] Gennaro Langella(? - 1987) 닉네임은 Gery Lang.
[48] Racketeer-Influenced and Corrupt Organizations(RICO) Act. 오늘날 미국의 사법당국이 조직범

때문에 언론의 조명을 받는 것을 피해 그의 오랜 언더보스의 장례식에 참석하지 않은 것이었는데, 그렇다 하더라도 이것은 너무나 심한 무례였던 것이다. 죤 고티는 다른 사람들이 카스텔라노의 결례에 대해 수근거리는 것을 놓치지 않았고 분위기를 자신에게 유리한 방향으로 몰아나갈 수 있었다.

마침내 델라크로체의 장례식으로부터 약 열흘이 지났을 무렵, 기회를 엿보고 있던 죤 고티에게 중요한 정보가 날아들어오게 된다. 동료인 프랭크 데치코로부터의 것으로, 카스텔라노가 가문의 카포레짐인 제임스 파일라와 아니엘로 델라크로체의 아들인 아몬드 델라크로체[49]를 초대하여 데치코와 함께 맨해튼의 스테이크 전문 레스토랑인 스팍스에서 저녁 식사를 같이 하기로 했다는 것이다. 날짜는 12 월 16 일이었다. 장례식이 끝난 지 정확하게 2 주 후가 되는 날로 타이밍이 아주 좋았다.

1985 년 12 월 15 일 밤, 죤 고티와 새미 그라바노는 행동대원들을 소집하였다. 죤 카르넬리아, 에디 리노, 살바토레 스칼라, 비니 아르투조, 토니 램피노, 죠이 왓츠 그리고 이지 알로나[50]의 7 명이었다. 고티는 이들에게 표적의 신원을 밝히지 않고 내일 반드시 성공시켜야 할 작전이 있다고만 밝힌 뒤 나중에 후한 보답이 있을 것임을 말하여 이들을 격려했다.

12 월 16 일 당일, 폴 카스텔라노는 뉴져지의 데카발칸테 패밀리의 보스인 죤 리지[51] 그리고 부하인 제임스 파일라와 함께 스태튼 섬의 컨트리 다이너 레스토랑[52]에서 점심 식사를 함께 한 뒤 자신의 담당 변호사인 제임스 라로사[53]를 만나러 갔다. 죤

죄단과 싸우는 데에 있어서 가장 강력한 무기가 되고 있는 RICO 법은 1970 년에 처음 입법되었으나 마피아의 멤버가 이 법에 의하여 기소된 것은 1984 년의 폴 카스텔라노가 최초이다.

[49] Armond Dellacroce(? - 1988)

[50] John Carneglia, Eddie Lino, Salvatore Scala, Vinnie Artuso, Tony Rampino, Joey Watts, Iggy Alogna.

[51] John Riggi, DeCavalcante Family

[52] Country Diner Restaurant

[53] James LaRossa

리지는 1964 년부터 1970 년대 초까지 뉴저지 조직을 잘 키운 사뮤엘 데카발칸테[54]의 뒤를 이어 그곳의 보스가 된 사람이다.

오후 3 시경 고티는 대원들에게 목표가 폴 카스텔라노와 그의 운전사인 토마스 빌로티임을 밝혔다. 히트 맨들은 잠시 당황의 빛을 내보였으나 이미 어제부터 그들 7 명에게는 다른 선택의 여지가 있을 수 없었다. 고티는 죤 카르넬리아와 에디 리노의 두 사람에게 사격을 명하였고 나머지는 대기조로 편성하였다. 그들은 새미 그라바노의 지시 아래 보스가 식사를 하러 오기로 예정되어 있는 레스토랑 스팍스의 주변에 잠복해서 기다리기 시작하였다. 이때는 크리스마스를 앞둔 대목으로 뉴욕의 중심가인 이곳은 쇼핑 인파로 매우 붐비고 있었다.

오후 5 시 30 분, 차가 막히는 바람에 약속 시간인 오후 5 시를 훨씬 넘겨 레스토랑 스팍스 앞에 도착한 폴 카스텔라노는 빌로티가 문을 열어주기를 기다리지 않고 차에서 내렸고, 바로 그 장소에서 대기하고 있던 히트 맨들은 쉽게 두 사람을 해치울 수 있었다. 카스텔라노가 맞은 것이 7 발, 빌로티가 4 발이었다. 권총을 보스의 뒷머리에 갖다 대고 마지막 확인 사살을 한 것은 죤 카르넬리아였던 것으로 짐작된다. 레스토랑 안에서 보스를 기다리고 있던 제임스 파일라는 몹시 당황하여 허둥대었으나 함께 있던 데치코의 냉정함을 보고는 곧 상황을 파악하였다.

일이 이렇게 진행되도록까지 전혀 손을 쓰지 못하고 있다가 결국 카스텔라노가 당하게 된 데에는 죤 고티의 교활함이 작용하였다기보다는 카스텔라노의 아둔함이 자리하고 있었다고 보아야 한다. 자료에 의하면 카스텔라노는 안젤로 루지에로의 대화가 녹음된 도청 테이프가 있다는 것을 알았고, 그 테이프에 루지에로의 마약 관련 사실이 담겨 있다는 것도 알고 있었다고

---

[54] Samuel Rizzo Decavalcante

한다. 그러나 카스텔라노는 루지에로에게 그 도청 테이프를 가지고 보스 자신에게 출두할 것을 명령하기만 하였을 뿐 다른 조치는 취하지 않고 있다가 오히려 그 자신이 당하게 된 것이다.

아마도 노 보스는 그 자신의 귀로 루지에로의 목소리를 들어 그 증거를 직접 확인하고 싶었던 것 같다. 그리고 자신의 부하들이 감히 보스에게 총부리를 들이대리라고는 전혀 생각하지 못하였던 것이 아닐까 싶다. 물론 당시 카스텔라노는 자기의 전 재산이 몰수될 위기에 처해있는 재판이 진행 중이어서 다른 곳에 신경을 쓸 여유가 없었다고는 하나, 그래도 이 사건은 그의 보스로서의 자질이 매우 부족했음을 반증한 것으로 밖에는 달리 해석할 수가 없을 것 같다. 사실 마피아의 보스가 규칙을 어긴 부하를 처리하는 데에는 물증이 필요 없는 것이 아니겠는가?

이제 죤 고티에게는 형식적인 뒷처리만이 남게 되었다. 고티는 직접 나서지 않고 가문의 고문인 죠 갤로를 앞에 내세워 패밀리의 회합을 소집하였으며, 그 자리에서 갤로는 현재 모든 힘을 다하여 보스를 저격한 암살범을 찾고 있는 중이고, 자신은 공석이 된 보스의 자리에 죤 고티가 적임인 것으로 생각한다고 발표하였다. 이 시점에서 감히 반대 의사를 표명하는 멤버는 없었다. 결국 갬비노 패밀리 전 멤버의 만장일치로 고티가 새 보스로 올라서게 되었고, 사업에도 별다른 큰 트러블을 일으키지 않았으므로 위원회에서도 이 결정에 대하여 그리 반대하지 않을 것 같았다.

그러나 고티 쪽의 생각과는 달리 제노베제 패밀리의 입장은 보수적이었다. 고티의 쿠테타는 위원회의 재가를 얻지않은 독자적인 것으로, 분명히 그들 마피아 조직의 규율을 어긴 것이었기 때문에 도저히 그대로 묵인해줄 수는 없었던 것이다. 제노베제 패밀리의 보스인 안토니 살레르노[55]는 언더보스 빈센트 지간테에게 고티를 손봐줄 것을 명령하였다. 빈센트 지간테는 젊었던 시절, 대 보스인 프랭크 코스텔로를 저격했던 바로 그 사람이었다.

1986년 4월 13일, 새로 갬비노 패밀리의 언더보스로 임명된 죤 고티의 심복 프랭크 데치코와, 그와 함께 있던 루케제 패밀리의 솔다티, 프랭크 밸리노[56]가 자동차 폭발 사고로 사망하였다. 제노베제 패밀리의 짓이 분명하였는데 원래는 죤 고티를 노린 시도였을 것이었다. 그렇지만 갬비노 패밀리는 전혀 흔들리지 않았으며, 이후로 고티는 경호를 더욱 튼튼히 하여 다시는 다른 이들이 그의 목숨을 노릴 만한 틈을 보이지 않았다. 고티의 세력은 의외로 단단하였고 갬비노 가문은 확실히 고티의 장악하에 있었던 것이다. 이제는 더 이상의 트러블은 전체 멤버들에게 좋을 것이 없었고 제노베제 패밀리는 현실을 받아들이는 것이 올바른 판단임을 곧 인정하게 된다. 1986년 현재 약관 46세의 이탈리아 이민 2세대, 죤 고티는 천하의 갬비노 패밀리의 보스로 이제 확고히 자리를 잡은 것이다.

죤 고티는 그러나 보스의 재목이라 하기에는 역시 한참 모자란 사람이 아니었나 싶다. 고티는 사소한 주차 시비 끝에 보통의 뉴욕 시민을 구타하여 폭력 혐의로 기소되는 등 멍청한 짓을 저지르는가 하면, 몇 천 달러짜리 양복과 번쩍이는 액세서리로 몸을 치장하는 천박한 취향을 버리지 못해 언론의 시선 집중을 자초하였다. 그리하여 죤 고티의 좋은 시기는 불과 5년간으로 끝나게 된다. 제1장에서 이미 기술한 것처럼 1990년 12월 12일, 고티는 살인, 탈세, 갈취, 불법도박, 사법정의 실현의

---

[55] Anthony Salerno, 닉네임은 Fat Tony. Anthony Salerno는 1981년에 죽은 Francesco Tieri와 다음 몇 주 동안 보스 직에 있었던 Philip Lombardo에 이어 1981년 말, 제노베제 패밀리의 보스가 된 사람이다. Vincent Gigante는 Anthony Salerno의 뒤를 이어 보스가 된다.

[56] Frank Bellino

방해 등의 혐의로 그의 오른 팔과도 같았던 새미 그라바노와 함께 체포되어 결국 종신형의 선고를 받게 되는 것이다.

함께 체포되어 수감된 새미 그라바노는 재판의 증거물로 제출된 FBI 의 도청 테이프에서 그라바노 자신을 비난하고 그를 제거할 뜻을 은근히 내비친 보스 죤 고티의 목소리를 듣고 나서는 몸을 떨며 분노하여 FBI 에 신병을 의탁, 검찰측 증인으로 돌아섰고, 그리하여 1992 년, 죤 고티는 종신형을 선고 받은 후 1999 년 현재까지 복역 중이며 이후로는 위원회의 조정에 의하여 고티의 아들 죤 고티 쥬니어와 고티의 동생인 피터 고티, 그리고 카포레짐인 니콜라스 코로초, 잭 다미코 등 4 인 연합[57]이 갬비노 패밀리를 오늘날까지 이끌고 있다.

---

[57] John Gotti Jr., Peter Gotti, Nicholas Corozzo, Jack D`Amico.

제 16 장

영화 <도니 브라스코>는 실존 인물인 FBI 요원 죠셉 피스토네[1]가 실제로 6 년간에 걸쳐 벌였던 언더커버 오퍼레이션을 바탕으로, 헐리우드에서 그것을 축약하여 영화로 만든 것이다. FBI 요원 죠셉 피스토네는 1975 년부터 1981 년까지 뉴욕의 5 대 마피아 패밀리의 하나인 보나노 패밀리에 침투하여 활동하며 그들의 은밀한 여러 사업에 접근하였는데, 시실리 인의 피를 이어받은 그의 연기가 얼마나 훌륭하였던지 조직 내에서 피스토네의 위치는 보나노 패밀리의 정회원이 되기 직전에 이르기까지도 한다. 작전에 사용된 죠셉 피스토네의 가짜 이름이 바로 도니 브라스코[2]였다. 피스토네 요원의 대 마피아 언더커버 오퍼레이션은 미국 FBI 에서 가장 성공적인 작전으로 손꼽는 것으로, 에드거 후버 시대 이후 변화된 FBI 의 모습을 보여주는 대표적인 작전이다.

마피아의 정회원이 된다 함은 그들의 세계에서는 매우 멋진

---

[1] Joseph D. Pistone(1939 - 현재)

일이다. 마피아 조직의 정회원 중 가장 아래 서열인 솔다티라 하더라도 그가 일반 무법자들로부터 받는 존경은 대단하다. 이탈리아 인의 피를 타고난 범죄자라면 그의 일생 최고의 소원은 바로 마피아의 멤버가 되는 일인 것이다. 한번 마피아의 정회원이 되면 그에게는 그의 상관으로부터 문책만이 있을 뿐, 다른 범죄조직 등으로부터 핍박 받는 일 따위는 있을 수가 없게 된다. 조직의 일을 맡아 열심히 해내고, 자신의 능력을 입증하여 자신이 조직에 큰 도움이 되는 사람임을 다른 이들에게 내세울 수 있게 되면, 보스로부터 사랑을 받게 되어 감옥에 가는 경우 등에도 특별한 조치를 받을 수 있게 된다.

죤 고티가 아직 카르미네 파티코의 레짐에 속하여 하이재킹 등을 하고 있을 때였다. 아직까지도 그 명맥을 유지하고 있던 아일랜드 갱단의 일원이 감히 보스인 카를로 갬비노의 조카, 엠마누엘 갬비노[3]를 납치하여 갬비노에게 그 몸값을 요구한 적이 있었다. 1972 년경의 일로 생각된다. 도저히 있을 수 없는 일이 벌어진 것이나, 원래 아일랜드 갱단의 미친 짓은 옛날부터 다른 갱단들이 한 수 접고 대하는 것이었다.

몸값의 협상은 몇 달을 끌어 35 만 달러에서 시작된 밀고 당기기는 10 만 달러로 최종 결정되고 그것은 범인들의 두목인 제임스 맥브래트니[4]에게 지불되었으나, 엠마누엘 갬비노는 결국 시체가 되어 뉴져지의 한 건설 현장에서 발견된다. 분노한 갬비노는 맥브래트니에 대한 처리를 명령하였고 그것은 아니엘로 델라크로체, 카르미네 파티코의 라인을 거쳐 죤 고티에게로 내려왔다. 그리하여 작전은 고티와 안젤로 루지에로, 랠프 갈리오네[5] 등 3 인이 맡아 해치워 맥브래트니를 보내는 데에는 성공하

---

[2] Donald Brasco, 닉네임은 Donnie 또는 Don.
[3] Emmanuel Gambino(? - 1973?) 닉네임은 Manny.
[4] James McBratney(? - 1973)
[5] Ralph Galione(? - 1973)

였지만 곡절 끝에 죤 고티는 1974 년 6 월 3 일, 당국에 체포되게 된다. 그러나 이때 보스의 조카에 대한 복수를 멋지게 해낸 고티는 보스의 배려로 유력한 변호사인 로이 콘[6]을 선임하게 되고, 보석금 석방이 되었다가 다시 수감되어 겨우 2 년 가까운 옥살이를 한 뒤, 1977 년 7 월 28 일에는 완전 석방이 된다. 출옥 후 고티는 소년시절 때부터 자신의 꿈이었던 마피아의 정회원으로 드디어 선발된다.

카스텔라마레세 전쟁이 끝나고 1931 년에 라 코사 노스트라가 결성되어 평화가 찾아온 뒤 일정 기간 동안은 신입 회원을 받아들이는 것이 금지된 적도 있었다고 한다. 그러나 다시 5 대 가문의 대전쟁이 지나가고 난 후에는 신입 회원을 만드는 것이 각 패밀리 보스의 재량에 맡겨지게 된 것 같다. 한때 망가노 패밀리의 보스, 알버트 아나스타샤는 그들의 회원 자격을 돈을 받고 팔기도 하였다고 전해지는데, 이것도 1957 년 전쟁당시 비토 제노베제가 아나스타샤를 대적하는 데에 도움이 된 요인 중의 하나였다.

마피아의 정회원이 되는 것은 본인이 원한다고 해서 되는 것은 아니다. 우선 그가 가져야 할 조건은 이탈리아인의 피를 갖고 있어야 한다는 것이다. 순수 시실리 혈통이라면 더욱 훌륭한 조건이다. 그 다음 그는 기존 마피아 멤버의 눈에 띄어 적당한 소질을 가진 것으로 판정을 받아야 한다. 합당한 사람으로 판단이 되면 그 후 그는 여러 테스트를 거치게 되며, 최종적으로는 상부의 지시에 의한 히트, 즉 살인을 한번 해내야 한다. 이 마지막 테스트를 무난히 거치면 그는 자신의 뼈를 만든 것[7]으로 인정되고 정회원이 될 최종 자격을 획득한 것으로 인정된다. 그 후 끝으로 패밀리의 회합에서 보스 이하 모든 카포레짐들로부

---

[6] Roy M. Cohn(1927 - 1986) 법무차관 역임. 1953 년부터 1954 년까지 죠셉 매카시 의원이 주도하여 공산주의자를 색출해냈던 상원 특별 조사위원회의 수석고문을 역임.

[7] Making one`s bones

터 단 한 건의 반대도 나오지 않는다면 그 사람은 그들의 정회원으로 가입될 수가 있는 것이다. 즉, 정회원의 가입 조건은 만장일치이다.

살인의 경력을 가지고 있는 사람에 대해서는 마지막 테스트가 생략될 수도 있는 것이 보통의 경우였으나, 조직에 몰래 잠입해 들어온 사법 요원인 도니 브라스코가 그들의 정회원이 될 뻔했던 이후로는 다시 그 규칙이 강화되어 그 뒤로는 반드시 기존 멤버가 보는 앞에서 확실한 히트를 한 건 이상 해치워야 자격이 인정되도록 바뀌었다고 한다.

육체적으로 힘이 센 것이나 잔인한 성격만을 가지고 그들 조직의 정회원이 될 수는 없다. 육체적인 것은 무기로써 얼마든지 보상될 수 있기 때문이다. 실제로 클리블랜드 출신으로 주로 로스앤젤리스 패밀리와 함께 활동하였던 지미 프라티아노[8]와 같은 멤버는 매우 빈약한 체격을 가지고 있었으나 총을 잘 다루는 솜씨 하나로 그들 세계에서 유명한 직업 킬러가 될 수 있었다. 또한 잔인할 수 있는 성격은 물론 꼭 필요한 것이지만 충분조건은 아니라고 볼 수 있다. 마피아의 정회원으로 입단하는 그들의 입단식의 모습은 초기에는 베일에 가려져 있었으나 오늘날에는 비교적 자세하게 밝혀져 있다.

1931 년에 라 코사 노스트라의 결성이 있은 후에 처음 몇 년간은, 아니 보다 정확하게 말하면 처음의 대략 30 년간은 그들의 오멜타의 규율이 정말로 엄격하게 지켜졌다. 그러다가 1963 년, 보나노 패밀리의 솔다티였고, 일찍이 마란자노가 마세리아를 제거하려고 시도했다가 실패했던 1930 년 11 월 5 일의 힛트시 그 작전에 직접 참가하기도 하였던 죠셉 발라키[9]가 상원 맥클랜 위원회에 증인으로 출석하여 라 코사 노스트라의 존재를 증언함으로써 처음으로 그 존재가 공식적인 자리에서 노출된다.

---

[8] Aladena Frattiano(1913 - 1985) 닉네임은 Jimmy the Weasel.

[9] Joseph Valachi(? - 1971)

오늘날 일컬어지고 있는 뉴욕의 5대 마피아 가문의 이름들도 당시의 죠셉 발라키의 진술에 따라 언론들이 만들어낸 것이다. 발라키가 당국자들에게 마피아의 내막에 대해 털어놓고 있을 당시의 5대 가문의 보스들의 이름이 제노베제, 갬비노, 루케제, 보나노 등이었던 것이다. 물론 비토 제노베제는 감옥에 있을 때였지만 말이다. 프로파치 패밀리는 발라키의 진술에 따라 처음에는 프로파치 패밀리로 불려지다가 죠셉 콜롬보의 이탈리아계 미국인 공민권 운동이 언론의 시선을 끌면서부터는 콜롬보 패밀리로 그 이름이 바뀌어진다.

상원 맥클랜 위원회에서 죠셉 발라키는 그들의 입단식의 형식에 대하여도 비교적 자세하게 증언한 바 있었다. 새로 입단하게 될 단원들이 보스 앞에 도열한 다음, 콘실리에리의 주도로 마피아의 입단식은 진행된다고 한다. 먼저 순서대로 돌아가며 칼로 손가락을 찔러 피를 내어, 그 칼을 어떤 카톨릭 성자의 그림에 대고 그어 피를 묻힌 다음, 그 그림을 불에 태우면서 조직에 대한 충성을 맹세한다고 말한다. 그리고 만일 배반했을 경우는 그 성자의 그림과 같이 배반자의 영혼이 불에 타버릴 것을 믿는다고 다시 맹세를 한다고 했다.

죠셉 발라키는 1959년에 마약에 관련된 혐의로 기소, 수감되어 보나노 패밀리의 히트 맨으로서의 그의 경력이 내리막길을 타기 시작하였다. 아틀랜타 연방 형무소에서 그는 뉴욕의 보스 비토 제노베제와 한 방을 쓰게 되었는데, 발라키는 제노베제가 자기를 변절자로 의심하고 있지 않나 하는 생각을 시작하게 되었고 결국은 자기가 피살되고야 말 것이라는 피해망상에 빠지게 된다.

얼마 후 발라키는 감옥 안에서 만난 예전의 자기 동료 한 사람을 암살자로 오인하여 그를 살해한다. 그가 자기를 해치우도록 조직으로부터 명령을 받은 히트 맨인 것으로 착각을 하였던 것이다. 그리하여 1급 살인 혐의가 추가되어 사형의 선고를 피할 수가 없게 되자 발라키의 앞길은 선택의 여지가 없게 되었고, 이로부터 약 1 년이 지난 후 발라키는 정보 제공을 수락하게 된다. 1963 년 9 월, 죠셉 발라키는 상원 맥클랜 위원회에 직접 출석하여 조직범죄의 내막에 대하여 심도 있는 증언을 하여 미국인들을 경악케 했다. 그의 증언 내용은 후에 영화화되어 우리나라에도 <바라키>라는 제목으로 소개되었다. 발라키는 1971 년에 그의 거처이던 형무소 내에서 죽었다.

죠셉 피스토네의 활동 중에서 가장 마피아들에게 타격을 입힌 것은 영화에서는 나오지 않았지만 다름아닌 바로 그들의 마약사업에 대한 것이었다. 죠셉 피스토네의 작전 기간 동안에 보나노 패밀리의 액팅보스인 카르미네 갈란테가 피살되는 일이 벌어졌고, 그 사건의 배경에는 막대한 이익이 오고 가는 마약사업이 자리하고 있다는 것을 밝히는 데 죠셉 피스토네의 증언이 크게 작용하였던 것이다. 그러면 이번에는 보나노 패밀리의 보스였던 카르미네 갈란테의 피살을 중심으로 미국 마피아의 마약사업을 잠시 리뷰해보기로 한다.

갬비노-루케제 연합을 약화시키고자 했던 죠셉 보나노의 플롯이 진행되고 있을 무렵 보나노 패밀리의 언더보스인 카르미네 갈란테는 형무소에서 수감 생활을 하던 중이었다. 카르미네 갈란테는 그의 잔혹한 폭력성과 교활함으로 마피아 멤버들 중에서도 또다시 외경의 대상이 되는 마피아의 핵심분자 중의 한 명이었으므로, 만일 그가 죠셉 보나노를 가까이서 보좌하고 있었다면 당시 보나노의 계획 실행은 그에게 맡겨졌을 가능성이 높았고, 그것은 계획대로 성공했을 가능성이 매우 높았다. 그러나 갈란테는 1962 년에 20 년형의 중형을 선고 받고 형무소에 들어가, 1963 년 당시는 복역 중이었던 것이다.

죠셉 보나노는 1965 년, 스테파노 마가디노로부터의 억류에서 풀려나 자유의 몸이 된 뒤 그의 사업 근거지의 한 곳인 하이티

섬으로 가서 기거하고 있던 중, 뉴욕에서 그의 아들 살바토레 보나노[10]가 저격 당하여 죽을 뻔한 일이 발생하자 격분하여 다시 미국으로 건너왔다. 아들의 저격은 명백히 약속을 배반한 행위였기 때문이었다. 그는 아직도 그에게 충성심을 가지고 있는 부하들을 소집하여 전쟁을 벌이는데 이것이 바로 1967 년의 `바나나 전쟁[11]` 이다. 죠셉 보나노는 그의 아들을 저격한 것이 위원회에 의하여 임명되어 현재 그의 가문의 보스로 있는 폴 시아카[12]의 짓임을 확신하고 있었다. 전쟁은 1967 년 11 월 10 일, 브루클린의 레스토랑 사이프러스 가든[13]에 한 총잡이가 홀로 걸어 들어가 식사를 하고 있던 3 명의 폴 시아카의 부하들을 향해 기관단총을 발사하여 그들을 처치함으로써 시작된다.

바나나 전쟁은 2 년간 계속되어 양측에서 20 명이 넘는 사망자가 나왔고 결국 1968 년, 위원회는 죠셉 보나노에게 몇몇 사업을 운영하도록 허락해주는 선에서 서로간의 평화를 찾게 된다. 보나노는 더 이상 그의 적들의 목숨을 원하지는 않았으나 폴 시아카를 계속 보스로 두는 것에는 강력히 반대하여 가문의 새 액팅보스로 필립 라스텔리[14]를 지명한다. 전쟁이 일단락된 후 죠셉 보나노는 아리조나 주로 건너가 은퇴 생활을 하게 된다.

카르미네 갈란테는 12 년간의 감옥살이 끝에 1974 년에 출감하여 뉴욕으로 돌아왔고, 약 1 년 후에 필립 라스텔리가 다른 일로 감옥에 들어가자 다음에는 자연스럽게 갈란테가 패밀리의 액팅보스 역할을 하게 되었다. 갈란테는 출감 후 뉴욕의 마약사업을 독점하려는 시도를 하였는데, 1976 년에는 그의 가장 강력한 적이었던 카를로 갬비노가 노환으로 죽는 등 뉴욕의 분위기

---

[10] Salvatore Bonanno(1932 - 현재)
[11] Banana War(1967 - 1968)
[12] Paul Sciacca
[13] Cypress Gardens Restaurant
[14] Philip Rastelli. 닉네임은 Rusty.

는 갈란테에게 매우 유리한 환경이었으나 점차 다른 패밀리, 특히 갬비노 패밀리와 갈등을 빚게 되면서 결국 폴 카스텔라노의 의뢰에 의하여 1979 년에 갈란테는 히트된다.

마리오 푸조의 소설 <대부>는 뉴욕 5 대 가문의 대전쟁이 마약 문제로 인하여 일어나게 된 것으로 서술하고 있다. 즉, 그때까지 딱히 조직적인 마약 거래가 없었던 미국에 버질 솔로초라고 하는 한 남자가 등장하여 뉴욕의 마피아 가문인 바르지니 패밀리와 탓탈리아 패밀리의 후원을 받으며 마약사업을 시작하려고 하였고, 이들 그룹과 마약의 거래에 찬성하지 않는 콜레오네 패밀리 사이에 전쟁이 벌어진다는 것이다.

이 내용은 현실과 완전히 다르다. 미국에서의 조직적인 마약 거래는 아무리 뒤로 잡아도 1920 년대 후반으로까지는 거슬러 올라간다는 것이 관계자들의 정설이다. 알다시피 마약은 미국 내에서 생산되지 않으므로 외국으로부터 반입되어야 하는데, 그 반입 루트에 따라, 또는 마약이 정제되는 공장의 위치에 따라 당국은 프렌치 커넥션이니 쿠바 커넥션이니 하고 이름을 붙이고 있었다. 그 중 한 루트인 캐나다 커넥션[15]은 일찍이 1930 년대에 이미 미 사법당국에 의하여 밝혀진 바 있으므로 조직범죄단의 마약 밀수입은 1920 년대에는 벌써 시작되었으리라는 추측이 맞을 것이다.

프렌치 커넥션은 초기에는 터키나 중동지역의 마약 원료가 모르핀으로 만들어진 뒤 시실리 마피아의 손에 의하여 프랑스로 보내진 다음, 공장에서 다시 헤로인으로 정제되어 마르세이유 항구를 출발하는 대서양 정기화물선편을 통하여 뉴욕으로

[15] 1955 년에도 캐나다의 몬트리올에서 14 킬로그램의 헤로인이 미국으로 반입되기 직전에 캐나다 황실 경찰에 의하여 적발, 압수된 적이 있다. 이 당시 14 킬로그램의 헤로인이라면 미국의 최종 소비자 가격으로 따져서 약 1 천4 백만 달러 어치였다고 한다. 몬트리올에는 뉴욕의 보나노 패밀리와 가까운 사이인 Cotroni 패밀리가 활동하고 있다.

운반되는 루트였다. 이것은 1920 년대의 미국의 호황기에 시작하여 대공황 시기에 잠시 주춤한 뒤, 2 차 세계대전 기간 동안에는 완전히 그 명맥이 끊겼다가 다시 1950 년대와 60, 70 년대에 가장 번성하였는데, 후기에는 동남아시아의 라오스, 베트남 등지로부터 마약이 주로 유통된다. 또한 후기에는 카리브 해의 쿠바를 거쳐 마이애미나 뉴올리언즈 등, 미국의 동남부 해안으로 마약을 상륙시키는 루트가 개발되었지만 이 역시 프렌치 커넥션의 일부 변형이라고 볼 수가 있다. 1971 년 경이 최전성기로 보여지는 이 프렌치 커넥션을 통하여 미국으로 매년 수입되던 헤로인의 양은 매년 약 10 톤에 달하였다고 한다.

마약이 프랑스에 머무는 동안의 과정은 프랑스의 코르시칸 갱의 소관이었으며 이때의 핸들링 차지는 이들의 몫이었다. 또한 마약의 원료를 동남아시아에서 찾게 된 데에도 이들 프랑스인들의 힘이 매우 컸다. 동남아의 인도차이나 반도는 다름아닌 프랑스의 식민지였던 것이다. 1950 년대 말 이후에 이 프렌치 커넥션이 더욱 번성하게 된 데에는 놀랍게도 프랑스의 드골 대통령의 의도가 작용하였다고도 한다.

1954 년에 프랑스의 인도차이나 반도 지배에 종지부를 찍게 만든 역사적인 사건이 있었다. 바로 베트남의 디엔비엔푸 전투였다. 드골은 이 전투를 승리로 이끌기 위해서 이미 한쪽 발을 베트남 문제에 발을 들여놓고 있던 미국에 대하여 공군의 폭격과 지상군의 투입 등 더욱 큰 규모의 지원을 요청했지만 당시 미대통령이던 아이젠하워는 이를 강력하게 거절하였었다. 그리하여 결국 베트남의 독립군이라 할 수 있는 베트민에 의하여 디엔비엔푸가 함락되고, 프랑스가 패배하여 인도차이나 반도에서 프랑스가 손을 뗄 수밖에 없게 되자 드골은 미국에 대해 앙심을 품게 되었고, 프랑스 정보기관을 통하여 코르시칸 갱을 사주하여 프렌치 커넥션을 통한 미국으로의 마약 반입을 증가시켰다는 것이다.

프랑스 정보기관과 코르시칸 갱은 세계대전 기간 중 나치에 대항하기 위하여 합동작전을 벌인 적이 있어 이미 이들 둘 사이에는 친밀한 관계가 형성되어 있었다. 또한 2 차 세계대전이 끝난 후에는 프랑스의 부두 등 주요 시설에서 공산당의 암약을 막기 위해 미국의 정보기관도 코르시칸 갱을 이용하기도 하였다고 한다. 미국의 오퍼레이션 언더월드의 경우와 유사한 것이었다고 이해하면 될 것 같다. 정보기관에 종사하는 사람들의 사고방식은 미국이나 프랑스나 모두 비슷비슷하였던 것으로 보인다.

그런데 여기에서 일단 한가지 짚고 넘어가야 할 것이 있다. 위에서 말하는 마약이란 대개 헤로인을 뜻한다는 점이다. 1990 년 현재 미국에는 50 만 명 내지 100 만 명의 헤로인 중독자가 있으며 약 600 만 명의 코카인 중독자가 있는 것으로 추산되는데, 초기에 미국으로 공급되던 마약은 주로 헤로인이었다. 그러다가 후에 대부분 남미에서만 생산되는 코카인이 흘러 들어오기 시작해 현재는 그 사용자의 수가 역전되기에 이른 것이다. 최근에는 헤로인이나 코카인 뿐 아니라 여러 합성 마약도 애용되는 것으로 알려지고 있다.

헤로인은 우리가 양귀비라고 부르는 식물로부터 추출되는 강력한 진통 성분의 화학물질로, 원료에서 헤로인으로 정제되는 중간 과정의 화합물은 의약품으로도 많이 사용되는 모르핀이다. 양귀비 열매의 즙을 건조시킨 것이 바로 그 유명한 아편이며 이 아편에는 여러 물질들이 들어있는데 그 중 하나가 이 모르핀이다. 아편에서 모르핀을 추출해내는 과정, 그리고 모르핀을 헤로인으로 유도해내는 과정 모두가 특별한 기술을 요하는 과정이었다.

코카인은 주로 남미의 고산지에서 서식하는 코카나무 잎의 주성분이다. 언제부터 미국에서 코카인이 더 많이 소비되기 시작하였는지는 확실히 알 수 없으나 현재에는 남미의 콜롬비안 갱이 거의 독점적으로 이것을 미국에 공급하고, 미국 남부지역의 마피아가 그 배급에 관여하고 있는 것으로 보인다. 콜롬비안 갱의 코카인에 대하여는 아직 자료가 완전히 갖추어지지 않은 관계로 여기에서는 취급하지 않기로 한다.

마약사업은 오랫동안 미국 마피아의 중요한 수입원 중의 하나였다. 카를로 갬비노는 1948년에 찰스 루치아노의 부름을 받고 직접 시실리를 방문한 적이 있었는데, 이 여행의 목적은 마약사업에 대하여 논의하기 위함이었다. 갬비노는 그 자신이 미국에 밀입국한 사람이었으므로 매우 큰 위험을 무릅쓰고 이 시실리 행을 감행한 것이다. 일이 잘못되면 다시는 미국에 재입국하지 못할 수도 있었기 때문이다. 그리하여 이전에도 그랬지만 그 이후 마약사업은 불법도박, 화물 강탈 등과 함께 망가노 패밀리 – 후일의 갬비노 패밀리 – 에게 큰 수입을 보장하는 중요한 사업의 하나로 다시 자리매김하게 된다.

1948년 카를로 갬비노의 시실리 방문 이후 약 10년 뒤인 1957년 10월, 다시 시실리의 팔레르모에서 마약사업을 논의하기 위한 회합이 있었는데, 여기에는 찰스 루치아노를 비롯하여 미국에서 건너온 죠셉 보나노와 그의 언더보스인 카르미네 갈란테, 그의 카포레짐인 죤 보나벤츄라[16], 버팔로의 스테파노 마가디노 그리고 시실리 현지의 보스인 귀제뻬 젠코 루소, 살바토레 그레코, 가에타노 바달라멘티, 토마소 부세타[17] 등이 참석하였다.

그들은 동남아시아와 중동 지역으로부터 원료를 수입하여 유럽에서 헤로인으로 정제한 뒤, 쿠바를 통하여 미국으로 상륙시키는 루트를 재차 확립하였다. 이 사업으로 인한 미국 측의 수입은 연간 약 150억 달러 정도였다. 역시 마약 사업은 원가에 대비하여 엄청난 이윤을 보장하는 사업임에 틀림이 없었다. 원

[16] John Bonaventre

[17] Giuseppe Genco Russo, Salvatore Greco, Gaetano Badalamenti, Tommaso Buscetta

래는 마약에 대하여 보수적인 입장을 고수하고 있던 죠셉 보나노가 그의 견해를 바꾸어 오히려 이 사업에 적극적으로 뛰어들게 되는 것도 물론 바로 돈 때문이었다.

그러나 1957 년에 뉴욕의 지하세계를 통일한 비토 제노베제는 뉴욕의 마약사업을 자신이 독점하려고 하였다. 제노베제는 1938 년부터 1946 년까지 시실리에 머물던 때 프렌치 커넥션 내에서의 자신의 위치를 개척해 놓았고, 그 결과 쿠바를 통한 마약 반입 루트가 새로 확립되는 데에 일조를 하였다. 지금 제노베제는 당시의 자신의 공로를 내세우면서 뉴욕의 마약사업은 자신이 주관해야 한다고 주장한 것이다. 이미 지난 1956 년에 아팔라친에서 개최되었던 소모임에서 제노베제는 이러한 자신의 견해를 밝혔고 이제는 프랭크 코스텔로, 알버트 아나스타샤를 제거한 자신의 실력을 바탕으로 다시 자신의 주장을 모두들에게 강요하고 나선 것이다.

그리하여 마약에 관한 제노베제의 입장 표명이 1957 년 아팔라친 모임에서 있을 예정이었으나 그 기회는 예기치 않았던 해프닝으로 무산되었고, 그 후에 알려진 대로 제노베제는 랜스키와 갬비노의 플롯에 의하여 거세되었으며 이후 다시 한번 마약사업은 모두들의 것이 된다.

앞에서 언급하기를 1980 년경, 미국에는 마약사업을 담당하는 그룹이 따로 있다고 했다. 시실리안 마피아의 미국 브랜치였다. 물론 미국 마피아도 그 뿌리를 시실리에 두고있는 것은 틀림없으나 이들은 시실리 섬으로부터 새로 건너온 완전히 새로운 인물들이었다. 이것은 에드거 후버가 죽은 1972 년 이후의 FBI 와 1973 년부터 발족한 DEA[18]가 프렌치 커넥션을 분쇄하는 데에

[18] 재무성 소속의 Federal Bureau of Narcotics(FBN)는 FDA 산하 Bureau of Drug Abuse Control 과 합하여져 Bureau of Narcotics and Dangerous Drugs 로 되어 법무성 소속이 되었다가, 다시 관세청의 한 부서와 합병되어 1973 년부터 새로 Drug Enforcement Administration(DEA)로 발

그 온 힘을 모았고, 그리하여 마피아의 마약 반입 라인이 조정되어 원래의 프랑스를 통과하는 루트로부터 이제는 시실리를 통과하는 루트로 변화하였기 때문이었다.

1978 년 2 월에 프랑스 당국에 의하여 마르세이유 항구 인근에서 40 킬로그램의 모르핀이 압수된 것을 마지막으로 프렌치 커넥션은 그 명맥을 다한 것으로 알려지고 있다. 그리고 프렌치 커넥션이 그 수명을 다한 당시 마약은 주로 시실리 섬이나 이탈리아 본토에서 정제되고 있었다. 초기에는 시실리 인들의 마약 정제 기술이 그리 세련되지 못하였으나 시간이 지날수록 그들의 기술도 향상되어 1970 년대 말에는 시실리의 마약 공장에서 생산되는 헤로인의 질도 꽤 좋아졌고, 이것이 주로 미국 시장에 공급되고 있었다고 한다. 마약의 원료는 동남아시아 뿐 아니라 터키, 레바논, 이란, 아프가니스탄, 파키스탄 등의 각지로부터 공수되고 있었다.

원래 시실리 인들에게는 미국의 담배를 관세 없이 밀수입해다가 이탈리아에서 배포하여 수익을 올리는 루트가 있었다. 이 루트는 1970 년대 중반까지도 움직이고 있었는데, 바로 이 라인의 역방향이 프렌치 커넥션을 대신한 시실리안 커넥션으로 이용되기 시작한 것이다.

여기서 잠깐 시실리의 사정을 살펴보면, 1957 년에 시실리의 팔레르모에서 찰스 루치아노, 죠셉 보나노 등 미국 마피아의 보스들이 시실리 마피아와 회담을 가졌을 때 루치아노들은 시실리 마피아에게, 미국에서 결성되어있는 것과 같이 조직 전체가 모일 수 있는 위원회를 시실리에서도 만들어보는 것이 어떻겠느냐고 조심스럽게 권했다고 한다. 쓸데없는 분쟁에 힘을 낭비할 것이 아니라 패밀리간의 갈등을 조정할 수 있는 위원회의 존재가 모두에게 도움이 될 수 있다는 의견이었다. 시실리 인들

족하였다.

은 이 견해를 존중하였고, 그리하여 그러한 위원회를 정말로 결성해보고자 열심히 뛰어다닌 사람은 회담에 참석하였던 사람들 중 한 명인 시실리 마피아의 포르타 누오바 패밀리의 일원, 토마소 부세타[19]였다. 그의 노력은 결실을 맺어 마침내 시실리에서도 미국 마피아의 전국 위원회와 같은 모임이 드디어 이루어지게 된다.

시실리 마피아의 위원회는 미국의 그것과는 달리 보스들이 직접 참석하고 있지는 않았다고 한다. 대신에 각 패밀리의 보스를 대리하는 인물들이 전권을 가지고 회합에 참석하는 스타일이었는데, 어쨌든 이 위원회는 1963 년까지는 그런대로 잘 운영이 되었다. 그 후 위원회는 포르타 누오바 패밀리와 노체 패밀리[20] 간에 걸친 어떤 결혼 문제의 트러블로 인하여 발생하는 1963 년의 한 자동차 폭발사고[21]를 계기로 깨어지게 되며, 따라서 지난 5 년간의 평화도 함께 깨어지게 된다.

이후 1971 년에 이르러 콜레오네 패밀리의 보스인 살바토레 리나[22], 산타마리아 디제주 패밀리의 스테파노 본타데[23], 치니지 패밀리의 가에타노 바달라멘티[24] 등이 모여 다시 위원회를 결성하였다. 위원회의 의장의 역할은 처음에는 살바토레 리나가 맡았다가 가에타노 바달라멘티에게로 넘어갔으며, 주도권 다툼에서 바달라멘티가 밀려나면서 1978 년부터는 그레코 패밀리의 마이클 그레코[25]가 의장이 되게 된다.

한편 미국 마피아의 보스들은 자유의 나라, 미국에서의 오랜 풍족한 생활로 기강이 많이 흐트러진 그들의 부하들보다는 아

[19] Tommaso Buscetta, Porta Nuova Family
[20] Noce Family
[21] 1963 년 6 월 30 일, Villabate, Sicily
[22] Salvatore Riina, Corleone Family, 여기에서 언급되는 Corleone Family 는 소설 < 대부 >속의 마피아가 아니라 실제로 시실리에 존재하는 마피아 그룹이다.
[23] Stefano Bontade, Santa Maria di Gesu Family
[24] Gaetano Badalamenti, Cinisi Family
[25] Michele Greco, Greco Family

직까지도 그 엄격한 규칙을 대부분 유지하고 있는 시실리 본토의 마피아들에게 마약사업을 위임하고, 그로부터 나오는 이익의 일부만을 수수료로 챙기는 것이 수입은 적지만 안전이라는 측면에서는 훨씬 더 낫겠다는 생각을 점차로 하게 된다.

본토 시실리안 마피아가 새로 미국에 상륙하게 된 것은 주로 죠셉 보나노 때문이었다고 한다. 1965 년에 버팔로의 스테파노 마가디노의 억류로부터 풀려난 보나노는 복수의 기회를 엿보고 있었고, 그의 조직의 전투력을 높이기 위해서 시실리로부터 새 조직원의 후보자들을 미국으로 밀수입해왔던 것이다. 후에 마약사업의 거물로 성장하는 귀제뻬 간치[26]와 살바토레 카탈라노[27], 28 세로 마피아 역사상 가장 젊은 나이에 카포레짐으로 임명된 체자레 보나벤츄라[28], 죠셉 발라키 이후 가장 의미 있는 전향자로 손꼽혔던 루이지 론시스발레[29] 등이 그들이다. 죠셉 보나노는 바나나 전쟁 이후 이들을 통하여, 일찍이 파괴되었던 프렌치 커넥션을 시실리안 커넥션이라는 형태로 재건하게 되는 것이다. 그리하여 1974 년에 카르미네 갈란테가 출옥하여 조직을 장악하였을 때에는 뉴욕의 마약사업은 시실리안 마피아가 주로 다루고 있었다. 갬비노 패밀리의 마약사업은 시실리의 치니지 패밀리와, 보나노 패밀리의 마약사업은 시실리의 콜레오네 패밀리와 각각 연결되어 이루어진다는 식이었다.

갈란테는 뉴욕의 마약사업을 자신이 독점하고자 하는 야망을 가지고 있었는데, 그의 계획은 여러 외부 여건과 맞아떨어지면서 1974 년부터 1979 년에 이르는 짧은 기간동안에 갈란테는 시실리안 커넥션의 가장 큰 고객이 된다. 갈란테에게 유리하게 작

---

[26] Giuseppe Ganci(? - 1986) 닉네임은 Pino, Buffalo 등.
[27] Salvatore Catalano(1941 - 현재) 닉네임은 Toto.
[28] Cesare Bonaventre(1951 - 1984)
[29] Luigi Ronsisvalle

용한 외부 여건이라 함은 1976 년에 카를로 갬비노가 사망한 사건과 갬비노 패밀리에게 마약을 공급하던 가에타노 바달라멘티가 1978 년에 시실리 현지의 마피아 패밀리간의 파워게임에서 저 밀려나게 되는 사건을 말한다.

그러나 새로 갬비노 패밀리의 보스가 된 폴 카스텔라노는 카르미네 갈란테의 독주를 그냥 팔짱을 끼고서 쳐다보고만 있지는 않았다. 당시 갈란테는 밀수되는 헤로인 1 킬로그램당 5 천 달러의 수수료를 챙기고 있었는데, 물론 이 액수는 99% 순도의 헤로인 1 그램이 길거리에서 1 천 달러에 거래되고 있는 것을 생각하면 얼마 되지않는 돈이었지만, 자신은 별로 하는 일 없이 즉, 아무런 위험 부담이 없이 이만한 돈을 챙길 수 있다는 점을 생각하면 굉장한 수입이었던 것이다. 그의 손을 거쳐가는 헤로인이 1 톤이라면 수수료는 5 백만 달러가 되는 것이었다.

1979 년 7 월 12 일 오후 2 시경, 카르미네 갈란테는 그의 친척인 죠 튜라노[30]가 경영하는 브루클린의 레스토랑 죠 앤드 메리에 도착하였다. 동료들과 점심을 먹으러 온 것으로 항상 그를 그림자처럼 따라다니는 경호원 체자레 보나벤츄라와 발도 아마토[31]와 함께였다. 레스토랑의 야외좌석에 자리를 잡은 갈란테 일행은 레스토랑의 주인인 죠 튜라노, 또 다른 친구인 레오나르도 코폴라[32]와 합석을 하였다.

히트 맨들은 오후 2 시 45 분경 스키마스크를 쓰고 나타났다. 모두 3 명이었다. 조용히 하고 있으라는 명령을 듣지 않았던 죠 튜라노의 아들, 죤 튜라노[33]를 사살하고 레스토랑의 안마당으로 뛰어들어온 그들은 식사를 하고 있던 갈란테 일행에게 약 1 분간 총격을 퍼부어 목적을 달성하고는 곧 사라졌다. 희생자는 갈란테와 죠 튜라노, 레오나르도 코폴라 등 3 인이었다. 갈란테는

---

[30] Joe Turano(? - 1979)
[31] Baldassare Amato, 닉네임은 Baldo.
[32] Leonardo Coppolla(? - 1979)

평소에 그가 좋아하던 시가를 그대로 입에 문 채 쓰러져 있었고 왼쪽 눈알이 밖으로 빠져나와 있었다고 한다. 갈란테의 경호원이었던 체자레 보나벤츄라는 후에 기자들의 질문에 대하여 자신이 그곳에서 죽지 않았던 것은 오로지 기적이라고 밖에는 볼 수가 없다고 대답하기도 하였다.

그런데 3 구의 시신들에 대한 부검과 현장검증, 탄도검사 등에서 밝혀진 바에 의하면 힛트에 사용된 총기는 모두 5 정이었다는 사실이 드러났다. 즉, 3 정의 권총과 2 정의 샷건이었다. 다시 말하면 과학적 분석의 결과는 히트 맨이 5 명이었다는 것이다. 갈란테와 튜라노가 당한 총격은 여러 방향에서 발사된 것이었고 그 중에는 매우 가까운 곳에서 발사된 것도 포함되어 있었다.

결국 갈란테 피살에 대한 진실은 다음과 같았다. 3 인의 히트맨이 레스토랑의 안마당에 있는 야외좌석에 들이닥치자마자 경호원인 보나벤츄라와 발도 아마토는 자리를 박차고 일어났고, 총을 빼서는 옆에 앉아있던 보스를 향해 총을 쏜 것이다. 3 인의 히트 맨 중 한 명은 보나노 패밀리의 솔다티인 안토니 인델리카토[34]였던 것으로 후에 밝혀진다. 작전의 총책임은 보나노 패밀리의 카포레짐인 도미닉 나폴리타노[35]였는데, 나폴리타노는 갬비노 패밀리의 폴 카스텔라노와 연합을 하기로 결심한 것이었다.

갈란테의 죽음 이후에 피를 부르는 복수 따위는 벌어지지 않았다. 뉴욕 마약사업의 주도권은 폴 카스텔라노에게로 돌아갔으며 체자레 보나벤츄라와 발도 아마토는 귀제삐 간치, 살바토레 카탈라노 등과 함께 시실리안 커넥션의 중요인물로 부상하

---

[33] John Turano(? - 1979)
[34] Anthony Indelicato, 닉네임은 Bruno.
[35] Dominick Napolitano(? - 1981) 닉네임은 Sonny Black.

게 된다. 보나노 패밀리의 새 액팅보스는 살바토레 페루지아[36]로 되었다.

갈란테 히트의 중심 인물이었던 보나노 패밀리의 도미닉 나폴리타노가 FBI 요원, 도니 브라스코의 후원자였기 때문에 나중에 이들의 마약사업, 갈란테 히트의 진상 등이 모두 밝혀지게 된다. 이들의 마약사업은 위에서 언급한 것과 같이 시실리안 커넥션으로, 또는 미국 언론에는 피자 커넥션으로 알려져 있다. 이들 마약 조직의 커버가 뉴욕과 뉴저지의 이탈리아 피자집, 빵집들이었기 때문이었다. 여기서 잠시 도니 브라스코의 행적을 살펴보는 것은 그가 주역을 맡았던 그 작전의 중요성을 감안할 때 상당히 의미가 있는 일인 것 같다.

1975 년에 마이애미에서부터 시작된 치밀한 사전 공작을 거쳐서 1977 년에 뉴욕에 온 도니 브라스코가 뉴욕에서 처음 접근한 것은 콜롬보 패밀리 쪽으로, 그가 처음 알게 된 범죄자들은 마피아의 정회원은 아니지만 콜롬보 패밀리의 멤버들과 밀접한 관계를 가지면서 일하는 사람들이었다. 그 중 두목 격이었던 질리 그레카[37]는 브라스코와 알게 된 직후에 콜롬보 패밀리의 정회원이 되기도 한다. 이들과 어울리던 중 브라스코는 보나노 패밀리의 안토니 미라[38], 벤자민 루지에로[39] 등의 눈에 띄게 된다. 안토니 미라는 카포레짐 마이크 자파라노의, 그리고 벤자민 루지에로는 카포레짐 마이클 사벨라[40]의 솔다티들이었다. 그들의 보스인 카르미네 갈란테가 시실리안 마피아와 함께 뉴욕의 마약사업을 거의 독점하고 있다는 것을 안토니 미라로부터 전해들은 브라스코는 그 후 보나노 패밀리와 가깝게 지내려는 노력

---

[36] Salvatore Ferrugia, 닉네임은 Sally Fruits.
[37] Jilly Greca(? - 1980)
[38] Anthony Mirra(? - 1982)
[39] Benjamin Ruggiero(? - 1992) 닉네임은 Lefty Guns.
[40] Michael Sabella

을 계속 하였고, 결국 벤자민 루지에로에게 발탁되어 그의 부하가 된다.

1979 년에 카르미네 갈란테가 피살된 후 갈란테 계열의 사람이었던 마이클 사벨라는 솔다티로 강등되었고, 마이클 사벨라의 부하였던 벤자민 루지에로는 도미닉 나폴리타노의 레짐으로 배속되었는데, 그 후 점차 브라스코의 능력이 인정되면서 나폴리타노는 브라스코를 자신의 휘하로 데려간다. 즉, 원래 브라스코의 후원자, 또는 스폰서는 벤자민 루지에로였는데 그것이 나폴리타노로 된 것이었다. 영화에서는 알 파치노가 벤자민 루지에로의 역할을 맡아 호연하였다.

1981 년경, 보나노 패밀리에는 내분이 일어난다. 감옥에 있는 필립 라스텔리와 액팅보스인 살바토레 페루지아, 콘실리에리인 스티브 카노네[41], 그리고 죠셉 마시노, 도미닉 나폴리타노, 이렇게의 한 그룹과 카르미네 갈란테 암살에서 실무를 맡았던 체자레 보나벤츄라, 발도 아마토, 안토니 인델리카토, 그리고 안토니 인델리카토의 아버지인 알퐁스 인델리카토[42]와 도미닉 트린케라[43], 필립 지아코네[44] 등의 카포레짐들의 또 한 그룹으로의 내분이었다. 마약 등 여러 문제가 얽힌 치열한 세력 다툼이었다.

살얼음판을 걷는 듯한 몇 주간의 긴장된 나날 끝에 도미닉 나폴리타노는 도미닉 트린케라, 필립 지아코네, 알퐁스 인델리카토의 세 카포레짐을 평화 회담을 갖자는 명목으로 불러모은 뒤 한꺼번에 없애버린다. 이때의 하수인은 벤자민 루지에로, 죤 체라자니, 제임스 에피스코피아, 닉 산토라, 바비 카파지오[45] 등이었다. 다시 나폴리타노는 알퐁스 인델리카토의 아들이며 갈란테의 히트 작전에도 참가하였던 안토니 인델리카토가 복수에

---

[41] Steve Cannone(? - 1985)

[42] Alphonse Indelicato(? - 1981) 닉네임은 Sonny Red.

[43] Dominick Trinchera(? - 1981) 닉네임은 Big Trin.

[44] Philip Giaccone(? - 1981) 닉네임은 Philly Lucky.

[45] Benjamin Ruggiero, John Cerasani, James Episcopia, Nicholas Santora, Bobby Capazzio

나설 것을 두려워하여 그의 제거를 도니 브라스코에게 명령한다. 이번의 명령을 완수하면 도니 브라스코는 보나노 패밀리의 정회원이 될 수도 있는 상황이었다.

그러나 피스토네로서는 상대가 아무리 직업살인자라 하더라도 정당방위도 아닌 상태에서 FBI 인 자신이 먼저 그를 쏠 수는 없었고, 또한 작전에 나섰다가 오히려 자신쪽이 당할 가능성도 있었으므로 나폴리타노의 명령을 따를 수가 없었다. 이제 그의 언더커버 오퍼레이션을 마무리할 때가 된 것이었다. 그리하여 1981 년 7 월 26 일, 도니 브라스코가 홀연히 사라지며 그의 본 얼굴이 드러나자 도미닉 나폴리타노는 그의 후원자로서의 책임을 면하지 못하고 조직에 의하여 처형된다. 벤자민 루지에로는 기소되어 재판 끝에 20 년의 중형을 선고 받았다.

체자레 보나벤츄라, 발도 아마토, 귀제뻬 간치, 살바토레 카탈라노 등의 마약사업은 마침내 꼬리가 잡혀 1984 년에 FBI 는 이들의 체포에 나섰다. FBI 의 체포작전이 시작되자 바로 일주일 만에 체자레 보나벤츄라의 시체가 발견되는데 뉴져지의 가필드에서였다. 그의 시체는 두개의 드럼통에 나뉘어져 들어 있었다. 가장 젊은 마피아 카포레짐이었고, 영화배우를 뺨칠 정도의 금발머리 미남이었던 체자레 보나벤츄라는 결국 동료들에 의해 처참하게 살해되어 생을 마감한 것이다. 귀제뻬 간치는 체포되어 재판을 기다리던 중 1986 년 2 월에 폐암으로 사망하였다. 피자 커넥션의 재판 판결은 1987 년에 있었는데 이 재판을 담당하였던 연방 검사는 루돌프 쥴리아니[46]로 1999 년 현재 뉴욕 시의 시장으로 재직하면서 뉴욕 타임즈 스퀘어의 포르노 상점들을 철저 단속하는 등 뉴욕의 마피아 활동을 매우 엄중하게 다스리고 있다.

---

[46] Rudolph Giuliani(1944 - 현재)

마피아의 마약사업에 대해서는 그들이 다른 것은 몰라도 마약만은 다루지 않는다는 등의 헛소문이 그간 떠돌기도 하였다. 이것은 사실과 다르다. 아주 초기에는 그것이 별로 돈이 되지 않았기 때문에 그에 대하여 조직적인 사업을 벌이지 않은 것이고, 최근에는 그것이 너무나 위험부담이 크기 때문에 다른 조직의 손을 빌어서 하고 있을 뿐이다. 돈이 되는 사업일진대 왜 그것을 다른 그룹이 가져가도록 놓아두겠는가?

오늘날 미국에 배포되고 있는 마약은 그 대부분이 마피아들과 관련이 있다고 한다. 지금까지 앞에서 마피아의 마약사업을 살펴보았으나 앞에서는 특히 뉴욕의 마약사업 쪽만을 다루었을 뿐이다. 그러나 미국으로 들어오는 마약이 모두 뉴욕의 마피아 패밀리만을 통해서 들어오는 것은 아니다. 일례를 들어보면 베트남 전쟁이 한창이던 1968년, 플로리다 탐파의 마피아 보스인 산토스 트라피칸티 쥬니어는 홍콩을 거쳐 베트남을 방문하였는데, 그곳에서 그는 프랑스의 강력한 범죄 조직인 코르시칸 갱과 회동하여 미국으로의 마약 반입에 대하여 논의하였다고 한다.

루돌프 쥴리아니 시장에 의하여 핍박 당하여 뉴욕의 마피아가 세력을 펴지 못하고 있는 오늘날에는 루이지애나나 플로리다 쪽의 마피아에 의한 마약사업이 훨씬 더 액티브할 것이다. 결론적으로 미국의 마약사업에 대해서는 이 글에서 미처 밝히지 못한 내용들이 훨씬 더 많을 것이라고 생각한다.

제 7 부
시카고의 그 다음 이야기

제 17 장

시카고 아우트피트의 토니 아카르도가 라스베가스로 진출할 기회를 잡은 것은 1950 년대 중반이었다. 일찍이 아우트피트는 1930 년대에 이미 조직의 대리인으로 쟈니 로젤리를 서부로 파견하였고, 1940 년대 초에는 윌리엄 비오프를 헐리우드로 보내 갈취사업을 벌였다. 그리고 1953 년에는 라스베가스보다 먼저 명성을 날린 도박 도시 르노에 쟈니 드루[1]를 파견하여 그곳의 골든 호텔-뱅크 클럽을 인수함으로써 처음으로 네바다 주에 진출하게 된다. 벤자민 시겔이 죽고 그가 세운 플라밍고 호텔-카지노의 경영이 정상화되기 시작하자 아카르도는 라스베가스에서의 카지노 사업의 잠재력을 높이 사, 그의 일급 부하인 머레이 험프리를 그곳으로 보내 사업 계획을 세우도록 명령하기도 하였다.

시카고 아우트피트가 라스베가스에 진출한 시기는 정확하게 1955 년인데, 아카르도는 이미 플라밍고, 데저트 인, 사하라, 샌

---

[1] Johnny Drew

즈, 리비에라 호텔 등이 성업 중이던 라스베가스에 또 하나의 호텔, 스타더스트를 짓게 된다. 데저트 인과 리비에라 호텔의 카지노가 부유층의 돈 많은 고급 손님들을 유치하는 카지노라면, 스타더스트 카지노는 블루 칼라의 중산층 손님들을 주 타겟으로 삼은 카지노였다. 스타더스트 호텔-카지노는 1959 년에 오픈한다.

벤자민 시겔이 죽은 뒤, 모오 세드웨이 등이 운영하던 플라밍고 호텔은 얼마 후부터 뉴욕 패밀리에게 적지않은 이익을 만들어 주기 시작했고 랜스키, 코스텔로 등은 이 사막의 도시에 더 많은 호텔과 카지노를 세우기 시작하였다. 1950 년에는 데저트 인을, 1952 년에는 사하라 호텔-카지노를, 각각 윌버 클라크[2]와 밀튼 프렐[3]이라는 자를 간판으로 하여 세웠고, 역시 1952 년에는 랜스키의 심복인 죠셉 스태처[4]의 관리하에 샌즈 호텔-카지노를 건설했다. 그밖에도 라스베가스에는 1955 년에 흑인 손님들을 주 타겟으로 한 물랭루즈 호텔을 비롯해서 50 년대에만도 리비에라 호텔, 로열 네바다 호텔, 듄즈 카지노, 하시엔다 호텔, 트로피카나 호텔, 프레몬트 호텔 그리고 드디어 1959 년에는 스타더스트 호텔-카지노가 들어서게 된다. 시카고 아우트피트는 뉴욕 패밀리들보다는 늦은 시기에 라스베가스 오퍼레이션에 뛰어든 것이나 후일에는 그것이 역전되어 주로 시카고 조직이 라스베가스에서의 사업을 주도하게 된다.

시카고 아우트피트는 스타더스트 호텔을 건설하는 데에 팀스터의 연금 기금을 대부 받아 사용하기로 하였다. 팀스터는 앞에서 말한 것과 같이 전미 트럭 운전수 노동조합이며, 이 노동조합은 조합원의 복지후생을 위하여 1949 년에 연금제도를 도입하여 막대한 액수의 연금 기금을 쌓아가고 있었던 것인데, 시카

---

[2] Wilbur Clark
[3] Milton Prell
[4] Joseph Stacher. 닉네임은 Doc.

고 아우트피트는 팀스터의 전미 보스인 데이브 벡과 간부인 폴 도프만[5]을 통하여, 그리고 데이브 벡이 감옥에 간 다음에는 그 후임 보스인 제임스 호파와 폴 도프만의 아들, 알렌 도프만을 통하여 이 연금기금을 대출 받아 그들의 호텔을 짓는 데에 사용한 것이다.

시카고의 라스베가스 오퍼레이션은 팀스터 조합을 빼놓고는 이야기할 수 없다. 화물 트럭 운전수들의 노동조합인 팀스터는 1903 년에 설립되었으며, 초기부터 갱단과 깊은 관계에 있었다고 한다. 1957 년에 44 세의 나이로 팀스터의 제 3 대 전미 보스가 된 제임스 호파는 전임자인 데이브 벡보다도 더 마피아들과 가깝게 지냈다. 팀스터의 보스는 수천만 달러, 후기에는 수십억 달러에 달하는 팀스터 연금 기금을 마음대로 주무를 수가 있었고, 토니 아카르도는 이 연금 기금을 대출받는 형식으로 해서 라스베가스에 호텔과 카지노를 세운 것이다. 물론 그들에게는 충분한 자금이 있었으나 후에 호텔 건설비의 출처를 밝혀야 할 가능성에 대비한 것이었다.

마피아의 라스베가스 사업의 핵심은 한마디로 `스킴[6]` 이라고 말할 수가 있다. 스킴이라 함은 카지노의 수입을 제대로 신고하지 않고 중간에서 빼돌리는 것을 말한다. 수입을 있는 그대로 당국에 신고하지 않는 이유는 다름아닌 세금 때문이다. 마피아들이 카지노 사업에 그렇게 열중하였던 것은 바로 세금을 내지 않고 큰 수입을 올릴 수 있었기 때문이다. 그리고 이러한 불법 사업에 사용할 목적으로 그들은 역시 그 출처를 명확히 댈 수 없는 그들 자신의 돈을 쓰지않고, 트럭 운전수들이 한 푼, 두 푼 모아 적립한 팀스터 연금 기금을 대부받았던 것이다.

데저트 인의 주인이 윌버 클라크로, 사하라 호텔-카지노의 주인이 밀튼 프렐이라는 사람으로 되어 있던 것은 마피아의 멤버

---

[5] Paul Dorfman, 닉네임은 Red.

[6] Skimming

가 직접 사업의 전면에 나서기가 곤란하였기 때문이다. 즉, 클라크나 프렐과 같은 이들은 완전히 간판 주인이었던 것이다. 이것은 1949 년에 라스베가스로 건너가, 당시 공사 중이던 호텔 데저트 인을 윌버 클라크로부터 인수하고 연이어 리비에라 호텔도 차례로 인수한 모리스 달릿츠의 경우도 마찬가지이다. 윌버 클라크는 데저트 인을 달릿츠에게 넘긴 다음에는 프랭크 코스텔로의 안배에 의하여 쿠바의 하바나로 건너가게 된다.

호텔과 카지노의 진짜 주인이 벤자민 시겔로부터 시작된 마피아들이었던 것은 두말할 필요도 없는 공개된 비밀이었다. 처음에 호텔과 카지노의 건물을 세우는 데에 투자를 하고, 따라서 그 후부터 계속 스킴에 대한 권리를 가지고 있는 마피아들이 카지노의 실제 주인임에는 변함이 없었으나 카지노의 간판 주인들은 계속 변화가 있었는데, 이와 같은 간판 주인들은 마피아와 관계가 있기는 하였지만 겉으로 드러난 경력은 전과 등의 흠집이 없이 매우 깨끗한 인물들이었다. 마피아는 그런 깨끗한 사람들을 선택하여 합법적인 절차를 거쳐 호텔과 카지노의 사장 자리에 앉힌 것이다. 그들 허수아비 사장은 조직으로부터의 지시를 어겼을 경우에 받게 되는 페널티에 대하여 너무나 잘 알고 있었을 것이다.

이러한 간판 주인 중 한 명에 1960 년대에 들어와 라스베가스 리비에라 호텔의 주인으로 등록된 로스 밀러[7]라는 사람이 있다. 로스 밀러는 마권업자로 금주법 시대 때부터 시카고 아우트피트와 함께 성장해온 사람이었는데, 그의 깨끗한 경력 때문에 리비에라 호텔의 간판 주인으로 발탁된 것이다. 많은 간판 주인들 중에서 하필 로스 밀러를 이 자리에서 특별히 언급하는 이유는 바로 그의 아들이 1998 년까지 네바다 주의 주지사로 재직하였기 때문이다. 로스 밀러의 아들 로버트 밀러[8]는 변호사 출신으

---

[7] Ross Miller

[8] Robert Miller(1945 - 현재)

로 1990 년에 네바다 주지사로 선출되었고, 1994 년에 재선되어 1998 년까지 주지사로 재직하였다. 로버트 밀러는 클린턴 대통령[9]의 국내 정치 자문 위원회[10] 위원으로 현 행정부에 봉사한 적도 있다. 그는 지상세계에까지 거대한 영향력을 미치고 있는 마피아들의 세력을 여실히 증명해주는 하나의 실례라고 말할 수 있다.

물론 경마도박 마권업자의 아들이 미국의 주지사가 되지 못한다는 법은 어디에도 없다. 바로 이것이 흔히 말하는 아메리칸 드림의 실현일지도 모르겠다. 그러나 저자의 생각으로는 로버트 밀러가 네바다 주지사로 선출된 것은 그의 아버지의 배경과 관련이 없지않을 것 같다. 한걸음 더 나아가 로버트 밀러와 같은 이를 바로 신디케이트의 일원이라고 보면 매우 적당하리라 생각한다.

카지노의 수입은 믿을 수 없을 정도였다. 손님들이 자신을 왕으로 여기게끔 약간의 신경만을 써주면 사람들은 현금을 다발로 가져다가 카지노에 바치는 것이었다. 초기에는 카지노의 소유자들이 직접 수입을 계산하고 관리했기 때문에 마피아들이 세금을 내지않고 수입을 챙기는 데에 아무런 문제가 없었다. 그러나 얼마 지나지않아 주 당국은 정당한 납세 자료가 기록되지 않고 있다는 의심을 하게 되어 카지노의 주인들을 카지노의 계산실에 들어갈 수 없도록 하는 법을 만들어 발표했고, 그 후로는 카지노의 소유자를 대신하여 허가증를 가진 프론트 맨이 카지노의 계산을 맡게 된다. 그러나 그 프론트 맨도 마피아의 사람이었으므로 수입을 가로채는 것은 물론 계속될 수밖에 없었다. 자격증 따위의 형식은 아무 소용이 없었던 것이다. 이렇게 카지노의 수입을 기록에서 누락시켜 중간 단계에서 가로채는

---

[9] William J. B. Clinton(1946 - 현재) 제 42 대 미국 대통령(1993 - 현재) 민주당.
[10] Advisory Commission on Intergovernmental Relations

것을 스킴이라고 한다. 이 스킴이야말로 카지노에 있어서의 마피아의 주수입원이다. 뉴욕의 제노베제 패밀리가 라스베가스로부터 스킴으로 가져가는 돈은 한군데의 카지노에서만도 매달 40만 달러에 달할 정도였다.

그런데 여기에는 문제가 있었다. 증거를 남기지 않기 위해서는 스킴을 기록으로 남길 수가 없었기 때문에 과연 실제로 얼마만큼의 스킴이 행해졌고, 그것이 전액 제대로 상납되고 있는지를 확인할 방도가 없었던 것이다. 카지노 딜러에서 구역 매장 주임, 매장 주임 그리고 카지노 매니저를 거쳐 계산실까지 현금이 운반되는 전 과정에 걸쳐 어느 단계에서 얼마만큼의 사적인 스킴이 일어나는지를 알 수 있는 정확한 방법은 없었다. 사적인 스킴이란 마피아가 아닌 카지노의 종업원들이 현금을 빼돌리는 것이다. 그런고로 현지에서 일하는 종업원들은 실질적인 주인인 마피아들을 봉 취급하는 경향마저 가지고 있었다고 한다. 아무리 마피아라 할지라도 카지노에서 일하는 사람들을 100퍼센트 확실히 감독하기가 어려웠기 때문이었다.

그렇지만 그런 중에서도 카지노는 계속 그들에게 훌륭한 수입을 가져다 주고 있었고, 그들은 중간 단계에서의 약간의 손실은 그런대로 감수할 용의를 가지고 있었다. 그러나 사적인 스킴이 너무나 심해져 카지노의 경영 상태가 악화될 지경에 이르자 시카고 아우트피트는 경영 혁신을 위해서 새 사람을 파견하게 된다. 1968년의 일이다.

클리블랜드의 모리스 달릿츠는 마이어 랜스키와 프랭크 코스텔로의 초빙으로 1949년에 라스베가스로 처음 건너가, 당시 공사 중이던 호텔 데저트 인과 리비에라 호텔을 차례로 인수하였고, 1950년에는 드디어 자신의 지휘하에 데저트 인을 완공, 오픈하게 된다. 달릿츠는 그의 도박사업에 관한 능력을 인정 받아 뉴욕 패밀리의 이익을 대표하여 라스베가스에 보내진 것이나 1955년에는 시카고 아우트피트와도 연합하여 1959년부터는 스타더스트 호텔의 경영을 맡게 되며, 이후로는 오히려 뉴욕보다는 시카고 패밀리와 더욱 가까운 관계가 된다. 달릿츠가 라스베가스의 호텔 왕이 될 운명은 이미 처음부터 마피아들에 의하여 정해져 있었다고 말해도 지나치지 않을 정도이다. 1960 년대 말 탈세 혐의로 국세청의 조사를 받기 시작하자 모리스 달릿츠는 데저트 인을 부호 하워드 휴즈에게 팔아 넘기기로 결심한다.

1965 년 5 월, 시카고 아우트피트의 보스인 샘 쟌카너는 연방 대배심에서 답변을 거부하여 법정 모독죄로 감옥에 가게 되었는데, 그가 없는 동안 토니 아카르도는 이제 그를 보스의 자리에서 그만 내려보내기로 결정을 하였다. 이는 아마도 그 동안의 쟌카너의 행동거지에 대하여 아카르도가 심한 염증을 느껴왔기 때문이었을 것이다. 쟌카너는 과거의 알 카포네가 저질렀던 실수를 되풀이하고 있었다. 사업적인 측면에서는 거의 나무랄 것이 없었던 그이지만 타고난 광대 체질은 어쩔 수가 없었던지 쟌카너는 대통령의 연인인 쥬디스 캠벨을 데리고 카지노에 나타나고, 유명 가수인 맥과이어 시스터즈를 대동하여 여행을 다니는 등 기자들이 좋아할 만한 짓을 골라서 하고 다니고 있었다. 한마디로 쟌카너는 1980 년대 말의 죤 고티와 같이 보스로서는 어울리지 않게 철 없는 짓을 하고 다녔던 것이다.

쟌카너는 수감 된지 1 년 후인 1966 년 5 월에 풀려났으나, 토니 아카르도는 그를 다시 시카고의 보스로 임명하기를 거부하였다. 그리하여 시카고 아우트피트의 새로운 보스로 임명된 것은 샘 바탈리아였다. 쟌카너는 현실적으로 아카르도에게 대항할 수 있는 힘이 없었으므로 순순히 판결을 받아들였고, 이후 멕시코로 건너가 그 곳에서 자기의 사업을 벌이게 된다. 바탈리아는 쟌카너와 함께 알 카포네를 위하여 일하였고, 1930 년대 후반부터 시카고 조직 내에서 점차 높은 지위로 오른 사람이었다. 그의 주된 사업은 고리대금업이었다. 그는 시카고의 카사 마드

리드 레스토랑[11]의 밀실에서 그에게 돈을 꾸어간 사람들의 운명을 가름하는 재판을 주관하곤 하였다고 한다. 그러나 샘 바탈리아는 보스가 된지 얼마 후 공무원 매수 죄 등으로 복역을 하게 되어 1967 년부터는 펠릭스 알데리지오가 시카고 조직을 이끌게 되었다. 샘 바탈리아는 15 년 형을 선고 받지만 6 년 후 석방된다.

펠릭스 알데리지오는 그들 세계에서도 두려움의 대상으로 손꼽히던 직업 킬러 중의 한 사람으로, 주변에 알려진 것만 해도 14 건의 계약을 실행한 시카고 제일의 히트 맨이었다. 그런 그에게도 초기 시절이 있었는데 그는 카포네 패밀리에서 경찰과 보안관, 판사들에게 매달 상납금을 가져다 주는 일을 하는 것으로 그의 경력을 시작하였다고 한다. 그는 직업 킬러의 일 이외에 시카고의 골드 코스트를 따라 줄지어 서있는 호화 저택을 털어 보석 등을 훔쳐내오는 일도 맡고 있었다. 물론 이것도 아우트피트가 관리하는 사업이었다.

그는 골동품을 매우 좋아한 것으로 알려져 있었고, 1950 년대 말부터 1960 년에 이르기까지 마약사업을 위해 터키, 그리스, 이탈리아 등지를 돌아본 여행의 여권에 기재된 여행 목적이 바로 골동품과 고건축물 감상이었다. 1969 년 여름에 그는 갈취와 사기 등의 혐의로 체포되었으며, 이때 그의 집에서는 다수의 불법 무기가 발견되었다고 한다. 그는 1971 년에 형무소 안에서 죽었다. 펠릭스 알데리지오의 후임으로는 재키 체로네[12]가 임명되었다. 여전히 가문의 고문으로는 토니 아카르도가 버티고 있었고 보스의 임명에 강력한 영향력을 발휘하고 있었다.

재키 체로네는 토니 아카르도가 초기부터 후견인이 되어준, 아카르도가 가장 신임하는 부하 중의 하나였다. 그는 도미닉 블라지와 함께 수년동안 아카르도의 운전사로 일하기도 하였다.

---

[11] Casa Madrid Restaurant
[12] John Cerone(1914 - 현재) 닉네임은 Jackie.

운전사라 함은 언더보스와 상응하는 매우 중요한 자리이다. 재키 체로네는 바로 1 년 후인 1970 년에 갈취 등의 혐의로 기소되어 역시 수감되나, 1975 년에 출옥한 후에는 다시 보스의 자리에 앉게 된다. 그는 후에 시카고 아웃트피트에서 매우 뛰어났던 보스 중의 한 명으로 손꼽히게 된다.

재키 체로네가 감옥에 가자 이제 보스의 후보자로는 죠셉 아유파[13]와 구스 알렉스 두 사람만이 남게 되었다. 프랭크 페라로는 암으로 죽었고, 피요레 부치에리가 있었지만 그는 건강이 별로 좋지가 못했다. 피요레 부치에리와 펠릭스 알데리지오 두 사람은 샘 쟌카너가 보스로 있을 때에 그에게 충성을 다했던 심복 부하들이었다. 구스 알렉스는 알 카포네 이래의 멤버로서, 남은 사람들 중에서는 가장 사업 경험이 많은 사람이었지만 이탈리아계가 아니었고, 죠셉 아유파는 보스의 일을 감당하기에는 나이도 많았을 뿐만 아니라 훌륭한 보스가 되는 데에 필요한 그 어떤 미묘한 자질이 부족했기 때문에 토니 아카르도는 죠셉 아유파와 구스 알렉스 그리고 자기, 그렇게 세 사람이 함께 조직을 이끌어가는 삼두 체제를 제안하여 그렇게 시행하기로 하였다. 하지만 밖에서 보기에 드러난 시카고의 보스는 죠셉 아유파였다.

죠셉 아유파는 시카고 인근 도시인 치체로에서 조직의 사업을 주로 담당하던 사람으로, 알 카포네 시절 치체로의 호돈 호텔에 위치한 카포네의 본부를 경호하는 일도 아유파의 담당이었다. 카포네가 호텔에 묵고 있을 때면 죠셉 아유파가 부하들과 함께 각종 무기를 지참하고 호텔의 정문을 경비하는 모습이 목격되곤 했다고 한다.

1968 년, 시카고 아웃트피트는 느슨해진 라스베가스의 카지노 경영을 혁신하기 위하여 전문 도박사 한 명을 파견하여 감독하

---

[13] Joseph Auippa(1907 - 현재) 닉네임은 Doves.

기로 하였는데, 그 도박사의 이름은 프랭크 로젠탈[14]이다. 로젠탈은 1971 년에 스타더스트 호텔 카지노에서 구역 매장 주임으로 일하기 시작하면서 시카고 아우트피트의 이익을 대변하게 된다. 바로 영화 <카지노>가 그의 이야기를 필름에 담은 것으로, 영화에서는 로버트 드니로가 프랭크 로젠탈의 역할을 맡아 연기하였다. 로젠탈은 그의 주먹 역할을 할 히트맨, 안토니 스필로트로[15] – 영화에서는 죠 페시 – 와 함께 1968 년에 시카고에서 라스베가스로 건너왔다.

프랭크 로젠탈의 도박사로서의 경력은 13 세 때 경마에 내기를 거는 것으로부터 시작되었다고 한다. 그의 주특기는 스포츠 도박으로, 그의 우승 예상 능력이 너무도 탁월하였기 때문에 유태인인 그가 시카고 아우트피트에서 조직의 상위 보스들과 허물없이 어울릴 수 있는 좋은 배경이 되었다. 그의 조언을 따라 내기를 걸기만 하면 돈이 불려졌던 것이다. 라스베가스로 파견된 후 프랭크 로젠탈은 곧 능력을 발휘하여 스타더스트 카지노로부터의 수입을 배가 시켰는데, 그 대신에 또 다른 문제를 불러 일으켜 보스들을 괴롭게 했다. 그는 사람들로부터 주목 받기를 즐겨하는 성격이었던 것이다. 바람직하지 않은 일이었다. 그 후 1983 년에 로젠탈은 FBI 의 스트로맨 오퍼레이션과 연관되어 라스베가스에서 손을 떼게 된다.

1971 년에는 과거에 시카고 아우트피트의 좋은 친구였던 제임스 호파가 닉슨 대통령에 의하여 사면되어 풀려나 자유의 몸이 되었다. 그의 사면 서류에는 다시는 노동조합의 일에 관여하지 않는다는 조건이 포함되어 있었는데, 호파는 그 서류에 서명할 때 내용을 꼼꼼하게 살펴보지 않은 것이 분명했다. 그 조항은 현 팀스터 보스인 프랭크 핏시몬즈가 수를 써서 집어넣은 것이

---

[14] Frank Rosenthal(1929 - 현재) 닉네임은 Lefty.

었다. 그렇지만 호파는 그에 아랑곳없이 출옥 후 곧 팀스터 조합에 대한 자기의 영향력을 확대하려고 하였고 궁극적으로 예전의 자기 포스트, 즉 조합의 보스 지위를 되찾으려고 하였다.

그러나 호파가 팀스터에 대한 영향력을 회복하는 것을 마피아들로서는 약간 곤란하게 생각하고 있었다. 왜냐하면 그들은 호파가 없는 동안 호파의 후임 프랭크 핏시몬즈, 그리고 연금기금 담당자인 알렌 도프만과 함께 동업을 계속하였고, 그 동안 핏시몬즈 등은 거칠고 다루기 힘든 호파보다 고분고분하여 훨씬 다루기 쉬운 동업자임이 증명되었기 때문이었다. 따라서 그들로서는 구태여 옛날로 돌아가야 할 이유가 전혀 없었던 것이다.

호파는 계속 핏시몬즈를 귀찮게 하였고, 한번은 자동차 폭발사고를 일으켜 핏시몬즈를 없애려고 까지 하였다. 핏시몬즈로서도 인내하기 힘들었을 것이다. 한편 호파는 과거의 마피아 동업자들이 더 이상 자신을 도와주지 않자 자신이 알고 있는 여러 민감한 문제들을 가지고 그것을 언론에 알리겠다는 등 운을 떼며 그들을 협박하려고 들었다. 그래서 드디어 호파 문제에 대한 처리가 필요한 시점이 되었다.

1975 년 7 월 30 일, 제임스 호파는 안토니 지아칼로네[16], 안토니 프로벤자노 등과 만날 약속을 하였다. 안토니 지아칼로네는 디트로이트 마피아의 멤버이고, 안토니 프로벤자노는 뉴저지 마피아의 카포레짐이며 동시에 뉴저지 팀스터의 회장으로, 두 사람 모두 지난 시절에 호파와 절친한 사업 동료였던 사람들이었다. 제임스 호파는 이들과 만나기로 약속한 디트로이트 교외의 레스토랑 마커스 레드 폭스[17]로 나간 뒤 그 이후로 소식이 끊어지게 된다. 이날 발생한 제임스 호파의 실종 사건은 근현대

---

[15] Anthony Spilotro(1936 - 1986) 닉네임은 The Ant.
[16] Anthony Giacalone, 닉네임은 Tony Jack.
[17] Machus Red Fox Restaurant

미국에서 가장 논란 거리가 된 미제 사건 중의 하나이다.

호파는 이날 오후 2 시 30 분 경 약속 장소에 도착했다. 그는 아무리 기다려도 만나기로 한 인물들이 나타나지 않자, 자기의 집에 전화를 걸어 부인에게 안토니 지아칼로네가 연락이 있었는지를 확인하였고, 다시 얼마 후 그의 동료인 루이스 린토[18]에게 전화를 하여 나오기로 한 안토니 지아칼로네가 아직도 나오지 않았다. 도대체 이 사람들은 어디에 있는 거냐 하고 불평을 해댔다. 그리고는 그것이 그의 마지막이었다. 그는 이후로 사람들의 시야로부터 완전히 사라졌다. 바로 코드 네임 커뮤니온이었다.

실종 당일 호파와 만나기로 약속을 하였기 때문에 가장 유력한 용의자가 된 안토니 프로벤자노와 안토니 지아칼로네에게는 당연한 일이지만 완벽한 알리바이가 있었다. 제임스 호파의 시체가 어디에 처리되었는가에 대해서는 그간 말하기 좋아하는 사람들이 많은 설을 내세웠는데 뉴저지의 고층 빌딩 건설 현장의 콘크리트 거푸집 속, 야구팀 뉴욕 자이언츠의 홈구장 스타디움 지하의 어딘가에, 디트로이트의 제철 공장의 용광로 속 등이 호파의 시신이 잠든 곳이라고 소문이 난 장소들이다. 그러나 누가 진실을 알겠는가?

데이브 벡, 제임스 호파와 프랭크 핏시몬즈의 팀스터 노조는 바람직하지 않은 여러 소문으로 인하여 일찍이 1957 년에 노동조합들의 전미 단체인 AFL-CIO 로부터 축출되었는데, 1987 년에 다시 회원조합으로 가입이 허용된다. 프랭크 핏시몬즈 이후에는 로이 윌리엄스[19]를 거쳐 재키 프레서가 팀스터의 전미 보스가 되었다. 로이 윌리엄스, 재키 프레서 등도 역시 조직범죄단과 깊은 연관을 가지고 있었고, 특히 재키 프레서의 스토리는 제임스 호파의 그것에 뒤이어 영화화되기도 하였다. 호파의 아

---

[18] Louis Linteau
[19] Roy Williams

들 제임스 호파 쥬니어[20]는 1998 년 말, 다시 아버지의 뒤를 이어 팀스터 노조의 조합장 선거에 후보로 출마하여 당당히 전미 보스로 당선된다.

1975 년, 그러니까 피요레 부치에리가 1973 년에 암으로 죽은 지 2 년 후에 시카고 아우트피트의 전 보스, 샘 쟌카너가 피살된다. 사람들은 만일 부치에리가 살아있었더라면 쟌카너가 그렇게 죽도록 내버려 두지는 않았을 것이라고 말했다. 그만큼 부치에리의 쟌카너에 대한 충성심은 대단한 것이었다고 전해진다.

샘 쟌카너는 상원 조사위원회의 증언을 바로 며칠 앞두고 피살되었다. 상원의원 프랭크 쳐치[21]가 주도하는 상원 특별 조사위원회는 1960 년대 초의 카스트로 암살 계획 등을 재조사하기 위하여 소집되었는데, 위원회는 관련자의 한 명으로 알려져 있는 샘 쟌카너를 위원회에 소환하여 증언을 듣기로 하였고, 쟌카너의 증언 날짜를 1975 년 6 월 24 일로 예정하였다. 그래서 증언일자보다 며칠 이른 6 월 19 일에 쳐치 상원의원과 위원회의 스탭 멤버들은 샘 쟌카너의 안전한 호송을 위한 일련의 조치 등을 위하여 먼저 시카고에 도착하였다.

쟌카너는 1974 년 7 월에 멕시코에서 강제출국 당하여 미국으로 송환된 뒤로, 시카고 교외의 오우크 파크에 있는 자신의 집에서 24 시간 FBI 의 철저한 보호하에 기거하고 있던 중이었다. 쟌카너는 쿠바 수상인 피델 카스트로를 암살하기 위한 CIA 의 비밀계획에 관련이 되어있었던 것으로 알려져 있었기 때문에 상원 위원회에 소환된 것이었다.

위원회에서의 증언 며칠 전, 담낭절제수술에서 성공적으로 회복한 것을 축하하는 의미로 쟌카너는 딸 부부와 동료 몇 명을 초대하여 조촐한 파티를 열기로 한다. 1975 년 6 월 19 일 저녁이

[20] James Hoffa Jr.
[21] Frank Church

었다. 그들의 방문에 대하여 FBI 의 허락이 있었던 것은 물론이다. 부하이며 친구인 도미닉 블라지와 척 잉글리쉬[22], 쟌카너의 딸 부부인 제리와 프란치네 드팔마[23]가 노 보스인 쟌카너의 집에 놀러 왔고, 파티가 끝나자 이들은 모두 작별인사를 하고 집을 나왔다. 후에 프란치네가 증언하기를, 자기가 지갑을 두고 나온 것을 깨닫고 부부가 함께 쟌카너의 집으로 되돌아가 지갑을 집어 가지고 다시 나올 때에 자기처럼 쟌카너의 집으로 되돌아오고 있는 도미닉 블라지를 목격하였다고 말했다.

쟌카너는 집의 지하실에서 발견되었다. 22 구경 권총으로 얼굴과 머리, 목 등에 6 발의 총격을 당하여 즉사한 것이다. 특히 머리의 상처는 뒤편 아주 가까운 거리에서 권총을 갖다 대고 발사한 것이었다. 누가 쏘았던지 간에 쟌카너와 매우 가까운 사이였음에 틀림이 없었다. 쟌카너가 완전히 무방비 상태로 자신의 등을 보일 정도였으니 말이다. 정황으로 볼 때 쟌카너는 손님을 위하여 밤참으로 콩과 소시지를 볶아 함께 내놓는 이탈리아 요리를 만들려던 중이었던 것 같았다. 윗층에 있던 FBI 요원들이 아무 소리도 듣지 못한 것으로 미루어 살인자는 소음총을 사용한 것으로 보였다.

쟌카너가 죽게 된 이유를 여기서 한번 심각하게 음미해볼 필요가 있다. 당연한 말이지만 특히 상원 특별 위원회의 증언을 며칠 앞두고 그가 죽었다는 사실에 주목해야 한다. 그리고 이 사건과 관련하여 도미닉 블라지나 토니 아카르도가 조사를 받게 되는 일이 한번도 없다는 사실에도 또한 주목하여야 한다. 과연 상원 위원회에서 쟌카너가 내놓을 증언이 무엇이었길래 그의 입을 미리 막지 않으면 안 되었을까? 당연히 제 1 용의자로 지목되어야 할 도미닉 블라지가 어찌해서 전혀 조사를 받지 않을 수가 있었을까?

---

[22] Chuck English(1914 - 1984) 원래 이름은 Charles Carmen English.
[23] Jerry & Francine DePalma

잔카너는 과거에 쿠바가 카스트로의 혁명으로 미국의 지배에서 벗어나게 되었을 때 쿠바 수복을 위한 CIA 의 계획에 깊게 관여한 적이 있었다. 당시 CIA 는 카스트로 암살을 위해 여러 작전을 세웠고, 그 작전에는 마피아의 멤버들도 가담하였다. 마피아가 거기에 참가하게 된 이유는 CIA 로부터 그 작전에 대한 참가를 권유 받았기 때문이었다. 마피아들이 쿠바에서의 오랜 사업으로 현지의 사정을 잘 파악하고 있다는 사실을 알고 있었고, 쿠바의 수복이 마피아의 이익과도 지대한 관계를 가지고 있다는 것을 잘 알고 있었기 때문에 CIA 는 마피아를 끌어들인 것이었다. 과거의 미 정보기관과 마이어 랜스키, 프랭크 코스텔로 등과의 연줄에 의하여 다시 CIA 는 마피아와 합동작전을 벌인 것이었고, 마피아측 실무 책임을 맡은 중심 인물이 바로 샘 잔카너였던 것이다.

그렇지만 이 주장대로 쿠바에 대한 CIA 와 마피아의 합동작전이 있었다 할지라도 그것만 가지고는 잔카너의 피살을 이치에 닿게 설명할 수가 없는 것이 사실이다. 왜냐하면 쿠바와 관련된 당시의 대표적인 비밀작전이었던 오퍼레이션 베이 오브 피그스의 실패담이 이미 모두 만천하에 널리 공개된 상태였기 때문이다. 또, CIA 가 잔카너에게 카스트로의 암살을 의뢰했다는 사실이 공개되는 것이 두려워서 잔카너를 제거하였다는 가설도 적절하지 않다. 왜냐하면 그것은 CIA 가 잔카너를 없앨 이유는 될지언정, 아카르도가 잔카너를 제거할 이유는 되지않기 때문이다.

잔카너가 발설할 위험이 있었던 내용은 이보다 훨씬 더 민감한 것이었음에 틀림이 없다. 저자는 그것을 케네디 대통령 암살사건이었다고 생각한다. 토니 아카르도는 입이 가볍고, 무대를 좋아하는 성격인 잔카너가 상원 특별 조사위원회에 출석해서 어떤 사실을 발설할지 두려웠던 것이다. 케네디 암살에 관하여 정부기관이 비난 받는 것은 아무 상관이 없었으나, 자신들이 비난 받는 일은 무슨 일이 있어도 피해야 했기 때문이었다. 사실 케네디 암살작전은 마피아가 카스트로 암살을 위하여 세웠던 여러 계획 중의 한가지를 약간만 변형하여 적용하였던 것이었다.

앞에서 언급했듯이 쟌카너가 죽은 지 1 년 후인 1976 년 8 월에는 시카고 아우트피트의 미 서부 대리인인 쟈니 로젤리의 시체가 마이애미의 비스케인 만에서 발견된다. 로젤리의 시체는 보다 잔혹한 모습이었는데 손과 발이, 그리고 목으로부터 귀와 코까지가 잘려져 기름 드럼통 속에 처박혀 있는 상태였다. 로젤리는 쟌카너가 출두할 뻔했던 바로 그 상원 특별 조사위원회에서 이미 4 개월 전에 극비 증언을 했는데, 그곳에서 로젤리는 오스왈드 암살범인 잭 루비는 자신들의 동료였으며, 루비는 오스왈드를 침묵시키도록 명령을 받고 있었다고 증언을 하였다고 한다. 아마도 로젤리는 그 정도의 사실은 이미 모두들 알고 있는 것이라 발설하여도 별 문제가 없을 것으로 생각했는지 모른다.

1977 년에는 찰스 니콜레티가 특별한 이유없이 아카르도에 의하여 히트된다. 찰스 니콜레티는 수년동안 펠릭스 알데리지오와 함께 시카고 아우트피트에서 제일가는 히트 맨이었다. 자신의 차 앞 좌석에 앉은 상태에서 역시 가까운 거리로부터 뒷머리에 총을 맞은 상황이었다. 평소에 잘 알고 지내던 사람이 뒷좌석으로부터 쏜 것이 분명했다. 38 구경으로 3 발이었다. 찰스 니콜레티의 시신이 발견된 차량은 그의 시체가 병원으로 운반된 뒤에 저절로 화재가 발생하여 차량이 전소되어 아무런 증거도 남지 않게 된다. 자동차에서 원인 없이 저절로 불이 날 수는 없는 일이나, 여하간 이 사건에 대한 공식 기록에는 자연 발생한 차량 화재라고 되어 있었다.

1975 년, 재키 체로네가 감옥에서 풀려 나왔고 따라서 다시 체로네가 시카고의 보스 자리를 맡게 되었으나 외견상으로는

계속 죠셉 아유파가 보스인 것 같은 모습이었다. 체로네-아유파 체제는 1986 년까지 지속되다가 그들 두 사람이 스트로맨 케이스, 즉 라스베가스의 카지노 스킴 건으로 구속, 수감되면서 죠셉 페리올라[24]가 시카고의 보스가 된다.

그러면 도니 브라스코 오퍼레이션과 함께 FBI 의 가장 성공적인 작전으로 꼽히는 스트로맨 오퍼레이션에 대하여 알아보는 것을 마지막으로 시카고 아우트피트에 대한 이야기를 끝내기로 한다.

1978 년 6 월 2 일, 미주리 주 캔자스 시티의 한 피자 하우스 빌라 카프리[25]에서 캔자스 시티의 액팅보스인 코르키 치벨라[26]와 언더보스인 칼 델루나[27]의 대화가 FBI 에게 도청되는 일이 일어난다. 이때 캔자스 시티의 보스이며 코르키 치벨라의 친형인 니콜라스 치벨라는 교도소에 수감되어 있던 중이었다. FBI 는 얼마 전 캔자스 시티에서 일어났던 한 살인 사건에 대하여 수사 중이었는데, 니콜라스 치벨라와 그 일당에게 혐의를 두고 법원의 허가를 받아 이들 조직의 본부라고 여겨지는 이 피자집에 도청장치를 설치한 것이었다.

코르키 치벨라, 칼 델루나와 또 다른 이들은 이때 자신들과 밀워키 마피아, 그리고 시카고 아우트피트가 함께 투자한 라스베가스의 스타더스트 호텔-카지노와 트로피카나 호텔-카지노에 대하여 토의 중이었던 것으로, 보다 구체적으로는 스타더스트 호텔의 서류상의 주인인 알렌 글릭[28]과 시카고가 파견한 프랭크 로젠탈의 최근 문제, 그리고 그들이 빌어 쓴 팀스터 연금 기금에 대하여 이야기하고 있었다. 이 대화의 녹음 테이프는 마피아

[24] Joseph Ferriola(1927 - 1991) 닉네임은 Spooner 또는 Mr. Clean.
[25] Villa Capri Restaurant
[26] Carl Civella, 닉네임은 Corky.
[27] Carl DeLuna, 닉네임은 Tuffy.
[28] Allen Glick(1943 - 현재)

들이 라스베가스의 카지노에 대하여 조직적이며 직접적인 영향력을 행사하고 있다는 사상 최초의 공식적 증거가 된다. 이때의 도청에서 비롯된 일련의 작전을 스트로맨 오퍼레이션이라고 FBI 는 명명하였다. 스트로맨은 허수아비라는 뜻으로 프론트 맨 즉, 카지노의 오너들이 실제로는 허수아비와 같은 가짜 주인들이라는 데에서 따온 말이다.

그런데 막상 후에 재판이 시작되자 이 테이프보다도 더욱 그들에게 치명적이었던 것은 칼 델루나의 메모장이었다. 델루나는 보스로부터 횡령의 의심을 받는 것을 두려워하여 모든 지출을 그의 작은 노트에 기록해 두었던 것이다. 여기에는 지폐를 동전으로 환산한 것, 여행을 했을 경우 사용한 개솔린 값 등 모든 것이 기록되어 있었다. 델루나는 니콜라스 치벨라의 운전사도 겸하고 있었던 것이다. 그의 기록벽은 가히 강박적이라고 할 수 있었다.

이번 사건이 드러날 경우 피해를 입는 것은 캔자스 시티의 조직 뿐만이 아니었기 때문에 마피아들은 FBI 의 수사로부터 벗어나기 위하여 필사적인 노력을 기울였다. 그리하여 1983 년 1 월 20 일, 팀스터의 연금 기금 관리자인 알렌 도프만이 시카고 교외의 식당에서 식사를 마치고 걸어 나오던 중 총에 맞아 죽게 된다. 당시 도프만은 자신들에게 유리한 트럭 수송법안의 제정을 위하여 네바다 주 상원의원인 하워드 캐논[29]을 매수하려 한 혐의로 시카고 아우트피트의 재키 체로네, 죠셉 아유파, 죠셉 롬바르도[30] 그리고 팀스터의 전미 보스인 로이 윌리엄스 등과 함께 기소되어 있던 참이었다.

그러나 도청 테이프와 칼 델루나의 메모 노트로 인하여 결국 마피아는 엄청난 시련을 당하게 된다. 시카고 아우트피트로서는 1960 년대 초의 로버트 케네디 법무장관의 집중 수사 이후로

---

[29] Howard W. Cannon
[30] Joseph Lombardo

가장 큰, 아니 그때보다도 더 큰 서리를 맞게 된 것이다. 그 결과 1983 년, 코르키 치벨라와 칼 델루나는 각각 30 년형의 중형을, 역시 관련자의 하나인 칼 토마스[31]는 15 년형을 선고 받는다. 이보다 앞선 1983 년 3 월에 니콜라스 치벨라는 폐암으로 죽었다. 30 년을 감옥에서 썩을 것을 생각한 칼 델루나는 정부측 증인이 되기를 자청하였고, 라스베가스의 트로피카나 호텔 카지노의 스킴을 담당하여 역시 사건 관련자가 되어 있던 죠셉 아고스토[32]도 델루나와 함께 조직을 배반하여 재앙은 그 정도를 더해갔다. 결국 1986 년, 시카고의 재키 체로네와 죠셉 아유파가 각각 28 년형을 선고 받았고 코르키 치벨라는 다시 16 년형을 추가로 선고 받았다.

사건 관련자의 한 명인 밀워키 마피아의 보스 프랭크 발리스트리에리[33]는 13 년형을 선고 받았다. 프랭크 발리스트리에리는 이미 피자 커넥션에 연루되어 30 년형을 선고 받은 상태였다. 변호사인 발리스트리에리의 두 아들, 죤과 죠셉 발리스트리에리[34]도 사건과 관련하여 유죄 판결을 받았으나 프랭크 발리스트리에리는 당국과 흥정을 하여 자신의 유죄는 순순히 인정하는 대신 아들들의 혐의는 무죄로 처리하기로 합의하였다.

이 스트로맨 케이스 이후 라스베가스에서 갱들의 영향력은 완전히 사라졌다고 미 사법당국은 주장하고 있다. 실제로 라스베가스는 오늘날 도박 도시라기 보다는 종합 레저 타운으로 탈바꿈하고 있으며, 스트로맨 케이스가 마피아에게 크나큰 타격

---

[31] Carl Wesley Thomas

[32] Joseph Agosto(? - 1983) 원래 이름은 Vincenzo Pianetti, 1929 년에 Angelo Lonardo 에게 살해당한 클리블랜드 마피아 Salvatore Todaro 의 원래 이름은 Augusta Archangelo 였다. 그의 8 살 난 아들 Joseph Archangelo 는 싸움에 말려드는 것을 피해 이탈리아로 보내졌는데, 그곳에서 이름을 Joseph Agosto 로 바꾸었으며 30 세의 나이로 일찍 죽었다. 여기서 등장하는 Joseph Agosto 는 일찍 죽은 Salvatore Todaro 의 아들의 이름을 Vincenzo Pianetti 가 도용하여 미국으로 밀입국한 것이다.

[33] Frank Balistrieri(? - 1993)

[34] John & Joseph Balistrieri

을 입힌 것도 사실이지만, 어느 곳이든 카지노가 존재하는 한 스킴은 존재할 것이며 스킴과 같은 불법 수입이 존재하는 곳에는 반드시 조직범죄가 함께 존재할 것이다.

재키 체로네와 죠셉 아유파가 구속, 수감된 후 그들의 뒤를 이어 시카고의 보스가 된 것은 죠셉 페리올라이다. 죠셉 페리올라는 암으로 1991 년에 죽었고 그 자리는 샘 카를리지[35]가 물려받아 계속 시카고 조직을 이끌게 된다. 1994 년에 샘 카를리지가 구속, 수감된 뒤에는 죤 디프론조[36]가 보스가 되어 현재까지 시카고 아웃트피트를 이끌고 있다.

보스 중의 보스이며 지난 50 년간 미 서부의 제왕이었던 토니 아카르도는 단 하루도 철창 안에서 밤을 보내본 적이 없는 자신의 기록을 그대로 간직한 채 1992 년 5 월 27 일에 86 세를 일기로 사망하였다. 아카르도는 조촐한 장례식 끝에 그의 절친한 친구 폴 리카의 무덤을 오른쪽에, 역시 동료였던 샘 바탈리아의 무덤을 왼쪽에 두고 시카고의 퀸 오브 헤븐 묘지[37]에 안장되었다.

---

[35] Sam Carlisi(1921 - 현재) 닉네임은 Wings.

[36] John DiFronzo(1928 - 현재)

[37] Queen of Heaven Cemetery, Hillside, Chicago

제 8 부
클리블랜드와 기타 도시 이야기

제 18 장

1934 년까지 클리블랜드 마피아의 보스였던 프랭크 밀라노는 그의 탈세 관련 재판으로 인하여 멕시코로 몸을 피하였으나 그 이후로 그의 영향력이 완전히 사라진 것은 아니었다. 오히려 멕시코에서의 사업으로, 후임 보스 알 폴리찌의 콘실리에리가 된 그의 동생 토니 밀라노, 그리고 라스베가스의 모리스 달릿츠와 함께 미 서부에 대하여 큰 영향력을 발휘하게 되었다. 특히 프랑크 밀라노의 동생인 토니 밀라노는 잭 드라냐, 쟈니 로젤리, 닉 리카타[1] 등과 함께 캘리포니아에서도 큰 세력을 떨치는 마피아 보스가 된다.

일부의 주장에 의하면 프랭크 밀라노의 동생, 토니 밀라노는 1978 년에 90 세의 나이로 죽을 때까지 오하이오 주와 캘리포니아 주에서 막강한 영향력을 가지고 있었고, 마치 시카고의 토니 아카르도와 같은 보스 위의 보스의 권위를 가지고 있었으며, 잭 드라냐나 쟈니 로젤리 등은 토니 밀라노에 비교하면 그저 꼭두

[1] Nick Licata

각시 인형에 불과한 정도였다고 한다. 토니 밀라노는 비벌리 힐즈의 선셋 불리바드에 궁전 같은 저택을 가지고 있었고, 항상 그의 주위에는 50 명 내지 60 명 정도의 부하들이 어떤 명령이든 내려오기만 하면 즉시 실행할 태세를 갖추고 대기하고 있었다고 한다. 그의 이름이 알려지지 않은 것은 그가 항상 조용하고 낮은 자세를 잘 유지하였기 때문이라는 것이다.

클리블랜드에서의 한 토니 밀라노의 주 사업은 노동조합 관계의 일이었다. 또한 그는 일찍이 뉴욕의 죠셉 프로파치와 긴밀하게 지내며 여러 합법적인 사업을 함께 하기도 하였다고 한다. 1983 년, 제임스 호파 이후 프랭크 핏시몬즈, 로이 윌리엄스에 이은 팀스터 노조의 제 6 대 전미 보스를 뽑는 선거에서는 재키 프레서라는 사람이 당선되었는데, 그는 클리블랜드 마피아의 영향력으로 그 자리에 당선된 것이었다. 재키 프레서의 아버지 빌 프레서[2]는 젊었던 시절, 토니 밀라노의 영향력으로 클리블랜드의 자동판매기 산업 노조에 일자리를 얻었던 사람으로 노동조합 관계의 일에 재미를 붙인 빌 프레서는 그의 아들을 팀스터 노조에 가입시켜 결국 전미 보스로까지 키워냈던 것이다. 재키 프레서는 그전 보스인 로이 윌리엄스 아래에서는 팀스터의 연금 기금 관리를 담당하는 자리에 있었다.

1944 년에 알 폴리찌로부터 조직을 넘겨받은 죤 스칼리지는 자그마치 30 년이 넘는 세월에 걸쳐 클리블랜드 마피아를 통치하였으며, 1976 년에 이르러서 심장 수술을 받다가 죽음으로써 그의 시대를 마감하였다. 스칼리지는 능동적으로 새 사업을 계속 펼쳐가는 타입은 아니었다. 스칼리지에게는 벅아이 자동판매기[3]라는 합법적인 사업체와 모리스 달릿츠의 권유로 투자한 라스베가스 카지노로부터 나오는 수익금 등이 있었고, 그는 이것으로 만족하며 시간이 날 때에는 클리블랜드와 인접한 이리

---

[2] Bill Presser
[3] Buckeye Vending Company

호수에 가서 요트를 타며 여유를 즐겼다고 한다. 라스베가스 카지노로부터 나오는 수익금이라 함은 물론 스킴으로부터 나오는 돈을 말하는 것이다.

1976 년, 죤 스칼리지가 죽자 그의 가까운 측근이었던 유태인, 밀튼 로크맨[4]은 스칼리지가 죽기 전에 전 디트로이트 퍼플 갱의 일원이었던 제임스 리카볼리[5]를 후임 보스로 지명하였다고 발표하였다. 이 발표는 관련자 모두에게 놀라움을 일으키기에 충분하였는데, 이는 제임스 리카볼리가 이미 72 세의 노인이었기 때문이기도 하고, 클리블랜드의 지하세계에는 오래 전부터 많은 존경을 받고 있어 모든 사람들로부터 다음 번 보스 감으로 인정 받고 있던 멤버가 따로 있었기 때문이기도 하였다. 다음의 보스로 기대되고 있던 사람은 바로 초기 클리블랜드의 보스였던 죠 로나르도의 아들, 안젤로 로나르도를 말하는 것이었다.

여기에는 스칼리지와 최후에 함께 시간을 보냈던 밀튼 로크맨의 농간이 있었던 것으로 짐작이 된다. 로크맨은 안젤로 로나르도와 마찬가지로 스칼리지의 여동생 중의 한 명과 결혼한 사이였기 때문에 로나르도와도 친척간이었지만 로나르도보다는 제임스 리카볼리와 더욱 가까운 사이였고, 나이든 리카볼리를 보스로 앉힘으로써 자신의 영향력을 더욱 확대하고 싶었던 것이다. 이때 안젤로 로나르도가 이에 불복하여 부하들을 이끌고 쿠테타를 일으켰다면 아마도 그것은 큰 무리 없이 성공하였을 가능성이 높다. 그만큼 안젤로 로나르도는 많은 멤버들로부터 존경과 지지를 받고 있었던 것이다. 로나르도는 그의 합리적인 일 처리와 깨끗한 매너 때문에 심지어는 경찰과 판사 등 사법 관리들로부터도 존경을 받고 있었다고 한다.

후임 보스 건에 대해서는 제임스 리카볼리 자신조차도 사양

---

[4] Milton Rockman(1913 - 1995) 닉네임은 Maishe, 또는 Deer Hunter.

없이 덥석 받아들이기를 꺼려했다. 그러나 안젤로 로나르도는 제임스 리카볼리에게 기꺼이 그 자리를 양보하였고, 피바람을 불러 일으킬 수도 있었던 이 사건은 조용히 지나가게 된다. 조직의 언더보스로는 제임스 리카볼리의 사촌인 레오 모체리[6]가 지명되었다. 그러나 제임스 리카볼리 체제하에서 조직의 기강은 예전과 같을 수 없었고, 이 시기를 틈타서 클리블랜드 마피아의 사업에는 이제까지 없었던 큰 위협이 닥치게 되는데 그것은 아일랜드 갱, 대니 그린[7]의 세력이었다.

클리블랜드 항구는 1960 년대에 들어와서야 활성화되기 시작하였다. 그것은 온타리오 호수와 대서양을 잇는 세인트 로렌스 수로[8]가 1959 년이 되어서야 개통되었기 때문이다. 이 세인트 로렌스 수로로 인하여 오하이오 주, 미네소타 주, 위스콘신 주, 미시간 주, 일리노이 주, 인디애나 주, 펜실바니아 주, 뉴욕 주 등 미국 5 대호 주변의 주들과 토론토 등 캐나다의 몇 내륙 도시들은 드디어 직접 대서양 항로를 통하여 무역을 할 수 있게 된다.

클리블랜드 시는 새로 시작될 대서양 무역 시대를 준비하는 데에 무려 1 천만 달러를 쏟아 부었다. 클리블랜드 항구는 겨울이 되면 얼어붙어 여전히 1 년에 4 개월 정도는 배들이 드나들 수가 없었으나 그래도 그 이전과는 비교할 수 없을 정도로 활성화되기 시작하였고, 따라서 항구에서 하역작업을 하는 노동자들의 수도 엄청나게 늘기 시작하였다. 월터 위버[9]에 뒤이어 이 항만 노동자들의 노조, ILA 의 지역번호 1317 번 지부를 1961 년부터 이끌게 된 사람이 바로 대니 그린이었다.

---

[5] James Licavoli(1904 - 1985) 원래 이름은 Vincentio Licavoli, 닉네임은 Jack White.
[6] Leo Moceri(1907 - 1976) 원래 이름은 Calogero Moceri, 닉네임은 Lips.
[7] Daniel Greene(1933 - 1977) 닉네임은 Irishman.
[8] Saint Lawrence Seaway
[9] Walter Weaver

미 해병대에서의 군복무시 사격교관을 지내기도 했던 대니 그린은 1952 년에 제대하자 뉴욕으로 갔다가, 곧 클리블랜드에 돌아와 철도 노동자로 몇 년간 일한 다음 1961 년 초부터는 클리블랜드 항구의 하역 노동자로 일하기 시작하였는데, 놀랍게도 일을 시작한 그 해에 항만노조의 보스로 선출된 것이다. 그에게는 다른 사람을 잡아 끄는 마력과 같은 카리스마가 있었다고 한다. 대니 그린은 얼마 후 ILA 의 5 대호 지역연합의 부회장으로도 선출된다. 사실 미국내 모든 항구의 항만노조는 뉴욕만을 제외하고는 대개가 아일랜드 인들이 장악하고 있었던 것이다.

대니 그린은 클리블랜드 마피아의 사업 파트너인 프랭크 브랑카토[10], 지역번호 27 번인 IATSE 의 지부 회장 애드리안 쇼트[11], 팀스터의 지부인 지역번호 436 번 노조의 회장 루이스 트리스카로[12] 같은 사람들과 친하게 되며, 함께 사업을 벌이게도 된다. 이때는 아팔라친 마피아 미팅이 경찰의 기습에 의하여 드러난 이후 얼마 지나지 않은 시기라 마피아들은 다시 시끄러운 일에 휘말려 들지 않으려고 몸을 사리던 때였고, 대니 그린은 이 기회에 보다 용이하게 그의 세력을 넓힐 수가 있었다.

대니 그린은 거액을 들여 노조의 본부 건물을 새로 단장하고, 그 내부를 자신의 이름을 따라 초록색으로 장식을 하였다. 심지어 그는 계약서 등에 사인을 할 때에도 초록색의 잉크를 사용하였다고 한다. 그린은 마피아들이 노동자들로부터 이익을 갈취하는 것과 똑같은 전형적인 방법으로 부두의 하역 노동자들을 착취하여 사욕을 채웠는데, 이러한 노조 착취로 인하여 그린은 1966 년에 5 년 징역형 등의 유죄 판결을 받게 되지만 그 집행은 유예된다. 1970 년에 이르러서 대니 그린은 거액의 횡령 혐

---

[10] Frank Brancato, 닉네임은 Frank B.

[11] Adrian Short, 닉네임은 Junior.

[12] Louis Triscaro, 닉네임은 Babe.

의 등으로 드디어 중형을 선고 받을 위기에 처하게 되나, 다시 재판부와 합의를 보아 겨우 1 만 달러의 벌금을 지불하면서 향후 5 년간 노조활동으로부터 손을 떼도록 하는 판결만을 받는다. 대신에 그린은 자신에게 걸린 횡령 혐의를 기각하기로 하는 데에 합의를 본 것이다. 그런데 그린은 이 1 만 달러의 벌금조차도 전액 다 납부하지는 않았다.

죤 나르디[13]와 대니 그린이 서로 협조하기 시작한 것은 1974 년경부터였던 것으로 생각된다. 죤 스칼리지의 30 년 통치기간 동안 클리블랜드의 암흑가는 그다지 시끄러워 보이지는 않았으나 다른 도시의 다른 조직들과 마찬가지로 여러 이권을 두고 사소한 싸움은 꽤 일어나고 있었으며, 1970 년대에 들어와서는 그것이 잦아지면서 점차 수면 위로 드러나고 있었다.

클리블랜드 마피아는 같은 클리블랜드 출신인 재키 프레서와 그의 아버지인 빌 프레서를 통한 팀스터 노조와의 연결 때문에 팀스터 연금 기금에 대하여 일종의 특권을 누리고 있었는데, 죤 스칼리지가 죽고 클리블랜드 마피아의 상층부에 권력의 공백이 생겨나자 이 팀스터 연금 기금에 대하여 군침을 흘리는 그룹들이 노골적으로 탐욕을 드러내기 시작하였고, 그 중 죤 나르디와 대니 그린이 가장 두각을 나타내고 있었다. 죤 나르디는 토니 밀라노에 의하여 픽업되어 패밀리의 일원이 된 사람으로 현재는 지역번호 410 번 팀스터 지부의 재무를 맡고 있는 노조 간부였다.

1976 년, 패밀리의 보스가 바뀐 뒤 죤 나르디는 패밀리의 새 언더보스인 레오 모체리와 사업상 갈등을 빚게 되자 대담하게도 레오 모체리를 제거할 결심을 하게 된다. 나르디는 자신과 사업상 가까운 관계에 있던 아일랜드 갱, 대니 그린을 사주하여 레오 모체리를 처치하였는데 사실 이것은 너무나도 대담한 짓

---

[13] John Nardi(1916 - 1977) 원래 이름은 Giovanni Narcchione.

이었다. 왜냐하면 일찍이 솔다티 정도가 아닌 조직의 언더보스가 마피아 아닌 다른 그룹으로부터 죽임을 당한 일은 한번도 없었기 때문이다. 이번의 히트는 클리블랜드 마피아의 체면이 경각에 달리게 된 실로 엄청나게 큰 사건이었다.

전통적으로 클리블랜드 마피아는 뉴욕의 제노베제 패밀리의 지침을 따르고 있었다. 이것은 과거 모리스 달릿츠와 프랭크 밀라노의 연합이 뉴욕의 찰스 루치아노와 마이어 랜스키의 연합과 절친한 관계를 유지했던 데에서 유래된 것이었다. 그리하여 죤 나르디는 제노베제 패밀리와 경쟁관계에 있는 뉴욕의 갬비노 패밀리와 동맹을 맺기로 마음을 먹고, 카를로 갬비노 사후 새로 갬비노 패밀리의 보스가 된 폴 카스텔라노를 방문하기로 하였다.

한편 제임스 리카볼리는 1977 년 초에 안젤로 로나르도와 함께 뉴욕을 방문하여, 건강이 좋지않은 프랭크 티에리[14]를 대신하여 실질적으로 제노베제 패밀리의 액팅보스를 맡아보고 있던 안토니 살레르노를 만나 죤 나르디에 대한 문제를 상의하게 된다. 그리하여 클리블랜드 문제를 상의하기 위한 뉴욕 5 대 가문 보스들의 회합이 열렸고, 여기에서 도저히 그들을 용서할 수 없다는 결론이 내려져, 죤 나르디와 대니 그린에 대한 사형 선고의 판결이 내려진다.

우선 죤 나르디가 곧 뉴욕을 방문하게 되어 있었으므로 그에 대한 조치는 나르디가 폴 카스텔라노를 만나러 뉴욕에 올 때에 취하기로 하였고, 그 실무는 갬비노 패밀리의 새미 그라바노가 맡기로 하였다. 그러나, 나르디도 나름대로 정보를 얻을 수 있는 길이 있었으므로 그 계획은 나르다의 귀에 흘러 들어갔고, 나르디는 그의 뉴욕 방문 계획을 취소하고 말아 첫번째의 작전은 그만 무위로 돌아가게 된다.

---

[14] Frank Tieri(? - 1981) 원래 이름은 Francesco Tieri, 닉네임은 Funzi.

제임스 리카볼리는 히트를 성공시키기 위하여 먼저 조직의 전력을 강화할 필요성을 느껴, 제노베제 패밀리의 허락을 얻어서 새로 10 명의 신참 솔다티를 만들었다. 신입 솔다티라고는 해도 모두들 지하세계에서 잔뼈가 굵은, 다들 한가락 하는 범죄자들이었다. 신입 솔다티의 나이는 대개가 30 대 후반이며 심지어는 40 세가 넘은 사람도 있는 것이 보통이다. 클리블랜드 마피아는 또한 전력을 강화하기 위하여 클리블랜드 출신으로 캘리포니아에서 활약하고 있는 히트 맨 지미 프라티아노를 초빙했고, 다시 프라티아노의 조언으로 실력이 있다고 하는 펜실바니아 출신의 레이몬드 페리토[15]를 불러왔다.

그리하여 그전의 세 차례의 시도가 실패로 끝난 후 드디어 1977 년 5 월 17 일, 죤 나르디는 자동차 폭발에 의해 그 야심을 접게 된다. 그리고 1977 년 10 월 6 일에는 마침내 클리블랜드 마피아에게 참기 힘든 치욕을 안겨주었던 대니 그린을 제거하는 데에 성공하여 그들의 숙원을 이루게 된다. 이것 역시 자동차 폭발에 의한 히트였다. 죤 나르디의 히트는 죤 몬타나, 헨리 그레코[16] 등에 의한 것이었고 그린의 히트는 레이몬드 페리토, 지미 프라티아노 등에 의한 것이었다. 자동차 폭탄은 모두 파스칼레 치스테르니노[17]의 작품이었다.

그런데 사실은 여기에서 일일이 언급을 하지않아 그렇지, 사실은 그간 클리블랜드 마피아와 나르디-그린, 이 두 그룹간의 전쟁으로 말미암아 대니 그린이 죽기 전까지 1977 년 한해에만도 37 건의 폭발사건이 쿠야호가 카운티에서 발생하였으며, 그 중에서 자그마치 21 건의 사건이 클리블랜드 시내에서 일어났다. 1977 년 한해 동안 미국 오하이오 주에서 열흘에 한 번 꼴로 폭탄이 터졌던 것이다. 이 일련의 폭발 사건으로 인하여 클리블

---

[15] Raymond Ferritto
[16] John Montana, Henry Greco
[17] Pasquale Cisternino(? - 1990) 닉네임은 Butchie.

랜드 시는 언론으로부터 폭탄 도시라는 별명을 얻기도 하였다.

대니 그린은 자신의 목숨 하나에 마피아 전체의 체면이 달려 있다는 사실을 잘 깨닫고 있었다. 언젠가는 그들의 의도대로 자신의 목숨을 바쳐야 할 줄을 그린이 짐작하고 있었을 것인지는 모르겠지만, 그린은 철저한 경호와 완벽하게 무질서한 스케줄에 따라 행동하여 마피아들의 암살 시도를 수 차례에 걸쳐 따돌리며 생명을 보존하는 데에 성공하고 있었다.

1977 년 10 월 4 일, 제임스 리카볼리, 안젤로 로나르도, 레이몬드 페리토 등은 대니 그린의 애인 집 전화에 장치한 도청 테이프를 수거하여 들어보았는데, 거기에는 이틀 후에 그린의 치과 진료가 예약되어 있다는 대화가 들어 있었다. 그린의 움직임을 미리 예측할 수 있는 매우 귀중한 정보였다.

이틀 후인 10 월 6 일, 대니 그린이 약속 시간에 자신의 자동차를 몰고 와 린드허스트의 브레이나드 메디칼 빌딩의 주차장에 차를 세우고 건물 안으로 들어간 뒤 잠시 후, 페리토는 폭탄 차량을 운전하여 나타나 그린의 차 바로 왼쪽에 차를 주차시켰다. 이 차는 우측을 향하여 터지도록 폭탄이 장치되어 있었고, 폭탄의 위력이 감소되지 않도록 조수석의 문짝을 아예 떼어놓은 상태였다. 폭탄에는 원격 무선 스위치가 장착되어 있었으며, 페리토는 동료와 함께 먼 곳에서 리모콘 장치를 손에 들고 주차장을 바라보고 있었다.

폭발은 조용한 린드허스트의 교외를 뒤흔들었다. 폭탄은 대니 그린이 자신의 차 문을 열었을 때에 터져 그린의 등을 때린 것 같았다. 폭발 후에 생기는 진공상태의 흡입력에 의한 것인 듯 그린의 몸은 폭탄 차량의 아래에 깔린 상태로 발견되었는데, 아마도 고통을 느낄 사이도 없이 즉사한 것으로 보였다. 그린이 자랑스럽게 끼고 다니던 초록색 에메랄드가 5 개 박힌 금반지는 손가락에 끼워진 채 30 미터 떨어진 곳에서 발견되었다.

마침내 대니 그린과 죤 나르디의 제거에는 성공하였지만 그 사이에 일어났던 일련의 폭발 사건들은 관계 사법기관들을 너무나 자극시켰고, 결국 사건과 연관된 많은 클리블랜드 마피아의 인물들이 기소되는 등 조직은 적지않은 어려움을 겪게 된다. 일을 크게 벌이는 것은 역시 하나도 좋을 것이 없었던 것이다. 기소된 인물에는 제임스 리카볼리, 안젤로 로나르도, 지미 프라티아노의 고위 멤버를 비롯하여 레이몬드 페리토, 파스칼레 치스테르니노 외 여러 솔다티들도 포함되어 있었으며, 이중 지미 프라티아노와 레이몬드 페리토는 후에 일당을 배반하여 검찰측 증인으로 돌아서게 된다. 대니 그린 피살사건과 관련해서는 오직 파스칼레 치스테르니노와 다른 한 명만이 유죄로 판결된다.

제임스 리카볼리는 다른 사건에 대한 갈취 혐의로 1982 년에 유죄 판결을 받아 사업의 중앙무대에서 사라졌고, 그 뒤 드디어 안젤로 로나르도가 클리블랜드 마피아의 보스가 되었다. 그러나 바로 1 년 후인 1983 년, 안젤로 로나르도 그도 부하의 마약거래에 연루되어 유죄의 판결을 받아 수감되는데, 이때 로나르도는 그 동안 대단한 존경을 받던 마피아의 보스로서는 전혀 어울리지 않게 연방 정부측의 증인이 되기로, 즉 그의 동료들을 배신하기로 결심을 한다.

안젤로 로나르도의 배신은 로나르도가 그 이전까지 검찰측 증인으로 전향했던 마피아의 멤버들 중 가장 거물이었기 때문에 FBI 와 마피아 양측 모두에게 매우 큰 비중을 가지는 충격적인 사건이었다. 죠셉 발라키는 솔다티였고 바로 직전에 전향한 지미 프라티아노는 카포레짐이었으나, 안젤로 로나르도는 다름아닌 한 패밀리의 보스였던 것이다. 그 자신이 밝힌 변절의 이유는 나이가 들만큼 든 지금에 와서 가족들과 헤어져야 한다는 것이 너무나 괴로웠다는 것이었다.

안젤로 로나르도에 의하여 밝혀진 사실들은 쇼킹한 것들이었다. 거기에는 마피아들이 힘을 합하여 로이 윌리엄스를 제 5 대 팀스터 전미 보스로 당선 시킨 일, 1983 년에 로이 윌리엄스가 수감되자 다시 재키 프레서를 지지하여 제6 대 팀스터 전미 보스로 당선시켜 팀스터에 대한 영향력을 계속 확보한 일, 1973 년에 알렌 글릭이 스타더스트 호텔-카지노를 인수할 때 팀스터 연금 기금으로부터 53 억 달러를 빌어 쓸 수 있게 된 막후 곡절 등이 있었고, 그 후 스타더스트 카지노에서 스킴으로 로나르도 자신과 클리블랜드 마피아는 물론 팀스터 보스, 로이 윌리엄스까지도 매달 일정액을 상납 받았다는 사실도 들어 있었으며, 멀리 과거로 거슬러 올라가서는 자신이 무죄 판결을 받았던 1929 년의 살바토레 토다로 피살 사건의 진범이 자신이라는 고백도 포함되어 있었다.

그의 배반의 영향은 비단 클리블랜드에만 국한된 것이 아니었다. 안젤로 로나르도와 지미 프라티아노의 증언은 뉴욕과 캔자스 시티 등 다른 곳에서 벌어지고 있던 재판에도 크나큰 영향을 미치게 된다. 라스베가스의 카지노 스킴과 관련하여 1983 년에 캔자스 시티와 밀워키의 코르키 치벨라, 칼 델루나, 프랭크 발리스트리에리, 칼 토마스 등이 중형을 선고받은 일이 있었는데, 다시 이번에 새로 밝혀진 사실들로 인하여 시카고의 재키 체로네와 죠셉 아유파가 각각 28 년형을 선고 받게 되고, 클리블랜드의 밀튼 로크맨도 24 년형을 선고받게 된다. 처음의 1983 년의 것을 스트로맨 1 케이스, 나중의 1986 년의 것을 스트로맨 2 케이스라고 각각 부른다. 이때 재키 체로네의 나이가 72 세, 죠셉 아유파의 나이가 79 세, 밀튼 로크맨의 나이가 73 세였으니 이들은 아마도 살아서 다시 자유의 몸이 되기는 어려울 것이다.

안젤로 로나르도와 지미 프라티아노의 증언은 1980 년부터 시작된 뉴욕의 `커미션 케이스` 에서도 매우 중요하게 작용하여 뉴욕의 5 대 가문 모두에게 엄청난 타격을 가하게 된다. 커미션 케이스는 뉴욕 5 대 가문의 보스 다섯 사람 중 네 명이 연루되어 있던 엄청나게 큰 사건이었는데, 이 사건을 이끌어가는 검찰측의 리더는 바로 2 년 후 피자 커넥션 케이스를 함께 담당하게 되는 연방 검사 루돌프 쥴리아니였다. 쥴리아니 검사는 이 일련의 사건을 승리로 이끈 여세를 몰아 1994 년에 뉴욕 시의 제 107 대 시장으로 당선된다.

사건의 명칭으로 일컬어지는 `커미션` 은 즉, 마피아 보스들의 모임인 `위원회` 에서 따온 것이었다. 이 커미션 케이스도 역시 1986 년에 최종 판결이 났는데, 피고 중 제노베제 패밀리의 보스인 안토니 살레르노와 콜롬보 패밀리 보스 카르미네 페르시코[18], 콜롬보 패밀리 언더보스 제나로 란젤라에게는 각각 100 년의 징역과 24 만 달러의 벌금이, 그리고 루케제 패밀리의 보스인 안토니 코랄로[19]와 역시 루케제 패밀리의 언더보스인 살바토레 산토로[20]에게는 각각 100 년의 징역과 25 만 달러의 벌금이 선고되었다.

갬비노 패밀리의 보스, 폴 카스텔라노도 마찬가지로 이 재판의 피고 중 한 명이었으나 그는 1985 년에 부하 죤 고티에 의하여 피살된다. 피고 중 아니엘로 델라크로체는 1985 년에, 안토니 코랄로는 1986 년에, 제나로 란젤라는 1987 년에 각각 자연사한다. 이 커미션 케이스의 재판에 있어서도 FBI 특수요원 죠셉 피스토네의 증언이 매우 중요하게 작용하였다.

커미션 케이스, 피자 커넥션 케이스 등의 영향으로 오늘날 뉴욕에서의 마피아 활동은 매우 위축되어 있는 상태이다. 1998 년에 재선된 루돌프 쥴리아니 뉴욕 시장은 타임즈 스퀘어의 포르노 상점을 기습 단속하는 등 마피아의 사업을 집중 검거하더니, 최근에는 그간 조직범죄단에 입힌 타격이 그만하면 충분하다고 판단을 하였는지 경찰력을 음주운전의 단속 등 다른 쪽으로 돌리고 있는 것 같다. 루돌프 쥴리아니는 향후 미국 정계에 떠오

---

[18] Carmine Persico(? - 현재) 닉네임은 The Snake.
[19] Anthony Corallo(1914 - 1986) 닉네임은 Tony Ducks.
[20] Salvatore Santoro(? - 현재) 닉네임은 Tommy Mix.

르는 샛별의 하나가 될 것으로 생각된다.

그러면 이제는 이 책을 끝낼 때가 거의 다 되어 오고 있으므로 이쯤에서 미국의 다른 도시들의 사정을 간략하게 알아보기로 하겠다.

뉴져지 주의 마피아가 강력한 뉴욕 시의 마피아 패밀리들로부터 영향을 받고 있는 것은 아마도 필연적일 것이다. 뉴져지 마피아는 느워크 시를 중심으로 활동하고 있으며, 전통적으로 뉴욕의 갬비노 패밀리와 가까운 사이를 유지하였다. 뉴져지 패밀리는 오늘날 데카발칸테 패밀리로 불리고 있는데, 사뮤엘 데카발칸테는 1964 년에 니콜라스 델모레로부터 조직을 인수한 후 1970 년대 초까지 보스의 자리에 있었던 사람이며, 그 다음은 죤 리지가 이어받는다. 죤 리지가 수감된 후에는 뉴욕 갬비노 패밀리의 잭 다미코[21]가 그곳의 액팅보스를 맡고 있는 것으로 알려져 있으나 실상은 현재 확실치가 않다. 뉴져지 패밀리의 언더보스를 역임한 안토니 프로벤자노는 팀스터의 제임스 호파 실종 사건과 깊은 관련이 있는 것으로 알려진 사람이다.

뉴욕 주의 버팔로는 스테파노 마가디노가 52 년간 다스렸으며 그가 1974 년에 죽자 살바토레 피에리[22]를 거쳐 현재는 죠셉 토다로[23]가 보스를 맡고 있다. 스테파노 마가디노의 52 년 치세는 한 사람이 보스로 재임한 최장 기록이다.

펜실바니아 주의 핏츠버그와 필라델피아도 일찍부터 마피아가 자리를 잡은 도시이다. 핏츠버그는 1926 년에 스테파노 모나스테로[24]로부터 시작하여 여러 보스를 거쳤고, 1986 년에 죤 라로카가 지병인 암으로 숨진 뒤에는 마이클 제노베제[25]가 보스가

---

[21] John D`Amico, 닉네임은 Jackie Nose.
[22] Salvatore Pieri
[23] Joseph Todaro
[24] Stefano Monastero
[25] Michael James Genovese

되었다. 마이클 제노베제는 유명했던 뉴욕의 보스, 비토 제노베제의 사촌이다.

핏츠버그 패밀리는 1989 년 말에 클리블랜드로 그 세력을 넓히려는 시도를 한 적이 있다. 안젤로 로나르도의 배신으로 인하여 클리블랜드 패밀리의 위상이 땅에 떨어진 틈을 탄 시도였을 것이다. 1 천만 달러 내지 1 천 5 백만 달러 규모에 달하는 이 클리블랜드에서의 불법도박사업과 관련하여 1992 년에 3 명의 핏츠버그 패밀리 멤버가 기소되나 보스인 마이클 제노베제에게는 아무 일도 일어나지 않아 핏츠버그에서는 현재까지 마이클 제노베제가 보스의 자리를 잘 유지하고 있는 것으로 보인다.

필라델피아 패밀리의 현재 보스는 한때 뉴져지 주 캠든 카운티의 바텐더 노조의 보스를 역임했던 랠프 나탈레[26]이다. 과거 필라델피아에서는 매우 유능한 보스가 한 명 배출되었는데 그 사람의 이름은 안젤로 브루노[27]로, 바로 1927 년부터 1946 년까지 필라델피아 패밀리의 보스였던 죠셉 브루노[28]의 아들이다. 안젤로 브루노는 뉴져지의 아틀랜틱 시티를 라스베가스에 이은 제 2 의 도박 도시로 키워내 그 수입면에서 필라델피아 패밀리를 뉴욕과 시카고에 이어 세 번째 가는 조직으로 만들기도 하였다.

안젤로 브루노도 카를로 갬비노 등 뛰어났던 다른 보스들과 마찬가지로 폭력보다는 이성적인 대화를 선호하는 사람이었으며, 평생에 걸쳐 13 회 체포되고 대배심, 상원 조사위원회 등에 수도 없이 불려나가 증언대에 서곤 하였지만 그가 감방에 간 것은 아틀랜틱 시티의 부패상과 관련한 중요 청문회에서 증언을 거부한 데 대하여 유죄 판결을 받아 2 년 반 동안 복역한 것 이외에는 전혀 없다. 아틀랜틱 시티는 1976 년에 카지노 도박을

---

[26] Ralph Natale
[27] Angelo Bruno(1911 - 1980)
[28] Joseph Bruno(? - 1946)

합법화시켰다.

1980 년 5 월 21 일 오후, 안젤로 브루노는 차에서 내려 자신의 집으로 들어가려 하는 순간 기다리고 있던 2 명의 히트 맨에 의하여 피살된다. 브루노의 전속 운전사 죤 스탄파[29]는 어깨에 가벼운 부상을 입는 것만으로 다른 피해를 입지 않았다. 작년의 카르미네 갈란테에 뒤이어 또 한 명의 구세대 보스가 사라지게 된 것이고, 그리하여 1959 년부터 시작된 안젤로 브루노의 시대가 끝나면서 필라델피아에는 다시 한번 혼란기가 오게 된다.

안젤로 브루노의 히트는 브루노의 콘실리에리, 안토니오 카포니그로[30]와 플로리다의 산토스 트라피칸티 쥬니어의 합작품이었다. 산토스 트라피칸티 쥬니어는 일전에 안젤로 브루노에게 플로리다의 일부를 브루노에게 떼어줄테니 대신 아틀랜틱 시티의 이권 일부를 자신에게 달라고 제의를 했다가, 브루노로부터 거절 당한 일이 있었는데, 바로 여기에 대한 답례를 마침내 해냈던 것이다.

원래 한 조직의 보스에 대한 히트는 몹시 힘이 든다. 뛰어난 실력을 가진 히트 맨이 홀홀 단신으로 잠복하여, 멀리에서부터 라이플 소총을 단 한발 쏘아 사람을 암살하는 것 같은 상황은 소설 또는 영화에서나 볼 수 있는 것으로 실제로는 있을 수가 없는 일이다. 실제로 일어나는 암살은 그 이면을 세밀하게 조사해보면 꼭 내부로부터 배반자가 있으며, 매우 복잡한 암살작전의 플롯이 반드시 존재하게 마련이다. 안젤로 브루노의 암살도 마찬가지로, 믿었던 패밀리의 콘실리에리가 바로 보스를 팔아넘긴 배신자였다. 당시 브루노의 운전사였던 죤 스탄파도 역시 보스를 배신한 그룹의 일원이었고, 1991 년에 당시 보스였던 니코데모 스카르포[31]가 구속, 수감되자 죤 스탄파는 그 뒤를 이어

---

[29] John Stanfa(1941 - 현재)
[30] Antonio Caponigro, 닉네임은 Tony Bananas.
[31] Nicodemo Scarfo, 닉네임은 Little Nicky.

필라델피아 패밀리의 보스가 된다. 랠프 나탈레는 스탄파의 후임으로 1994 년에 보스가 되었다.

역시 같은 펜실바니아 주의 스크랜튼에도 다른 마피아 패밀리가 있는데, 이것은 오늘날 부팔리노 패밀리로 불린다. 1908 년부터 1933 년까지는 산토 볼페[32]가 이곳의 보스였고, 그 뒤 죤 시안드라[33]가 1940 년까지 스크랜튼 패밀리의 리더였다. 죤 시안드라는 1940 년에 버팔로의 마가디노 패밀리로부터 죽임을 당하고 그 후 스크랜튼은 마가디노 패밀리의 죠셉 바바라가 맡게 된다. 죠셉 바바라는 1957 년의 아팔라친 모임이 그의 집에서 개최됨으로써 일약 유명인사가 된 바로 그 사람이다. 1959 년에 죠셉 바바라가 죽은 뒤에는 러셀 부팔리노가 보스가 되었고 부팔리노는 뛰어난 능력을 발휘하여 스크랜튼 패밀리의 위상을 매우 높여 놓았다. 러셀 부팔리노의 사촌인 빌 부팔리노[34]는 팀스터 보스, 제임스 호파의 전속 변호사이기도 하였다. 러셀 부팔리노는 1979 년에 죽었고, 그 다음에는 죤 시안드라의 친척인 에드워드 시안드라[35]가 보스가 되었으며 그 후의 변화에 대해서는 확실히 알려져 있는 사실이 없다.

클리블랜드에서는 안젤로 로나르도 이후 죤 트로놀로네[36]가 보스로 되었다. 죤 트로놀로네는 1940 년대 중반, 자유 도시인 마이애미로 파견되었던 사람으로 이후 남부 플로리다에서 자리를 잡고 스포츠 도박과 그 관련 사업에 주로 종사하였다. 제임스 리카볼리와 안젤로 로나르도 등의 보스들은 클리블랜드에 겨울이 닥치면, 추위를 피하여 따뜻한 남쪽으로 내려가 트로놀로네에게 몸을 의탁하곤 하였다고 한다. 1989 년에 트로놀로네가 수감된 후의 클리블랜드의 상황은 명확하지 않다.

---

[32] Santo Volpe
[33] John Sciandra(? - 1940)
[34] Bill Bufalino
[35] Edward Sciandra
[36] John Tronolone(1910 - 1991) 닉네임은 Peanuts.

메사추세츠 주 보스톤의 이탈리안 마피아는 1916 년에 보스가 된 가스파레 메시나[37]를 필두로 한다. 그 뒤 필립 부콜라[38]를 거쳐 1954 년에 레이몬드 패트리아카[39]가 조직을 맡아 1985 년에 그가 죽을 때까지 보스의 자리에 있었다. 이로 인하여 보스톤 패밀리는 오늘날 패트리아카 패밀리로 불린다. 레이몬드 패트리아카는 라스베가스 듄즈 카지노의 사실상의 주인이었다고 전해진다. 1985 년에 그 아들인 레이몬드 패트리아카 쥬니어[40]가 조직을 물려받았으며 쥬니어가 수감된 뒤, 프란치스 살레메[41]를 거쳐 현재는 니콜라스 비앙코[42]가 액팅보스를 보고 있다.

미시간 주의 디트로이트는 뉴욕, 클리블랜드와 함께 이탈리아 갱과 유태계 갱의 협조가 가장 잘 이루어졌던 곳이다. 디트로이트의 마피아 패밀리는 1921 년에 가스파레 밀라조[43]에 의하여 처음으로 생겨났다고 한다. 가스파레 밀라조가 1930 년까지, 가에타노 지아놀라가 1944 년까지, 죠셉 비탈레[44]가 1964 년까지, 비탈레가 죽은 후에는 죠셉 제릴리[45]가 차례로 조직을 인수한다. 그 후에는 잭 토코가 1977 년까지 보스로 있었으며 잭 토코가 은퇴한 뒤에는 안토니 죠셉 코라도[46]가 잭 토코의 동생인 안토니 죠셉 토코[47]와 안토니 지아칼로네 그리고 그 동생 비토 윌리엄 지아칼로네[48]의 도움을 받으며 조직을 이끌고 있는 것으로 보여진다.

---

[37] Gaspare Messina(? - 1924)
[38] Phillip Buccola
[39] Raymond Patriarca Sr.(? - 1985)
[40] Raymond Patriarca Jr. 닉네임은 Junior.
[41] Francis Salemme, 닉네임은 Cadillac Frank.
[42] Nicholas Bianco, 닉네임은 Nicky.
[43] Gaspare Milazzo(? - 1930)
[44] Joseph Vitale(? - 1964)
[45] Joseph Zerilli
[46] Anthony Joseph Corrado
[47] Anthony Joseph Tocco
[48] Vito William Giacalone

1962 년부터 밀워키의 보스였던 프랭크 발리스트리에리는 밀워키 패밀리를 위원회의 정식 멤버로 받아들이게 만든 공로자이다. 그는 미국 위스콘신 주 밀워키를 중심으로 미국 중서부 지역의 자동판매기 사업을 독점하여 엄청난 부를 축적하였던 것으로 알려지고 있다. 발리스트리에리 이전에는 죤 알리오또[49]가, 또 그 이전에는 죠셉 발로네[50]가 있었다.

발리스트리에리의 두 아들 죠셉과 죤 발리스트리에리는 변호사였는데 80 년대 초에 아버지가 수사를 받게 되자 직접 아버지의 변호를 담당하기도 하였으나 후에는 아버지와 함께 기소된다. 프랭크 발리스트리에리는 그의 두 아들도 자신의 사건에 연루되자 검찰측과 흥정을 하여 자신이 유죄 판결을 받아 장기형을 받는 대신 아들들은 집행유예로 풀려나도록 만들었다. 1993 년에 그가 죽은 후 현재 누가 밀워키 패밀리를 끌고 있는지는 아직 확실히 밝혀지지 않았다.

미주리 주의 캔자스 시티에서 이탈리안 마피아의 첫 보스라고 할 수 있는 이는 파올로 디지오바니[51]였다. 그 뒤 니콜로 젠틸레[52]를 거쳐 죤 라지아가 조직을 인수한다. 죤 라지아는 전설적인 캔자스 시티의 거물, 토마스 팬더개스트와 연합했던 사람이다. 죤 라지아 이후 여러 보스를 거쳐 니콜라스 치벨라가 그 자리에 올라선 것은 1953 년이었다. 30 년간의 통치 후 1983 년에 치벨라가 폐암으로 죽은 다음, 캔자스 시티를 맡은 사람은 윌리엄 카미사노[53]로 알려져 있다.

미주리 주 세인트루이스에서 처음 조직을 세운 이는 죤 비탈레[54]이며 그는 1961 년까지 보스의 자리에 있다가 안토니 지오

---

[49] John Alioto
[50] Joseph Vallone
[51] Paolo DiGiovanni
[52] Nicolo Gentile
[53] William Cammisano, 닉네임은 Willie the Rat.
[54] John Vitale(? - 1961)

르다노[55]에게 조직을 인계했다. 안토니 지오르다노는 라스베가스의 듄즈 호텔과 프론티어 호텔의 지분을 소유하고 있었다고 한다. 지오르다노는 1980 년에 죽었고, 그 후는 죤 비탈레 쥬니어[56]가 약 2 년간 보스로 있다가 수감되며 그 뒤 매튜 트루피아노[57]가 보스가 되었다. 세인트루이스의 비탈레는 디트로이트의 비탈레 가문과 관계가 있을 것으로 짐작된다.

텍사스 주의 달라스는 카를로 피라니오[58]로부터 시작되어 1930 년에 동생인 죠셉 피라니오[59]를 거쳐 1956 년에 죠셉 치벨로가 보스가 되었다. 그리하여 1963 년에 달라스에서 죤 F 케네디 대통령이 암살될 당시에는 죠셉 치벨로가 달라스 패밀리의 보스로 있던 중이었다. 그러나 대통령의 암살 이후, 당국과 언론의 집중적인 탐문으로 점차 그 사업이 위축되어 오늘날에는 달라스 마피아는 겨우 조직으로서의 그 명맥만을 유지하고 있는 정도라고 한다.

콜로라도 주 덴버에서는 죠셉 로마[60]가 1930 년에 조직을 만들어 1930 년부터 1933 년까지 보스로 있었다. 1930 년대의 후반부에는 찰스 블란다[61]가 그 자리를 이어받았으나 블란다 이후에는 덴버에서의 마피아 활동은 한때 매우 축소되었다고 한다. 그 뒤 빈센초 콜레티[62]와 제임스 콜레티 형제가 다시 사업을 일구기 시작하여, 1957 년에는 제임스 콜레티가 저 유명한 아팔라친 모임에 초대될 정도로 조직이 다시 모습을 갖추었다. 1972 년부터는 죠셉 스피누치[63]가 보스가 되어 1975 년까지 그곳을 다스

[55] Anthony Giordano(? - 1980)
[56] John Vitale Jr.
[57] Matthew Trupiano
[58] Carlo Piranio
[59] Joseph Piranio
[60] Joseph Roma
[61] Charles Blanda
[62] Vincenzo Colletti
[63] Joseph Spinuzzi

렸고, 그 다음을 스몰도네 형제[64]가 맡아 1984 년까지 조직을 이끌었으며 그 후의 리더쉽에 대하여는 밝혀진 바가 없다.

루이지애나 주 뉴올리언즈의 최초의 보스라고 할 수 있는 사람은 찰스 마트랑가[65]이다. 뉴올리언즈는 미시시피 강의 하구에 위치한 도시로 연안과 미국의 내륙을 연결하는 매우 중요한 곳이었기 때문에 아주 이른 시기부터 그 지역의 경제 발전과 더불어 마피아가 자리를 잡은 곳이다. 뉴올리언즈 패밀리의 반석을 다져놓은 사람은 그러나 마트랑가가 아니라 바로 실베스트로 카롤라였다. 카롤라는 1904 년에 가족을 따라 시실리로부터 이민 와 뉴올리언즈에 자리를 잡은 뒤, 마트랑가의 휘하에 몸을 의탁하여 조직의 간부로 성장하였고 드디어 1922 년, 26 세의 젊은 나이로 뉴올리언즈 마피아의 사업을 넘겨받는다.

카롤라는 2 년에 걸친 그의 첫번째의 복역을 마치고 1934 년 뉴올리언즈로 돌아온 이후에는 뉴욕의 찰스 루치아노, 프랭크 코스텔로, 마이어 랜스키 등과 함께 새로이 슬롯머신 도박업을 벌이게 되는데, 이 슬롯머신 도박업의 부드러운 진행을 위하여 카롤라는 루이지애나 주 출신 상원의원인 휴이 롱[66] 의원을 설득하여 그와 연합하였다고 한다. 휴이 롱 의원은 지하 인물들과의 결탁에 힘입어 자수성가한 입지전적인 인물로 오늘날까지도 루이지애나 주에서는 전설로 통하는 사람이다. 당시 뉴욕 시는 피오렐로 라구아르디아 시장이 개혁 시정을 일으키고 있던 중이었으므로 루치아노 등은 뉴욕의 도박사업을 모두 다른 곳으로 옮길 필요가 있었던 것이다.

1940 년에 카롤라는 당국에 의하여 미국으로부터 강제 출국될 위험에 처했으나 때마침 발발한 2 차 세계대전 덕분에 출국이

---

[64] Eugene and Clarence Smaldone
[65] Charles Matranga
[66] Huey P. Long(1893 - 1935) 1928 년부터 1932 년까지 루이지애나 주지사를 역임. 1932 년부터 1935 년까지 루이지애나 주 상원의원을 역임

연기된다. 그러나 전쟁이 끝난 후 1947 년에 드디어 카롤라는 루치아노의 경우와 마찬가지로 이탈리아로 추방당했고, 그 후로는 시실리의 팔레르모에서 여생을 보내다 죽기 2 년 전인 1970 년에야 다시 미국으로 돌아올 수 있었다. 카롤라의 강제 출국 후에 저 유명한 카를로스 마르셀로가 뉴올리언즈의 보스로 등극한 것이다. 카를로스 마르셀로는 1947 년부터 46 년간에 걸쳐 뉴올리언즈를 장기 집권하였고 1993 년에 죽었으며, 그 뒤로는 실베스트로 카롤라의 아들인 안토니 카롤라가 조직을 인수하였을 것으로 생각된다.

플로리다 주의 탐파도 마피아 조직이 일찍부터 번성한 곳이다. 일찍이 1928 년에 클리블랜드에서 열렸던 유니오네 시실리아나 모임 때에 벌써 탐파 패밀리의 대표로 두 사람이 참석하였을 정도의 도시였던 것이다. 탐파는 담배 산업과 중남미와의 무역 등으로 인하여 뉴올리언즈와 함께 일찍부터 경제가 발전한 곳이었고, 따라서 조직범죄도 일찍부터 매우 활성화된 곳이다. 탐파 패밀리의 주 수입원은 볼리타 게임이라고 하는 그 지역 특유의 도박과 마약사업이었다.

1930 년대의 혼란과 전쟁을 거쳐 1940 년대 말에 살바토레 이탈리아노[67]가 이 나라를 떠나면서 제임스 루미아[68]가 탐파의 보스가 되었고, 1950 년에 그가 피살되면서 산토스 트라피칸티[69]가 그 자리에 올라선다. 그 후 트라피칸티 부자가 대를 이어가며 약 40 년간 탐파를 다스리게 되는데, 아버지 트라피칸티가 1954 년까지, 그 뒤를 아들 트라피칸티가 이어받아 1987 년에 그가 죽을 때까지 탐파 시를 비롯하여 전 플로리다 주에 영향력을 미쳤다. 산토스 트라피칸티 쥬니어는 집안의 맏아들은 아니었지만 아버지의 지명에 의하여 후계자로 임명된 것이라고 한다.

---

[67] Salvatore Italiano

[68] James Lumia(? - 1950)

[69] Santos Trafficante Sr.

산토스 트라피칸티 쥬니어는 도니 브라스코, 즉 FBI 요원 죠셉 피스토네의 마이애미에서의 행적에 연루되어 1986 년에 재판정에 서기도 하였는데, 건강이 몹시 나빠진 그는 1987 년에 사망하였으며, 탐파 패밀리는 그 후 빈센트 로스칼쪼[70]가 맡게 된다. 1997 년에 빈센트 로스칼쪼는 주식 매매와 관련하여 유죄 판결을 받았으나 그 집행이 유예되어 아직까지도 보스의 자리를 유지하고 있는 것으로 보인다.

캘리포니아의 로스앤젤리스는 뉴욕과 시카고 패밀리가 파견한 인물들로부터 간섭을 받는 등 많은 곡절이 있었지만 잭 드라냐가 1957 년에 죽을 때까지 조직을 잘 이끌었다고 보인다. 잭 드라냐는 1931 년에 죠셉 아르디조네[71]로부터 조직을 인수했다. 강력한 뉴욕 마피아의 후원을 받는 벤자민 시겔이 같은 유태인인 미키 코헨과 함께 서부로 건너온 후 드라냐의 조직은 위축되었지만 1947 년에 벤자민 시겔이 히트되면서 다시 그 세력을 되찾기 시작한다. 시겔이 죽은 후에는 미키 코헨이 서부에서 랜스키의 대변인 노릇을 했기 때문에 코헨은 드라냐 조직과의 대립에도 불구하고 계속 그곳에서 사업을 영위할 수 있었다.

잭 드라냐 이후에는 프랭크 디시모네가 보스가 되어 이후 10년간 로스앤젤리스를 통치한다. 프랭크 디시모네에게 조카뻘되는 친척인 토미 디시모네[72]는 주로 뉴욕의 루케제 패밀리와 가까이 지내며 활동한 사람으로, 다름아닌 영화 <좋은 친구들>에서 죠 페시가 분했던 바로 그 인물이다. 이전 보스인 잭 드라냐는 시겔의 죽음 이후 쟈니 로젤리를 통하여 시카고 아우트피트와 가까운 사이를 유지하였으나 프랭크 디시모네는 뉴욕의 갬비노 패밀리와 친밀한 관계를 가지고 있었다. 프랭크 디시모네 이후 1974 년까지는 닉 리카타가, 1984 년까지는 도미닉 브루

---

[70] Vincent LoScalzo
[71] Joseph Ardizzone
[72] Tommy DeSimone

클리어[73]가 보스의 자리에 있었고, 그 다음은 피터 밀라노[74]가 조직을 이어받아 현재까지 보스의 자리에 앉아 있다.

닉 리카타의 카포레짐이었던 지미 프라티아노는 제임스 리카볼리의 초빙을 받고 그의 고향인 클리블랜드로 갔다가 당국에 기소되어 결국에 가서 조직을 배신하게 되는 바로 그 사람이며, 조직의 현재 보스인 피터 밀라노는 클리블랜드 출신의 보스 중의 보스, 토니 밀라노의 맏아들이 되는 사람이다. 피터 밀라노의 언더보스는 그의 친동생인 카르멘 밀라노[75]라고 한다.

같은 캘리포니아 주라 하더라도 로스앤젤리스는 헐리우드, 라스베가스 등 중요 거점들과 가까워 마피아의 활동이 매우 액티브하였지만 샌프란시스코의 경우에는 상황이 많이 다르다. 샌프란시스코 마피아의 초대 보스라고 할 수 있는 사람은 프란체스코 란차[76]였는데, 그는 1937 년에 안토니 리마[77]에게 죽임을 당하고 리마에게 보스의 자리를 내주었다. 안토니 리마는 1953 년까지 권좌에 있다가 마이클 아바테[78]에게 자리를 물려주었는데, 아바테는 다시 프란체스코 란차의 아들인 제임스 란차[79]로부터 죽임을 당한다. 1961 년의 일이다. 그리고 얼마 후 또 다시 제임스 란차는 안토니 리마 쥬니어[80]에게 죽임을 당하는데, 보다시피 이렇게 샌프란시스코 마피아는 란차 패밀리와 리마 패밀리 사이의 전쟁의 연속이었다. 샌프란시스코 시를 구성하는 민족의 다양성은 당연히 여러 민족 갱단의 형성을 초래하였고, 그들은 서로간의 싸움에 날 가는 줄 모르는 이탈리안 마피아를 젖혀두고 드디어 샌프란시스코 지하세계의 주도권을 잡게 된다.

---

[73] Dominick Brooklier(1914 - 1984)
[74] Peter Milano
[75] Carmen Milano
[76] Francesco Lanza(? - 1937)
[77] Anthony Lima
[78] Michael Abate(? - 1961)
[79] James Lanza
[80] Anthony Lima Jr.

오늘날에는 샌프란시스코 마피아는 오리지날 시실리안 마피아가 그 리더쉽을 가지고 있다고 한다.

뉴욕 패밀리들에 대하여는 제 15 장의 각주에서 간단하게 언급한 바 있으나 여기서 다시 한번 정리해보면 우선 제노베제 패밀리는 패밀리의 보스인 안토니 살레르노가 1986 년에 커미션 케이스로 유죄 판결을 받고 수감된 뒤에 빈센트 지간테가 보스가 된다. 지간테는 1957 년에 비토 제노베제의 명령에 의하여 프랭크 코스텔로를 저격하여 일약 유명인사로 떠오른 이후 실로 30 년 만에 조직의 최정상의 자리를 차지하게 된 것이다. 그러나 실망스럽게도 곧 지간테도 수감되고 그 후에는 리보리오 벨로모[81]를 거쳐 오늘날에는 도미닉 치릴로[82]가 액팅보스를 맡아 제노베제 패밀리의 사업을 이끌어가고 있다. 리보리오 벨로모는 뉴욕 이탈리아 거리의 축제인 샌 제나로 성인 기념 축제[83]에서의 마피아의 역할과 관련하여 수감된 것이다. 그 후임인 도미닉 치릴로는 벌써부터 참으로 오랜만에 등장한 현명한 보스로 칭송을 받고 있어, 사람들은 그의 인도 아래 가문이 과거의 제노베제 패밀리의 영광을 되찾을 것을 기대하고 있다고 한다.

갬비노 패밀리는 폴 카스텔라노 살인 교사 등의 혐의에 대하여 죤 고티가 종신형을 선고 받고 수감된 후 고티의 아들 죤 고티 쥬니어와 고티의 동생인 피터 고티, 그리고 카포레짐인 니콜라스 코로초, 잭 다미코의 4 인 연합이 가문을 이끌고 있다고 한다. 그러나 가문의 실질적인 보스는 아마도 카를로 갬비노의 아들인 토마스 갬비노일 것으로 짐작된다. 토마스 갬비노가 동생인 죠셉 갬비노의 도움을 받아 그의 아버지가 키워놓은 가문

---

[81] Liborio Bellomo, 닉네임은 Barney.
[82] Dominick Cirillo, 닉네임은 Quiet Dom.
[83] San Gennaro Festival

을 계속 지도하고 있을 것이다.

루케제 패밀리는 보스인 안토니 코랄로가 역시 커미션 케이스로 수감된 뒤 빅 오레나[84]를 거쳐 비토리오 아뮤조가 보스가 되었다. 그 후에 다시 비토리오 아뮤조가 수감되자 죠 디피데[85]가 액팅보스의 역할을 맡아 비토리오 아뮤조가 출감되기를 기다리며 조직의 사업을 오늘날까지 맡고 있는 상태이다.

콜롬보 패밀리는 보스인 카르미네 페르시코와 언더보스인 제나로 란젤라가 한꺼번에 수감된 후 카르미네 페르시코의 아들인 알퐁스 페르시코[86]가 액팅보스가 되어 형무소에 있는 아버지와 함께 현재까지 가문을 이끌고 있다.

보나노 패밀리는 필립 라스텔리가 출옥한 후 살바토레 페루지아로부터 리더쉽을 다시 가져갔는데, 1985 년에 라스텔리가 다른 일로 또 다시 수감되자 언더보스였던 죠셉 마시노가 보스로 승진하였다. 94 세 노구의 죠셉 보나노는 오늘날에도 아리조나 주의 투손에 생존해 있으며, 1990 년대에 들어선 이후로는 완전히 은퇴생활을 하고 있는 것으로 알려져 있다.

---

[84] Vic Orena
[85] Joe DeFede
[86] Alphonse Persico

제 9 부
신디케이트의 변화

제 19 장

제 14 장의 첫 부분에서도 언급하였지만 마피아와 신디케이트는 같은 조직이 아니다. 마피아는 그 실재가 확실하나 신디케이트는 그렇지 않다. 마피아 조직도 초기에는 그 실체가 완전히 베일에 가려져 있었기 때문에, 사람들이 그러한 조직이 존재하는지에 대해 전혀 모르고 있던 때도 있었다.

1931 년에 뉴욕의 비토 제노베제의 처가 죽었을 때에 뉴욕의 신문들은 200 여대의 화환 차량이 동원된 그 엄청난 규모의 장례식을 보고 부유한 이탈리아 상인의 부인의 장례식이라고 기사를 썼다. 당국은 막연히 마피아와 조직범죄단을 동일시하고 있었으며, 1944 년에 이르러 루이스 부챌터가 싱싱 형무소의 전기의자에서 처형되자 뉴욕의 조직범죄단, 나아가 미국의 조직범죄단은 그 뿌리가 완전히 뽑힌 것으로 판단하고 있었다.

1957 년에 뉴욕 주 아팔라친에서 있었던 그들의 모임이 외부에 드러나 수십 명의 관련자들이 조사를 받게 되었을 때에도 당국은 그들이 보통의 사업가들은 아닌 것 같으며, 범죄 조직의 일원인 것 같다는 짐작만을 했을 뿐, 마피아라는 단어가 등장하

지는 않았다. 마피아라는 단어가 처음으로 공식 확인된 것은 1963 년에 죠셉 발라키가 상원 조직범죄 조사위원회에 등장하여 그 내막에 대하여 자세히 증언했을 때로, 지금으로부터 불과 30 여년 전의 일이다. 1920 년대의 밀주사업, 그 이후의 도박사업 등으로 그들이 막강한 세력을 구축한지 실로 수십 년 뒤의 일이다.

신디케이트의 경우에는 그 상황이 더욱 비밀에 가려져 있다. 사실은 신디케이트라는 명칭조차도 적당한 것인지 의문시되는 실정이다. 이 책에서 신디케이트의 일원으로 지목한 사람에게 누군가가 질문을 청하여 당신은 신디케이트의 일원인가? 또는 신디케이트라는 조직에 대해서 들어본 적이 있는가? 하는 물음을 던진다면 그 사람은 아마도 그러한 질문을 던진 사람을 미친 놈 취급을 할 것이다. 신디케이트라는 조직은 생전 들어본 적이 없으며 당신은 아마도 소설을 너무나 많이 읽은 것 같다는 대답을 듣게 될 것이다.

그와 같은 대답은 그리 크게 틀리지 않는다. 왜냐하면 신디케이트라는 조직은 정말 실제로 존재하는 조직이 아니기 때문이다. 마피아라는 조직이 실제로 존재하며, 한 나라의 정당 조직과 같이 그 위계질서와 조직 구성이 뚜렷한 데에 비하여 신디케이트에 대하여 말하자면 오늘날 신디케이트라고 이름을 붙일 만한 조직이 실제로 미국 내에 존재하는 것은 아니다.

이 책의 전반부에서는 신디케이트에 대한 언급을 분명히 하였다. 신디케이트라고 일컬을 수 있는, 민족을 초월한 범죄 조직단을 결성한 것이 바로 찰스 루치아노라 하였다. 살바토레 마란자노가 이탈리아-시실리계 갱단간의 분쟁을 종식시켜 그 조직을 통일한 경우와는 달리 루치아노는 유태계와 앵글로 색슨계의 그룹까지 포함한 더 큰 규모의 조직을 발족시켰고 그것을 여기서 신디케이트라 이름 붙였던 것이다.

그러나 그 뒤 시간이 흐르면서 신디케이트를 구성하는 멤버들은 그 성격이 약간 달라진다. 즉, 이탈리안 마피아는 꾸준히 그 조직을 유지하면서 보호비 갈취, 노조 개입, 도박업 등 그들 고유의 사업과 마약사업 등을 계속 수행해온 데 비하여, 유태계를 비롯한 비이탈리아계 사람들은 그들이 쌓아올린 재력을 바탕으로 점차 지상세계로 올라온다는 것이다. 바로 라스베가스의 호텔 왕으로 불리는 모리스 달릿츠 같은 사람이 그 대표적인 예이다.

모리스 달릿츠는 젊었던 시절, 디트로이트와 클리블랜드를 주름잡았던 무법자였다. 그가 이끄는 클리블랜드의 유태계 갱단은 루 로스코프, 샘 턱커, 모리 클라인만과 함께 클리블랜드의 4 인방이라 불리우며, 프랭크 밀라노의 메이필드 로드 갱과 연합하여 오하이오 주의 밀주사업과 도박사업을 독점하여 엄청난 부를 축적하였다.

그러나 모리스 달릿츠는 마이어 랜스키와 프랭크 코스텔로의 안배에 의하여 라스베가스로 근거지를 옮긴 후부터는 마치 과거를 청산한 듯 유명 사회인사의 한 명으로 새 삶을 시작한다. 수많은 라스베가스 호텔의 지분을 소유하여 그곳의 호텔 왕으로 일컬어지는 그는 팀스터로부터 연금 기금을 대출 받아 라스베가스에 대형 종합병원[1]을 지어주기도 하는 등, 사회사업도 게을리하지 않아 드디어 1976 년에 이르러서는 라스베가스 시의 그 해의 시민상을 수상하기도 한다. 1989 년, 그가 죽을 때 그의 재산은 1 억 1 천만 달러에 달했다고 한다.

그것이 그의 원한 바였는지는 모르겠으나 모리스 달릿츠는 인생의 말년에는 완전히 지상으로 올라와 한 명의 버젓한 미국시민이 될 수 있었다. 외견상, 달릿츠는 흠잡을 데 없는 한 사람의 의연한 미국인이었다. 그렇지만 그는 프랭크 코스텔로나

[1] 처음의 이름은 Sunrise Hospital, 최근에는 Humana Hospital Sunrise 로 바뀜.

마이어 랜스키로부터의 지령이 있을 경우에는 그 명령에 따르지 않을 수 없었을 것이다. 왜냐하면 과거의 인연이 그를 옭아매고 있었기 때문이며, 그들의 말을 듣지 않았을 때 일어날 사태에 대하여 그 자신이 너무나 잘 알고 있었기 때문이다.

유태인은 아니지만 모리스 달릿츠와 같은 경우를 또 한 명 예를 들어보는 것은 어떨까? 이번의 등장인물은 죤 F 케네디 대통령의 아버지인 죠셉 케네디이다. 죠셉 케네디는 부의 대부분을 1920 년대의 금주법 시대에 밀주사업을 통하여 축적하였다. 그리고 1920 년대 후반에는 월스트리트로 진출하여 우리가 소위 작전이라고 부르는 주식시장 조작을 통하여 그의 재산을 또 한번 증식시킨다. 역설적인 일이나 죠셉 케네디는 1934 년에는 새로 설립된 미국 증권거래소의 초대 소장을 역임하게 되는데, 이때 루즈벨트 대통령이 죠셉 케네디를 증권거래소 소장으로 임명한 것에 대하여 케네디의 과거를 아는 사람들은 모두 있을 수 없는 일이 일어났다고 개탄을 하였다고 한다. 죠셉 케네디는 1938 년에는 역시 루즈벨트 대통령에 의하여 주영 대사로 지명 받게 된다.

죠셉 케네디가 이렇게까지 성공하게 된 것은 물론 그의 엄청난 재력 덕분이었고, 그의 재력의 근원을 찾아가 보면 그곳에는 금주법 시대의 조직범죄단이 있었던 것이다. 특히 죠셉 케네디의 재산 축적에 가장 도움을 준 사람은 지하세계의 수상, 뉴욕의 프랭크 코스텔로와 후에 시카고의 보스가 되는 샘 잔카너였다고 한다.

1956 년에 프랭크 코스텔로는 자신의 사업체 중 한곳에 합법적인 프론트맨이 필요하게 되자 그것을 죠셉 케네디에게 부탁하였다가 케네디로부터 거절 당한 일이 있었다. 코스텔로는 그것을 자신에 대한 모욕으로 받아들였고, 곧 죠셉 케네디에 대하여 사형을 선고했다. 다른 루트를 통하여 이 사실을 전해들은 죠셉 케네디는 시카고의 샘 잔카너에게로 달려가 무릎을 꿇고

사정하여 그것을 취소시켜 보겠다는 언질을 받아내는 데에 성공한다. 이때 죠셉 케네디가 코스텔로의 부탁을 거절한 것은 그 나름대로 까닭이 있었다. 이때는 그의 아들 죤 F 케네디가 두 번째의 상원의원 임기를 채우고 있을 때였고, 다음번의 미국 대통령을 바라보고 있었던 때였기 때문에 아들의 정치 경력에 흠집이 될 수도 있는 일을 아버지로서 할 수가 없었기 때문이었던 것이다.

죠셉 케네디는 잔카너에게 말하기를 그의 아들이 미국의 대통령이 되는 날, 자신의 목숨을 살려준 데에 대한 보답을 하겠다고 약속을 하였다. 심지어 죤 F 케네디가 대통령이 되는 것은 곧 샘 잔카너, 당신이 대통령이 되는 것을 의미한다고 말하였다고 한다. 이리하여 죠셉 케네디의 목에 걸린 계약은 겨우 취소되었으나, 이후 죠셉 케네디는 자기의 약속을 지키지 못하게 된다. 그의 아들들, 특히 로버트 케네디는 그의 말을 전혀 듣지 않았고, 1961 년 12 월에는 죠셉 케네디가 뇌졸중으로 쓰러지는 바람에 이제는 도저히 더 이상 그의 아들들을 말릴 재간이 없어져 결국은 1963 년의 비극으로 치닫게 되는 것이다.

이와 같이 마피아와 연결된 미국 상류사회의 인사를 한 명 더 살펴보자면 시카고의 모세 아넨버그를 들 수 있다. 아넨버그는 초기에는 시카고 아우트피트의 쟈니 토리오, 알 카포네와의 긴밀한 관계하에, 그리고 나이가 들어서는 찰스 루치아노, 프랭크 코스텔로, 마이어 랜스키, 프랭크 에릭슨 등과 협조하여 사업활동을 함으로써 엄청난 돈을 벌었으며, 그 재력을 가지고 상류사회로 진출하였다. 그가 죽은 후 그의 영향력은 세습되었고, 마침내 1969 년에는 그의 아들 월터 아넨버그가 당시의 대통령 리차드 닉슨에 의하여 주영 대사로 임명되기까지 한다.

마피아와 같이 직접적인 폭력에 의하여 수입을 얻는 것은 아니지만, 마피아들과 깊은 유대관계를 가지면서 그들의 도움에 의하여 재산을 축적한 죠셉 케네디, 모세 아넨버그 또는 장년 이후의 모리스 달릿츠 같은 사람들이 바로 이 책의 후반부에서 주장하는, 지상세계에서 존재하며 활동하는 신디케이트의 멤버들이라고 일컫는 사람들이다. 이들은 일반 사회에서는 늠름한 일류 시민으로 행세를 할 수 있었을 것이나 마피아 보스들로부터의 명령이 있을 경우에는 그것에 복종하지 않을 수 없었을 것이다. 왜냐하면 그들의 말을 듣지 않았을 때에 자신의 신상에 어떤 일이 일어날지 너무나 잘 알고 있었을 것이기 때문이다.

리차드 닉슨의 경우는 어떻게 보아야 할까? 닉슨의 경우에는 그가 미국의 대통령까지 역임하였다는 사실 때문에 속단하기가 몹시 망설여지는 것이 사실이다. 그러나 그와 범죄세계의 인물들을 연결짓는 에피소드에 대하여는 그 동안 밝혀진 사실들이 너무나 많다. 대부분 앞에서 언급하였기 때문에 여기서 다시 말하지는 않겠지만 한가지만 추가하자면 그 유명한 워터게이트 사건이 있다.

자세한 내용은 언급하지 않겠으나 워터게이트 사건은 단순한 정치 스캔들이 아니라 닉슨 행정부의 추잡함 그 자체였다. 추후에 공개된, 백악관의 대화를 녹음한 녹음테이프에는 워터게이트 사건의 주범인 하워드 헌트[2]가 워터게이트 사건과 관련하여 백악관을 협박한 것에 대해 닉슨과 그 측근 죤 디인[3]이 대화를 나누기를, 헌트의 일당들 때문에 100 만 달러 이상의 돈이 들 것 같다고 말하는 장면도 들어 있었다. 1973 년 3 월 21 일자의 대화이다.[4] 대통령이 부하를 시켜 민주당의 선거운동 본부를 수색하고, 일이 복잡해지자 다시 그 부하가 대통령을 협박하였으

---

[2] E. Howard Hunt Jr.

[3] John W .Dean III

[4] Nixon : How much money do you need?
Dean : I would say these people are going to cost a million dollars over the next two years.
Nixon : We could get that. You could get a million dollars. And you could get it in cash. I, I know where it could be gotten.
Dean : Uh-uh.
Nixon : I mean, it`s not easy but it could be done.

며, 부하의 입을 막기 위하여 100 만 달러 이상의 현금을 예상하는 대통령. 그야말로 대단한 백악관이 아닐 수 없다.

이보다 앞선 1972 년 12 월 8 일에는 하워드 헌트의 부인인 도로시 헌트[5]가 탑승했던 유나이티드 항공사의 보잉 737 여객기가 시카고 근교에 추락하여 도로시 헌트를 포함한 승객 모두와 승무원 전원이 사망한 사건이 있었다. 이때 사고 현장에는 50 명 이상의 FBI 요원들이 순식간에 달려왔다고 하며, 도로시 헌트의 지갑 속에서는 현금으로 1 만 달러나 되는 거액이 발견되었다고 한다. 음미해보기 바란다. 현금으로 1 만 달러. 국가 운수안전위원회(NTSB[6])에서는 그 추락 사건에 있어서 사고 이외에 다른 의심을 할 수 있는 아무런 증거도 없다고 발표하였지만, 사건이 있은 직후에 NTSB 를 직접 지도, 감독하는 운수성의 차관에 닉슨의 측근 중 한 사람인 에질 크로우[7]가 임명되었던 것은 어떻게 설명해야 할까?

1973 년 2 월 9 일에는 닉슨의 측근인 밥 할데만, 죤 에를리히만, 죤 디인, 리차드 무어[8]가 캘리포니아 주 칼스배드에 있는 라코스타 컨트리 클럽 - 모리스 달릿츠가 그 소유주인 - 에 모여 워터게이트 사건에 대한 대책을 논의한 적이 있었는데, 같은 날 그곳에서 골프를 친 다른 팀 중에는 팀스터의 보스 프랭크 핏시몬즈와 간부인 알렌 도프만, 그리고 시카고 아우트피트의 토니 아카르도로 이루어진 팀이 있었다. 시카고 아우트피트의 보스 중의 보스인 바로 그 토니 아카르도 말이다. 이 골프 휴가가 끝날 무렵 닉슨 자신도 팀에 합류하였고 2 월 12 일에 닉슨과 그의 측근들이 대통령 전용기인 공군 1 호기를 타고 워싱턴으로 돌아올 때, 팀스터의 프랭크 핏시몬즈는 함께 그 비행기를 타고 워싱턴으로 왔다고 한다. 한달 후 당시 닉슨 행정부의 법무장관

---

[5] Dorothy Hunt(? - 1973)
[6] National Transportation Safety Board(NTSB)
[7] Egil Krogh Jr.
[8] Bob Haldeman, John Ehrlichman, John Dean, Richard Moore

인 리차드 클라인딘스트는 팀스터 노조가 관련된 한 사건[9]에 대하여 도청 수사 허가를 요청한 FBI 의 요구에 대하여 그것을 승인할 수 없다는 결정을 내린다.

1924 년부터 시작하여 48 년간 미국 FBI 의 국장이었던 죤 에드거 후버도 빼놓을 수 없는 사람이다. 일생동안 독신으로 지낸 이 전설적인 FBI 국장의 유일한 취미는 경마 구경과 경마도박이었다고 전해지는데, 경마장에서 후버는 다른 사람들의 눈을 피하기 위하여 자신의 이름으로는 5 달러, 10 달러 정도의 소액을 내기 걸면서 부하들의 이름으로 200 달러 또는 그 이상의 고액을 한 경마의 내기에 걸기도 하였다고 한다.

후버가 이처럼 고액의 경마도박을 망설이지 않고 할 수 있었던 데에는 그가 프랭크 코스텔로와 프랭크 에릭슨을 통하여 경주에 대한 비밀스런 정보를 미리 입수할 수 있었기 때문이라는 설이 있으며 이 설은 상당히 설득력을 가진 것으로 보여진다. 에드거 후버가 친분을 가지고 있던 또 다른 지하세계의 인물들로는 샘 쟌카너와 쟈니 로젤리가 있었으며, 이들처럼 확실한 지하 인사가 아니라 그저 의심스러운 정도의 인물들까지 들어본다면 델 웹, 더브 맥클래너헌, 루이스 로젠스틸 등[10] 그 수를 세기가 다 힘들 지경이다.

에드거 후버는 동성연애자로, 부하인 클라이드 톨슨과 평생에 걸쳐 연인 사이를 유지하였는데 톨슨과 성행위를 하는 사진이 마이어 랜스키에게 입수됨으로써 결정적으로 마피아에게 약점을 잡히게 된다. 에드거 후버는 생전에는 거의 완벽한 인간, 완벽한 사법관리로 미국인들에게 홍보되고 있었다. 그러나 그가 죽은 지 약 30 년이 되어가는 오늘날에 이르러 그의 참모습에 대한 연구 서적들이 출판되고 있는데, 관심이 있는 사람이라면 한번쯤 읽어보는 것도 좋을 것 같다.

---

[9] Peoples Industrial Consultants 라고 하는 마피아의 프론트 회사가 팀스터와 관련된 사건.
[10] Del Webb, Dub McClanahan, Lewis Rosenstiel etc.

이 같은 사람들, 즉, 모리스 달릿츠나 모세 아넨버그, 죠셉 케네디와 같은 경우는 두말할 것도 없고, 경력의 초기부터 마피아의 자금을 지원 받아 그들과 한 패가 될 수밖에 없었던 리차드 닉슨이나, 범죄 조직에 약점을 잡혀 그들에게 협조하지 않을 수 없었던 죤 에드거 후버, 또는 아버지의 경력 때문에 자신도 마피아에 협조하도록 운명지어졌던 월터 아넨버그 전 주영 대사, 로버트 밀러 전 네바다 주지사와 같은 사람들이 바로 이 책의 후반부에서 신디케이트의 일원이라고 일컫는 사람들이다. 이들을 서로 유기적으로 연결해주는 어떤 조직 같은 것은 결코 존재하지 않으며, 따라서 신디케이트라는 조직은 환상에 불과하다고 누군가가 강력하게 주장한다면 그의 주장은 절대 틀리지 않는다.

그런데 여기에서 비슷한 경우로 언급할 가치가 있는 한 명의 사람이 더 있다. 1999 년, 오늘날의 미국에서 꽤 큰 영향력을 가지고 있는 사람으로 이 책에서 이제까지 한번도 등장한 적이 없는 이 사람이 왜 지금 갑자기 불쑥 튀어나오게 되었는가 하면, 1963 년의 죤 F 케네디 암살 사건에 그도 관련이 되어 있었다는 것이 유력한 예측이기 때문이고, 그의 아들 중의 한 명이 서기 2000 년의 미 대통령 선거에서 가장 강력한 당선자 후보로 손꼽히고 있기 때문이다. 그리고 그 자신도 또한 범죄 조직의 일원들과 친분이 있는 것으로 알려지고 있기 때문이다. 그 사람의 이름은 죠지 부시[11], 전 미국 대통령이다.

죠지 부시는 지미 카터[12]에 의해 1976 년에 CIA 국장으로 임명될 때 의회에서 증언하기를 자신은 그 이전에 CIA 에서 일한 적이 한번도 없다고 하였다. 그러나 이것은 거짓이다. 부시는 예일대 대학생 시절에 벌써 CIA 를 위하여 일하기 시작하였고, 졸업 후 군대를 다녀와서는 텍사스 주의 휴스턴으로 이사를 가

---

[11] George H. W. Bush(1925 - 현재) 제 41 대 미국 대통령(1989 - 1993) 공화당.

서 자신의 것인 사파타 석유회사[13]를 설립하고 사업을 시작하였는데, 이 사파타 회사는 CIA 의 프론트였다. 부시는 휴스턴을 근거지로 하면서 CIA 의 쿠바 침공 작전을 지원하는 CIA 의 한 팀의 일원이었던 것으로 보이며, 부시가 텍사스 주에서 활동하던 시기는 케네디가 텍사스 주 달라스에서 암살되던 때와 정확하게 그 타이밍이 일치한다.

1977 년 3 월에 리 하비 오스왈드의 후견인이던 죠지 드모렌실트가 죽었을 때, 모렌실트의 소지품 중에서 발견된 수첩에는 죠지 부시의 이름과 그의 회사의 전화번호, 그리고 주소가 기록되어 있었다. 수첩에는 죠지 부시의 코드 네임이 파피[14]였던 것으로 기재되어 있었다. 죠지 드모렌실트는 오스왈드가 소련으로부터 돌아와 달라스에 거주할 때 그의 후견인 노릇을 한 CIA 의 자유 계약 요원으로 오스왈드가 죽기 전까지 달라스에서 오스왈드와 가장 가깝게 지내던 사람이었다.

1977 년에서 1978 년에 걸쳐 CIA 에 관련된 과거의 비밀 서류들이 정보 공개법에 의하여 상당 분량 쏟아져 나온 적이 있었는데, 이때 여기에 섞여져 나온 한 서류에 다음과 같은 것이 있었다. 즉, 그것은 마이애미에 근거지를 둔 쿠바 난민들의 동태가 케네디 대통령이 죽은 직후 어떻게 변하고 있는가를 조사한 1964 년경의 서류로서, 그 서류의 내용 자체는 별 것이 아니었지만 문제는 그 서류가 누구에게 보고되었나 하는 것이었다. 그 서류는 다름아닌 CIA 의 죠지 부시에게 보고된 것으로 기록되어 있었던 것이다.

죠지 부시는 1972 년, 본격적으로 재선 캠페인에 나선 리차드 닉슨 당시 대통령에 의해 공화당 전국 위원장의 자리에 임명되었다. 닉슨과의 관계가 돋보이는 사건의 하나이다. 또한 부시는

---

[12] James E. Carter(1924 - 현재) 제 39 대 미국 대통령(1977 - 1981) 민주당.
[13] Zapata Off Shore Co.
[14] Poppy

1978 년의 카톨릭 교황 요한 바오로 1 세 암살의 배후로 의심되며, 1980 년 8 월 2 일에 이탈리아의 볼로냐 기차역에서 발생하여 85 명을 죽게 하고 182 명에게 부상을 입힌 유럽 최악의 테러 사건의 배후로, 또한 시실리안 마피아와 이탈리아 정보기관의 비밀결사 단체인 P2[15]의 수장으로서 현재 이탈리아 경찰에 의하여 수배되어 있는 상태인 리치오 젤리[16]와 아주 절친한 사이를 유지하였다. 리치오 젤리는 수배되기 직전인 1981 년에는 로널드 레이건 당시 미국 대통령의 취임 1 주년 기념 파티에 귀빈으로 초대된 일도 있다.

여기에 더하여 죠지 부시는 부통령 시절, 레이건 대통령의 임기 중에 문제가 되었던 이란-콘트라 스캔달의 주역 중의 한 명이었는데, 부시는 자신이 대통령이 된 후 그 스캔달에 관련된 모든 사람을 대통령의 권한으로 사면해 버렸다. 부시의 비밀에 대하여는 핏 브루튼[17]의 < The Mafia, CIA and George Bush >라는 책을 참고하기 바란다.

죠지 부시의 큰아들 죠지 부시 쥬니어[18]는 지금 이 시간 텍사스 주지사로 재직하고 있다. 현직 주지사가 다시 선출된 적이 거의 없다고 하는 텍사스 주에서 1998 년도에 재선되어 다시 주지사로 재임하고 있고, 현재 서기 2000 년의 미 대통령 선거에 공화당측의 대통령 후보로 지명되기에 가장 유력한 사람이다.

얼마 전 죠지 부시 전 대통령이, 자신이 행한 어떤 강연의 강연료 대신에 받았던 주식의 값이 급등하여 1 천 4 백 4 십만 달러라는 엄청난 돈을 횡재했다는 기사가 유력 신문들에 났던 적이 있다. 우리나라 돈으로 170 억원에 해당하는 돈이다. 이 기사로 미루어 보건대 CIA 와 신디케이트를 포함한 부시 커넥션은 오늘날에도 여전히 건재한 것으로 생각된다. 따라서 죠지 부시 텍

---

15 Propaganda Due
16 Licio Gelli
17 Pete Brewton

사스 주지사가 다음번의 미 대통령으로 당선될 것은 거의 확실한 사실로 짐작이 된다. 참고로 덧붙이자면 부시의 둘째 아들은 현 플로리다 주지사이다.

1968 년 6 월 5 일 자정을 갓 넘긴 시각, 로스앤젤리스의 앰배서더 호텔에서 로버트 케네디 상원의원이 암살당했다. 그는 호텔에서 캘리포니아 주 예비선거를 승리로 이끈 것을 자축하는 연설을 마치고, 식당을 거치는 지름길을 통해 기자회견장으로 가기 위해 걸어 나오던 중이었다. 로버트 케네디는 민주당의 대통령 후보로 나서기 위하여, 형인 죤 F 케네디의 경우와 같이 예비선거의 길고도 긴 장정을 택했고, 이제 사우스 다코타 주에 이어 캘리포니아 주에서도 승리함으로써 민주당 대통령 후보 지명에 또 한걸음 가까워진 참이었다. 로버트 케네디는 당시 여론 조사에서 대통령 후보들 중 수위를 달리고 있었고, 1968 년의 선거에서 공화당 후보로 유력한 리차드 닉슨과 맞붙을 경우, 무난히 미국의 대통령으로 당선될 것이 예상되고 있었다. 로버트 케네디는 형의 죽음 이후, 1964 년에 법무장관 직을 사임하였고 뉴욕 주에서 출마하여 상원의원으로 당선되어 의정활동을 하던 중이었다.

암살범은 현장에서 체포되었는데 젊은 나이의 팔레스타인 사람으로 이름은 서한 비슈하라 서한[19]이라 하였다. 서한 서한은 경찰에서 진술하기를 로버트 케네디가 이스라엘을 원조하는 데에 찬성하므로 그를 죽였다고 말했으나, 후에 밝혀진 바에 의하면 서한 서한은 팔레스타인 인임에는 틀림이 없었지만 종교를 기독교로 개종한 사람이었으며 심지어는 아랍어도 거의 구사하지 못하는 사람이었다고 한다. 서한 서한은 경마도박에 중독되다시피 한 사람으로, 캘리포니아 주의 유명한 경마장인 산타 아

---

[18] George W. Bush Jr.(1946 - 현재) 현 텍사스 주지사(1994 - 현재)

[19] Sirhan Bishara Sirhan

니타 경마장과 델 마르 경마장[20]에서 많은 돈을 잃었던 사람이었다.

로버트 케네디의 사체 부검에 의하면 그에게 가장 치명적이었던 총상은 오른쪽 귀 바로 뒤의 약 1 인치 거리에서 발사한 22 구경 권총 총탄에 의한 것이었다. 22 구경 권총은 파괴력이 매우 약하여 통상 흔히 사용되는 무기는 아니나 바로 그 약한 파괴력 때문에 가까운 거리에서 머리에 발사될 경우, 두개골을 뚫고 들어간 총알이 반대쪽 머리뼈를 관통해 나오지 못하고 두개골 내에서 여러 차례 반동되며 뇌를 휘저어 놓는 것으로 알려져 있다. 시신에는 그밖에도 몇 군데의 총상이 더 있었는데, 모두 하나같이 로버트 케네디의 우측 뒤편에서 발사된 것이었다.

서한 서한이 가지고 있던 권총도 로버트 케네디의 몸에 총상을 입힌 권총과 똑같이 22 구경의 것이었기는 하나 서한 서한이 자리잡은 위치는 로버트 케네디의 전면 방향이었다. 그리고 암살 현장에는 꽤 많은 수의 목격자들이 있었는데, 그들의 증언에 의하면 저격 당시, 서한 서한과 로버트 케네디 사이의 거리는 아무리 가깝게 잡아도 족히 1 미터는 되었다고 하였다. 대체 어떻게 된 일일까?

그리고 저격이 일어났던 방의 천장과 바닥, 모든 벽을 조사하고 목격자들의 목격담을 모두 취합해본 결과 모두 13 발의 권총탄이 그날 발사된 것으로 밝혀졌는데, 서한 서한의 권총에는 최대 8 발의 탄환만이 장전될 수 있을 뿐이었다. 로버트 케네디의 경호원들은 당일 저격에 맞서 발포하지는 않았던 것으로 공식 발표되었다. 그렇다면 나머지 5 발의 탄환은 어디에서 나온 것일까?

로버트 케네디는 캘리포니아 주에서의 자신의 경호를 에이스

---

[20] Santa Anita Race Track, Del Mar Race Track

경호 회사[21]에 맡겼다. 1968 년 6 월 4 일, 에이스 경호 회사는 한 명의 임시직원을 고용하여 로스앤젤리스의 앰배서더 호텔로 보냈는데, 그 임시직원의 이름은 데인 유진 세자르[22]이다. 명망 있는 경호 회사에서 중요 행사의 경호원을 임시직원으로 쓰는 일은 매우 드문 일이다. 유진 세자르는 당일, 로버트 케네디가 볼룸에서 연설을 마치고 걸어 나올 때에 케네디의 바로 오른쪽 뒤편에서 그를 수행하고 있었다. 그리고 서한 서한이 발포하여 방이 온통 혼란의 도가니가 되었을 때에 유진 세자르는 로버트 케네디를 쓰러뜨려 눕혀 그를 보호하였다고 한다. 바닥에 쓰러져 신음하는 로버트 케네디의 모습을 담은 공식 사진에는 케네디의 오른손 바로 옆에 넥타이가 하나 떨어져 있는 것이 보이는데, 그 넥타이가 바로 유진 세자르의 것이다.

저자의 생각으로는 만에 하나 로버트 케네디가 대통령으로 당선되면 처지가 몹시 곤란해질 사람, 또는 조직, 또는 그룹이 존재하고 있었을 것으로 짐작이 된다. 그리고 그 그룹은 앞에서 기술한 그 모든 증거에도 불구하고 서한 서한을 로버트 케네디의 살인범으로 몰아붙일 만한 영향력을 충분히 가지고 있었던 것으로 생각된다. 로버트 케네디의 죽음 이후 민주당의 대통령 후보는 현직 부통령인 휴버트 험프리[23]로 되었다. 공화당 후보인 리차드 닉슨은 험프리를 큰 표차로 물리치면서 무난히 제 37 대의 미국 대통령으로 당선된다.

그로부터 4 년이 지난 후, 1972 년의 대통령 선거에서는 알라바마 주지사 죠지 월러스가 돌풍을 몰고 올 것으로 예상되고 있었다. 그는 이미 지난 1968 년의 선거에서 공화당도, 민주당도 아닌 제 3 당, 아메리카 독립당의 후보로 나서서 전체 표의 13.5 퍼센트 획득이라는 놀라운 선전을 해낸 바 있었는데, 이번의 선

---

[21] Ace Guard Service
[22] Thane Eugene Cesar
[23] Hubert H. Humphrey(1911 - 1978) 1965 년부터 1969 년까지 죤슨 행정부에서 부통령을 역임.

거에는 민주당 소속으로 선거전에 뛰어들었다. 정치 평론가들은 현직 대통령인 닉슨이 공화당의 후보로 다시 나올 경우, 공화당이 승리하기는 어려울 것으로 점치고 있는 형편이었다. 그러나 1972 년 5 월, 죠지 월러스는 아더 브레머[24]라는 이름의 정신이 약간 이상한 청년이 쏜 총에 맞아 불구가 됨으로써 대통령 선거전에서 떨어져 나갔고, 민주당의 지명을 받은 죠지 맥거번과 맞붙은 리차드 닉슨은 다시 한번 대통령으로 당선될 수 있었다.

어떤 사람이 이르기를 미국의 역사는 Patriots 와 Pirates 의 대결 구도의 연속이라고 하였다. 이제 1963 년의 죤 F 케네디 대통령의 암살, 1968 년의 로버트 케네디 대통령 후보 암살, 1972 년의 죠지 월러스 암살 미수 등의 일련의 사건은 오늘날 미국의 역사를 이끌어가는 그룹이 Patriots 와 Pirates 중 과연 어느쪽인지를 극명하게 보여준다. 보다 앞서 제 11 장에서 1968 년 이후로는 미국에 희망이라고는 더 이상 없어졌다고 말했던 것은 다름아닌 바로 이 때문이다.

1972 년, 이탈리아에 살면서 미국 마피아의 유럽 오퍼레이션을 돕고 있던 죠 아도니스가 이탈리아 당국의 수사와 관련하여 석연치 않은 원인으로 사망하였다. 바로 이러한 점 때문에 마피아의 멤버들이 그들의 본국인 이탈리아로 강제 출국 되는 것을 싫어하고 굳이 미국의 감옥에서 형을 사는 것이다. 죠 아도니스는 이탈리아 경찰에 연행되어 조사를 받던 중 원인 모르게 갑자기 사망한 것으로 신문지상에 발표되었다. 마피아들은 70 세의 노구인 그가 이탈리아 경찰 당국의 고문을 견디지 못하고 죽은 것으로 추정하고 있다.

마피아들이 가장 싫어 하는 것이 바로 법이 엄정하게 집행되

---

[24] Arthur Bremer

지 않는 혼란함, 무질서함이라고 한다. 미국이었다면 죠 아도니스는 뚜렷한 혐의가 없는 상태에서는 경찰에 끌려가지도 않았을 것이고, 경찰에 연행되어갔다 할지라도 곧 변호사에 의하여 풀려났을 것이며, 당국에 의하여 기소되었다 할지라도 보석금을 내고 풀려나 금방 자유의 몸이 될 수 있었을 것이다. 이러한 미국 사법제도의 합리성이 마피아들로 하여금 미국을 사랑하게 만드는 가장 큰 이유 중의 하나라고 한다.

이보다 딱 10 년 앞선 1962 년, 황제 찰스 루치아노가 이탈리아의 나폴리 공항에서·심장병으로 급사하였다. 1962 년 1 월 26 일의 일이다. 그의 심장 발작은 1959 년 1 월에 극적으로 바뀐 쿠바의 운명과 무관하지 않았을 것으로 생각된다. 루치아노에게 스트레스로 작용할 만큼 당시 쿠바의 상황은 절박했던 것이다. 이탈리아로 추방된 후 루치아노의 필생의 소원은 그의 제 2의 고향이라고 할 수 있는 미국으로 돌아가는 것이었다고 하는데, 이제 죽은 후 그의 시신은 미국으로 옮겨져 뉴욕의 한 묘지에 안치되게 됨으로써 늦게나마 그 소원이 이루어진다.

1973 년 2 월 18 일, 은퇴하여 플로리다에 살고 있던 프랭크 코스텔로가 노환으로 사망하였다. 향년 75 세였다. 그는 그들의 사업에 있어서 정치력의 중요성을 누구보다도 가장 먼저 깨달은 선각자로, 찰스 루치아노, 마이어 랜스키와 더불어 미국 조직범죄단의 3 대 거두 중의 한 명이다. 비록 1957 년에 비토 제노베제의 음모에 의하여 일선에서 물러나는 형식을 밟았지만, 그 후로도 그는 계속 지하세계에 큰 영향을 미쳤을 것이다. 죤 F 케네디 대통령 암살 같은 큰 사건에서 실무와 교섭을 맡은 것은 샘 잔카너, 카를로스 마르셀로, 산토스 트라피칸티 쥬니어 등의 보스들이었지만 최종적인 재가는 아마도 프랭크 코스텔로, 마이어 랜스키, 그리고 토니 아카르도 등 보스 중의 보스들이 내렸을 가능성이 높다.

1976 년 10 월 15 일에는 이미 기술한 대로 뉴욕 갬비노 패밀

리의 보스인 카를로 갬비노가 노환으로 사망하였다. 향년 74 세였다. 갬비노는 1921 년에 19 세의 나이로 미국 땅에 밀입국한 이래 오직 한길만을 걸어 1957 년에는 드디어 한 패밀리의 보스가 될 수 있었고, 1959 년에는 뉴욕에서 가장 영향력 있는 보스가 된다. 그는 평생에 걸쳐 불법적인 사업에 종사하였지만 단 한번도 수감되지 않았으며, 그의 미국 입국은 엄연히 불법적인 것이었지만 그는 죽는 날까지 외국으로의 강제 출국을 당하지 않았다.

1975 년 7 월에는 시카고의 샘 쟌카너가, 1979 년 7 월에는 뉴욕 보나노 패밀리의 보스인 카르미네 갈란테가, 1980 년 5 월에는 펜실바니아의 필라델피아 패밀리의 보스인 안젤로 브루노가, 그리고 1985 년 12 월에는 뉴욕 갬비노 패밀리의 보스 폴 카스텔라노가 각각 피살되었다. 1987 년에는 마이애미와 탐파의 보스 산토스 트라피칸티 쥬니어가 노환으로 사망하였고 이후 빈센트 로스칼쪼가 그곳의 보스가 된다. 1989 년에는 라스베가스의 모리스 달릿츠가 사망하였다. 사망 당시 달릿츠의 재산은 1 억 1 천만 달러로 평가되고 있었다.

원래 미국 지하세계의 세력은 뉴욕 패밀리와 시카고 아우트피트로 양분되며 미시시피 강을 대략의 경계로 해서 그 동쪽은 뉴욕 패밀리가, 강 서쪽은 시카고 아우트피트가 지배하는 구도이다. 초기에는 서부의 라스베가스가 개방 도시로 선정되어 뉴욕 패밀리들도 자유롭게 그곳에서 사업을 확장하였지만, 동부에서 아틀랜틱 시티가 또 하나의 도박 도시로 만들어진 이후에는 아틀랜틱 시티가 동쪽의 관할이 되었기 때문에 라스베가스에서 뉴욕 패밀리의 사업은 제한되어 더 이상 사업을 확장하지 못하게 된다. 루이지애나 주 뉴올리언즈, 플로리다 주 탐파 등 미국 남부 조직은 초기에는 주로 뉴욕 패밀리, 특히 루치아노 패밀리로부터 지배를 받았으나 쿠바 오퍼레이션이 그 수명을 다하고 1963 년의 달라스의 일로 시카고와 보다 가까워진 다음부터는 점차 시카고 쪽의 영향을 더 받았던 것 같다. 최근에 와서는 남부 패밀리의 세력은 더욱 커져 상대적으로 축소된 뉴욕 패밀리 등과 함께 미국을 삼분하여 지배하고 있는 것으로 보인다.

1992년에는 시카고의 보스 중의 보스, 토니 아카르도가 지병인 암으로 사망한다. 토니 아카르도는 알 카포네의 전설과 시카고 아우트피트를 연결하는 유일한 역사적 고리로 남아 있었는데, 드디어 그가 사망한 것이다. 향년 86세였다. 1993년에는 뉴올리언즈의 카를로스·마르셀로가 사망하였고 이후로 뉴올리언즈는 카롤라 패밀리로 불리게 된다. 그 다음 해인 1994년에는 리차드 닉슨 전 대통령이 사망한다. 1994년 4월 22일, 뉴욕에서이다.

오늘날의 신디케이트가 존재하는 데에 찰스 루치아노나 프랭크 코스텔로에 못지않은, 또는 그보다 더한 영향을 끼친 사람, 마이어 랜스키는 1983년에 사망하였다. 플로리다에 있는 그의 자택에서였다. 향년 81세로 사인은 심장병이었다. 루치아노를 도와 전 미국 범죄 신디케이트를 발족시킨 인물, 루치아노가 감옥에 간 후 코스텔로를 보좌하여 덧치 슐츠와 루이스 부첼터를 차례로 거세하면서 신디케이트의 안정적인 발전을 도모한 인물, 그들의 쿠바 오퍼레이션을 가장 먼저 시작한 인물, FBI 국장 존 에드거 후버의 약점을 한 손에 쥐고 있던 인물, 마이어 랜스키를 빼놓고서 미국의 마피아나 미국의 조직범죄에 대하여 말한다는 것은 한마디로 어불성설이다. 앞서 18개 장에 걸쳐 미국의 조직범죄에 대하여 논의하면서도 마이어 랜스키에 대하여는 그리 자세하게 소개할 기회가 없었으므로 여기에서 랜스키의 행적에 대해 잠시 언급하며 이 장을, 그리고 이 책을 끝낼까 한다.

1936년, 루치아노가 감옥에 들어가면서 동료들에게 남긴 말은 `랜스키와 협조하라` 는 말이었다고 한다. 그리고 10 년 후, 루치아노가 이탈리아로 강제 출국되면서 다시 동료들에게 남긴 말은 `랜스키의 말을 무조건 따르라` 는 것이었다고 한다. 랜스키는 10 대의 나이부터 범죄계에 투신하였으면서도 일생에 걸쳐 형무소 생활을 한 것은 단 3 개월 뿐이었으며, 조직범죄에 대한 논의에서는 그의 이름이 빠지는 법이 없었으나 그의 실물은 거의 드러난 적이 없어 일부 언론에서는 그가 가공 인물일 것이라는 보도를 하기도 하였다. 그는 일생 동안 어느 패밀리에도 속하지 않았고 그가 직접 거느리고 다니는 직속 부하들도 없었으며, 그의 경호원의 역할은 항상 그의 뒤를 따라 다니는 FBI 요원들의 몫이었다고 한다. 미국 조직범죄의 역사 그 자체라고 말할 수 있는 랜스키의 일생에 대하여 알아보는 것은 이 책에서 빼놓을 수 없는 일일 것이다.

마이어 랜스키는 유태인으로 1902 년에 폴랜드에서 태어났고, 1911 년에 가족을 따라 미국으로 이주하여 뉴욕의 로우어 이스트 사이드에 정착하였다. 비교적 평범한 삶을 살고 있던 랜스키는 1918 년에 이르러 16 세의 나이로 찰스 루치아노, 벤자민 시겔을 만남으로써 그의 운명이 달라지기 시작하였는데, 그들의 첫 만남에 대하여는 이미 앞에서 기술한 바가 있다. 처음 만난 이후 그들 셋은 매우 친해졌고 시간이 지나면서 사업의 파트너로 발전하게 된다.

해가 바뀌어 1920 년이 되자 그들의 앞길에는 정말로 거대한 잠재력을 가진 사업이 펼쳐지게 되었다. 다름아닌 바로 밀주사업이었다. 점차 사업을 확장해간 이들은 벅 앤드 마이어 갱으로 알려지게 되며, 몇 년 후 더 힘이 커지자 루치아노로부터 동업의 제의를 받았고 이후로는 알려진 바와 같이 루치아노와 생사를 같이하게 된다. 1920 년대 말의 혼란기에 귀제뻬 `더 보스` 마세리아와 살바토레 `리틀 시저` 마란자노를 차례로 제거하고 루치아노가 지하세계의 보스로 올라서는 과정은 그야말로 한편의 드라마라고 말할 수 있었고, 그 과정에서 랜스키의 역할은 절대적인 것이었다.

1930 년대 초, 랜스키는 이미 뉴욕 주의 새러토거 등지에서 규모가 큰 도박장을 개설하고 있었다. 또한 죠 아도니스, 프랭크 코스텔로 그리고 벤자민 시겔과 함께 캐피탈 와인[25]이라는 회사를 소유하고 있었는데, 뉴욕 시에 주류를 배급하는 일을 하는 이 회사는 1945 년에 이르러 갱들의 소유인 것이 밝혀지게 되며 다른 사람에게 소유권이 넘어가는 과정에서 랜스키를 비롯한 원래 소유주들에게 거액의 이익을 남겨주게 된다. 랜스키는 또한 클리블랜드 4 인방과 연합하여 1930 년대 초반에 몰로스카 회사[26]라는 증류 회사를 설립하였는데, 이 회사의 대표는 랜스키의 장인인 모세 시트롱[27]이 맡고 있었다. 이 회사는 다른 사람에게 팔리기 전까지 수천만 갤론의 알코올을 증류하여 여러 유력한 양조 회사들에 팔았다고 한다.

랜스키는 WASP 갱인 오우니 매든과 함께 아칸소 주 핫스프링즈를 카지노 도박의 중심지로 만드는 데에 큰 역할을 한 것으로 알려진다. 랜스키는 오우니 매든으로 하여금 그곳을 담당하게 안배하였고 필요한 자금을 지원했으며, 루치아노가 어려움에 처했을 때 바로 이곳에 그를 숨기기도 한다. 핫스프링즈는 아칸소 주 출신의 클린턴 대통령이 그의 청소년기를 보낸 곳이기도 하다. 랜스키는 또한 프랭크 코스텔로가 뉴욕의 도박사업을 루이지애나 주 뉴올리언즈로 옮길 때 코스텔로의 메인 파트너였다. 랜스키는 플로리다로도 진출하여, 마이애미의 바로 북쪽에 있는 브라우너드 카운티에 그의 동생 제이크 랜스키로 하여금 카지노 겸 나이트클럽[28]을 열게 하였고 두 군데에 경마장

---

[25] Capitol Wines and Spirits
[26] Moloska Corporation
[27] Moses Citron
[28] The Farm

을 개설한다. 트로피칼 파크와 걸프스트림[29]이라는 이름의 경마장이었다.

마이어 랜스키는 또한 마피아와 신디케이트의 쿠바 오퍼레이션을 가장 처음 시작한 인물이다. 카리브 해의 쿠바 섬은 그 훌륭한 경치로 일찍부터 랜스키의 눈길을 끌었다고 한다. 랜스키는 그곳의 경치 뿐만 아니라 사업적인 측면에서 그곳의 잠재력을 일찍 간파하였고, 드디어 쿠바에서의 사업을 위해 쿠바 부유층이 주로 이용하는 하바나의 내쇼널 호텔을 인수하였으며, 오리엔탈 경마장을 전세 내어 경영하기도 한다.[30] 랜스키는 이때쯤 훌렌시오 바티스타라는 이름의 한 전직 쿠바 군인과 교분을 가지게 되는데, 랜스키와 바티스타는 곧 매우 친해지게 되며, 바티스타는 미국의 지원을 등에 업고 1933 년에 쿠테타를 일으켜 쿠바의 실권자가 된다.

찰스 루치아노와의 우정이 아니었다면 자신의 성공의 많은 부분이 지금처럼 훌륭하게 이루어지기 힘들었을 것임을 잘 알고 있었기 때문에 랜스키는 루치아노가 감옥에 들어가게 되자 그를 빼내기 위해 헌신적으로 노력을 하였다. 랜스키의 플롯에 의하여 1942 년 2 월 9 일에 뉴욕 허드슨 강의 노르망디 호 화재사건이 일어나게 되고, 이로 인하여 루치아노의 마피아와 미 해군 정보국의 합동 작전인 오퍼레이션 언더월드가 시작되었다는 것은 이미 앞에서 자세하게 거론하였다. 루치아노의 협조로 마피아는 연합군의 시실리 섬 상륙작전까지 돕게 되고 반대급부로 드디어 루치아노는 감옥에서 풀려나와 자유의 몸이 된다.

제 2 차 세계대전은 마피아와 랜스키를 비롯한 신디케이트에게는 축복으로 작용하였다. 미국의 경제는 어두운 대공황의 오랜 터널을 빠져 나와 1920 년대이후 처음 찾아온 새 호경기를

[29] Tropical Park Race Track, Gulfstream Race Track
[30] Nacional Hotel, Oriental Race Track

맞이하고 있었다. 사람들은 그 어느 때보다도 많은 돈을 벌고 있었으나 전시하의 통제 경제 때문에 딱히 그 돈을 쓸 곳이 마땅치가 않았다. 그리하여 이때에 가장 각광을 받았던 곳이 바로 서부의 라스베가스와 온난한 기후의 남부 플로리다 주의 골드 코스트였고, 휴가 나온 군인들이 가장 가고 싶어하는 장소도 바로 이곳들이었던 것이다. 따라서 일찍부터 라스베가스와 플로리다 주에 투자해온 랜스키와 갱들로서는 더 이상 바랄 것이 없었다.

대전이 끝난 후에도 호황은 지속되었고, 마피아와 신디케이트의 사업도 함께 계속 호황을 누린다. 그들의 사업이 너무나 호황을 구가하여 사람들의 구설수에 오르내리기 시작하게 되자 마침내 에스테스 케파우버를 비롯한 몇 명의 상원의원들이 그들의 사업에 관심을 가지게 되어 상원 특별 조사위원회를 소집하도록 주장을 하기도 하였는데, 마침 같은 시기인 1950년부터 공교롭게도 매카시즘의 회오리 바람이 때를 맞추어 불기 시작하여 사람들의 관심은 공산주의자를 색출해내는 쪽으로 쏠리게 되었기 때문에 다시 갱들의 사업은 탄탄대로를 걷게 된다.

죠셉 매카시 상원의원은 에드거 후버와 매우 친한 사이여서 후버로부터 각종 정보를 얻어다가 자신의 마녀 사냥에 마음껏 사용하였다고 한다. 또한 매카시 상원의원은 케네디 가문과도 아주 친한 사이로 로버트 케네디의 딸이 카톨릭 세례를 받을 때 그녀의 대부를 서주기도 했다고 한다. 케네디 가문과 조직범죄의 깊은 관련을 생각해볼 때, 또 랜스키에게 약점을 잡힌 에드거 후버의 입장을 생각해볼 때, 그리고 그 몹시도 공교로운 타이밍의 일치를 생각해볼 때 죠셉 매카시의 공산주의자 사냥이 혹시나 랜스키와 코스텔로의 사주에서 시작된 것은 아니었을까 하는 생각을 해보게 된다.

그러나 결국 상원 케파우버 위원회는 소집되었고, 랜스키는 라스베가스 이외의 곳에서는 원칙적으로 불법으로 되어 있던 그들의 도박사업이 역시 언제까지나 안전하지는 않겠구나 하는 생각을 하게 되었으며, 따라서 그가 미리 관계요로를 개척해 두었던 쿠바로 눈을 다시 돌려 그곳의 오퍼레이션에 더욱 집중하게 되었다. 그리고 이와 관련하여 랜스키는 쿠바의 요직을 그만두고 미국의 플로리다에서 여유로운 휴가 생활을 즐기고 있던 훌렌시오 바티스타가 다시 쿠바로 돌아가 그곳을 통치하기를 원하였다.

1952 년에 있었던 쿠바 대통령 선거를 앞두고, 쿠바 군부는 쿠테타를 일으켜 바티스타를 다시 쿠바의 대통령으로 옹립시킨다. 이 과정에는 미국과 미국 기업들의 전폭적인 지원이 있었다고 하며, 물론 보이지 않는 랜스키의 지원이 함께 있었던 것도 사실이다. 바티스타는 이에 대한 보답으로 랜스키와 그의 신디케이트에게 하바나의 모든 카지노 도박사업을 취급할 수 있도록 백지수표와 같은 위임을 내렸다고 한다.

당시 쿠바의 일반 국민들은 스페인에서 미국으로 이어지는 수십 년째의 외세 간섭과 지극히 소수에게만 그 부가 집중되고 있는 쿠바의 현실에 크나큰 불만을 품고 있던 중이었다. 그래서 그 후 쿠바에서는 앞에서 설명한 대로 피델 카스트로의 민중혁명이 일어나고, 1959 년 1 월자로 쿠바의 상황은 일변하게 된다. 그후의 변화는 앞에서 자세히 설명한 바 있으므로 생략한다.

랜스키의 제국은 1960 년대에는 카리브 해의 바하마 군도와 남미 제국, 동남아시아의 홍콩과 런던, 베이루트 등지를 비롯하여 지구의 반 정도의 규모에 걸쳐 사업을 영위하고 있을 정도였다. 바하마 군도는 랜스키가 쿠바를 잃으면서 대신에 새로 개척한 곳으로 역시 쿠바와 마찬가지로 미국인들의 휴양지로 각광을 받게 되는 곳이다. 랜스키의 소유인 바하마의 리조트 인터내쇼널[31]이라는 사업체는 아틀랜틱 시티 등, 여러 곳에 카지노

[31] Resorts International

를 소유한 일종의 지주 회사였으며 역시 바하마의 루카이얀 비치 호텔[32]도 그 그룹에 속한 회사였다고 한다. 리조트 인터내쇼널 사는 최초에는 동업자의 이름을 따 메리 카터 페인트 회사[33]라는 이름으로 영업을 시작하였다. 1968 년에 메리 카터 페인트 회사가 파라다이스 아일랜드 카지노[33]를 차려 바하마에서 사업을 처음 시작할 때 그 오프닝 파티에는 당시 미대통령 선거의 후보로 나선 리차드 닉슨이 참석을 하기도 하였다.

랜스키는 1970 년에 이르러 미 연방 정부로부터 기소될 뻔한 위기를 겪는다. 라스베가스의 플라밍고 호텔 카지노의 스킴 때문이었는데, 그의 혐의는 지난 10 년 동안에 플라밍고 카지노로부터 3 천6 백만 달러를 불법으로 빼돌렸다는 것이었다. 생각해보라, 플라밍고 카지노 한곳에서만 3 천 6 백만 달러이다. 그 한 곳에서만. 그러나 랜스키는 기소되기 직전에 미국을 떠나 이스라엘에 입국하였고, 그곳에서 시민권을 신청하였다가 거부당하자 1972 년에 다시 미국으로 돌아오게 되는데, 연방 대배심은 랜스키의 건강이 재판정에 서기 어려울 정도로 나쁘다는 이유를 들어 그를 용서해주게 된다. 같은 케이스의 다른 피고였던 사뮤엘 코헨[34]은 1 년의 징역형을, 모리스 랜즈버그[35]는 5 개월의 징역형을 선고받았다고 한다.

랜스키는 편히 노년을 보내다가 마이애미의 자기 집에서, 침대에 누워 임종을 맞이하였다. 그가 죽을 당시 그의 재산은 4 억 달러 정도에 달하는 것으로 집계되고 있었다. 과연 그가 죽은 후 그의 제국은 어떻게 되었을까? 일부 사람들은 그것을 이름하여 IOCE[36]라고 한다. 오늘날 IOCE 의 사업 범위는 멕시코를 포함한 카리브 해 연안과 남미 제국, 동남아시아와 중동 제

---

[32] Lucayan Beach Hotel
[33] Mary Carter Paint Company
[33] Paradise Island Casino
[34] Samuel Cohen
[35] Morris Lansburgh

국, 그리고 유럽과 러시아를 포함하며 그 규모는 연간 2,000 억 달러의 규모를 넘는다고 한다. 이 돈의 일부는 정교하게 세탁된 뒤 은행 등을 거쳐 제3국에 대출되는 일도 있다고 한다.

IOCE의 사업 중 많은 부분은 합법적인 가면을 쓰고 있을 것으로 생각된다.

---

[36] International Organized Criminal Enterprises

맺음말

루돌프 쥴리아니 현 뉴욕 시장의 활약 덕분에 뉴욕의 마피아 패밀리들이 오늘날 맥을 못추고 있다는 사실은 앞에서 언급하였다. 그래서 쥴리아니 뉴욕 시장은 요즘 제 2 의 토마스 듀이, 또는 제 2 의 피오렐로 라구아르디아로 불리고 있다고 한다. 그러나 1997 년 7 월, 뉴욕 마피아는 소리 소문 없이 그들의 재기의 신호탄을 쏘아올렸다.

1997 년 7 월 15 일 오전 9 시가 조금 안된 시각, 플로리다 주 마이애미에 있는 자신의 집 앞에서, 국제적인 명성을 얻고 있던 패션 디자이너 지아니 베르사체[1]가 피살 당한 사건이 있었다. 베르사체는 자신의 저택 대문 바로 밖에서 머리에 2 발의 총격을 맞아 즉사한 시체로 발견되었으며, 범인으로는 같은 시기에

---

[1] Gianni Versace(1946 - 1997)

연쇄살인범으로 이미 수배를 받고 있던 앤드류 쿠나낸[2]이라는 사람이 용의선상에 떠올랐다. 그리고 며칠 후인 7 월 24 일, 앤드류 쿠나낸은 역시 마이애미에 있는 한 하우스보트[3]에서 자살한 시체로 발견되어 베르사체 피살사건은 종결된다.

남부 이탈리아의 칼라브리아가 고향이던 지아니 베르사체는 26 세이던 1972 년에 처음으로 자신의 작품을 상품화한 뒤, 여러 회사를 거쳐 1978 년부터는 자신의 이름을 딴 브랜드를 제작하기 시작하였고, 곧 죠르지오 아르마니와 더불어 현대 이탈리아 패션 디자인의 쌍벽을 이루게 된 사람이었다. 베르사체의 회사는 성장에 성장을 거듭하여 베르사체 브랜드와 인스탄테 브랜드 등을 통틀어 그의 회사는 그가 죽기 전해인 1996 년에 이르러서는 한해에 총 1 십억 7 천 3 백만 달러의 매출을 올렸으며, 세전 이익이 자그마치 1 억 1 천 5 백만 달러에 달했다고 한다.

그런데 문제는 위의 사건에서, 앤드류 쿠나낸이 베르사체 살해의 진범이라는 증거는 사실 그 어느 곳에도 없었다는 것이다. 마이애미 경찰은 대체 어떤 근거를 가지고 그랬는지 모르겠으나 사건의 초기 단계에서부터 앤드류 쿠나낸을 용의자로 지목하였다. 그리고 쿠나낸의 시체가 발견된 뒤에는 시체와 함께 발견된 쿠나낸의 권총이 베르사체를 쏜 총이 확실하다고 주장하며 일찍 사건을 종결 지었다. 그러나 여기에는 의문이 남는다.

우선 앤드류 쿠나낸과 베르사체를 연결지을 만한 뚜렷한 단서가 아무 데에도 없었다. 살인의 동기가 없었던 것이다. 경찰이 추정하는 사건의 줄거리는 비교적 단순한 것으로, 베르사체는 쿠나낸의 연쇄살인 행각의 희생자 중의 한 명이라는 것이었고, 거기에 더하여 쿠나낸이 게이였다는 사실을 연루시켜 야릇

---

[2] Andrew Cunanan(? - 1997)

[3] Houseboat, 일종의 수상 가옥이다.

한 스캔달 쪽으로 몰아가고 있었다. 그렇지만 사실 쿠나낸은 연쇄살인범이라고는 하나 한건의 살인에 대하여만 확실한 혐의로 수배되어 있고, 나머지 3 건의 살인에 대해서는 그저 관련이 있다는 정도일 뿐이었다. 쿠나낸은 베르사체를 죽일 이유가 없는 사람이었고, 베르사체를 만난 적도 없는 사람이었다.

매우 유명한 어떤 사람이 피살 당한 다음, 그 용의선상에 다른 한 사람이 재빨리 떠오르고, 다시 그 용의자가 어떻게든 빨리 죽어버려 다시는 입을 벌리지 못하게 된다는 줄거리는 이 책의 앞에서 여러 번 접했던 다른 사건들과 매우 유사하게 보인다. 쿠나낸의 시체가 발견된 하우스보트는 독일인 토르스텐 라이넥[4]의 것이었는데, 라이넥은 미국의 라스베가스에서는 헬스클럽[5]을 경영하고 있으나 본국에서는 사기 혐의로 수배되어 있는 사람이었다. 이 사건에 관련된 다른 사람들이 짐작하는 베르사체 피살 사건의 진상은 다음과 같다.

1990 년, 카를로 갬비노의 아들들인 토마스 갬비노와 죠셉 갬비노가 그들의 가먼트 디스트릭트 사업과 관련하여 기소되었다. 앞에서도 언급했던 맨해튼의 가먼트 디스트릭트의 독점 물류회사, 콘솔리데이티드 캐리어와 관련된 RICO 케이스였다. RICO(Racketeer-Influenced and Corrupt Organizations)라 함은 미국의 조직범죄 연구 전문가인 노틀담 대학의 법학교수 로버트 블레이키[6]의 제창에 의하여 1970 년에 제정된 법령을 말하며, 이 법에 의하여 기소된 피고가 유죄의 판결을 받을 경우에는 Racketeering 과 관련하여 획득했다고 판단되는 피고의 모든 재산을 박탈할 수 있도록 하는 법령이었다.

---

[4] Torsten Reineck
[5] Apollo Health Club & Spa
[6] G. Robert Blakey(1936 - 현재)

이 법은 1970 년에 입법되었으나 대부분의 법조인들이 이 법의 효능에 별로 관심을 기울이지 않은 듯, 십여 년 동안 한번도 마피아의 재판에 적용되지 않았다. 그러다가 가장 먼저 이 RICO 법을 마피아의 멤버에 적용하기 시작한 검사가 바로 루돌프 쥴리아니였다. 마피아의 일원으로서 제일 먼저 RICO 법의 적용을 받아 기소되었던 사람은 갬비노 패밀리의 폴 카스텔라노로 1984 년의 일이다. 오늘날에는 많은 조직범죄단의 멤버들이 이 법을 몹시 무서워하여, 그들로 하여금 조직을 배반하고 검찰측의 증인으로 돌아서게 만드는 이유가 되고 있다.

토마스 갬비노도 마찬가지로 RICO 를 두려워하여 이 법의 올가미로부터 빠져나가기 위해서 온갖 노력을 기울이고 있었는데, 그 노력의 일환으로 갬비노 형제는 뉴욕의 롱아일랜드에 위치한 유태 의료센터[7] 내의 슈나이더 소아병원[8]에 혈액암 환자들을 위한 골수이식센터를 짓는데 2 백 5 십만 달러를 기부하기로 한다. 기부의 제의는 별 저항 없이 병원측에 의하여 받아들여졌고, 그에 의하여 새로 지어질 골수이식센터는 갬비노 골수이식센터[9]로 명명하기로 결정되었으며, 이 모든 사실을 공식 발표하는 기자회견은 1991 년 9 월 29 일에 의료센터내의 프레스룸에서 있었다. 기부금 2 백 5 십만 달러의 출처는 갬비노 의료 및 과학 재단[10]이라는 비영리 자선단체로부터 나오는 형식이었다.

원래 미국이라는 나라는 수단과 방법을 가리지않고 사업을 하여 막대한 돈을 벌었던 갑부들이 나이가 든 후에 자선단체를 설립하거나 대학, 병원 등에 거액을 한번에 기부하여 자신의 과거 죄과에 대한 면죄부를 받는 전통이 매우 오래된 곳이다. 죤

---

[7] Jewish Medical Center
[8] Schneider Children`s Hospital
[9] Gambino Bone Marrow Transplantation Unit
[10] Gambino Medical & Science Foundation

F 케네디의 아버지인 죠셉 케네디도 밀주사업과 주식시장 조작을 통하여 번 돈으로 후에 케네디 재단을 설립하였고, 모세 아넨버그의 아들인 월터 아넨버그도 5 천만 달러의 가치가 있는 소장 미술품들을 뉴욕의 메트로폴리탄 미술관에 기부한 바 있다. 아넨버그의 그 미술품들은 그의 아버지가 경마도박 사업으로 번 돈을 가지고 구입한 것들이었을 것이다. 리차드 닉슨 전 대통령도 닉슨 평화재단이라는 것을 남기고 죽었다.

마침내 갬비노 형제는 1992 년 2 월에 판결을 받았는데, 그들에게 걸린 여러 혐의 중 자유거래의 방해라는 오직 한가지 혐의에 대해서만 유죄 판결을 받았고, 판결 내용은 1 천 3 백만 달러의 벌금과 함께 가먼트 디스트릭트의 물류 사업에서 손을 떼라는 것이었다. 그리고 RICO 는 취하되었다. 갬비노 형제와 연방 정부는 적당한 선에서 합의를 본 것이다. 그들의 기부금은 이 합의에 대하여 연방 정부에 쏟아질지도 모르는 비난 여론을 무마시키는 작용을 한 것이 분명했다.

토마스 갬비노가 가먼트 디스트릭트의 트럭 물류 사업에서 손을 떼자, 서로 눈치를 보던 의류 회사들은 점차 하나, 둘씩 콘솔리데이티드 캐리어를 떠나 다른 회사를 이용하기 시작하였고 지아니 베르사체의 사업체도 바로 그 중의 하나였다.

많은 사람 중 유독 베르사체가 선택된 이유는 아마도 그가 마피아와 까모라[11]의 전통이 짙게 남아 있는 남부 이탈리아의 칼라브리아 태생이라 누구보다도 마피아들의 사업을 잘 이해할 것으로 여겨졌는데도, 그들을 배반하고 토마스 갬비노에게 등을 돌렸기 때문이라고 생각된다.

베르사체가 죽음으로써 그의 회사는 2 천 1 백만 달러의 보험금을 지급 받아 재정 상태가 더욱 튼튼하게 되었다. 회사는 그

---

[11] Camorra, 시실리에서의 마피아와 동격이라고 할 수 있는 남부 이탈리아의 범죄단체.

의 동생인 산토 베르사체와 도나텔라 베르사체[12]가 맡게 되었는데, 그들은 그들이 받은 메시지를 잘 이해하리라 짐작된다. 뿐만 아니라 가먼트 디스트릭트에서 사업을 영위하는 다른 의류 회사들도 모두 그 메시지를 아주 잘 이해하였을 것이다.

찰스 루치아노와 마이어 랜스키에 의해 본격적으로 조직된 미국의 마피아는 이렇게 오늘날에도 건재하다. 그리고 신디케이트에 대해서는 바로 앞장에서 언급한 바 있다. 루치아노와 랜스키 등에 의해 처음 건설되기 시작한 도박 도시 라스베가스도 그 번영을 계속하여 오늘날에는 가족단위 관광객을 위한 대규모의 테마 파크로도 유명하게 되었다. 최근에는 미라쥬 호텔-카지노가 1989 년에 세워졌고, 1990 년대에 들어서서는 엑스칼리버 호텔과 그랜드 슬램 캐년 호텔, 트레져 아일랜드 호텔, 룩소르 호텔 그리고 MGM 그랜드 호텔이 1990 년에서 1993 년 사이에 라스베가스에 건설되었다. 요즘에는 카지노와 관련한 특별한 사건 없이 비교적 조용한 편이지만 스킴은 아마 여전할 것이다

1970 년에서 1980 년 사이에 라스베가스를 찾은 관광객은 그 전 10 년간에 비하여 두 배로 늘어나 1,100 만 명으로 되었고, 같은 기간에 그들이 뿌린 돈은 47 억 달러에 이르렀다. 엄청나게 증가된 규모였다. 그런데 그에 비해서 90 년대에는 더욱 그 규모가 성장하여 1993 년에는 방문객들이 그 해 한해 동안에 뿌린 돈만도 151 억 달러에 이르게 되었고, 1997 년이 되어서는 한 해 동안의 라스베가스 방문객 숫자가 3,046 만 명, 그 중에서 관광객의 수만도 346 만 여명으로, 이들이 풀고 간 돈이 자그마치 250 억 달러에 달하게 된다.

1999 년 현재 미국에서 카지노 도박이 합법적으로 허용되고

---

[12] Santo & Donatella Versace

있는 주는 네바다 주를 비롯하여 뉴저지, 일리노이, 사우스 다코타 등 10 개 주에 이르고 있고, 1998 년 11 월부터는 캘리포니아 주의 인디언 보호구역내에서도 카지노 사업이 합법화 되었다. 과연 오늘날의 미국 카지노 산업에 마피아나 신디케이트의 영향력이 얼마나 스며들고 있을까?

1999 년 3 월, 미국은 UN 의 동의 없이 유럽에서 전쟁을 일으켰다. 미국을 견제할 다른 강대국이 존재하지 않는 오늘날의 현실에서는 있을 수도 있는 일이라 하겠다. 일찍이 1961 년에 아이젠하워 대통령이 그의 임기를 마치며 행한 이임 연설에서 미국의 방위산업체들의 현황을 언급하며 그 영향력에 대한 우려를 말한 바 있었는데, 과연 오늘날에 이르러서는 미국의 군산복합체에 얼마만큼의 신디케이트의 영향력이 미치고 있을 것인가? 몹시 궁금한 일이다.

토마스 갬비노가 1 천 3 백만 달러의 벌금을 내고, 남은 그의 재산은 어디에 쓰여지고 있을까? 모리스 달릿츠가 죽으면서 남긴 1 억 1 천만 달러의 유산은 누가 관리하며, 어느 곳에 투자되고 있을까? 마이어 랜스키의 재산 4 억 달러는 어떻게 되었을까? 또한 다른 모든 마피아 보스들이 그렇게 모아놓았던 돈들은 어찌 되었을까? 모르긴 해도 그 돈들은 어느 비밀 금고 안에 조용히 쳐박혀 숨죽이고 있지는 않을 것이다. 과연 그 돈들이 누구에 의하여, 어느 곳에 재투자되고 있을까?

오늘날 전세계적으로 가장 각광 받고 있는 사업 중의 하나가 바로 영화사업이다. 영화제작 사업은 그 고부가가치성으로, 자동차 수출과 비교하여 우리나라 관료들의 입에도 한참 오르내린 적이 있다. 그리고 이 분야에서 세계 시장을 주름잡고 있는 나라가 미국이다. 그런데 미국의 영화사업에는 1920 년대 이래로 신디케이트의 입김이 영향을 미치고 있었다. 지출 내역을 정확하게 따지기가 매우 어려운 것이 영화제작 일의 특성 중 하나라고 하는데, 혹시 오늘날 미국의 영화사업이 아직도 그들의 영향력 아래에 있지 않은지 한번 의심해본다.

이 책을 마치며 돌이켜 생각해 보면 오늘날 마피아 등에 의한 조직범죄가 미국을 비롯하여 전세계로 퍼지게 된 이유는 크게 세 가지로 요약해볼 수 있을 것 같다. 그 첫째는 1920 년대에 이탈리아에 무솔리니라는 독재자가 나타나 시실리의 마피아들을 핍박하여 그들이 신세계인 미국을 비롯하여 여러 나라로 몸을 피하게 된 것이고, 두 번째는 1920 년부터 1933 년까지 13 년간이란 오랜 기간동안 미국에서 시행된 금주법을 들 수 있고, 세 번째는 1924 년부터 시작하여 1972 년에 이르기까지 미국 최고의 경찰기관의 수장으로 재직하였으면서도 마피아와 신디케이트의 사업을 단속하지 못하고 오히려 그들에게 협조 또는 그들 사업을 방조한 FBI 국장 죤 에드거 후버의 탓이라는 것이다.

1997 년 12 월 31 일에는 로버트 케네디의 넷째 아들인 마이클 케네디[13]가 사망하였다. 서부의 휴양 도시 아스펜에서 스키를 타던 중 나무와 충돌하는 사고로 죽은 것이다. 그의 나이 39 세였다. 일찍이 그의 형이며 로버트 케네디의 셋째 아들인 데이비드 케네디[14]도 플로리다의 한 호텔에서 마약 과용으로 사망하였다. 사망 당시 그의 나이는 29 세였다. 케네디 가문에는 치명적인 사고가 꽤 자주 발생하는 것 같다.

1998 년 3 월 8 일에는 화이트워터 스캔들과 관련하여 클린턴 대통령에게 불리한 증언을 해온 제임스 맥두걸[15]이 형무소 안에서 급성 심장질환으로 사망한 일이 있었다. 화이트워터 스캔들이 해결된 클린턴은 긴장을 풀고 방심을 하고 있다가 르윈스키 스캔달을 맞이하게 된다.

---

[13] Michael L. Kennedy(1958 - 1997)
[14] David A. Kennedy(1955 - 1984)
[15] James McDougal(? - 1998)

1999 년 7 월 18 일에 추가한 글

지금으로부터 36 년 전에 있었던 1963 년의 죤 F 케네디 대통령 암살 사건은 아직도 끝나지 않고 오늘날까지 그 여파를 미치고 있는 것으로 보인다.

제헌절 다음날인 7 월 18 일 오후 5 시, TV 뉴스에서 저자는 죤 F 케네디 대통령의 외아들인 죤 F 케네디 쥬니어[1]가 경비행기 실종사고로 사망한 것 같다는 소식을 들었다. 사촌 여동생의 결혼식에 참석하기 위하여 뉴져지 주 페어필드의 에섹스 공항을 출발해서 케네디 가문 사람들의 저택들이 있는 메사추세츠 주의 하이아니스포트로 향해 부인과 부인의 언니를 태우고 자신이 직접 비행기를 조종하여 날아가던 중 갑자기 실종된 것이며, 유류품들이 비행루트에서 발견되고 있다는 것이다. 추락사고임에는 틀림이 없으나 아직 그 원인은 밝혀지지 않은 상태였다. 죤 F 케네디 쥬니어는 1984 년의 데이비드 케네디와 1997 년의 마이클 케네디 사망에 이어 세 번째로 사고사한 케네디 가문의 2 세이며, 그가 외아들이었기 때문에 이로써 죤 F 케네디 전 대

[1] John F. Kennedy Jr.(1960 - 1999)

통령의 핏줄은 완전히 끊어지게 된 것이다.

우리나라의 각 언론들은 그의 죽음을 보도하며 그의 아버지의 암살과 삼촌인 로버트 케네디의 암살, 그리고 연이은 사촌들의 사고를 함께 언급하였고, 미 정치 명문가인 케네디 가문에 계속되고 있는 불운에 대해서 안타까워 하는 표정이 역력했다. 그러나 그의 죽음이 과연 보도된 대로 불운에만 의한 것이었을까? 잇따르는 케네디 가문의 사고가 정말로 모두 서로 아무런 연관성이 전혀 없고 다만 불행한 운명, 오직 그것에만 의한 것일까?

저자의 임프레션은 다음과 같다. 즉, 죤 F 케네디 쥬니어의 죽음은 그의 막내 삼촌인 에드워드 케네디[2] 상원의원이 알코올 중독자 흉내를 내며 근근히 목숨을 유지하고있는 것에 비교하여 보면 그야말로 장렬한 느낌이 든다는 것이다.

그러나 그렇다고 해서 죤 F 케네디 쥬니어가 그의 아버지의 죽음에 대하여 일련의 복수를 도모하다가 죽음을 맞았다고는 생각하지 않는다. 쥬니어는 삼촌과 사촌들의 죽음에 대하여 확실한 심증을 가지고 있었을 것이다. 때문에 그는 이때까지 자신의 생명을 단축시킬 위험성이 있는 정치 쪽에는 전혀 발을 들여놓지 않았던 것이다. 죤 F 케네디 쥬니어는 얼마 전 자신이 발행하는 잡지의 편집장 자격으로 한국을 다녀간 적도 있는데, 이때 그는 자신의 아버지의 죽음에 대해서는 일체 질문을 하지 말아달라고 우리나라의 기자들에게 부탁을 하기도 하였다.

그렇다면 지난 1963 년, 죤 F 케네디 대통령을 죽인 세력들은 왜 30 년도 더 넘은 이제 와서야 그의 아들인 죤 F 케네디 쥬니어를 제거할 생각을 하였을까? 그 배경은 앞으로 1 년 여 남짓 남은 2000 년의 미국 대통령 선거와 관련 지어서 해석해야 올바른 방향이라는 것이 저자의 판단이다.

---

[2] Edward M. Kennedy(1932 - 현재)

서기 2000 년의 미국 대통령 선거는 공화당 후보인 텍사스 주지사, 죠지 부시 쥬니어와 클린턴 행정부의 부통령, 앨 고어[3] 민주당 후보의 대결로 압축되어가고 있다. 현재로서는 죠지 부시 쥬니어가 우세를 보이고 있지만 1 년 이상 남은 선거 유세 기간 동안 앞으로 어떤 돌발 사건이 발생하여 전세가 뒤집혀질지는 아무도 알 수 없는 것이다. 이와 같은 상황에서 지난 6 월, 선거전의 판도에 막중한 영향을 미칠 수 있는 매우 중요한 사건이 당시에는 그다지 큰 파문을 일으키지 않고 슬며시 일어났다.

1999 년 6 월, 미국의 클린턴 대통령은 독일의 퀼른에서 열린 G8 정상회담에 참석하였다. 여기서 클린턴 대통령은 러시아의 옐친 대통령과 회담을 가져 코소보 사태로 인하여 악화된 양국 감정을 추스렸는데, 회담이 끝날 즈음 옐친 대통령이 클린턴에게 선물 꾸러미를 내민 것이 있다. 죤 F 케네디 대통령 암살 사건에 대하여 그 옛날 당시 소련의 KGB 가 조사했던 관련 서류들을 선물로 클린턴에게 증정한 것이다. 옐친은 클린턴으로부터 환심을 사기 위하여 그 서류들을 미 대통령에게 선물한 것으로 신문 기사에는 해설이 되어 있었다. 그런데 이것은 현 시점의 미국 정가에 대해서도 폭발적인 영향력을 미칠 수 있는 일종의 뇌관과도 같은 것이었던 것이다.

죠지 부시 전 대통령은 1963 년 당시에 케네디 암살 작전에 직접 관여하였고, CIA 국장으로 있으면서, 또한 대통령으로 재직하는 중에도 막강한 영향력을 사용하여 암살 사건과 관련된 많은 서류들을 비밀리에 파기 시켰다고 하는데, 이제 그의 아들이 그의 뒤를 이어 다시 미국의 대통령이 되려고 하는 시점에 또 다시 그의 약점을 들추어낼 수 있는 서류가 등장한 것이다. 부시와 그의 동료들로서는 행여나 다시 그 사건이 언급되지 않도록 확실한 쐐기를 박아두어야 할 필요성을 느꼈을 것이다. 그리

[3] Albert Gore Jr.(1948 - 현재) 현 미국 부통령(1993 - 현재) 민주당.

하여 하나의 희생양으로 죤 F 케네디 쥬니어가 선택된 것으로 보인다. 쉽게 말하여 본보기를 보인 것이다. 과거의 그 사건을 끄집어내어 현재의 공화당이나 부시 쥬니어 진영과 연결하려 드는 사람이 있을 경우에 대비하여 아예 그런 꿈도 꾸지 못하도록 말이다.

죤 F 케네디 쥬니어가 미국 국민들로부터 받고 있는 관심의 정도를 생각하면 이와 같은 본보기 설은 상당히 설득력을 가진다고 보여진다. 그들이 케네디 쥬니어를 없앨 정도로 현재의 상황을 심각하게 생각하고 있다는 것을 안다면 그 누구도, 어떤 정치가, 어떤 언론도 감히 옛날의 그 사건과 지금의 대통령 선거를 연결시키려 드는 사람은 없을 것이기 때문이다.

이번 사건의 개요를 보면 죤 F 케네디 쥬니어는 자신에게 일어날 일을 전혀 짐작하지 못하고 완전히 방심하고 있던 상태에서 당한 것으로 생각된다. 만일 쥬니어가 모종의 일을 도모하고 있던 중이어서 만에 하나 있을지도 모르는 생명의 위협에 대하여 고려를 하고 있었다면, 그 자신이 직접 조종하는 조그만 경비행기 따위를 사용할 리는 없었을 것이다. 그의 아버지를 암살한 세력들은 그들의 목적을 위해서는 민간 여객기도 폭발시켜 무고한 수많은 승객들을 함께 죽음으로 몰아넣었던 적이 있었고, 죤 F 케네디 쥬니어는 그러한 사실들에 대하여도 잘 알고 있었을 것이기 때문이다. 만일 케네디 쥬니어가 자신이 테러를 당할지도 모른다는 생각을 하였다면 역시 똑같은 위험성이 있다고 할지라도 그래도 대형 민간 여객기를 사용한 여행을 하였을 것이다.

여객기를 폭발시켜 제거해야 할 대상을 처리한 사건은 확실한 심증이 가는 것만도 두 번에 걸쳐 일어났다. 두 사건 모두 닉슨 대통령 재임 기간 중에 일어났는데, 1972 년 10 월의 알래스카 항공 소속 비행기 실종 사건으로 거기에 타고 있던 헤일 보그스 하원의원이 캐나다 상공에서 실종된 사건과 1972 년 12

월에 유나이티드 항공사 비행기가 폭발로 추락하여 승객과 승무원 전원이 사망한 사건이 그것이다. 두 번째의 사건에서는 당시 닉슨 대통령을 협박하고 있던 전 CIA 요원 하워드 헌트의 부인인 도로시 헌트가 타겟이었던 것으로 생각된다. 헤일 보그스 의원은 실종되기 전, 워터게이트 사건과 관련하여 닉슨의 심복인 죤 미첼[4] 법무장관과 후버의 FBI를 맹공격하고 있던 중이었다. 이러한 무모한 처리 방법 때문에 결국 닉슨은 동지들로부터 버림을 받아 대통령직을 내놓지 않을 수 없었던 것으로 보인다.

죤 F 케네디 쥬니어 실종 사건에 대해서 7 월 18 일과 19 일 현재까지는 아직 사고 원인에 대한 확실한 설명이 제시되고 있지 않지만 저자가 짐작하는, 또 틀림없다고 생각하는 사건의 진상은 미리 장치된 폭약에 의한 폭탄 테러이다. 그러나 앞으로 미국에서 공식적으로 발표될 사건의 진상은 악천후와 조종 미숙에 의한 완전히 우연한 비행기 사고일 것이다. 아무튼 케네디 쥬니어의 영전에 삼가 조의를 표하는 바이다.

이번 사건으로 미루어 짐작컨대 부시 전 대통령과 그의 CIA-대기업 커넥션, 즉 군산복합체 커넥션은 부시의 아들 죠지 부시 텍사스 주지사를 무슨 수를 쓰던 미국의 제 43 대 대통령으로 올려 놓고야 말 것으로 생각된다. 그리고 한가지 더 추가할 사항은 이번 사건을 계기로 하여 그 동안 약간 소원했던 신디케이트와 마피아의 협조 관계가 다시 한번 강화될 것으로 보인다는 점이다.

부시 진영은 그들의 후보를 확실히 당선시키기 위하여 이탈리아계 인구에게 강력한 영향력을 미칠 수 있는 마피아에게 도움을 청할 것이고, 마피아는 적극적인 협조를 약속하는 대신에

---

[4] John N. Mitchell(1913 - 1988) 1969 년부터 1972 년까지 닉슨 행정부에서 법무장관을 역임.

그들에 대한 단속의 손길을 좀 느슨하게 해줄 것을 요구할 것이다. 마피아의 사업이 가장 활동적으로 이루어지고 있는 곳의 하나가 뉴욕 시이므로 공화당의 수뇌부는 같은 공화당인 루돌프 쥴리아니 뉴욕 시장에게 압력을 넣어 마피아의 사업에 대한 눈감아주기와 그 멤버들에 대한 관대한 처분을 부탁할 것이고, 다시 쥴리아니 뉴욕 시장은 그 반대급부로 자신이 후보로 나서 있고 민주당의 힐러리 클린턴[5]과 경쟁 상태에 있는 서기 2000 년의 뉴욕 주 상원의원 선거에서 자신이 당선되도록 적극 밀어주기를 바랄 것이다.

과연 역사는 되풀이되는 것 같다. 1963 년과 68 년의 케네디 형제 암살 사건과 1999 년의 죤 F 케네디 쥬니어 사망 사건을 한번 비교해 보라. 그리고 그 옛날의 토마스 듀이 뉴욕 주지사가 초기에는 마피아를 상대로 전쟁을 벌이다가 나중에는 오히려 그들의 도움을 받아 뉴욕 주의 주지사로 당선된 일과 이번의 루돌프 쥴리아니 뉴욕 시장의 경우를 한번 비교해 보라.

이 책을 마치며 감히 몇 가지 예언을 하자면 서기 2000 년의 뉴욕 주 상원의원 선거에서는 쥴리아니 뉴욕 시장이 민주당 후보인 힐러리 클린턴을 물리치고 당선이 될 것이며, 역시 같은 해의 대통령 선거에서는 죠지 부시 텍사스 주지사가 고어 부통령을 아주 큰 표 차이로 패배시키고 당선이 될 것이다.

미국의 21 세기는 서기 2001 년 1 월에 죠지 부시 쥬니어가 제 43 대 미국 대통령으로서 취임 선서를 하면서 시작이 될 텐데, 피의 대가로 그 자리에 올라선 대통령과 함께 미국의 21 세기가 과연 어떤 방향으로 나아갈 것인지 자못 궁금한 일이 아닐 수 없다.

---

[5] Hillary R. Clinton(1948 - 현재)

마피아

초판인쇄 1999년 10월 10일
초판발행 1999년 10월 15일
재판발행 2015년 4월 15일
3판 발행 2022년 1월 10일

편저자 : 안 혁
발행인 : 김용성
발행처 : 지성문화사
등 록 : 제5-14호(1976.10.21)
주 소 : 서울시 동대문구 신설동 117-8 예일빌딩
전 화 : 02)2236-0654
팩 스 : 02)2236-0655

정 가 : 20,000원